BOOK
HILL
CLASSIC

पागल बस्ती

सेमी लिङ्देन
XVXV
20

सरुभक्त

BOOK HILL CLASSIC

बुक-हिल पब्लिकेसन प्रा. लि.
कर्पोरेट तथा सम्पादकीय कार्यालय
सत्य-सदन ५३०/२० कालिका मार्ग,
का.म.न.पा.- २९, कालिकास्थान, काठमाडौं ।
पोस्ट बक्स नं. : ४९७४
फोन : +९७७-१-५९०४४०१/२
bookhillp@gmail.com
www.bookhill.com.np

प्रथम संस्करण : भारद्वाज प्रकाशन (२०४८)
दोस्रो-आठौं संस्करण : साझा प्रकाशन

बुक-हिल संस्करण
वि.सं. २०७५, मङ्सिर
वि.सं. २०७८, भदौ

आवरण चित्र
सचिन यगोल श्रेष्ठ

डिजाइन/लेआउट
उमेश काफ्ले

ISBN : 978-9937-9280-8-3

PAGAL BASTI BY SARUBHAKTA

MIX
Paper
FSC FSC® 202012201861

सापेक्ष

विक्रमाब्द २०३९ सालमा मैले पागल बस्तीको रचना आरम्भ गरेको थिएँ, ६ वर्षपछि मात्र पूर्ण गर्न सकें । लामो समयावधिसम्म म वैचारिक सङ्कटको चक्रव्यूहमा फसिरहें । मेरो स्रष्टा-अहम्लाई यस रचनाले जस्तो चुनौती अन्य कुनै रचनाले दिएन । यो आत्म-कथा होइन, विचार-कथा हो । मलाई लाग्छ, म धर्मक्षेत्र कुरुक्षेत्रबाट नभागीकन फर्केको छु । मैले युद्ध कि हारेको हुनुपर्छ कि जितेको !

***

विज्ञान-कथासङ्ग्रह *छोरी ब्रह्माण्ड*पछि भारद्वाज प्रकाशनद्वारा प्रकाशित यो मेरो दोस्रो पुस्तक हो । म त्यस प्रकाशनसित सम्बद्ध सबै महानुभावहरू, विशेष गरी मित्र चैतन्य सिटौलाप्रति हार्दिक कृतज्ञता ज्ञापन गर्न चाहन्छु ।

- सरुभक्त

आभार

पागल बस्ती प्रकाशन भएको *रजत वर्ष* पनि पूरा भइसकेको छ । यस अवधिमा *पागल बस्ती* र मेरो लेखनलाई मन पराइदिनुहुने सम्पूर्ण पाठकप्रति आभार व्यक्त गर्दछु । साथै, पुस्तकमाथि अविछिन्नरूपमा समालोचना, टिप्पणी र आफ्नो विचार व्यक्त गर्ने सम्पूर्ण विद्वत् वर्गमा साधुवाद टक्र्याउँछु ।

*बुक-हिल*बाट नयाँ कलेवरमा प्रकाशित यो संस्करण नेपाली साहित्यका सबै ऊर्जाशील पाठकमा समर्पण गर्दछु ।

- सरुभक्त

भदौ २०७५

भाग एक

१

अनि त्यसपछि चियापसले ठीक रहस्यवादी अन्दाजमा बोल्छ, "प्रकृति जुन अनुपातमा सुरूप हुन्छ, त्यही अनुपातमा कुरूप पनि !"

नौडाँडाको खुला परिवेश, घमाइलो दिन ढल्किँदै गर्दाखेरिको मनमोहक पर्यावरण, पर्यटनका हिसाबले खोलिएका प्रायःजसो रेस्तोराँहरू, विदेशी पर्यटकहरू, अस्थायी क्युरियो पसलहरू, भारी लादिइरहेका खच्चरहरू, गधाहरू अनि बाटो छेकेर खेलिरहेका नाङ्गा बालबालिकाहरू, एउटा कोलाज चित्रको रूपरेखाजस्तो देखिन्छ- आँखामा सीमासीमासम्म । सस्तो खालको चियापसलमा बसेर चिया घुट्क्याउँदै म थकाइ मेटिरहन्छु । चियापसले रहस्यवादी अन्दाजमा कुरा सुनाइरहन्छ । म बीचबीचमा पर्यटकको अन्दाजमा भन्छु, "गाउँघर राम्रो लाग्छ मलाई, सफासुग्घर, निश्छल, पवित्र !" चियापसले मेरो भावाभिव्यक्तिमा रूचि नलिईकन आफ्नै कुरामा रूचि लिन्छ । जीवन कथै त हो भन्दै ऊ सुनाउँदै जान्छ, "म नौडाँडाको होइन, उतापट्टिको डाँडो धम्पुसको, गल्लावालाको रोजाइमा पर्न नसकेको, बाउआमा र पाउँदूरबाट फकाएर ल्याएकी स्वास्नी एकै रातको पहिराले सखाप !"

मरन्च्याँसे चियापसलेको मरन्च्याँसे कथा अथवा व्यथा ! "गाउँलेहरूमा यस्तो अनुभव सामान्य हुन्छ ।", चन्द्रकोटबाट वीरेठाँटी लाग्दा ओरालैओरालो एक सहयात्री गाउँलेको टिप्पणी सम्झन पुग्छु म । त्यतिखेर पहिराले घरखेत खाने कुरालाई सामान्य सम्झेको थिएँ । सायद कुराहरू सामान्य हुन्छन्, अनुभवहरू असामान्य हुन्छन् । मरन्च्याँसे चियापसलेको अनुहारमा जुन सञ्चित अनुभवको प्रतिच्छाया देखा पर्छ, त्यो कत्ति पनि सामान्य हुँदैन । त्यहाँ दुःख, पीडा र सन्त्रास हुन्छन् ।

चियाको नयाँ गिलासका साथसाथै नयाँ कुराको सिलसिला । 'कहाँबाट आउनुभयो' भन्ने कुराको जबाफमा 'काठमाडौंबाट आएको' भन्ने कुरा, 'किन आउनुभयो' भन्ने कुराको जबाफमा 'त्यसै घुमफिर गर्न आएको' भन्ने कुरा, 'कहाँसम्म पुग्नुभयो' भनेर सोधिंदा 'घान्द्रुकसम्म पुगें' भन्ने कुरा, 'अहिले पोखरै झर्ने कि' भनेर सोधिंदा 'नौडाँडामै बास

बस्छु' भन्ने कुरा, यस्तै कुराहरूका सिलसिला । 'तपाईं के काम गर्नुहुन्छ' भनी अभिरूचि प्रकट गरिदा 'म एक स्वतन्त्र पत्रकार हुँ' भनिदिन्छु तर मरन्च्याँसेले कुरा नखाएपछि मलाई फसाद पर्छ । यस्तै हो गाउँघर भनेको ! कहिले हामी यिनीहरूका सामान्य कुरा बुझ्दैनौं, कहिले यिनीहरू हाम्रा सामान्य कुरा बुझ्दैनन् । नौडाँडाको यो झुप्रे चियापसलवरिपरि छ्यापछ्यापती पर्यटकहरू देखिन्छन् । गोरा पर्यटकहरू मरन्च्याँसेको फोटो खिच्न आउँछन्, चिया पिउन आउँदैनन् । मरन्च्याँसेको पसलमा विदेशी खाना, तातोचिसो पदार्थ, स्टेरियो साउन्डमा बिटल्स-पप सङ्गीत केही छैनन् भन्ने कुरा गोराहरू बुझ्छन् । बिचरा मरन्च्याँसेको मेनुबिनाको पसलमा साहिँलीमाहिली फकाउने गीतसमेत बज्दैन । पर्यटकहरूकै लागि बनेका रेस्तोराँहरूको रमझम हेर्दै म चियाको गिलास रित्याइदिन्छु ।

कुराको सिलसिला चियापसलेसित होइन, अब आफैंसित । काठमाडौंबाट पोखरा र पोखराबाट घान्द्रुकसम्मको यात्रासंस्मरण लेख्नेबारे सोच्छु । पोखरा त धेरैपल्ट आइएको ठाउँ, काठमाडौंजत्तिकै परिचित क्षेत्र । तर घान्द्रुकसम्मको पदयात्रा सर्वथा नयाँ र रोमाञ्चकारी हुन्छ । यी विशुद्ध नेपाली डाँडाकाँडामा गोराहरूलाई देख्दा घुमफिरको मामलामा हामी कति हरिप, सोच्नुपर्ने हुन्छ । हाम्रो प्रकृतिलाई विदेशीहरू रूपियाँपैसामा साट्छन् र मज्जाले आनन्द मनाउँछन् । हाम्रो सार्थकता, घरमा पलेंटी कसेर बस्नुमा सीमित छ ।

संस्मरण लेख्नका लागि आवश्यक टिपोटहरू लिइराख्नुपर्ने तर लिइएन । मलाई अल्छी पत्रकार भने केही फरक पर्दैन तर एउटा खुबी, ठाउँका नाम हत्तपत्त बिर्सने गर्दिनँ । बैदामबाट पोखरा बजार छिचोलेर हेमजा, अलिकति तल तिब्बतीहरूको शरणार्थी-शिविर, हेमजा गाउँ नाघेपछि सुइँखेतको फाँटबीचतिर माझ भट्टी, देब्रेपट्टि याम्दी खोला, खोलापारि लेवाडेको फेदी, त्यहाँबाट नौडाँडाको उकालो अनि दारेगौडा, काँडे, लुम्ले, चन्द्रकोट ।

चन्द्रकोटको चौतारीबाट विहङ्गम दृश्यावलोकन सम्झना हुन्छ । समय दिउँसोको तीन बजे, घडी हेरिएको थियो । त्यस बेला चौतारीमा पन्ध्र-बीस जना भरियाहरू भारी बिसाएर सुस्ताइरहेका थिए । चौतारीको बीचमा बसेर एक जना मोटोघाटो स्थानीय बूढो डोको बुनिरहेको थियो ।

"दाजुभाइहरू कतातिर ?", कुनै एक भरियालाई होइन, सबैलाई सरसरती हेर्दै सोधिएको थियो । नाइके भरियाले डटेर जबाफ दिएको थियो, "हामीहरू अन्नपूर्ण बेसक्याम्पतिर, तपैं कता ?"

"म घान्द्रुकसम्म, कता पर्‍यो ?"

"उः परको डाँडो, यताबाट तेर्पाई-तेर्पाई हिंडे पनि हुन्छ, खुरखुरती वीरेठाँटी झरे पनि हुन्छ ।", भरिया-नाइकेको सट्टा चन्द्रकोटे बुढाको जबाफ फर्किन्छ ।

"कति समय लाग्ला वीरेठाँटी पुग्न ?", म बूढोलाई नै सोध्छु ।

"एक खिल्ली चुरोट नसकिंदै पुगिन्छ ।", बूढोबाट जबाफ फर्किन्छ । म उत्साहित भई हिंड्छु । वीरेठाँटी पुग्न पूरा सवा एक घण्टा लाग्छ ।

मोदीको पुलपारि वीरेठाँटी बजार पुग्दा म एक्लै हुँदिनँ । चन्द्रकोटबाट ओरालो लाग्दा बाटोमा एक जना सहयात्री भेटिन्छ । ऊ वीरेठाँटीको रैथाने, जागिर पोखरामा, छुट्टीमा घर फर्केको अरे ! त्यस सहयात्रीले टाढैबाट औंल्याइदिएको लजमा म बस्छु । लज स्तरीय लाग्छ । लामालामा काठले बनाइएका कोठाहरू, पर्याप्त टेबिल-कुर्सीहरू, गद्दावाल ओछ्यान, नेपाली र विदेशी खाना जे खान खोजे पनि तुरुन्त तयार । म त्यहाँ बास बस्न पुग्दा पर्यटकहरूको एक ठूलो डफ्फा आइपुगेको हुन्छ । वातावरण निकै व्यस्त हुन्छ । डफ्फामा चालीस जनाजति गोराहरू हुन्छन्, केही केटाकेटी, केही वृद्धवृद्धा र अधिकांश युवायुवती । भारी फुकाइरहेका भरियाहरूको सङ्ख्या पचासभन्दा कम हुँदैन ।

राति सेर्पा गाइडसित मेरो परिचय हुन्छ । ऊ मेरै उमेरको युवक, अङ्ग्रेजी राम्रै बोल्ने, त्यसको आधारमा अलिकति फूर्ति पनि गर्ने । ऊ धक नमानीकन आफ्नो रामकहानी सुनाइदिन्छ । एक अस्ट्रेलियावासी निःसन्तान दम्पतीले उसलाई खर्च गरी अङ्ग्रेजी स्कुलमा पढाएका रहेछन् । स्कुलको अध्ययन बीचैमा छोडेर ऊ गाइड भएको अरे ! गाइड भइहिंडेको पाँच वर्ष नाघ्यो अरे, अहिले अन्नपूर्ण बेसक्याम्पबाट फर्केको अरे ! उसले मलाई गोराहरू घान्द्रुकबाट वीरेठाँटी बास बस्ने हिसाबले हिंड्छन्, लजका कोठाहरूमा नसुतीकन तम्बूमा सुत्न मन पराउँछन्, कोही मिलनसार, कोही बोल्नै गाह्रो मान्ने, कोही रिसाहा र ठीक समयमा सर्विस

पुऱ्याउन नसके बमभन्दा नराम्ररी पड्किने खालका हुन्छन् भनेर थुप्रै कुरा सुनायो । कुनैकुनै कुहिरेकुहिरीहरू ठ्याम्मै लाजसरम नभएका हुन्छन् भनेर ऊ हाँस्दा वरिपरि बसेका सबै भरियाहरू मुख च्यातीच्याती हाँस्छन् ।

र, भोलिपल्ट आधा दिनको यात्रा वीरेठाँटीदेखि घान्द्रुकसम्म । मज्जाको दुईघन्टे उकालो, सोचेभन्दा ठूलो र विस्तारयुक्त गाउँघरहरू पुराना, पक्का, ढुङ्गाले छाएका, पर्यटकहरूका लागि केही ठूला सुविधायुक्त लज-रेस्तोराँहरू पनि । मलाई आँखासामुन्नेको विशाल, धवल अन्नपूर्णले साह्रै अभिभूत पार्छ । यो गाउँमा लाहुरे नभएको घरै छैन भनी पोखरामा एक जना मित्रले भनेको थियो, सम्झन पुग्छु ।

घान्द्रुकको अग्लाइबाट टाढाटाढा क्षितिजहरूका सौन्दर्य निहार्नु कति सुखकर ! स्कुलनेरको पाखामा गोरा पर्यटकहरू रङ्गीबिरङ्गी तम्बू गाडेर बसेका हुन्छन् । तलको मोदी खोला र चाक्लो फाँट, पारि डाँडाहरूमा गुजुमुजुक्क परेका गाउँहरू, घान्द्रुकदेखि तान्चोकसम्म, देब्रेपट्टि छोमरोङ र अन्नपूर्ण बेसक्याम्प जाने बाटो, दृश्यहरू सबै प्रीतिकर लाग्दछन् । आहा ! हामीसित प्रकृति छ, सौन्दर्य-चिन्तन मात्र छैन !

एक रात घान्द्रुकमा बसेर भोलिपल्ट बिहानै पातलेखेत हुँदै फेरि चन्द्रकोट, फेरि लुम्ले, काँडे र नौडाँडा ।

"हाँस्या जस्तो लाग्छ किन होला ?", मरन्च्याँसेले सोधेपछि मलाई हाँस्दै रहेछु भन्ने अनुभूति हुन्छ ।

"घान्द्रुकमा जाडो लागेर एउटा सिङ्गो कुखुराको भाले चपाएको थिएँ, त्यही सम्झेर हाँसेको ।"

मरन्च्याँसे छक्क परेर मुख आँ गरिरहन्छ ।

"भाले धेरै ठूलो थिएन, अलिक सप्रेको चल्लाजत्रो थियो ।"

मरन्च्याँसेलाई खूब घत पर्छ । त्यसैले नमाझिएका र उछिट्टिएका सबै दाँत देखाएर ऊ हाँस्छ । उसलाई घत परेको अभिव्यक्ति घत पर्छ मलाई ।

चियाको तेस्रो गिलास रित्तिन्छ । तुरुन्त अर्को एक गिलास चिया बनाइदिने फर्मायस म गर्दिनँ, कारण मरन्च्याँसेलाई घतमाथि घत पर्ने पूरापूरा सम्भावना हुन्छ ।

"पाउँदूर उता केके पर्छन् हँ ?", म सोधिटोपल्छु ।

"पाउँदूरउता तपाईंको भदौरे देउराली, त्यसपछि तपाईंको ठामर्जुङ, तिलार, त्यसपछि एकातिर गिज्याङ, दमिला, चुवा, कुस्मा, अर्कोतिर के भन्छन् ती, वाजुङ, दुर्लङ ।"

"ए, धेरै गाउँ पर्दा रहेछन् ! यसो गरौं, अलिकति मीठो मेलको चिया ख्वाउनोस् ल, एक गिलास ।"

"अचाक्ली चिया खानुहुँदो रहेछ ।"

"अँ, अरू मान्छेले रक्सी पिएजत्तिकै ।" म उसलाई घत पर्न सक्ने सन्त्रासबाट मुक्त हुन्छु । कुन्नि किन, मरन्च्याँसे मच्चीमच्ची गाउँघरको विशुद्ध दूधबारे धाराप्रवाह बोल्दै चिया बनाइदिन्छ ।

म चौथो गिलास चिया पिउन थाल्छु । यही बेला पछिल्तिर एक ठूलो हल्ला वा खलबली सुनिन्छ । गधाहरू र घोडाहरू दच्केको आवाज पनि सुनिन्छ । मरन्च्याँसे पसल छोडी फुत्त बाहिर निस्कन्छ । म पनि पछि फर्केर घाँटी तान्छु । करिब पच्चीस मिटरपर एक सजीव दृश्य देखिन्छ । एक जना गाउँले ठिटो फाटेको मैलो कट्टुकमिज लाएर, हातखुट्टा फालेर तालसुरबिना नाचिरहेको हुन्छ, बजारको बाटो पूरापूरा छेकिने गरी । मानिसहरू कराएर, ताली बजाएर उसलाई उडाइरहेका हुन्छन् । ऊ झन्झन् जोसिंदै, धुनमुनाउँदै, फनफनती घुम्दै सबैलाई हँसाइरहेको हुन्छ ।

"त्यो मोरो भउते चोर, जहिले पनि त्यस्तै हो । कसले जाँड ख्वाउँदो र'छ कुन्नि, दिनभर त्यस्तै हो ।"

एकछिन रमिता हेरेपछि मरन्च्याँसे पसलमा फर्किन्छ । ऊ मलाई भउते चोरको परिचय दिंदै भन्छ, सानैमा बाउ खसेको, आमा पोइल गएकी, झुप्रोमा साहू लागेको, मागेर खाना थालेको, एक-डेढ वर्षयता बिस्तारै हावा फुस्किन थालेको आदि ।

हाहाहुहुबीच भउते चोर मज्जाले नाच्छ, स्वाद मानीमानी । घरका पिंढी र आँगनहरू रमितेहरूले भरिंदै जान्छन् । मलाई पनि कताकता हाँसो लाग्छ, यद्यपि म बुझ्छु, त्यहाँ कुनै भउते चोर होइन, एभरेज नेपालीको कथा नाचिरहेको छ ।

"के लाग्यो हजुर, खान नपाएपछि बौलाइँदो रहेछ ।"

मरन्च्याँसेको कुराले चियाको स्वाद साह्रै खल्लो पारिदिन्छ । चिया चिया नभएर आयोडिन मिसाएको पानी हुन्छ । म चियाको गिलास भुइँमा राखेर उठ्छु अनि रून्चे राष्ट्रियताको भावबोध गर्दै भउते चोरको बेपत्ता नाच हेर्न थाल्छु । ऊ थाक्नुको विरोधमा उफ्रीउफ्री नाचिरहन्छ । गोरा पर्यटकहरू मुसुमुसु हाँस्दै रेस्तोराँहरूमा केक, अम्लेट, स्यान्डविच टोकिरहन्छन् । आखिर रमिता हो, त्यहाँ सहानुभूतिको भाषा हुँदैन, मनोरञ्जनको भाषा मात्र हुन्छ, त्यसैले बुल फाइटर र भउते चोरको बेताले-बेसुरे नाचमा थुप्रै अन्तर भएर पनि केही अन्तर छैन ।

मरन्च्याँसेको चियापसलमा पनि रमितेहरू उभिन आइपुग्छन् । चियाको हिसाबकिताब मिलाएर हिंड्न खोज्दा मुठे जुँघा भएको एक अधबैंसे गाउँले मलाई कुरा सुनाउँदै भन्छ, "बुझ्नुभो बाउ ! हुने मात्र भए यो साइँदुवा भउतेलाई पागलखानामा लगेर जाक्नु हुन्थ्यो, पागलहरू सब सखाप परेर पो नत्र !"

"हो है कटहरे ठाइँलो, यसलाई पागल बस्तीमै लगेर कोच्नुपर्ने, अति बौलाउन थाल्यो । गोराहरूको मुखिन्जेल गाउँघरकै बेइज्जती गर्न थाल्यो ।"

एक जना तिलचामले बूढो छेवैमा बम्किन्छ । म असजिलो हाँसो हाँस्नबाहेक केही भन्न सक्तिनँ । गाउँघरको गौरवगाथा बखान गर्ने बुढाहरू स्वात्तै मासिइसकेका रहेनछन्, म यति नै बुझ्छु ।

भउते चोरको 'कार्टुन-डान्स'बाट मुक्त हुन म नौडाँडाको टुप्पोतिर लाग्छु । पर्सबाट एउटा फोटो निकालेर हेर्छु । त्यो पराइकी स्वास्नी भइसकेकी मेरी भूतपूर्व प्रेमिकाको फोटो हुन्छ, जसलाई मैले न च्यातेर फाल्न सकेको छु, न जलाउन ।

२

अन्धकार रातका काला किरणहरू गाउँघर र वनपाखाभरि पोखिएपछि ट्रेकिङको मज्जालाग्दो थकाइ र भक्कु भोक लाग्छ । घान्द्रुकमा झैं यहाँ पनि भक्कु खाने विचार गर्छु । पेटको खाल्टो भरिएपछि पहाडी थकाइ र जाडोलाई बोकाले खान्छ । कतै छचल्किएर पोखिने भए यो परिवेशभरिको अँध्यारोलाई स्वाद मानीमानी चाख्नु हुन्थ्यो, एउटा रोमाञ्चक कल्पना

गर्दै म लजको ढुङ्गे भऱ्याङ ओर्लन्छु । यही बेला लज मालिक्नीको चर्को स्वर कानमा पर्छ, "ए काले मोरा ! त्यो भउते बजियालाई लौराले लघार् भनेको । घरभित्रै पस्लाजस्तो गर्छ, असत्ती मोरो !"

खाना ख्वाउने कोठामा पस्दा काले भनिने मोरो लौरो खोजिरहेको हुन्छ, भउते भनिने मोरो ढोकामा उभिएर बेरूप हाँसो हाँसिरहेको हुन्छ । मलाई दिक्क लाग्छ । कालो धुवाँ रूमल्लिरहेको होचो कोठामा ठिङ्ग उभिनुको मतलब ग्यासच्याम्बरको पीडा भोग्नु हुन्छ । म कुर्सीमा बसेर टाउको समात्छु । उफ् ! दुनियाँभरका कुरूपताहरू बिर्सन खोज्दा पनि प्रतिनिधि भई भउते चोर ढोकामा उभिइरहन्छ । दिनभर निःशुल्क नाच देखाउने भउतेको अनुहार सुकेको, जिङ्ग्रिङ्ग परेको भए पनि बेलाबेलामा ऊ भित्रैबाट घत परेको हाँसो हाँस्छ, मानौं त्यो पृथ्वीको व्यवस्थाविरोधी हाँसो हो ।

काले भनिने मोरो लौरो फेला नपरेपछि पाखुरा सुर्क्याउँदै, सकेसम्म बल्ड्याङ्ग्रे आँखा पार्दै तर्साउन खोज्छ, "तँलाई मोरा चोर ! यहाँबाट गइहाल्, नत्र खालास् बाघे झप्पु !" भउते टेरपुच्छर नलाईकन उही शक्तिशाली हाँसो हाँस्छ । कालेको आक्रमकता गुम हुन्छ । ऊ हात झारेर फरक्क पछिल्तिर फर्केर कराउँछ, "मालिक्नी ! भउतेले टेर्दै टेरेन !"

"तेरै स्वास्नीले टेरपुच्छर लाउँदैन, जैरे !", लज मालिक्नी रिसाउँछे । भउते चोर स्वाद मानेर हाँस्छ ।

"हाँस्छस् !", काले बाघझैं गर्जन खोज्छ तर स्यालको उच्चतामा मात्र पुग्न सफल हुन्छ । लज मालिक्नी एक टपरी भात मिल्काइदिंदै भन्छे, "लौ खा, घिच् ! मर्न नसकेको मोरा !"

भउते चोर टपरी सोहोर्दै व्यवस्थाविरोधी हाँसो हाँस्छ । मलाई अनावश्यक पीडा हुन्छ, "उफ् ! हामी माग्ने देशका बासिन्दाहरू !"

लज मालिक्नी भुजानामक भात पस्केर दिंदै उही भउतेको महिमा गाउन थाल्छे, "त्यो पल्केको स्याललाई यहीं नआई नहुने, त्यसका बाबुआमाले केके नै सिरीसम्पत्ति राख्न दिएजस्तो ! कुन दिन म तातो पानी मिल्काएर खुइल्याइदिन्छु अनि चेत्छ !" म प्रतिक्रिया नजनाईकन मासुभात खान थाल्छु ।

कोठामा भुजानामक भात खाइरहेका जम्मा आठ व्यक्ति, एक जोडी गोरासहित। मबाहेक अन्य पाँच जना वरिपरिका गाउँलेहरू। दुई जना कछाड लगाएका व्यक्तिहरू घान्द्रुकका अरे, एक जना दौरासुरुवाल लगाएको व्यक्ति वीरेठाँटीको शिक्षक अरे, अरू दुई जनाचाहिँ नौडाँडाका रैथानेहरू नै, परस्पर कुरा गर्दा थाहा हुन्छ। घान्द्रुकेहरू किनमेल गर्न पोखरा झर्दै रहेछन्, दौरासुरुवाल लगाएको शिक्षक बिदा सिद्ध्याएर फर्केको रहेछ। रैथानेहरूले आफ्ना बारे केही भनेनन्। गोराहरूको जोडीसित कुरै भएन। तिनीहरू अप्ठेरो पाराले भात खाने रहर मेटिरहेका हुन्छन्।

"तपैं रौसी नपिउने ?", लज मालिक्नीको सोधाइ। म झसङ्ग हुन्छु। प्रतिक्रियास्वरूप रैथानेहरू हाँस्छन्। म रातो हुन्छु।

"रौसीसौसी नपिउने कस्तो नामर्दजस्तो।", लज मालिक्नी टिप्पणीसहित सर्वाधिकार सुरक्षित पारेर हाँस्छे।

"लौन मालिक्नी ! भउते त फेरि आइमन्यो !"

कालेको हडबडाइ, लज मालिक्नीको महाकालीस्वरूप लखेटाइ, भउते चोरको भगाइ यति छिटो र अप्रत्याशित हुन्छ कि गोरा जोडीसमेत हाँस्न थाल्छन्। एक ज़ना घान्द्रुकेलाई त गजबको सर्को पर्छ। भउतेले ल्याएको उत्तेजना साम्य भएपछि एक जना रैथाने गफ लाउने अन्दाजमा बोल्न थाल्छ, "उहिले क्या, तीस-पैंतीस वर्ष पहिलेको कुरो, नौडाँडाको पाखोमा एउटा पागलखाना थियो, पागलहरू मिलेर बसाएको सानो बस्ती। हाम्रा बाउ-बाजेहरू त्यसलाई पागल बस्ती भन्थे। सबै बहुलाहा, सन्काहा, हावा फुस्केका, सबै मरे, मास्सिए। भउतेलाई त्यहीं लगेर जाक्नुपर्ने थियो !"

'पागल बस्ती !' एक अनौठो रहस्यात्मकता अभिबोध, प्रकटीकरण, नमेटिने रङको इन्द्रधनुषी छाप मनभित्रभित्रसम्म। मरन्च्याँसेको चियापसलमा मुट्ठे जुँघा भएको अधबैंसेको सङ्केत, तिलचामले बुढाको सङ्केत र अहिले फेरि रैथानेको सङ्केत, यी साङ्केतिक एकरूपतामा जिज्ञासाहरू जुरमुराउन खोज्छन्। रैथानेको कुरा सकिएपछि लज मालिक्नी उसलाई खाउँलाझैं गरी कराउँछे, "त्यो भउतेलाई पागलखानामा पुऱ्याइहाल्नू ! सित्तिमा घिच्ने मात्र होइन, पऱ्या बेला काम पनि देखाउनुपर्छ ! त्यसले त मेरो मासु नै खाइसक्यो !"

रैथाने प्रतिज्ञा गर्छ, "हेर्नोस् साउनी, त्यो भउते चोरलाई भोलि नौडाँडाबाट लघार्न सकिनँ भने म बिर्खे जम्दारको नाति नै होइन, लौजा !"

"नाप्पियो !", लज मालिक्नीलाई पत्यार पर्दैन ।

"भउतेलाई बजारबजार घोक्र्याएर, घिसारेर, लतारेर खेद्न सकिनँ भने मेरो मुखमा 'थुक्क' थुके हुन्छ । पागलखानामै पुऱ्याइदिन्छु, पुऱ्याउन सकिनँ भने आमाको पोइ !", रैथानेलाई जाँडले खान्छ । ऊ भीष्मप्रतिज्ञ हुन्छ । लज मालिक्नी ओठ लेब्र्याइदिन्छे । उसलाई थाहा हुन्छ, जाँड खाँदा प्रतिज्ञा गर्न जति सजिलो हुन्छ, जाँडले छोडेपछि प्रतिज्ञा पूरा गर्न त्यति नै गाह्रो हुन्छ ।

म रैथानेको दुर्गन्धित मुखको क्षेत्रफलबाट हटेर दौरासुरुवाल लगाएको शिक्षकलाई सुस्तरी सोध्छु, "त्यो बस्तीको कुरा कथै मात्र हो कि, ?"

"कथा होइन, साँच्चैको कुरा हो ! अहिले पनि त्यहाँ पाखोमा बस्तीका अवशेषहरू भेटिन्छन् । हामी केटाकेटी छँदाखेरिको कुरो हो, पागलप्रकृतिका मान्छेहरूले बस्ती बसाएकै थिए । एक दिन अचानक ती बेपत्ता भए, औंसी हो वा पूर्णिमा हो लागेर !", हाम्रा बाहरू भन्छन् । "तिनीहरू पागल नै थिए त ?", म शङ्का झिक्छु ।

"हो, सबै हावा फुस्केका पागलहरू, म भउतेलाई त्याँ पुऱ्याउँछु, पुऱ्याउँछु, नत्र आम्माको पोइ !", बिर्खे जम्दारको नाति लज मालिक्नीको विश्वास जित्न फेरि किरिया खान्छ । "पागलहरू, किन बेपत्ता भए होलान् ?", म दौरासुरुवाल लगाएको शिक्षकलाई नै सोध्छु ।

"सायद तपाईंलाई थाहा छैन होला !", गतिलो वक्तव्य दिने सुर कस्दै शिक्षक अलिकति पानी पिउँछ अनि खोकेर घाँटी सफा पार्छ, "मानिसको शरीरमा जन्मेको घडीदेखि नै ग्रह-नक्षत्रहरूका प्रभाव परिरहन्छन् । तपाईं ज्योतिषशास्त्रको विरोधमा विज्ञानलाई अघि सारेर पनि यो कुरा झूटो साबित गर्न सक्नुहुन्न । ग्रह-नक्षत्रादिको स्थितिअनुसार जन्मकुण्डली बनाइन्छन्, मानिसका स्वभाव र प्रकृति यसै घडीमा निर्धारित हुन्छन् । अब पागलहरूको कुरा गर्दा, पूर्णिमा र औंसीको प्रभाव अन्य मानिसका तुलनामा बढी पर्छन्, त्यसैले औंसी-पूर्णिमामा ती बढी बौलाउँछन् । त्यो औंसीकै रात थियो कि पूर्णेको, यकिन भन्न सकिएन, पागलहरू सबै बेपत्ता भए, हराए । बाढी

आएको सेती गङ्गामा हामफालेर मरे भन्छन् बूढाखाडाहरू। एउटा हल्ला के पनि छ भने पागलहरूका गुरू एउटी सुन्दरी तरूनीको प्रेममा फसेछन्। तरूनी अब अनिन्द्य सुन्दरी थिई अरे, खुद मेरो काकाले भन्नुभएको, देख्ने बूढाखाडाहरू थुप्रै छन्। एक दिन भन्नुहोला, सुन्दरी बस्ती छोडेर हिँडिदिइछ, सबै विरहव्यथाले झन् पागल भएछन् अनि हिमालतिर लागेछन्। त्यहीं सबै मिली आत्महत्या गरे भन्छन्। हिजोआज पागलहरूले बस्ती बसाएको पाखोमा तर्साउँछ भन्छन्।"

वक्तव्यमा अर्धविराम। शिक्षक भुजानामक भात कोच्न थाल्छ मुखमा। म सोच्न थाल्छु, यो अतिआश्चर्यजनक, अतिविरल र अतिअविश्वसनीय कथा हो तर साथसाथै अतिसत्य कथा पनि। पागल बस्तीको कथा फुर्सदमा सुनेर व्यस्ततामा बिर्सने खालको कथा होइन, उत्खनन गरिनुपर्ने कथा हो, ऐतिहासिक वा कमसेकम मानवीय महत्त्वको तर गफगाफमा अतिशयोक्तिहरू घुस्छन्, कथाहरूमा किंवदन्तीहरू घुस्छन्। पागल बस्ती भनेको भउते चोरजस्तालाई सराप्न उद्धृत गरिने एक काल्पनिक बस्ती त होइन ?

"मैले एउटा कुरा बुझ्न सकिनँ।", म शिक्षकलाई फेरि बोल्ने निम्ता दिन्छु, "तिनीहरू पागल थिए भने बस्ती बस्यो कसरी ? पागलहरूसित बस्ती बसाउने चेतना त हुन सक्तैन।"

"खै, पागलहरूले नै मिलेर बस्ती बसाएका हुन् भन्छन्। आपसमा ती मिलनसार थिए होलान्।"

"तर पागलहरूमा यस्तो परस्पर मिल्नु, बस्ती निर्माण गर्नुजस्ता स्वस्थ बुद्धिमत्ताका कुराहरू, सम्भव छ ?"

"संसारमा असम्भव भन्ने कुरो केही छैन, आम्माकोऽऽ !"

"म उहाँलाई सोध्दै छु !", बिर्खे जम्दाको नातिलाई उपेक्षा गर्दै म शिक्षकको जबाफ पर्खिन्छु।

"खै, पागलहरू मिल्नु, एकजुट भई बस्नु, बस्तीसस्ती बसाउनुजस्ता कुरा रहस्यमय छन्। कति रहस्यका कुरामा वैज्ञानिक प्रमाण खोज्न सकिंदैन।"

शिक्षक भुजानामक भात खानमा बढी अभिरूचि लिन्छ। म बुझ्छु ऊ चक्रव्यूहबाट बच्न खोज्दै छ।

"बस्तीमा कति जना पागल थिए ?", म शिक्षकलाई चक्रव्यूहमा तानिरहन्छु । शिक्षक होसियार निस्कन्छ, "मैले अघि नै भनेको थिएँ, त्यो हामीले देखेको कुरा होइन, सुनेको कुरा हो ।"

"तैपनि अन्दाजी कति जना थिए होलान् ?"

"अब, हाम्रा बाकाकाहरूको भनाइअनुसार त्यहाँ जम्माजम्मी नब्बे-सय जनाजति थिए, बस्ती नै भनेपछि ।"

"के मान्थ्यो ! त्यहाँ घटीमा पनि हजार जना पागल थिए, आम्माकोऽऽ !"

"तपाईं नकराउनोस् न ।", म विरक्त हुन्छु ।

"ए मोरा ! खुरूखुरू घिचेर जा, किन अर्काको कुरा काटिरहने हँ जैरे ?", लज मालिक्नी हकार्छे ।

"हेर्नोस् साउनी ! जाँड लाएर करा'को होइन, भोलि भउतेलाई, घिसार्ने भएँ, बिर्खेका नातिले बोलेसि बोल्यो-बोल्यो !"

"कुन दिन तँलाई नै भउतेले घिसारेर लान्छ हेरिराख् !" गोराको जोडीबाहेक सबै हाँस्छन् । म पनि हाँस्छु ।

"हेर्नोस्, आम्माको, आम्माको !"

चोट लागेर बिर्खे जम्दारको नाति उत्तेजित हुन्छ । गोरा जोडी त्यहाँ बस्न नसकेर हिंड्छन् । म पनि अशान्त भई उठ्छु । थालमा भुजानामक भात बाँकी रहन्छ ।

३

पागल बस्तीको कथा साह्रै अप्रत्याशित तर सुनौलो आकर्षण भई मनमा आइरहन्छ, गइरहन्छ र यो निरन्तरताको माझमा म धरमराइरहन्छु । पागल बस्तीको खोजयात्रा जोखिमयुक्त यात्रा हुन सक्छ, सतत कष्टप्रद यात्रा हुन सक्छ । यसले एक ठूलो अभियान माग गर्न सक्छ । तब किन म जानीजानी फसूँ ? नदुखेको टाउको किन दुखाऊँ ? तर यो एक सचेत पत्रकारलाई सुहाउने अभिव्यक्ति भएन । त्यो एक सुनौलो सङ्केत हुँदै होइन भन्न मिल्दैन । अवसरहरू बाजा बजाउँदै आउँदैनन्, सङ्केतहरू दिंदै आउँछन् । अवसरहरूले साहस र जाँगर माग गर्छन् । धैर्यको भुक्तानी चुक्ता गर्न सक्नुपर्छ । के बेर, यो तुतअंखामुनको चिहान खोतल्याइबराबर दामी कुरा हुन सक्छ । मान्छे

त्यसै क्याप्टेन स्कट वा तेन्जिङ नोर्गे बन्न सक्तैन, एमन्डसन वा हिलारी बन्न सक्तैन । फेरि खोजी, साहसिक पत्रकारिता भनेको के हो ? के मलाई विश्वयुद्धमा कुद्ने पत्रकारहरूको जीवनी थाहा छैन ? के मलाई अफ्रिकी जङ्गलहरू र नरभक्षी समाजहरूमा घुस्ने पत्रकारहरूको वृत्तान्त थाहा छैन ? पत्रकार एक्स्प्लोरर हो, भोयजर हो, एभरेस्टर हो ।

र पागल बस्तीको धरमराउँदो मतलब परीक्षण-पुनरावलोकन, सही अर्थमा भन्दा परिकल्पना-निर्माण । सायद त्यो शोषणको कथा हो, सायद सामाजिक विषमताको कथा हो वा भयानक षड्यन्त्र र जघन्य हत्याको कथा हो । पागलहरूका लागि पागलहरूद्वारा निर्मित बस्ती, कस्तो थियो होला ! आखिर कतै एउटा बस्ती बाँचेको हुन्छ भने मान्छेका भौतिक आवश्यकताहरू पनि बाँचेकै हुन्छन्, आर्थिक समस्याहरू पनि बाँचेकै हुन्छन् । र सामूहिक आत्महत्याको रहस्य ? के कुनै ग्रह-नक्षत्र वा चन्द्रमासित एउटा सिङ्गो बस्ती उजाड पार्ने शक्ति हुन्छ ? के गुरुत्वशक्तिले हत्याआत्महत्या उत्प्रेरित गर्छन् ? ...

प्रश्नहरूको शरणार्थी क्यु ! म दिक्दार हुन्छु । जतिसुकै महान् अवसर भए पनि त्यसलाई गुमाइदेऊ, मेरो मनमा 'कोही' कराउँछ ! म यतिखेर पत्रकार होइन, प्रेमको दुःखान्त बिर्सन प्रयत्नशील पदयात्री हुँ, सम्झना हुन्छ । उफ् ! तिमी किन पराईकी स्वास्नी भयौ, मैले प्रेम गर्छु भन्ने थाहा हुँदाहुँदै ? ...साँच्चै तिमी ुयतजभच रबलुक धषभु हो ? तिमीले प्रेमको सट्टा के रोज्यौ, सेक्स वा धनसम्पत्ति ?

लजको झ्यालबाट हिउँदको जाडो पस्छ । म सिरकभित्र राम्ररी गुटमुटिने सत्प्रयासमा लागिरहन्छु । हो, उदास हुन्छु, घायल पहिलेदेखि नै हुन्छु, निर्विकल्प रून्छु ! सिरकलाई मोनिङ वालझ सम्झिदिन्छु । पर्सलाई छातीको सबभन्दा न्यानो कुनामा घुसार्छु । पागल बस्तीलाई बिर्सिदिन्छु !

बिहानपखको गाढा निद्रामा मृत्युको बल्छी बोकेर एक बामपुड्के कङ्कालले मलाई खेद्छ । एउटा हरियो-पहेंलो मरूप्रदेश, मृत्युको शिखर, कहालीलाग्दो भीर, खोच, जहाँको सम्पूर्णता कुहिएको मासु, रगत र

---

१ Moaning wall : जेरूसेलममा यहुदीहरूले दुःखमनाउ गर्ने धार्मिक पर्खाल ।

हड्डीका दुर्गन्धले व्याप्त अनि कालोकालो मुर्कट्टा-नाचको भयावहता, म आँखा चिम्लेर भाग्छु । बामपुड्के कङ्काल मेरो प्रत्येक भगाइको गति रोकेर हर्षमदले उन्मत्त हुँदै बल्छी हान्दै जान्छ, म बच्दै जान्छु । म खरायोझैं आत्मरक्षा गरिरहन्छु, सुइँकुच्चा ठोकिरहन्छु । बीभत्स मृत्युको पानी बग्ने खोलाको किनारैकिनार, हिमाच्छादित पर्वतैपर्वत, वनैवन, मैदानैमैदान, घरका छानैछाना, जताततै म भाग्छु, एउटा सानो जीवनलाई मृत्युको छायाबाट बचाउन खोज्छु । बामपुड्के कङ्काल मलाई जहाँ पनि भेट्छ र रक्तमांसरहित अस्थिपञ्जरका सम्पूर्ण जोर्नीहरू फुस्किने गरी हाँस्छ । म भाग्दाभाग्दै थाक्छु, थाक्दाथाक्दै भाग्छु । जीवनका सम्पूर्ण मोडहरू सकिन्छन् । आशाका सम्पूर्ण भूमिहरू सकिन्छन् । लुक्नका लागि कुनै ठाउँ शेष रहँदैन । म लखतरान पर्छु र आफूलाई सियोको टुप्पाजस्तो साह्रै अग्लो कहालीलाग्दो शिखरमा पाउँछु । त्यहाँ न बस्ने ठाउँ हुन्छ न पाइला चाल्ने । म साह्रै हैरान हुन्छु तर जीवनदेखि कि मृत्युदेखि, थाहा पाउँदिनँ । यही बेला म आफ्नो चारैतिर बामपुड्के कङ्कालैकङ्काल देख्छु, बल्छी हान्न तम्तयार । म भाग्न नसकेर नाइटोदेखि नै कराउँछु तर आवाज घाँटीमा माछाको काँडाझैं अड्किन्छ । अन्ततोगत्वा मलाई शरीरमा होइन, आत्मामा भयङ्कर छटपटी हुन्छ र झल्याँस्स बिउँझन्छु !

घाँटी दुखेजस्तो, थकाइ लागेजस्तो, डर र तिर्खा लागेजस्तो, राम्रै बिउँझिएपछि समग्रमा मलाई झम्म रिङटा लाग्छ । धेरै समयपछि बुझ्छु, निद्रामा मलाई ऐंठन परेछ ।

४

"पागल बस्ती भनेको त्यही हो !", झन्डै तीस मिटरजति अगाडिको झाडीलाई चोर औंलाले सङ्केत गर्दै मेरो गाइड टक्क अडिन्छ, "अब यसभन्दा अगाडि जानु हुँदैन हजुर, तर्साउँछ !" मेरो गाइड नजिकको ढुङ्गामा टुक्रुक्क बस्छ । नौडाँडा बजारबाटै पछि लागेर आएको गाइने केटो छेउको अर्को ढुङ्गामा टुक्रुक्क बस्छ । म एक अप्रत्याशित स्थिति अनुभव गर्छु । लाग्छ, मेरो गाइड राम्रैसित तर्सेको छ, त्यसैले ऊ घनघोर पानी पर्नुअगाडिको कालो आकाशजस्तो देखिन्छ । म अचानक पागलहरूको सामूहिक आत्महत्या-

प्रकरण सम्झिन्छु । वास्तवमा यस्तै प्रकरणहरूबाट जन्मन्छन् भूतप्रेतका असङ्ख्य कथाहरू । म सानो छँदा मेरी बज्यै राँके भूत र किचकन्नीका कथा सुनाउनुहुन्थ्यो । म डर मानीमानी कथाहरू सुन्ने गर्थें ।

"एउटा गीत सुनाऊँ कि हजुर !", गाइने केटो थोत्रो सारङ्गीमा सुर मिलाउन थाल्छ ।

"भाइ, म टुरिस्ट होइन, अघि नै भनेको थिएँ ।", म जोड दिएर भन्छु तर सायद केटोलाई विश्वास लाग्दैन । उसले मेरो काँधमा रूक्स्याक र हातमा क्यामेरा देखेको छ ।

"म त्यस झाडीको तस्वीर खिच्छु, हुन्छ ?"

"हुन्न हजुर, तर्साउँछ ।"

"कसले तर्साउँछ ?"

"पागलहरूको भूतले हजुर !"

"पागलहरू मरेको एक जुग भइसक्यो, तिनीहरूका भूत पनि मरिसके होलान् ।", म हाँस्दै क्यामेरा खेलाउँछु ।

"तपैं हाँस्नुहुन्छ, आफैंलाई परेपछि बल्ल थाहा हुन्छ । भूतहरू कहिले पनि बुढाबुढी हुँदैनन्, मर्दैनन् ।", गाइड नमीठो पाराले जबाफ दिन्छ, रेडिमेड ! मेरो हाँसोमा पूर्णविराम लाग्छ ।

नौडाँडा बजारदेखि टाढा पश्चिमपट्टिको पहाडी भेक, अलिकति खोच परेको भूभाग, दक्षिणपट्टि फेवातालको नीलो सौन्दर्य-बगलमा खोला एवम् खेतको अनुपम परिदृश्य । म कस्तोकस्तो दोधारे मनस्थिति बोकेर यो सम्पूर्ण परिवेश भोगिरहन्छु । टाढाटाढा क्षितिजहरूमा सन्ध्या ओर्लने तरखर देखिन्छ । अचानक स्मृतिको पागलखानाका डन्डीहरू भाँच्ने शक्ति सञ्चयन गर्दै भउते चोर खित्का छोडेर हाँस्न थाल्छ, उही पृथ्वीको व्यवस्थाविरोधी हाँसो । म अचिन्तनीय पारामा दिमागका नसाहरू दुखेको अनुभव गर्छु अनि एक विक्षिप्त जोस सँगालेर पागल बस्तीतिर लम्किन्छु ।

"पागल बस्ती !", म यसलाई देख्न चाहन्छु आँखामा टाँसेर, भोग्न चाहन्छु मुटुमा टाँसेर र खोज्न चाहन्छु कुनै पनि मूल्यमा । म पागल बस्तीको मूल ढोकासामु उभिन पुग्छु । मलाई अनुभव हुन्छ, मैले कष्टप्रद म्याराथुन दूरी छिचोलेको छु, हत्केलामा मुटु राखेर । धेरै समयसम्म

मुटुको स्पन्दन सामान्य नभएसम्म, शरीरका भित्री अवयवहरूबाट उल्टी भएका पसिनाका थोपाहरू नसुकेसम्म, म ठिङ्ग उभिरहन्छु । बस, पागल बस्ती आफ्ना सम्पूर्ण भग्नावशेषसहित मेरो आँखासामुन्ने छ जसलाई मेलै खोज्नुपर्छ तर यहाँ भत्केका, टुटेफुटेका, समय चपाएर कति ढलेका कति नढलेका पर्खालहरूबाहेक महान् भनी गर्व गर्न सकिने केही वस्तु देखिंदैनन् । के यो नै हो मेरो उत्सुकता, छटपटी र रोमाञ्चकारी रहरको वास्तविक बस्ती ? कसरी यी मक्किएका, सडेगलेका अस्थिपञ्जरमा जीवन फुक्न सकिन्छ ?, म प्रत्यक्षरूपमा सिस्नु र भुलेत्रोका झ्याङ मात्र देख्छु ।

पागल बस्तीको मूल ढोकामा दुई शिला छन् पाँच फिट अग्लाइका र बीचमा चार फिट फैलावटको जुन प्रवेश-भूमि छ त्यहाँ सिस्नुको झ्याङभन्दा बढी केही छैन । शिलाहरूमा धूलो जमेका प्वालहरू देखिन्छन्, जसको सीधा मतलब हुन्छ, यहाँ ग्रामीण घरहरूमा झैं बाँसको तगारो हालिन्थ्यो । म मूल ढोकाको फोटो खिच्छु र भित्र जान इच्छुक हुन्छु तर सिस्नुको झ्याङ पन्छाउन सम्भव लाग्दैन । सायद एउटा लामो लट्ठी पाइए सिस्नुको झ्याङ पन्छाउन सकिएला, म सोच्छु र यताउति लट्ठी वा घोचा खोज्न थाल्छु । खोजेअनुसारको लट्ठी फेला पर्दैन । मलाई गाइडको सम्झना हुन्छ, जो पूर्ववत् ढुङ्गामा जाम परिरहेको हुन्छ । गाइडसित गाइने केटो देखा पर्दैन । पैसा नझार्ने टुरिस्ट सम्झेर हिंडेजस्तो छ, म सोच्छु ।

म गाइडलाई हातको सङ्केतले डाक्छु । ऊ ढुङ्गामाथि ढुङ्गा भई बसिरहन्छ । म दिक्क हुन्छु । यस्ता काँतरहरूलाई गाइड बनाएर कुनै अभियान सफल हुँदैन । यस्ताले टुरिस्ट र खोजकर्ताहरूलाई उल्टो तर्साइदिन्छन् । म फेरि जोडले हात हल्लाउँदै उसलाई डाक्छु । ऊ डराईडराई, अप्ठेरो मानीमानी मेरो छेउ आउँछ ।

"एउटा लामो लट्ठी वा बाँस खोज्नुपर्‍यो, सिस्नु पन्छाउन ।"

"किन हजुर ?"

"भित्र पस्न । म भित्रको फोटो खिच्न चाहन्छु ।"

"त्यहाँभित्र पस्नु हुँदैन हजुर !"

"किन ?"

"मरिन्छ !", फेरि अर्को रेडिमेड उत्तर ! कस्तो मान्छेलाई गाइड छानिएछ, मलाई पश्चाताप हुन्छ ।

"तपाईंलाई पत्यार परेन होला तर कुरो साँचो हो ।", गाइड अलिकति सहज हुन्छ र बेलीबिस्तार लाउने ग्रामीण शैलीमा बोल्न थाल्छ, "त्यहाँभित्र पस्यो भने मरिन्छ, खसोखास । ठूले खत्री त्यहाँभित्र पसेको साता दिन नपुग्दै ठहरै परे । कानू मुखियाको छोरो पनि ठहरै परे । भित्र पस्नु हुन्न मरिन्छ खसोखास ।"

"कसरी मरे त, के भएर ?"

"अचम्मैसित मरे हजुर, भूत लागेर ।", गाइड राम्रैसित बात मार्न थाल्छ, "ठूले खत्री भनेपछि त्यसलाई नचिन्ने को होला, अग्लो, मोटोघाटो, बहादुरीमा खूब नाम कमाएको । एकपल्ट बाघसित जम्काभेट हुँदा बाटोमा-बाघैलाई पनि लघारेको जिराहा मान्छे । अब भन्नुहोला, यहीं ठूलेको भैंसी हराएछ । तीन-चार दिनसम्म यता खोजे, उता खोजे, कतै पनि भैंसी फेला पारेनन् । अब यति भएपछि भैंसी फेला पर्दैन भनेर ठूलेले आसै मारिसकेका, एक दिन मैते भन्ने गोठालाले खबर ल्यायो, भैंसी त पागलहरूको बस्तीभित्र छ भनेर । अब हामी गाउँघर, टोलछिमेक कतिले सम्झायौं ठूलेलाई, हेर् ठूले, तेरो भैंसीलाई भूत लागेजस्तो छ नत्र अन्त कतै नगएर त्यहाँ किन जान्थ्यो, भैंसीको आस मारिदे । तर ठूले मोरो, जवानीको जोस, मानेन । कुरो सुन्नासाथ भन्नुहोला, हानिएर गइहाल्यो भैंसी खोज्न । नभन्दै भैंसी यहींभित्र, उः ! त्यहाँ सिस्नुको झ्याङभित्र बसिराखेको फेला पारे । ठूले मोरो भित्र नपस् भन्दाभन्दै हामफालेर भित्र पसे पनि, भैंसी अघि लाएर निस्के पनि । त्यस दिन त त्यस्तै भयो भनौं, बहादुरीमा कहलिएको ठूले मोराले लामोचौतारीमा बसेर फुइँ लाउने मौका पायो नै भनौं तर अब कालको चाल, दैवको गति, भोलिपल्टदेखि ठूलेको वाक्य बन्द, हातखुट्टा चल्न पनि बन्द, फुस्रो आँखा पल्टाएर एकसुर टोलाएको टोलायै, दुनियैं छक्क परे ! कानेपर्सि त बिचरा ठूलेको, परान गइहाल्यो !"

"भूतै लागेको रहेछ त ?"

"भूत नलाएको भए के लागेको भन्ने, तपाईं नै भन्नोस् ! धामीझाँक्री, वैद्य कसैले छोएको भए ठूलेलाई मै मरिजाऊँ । एउटा-दुइटा भूतले

सताएको भए पो पन्छाउने कुरो हुन्छ, बस्तीभरिका भूतहरूले 'अटेक्' गरेपछि के जोर चल्थ्यो !"

नौडाँडाको फाँटभरि गोधूलिका काला आवरणहरू खामिँदै गर्दा गाइडको प्रेतात्मा-प्रकरण जुन सत्य पनि हुन सक्छ असत्य पनि, मभित्रको सुषुप्त डरछेरूवा संस्कारलाई झकझक्याएर जगाउन पर्याप्त हुन्छ । अनायासै मनभित्र चिसो पानीको धार बग्न थाल्छ, सम्पूर्ण अवयवहरू झन्काएर । आखिर बाजेबज्यैहरूले बालककालमा भूतप्रेतका कथा सुनाएर उत्तराधिकारमा डरछेरूवा संस्कार छोडेर गएका हुन्छन् । यो संस्कारबाट विमुक्ति खोज्न सायदै मिल्छ । नचाहँदानचाहँदै पनि मनभित्र भुइँचालाको कम्पन अनुभव हुन्छ जसलाई रेक्टर स्केलमा नाप्न सकिंदैन । सोच्छु, मैले गाइडलाई डरछेरूवा सम्झेर विरक्तिनुको कुनै अर्थ छैन । हामी दुवैको वीरता र काँतरताको भावभूमि एउटै हो, त्यसैले म गाइडबाट बढी साहसिलो पनि छैन, डरछेरूवा पनि छैन ।

अन्ततः म पागल बस्तीभित्र प्रवेश गर्ने साहसलाई चुपचाप आत्मसमर्पण दिन्छु । के बेर, ठूले खत्रीको जस्तो आफ्नो पनि वाक्यदेखि लिएर हातखुट्टा चल्नसम्म सब बन्द भयो भने पागल बस्तीको खोजयात्रा शुरू हुनुभन्दा पहिले नै अन्त्य हुन्छ, कमसेकम मेरो तर्फबाट । अनायासै म गाइडप्रति कोमल भावनाले भरिन्छु किनभने म आफ्नै आँखामा दया र सहानुभूतिको पात्र हुन्छु ।

म पागल बस्तीको छेउछाउ कालाकाला लेउ लागेका पर्खालबाहिर चक्कर मार्न थाल्छु फोटो खिच्दै, र सिस्नुको झ्याङमा विवश आँखा गाड्दै । गाइड वीरतापूर्वक मेरो साथ लागिरहन्छ । हामी बस्तीलाई प्रवेश-निषिद्ध प्रदेश सम्झेर बाहिरबाहिर घुमिरहन्छौं । "अब फर्कौं होला हजुर, झमक्कै हुन्छ अब एकैछिनमा ।", गाइड धेरैबेर सोचेपछि फुसफुसाएर बोल्छ, "यहाँ अबेरसम्म बस्नु पनि हुँदैन तर्साउँछ । यहाँ रात परेपछि पागलहरूको भूत नाच्न थाल्छ भन्छन् ।"

"कसले भनेको ?"

"सबै भन्छन् । रात परेपछि भूतहरू कहिले राँको बालेर नाच्छन्, कहिले बेसरी चिच्च्याउँछन्, कराउँछन् । कहिले त हजुर, कोही मध्यरातमा पर

बाटोमा हिंडेको देखे भने ठूलठूला ढुङ्गाले हिर्काउँछन् अरे ! चिम्से मगर बूढो ढुङ्गैले खप्पर फुटेर मरेका थिए ।"

"अनि, कानू मुखियाको छोरो कसरी मरे नि ?"

"ए, कानूको छोरो, बिचरो सानै थियो आठ-दश वर्षको । दिउँसोतिर गोठालाहरूको पछि लागेर आएको अरे, कसोकसो के मन लागेर त्यहाँभित्र पसेछ । कुन्नि त्यसले भित्र के देखेछ, के भएछ, एकैचोटि रुँदै-कराउँदै, दगुर्दै बाहिर निस्केछ । गोठालाहरूले कति सम्झाए, फकाइफुल्याइ गर्ने प्रयास गरे, तर कानूको छोरो माने पो ! चिच्च्याएको चिच्च्यायै, रोएको रोयै, केही सीप नलाएर गोठालाहरूले बोकेर घर ल्याइपुऱ्याए । घरमा पनि रोएको रोयै, रोएको रोयै, रातभरि रोएर भोलिपल्ट बिहानै फुस्रो आँखा पल्टाइहाले बिचरा ! अब त्यो सानो केटालाई के थाहा, त्यहाँभित्र जानु हुन्छ-हुँदैन । असत्ती मोरा भूतहरू !", र गाइड रिस र घृणाले थरथर काप्न थाल्छ मानौं त्यहाँ एक बगाल भूतहरू सशरीर उपस्थित छन् । यस बेला उसको अनुहारमा डरछेरूवा संस्कारको कुनै छाप देखिंदैन । उसको शौर्यले मभित्र पनि डरको आँधी थामिन्छ । म उसको काँधमा धाप दिंदै निर्भयी हाँसो हाँस्छु र शान्त हुने अवसरको प्रतीक्षा गर्छु । गाइड शान्त हुन मान्दैन ।

"असत्ती मोरा भूतहरू ! मर्न नसकेका पापीहरू !", गाइड बस्तीको मूल ढोकामा फर्केर धारे हात लाउँदै कराउन थाल्छ । मलाई गाइड रिस र घृणाले विक्षिप्त त भएन ? शङ्का लाग्छ । म केही भन्न मुख बाउँछु । यही बेला गाइड, "असत्ती पापी" भन्दै पागल बस्तीको ढोकामा ढुङ्गा हान्न थाल्छ । म उसलाई रोक्न खोज्छु । गाइड झन् जोसिन्छ । ऊ छेउछाउका ढुङ्गाहरू टिप्दै ढोकामा बर्साउन थाल्छ । म उसको व्यवहारदेखि विमूढ हुन्छु, ठिङ्ग उभिरहन्छु । ऊ ढुङ्गा बर्साउँदै जान्छ, बर्साउँदै जान्छ, र अचानक "भूत ! भूत !" भनेर कहालिंदै बेतोडले भाग्छ । दृष्टिक्षेपमा कुनै कङ्कालजस्तो जीवजन्तु सिस्नुको झ्याङबाट हामफाल्दै निस्केको आभास हुन्छ मलाई तर गाइडको कहालीलाग्दो चिच्च्याहट र कुलेलम ठोकाइद्वारा सृजित वातावरणले म जिन्दगीमा सबभन्दा नराम्ररी तर्सिन्छु, त्यसैले केही नसोचीकन गाइडको पछिपछि भाग्न थाल्छु, देब्रे हातमा क्यामेरा हल्लाउँदै र दाहिने हातले पर ढुङ्गामा अड्याइराखिएको रूक्स्याक टिपेर जमिनमा

घिसार्दै । सिस्नुको झ्याङबाट कुनै जन्तु निस्केको छ आक्रमण गर्न, बामपुड्के कङ्कालजस्तो, म यसभन्दा बढी कुरा सोच्ने फुर्सद पाउँदिनँ । गाइड मभन्दा तीस-चालीस मिटरअगाडि "भूत ! भूत !" भनेर कराउँदै दगुर्छ । म सम्भव भएसम्म गाइडलाई भेट्टाउने प्रयास गर्छु तर सक्तिनँ । हामीबीचको दूरी झन्झन् बढ्दै जान्छ । क्यामेरा र रूक्स्याकले मलाई नराम्रोसित अल्झाइदिन्छ । म कुलेलम ठोक्दाठोक्दै तुरूक्क रून्छु । त्यतिखेर मलाई आफ्नो जिन्दगी सबभन्दा प्यारो, मूल्यवान र बाँच्नयोग्य लाग्छ । जिन्दगी बचाउने इच्छा यति एकोहोरो र विचारशून्य हुन्छ, रूक्स्याक र क्यामेरा एकातिर मिल्काएर भाग्ने कुरा म सोच्नै सक्तिनँ । पागल बस्तीबाट धेरै नै माथि बजारको उकाली आइपुगेपछि हातखुट्टाले साथ दिन छोड्छन् । म ढुनमुनाउँदै लड्छु । पछाडि पागल बस्तीमा कुकुर भुकिरहेको हुन्छ ।

५

ठ्याम्मै एक सय अठासी मिलिमिटर पानी परेको पोखरेली रातलाई काउँडाँडा पछिल्तिरबाट सूर्य उदाएर वातावरण सुकाउन नसक्नुको परिणामस्वरूप पोखराको बिहानी डम्म कुहिराको आवरणभित्र खामिन्छ । म नदीपुरको बाटोभरि माछापुच्छ्रे खोज्छु, अन्नपूर्ण खोज्छु र छेवैको काउँडाँडा खोज्छु तर जताततै बाक्लो र कालो खामभन्दा बढी खामबन्दीभित्र परेका डाँडाकाँडा र हिमालय शृङ्खलाहरू देखा पर्दैनन् । यतिखेर पोखरालेआफ्ना सम्पूर्ण अवयवहरू लुकाएकी छ ठीक कछुवाले झैं । फेवातालको सेरोफेरो रेस्तोराँ-लजहरूमा ब्रेकफास्ट लिइरहेका पर्यटकहरू सराप्दै होलान् पर्यावरणलाई । पोखरा कहिले आम्रपालीजस्ती देखिन्छे, कहिले दिगम्बर साधुजस्तो ।

पृथ्वीनारायण क्याम्पसको ढोकाभित्र प्रवेश गरेपछि मलाई आभास हुन्छ, आज शनिबार, बिदाको दिन । एकछिन मलाई आफ्नो भुलक्कड स्वभावप्रति विरक्ति लागेर आउँछ तर पनि यन्त्रचालितरूपमा म गेगरे बाटो छिचोल्न थाल्छु, अगलबगलका हरिया रूखहरू र शीत परेका खेलकुदका मैदानहरू हेर्दै । सीधा अगाडिपट्टि, भानुभक्तको उपेक्षित सालिकतिर उभिई दुई महिला सम्भवतः पोखराको कुहिराले छोपिएको वातावरणबारे कुरा गरिरहेका

हुन्छन् । म स्वाभाविकरूपमा तिनीहरूप्रति आकर्षित हुन्छु । तिनीहरूको उभ्याइको सामान्य अन्दाज र वरिपरिका वस्तुहरू औंल्याउँदै वार्तालापमग्न हुनुको अनुपातमा म सहज अनुमान लाउँछु, ती क्याम्पससित प्रत्यक्षरूपले सम्बद्ध महिला हुन् । नजिकिंदै जाँदा ती स्वास्नीमान्छेहरू भूतपूर्व तरुनी, एक जना विदेशी र अर्की नेपाली, दृष्टिगोचर हुन्छन् ।

एकदम नजिक पुगेपछि म विदेशी वृद्धालाई सम्बोधन गर्छु, "एक्सक्युज मी, प्लिज !" मेरो अनुमानको ठीक विपरीत विदेशी वृद्धा सहज र शुद्ध नेपालीमा बोल्न थाल्छिन्, "भन्नुहोस्, म यहाँको के सेवा गर्न सक्छु ?" मरियमको जस्तो प्रशान्त र स्निग्ध मुस्कुराहटको आभा अनुहारभरि थोपरेर तिनी प्रतिउत्तरका लागि तयार हुन्छिन् । मलाई कस्तोकस्तो आत्मग्लानिको भावनाले छोप्न खोज्छ, त्यसैले शरणार्थी मेरा आँखाहरूले नेपाली वृद्धाको अनुहार पढ्न पुग्छन् । नेपाली वृद्धाको अनुहारमा पनि मरियमको मुस्कान नाचिरहेको हुन्छ । म आफूलाई एउटा गल्ती गर्दै गरेको चकचके नाबालकको रूपमा पाउँछु ।

नेपाली वृद्धा मलाई सजिलो पार्दै बोल्छिन्, "उहाँ मिस मेरी हुनुहुन्छ, बेलायतबाट आउनुभएको । नेपाली राम्ररी बुझ्नुहुन्छ ।"

"ए, धन्यवाद ! मलाई थाहा भएन, त्यसैले ।"

"सायद तपाईं कसैलाई भेट्न आउनुभएको हो !", मिस मेरी प्रफुल्लित भएर कुरा सोध्न प्रेरित गर्छिन् । यति नै बेला मलाई मिस मेरी कुनै औपचारिक सभ्यताको देन होइन, यतै कतै घान्द्रुकतिरकी मायालु बूढी बज्यैजस्ती लागेर आउँछ । आह ! बूढी बज्यै भनेको आखिर बूढी बज्यै नै हो, बेलायती होस् वा शुद्ध नेपाली, केही भिन्नता छैन । मैले स्कुले जीवनमा यस्ता एक-दुई जना गोरा बूढी बज्यैहरूबाट खुबै माया पाएको पनि थिएँ । आखिर बूढी बज्यैहरूको काम नै के, माया पोख्नुभन्दा बढी !

"म जसलाई भेट्न चाहन्छु नामले भन्दा बढी चिन्दिनँ । मलाई मार्थाज्यूको क्वार्टर कहाँ पर्छ, बताइदिनुहोला ।", मेरो सोधाइको प्रत्युत्तर स्वरूप दुवै मायालु बज्यैहरू परस्पर हेराहेर गर्छन्, रहस्यमय पारामा ।

"तपाईं मार्थालाई भेट्न आउनुभएको...?", बेलायती बज्यै आश्चर्य-मिश्रित पारामा सोध्छिन् । म प्रत्युत्तरमा सिर्फ टाउको हल्लाउँछु ।

"कहाँबाट आउनुभएको तपाईं ?"

"काठमाडौंबाट !", मेरो छोटो उत्तर हुन्छ ।

"कुनै विशेष कामले भेट्न चाहनुहुन्छ कि ?"

"हो, उहाँसित भेट्नुपर्ने विशेष काम छ !"

"विशेष काम, के हुन सक्छ ?"

"म एक रिपोर्टर हुँ !", दुवै मायालु बज्यै चुप लाग्छन् रहस्यमयताको जालो बुन्दै ।

"तपाईं रिपोर्टर हुनुहुन्छ, म मार्था हुँ । तपाईंको मसित के काम हुन सक्छ ?", यो आवाज बेलायती बज्यैको होइन, चुपचाप हाम्रो वार्तालाप सुनिरहेकी नेपाली बज्यैको हुन्छ जुन मलाई विश्वसनीय लाग्दैन । के पागल बस्तीको एक मात्र सजीव कडी वा प्रमाण यिनै हुन् त ? एक संयोगले भेटिएको कडी ! म आत्मपरिचय दिने नेपाली बज्यैलाई क्वारक्वारती हेरिरहन्छु टाउकादेखि पैतालासम्म, किंकर्तव्यविमूढझैं भएर । अत्यन्त चाउरी परेको गोरो न गोरो अनुहार, पातलो फ्रेमको गोलो चस्मा, अलिकति कुप्रो परेको पातलो र दुर्बल शरीर, सेतो साडी, सेतो ब्लाउज र सेतै पछ्यौरीले टाउको छोपिएकी, समग्रमा नेपाली बज्यैको रूपाकृति क्रिश्चियन नन्को भन्दा केही फरक लाग्दैन ।

"तपाईं नै हुनुहुन्छ मार्था, मलाई अत्यन्त खुशी लाग्यो !", म औपचारिक हुने प्रयास गर्छु, बदलामा क्रिश्चियन नन्जस्ती मार्थाको ओठमा उही मरियमको जस्तो मुस्कुराहट खेल्न थाल्छ । म पर्सबाट एउटा फोटो निकालेर दिंदै भन्छु, "यो फोटो, तपाईं ठम्याउन सक्नुहुन्छ ?" मार्था गोलो चस्माभित्रबाट तीक्ष्ण दृष्टिपात गर्छिन् फोटोमाथि । बेलायती बज्यै पनि फोटोप्रति आकर्षित हुन्छिन् ।

"यो पागल बस्तीको फोटो हो, केही दिनअगाडि खिचेको, म पागल बस्तीको वास्तविकता जान्न चाहन्छु ।"

पागल बस्तीको नाम सुन्नासाथ कुप्री मार्थाको चाउरी परेको अनुहारका सम्पूर्ण धर्साहरू तन्किन्छन्, त्यसपछि भयङ्कररूपले, जुन मलाई आशा थिएन, रणचण्डीझैं रिसाएर मेरो अनुहारमा फोटाले हान्छिन्, "दिएर् इज नो पागल बस्ती इन् दिश् वोल्ड ! यु होप्लेस् एन्ड सिल्ली ब्वाई !" र मैले

केही भन्नुभन्दा पहिले, केही सोच्नुभन्दा पहिले रणचण्डी मार्था फरक्क फर्केर झन्डैझन्डै दगुरेझैं गरी हिंड्न थाल्छिन् । मिस मेरी दश-पन्ध्र कदमसम्म "मार्था ! मार्था !" भनी तिनलाई पछ्याएर रोक्न खोज्छिन् तर मार्था आफ्नो दुर्बल र कुप्रो शरीरलाई झट्का दिंदै आफ्नै सुरमा बरबराउँदै दगुर्न थाल्छिन् । म किंकर्तव्यविमूढ र विचारशून्य भएर भानुभक्तको उपेक्षित सालिकमुन्तिर उभिरहन्छु । मेरो अनुहारमा फालिएको पागल बस्तीको फोटो जमिनबाट टिप्ने सामान्य होश पनि म सङ्गृहीत गर्न सक्तिनँ । अघि भर्खरै मरियमको मुस्कुराहटले स्वागत गर्ने कुप्री मार्था टाढिंदै छिन्, रिस र घृणाको इन्धनले निर्बल शरीरलाई जबरजस्ती झट्का दिंदै, पागल बस्तीको रहस्योघाटन गर्ने मेरो सपनाको निर्मम हत्या गर्दै, भावहीन र विचारशून्य स्थितिमा पनि म यो भाव र यो विचार भन्न सक्तिनँ ।

मिस मेरी फर्केर आउँछिन् । फोटो टिपेर मलाई दिन्छिन् । "तपाईंले त्यो कुरा नसोध्नुपर्ने थियो । मार्थालाई कसैले पनि सोध्दैन !", केही उत्तेजित आवाजमा तिनी भन्छिन् । "मिस मेरी, म आफ्नो गल्ती महसुस गर्छु !", कुन्नि किन म भावुक हुन्छु ।

"मार्था र म एउटै क्वार्टरमा बस्छौं दश वर्षदेखि । मैले मार्थालाई कहिले पनि सोध्न सकिनँ यो कुरा ।"

"तपाईंलाई व्यक्तिगतरूपमा केही जानकारी छैन ?"

"जति तपाईंलाई जानकारी छ, सायद त्यति नै ! म मार्थालाई सोध्न सक्तिनँ ।"

"पैंतीस वर्षदेखि मार्था पोखरामा छे । पहिले स्कुलमा पढाउँथी, कलेज खोलिएपछि स्कुल छोडी । त्यो बस्तीबाट निस्केपछि फेरि काठमाडौं फर्केर गइन । मलाई जम्मा यति कुरा थाहा छ ।"

"म उहाँसित भेट्न चाहन्छु, सहयोग गर्न सक्नुहुन्छ ?"

"ओ, नो ! म सहयोग गर्न सक्तिनँ, सरी माई ब्वाई !"

"म उहाँसित माफी माग्न चाहन्छु ।"

"माफी माग्नु पर्दैन । आवश्यकता छैन ।"

"मिस मेरी, म रिपोर्टर हुँ जरूर तर डिप्लोमेट होइनँ । म एक रिपोर्टर भएर पागल बस्तीको अनुसन्धान गर्न चाहन्थें तर यो सम्भव छैन, म

महसुस गर्छु । मार्थाजीको घाउ कोट्याएर म दुःख पुऱ्याउन चाहन्नँ । यसका लागि डिप्लोमेट हुनुपर्छ । म इमानदारीपूर्वक माफी माग्न चाहन्छु । तपाईंहरू मेरो लागि आमाबराबर पूजनीय हुनुहुन्छ ।", मेरो भावुकता अथवा व्यक्तिगत आदर्शवादिताले मिस मेरीको मन राम्ररी नै पग्लिन्छ । तिनी एकछिन सोचमग्न भएर पुनः मरियमको जस्तो न्यानो मुस्कुराहट ओठभरि खेलाउन थाल्छिन् । त्यसपछि मिस मेरी मौन सम्मतिका साथ मलाई आफ्नो पछि लाग्न निर्देश दिन्छिन् । म चुपचाप अपराधी मन बोकेर तिनलाई पछ्याउन थाल्छु । कलाभवन र विज्ञानभवनहरूलाई पछि पार्दै म क्याम्पसको दक्षिणी भागमा, लेक्चरर्स कोलोनीभित्र लगिन्छु ।

६

सेती खोलाको डिलमा अवस्थित घरको मूल ढोकाभित्र प्रवेश गर्दै मिस मेरी भन्छिन्, "यो नै हो हाम्रो क्वार्टर !" म सानो घरको सानो ड्राइङरूमको रूप र सौन्दर्य सरसरती हेर्दै जान्छु । कोठाको मध्यभागमा तीन-चारवटा बेतका कुर्सीहरू, कुर्सीहरूको घेराभित्र एउटा सानो टी-टेबिल, केही अङ्ग्रेजी पत्रपत्रिकाहरू, भित्ताहरूका समानान्तर सानासाना ऱ्याकहरूमा सजाइएका पुस्तकहरू, देब्रेपट्टिको कुनामा एउटा इजेल, एउटा चित्र नकोरिएको क्यानभास र रङहरू अनि भित्ताहरूमा टाँगिएका कलाकृतिहरू !

अतिसामान्य रूप र सज्जाको आवरणभित्र पनि मिस मेरी र कुप्री मार्थाको संयुक्त ड्राइङरूमले कलाकारिताको पोल खोलिरहेको हुन्छ । म स्वाभाविकरूपले भित्ताहरूमा टाँगिएका चित्र-कलाकृतिहरूप्रति आकर्षित हुन्छु । अधिकांश चित्रहरू तेल-रङका हुन्छन् । दुई-चारवटा ल्यान्डस्केपहरू जलरङका हुन्छन् । म एउटा अमूर्त शैलीको एचिङप्रति आकर्षित हुँदै मिस मेरीलाई सोध्छु, "तपाईंहरूमध्ये को चित्रकार हुनुहुन्छ ?" मिस मेरी बिनाप्रत्युत्तर फिस्स हाँस्छिन् । म चित्रहरूबाट ध्यान हटाउँदै भन्छु, "यहाँभित्र अतिसंवेदनशील र सशक्त चित्रकार पनि छ भन्ने कुरा मलाई थाहा थिएन ।" मिस मेरी पुनः खल्लो पारामा मुस्कुराउँछिन् र अँध्यारो मुख पारेर भन्छिन्, "यी सबै मार्थाका कलाकृति हुन् । तपाईं कुर्सीमा बस्नोस् । म मार्थालाई बोलाउँछु ।"

मेरो प्रतिक्रिया नपर्खीकन तिनी फरक्क फर्केर पछिल्तिरको भित्तामा, दुई बन्द ढोकाहरूमध्ये देब्रेपट्टिको ढोका सुस्तरी ढकढकाउन थाल्छिन् । म मार्थाको कलाबारे विचार गर्दिनँ । कारण त्यतिखेर मार्थाको सम्भावित व्यवहारको अनुमान लाउँदै म आन्दोलित हुन थाल्छु । बेतको कुर्सीमा बस्दै म आन्दोलित मनलाई शान्त पार्ने प्रयास गर्छु । मिस मेरीको क्रमिक 'ढक् ! ढक् !' र उच्छ्वासपूर्ण 'मार्था ! मार्था' आवाजका साथ मेरो मनको आन्दोलन पनि क्रमिकरूपले बढ्दै जान्छ । एकपल्ट त सोच्छु पनि मिस मेरीलाई "भइगयो" भनेर भरसक चाँडो कुलेलम ठोकूँ । तर कुप्री मार्थाको व्यवहार पागल बस्तीको भूतको व्यवहारजस्तो भयानक हुनेछैन भनी म आश्वस्त हुने चष्टा गर्छु । आत्मग्लानिको भरभराउँदो आगाले पिल्सिनुभन्दा त यही परिस्थिति सहनु जाती, म बेतको कुर्सीमा जाम परेर सोचिरहन्छु ।

मिस मेरीको ढकढकाइको निरन्तरता चरम विन्दुमा पुगेपछि कुप्री मार्था बिस्तारै ढोका उघारेर रोदनमिश्रित आवाजमा फुसफुसाउँछिन्, "Mary, why are you disturbing?" मिस मेरी केही भन्न खोज्छिन् तर कुप्री मार्था मलाई देख्नासाथ सिंहिनीझैं जङ्गिएर दगुर्दै मेरो कठालो समात्न आइपुग्छिन् । दुवै हातले मेरो कठालो समातेर झकझकाउँदै हिस्टिरियाइ अन्दाजमा च्याँठिन थाल्छिन्, "Why did you come here ? I told you, there is no Pagal Basti in this world ! Go…Go !"

कुप्री मार्थाको यो अप्रत्याशित जङ्गली आक्रमण बोक्सीको आक्रमणभन्दा केही फरक लाग्दैन मलाई । म सकभर फुत्किन प्रयास गर्छु तर कुप्री मार्थाको हातको बन्धन यति कठोर र शक्तिशाली हुन्छ कि म आफूलाई सजिलैसित बन्धनमुक्त पार्न सक्तिनँ ।

"Oh Martha ! Leave him ! He is not going to ask anything more ! What are you doing… oh…oh !"

मिस मेरी च्याँठिएर मार्थालाई पछिल्तिरबाट जोडले तान्छिन् र धेरैपल्टको प्रयासपछि बल्लबल्ल मलाई मार्थाबाट बन्धनमुक्त पार्न सफल हुन्छिन् ।

"Why are you going horribly mad ? Isn't he like our son ? Forgive him… Forgive him… !"

मिस मेरी कुप्री मार्थालाई बेसरी हकार्न थाल्छिन् । म लामोलामो सास फेरिरहन्छु । कुप्री मार्था लल्याकलुलुक परेर कुर्सीमा बस्छिन् र सेतो रूमालले मुख छोपेर रून थाल्छिन् । मिस मेरी रून्चे अनुहार लाएर तिनको काँध थपथपाउन थाल्छिन् । कुप्री मार्थाको हृदयविदारक, अतिकरूण रोदनले म पूर्णतः मर्माहत हुन्छु । मिस मेरी मलाई बोल्न सङ्केत गर्छिन् । म अप्रत्याशित भावावेशमा बग्दै कुप्री मार्थाको हात समातेर क्षमा माग्छु, "मार्था आन्टी, आइ एम सरी !" मेरो क्षमायाचनामा कुन सत्त्व अन्तर्निहित थियो, म जान्दिनँ तर कुप्री मार्था मेरो हात र अनुहार समातेर झन्झन् जोडले रून थाल्छिन् । करूण क्रन्दनको मध्य तिनी "यु आर माई सन ! यु आर माई लभ्ली चाइल्ड !" भनी प्रेमको धारा बगाउन थाल्छिन् ।

तिनको काखमा मुख लुकाएर संयमित हुने चेष्टा गर्दागर्दै पनि अनियन्त्रित भई म घ्वाँक्क रून्छु । "You mother and son, don't be so silly !", मिस मेरीको तीखो फट्कार कानमा परेपछि हामी नियन्त्रित हुन्छौं । मार्था आन्टीको काखमा यसरी नै जीवनभर मुख लुकाइराखूँ जस्तो भावना पलाउँछ मनभित्र तर मार्था आन्टीसितको परिचय एकै दिनअघिको परिचय हो भन्ने वास्तविकताप्रति सचेत भएर म काखबाट मुख उठाउँछु ।

मार्था आन्टी आफ्ना झीना हातहरूले मेरो अनुहारभरि छचल्किएर पोखिएको आँसुका थोपाहरूलाई पुछ्दै मेरो निधारमा आफ्नो खुम्चिएको निधार जोडेर सुस्तरी रून थाल्छिन् । म एउटा नयाँ रूवाइको खोलामा प्रवाहित हुँदै फुसफुसाउँछु, "आन्टी, आइ एम भेरी सरी ! म कहिले पनि त्यो कुरा सोध्ने छैन । मलाई थाहा थिएन । म रिपोर्टर होइन आन्टी, तपाईंको छोरो हुँ !"

मार्था आन्टी आफ्ना झीना, दुर्बल हातहरूको बन्धनमा बेरेर मलाई, झरझरझरझर आँसु झारिरहन्छिन् । म एक अव्यक्त शोकले व्यथित भइरहन्छु ।

यसरी अत्यन्त स्वप्निल र नाटकीयजस्तो स्थितिमा समय बितिरहन्छ, बिनाआयतन, बिनाठोस ओजन । पागल बस्तीसित सम्बद्ध मार्था आन्टीको साङ्गोपाङ्ग व्यथासित अपरिचित रहेर पनि मैले जुन व्यथा अनुभव गरें, मार्था आन्टीको आक्रामक व्यवहारलाई मैले सहानुभूतिको जुन स्तरमा

अध्ययन गरें, जुन आत्मीय प्रेम र शोकको प्रभावमा समर्पित भएँ, यी अविश्वसनीय भएरै पनि जिन्दगीको मधुसञ्चय मान्न सकिन्छ । यसरी पनि औपचारिकताको पर्खाल भत्कन सक्छ, यसरी पनि कसैलाई आमा मान्न सकिन्छ वा कसैको छोरा भएर आत्मसन्तुष्टि लिन सकिन्छ, म मार्था आन्टीको आत्मीय बन्धनभित्र विचारको घोडा दगुराइ नै रहन्छु ।

"मेरो विचारमा कफी पिउनु बेस हुन्छ !" मिस मेरीको गुलियो बोली कानमा परेपछि म नियन्त्रित भएर कुर्सीमा बस्छु । मिस मेरी हातमा दुई प्याला कफी बोकेर ठिङ्ग उभिइरहेकी हुन्छे । म लाजसरमले रातोपिरो हुन्छु । मिस मेरी कफीका प्याला हातहातमा राखिदिएर फेरि किचनमा जान्छिन् र अर्को एक प्याला कफी हातमा लिएर पिउँदै आउँछिन् । यति नै खेर मेरो मनमा मिस मेरीप्रति जिज्ञासु भावना उत्पन्न हुन्छ । मार्था आन्टीको समवयस्क कुमारी मेरी सम्भवतः शुद्ध नेपाली भाषा बोल्न सक्ने बेलायती कथा हो, आफ्नै पाराको अन्तर्मुखी व्यथा हो । सम्भवतः भावनात्मक स्तरमा यी दुई प्राणी व्यथित मनहरू साटिरहन्छन्, मौनताको आवरणभित्र खामेर ।

"मेरी आन्टी, तपाईंबाट पनि म क्षमा चाहन्छु, मैले अनावश्यक दुःख दिएँ !", म सहज हुने चेष्टा गर्दै भन्छु ।

"छोरा, तिमीले ठीक भन्यौ । हामीले एक हराएको छोरा पायौं !"

"आन्टी, म हराएको छोरा होइन, तपाईंहरू नै लस्ट मदर्श !" र यसरी व्यथाले बोझिल वातावरणले आत्महत्या गर्छ । मिस मेरी घतपर्दो पाराले खितखिताएर हाँस्न थाल्छिन् । मार्था आन्टी पनि निःसङ्कोच, सम्पूर्ण व्यथित स्मृतिहरू बिर्सेर मुस्कुराउँछिन् । कुनै इसाई कथामा कुनै धनी बाउले छोरा हराएको थियो, अन्तमा पाउनकै लागि-यो कथाबाट सृजित वातावरणमा एक विजयी र तनावमुक्त मुस्कान लिएर म कफी घुट्काउन थाल्छु । मिस मेरी कफी पिउँदापिउँदै बीचबीचमा खूब हाँस्छिन्, साह्रै नै घत परेको अन्दाजमा । एकपल्ट त नराम्ररी सर्को पनि पर्छ । मार्था आन्टी र म मिस मेरीलाई हेर्दै हाँसिरहन्छौं ।

कफी पिइसकेपछि फेरि एकपल्ट म भित्तामा टाँगिएका सुन्दर कलाकृतिहरूप्रति आकर्षण महसुस गर्दछु । आँखाभरि प्रशंसाभाव बोकेर म

भन्छु, "आन्टी तपाईंको रूचिले राष्ट्रिय स्तरमा स्थान लिन सक्छ, किन आफ्नो कला लुकाएर राख्नुहुन्छ ?"

जबाफमा मार्था आन्टी एउटा व्यथित हाँसो हाँस्छिन् ।

"म मार्थाको चित्रकला मन पराउँदिनँ ।", मिस मेरी चञ्चल भएर आँखा घुमाउँदै भन्छिन् ।

"किन आन्टी ?"

"मार्था चित्र कोर्न थालेपछि मलाई बिर्सिदिन्छे !", मिस मेरी हाँस्दै बोल्छिन्, "इजेलमा क्यानभास अड्याएर मार्थाले हातमा कुची लिएपछि कि म बाहिर घुम्न निस्कन्छु, सेती खोलाको डिलतिर, कि म खुरूक्क स्लिपिङ ब्यागभित्र पस्ने गर्छु !"

"आन्टी, कलाकारहरूसित बस्नेले केही 'सेक्रिफाई' त गर्नैपर्छ !", म सिर्फ यति नै बोल्छु र मिस मेरीका सहृदयी आरोपहरूप्रति नितान्त बेखबर रहेर सम्भवतः कुनै पूर्वस्मृतिसित जुधिरहेकी मार्था आन्टीप्रति आकर्षित हुन्छु । मार्था आन्टीलाई झकझकाएर केही सोधूँ जस्तो लाग्छ तर मसित सोध्नका लागि खास कुनै विषयवस्तु नै रहँदैन, सिवाय पागल बस्ती र यो एक मात्र वर्जित प्रश्न हुन्छ । फेरि एकपल्ट वातावरणमा ढक खसेर बोझिलो हुन्छ । आखिर एउटा वर्जित प्रश्न बोकेर कसैको पूर्वस्मृतिको ढोका ढकढकाउनुको परिणति र उपयोगिता यसभन्दा गतिलो आशा राख्नु अर्थहीन आशावादिता नभए के ? एउटा प्रवेश-निषिद्ध स्वप्निल प्रदेशको हरियाली र कल्पवृक्षको शीतल छहारीको कल्पना गर्नु अर्कै कुरा, मूल ढोकामै अजङ्गको फलामे बार र भोटेताल्चाको वास्तविकता सामना गर्नु अर्कै कुरा ! मार्था आन्टी एउटा भोटेताल्चा नै हो, जसलाई ज्यान गए पनि म खोल्न सक्तिनँ र चाबीको प्रतिरूप निर्माण पनि गर्न सक्तिनँ । आत्मग्लानिबाट बच्ने हो भने मार्था आन्टीबाट सक्तो चाँडो पलायन गर्नु सर्वोत्तम, क्षणिक प्रेम र भावुकताले आफैंलाई कमजोर तुल्याउनुको प्राप्ति नै के !

"आन्टीहरू, अब म जान्छु पनि ।" सम्भवतः मार्था आन्टीको पूर्वस्मृतिको धागो चुँडिन्छ, झस्किँदै बेतको कुर्सीमा पुनः स्थिर भएर फुसफुसाउँदै बोल्छिन्, "बस छोरा, एकछिन बस !" म अलमलिएर उभिइ नै रहन्छु ।

मार्था आन्टी मेरो दाहिने हात समातेर तान्दै भन्छिन्, "आऊ यतापट्टि बस !" म पुनः बस्न बाध्य हुन्छु ।

"तिमीले आफ्नो बारे केही बताएनौ छोरा ।"

"कति पढेका छौ ?"

"रिपोर्टिङ्मा डिप्लोमा !"

"घरमा को-को छन् ?"

"बुबा, दाइ, भाउजू र बहिनी । आमा म सानो छँदा नै बित्नुभयो ।"

"विवाह ?"

"हुन सकेन आन्टी ।"

"किन ?"

"म जसलाई प्रेम गर्थें, उसले अर्कैसित विवाह गरी ।"

"भेरी अन्फोर्चुनेट ।", म फिस्स हाँसिदिन्छु ।

मिस मेरी "एक्सक्युज मी" भनेर किचनतिर प्रस्थान गर्छिन् । म प्रश्नोत्तरहीन भएर एउटा खाली क्यानभास हेरिरहन्छु ।

"किशोर, अघिको फोटो मलाई देखाऊ !"

"आन्टी !"

"हो, पागल बस्तीको फोटो, मलाई देखाऊ !"

"तर आन्टी !"

"मैले फोटो छोरा किशोरतिर मागेको, 'अष्टावक्र'सित होइन ।"

म फोटो दिन्छु । तिनी कम्पित हातले फोटो लिएर हेर्न थाल्छिन् ।

"एउटा कुरा भन छोरा", फोटो हेर्दै मार्था सोध्छिन्, "तिमीले मेरो बारे कसरी जानकारी पायौ ?"

"एक जना बूढा थकालीबाट, पहिले ऊ नौडाँडामा भट्टी चलाई बसेको रहेछ, अहिले महेन्द्रपुलमा लज चलाई बसेको छ । उसले हजुरलाई देखेको रहेछ, पहिले पनि, अहिले पनि ।"

"ए ।", मार्था आन्टीले टाउको हल्लाउँछिन् ।

"फोटो आन्टीलाई छाडेर जाऊ, भोलि फिर्ता दिन्छु !" म कुनै प्रतिकार गर्दिनँ, उत्सुकता पनि देखाउँदिनँ । यति नै सोच्छु, मार्था आन्टीको अज्ञात पूर्वस्मृतिद्वारा सृजित कमजोर भावनाहरूले लगाम पाइसकेका छन् । सम्भवतः

पागल बस्तीको फोटो हेरेर तिनी ढिलै भए पनि एउटा नयाँ जीवनको ढोका उघार्न चाहन्छिन् । बेसै हुन्छ, यदि मार्था आन्टीलाई यो सानो भग्नावशेषको छायाचित्रले निरर्थक र व्यथापूर्ण भावनाको स्वप्नप्रदेशबाट वास्तविकताको दुनियाँमा अवतरित गर्न सक्यो भने । काल्पनिक सपनाको फूलबारीभन्दा यथार्थ मरूप्रदेशको काँडे झाडी उत्तम !

मिस मेरीको अनुपस्थितिमा मार्था आन्टीसित बिदा भएर त्यस सानो ड्राइङरूममा चुम्बकीय तनावबाट विमुक्त हुँदा अन्तर्बोधझैं हुन्छ, मान्छेको दुनियाँ मार्था आन्टीको ड्राइङरूमबराबर सानो छैन, त्यो अति विशाल छ विशाल ।

७

भोलिपल्ट होइन, पर्सिपल्ट लेक्चरर्स कोलोनीको त्यस घरमा प्रवेश गर्दा पहिलो साक्षात्कार मिस मेरीसित हुन्छ । तिनी बेतको कुर्सीमा बसेर एउटा अङ्ग्रेजी म्यागाजिन पढिरहेकी हुन्छिन् । मलाई देख्नासाथ साह्रै चञ्चल भई बोल्न थाल्छिन्, "तिमीले मार्थालाई त्यो फोटो दिएर ठीक काम गऱ्यौ वा बेठीक म भन्न सक्तिनँ तर मार्थामा अनौठो परिवर्तन देखा परेको छ ।" "कस्तो परिवर्तन आन्टी ?", म उत्सुक भएर छेवैको अर्को कुर्सीमा बस्छु । मिस मेरी धारावाहिकरूपमा भन्दै जान्छिन्, "दश वर्षमा पहिलोपल्ट मार्थामा परिवर्तन आएको छ । मार्था भर्खरकी तरूनीजस्ती चञ्चल र धेरै कुरा गर्ने भएकी छे । अस्ति बेलुकीदेखि आजसम्ममा मार्थाले यति धेरै बात मारेकी छे, सायद दश वर्षभरिमा पनि यति धेरै कुरा गरिन होली । मार्था धेरै खुशी छे, खुशीले उत्ताउली भएकी छे तर मलाई डर लाग्छ ।" मिस मेरीको गोरो अनुहारमा चिन्ताका धर्साहरू उम्रिन थाल्छन् । म पनि चिन्तित हुन्छु । "मलाई एकदम डर लाग्न थालेको छ । म मार्थालाई चिन्छु । उसको यो खुशी स्वाभाविक छैन, भेरी आर्टिफिसियल, यस्तो शङ्का लाग्छ मलाई मार्थाको बोलीवचन, एभ्रिथिङ, ओ गड !"

"तर आन्टी, यो सबै तपाईंको मनको भ्रम मात्रै पनि हुन सक्छ ।", म केही अरू नै सोचेर बोल्छु । जबाफमा मिस मेरी पुनः धारावाहिकरूपमा बोल्छिन्, "हो, तिम्रो कुरा ठीक हुन सक्छ । दश वर्षभरिमा मैले मार्थाको

यस्तो विलक्षण रूप देखेकी थिइनँ । एकैपल्ट देख्दा मलाई भ्रम भएको हुन सक्छ । मार्था मसित आवश्यक कुराभन्दा बढी बोल्ने थिइन, अहिले अनावश्यक कुराभन्दा बढी केही बोल्दिन । मलाई डर लाग्छ तर भ्रम परेको हुन सक्छ ।"

"अहिले मार्था आन्टी कहाँ हुनुहुन्छ ?"

"क्वार्टरको पछाडिपट्टि, पेन्टिङ गर्न थालेकी छे ।"

मिस मेरीको निर्देशनमा म क्वार्टरको पछाडिपट्टि लाग्छु । सेती खोलाको अविराम क्रन्दनप्रति नितान्त बेखबर मार्था आन्टी बिस्तारै क्यानभासमा रङ पोतिरहेकी हुन्छिन् । छेवैमा पुग्दा बारनेसको तीक्ष्ण गन्ध म महसुस गर्छु ।

"हिजो तिमी किन आएनौ ?", मार्था आन्टी मलाई नहेरीकनै मेरो पदचापलाई प्रश्न गर्छिन् । म तिनको अन्तर्बोधदेखि आश्चर्यचकित हुन्छु । क्यानभासको पृष्ठभागमा व्यस्त हुँदै तिनी बोल्छिन्, "हिजो दिनभर तिमीलाई कुरेर बसें तर तिमी आएनौ । भन, किन आएनौ ?" हातको कुचीलाई रङहरूको सम्मिश्रणभित्र चोपल्दै गम्भीरतापूर्वक प्रश्न गर्छिन्, म आत्मसर्पित भएर एउटा कामचलाउ उत्तर दिन्छु, "एउटा काम पऱ्यो आन्टी, त्यसैले आउन सकिनँ ।"

मार्था आन्टी तीक्ष्ण दृष्टिपात गर्छिन् । मलाई मेरो उचाइका साथ सम्पूर्ण अस्तित्व नै नापिँदै छ जस्तो लाग्न थाल्छ । एकछिनपछि तिनी आफ्नो एक्सरे आँखा र रङले लथपथ कुचीलाई क्यानभासतिर मोड्दै दीर्घ निश्वास लिन्छिन्, "छोरा किशोर, तिमीले मार्था आन्टीसित झूटो बोल्यौ ।" म भएभरको आन्तरिक गम्भीरतालाई साक्षी राखेर चुपचाप तिनको कलात्मक हात र कुचीको व्यस्त परिदृश्य हेरिरहन्छु । मिस मेरीको कथनअनुरूपको चञ्चल र उत्ताउली मार्थाको यहाँ नामनिसान छैन । उही पहिलो भेटमा सीमाहीन घृणा पोखेर दोस्रो भेटमा त्यसभन्दा असीमित माया पोख्ने आन्टीको अस्तित्व मात्रै छ यहाँ । म अपराधबोध गर्दै बुख्याचाझैं ठिङ्ग उभिइरहन्छु ।

मार्था आन्टी तन्मयताका साथ क्यानभाससित खेल्न थाल्छिन् । यस्तो लाग्छ, तिनी कुची, क्यानभास र रङहरूसित पूर्णरूपले एकाकार भएकी छिन् । सम्भवतः तिनले मेरो अस्तित्व नै पनि बिर्सेकी छिन् । म धेरैबेरसम्म तिनको झीनो हातको चर्तिकला हेरिरहन्छु । क्यानभासका

छेउछाउका धारहरूमा कुचीले रङका मोटामोटा रेखा तान्दै अचानक बोल्छिन् तिनी, "मेरो बेडरूमबाट एउटा स्टुल लिएर आऊ !" म खुरूक्क क्वार्टरभित्र पस्छु, बेडरूमबाट स्टुल निकाल्छु र अर्को आदेशको प्रतीक्षा नगरीकन तिनको दाहिनेपट्टि स्टुल राखेर बस्छु । मार्था आन्टी आफ्नो व्यस्त हातलाई रोकेर फेरि अचानक सोध्छिन्, "छोरा किशोर, तिम्रो मसित बाहेक अरू कोसित काम हुन सक्छ ?"

"आन्टी कुरा के भने !", म अप्ठ्यारो स्थितिमा सफाइ पेस गर्न खोज्छु । तिनी मेरो कुरो बीचैमा काटेर बोल्छिन्, "स्पष्टीकरण दिनु पर्दैन छोरा, भइगयो ।" र, मरियमको जस्तो मायालु अनुहार पारेर हातमा लागेको रङ एउटा सानो कपडाले पुछ्न थाल्छिन् । म एकछिनसम्म वातावरणमा रङको तेज गन्ध मात्रै महसुस गर्छु । मनमा लागिरहन्छ, कुनै एउटा नयाँ कुराको सिलसिला थाल्न पाए हुन्थ्यो तर हतपतमा कुराको नयाँ सिलसिला पनि फेला पर्दैन । बाध्य भएर म छेवैको परिवेशप्रति दृष्टिपात गर्छु । हेर्दाहेर्दै सेतो रङबाट नीलो रङमा परिणत भएको सेतीखोला, फेदीका ढुङ्गाहरू अपहरित भएर दिनपरिदिन कुरूप हुँदै गएको काउँडाँडा, फौजीहरूको तारो हान्ने ठाउँ जसलाई दाहिनेपट्टि पारेर भलाम र न्यालेचौरतिर फाट्टफुट्ट मानिसहरूको आवतजावत, म मार्था आन्टीको रङले पोतिएको सानो क्यानभासको विरोधमा छेवैको विशाल प्राकृतिक क्यानभास हेरिरहन्छु ।

"छोरा किशोर, तिमीसित एउटा अनुरोध गर्नु छ !", धेरैबेरपछि मार्था आन्टीको कम्पित आवाज मौन वातावरणमाथि प्रतिध्वनित हुन्छ । म प्राकृतिक क्यानभासबाट सामाजिक क्यानभासतिर फर्किन्छु ।

"किशोर, म यस क्यानभासमा तिमीले खिचेको त्यस बस्तीको फोटोचित्र उतार्न चाहन्छु जसलाई मानिसहरू पागल बस्ती भन्छन् । यसको लागि समय लाग्न सक्छ ।" म मार्था आन्टीको सङ्केत तुरुन्त बुझ्छु । "आन्टी, मेरो काठमाडौं फर्किहाल्ने नै योजना छैन । फर्किहालें भने पनि मलाई त्यस फोटोको आवश्यकता पर्ने छैन । तपाईं पेन्टिङ गर्दै जानोस्, म हेर्दै जान्छु । म चित्रकार नभए पनि चित्रकलाको सोखिन छु । भिन्सी, माइकेलसन्जेलो, न्याफेल, कुर्वे, सेजान, गोगे, देलाकुवा, भ्यानगग, लोत्रेक, भेलास्की पिकासो, ज्याक्सन पोलकका बारे, मैले रूचि लिएर

अध्ययन गरेको छु । रेब्रान्ट त अति नै मन पर्छ ।", म बोल्दै जान्छु । पछि मार्था आन्टीजस्ती क्याम्पसकी प्राध्यापिका र उच्चस्तरीय चित्रकारको सामुन्ने आफ्नो टिपनटापनयुक्त सामान्य ज्ञानको फुइँ लाउँदै छु भन्ने सम्झनाले कानको जरासम्म रातो हुन्छु । मार्था आन्टीको शान्त आँखामा अविश्वसनीयताको बदलामा मप्रति प्रशंसाको चहकिलो भाव हुन्छ । म मानसिकरूपले अति सहज भएर प्याच्चै भन्छु, "खास कुरा के भने आन्टी, मलाई काठमाडौं फर्कन मनै लागेको छैन ।"

"किन छोरा किशोर ?"

"तपाईं पोखरामा बस्नुहुन्छ, त्यसैले ।", म लाडिने प्रयास गर्छु, "अर्को कुरा, I am very sad... I want to forget her if is it possible."

"अझै माया लाग्छ ?"

"लाग्छ आन्टी ।"

"त्यसो भए घृणा गर्न सिक ।"

"म घृणा गर्न जन्मेको होइनँ आन्टी । म प्रेम गर्न सक्छु, घृणा गर्न सक्तिनँ ।"

"यो दुःख पाउने सोचाइ हो छोरा !"

"थाहा छ आन्टी, तपाईं मलाई यति मात्र भनिदिनोस्, कसैले प्रेम गर्छ भनेर जान्दाजान्दै किन अरूसित विवाह गर्छन् मान्छेहरू ? के प्रेमलाई अपमान नगरीकन संसार चल्न सक्तैन ?"

मार्था आन्टी कुनै जबाफ नदिईकन मात्र मलाई हेरिरहन्छिन् । म आफैंदेखि छक्क पर्छु, किन म यस्ता कुराहरू सुनाइरहेको छु ?

८

पोखराको पूर्वेली आकाशमा मनसुन जिस्किरहेको हुन्छ । साँझपख दुवै आन्टी एकसाथ भेटिन्छन्, आआफ्ना कार्यमा व्यस्त । मिस मेरी सायद प्रमाणपत्र तहका विद्यार्थीहरूको कापी जाँचिरहेकी हुन्छिन् । मार्था आन्टी एकापट्टिको कुनामा बसेर एउटा ठूलो क्यानभास तयार पारिरहेकी हुन्छिन् । छेवैको भित्तामा अस्तिको चित्र कोरिँदै गरेको क्यानभास उल्टाएर राखिएको हुन्छ र त्यसको ठीक अगाडिपट्टि क्यानभासरहित इजेल ठडिएको हुन्छ,

तीन खुट्टा टेकेर रोजगार नपाएका मानिसहरू कुनै रोजगारको आश्वासन दिने अफिसअघिल्तिर ठडिइराखेझैं । पहिलेको क्यानभासभन्दा तेब्बर ठूलो, झन्डैझन्डै ड्रइङरूमको एउटा भित्ताजति नै लामो क्यानभासको जन्म किन हुँदै छ ? म सोच्छु । मनभित्रभित्र केही बुझ्छु पनि । मार्था आन्टी आवाजहीनजस्तो मेरो पदचापलाई साबिकबमोजिम चिनेर काम गर्दागर्दै चर्को आवाजमा बोल्छिन्, "आऊ, आऊ छोरा किशोर ! म तिमीलाई नै पर्खिरहेकी छु !" सामान्यतया केही चर्को, प्रसन्न र विकाररहित अथवा तनावरहित, यस्तै लाग्छ मार्था आन्टीको स्वागतम् ध्वनि । म मिस मेरीलाई हेर्दै मुस्कुराइदिन्छु बदलामा मिस मेरी पनि मिठासपूर्वक मुस्कुराइदिन्छिन् । "एकछिन कुर्सीमा बस, पहिले म काम सक्छु !", मार्था आन्टी निर्माणाधीन क्यानभासलाई उल्टाएर त्यसको पछिल्तिर कीला ठोक्न थाल्छिन् । त्यसपछि केही सम्झेझैं गरी अचानक पछिल्तिर फर्केर अत्यन्त चर्को पारामा कराउँछिन्, "मेरी, छोरालाई कफी पिलाऊ !" मार्था आन्टीको त्यो आवाज मलाई उन्मुक्त चरीको चिरचिराहटजस्तो लाग्छ । मिस मेरी मार्था आन्टीको कुराको बदलामा मज्जाले नाक खुम्च्याएर गाला फुलाउँछिन् । रोक्न खोज्दा पनि मेरो मुखबाट हाँसो फुस्किहाल्छ । म मज्जाले हाँस्छु, ड्रइङरूमको बीचमा उचिएर । "सिल्ली गर्ल !", मार्था आन्टी झपार्छिन् र झपारिराखेर कीला ठोक्ने काममा व्यस्त हुन्छिन् । मिस मेरी झन् बढी नाक खुम्च्याएर मुख फुलाउँछिन् । मलाई झन् बढी हाँसो लाग्छ र भुँडी दुख्ने गरी हाँस्न थाल्छु ।

मिस मेरी दुई-चारवटा कापी जाँची सिद्ध्याएर किचनबाट दुई प्याला कफी ल्याउँछिन्, एक प्याला मलाई दिन्छिन्, अर्को आफैं पिउन थाल्छिन् । म कफीको प्याला हातमा लिई कुर्सीमा बस्छु । "मेरो कफी खोइ मेरी ?", मार्था आन्टी कराउँछिन् । जबाफमा मिस मेरी फेरि नाक खुम्च्याइदिन्छिन् । म फेरि हाँस्न थाल्छु, स्वास्थ्यवर्धक भनिने खालको हाँसो । मार्था आन्टी रिसाएझैं गरी कराउँछिन्, "यो अङ्ग्रेजी बुढी काम नपाएर बिहानदेखि जिस्किँदै छ ।" जबाफमा मिस मेरी पुनः विशेषज्ञ ढङ्गले नाकै खुम्च्याउँछिन् । "मार्था बिहानैदेखि ट्वाकट्वाक गरिराखेकी छ, घरभन्दा ठूलो क्यानभासमा के कोर्ने थाहा छैन । मलाई दुःख दिने मार्थाको यो नयाँ तरिका हो !" त्यतिले पनि नपुगेर मिस मेरी कुरा थप्दै जान्छिन्, "दश वर्ष भइसक्यो मैले

कलाकार मार्थाका रङहरूको दुर्गन्ध सहेको, अब नाक झर्न मात्र बाँकी छ !" "लन्डनबाट एउटा नक्कली नाक मगाइराख्नू !", मार्था आन्टी ओठे जबाफ दिइराखेर क्यानभासलाई सुल्ट्याउँछिन् र केही कदम पछि हटेर तीक्ष्ण पारदर्शी, आँखाले क्यानभासलाई घुर्छिन् । म विभाजित मस्तिष्क बोकेर कहिले मिस मेरीको तर्फबाट, कहिले मार्था आन्टीको तर्फबाट सोच्न थाल्छु । मिस मेरी मलाई भुँडी दुखुन्जेल हँसाइराखेर 'इभ्निङ वाक'मा जान्छिन् । म कुर्सीमा बसेर, जोग्राफिक म्यागेजिनका रङ्गीन पानाहरू पल्टाउँदै हाँसिरहन्छु । तिनको चञ्चल भावभङ्गिमा र नाक सम्झिरहन्छु । खासमा, सेतो न सेतो छाला भएका बेलायतीहरू यसरी पनि बालचाञ्चल्यका साथ जिस्किन सक्छन्, मेरो सोचाइमा नै थिएन । मिस मेरीजस्ती सुसंस्कृत नारीले जिस्किएर नाकै मात्र खुम्च्याइदिंदा जिन्दगीको एक अनमोल अनुभूतिद्वारा पुरस्कृत भइन्छ भन्ने के थाहा र !

मार्था आन्टी तीक्ष्ण र पारदर्शी आँखाले भित्ताभरिको क्यानभासलाई एकटक घुरिरहेकी हुन्छिन् । तिनको अनन्तजस्तो यो अविराम घुराइमा जीवनभरिकै गम्भीरता गाँसिएको हुन्छ क्यार ! मलाई मार्था आन्टी कुनै स्पेनिस वा डच वास्तुशिल्पीको सङ्गमरमरमा कुँदिएको कलाकृतिजस्तो लाग्छ । हाँस्नपट्टि लागेर सस्तैमा मार्था आन्टीलाई बिर्सन पुगिएछ, अन्तस्करणभित्र कतै एउटा क्षमाप्रार्थी मनको जन्म हुन्छ । मार्था आन्टी मेरो क्षमाप्रार्थी मनलाई नसमातीकन सोध्छिन्, "छोरा किशोर, हाँस्न पुग्यो ? यो नयाँ क्यानभास कस्तो लाग्यो ?"

"राम्रै लाग्यो !", म एक कामचलाउ उत्तर दिन्छु ।

"वास्तवमा यो क्यानभास राम्रो हुनुपर्छ !", मार्था आन्टी क्यानभासलाई प्रीतिपूर्वक हेर्छिन्, "यो मेरो जिन्दगीको अन्तिम क्यानभास हो !" वाहियात त भन्न भएन तर कुरो पूरै एब्स्ट्रेक्ट ! म एब्स्ट्रेक्ट अर्थपट्टि नलागेर सीधा आफ्नो जिज्ञासा पोख्छु, "यति ठूलो क्यानभासमा के कोर्नुहुन्छ आन्टी ?"

"म यसमा 'पागल बस्ती' कोर्न चाहन्छु छोरा !"

"... ... ... ?"

मार्था आन्टी सहज प्रफुल्लताका साथ मुस्कुराउँदै भन्छिन्, "यो मेरो जीवनको अन्तिम क्यानभास हो छोरा, जसमा म पागल बस्ती सृजना गर्न

चाहन्छु । यसपछि म जिन्दगीमा कुनै अर्को चित्र कोर्नेछैन । खासमा त्यो सानो क्यानभास पागल बस्ती सृजना गर्न पर्याप्त थिएन । क्यानभासमा रङ पोत्दै जाँदा मलाई यो कुराको अनुभव भइरह्यो । ती क्यानभासहरू जसमा मैले रङ पोत्दै छोडें, झ्यालखानाजस्तो लागिरह्यो, कारण पागल बस्ती क्यामेराको फोकसभित्र अटाउने बस्ती मान्न सकिंदैन । क्यामेराको फोकसमा केही सङ्केत, केही प्रतीक र केही बाङ्गाटिङ्ग अवशेष मात्र देखा पर्छन् । बस्तीको ढुकढुकी अथवा स्पन्दन । छोरा, आन्टीका लागि एउटा काम गर !" कुराको प्रसङ्ग चुँडालेर मार्था आन्टी पारदर्शी आँखाले मलाई हेर्छिन् । म पूरापूरा, मनभित्रसम्म नराम्ररी झकझकिन्छु ।

"छोरा किशोर, आन्टीको नाममा एउटा पवित्र काम गर, कुरा सुन्दै छौ ?"

"के काम आन्टी ?", म सशङ्कित हुँदै सोध्छु ।

"आन्टीका लागि पागल बस्ती खोज्न थाल !" मार्था आन्टी मुसुक्क हाँस्छिन् । मलाई बिपनामा नै स्वप्नबोध हुन्छ । मनभित्र एउटा विद्रोहको लहर पनि उत्पन्न हुन्छ । अनिच्छापूर्वक खोजी बन्द गरिएको पागल बस्तीलाई फेरि खोज्न थालूँ म ? मार्था आन्टीलाई जरूर यो कुरा थाहा हुनुपर्छ, पागल बस्तीको एक मात्र खोजी-पत्रकारले किन पागल बस्तीमाथि हात हालेन ? आन्टीका लागि पागल बस्ती खोजी बन्द गरिएको थियो, अब आन्टीकै लागि शुरू गरूँ ? ...म चुपचाप विरोध, विद्रोह र बहिष्कारको फेवाताल जमिदिन्छु ।

"किशोर छोरा, आन्टीको कुरा यतिखेर गुलियो नलागेर तीतो लाग्छ, औषधीझैं तर तिमीले पागल बस्तीको खोजयात्रा थाल्नुपर्छ, आफ्ना लागि होइन, आन्टीका लागि ! हुन सक्छ छोरा, यो इतिहासको आवाज हो !" "इतिहासको आवाज !", म कुरा बुझ्ने चेष्टा गर्छु । किन इतिहासको आवाज ? कसरी इतिहासको आवाज ? यो त धेरै नै ठूलो र गड्डुङ्गो कुरा हो !

"मार्था आन्टी, म तपाईंलाई दुःख दिन चाहन्नँ । मैले प्रेमिका हराएँ । त्यसैले आमा हराउन चाहन्नँ । तपाईंले मलाई गलत सोच्नुभएको छ ।", कुनै इतिहासको आवाज होइन, सीधासाधा मनको आवाज पोख्छु र द्रवीभूत हुन्छु । मार्था आन्टी धाराप्रवाह मानौं इतिहासकै आवाज बोल्न थाल्छिन्, "छोरा किशोर, ध्यान दिएर मेरो कुरा सुन । जुन समयमा तिमी

पागल बस्ती खोज्दै मसम्म आइपुगेका थियौ, त्यस बेला म सोच्थें, पागल बस्ती मेरो व्यक्तिगत कुरा हो, कसैलाई पनि खोजीनिती गर्ने, जान्ने-बुझ्ने अधिकार छैन । त्यसैले तिमीलाई सहयोग गर्न सकिनँ त्यस समयमा तर पागल बस्तीको ध्वंसावशेष-फोटो हातमा लिएर क्यानभासहरूमा रङ पोत्दै जाँदा दिनपरदिन आफ्नै हृदयभित्र परिवर्तन महसुस गर्न थालें । ...अनि चित्र कोर्दाकोर्दै मलाई आत्मबोध भयो, साथमा दायित्वबोध पनि । त्यसैले म तिमीलाई छोरा पनि पत्रकार पनि देख्न चाहन्छु !"

मार्था आन्टी एकछिन शून्यमा स्थिर हुन्छिन्, एक अज्ञात शून्यता, मलाई यस्तै महसुस हुन्छ तर तिनको शून्यवस्था भावुकता र वस्तुतासहित थियो वा भावरहित, यो म अनुभव गर्न सक्तिनँ । यो मौन अनुभवको क्रम आन्टीको एक यस्तो दीर्घ निश्वासले चुँडिन्छ, जसलाई म न त सुखोत्पादक भन्न सक्छु, न त दुःखोत्पादक ! उफ् ! समयको एक अज्ञात शिलामा लेखिएको इतिहासको कथित र उपेक्षित आवाजजस्तो प्रतीत हुन्छ, पागल बस्ती ! "छोरा किशोर, तिमी जुन बस्तीको खोज वा उत्खनन गर्न चाहन्छौ, त्यसलाई मैले जिन्दगीभर व्यक्तिगत सम्झेर छोपिराखें, मानौं त्यो सुनको अनमोल खजाना थियो अथवा मेरो अत्यन्त घृणित र गोपनीय कुकर्मको थुप्रो थियो । पागल बस्तीको कथा मेरो आत्मकथा होइन भन्ने आत्मबोध स्वयम्मा एक दायित्वबोध हो छोरा । तिमीले नै छोरा, अचेतनरूपमा मलाई आत्मबोधको पथमा निरन्तर घचेटिरह्यौ, अब न्यायिक दायित्व यही हुनेछ, पागल बस्तीले 'पुनर्जन्म' प्राप्त गरोस् । मलाई हार्दिक विश्वास छ, आन्टीलाई माया गर्ने छोराले मात्र पागल बस्तीको पीडा बुझ्न सक्छ । पागल बस्तीको खोजी गरिएन भने मार्था आन्टीले आफूलाई कहिले पनि माफी दिन सक्नेछैन !", पुनः एक दीर्घ निश्वास, भन्न सकिन्न सुखोत्पादक वा दुःखोत्पादक !

"तर आन्टी, पागल बस्तीको उत्खनन गरूँ म कसरी ?"

"कतै गएर ढुङ्गा-माटो पल्टाउनु पर्दैन छोरा, कारण पागल बस्तीको उत्खनन कहिले पनि कुनै समृद्ध खजानाको खोजी वा कुनै प्राचीन मृत सभ्यताको खोजी हुन सक्तैन । तिमी आन्टीको उत्खनन गर । पागल बस्तीको वास्तविकता मेरो मन र मस्तिष्कमा विगत पैंतीस वर्षदेखि

गुजुल्टिएर बसको छ, अजिङ्गरझैं भएर, यसलाई न त मैले कसैलाई सुनाउने प्रयास गरें, न त कसैले सुन्ने प्रयास नै गर्न सक्यो । तिमी भोलिदेखि प्रत्येक दिन बिहान यहाँ आउनेछौ र मेरो चित्रात्मक डायरीका हजारौं पन्नाहरू पल्टाएर अर्थ खोज्नेछौ । म चित्रहरूमा डायरी लेख्छु, शब्दहरूमा होइन । तिमी मेरो चित्रहरूको शब्द-रूपान्तर गर । मेरो वैयक्तिक चित्र-डायरीबाट अवैयक्तिक, ठोस वस्तुगत सत्य अर्थ निकाल्ने प्रयास गर र मसित कुनै प्रश्न नगर, यही तिम्रा लागि पागल बस्तीको उत्खनन हुनेछ । बस, एक पूर्वाग्रहशून्य संवेदना र समझदारीको आवश्यकता पर्नेछ । एकछिन पर्ख छोरा, म कफी लिएर आउँछु !"

मार्था आन्टी किचनतिर लाग्छिन् । म भित्ताभरिको असाधारण क्यानभासलाई निर्निमेष दृष्टिले हेरिरहन्छु ।

१

एकाबिहानै म डाकिन्छु । "के तिमी बस्तीको उत्खनन गर्न तयार छौ ?" सोधिन्छु । म बिहानीपखको प्रफुल्ल मानसिकता अभिव्यक्ति गर्दै एक मुस्कान जबाफमा दिन्छु । क्रिश्चियन नन्‌जस्ती आन्टी मेरो जबाफको जबाफमा मरियमको जस्तो उही पूर्वपरिचित मुस्कान छर्दै भन्छिन्, "आन्टीलाई यही विश्वास थियो, छोरा ! म तिम्रो प्रेमपूर्ण सहयोगलाई हार्दिक अभिनन्दन गर्छु ।..." म आन्टीको भावुकताको विरोधमा वस्तुस्थिति स्पष्ट पार्न खोज्छु, "आन्टी, हार्दिक अभिनन्दन त म गर्छु तपाईंको कारण म नै आन्टीबाट असीमित प्रेम र निःस्वार्थ सहयोग प्राप्त गर्दै छु !" मार्था आन्टी भावुकतापूर्वक मेरो हात मुसार्न थाल्छिन्, त्यसैले मेरो अन्तर्मनको विरोध मनसम्म नै सीमित हुन्छ । सोच्न थाल्छु, किन भावुकताको गणितले मान्छेलाई दुःख र पीडा मात्रै प्रतिदानमा दिन्छ ? किन शोक र आँसु मात्रै दिन्छु ? ...म भावुकताको गणितबाट उम्केर कुनै अभावुक र ठोस कुरा सोच्न सक्तिनँ । स्वयम् मार्था आन्टी मलाई सहयोग गर्छिन्, "छोरा, म तयार भएर आउँछु, एकछिन पर्ख । अहिले हामी कतै जाँदै छौ !" आन्टी हतारहतार अर्को कोठामा प्रवेश गर्छिन् । म छेवैको बेतको कुर्सीमा बसेर उही भावुकताको नमिलेको गणित मिलाउनतिर लाग्छु, तर यस महागणितको उत्तर मिल्ने कुनै सम्भावना

मेरो सामुन्ने हुँदैन, त्यसैले आत्मपराजित मनलाई मौन सान्त्वना दिँदै, असहाय भएर भित्ताभरिको क्यानभासलाई घुर्न थाल्छु । त्यति नै बेला मलाई वारनिसका साथसाथै रङको तीक्ष्ण गन्ध महसुस हुन्छ । ओह ! भित्ताभरिको विशाल क्यानभासमा पागल बस्तीको काम शुरू भइसकेछ, तर... किन यति शीघ्र ? म आश्चर्यचकित हुन्छु ।

एकैछिनको अन्तरालपछि मार्था आन्टी पुनः प्रकट हुन्छिन् । उही पूर्वपरिचित सेतो सारी, सेतो ब्लाउज, गोलो चस्माको साथ चाउरी परेको सौम्य अनुहार र कुप्रो, क्षीण रूपाकृति ! परिवर्तनको नाममा तिनको हातमा एउटा पुरानो मेलको छाता थपिएको हुन्छ । "छोरा, आज हामी बस्तीको यात्रा गर्दै छौं, जाऔं !", सम्भवतः आन्टीका हात र मुख एकैपल्ट चल्छन् । म यन्त्रचालितरूपमा एक आज्ञाकारी बालकझैं तिनको पछि लाग्न थाल्छु । पोखराको अत्यन्त रमणीय बिहानीमा काउँडाँडा पछिल्तिरबाट भर्खरै उदित घामका न्याना किरणहरू माछापुच्छ्रे र अन्नपूर्णका टाकुराहरूबाट ओर्लंदै लेक्चरर्स कोलोनीका होचा, एकतले छानाहरूमा परिसकेको हुन्छ । म यस मनमोहक पर्यावरणमा आत्मनिष्ठ हुँदै खुरूखुरू आन्टीले छोडेका पैतालाका डोबहरू पछ्याउँदै जान्छु, क्रमशः लेक्चरर्स कोलोनी, विज्ञानभवन, पुस्तकालय-भवन, भानुभक्तको उपेक्षित सालिक, पछि पर्दै जान्छन् ।

क्याम्पसको मूल ढोकाबाट बाहिरिएपछि मार्था आन्टी भीम-बजार, पुरानो टुँडिखेल, बतासे-चौतारो हुँदै सेतीखोलालाई दाहिने पारेर जौबारीको कच्ची बाटो लाग्छिन् । म आत्मनिष्ठ भई प्रत्येक पाइलो तिनलाई पछ्याइरहन्छु । सुकुम्बासीहरूको बस्तीमाथि, जौबारीको ढुङ्गे खानी आइपुग्न बीस मिनेट समय लाग्छ । आफ्नो क्रमबद्ध हिंडाइमा पहिलो विश्रामचिह्न लाउँदै आन्टी भर्खरै शुरू भएको चाइनिज प्रोजेक्ट अवलोकन गर्न थाल्छिन् । म स्वयम् पनि सेतीमा कार्यरत व्यस्तता र यन्त्रको कोलाहल देखी रमाइलो मान्न थाल्छु । मजदुरहरूको हूलमूलमा केही चिनियाँ अनुहारहरू पनि स्पष्टरूपमा दृष्टिगोचर हुन्छन् । चिनियाँहरूको विशेष पहिरन र आकृतिले तिनीहरूको पृथक् परिचय दिइरहेको हुन्छ । सेतीपारि बाटोमा चिनियाँ मालवाहक गाडीहरूको आवजजावत भइरहेको हुन्छ ।

म एकछिनसम्म मार्था आन्टीको उपस्थिति र अस्तित्व बिर्सेर, भिटामिन-डीयुक्त न्यानो घाममा वातावरणको मधुशाला भोग गर्न थाल्छु । सेतीखोलाको पल्लोपट्टिको दीप भनिने बस्तीदेखि लिएर लामाचौर र बाटुलेचौरसम्मको खुला हरियो वातावरण र पृष्ठभूमिमा होचा-अग्ला डाँडाकाँडाहरू यही त हो प्रकृतिको मधुशाला ! माछापुच्छ्रे, अन्नपूर्ण शृङ्खला र फेवातालबाहेक पनि सही अर्थमा मात्तिने हो भने प्राकृत पोखराको मधुशालामा थुप्रै अन्य मातका कुराहरू छन्, म गम खाँदै सोच्छु ।

"छोरा किशोर, उः त्यहाँ हेर त, सेतीको पुल एउटा सरल रेखाजस्तो देखिन्छ !", धेरै समयसम्मको मौनतापछि आन्टीको बोली मेरो अन्तर्मनसम्म प्रतिध्वनित हुन्छ । सङ्केत गरिएको ठाउँमा आँखा घुमाउँछु । दीप, लामाचौर, बाटुलेचौरसहित अन्य कैयौं गाउँबस्तीहरूलाई पोखरा बजारसित जोड्ने एक मात्र सेतीखोलाको पुल एक पातलो ड्यासजस्तो देखिन्छ । म रोमाञ्चित हुन्छु ।

"छोरा किशोर, बाटो लागौं !", पदयात्रा पुनः शुरू हुन्छ । थाहा छैन, यो वास्तवमा पदयात्रा नै हो वा एक जीवनयात्रा तर आन्टीको सहयात्री म नै हुँ, मनमा एक अहम्बोध हुन्छ । म आफ्नो पैतालामा तीव्रता महसुस गर्न थाल्छु ।

क्रमशः जौबारी पछि पर्दै जान्छ । यामदी खोलाको कच्ची काठे पुल पार गरेर हामी अगाडि बढ्दै जान्छौं । टिबेटन क्याम्पभन्दा केही तल, एक समतल बाटोमा आइपुगेपछि अचानक मार्था आन्टी धारावाहिकरूपमा बोल्न थाल्छिन्, "बुझ्यौ छोरा, पैंतीस वर्षपहिले जब म पहिलोपल्ट यहाँ आएकी थिएँ, यहाँ कुनै नवनिर्माणका कुरा थिएनन् । क्याम्पस थिएन, भीमबजार थिएन, साइनिङ अस्पताल थिएन, सिम्पानी र जोबारीवरिपरिका घरहरू पनि थिएनन् । टिबेटन क्याम्प पनि थिएन । त्यस बेलाको पोखरा कहालीलाग्दा झाडीहरू र हरिया रूखहरूले छोपिएको एउटा सानो बस्तीजस्तो थियो । पोखराको आबादी अहिले जुन गतिले बढिरहेको छ, त्यसको अन्दाज त्यस बेला सम्भव नै थिएन । पोखरा, 'सिटी अफ साल्भेसन' थियो, अब 'सिटी अफ माइग्रेसन' भएको छ ।"

म मार्था आन्टीलाई सुन्छु मात्र । टिबेटन क्याम्प, तल्लो हेमजा, उपल्लो हेमजा हुँदै सुइखेतको फाँटमा आइपुग्दा भिटामिन-डीयुक्त भनिने घाम

निक्कै चर्किसकेको हुन्छ । यसबीच आन्टी टिबेटन क्याम्पको बसोबासबारे सामान्य जानकारीका कुरा गर्छिन् । हेमजाको लामो चौतारीतिर आइपुग्दा मार्था आन्टी टिप्पणी गर्छिन्, "यो गाउँ पहिले जस्तो थियो, त्यस्तै छ !"

सुइखेतको आधा फाँट छिचोलिउन्जेल आन्टीको मुखमा पूर्णविराम चिह्न लागिरहनेछ । म कुरा गर्नका लागि कुरा पाउँदिनँ, त्यसैले माथिमाथि फाँटबाट आइरहेका र हामीभन्दा तेज गतिले गइरहेका गोराकाला पदयात्रीहरूप्रति आकर्षित भइरहन्छु । त्यति नै बेला मलाई घान्द्रुकसम्मको आफ्नो पदयात्रा स्मरण हुन्छ । वास्तवमा त्यो पदयात्रा मेरो जिन्दगीको सबभन्दा अविस्मरणीय घटना भएको छ, जसले मेरो सम्पूर्णता, सरलता, प्रफुल्लता र अस्तित्वमाथि नै एक असाधारण प्रश्नचिह्न खडा गरिरहेको छ । उफ् ! पागल बस्ती त्यही पदयात्राको यन्त्रणादायक उपलब्धि हो र मार्था आन्टी सायद मेरो प्राप्ति ! थाहा छैन, म फाइदामा परेको छु वा बेफाइदामा तर सम्पूर्ण प्राप्ति र हानिभन्दा बढी म मानसिक र आत्मिक यन्त्रणामा परेको छु । म मूर्तता र अमूर्तताको दोसाँधमा निरन्तर दुखिरहेको छु । मसित दुख्नका लागि घाउ थिएन र ?

नौडाँडाको उकालो अव्यक्त पीडामा टुङ्गिन्छ । नौडाँडा बजारबाट झरेर हामी गन्तव्यमा पुग्छौं । आँखासामुन्ने पागल बस्तीको उही ध्वंसावशेष वा खण्डहर ! एक दिन यही ठाउँबाट म ज्यान बचाएर भागेको थिएँ । भन्न सक्तिनँ, त्यस बेला मलाई भूतहरूले लखेटेको थियो वा थिएन । त्यस बेला म एक प्रचण्ड महत्त्वाकाङ्क्षी सपना बोकेर आएको थिएँ । अहिले आफ्नो अन्तर्मनलाई साक्षी राखेर कसम खान सक्छु, मलाई सपनाको महत्त्वाकाङ्क्षा छैन, छ भने एक मात्र मुक्तिको आकाङ्क्षा छ ।

तर कमसेकम यस जन्ममा मार्था आन्टीबाट मुक्ति सम्भव छैन । म मार्था आन्टीको बन्धनमा परिसकेको छु । यो बन्धन कुनै महत्त्वाकाङ्क्षाको बन्धन अवश्य होइन, तब केको बन्धन हो ? म खूब गहिरिएर सोच्ने प्रयास गर्छु । त्यत्ति नै खेर कुप्री, चाउरी परेकी मार्था आन्टी छाताको सहयोगले सिस्नुको झ्याङ पन्छाउँदै ध्वंसावशेष बस्तीको मूल ढोकाभित्र प्रवेश गर्छिन् !

भाग दुई

१

नवनिर्मितभन्दा केही वर्ष पुरानो बस्तीको मूल ढोकाभित्र प्रवेश गर्दा तरूनी, सुकुमारी र हिस्सी परेकी मार्थाको पहिलो जम्काभेट बस्तीकी बुढी र पातली कुकुर्नीसित हुन्छ । बूढी कुकुर्नी तिनको स्वागत वा तिरस्कारमा सामान्यभन्दा चर्को स्वरले भुक्न थाल्छे । मार्थालाई लाग्छ, बूढी कुकुर्नी अपरिचयको भावले भुकिरहेकी छे, अविश्वासको भावले भुकिरहेकी छे र यो त्यसको जन्मसिद्ध अधिकार भनेझैं एक जन्मसिद्ध उत्तरदायित्व हो ।

मार्था कुकुर्नीमाथि परिचयको एक मधुर मुस्कान छर्छिन् तर तिनको मधुर मुस्कानले कुकुर्नीको मन जित्न सक्तैन । फलस्वरूप बूढी कुकुर्नी बस्तीको मूल ढोकाभन्दा करिब दश हातपर सुदृढ मोर्चा कसेर झन् उच्च स्वरले भुक्न थाल्छे । मार्था एक दीर्घ निश्वास लिई मोर्चा कसेर भुकिरहेकी कुकुर्नीप्रति बेवास्ता र विरक्तिको भावले हेर्छिन् । त्यति नै बेला तिनलाई आफ्नो लामो कष्टप्रद पदयात्राको थकाइ लाग्छ ।

पोखरा बजारबाट एक गाइने गाइडको सहयोग लिई तिनी बस्तीको ढोकासम्म आइपुगेकी हुन्छिन् । गाइने गाइड आशाभन्दा बढी पारिश्रमिक पाएर रमाउँदै बिदा भइसकेको हुन्छ । तिनको स्मृतिमा गाइने गाइडका अभिव्यक्तिहरू, विशेष गरी बस्तीप्रतिको शङ्कास्पद टिप्पणीहरू ठोक्किइरहन्छन् । मार्था दाहिनेपट्टिको शिलाखण्डमा अडेस लागेर गाइने गाइडका कुराहरू सम्झन थाल्छिन् । गाइडले बाटोमा भनेको थियो, "बस्तीमा बस्ने मान्छेहरू राम्रा छैनन् । सबै पागलजस्ता छन् । बाहिरका मान्छेहरू तिनीहरूसित बोल्न पनि डराउँछन् । यहाँका स्थानीय बासिन्दाहरू चिन्तित छन्, शङ्कित छन् । बस्तीवालाहरू भित्र बसेर केके गर्छन्, कसैलाई पत्तो छैन आदिआदि ।"

अधबैंसे उमेरको गाइडले तिनलाई पनि सल्लाह दिएको थियो, "मान्नुहुन्छ भने तपाईं पनि त्यहाँ नजानोस् हजुर । पागलहरूको सङ्गत गर्नु निको हुन्न, के हुन्छ, के !" गाइने गाइडका कुरामा उपदेश होइन, चिन्ता र सहृदयताको भाव हुन्छ, त्यसैले तिनलाई भन्न करै लाग्छ, "त्यहाँ मेरो एक जना साथी बस्छ, उसैलाई भेट्न आएको काठमाडौंबाट ।"

मार्थालाई लाग्छ, तिनको यस कुराले सहृदयी गाइने गाइड केही आश्वस्त भएको थियो । बूढी कुकुर्नी मोर्चा छोडेर भाग्ने पक्षमा हुँदिन तर त्यसको भुकाइ शान्त भइसकेको हुन्छ । मार्था फेरि एकपल्ट कुकुर्नीमाथि मधुर मुस्कान छर्छिन् र टाढैबाट भए पनि बस्तीका घरहरू गन्न थाल्छिन् । तिनको दृष्टिमा देब्रेपट्टि लहरै उभिएका भए करिब बीस घर पर्छन् । एक्काइसौं घर तिनको दृष्टिक्षेपमा राम्ररी पर्दैन, त्यसैले त्यसभन्दा परका घरहरू र दाहिनेपट्टिका केही ठूला र फराकिला घरहरू गन्नतिर नलागी घरका बनावट वा कालिगडीमा रूचि लिन थाल्छिन् ।

देब्रेपट्टिका एकतले घरहरूको कालिगडी एकसमानको हुन्छ । खरको छाना, चित्रा र भकारीको भित्ता अनि बाँसका खम्बा, सबै घर यिनै आधार भूत वस्तुहरूद्धारा निर्मित भएका हुन्छन् । दाहिनेपट्टिका फराकिला घरहरू, टाढाबाट हेर्दा पक्की र आधुनिक कालिगडीयुक्त देखिन्छन् तर ती घरहरू पनि खर, चित्रा, भकारी र बाँसद्वारा निर्मित छन् भन्ने मार्थालाई लाग्छ । मूल ढोकाबाट बस्तीका घरहरूका स्थिति, कालिगडी र आकारप्रकार हेर्दा मार्थालाई बोर्डिङ स्कुलहरूको स्मरण हुन थाल्छ तर आधुनिक बोर्डिङ स्कुलका घरहरू पक्की हुन्छन् भने यस बस्तीमा अधिकांश घरहरू कच्ची छन्, निरूद्देश्यजस्तो भएर तिनी सोच्न थाल्छिन् ।

"यो बस्ती किन राक्षसले खाएको शहरझैं उजाड र शून्य छ ?", तरूनी मार्थालाई उद्देश्यहीनझैं बस्तीको ढोकामा उभिरहनु अप्रासङ्गिक लाग्न थाल्छ । तिनलाई मोर्चा कसेर बसेकी बूढी कुकुर्नीको सम्झना पनि हुन्छ तर बूढी कुकुर्नी मोर्चा छोडेर कतै हिंडिसकेकी हुन्छे ।

"को मान्छे हो विन्दु ?" मूल ढोकानिरको घरबाट एक अधबैंसे नारी बाहिर निस्कन्छे । ऊसँगै विन्दु भनिएकी बूढी कुकुर्नी पनि हुन्छे । मार्थालाई कुकुर्नीसित सोधिएको प्रश्न एकदमै मन पर्दैन । डन्डीफोरका केही आला र केही पुराना घाउहरूले विकृत अनुहार देख्दा तिनलाई अत्यन्त विरक्ति पनि लागेर आउँछ ।

"तपाईं को हुनुहुन्छ ?", अधबैंसे नारी ठाडो प्रश्न गर्छे ।

"मेरो नाम मार्था हो, काठमाडौंबाट आएकी ।"

"यहाँ के काम छ ?", अधबैंसे नारी अर्को ठाडो प्रश्न गर्छे ।

"प्रशान्तजी हुनुहुन्छ ? म उहाँलाई भेट्न आएकी हुँ ।"

"को प्रशान्त ?", अधबैंसे नारी तेस्रोपल्ट पनि ठाडो प्रश्न गर्छे ।

"यस बस्तीको निर्माता, संस्थापक, प्रधान, चिन्नुहुन्न ?", मार्था ठाडो प्रश्नको रूखो जबाफ दिन्छिन् ।

"साँच्चै, उहाँको नाम प्रशान्त थियो, मैले त बिर्सिसकेकी ! वास्तवमा हामी उहाँलाई नाउँले बोलाउँदैनौ । उहाँ 'आदिगुरू' हुनुहुन्छ !", अधबैंसे नारीको बोली कोमल हुन्छ । उसको कुरूप अनुहारमा मुस्कुराहटका क्षीण धर्साहरू कोरिन्छन् ।

"आदिगुरू भनेको के हो । यसको अर्थ ?", मार्था विस्मित हुन्छिन् ।

"मलाई थाहा छैन, उहाँ आदिगुरू हुनुहुन्छ, हामी सबै आदिगुरू भनी उहाँलाई प्रणाम गर्छौं !", कुरूप नारी सहजरूपमा जबाफ दिन्छे । मार्थालाई यो सम्बोधन अति असहज र कृत्रिम लाग्न थाल्छ ।

"के म तपाईंहरूको आदिगुरूलाई भेट्न सक्छु ? ऊ मेरो साथी हो, पढ्दाखेरिको । हामीहरूले सँगसँगै पढेका थियौं ।"

तरूनी मार्थाको कुराले कुरूप नारीको अनुहारमा एक अप्रत्याशित विस्मय र घनिष्ठताको भाव सृजित हुन्छ । आफ्नो कुरूप संवेदनाबाट मुक्ति प्राप्त गर्दै ऊ मार्थाको हात समातेर तान्दै, असाधारणरूपले हार्दिक खुशी व्यक्त गर्न थाल्छे, "तपाईं हाम्रो आदिगुरूको साथी हुनुहुन्छ ? भित्र आउनुहोस् न, किन ढोकामा उभिनुहुन्छ ?" मार्थालाई उनको यो व्यवहार पनि असहज लाग्छ ।

"आदिगुरू कुन घरमा बस्नुहुन्छ ?", मार्था प्रश्न गर्छिन् । कुरूप नारी उही पूर्वपरिचित श्रद्धाभावले जबाफ दिन्छे, "दायाँपट्टिको अन्तिम घरमा बस्नुहुन्छ, जुन यस बस्तीको पहिलो घर हो !"

मार्था अर्को प्रश्न नगरीकन कुरूप नारीको पछि लाग्छिन् । विन्दुनामक बस्तीकी बूढी कुकुर्नी खुशीले पुच्छर हल्लाउँदै कुरूप नारीभन्दा अघि लाग्छे । अघि मोर्चा कसेर बाटो छेक्ने बूढी कुकुर्नी अहिले सायद महत्त्वपूर्ण पाहुना सम्झेर होला, पथप्रदर्शन गरिरहेकी छे, आफ्नो आदिगुरूको आवासगृहसम्म, मार्थालाई कुकुर्नीको बुद्धिमत्ता प्यारो लाग्न थाल्छ । "यहाँ यति धेरै घरहरू छन् तर मान्छेहरू खै ?", देब्रेपट्टि दाहिनेपट्टिको बाटो

लाग्दा मार्था प्रश्न गर्छिन् । कुरूप नारी कुरा सुनेर रस मानीमानी हाँस्न थाल्छे । एकछिन मज्जाले हाँसेपछि जबाफ दिन्छे, "सबै श्रमकार्यमा लागेका छन् । आदिगुरू पनि गोलघरपछाडिको खेतमा हुनुहुन्छ ।"

"बस्तीमा तपाईं एक्लै हुनुहुन्छ ?"

"विन्दुलाई देख्नुभएन ?", कुरूप नारी ठट्टा गर्छे, जोडले हाँस्छे । एउटा सामान्य प्रश्नको यति असामान्य प्रतिक्रिया किन ? मार्थालाई सोध्न मन लाग्छ तर केही सोध्नुभन्दा पहिले कुरूप नारी स्वयम् नै स्पष्टीकरण दिन थाल्छे, "बस्तीमा विन्दुको हैसियत मेरो भन्दा बढी छ । म यहाँ आएको जम्मा एक वर्ष भयो । विन्दु गुरूको परममित्र, म साधारण चेली । मैले त्यसलाई मान गर्नुपर्छ ।"

एउटा विशाल मैदान पार गरेपछि बस्तीको अन्तिम वा पहिलो घर आइपुग्छ । दाहिनेतिरका फराकिला घरहरूले छेलिएको यो सानो घर खरले नै छाएको हुन्छ, भित्ताहरू चित्रा र भकारीका नै हुन्छन्, खम्बाहरू बाँसका नै हुन्छन् । सायद सर्वप्रथम निर्मित घर भएर होला, अगलबगलका घरहरूभन्दा यो पुरानो देखिन्छ ।

आदिगुरूको घरको बरन्डामा पाइलो टेक्दा विन्दु स्वागतमा पुच्छर हल्लाउँछे । जबाफमा मार्था फेरि एकपल्ट मधुरो मुस्कान छर्छिन् । सामान्यभन्दा चर्को आवाजमा हाँस्न सिपालु कुरूप नारी सरासर आदिगुरूको घरभित्र प्रवेश गर्छे र एउटा बेतको कुर्सी ल्याएर बरन्डामा राख्छे । मार्था गह्रुङ्गो मन बोकेर कुर्सीमा बस्छिन् ।

"तपाईं साँच्चै नै आदिगुरूको साथी हुनुहुन्छ ?" कुरूप नारी विन्दुसित टाँस्सिएर बरन्डामा बस्छे । मार्थालाई उसको खुशी, चाञ्चल्य र डन्डीफोरका घाउहरूले विकृत भएको अनुहारका भावभङ्गिमा पटक्कै मन पर्दैन । त्यसैले औपचारिकतावश एक सङ्क्षिप्त उत्तर दिन्छिन्, "हो म प्रशान्तको साथी थिएँ ।"

"कस्तो हुनुहुन्थ्यो हाम्रो आदिगुरू ?", कुरूप नारी उही खुशी र चाञ्चल्यसाथ उत्सुकता व्यक्त गर्छे । मार्था परास्त भावले एक दीर्घ निश्वास लिन्छिन्, विन्दुलाई मुसार्न थाल्छे । त्यति नै खेर मार्थालाई बिना कुनै मूल्य र अर्थ कुरूप नारीप्रति पूर्वाग्रही भएर उपेक्षापूर्ण व्यवहार प्रदर्शित

गर्दै छु भन्ने आत्मबोध हुन्छ । आखिर सभ्यतापूर्वक कसैलाई उपेक्षा गरेर पुरस्कारमा पाइन्छ के ? अत्यन्त श्रद्धाभावले आफ्नो आदिगुरूबारे जिज्ञासा व्यक्त गर्नु कुरूप नारीको अपराध हुन सक्तैन । सकभर पन्छिएर तौलीतौली बोल्नुको पछाडि कुन भावनाले काम गरिरहेको छ ? प्रशान्तलाई खोज्दै यहाँ आएर उसैकी चेलीसित रूखो व्यवहार गर्नु, यो सभ्यता हुन सक्तैन ।

"तपाईंहरूको आदिगुरू आफ्नो पहिलेपहिलेका कुरा सुनाउनुहुन्छ ?", स्थितिको पूर्वाग्रही मौनता पन्छाउँदै मार्था वास्तविकताको धरातलमा कुरूप नारीको दमित उत्सुकता, चाञ्चल्य र खुशीलाई झकझकाउने प्रयास गर्छिन् । मार्थाको यो अप्रत्याशित सौजन्य र सहृदयता पाएर सङ्कोचवश भावशून्य भएकी कुरूप नारीमा आशातीत परिवर्तन देखा पर्छ । असाधारण खुशी व्यक्त गर्दै ऊ भन्छे, "हाम्रो आदिगुरू पूर्वजन्मको कुरा कहिलेकाहीं गर्नुहुन्छ !"

"पूर्वजन्मको कुरा ?", मार्था आश्चर्यचकित हुन्छिन् ।

"हो ! अहिले उहाँ दोस्रो जन्ममा प्राप्त हुनुहुन्छ ।"

"दोस्रो जन्म, कसरी ?", मार्था पुनः आश्चर्यचकित हुन्छिन् ।"

"मलाई थाहा छैन तर आदिगुरू भन्नुहुन्छ, उहाँको पहिलो जन्म काठमाडौंमा आमाको गर्भबाट भएको थियो अरे ! पोखरा आएपछि उहाँ स्वयम्ले दोस्रो जन्म प्राप्त गर्नुभयो, त्यसपछि मात्र उहाँले यो बस्ती स्थापित गर्नुभएको हो !"

"अरू के कुरा गर्नुहुन्छ ? अध्ययन गर्दाखेरिका कुराहरू गर्नुहुन्छ ?"

"आदिगुरू भन्नुहुन्छ, उहाँले सामान्य, मध्यमवर्गीय परिवारमा जन्म लिएर, सामान्य विद्यार्थीको हैसियतले विश्वविद्यालयसम्म अध्ययन गर्नुभएको थियो । विश्वविद्यालयमा, अन्तिम वर्षमा अध्ययन गर्दागर्दै अचानक एक दिन 'आदिज्ञान' भयो । त्यसपछि अध्ययनलाई अधुरै छोडेर, सबै पारिवारिक सम्बन्धहरू परित्याग गरी, दोस्रो जन्म प्राप्त गर्नुभयो ।"

कुरूप नारीका कुराहरू केही असहज लागेपछि मार्थालाई बिस्तारै रूचिकर लाग्न थाल्छन् । सोच्छिन्, यो त बोधिज्ञान, सम्बोधि भनेझैं असाधारण कुरा हो, जुन एक्काइसौं शताब्दीको विश्वमा सम्भव लाग्दैन । अणुबमका सन्त्रासले हृदयगति बन्द हुन लागेको विश्वमा यिसु, बुद्ध र महावीरले झैं आत्मज्ञान, प्राप्तिको घोषणा गर्नु धार्मिक, रूढिवाद मात्र

हुन सक्छ । प्रशान्तजस्तो प्रतिभाशाली, भावुक र अन्तर्मुखी व्यक्तिले किन यस्तो पुरातनपन्थी ढोङ रच्दै छ ? मार्थालाई पक्कापक्की विश्वास हुन्छ, प्रशान्त धार्मिकताको जालो बुनेर स्वयम् आफूलाई र समाजलाई ठगिरहेको छ तर यदि प्रशान्त प्रतिक्रियास्वरूप आत्मपीडनको सिकार भएको छ भने त्यसको शतप्रतिशत कारण म नै हुँ !

अचानक एक अनियन्त्रित भेलझैं मार्थाको मुखबाट दीर्घ निश्वास निस्कन्छ । कुरूप नारीसहित आफ्ना अघिल्ला दुई खुट्टामा मुख जोतेर आँखा चिम्लिरहेकी विन्दु सचेत हुन पुग्छे । "आदिगुरू आफ्नो पहिलो जन्मका साथीहरूबारे केही बताउनुहुन्न ?", मार्था सोध्छिन् । कुरूप नारी तुरुन्त उत्तर नदिईकन तीक्ष्ण दृष्टिले हेर्न थाल्छे । मार्थाको मनमा चिसो पस्छ । "तपाईंलाई मेरो सोधाइ मन परेन जस्तो छ, भइहाल्यो त जबाफ दिनु पर्दैन !", कुरूप नारीको भाव बुझ्न नसकेर मार्था उसको सन्देहभावसहित अन्य अमूर्त भावहरूलाई निरस्त्र पार्ने प्रयास गर्छिन् तर डन्डीफोरका फोहोरी घाउहरूले विकृत अनुहारका भावहरू मेटिंदैनन् । कुरूप नारी जुरुक्क उठ्छे र मार्थाको अत्यन्त समीप उभिएर चर्को, उत्तेजित बोलीमा सोध्छे, "तपाईंले आफ्नो नाउँ 'मार्था' भन्नुभएको थियो, होइन ?", अप्रत्याशितरूपमा, आफ्नो परिचयको स्पष्टीकरण मागिंदा, उही पनि अत्यन्त सन्देहशील भावले, मार्थालाई असजिलो लाग्छ । नराम्ररी आत्तिएर तिनी बेलको कुर्सीबाट उठ्छिन् अनि आत्मविश्वासको पेन्डुलम हल्लिएको बोलीमा यति नै बोल्छिन्, "हो, म मार्था हुँ किन ?"

कुरूप नारी भावशून्य हुन्छे । अवाक् हुन्छे । उसको सन्देह भावशून्यता र स्तम्भन आदि व्यवहारको परिणति, मार्थालाई प्रलयको अन्तिम घडी नजिकिंदै आएझैं अनुभव हुन्छ । मानवशून्यजस्तो बस्तीमा एक मात्र स्वास्नीमान्छे, उही पनि अत्यन्त कुरूप, साथमा एउटी बूढी कुकुर्नी, कुन्नि किन, मार्थालाई डर लाग्न सक्छ । आफ्नो स्थिति मार्थालाई खङ्ग्रङ्ग सुकेर भुइँमा झरेको पातजस्तो लाग्छ, जसमाथि कुनै किचकन्नीको पैताला पऱ्यो भने उफ् !

अचानक उपस्थित भयावहताले गर्दा मार्था पसिनापसिना हुन्छिन् । त्यति बेलासम्ममा विमूढता र स्तम्भनबाट कुरूप नारी मुक्त भइसकेकी हुन्छे । अब उसको आँखामा पूजा र श्रद्धाको मिश्रित भाव हुन्छ । ऊ

पूर्ण गाम्भीर्यसाथ शरीरलाई धनुषझैं झुकाएर मार्थाप्रति नतमस्तक हुन्छे, "आदिमाता ! म हजुरलाई प्रणाम गर्छु ! हाम्रो आदिगुरूलाई आत्मज्ञान प्रदान गर्ने आदिमाता ! म हार्दिक प्रणाम गर्छु ! प्रणाम गर्छु !

त्यसपछि कुरूप नारी असाधारण खुशीले उन्मत्त हुँदै, चिच्च्याएर कराउँदै दगुर्न थाल्छिन्, "म यो सुसमाचार सबैलाई सुनाउन जान्छु ! आदिमाताको पवित्र आगमन-समाचार सबैलाई सुनाउन जान्छु ! आदिगुरू ! आदिगुरू !" कुरूप नारी पागलझैं कराउँदै दगुर्छे । बूढी कुकुर्नी विन्दु पनि उफ्रीउफ्री कुरूप नारीको पछाडि दगुर्छे । मार्था ज्यान नभएको सालिकझैं भएर कुरूप नारीको त्यो पागल-दौड हेरिरहन्छिन् । कुरूप नारी विशाल मैदान पार गरेर बस्तीको दाहिनेपट्टिको ठूलो गोलो घरतिर दगुर्छे । एकैछिनमा कुरूप नारी र बूढी कुकुर्नी ओझेल पर्छन् । मार्थाको अन्तर्मनभित्र कुरूप नारीका शब्दहरू प्रतिध्वनित भइरहन्छन्, "आदिमाता प्रणाम ! आदिगुरूलाई आत्मज्ञान प्रदान गर्ने आदिमाता प्रणाम ! प्रणाम !"

२

अनन्तजस्तो लाग्ने प्रतीक्षा समाप्त हुन धेरै प्रतीक्षा गर्नु पर्दैन । अनामन्त्रित साँझ, गोधूलिको लालिमा देखाएर टाढाटाढा क्षितिजहरूमा स्पष्टरूपले देखा पर्न थालेको हुन्छ तर बस्तीसहित पृष्ठभूमिका काला-हरिया पहाडहरू र फाँटहरूमा साँझको अस्पष्टभन्दा अस्पष्ट चिह्न पनि देखा परेको हुँदैन । मार्था मैदानको चौतारोमा बसेर चेतनरूपले शान्त र विचारशून्य भएकी हुन्छिन् । तिनको अचेतन मनमा विचार र भावुकताको स्थिति कस्तो थियो, थाहा हुँदैन । बस्तीको एकान्तिकतामा तिनलाई समयचेतना हुँदैन । तिनलाई आदिगुरू र शिष्यहरूको प्रतीक्षा गर्दागर्दै एक किसिमको अव्यक्त नशा लाग्न थाल्छ । अन्तर्मनमा नयाँ भावना र तरङ्गहरू सृजित भएझैं, कहिलेकाहीं अनायासै तिनी सृजनासुख अनुभव गर्न थाल्छिन् । ठूलो-गोलो घरतिर केही व्यक्तिको आकृति देखा परेपछि मार्था सचेत हुन्छिन् । तिनलाई आफ्नो सापेक्षित स्थिति बोध हुन्छ, फलस्वरूप तिनको सम्पूर्णतामा एक भीषण हलचल मच्चिन थाल्छ । कुन्नि किन, तिनलाई चिसो हावाको सामान्य झोक्का पनि तातो लाग्न थाल्छ । त्यसैले भरभराउँदो आगाले पोलेको

जस्तो मनस्थितिमा, तिनका लागि छन्दमा पातहरू हल्लिन छोड्छन् । ढक्क फुलेको शरीरभित्र मुटु अनियन्त्रितरूपले छिटोछिटो चल्न थाल्छ ।

ठूलो-गोलो घरतिरबाट मानिसहरूको एक ठूलो समूह निस्कन्छ । मार्था अप्ठेरो अनुभव गर्न थाल्छिन् । तिनी लामोलामो र गहिरो सास फेर्न थाल्छिन् । मानिसहरूको त्यो समूह मैदानमा प्रवेश गरिसकेको हुन्छ, त्यसैले तिनलाई असजिलो मानिरहने फुर्सद हुँदैन । तिनी सबैको ठाउँमा नै उभिएर प्रतीक्षा गर्छिन् । मानिसहरूको त्यो समूह सीधा मैदानको बीच चौतारोलाई लक्ष्य बनाई अघि बढ्छ । आफैंलाई लक्ष्य बनाएर एकनास चालले बिस्तारैबिस्तारै अघि बढिरहेको त्यस विशाल समूहलाई मार्था सीधा, पारदर्शी र निर्भीक आँखाले हेर्न थाल्छिन् । यसरी चुनौतीपूर्वक क्रमशः अगाडि लम्कँदै, नजिकिंदै आएको समूहमाथि दृष्टिपात गरिरहँदा तिनलाई आफ्नो आत्मविश्वास डगमगिन खोजेको आभास हुन्छ एक-दुईपल्ट तर तिनी आफ्नो शिक्षित विश्वासलाई नियन्त्रणबाहिर जान दिन्नन् ।

आत्म-पराजयको सङ्घारबाट फर्केकी मार्थाको ओठ र आँखाका कुनाहरूमा आत्मजयी मुस्कानका धर्साहरू देखा पर्छन् । बिस्तारै तिनको पारदर्शी आँखामा मानिसहरूको आकृति स्पष्ट हुँदै जान्छ । चौतारोमाथिबाट हेर्दा मार्थालाई त्यस समूहमा करिब सय व्यक्ति भएको अनुमान हुन्छ । साथै, समूहमा पुरूषहरूका दाँजोमा स्त्रीहरूको सङ्ख्या कम लाग्दैन । सेतो लुगा लगाएका पुरूषहरू र स्त्रीहरूको एक अतिनियन्त्रित र अनुशासित समूह ! मार्था आँखामा सघन आत्मीय भाव बोकी विश्वविद्यालयकालीन प्रशान्तको खोजी गर्छिन् । तिनलाई थाहा हुन्छ, समूहभन्दा दुई कदमअगाडि, बूढी कुकुर्नी विन्दुभन्दा मात्र एक कदमअगाडि हिंडिरहेको व्यक्ति नै प्रशान्त हो तर लामोलामो केश, सेतो लुङ्गी र सेतो पछ्यौराले उसको अनुहारसहित सम्पूर्ण व्यक्तित्व छोपिएको हुन्छ । के यो उही प्रशान्त हो, जोसँग मैले स्कुलको अन्तिम वर्षदेखि लिएर विश्वविद्यालयको अन्तिम वर्षसम्म, सहपाठी भई अध्ययन गरेकी थिएँ ? के यो उही भावुक, अन्तर्मुखी र प्रतिभाशाली प्रशान्त हो ?

बूढी कुकुर्नीसहित मानिसहरूको त्यस आत्मानुशासित समूह करिब तीस मिटरको सामान्य दृष्टिक्षेत्रभित्र आएपछि प्रशान्त चिनिन्छ तर उसको

काँधसम्म बढेको केश र पहिरनको नवीनताले गर्दा मार्थालाई ऊ प्रशान्त हो भन्ने एकदम लाग्दैन। मार्था प्रशान्तबाट ध्यान हटाएर सरसर्ती मानिसहरूको नियन्त्रित समूहमाथि पनि दृष्टिपात गर्न थाल्छिन्। समूहको अग्रपङ्क्तिमा, सायद अनुहारको कुरूपता र विकृतिको कारण कुरूप नारी प्रस्ट चिनिन पुग्छे। एकै दृष्टिमा कुरूप नारीको पहिचान भएपछि मार्था अनायास नै प्रफुल्ल भई मुसुक्क मुस्कुराउँछिन् तर एउटा विशाल समूहको अग्रपङ्क्तिमा मौन, शान्त र अनुशासित भई हिंडिरहेकी, अगाडि बढिरहेकी कुरूप नारी उही पूर्वपरिचित अधबैंसे नारी हुन् भनी सोच्न तिनलाई गाह्रो लाग्छ। खै कहाँ गयो, कुरूप नारीको पागल भावाभिव्यक्ति ? मार्था मानिसहरूका कदमका साथ कदम मिलाएर अगाडि बढिरहेकी बूढी कुकुर्नीको परिवर्तित भाव र स्वरूप देख्दा स्वाभाविकरूपले आश्चर्यचकित हुन्छिन्। ओह ! विन्दु एक बूढी कुकुर्नी हो, सामान्यतः एक भुस्याहा कुकुर्नीजस्ती, दुब्ली, पातली, आकर्षण र विशेषतारहित, तर उसको हैसियत कुरूप नारीको भन्दा बढी छ अरे ! आदिगुरू प्रशान्तभन्दा ठीक एक कदमपछाडि र अन्य पुरूषनारीहरूभन्दा एकै कदमअगाडि हिंडिरहेकी बूढी कुकुर्नीले बस्तीको मर्यादाक्रम पालन गरिरहेकी छे वा साधारण पशुप्रवृत्तिअनुरूप आफ्नो मालिकलाई पछ्याइरहेकी छे ? मार्था आफैंलाई एक अनुत्तरित प्रश्न गर्छिन्।

आदिगुरू प्रशान्तको नेतृत्वमा बस्तीवालाहरूको त्यो सेतो समूह चौतारोनजिकै आइपुगेपछि मार्थालाई चौतारोमाथि उभिइरहन केही असुविधा महसुस हुन्छ। तिनी ओठका कुनाकुनामा आत्मजयी मुस्कान कायमै राखेर नारीसुलभ लज्जाभावलाई विसर्जित गर्दै चौतारोबाट ओर्लन्छिन्। प्रशान्त करिब पाँच मिटरको दूरीमा उभिएर मार्थामाथि अत्यन्त गहिरो, धीर, गम्भीर दृष्टि दिन्छ। प्रशान्त छेवैमा आई अडिएपछि, बिना कुनै सङ्केत, बस्तीवालाहरू उसको पछाडि फिंजारिएर अर्धचन्द्राकाररूपमा उभिन्छन्। मार्थालाई लाग्छ, सम्पूर्ण बस्तीवालाहरूमा एक अनुशासित उत्सुकता व्याप्त छ, मानौं तिनीहरू मानिस होइनन्, प्रश्नचिह्न मात्र हुन्। सबै प्रशान्तका शब्द पर्खिरहेका हुन्छन्। मार्थालाई प्रशान्तको गहिरो दृष्टिले तिनको अस्तित्व नापिरहेझैं अनुभव हुन्छ तर प्रशान्तको बिझाउन थालेको गहन, गम्भीर दृष्टि मार्थामाथि धेरै समयसम्म स्थिर रहँदैन। ऊ बिस्तारै शिर झुकाउँछ।

"ऊ कुनै धर्म, विचार र दर्शनको आदिगुरू होइन, भावुक र अन्तर्मुखी प्रशान्त मात्र हो !", प्रशान्तको असमञ्जसपूर्ण व्यवहार, धर्मसङ्कट र मौनताको संयुक्त प्रभाव तिनको मस्तिष्कमा एक विशेष ढङ्गले अङ्कित हुन्छ, परिणामस्वरूप तिनी पूर्ण आत्मविश्वासपूर्वक विजयीभावले मुस्कुराउन थाल्छिन् ।

"प्रशान्त, मलाई चिनेनौ, म मार्था हुँ !"

प्रशान्त बिस्तारै शिर उठाउँछ अनि मन्दमन्द मुस्कुराउँदै दुवै हात जोड्छ, "बस्तीमा आदिमाताको यो आगमन हाम्रो अहोभाग हो ।"

आदिगुरूबाट आराध्यदेवी, आदिमाताको परिचय प्रमाणित हुनासाथ हर्षको आँधी चल्छ । बस्तीवालाहरू खुशीले अनियन्त्रित हुन्छन् । तिनीहरू ठूलो स्वर गरी श्रद्धापूर्वक झुक्दै आदिमाताको वन्दना गर्न थाल्छन् । "आदिमाता प्रणाम ! आदिमाता प्रणाम ! आदिमाता प्रणाम !" आकस्मिक वन्दनाध्वनि ! मार्था होस हराउँछिन् र ट्वाल्ल परी प्रशान्तलाई हेर्छिन् । ऊ मुस्कुराइरहेको हुन्छ । मार्था केही ढुक्क भई हात जोडी मुस्कुराइदिन्छिन् । मानिसहरूको एउटा ठूलो समूहले गर्दा तिनलाई स्वाभाविक तर्कप्रियताको बोध छिन्नभिन्न भएझैं महसुस हुन्छ । साथै, एक अस्पष्ट गर्वको भावनाले मनभित्रसम्म छुने गरी तिनी कम्पित र उत्तेजित पनि हुन्छिन् । फलस्वरूप, अभिवादनको प्रत्युत्तरमा दुई हात जोड्नुभन्दा बढी सहमति वा असहमतिमा तिनी केही सोच्न र बोल्न सक्तिनन् ।

"आदिमाता हाम्रो आस्थाकी प्रतीक हुन्, चरित्रकी केन्द्रविन्दु हुन् । हाम्रो सम्पूर्ण व्यवहार र जीवन-कहानीकी उद्‍गम-स्रोत हुन्, आदिमाता !", हर्षको आँधी शान्त भएपछि आदिगुरू प्रशान्त केही झुकेर, धीरगम्भीर वाणीमा बोल्छ । चिसो हावाको झोक्कासित तरङ्गित प्रशान्तका शब्दहरू कानमा परेपछि मार्था अलिकति सामान्य हुन्छिन् । विवेकले मानिसहरूको व्यवहार बुझ्ने प्रयास गर्छिन् । प्रशान्त भन्दै जान्छ, "हामी यस बस्तीमा आदिमाताको आराधना गर्छौं, आदिमाताभन्दा पर कुनै ईश्वर-तत्त्वको पूजा हामी गर्दैनौं । हाम्रो सम्पूर्ण अहम् चेतना र अस्तित्व आदिमाता-प्रेरित र प्रभावित छन् ।"

मार्था कुरा सुन्छिन् मात्र, प्रशान्तलाई एकतमासले हेर्छिन् मात्र । बस्तीवालाहरूको तर्फबाट, बस्तीको आदिगुरू भन्दै जान्छ । "तपाईंलाई मेरा शब्दहरू, विशेष गरी 'आदिमाता'सम्बन्धी हाम्रो आस्था र विश्वास, आफ्नै

सन्दर्भमा, निश्चय पनि सुविधाजनक लागेको छैन होला । वास्तवमा स्वयम् हाम्री आदिमातासहित जोकोही पनि हाम्रो विश्वास नमान्न, अस्वीकार गर्न स्वतन्त्र छ ! हामी हाम्रो आस्था र विश्वास अन्य व्यक्तिमाथि आरोपित गर्न इच्छुक छैनौं । आदिमाताको आराधना गर्दा हाम्रो हृदयमा कुनै प्राप्ति-लिप्सा थिएन, स्वयम् आदिमाताको प्रतीक्षा पनि थिएन, कारण यो हाम्रो जीवन-लक्ष्य थिएन । अकस्मात् जब मलाई यो समाचार सुनाइयो, आदिमाताको आगमनको सुसमाचार तब कल्पनातीत मानिएको कुरा सत्य र आकाररूपमा सङ्गठित भइसकेको थियो । एक सत्यान्वेषीको नाताले यस सानो पृथ्वीकी आदिमातालाई आदिमाताको रूपमा स्वीकार नगर्ने विडम्बनाको अभिशापबाट म मुक्ति चाहन्छु, यसर्थ आदिमाताको बस्तीमा आदिमातालाई हार्दिक स्वागत छ !"

प्रशान्त पुनः दुवै हात जोडी गम्भीरतापूर्वक नतमस्तक हुन्छ । बस्तीवालाहरूको अनुशासित समूह विनयपूर्वक हात जोडी सामूहिक स्वरमा उच्चारण गर्छन्, "आदिमातालाई हार्दिक स्वागत छ !"

मार्थालाई कुनै वेद, उपनिषद्, धम्मपद, बाइबल, कुरान, गुरूग्रन्थसाहिब वा जिन्दावेस्ताको पवित्र हरफ समवेत स्वरमा उच्चारण गरिएजस्तो महान् अनुभूति हुन्छ । भन्न मन लाग्छ, "म यति धेरै सम्मान बोक्न सक्तिनँ प्रशान्त । म यस अतिसम्मान, पूजा र आराधनाकी योग्य अधिकारिणी होइन । के फाइदा मजस्ती सामान्य युवतीलाई यति धेरै मान गरेर ? प्रशान्त ! म देवी होइन, प्रायश्चित गर्न चाहने एक साधारण नारी हुँ !"

मार्था परिस्थितिअनुरूप ठीक र उपयुक्त शब्द चयन गरेर सम्भाषण गर्ने प्रयास गर्छिन् तर सम्पूर्ण आत्मविश्वासलाई एकत्रित गर्न खोज्दा पनि तिनको वाक्य फुट्दैन, ओठ मात्र फरफराउँछन् । अन्तर्मनभित्र डाँको छोडेर रूने इच्छा जागृत हुन्छ ।

यस आत्मसङ्कटको स्थितिमा कुरूप नारी तिनलाई सहयोग गर्छिन् । बस्तीवालाहरूको समूहबाट एक कदमअगाडि निस्केर कुरूप नारी आदिगुरूसमक्ष हात जोड्छे, "आदिगुरू ! हामी आदिमन्दिरमा गई परम आदरणीय आदिमाताको सेवा गर्न चाहन्छौं । आदिमाता धेरै समयदेखि एक्लै यहाँ उभिइराख्नुभएको छ, गल्ती मेरो थियो, क्षमा चाहन्छु आदिगुरू !"

कुरूप नारीको क्षमायाचनाको प्रत्युत्तरमा आदिगुरू मुस्कुराउँछ, "तिमीले आदिमातासमक्ष अपराध गरे पनि हामीहरूलाई सुसमाचार सुनाएर एक पुण्य कर्म गरेकी छौ पुत्री !" त्यसपछि आदिगुरू प्रशान्त पहिलोपल्ट मार्थाको भिजेको उदास आँखामा आँखा गाड्दै मुस्कुराउँछ । "आदिमाता ! म मेरी पुत्रीको तर्फबाट क्षमा चाहन्छु !"

अत्यन्त गम्भीर भावुकताको क्षणमा पनि प्रशान्तको कुरा सुन्दा तिनलाई हाँस्न मन लाग्छ तर नहाँसीकन तिनी अलिकति मुस्कुराउँछिन् मात्रै, "प्रशान्त, तिम्री पुत्रीले मप्रति कुनै अपराध गरेकी छैन ।"

"आदिमाता ! उसले अतिथि-सत्कारको सामान्य शिष्टाचार उल्लङ्घन गरेकी छे ! आदिमातालाई एक्लै छोडी हिंड्नु अशिष्ट व्यवहार थियो ।"

"त्यो अशिष्ट होइन, आकस्मिक व्यवहार थियो ।", मार्था प्रशान्तको बोली बीचैमा काटेर आफ्नो शिक्षित आत्मविश्वास पुनर्जागृत गराउँदै बोल्न थाल्छिन्, "मलाई आदिमाता सम्झेर तिम्री पुत्रीले जुन व्यवहार गरी, त्यो सत्य र प्राकृतिकरूपले सुन्दर थियो । त्यसभन्दा बढी आदिमाताको इज्जत अरू सायदै हुन सक्ला ! तर प्रशान्त ! म किन यति मूल्यवान् छु ?"

मार्था जिन्दगीमा सकभर मीठो ढङ्गले मुस्कुराउने प्रयास गर्दै अन्तर्मनमा पुनः जागृत अहम्बोधी भावुकतालाई सम्भव भएसम्म नियन्त्रित पार्दै प्रश्न गर्छिन् । यसो गर्दा तिनको पारदर्शी आँखामा आफ्नै मूल्य-चेतनाद्वारा सृजित गर्व, उत्सुकता र प्रशान्तप्रति कारूणिक संवेदनाका छाप देखा पर्छन् तर आदिगुरू प्रशान्तमा कुनै उत्तेजना परिलक्षित हुँदैन, ऊ चुपचाप शिर झुकाइरहन्छ । अनायास तिनका मनमा विश्वविद्यालयकालीन स्मृतिहरू उदित हुन्छन् र ती स्मृतिहरू लुप्त हुँदानहुँदै तिनका ओठमा एक विजयी मुस्कान दगुर्न थाल्दछ । एकैछिनमा हाँसो र एकैछिनमा आँसुको चञ्चल मनस्थिति देखी तिनी स्वयम् विस्मित हुन्छिन् तर विश्वविद्यालयको बौद्धिक वातावरणमा भावुक, अन्तर्मुखी र अत्यन्त प्रतिभाशाली मानिएको प्रशान्तलाई यसरी पूर्णतः पराजित गर्नुको मज्जा र अनुभूति आँसुको अनुभूतिभन्दा प्रिय हुन्छ । आफ्नो अगाडि चुपचाप शिर झुकाइरहेको प्रशान्तलाई प्रेमपूर्वक, पारदर्शी आँखाले स्पर्श गर्दै मार्था जबाफ पर्खिन्छिन्, जबाफ नपाएपछि मानौं एकतर्फी विजय घोषणा गर्छिन्, "प्रशान्त ! म आदिमन्दिरमा जान चाहन्छु, पथप्रदर्शन गर ।"

३

आदिगुरू प्रशान्तको निवासस्थान आदिगृहको बायाँपट्टिको पहिलो घर, जुन अन्य सबै फराकिला घरहरूभन्दा आकृतिमा विशाल हुन्छ, मा पुग्दा विन्दु नामकी बूढी कुकुर्नी आदिमाताको स्वागतमा पुच्छर हल्लाइरहेकी हुन्छे । "आदिमाताको पवित्र नाममा निर्मित यो पवित्र आदिमन्दिर हो !", बाटोभरि मौन र शान्त आदिगुरू विशाल घरको प्राङ्गणमा आइपुगेपछि पहिलोपल्ट बोल्छ, जुन एक सामान्य औपचारिकता-निर्वाहभन्दा बढी मार्थालाई लाग्दैन । जम्मा एक वाक्य औपचारिकता निर्वाह गर्दा बस्तीका आदिगुरूलाई ठूलो मानसिक युद्धबाट गुज्रनुपरेको कुरा मार्था बुझ्छिन् । तिनी आदिगुरूको मनको अन्तर्द्वन्द्व वा भावनात्मक ज्वारभाटाप्रति अपरिचित रहेझैं मुसुमुसु हाँसिरहन्छिन् मात्र । आदिगुरूको आज्ञानुसार कुरूप नारीबाहेक अन्य सबै व्यक्तिहरू आआफ्नो कार्य र दिनचर्यामा फर्किसकेका हुन्छन् । कुरूप नारी आदिमाताको सेवाकार्यमा नियुक्त गरिएकी हुन्छे, त्यसैले आदिमाता र आदिगुरूको पछि लागेर आदिमन्दिर जाने सौभाग्य उसलाई प्राप्त हुन्छ । चौतारोबाट आआफ्नो कार्यमा फर्कने निर्देशन दिंदा आदिमाताको सेवा गर्न इच्छुक भिडलाई सम्बोधन गर्दै आदिगुरूले भनेको हुन्छ, "पुत्रपुत्रीहरू ! हामीले आदिमाताको सेवा गर्ने दुर्लभ अवसर प्राप्त गरेका छौं, यो हार्दिक प्रसन्नताको कुरा हो । हाम्रो समर्पण र पूजा-भावनाको यो सर्वोत्तम उपलब्धि हुन सक्ने सम्भावनाप्रति म विश्वस्त छु । हामी कर्मले आदिमाताको पूजा गरौं, वन्दना गरौं । आदिमाताको कृपादृष्टि र भावनाको यो सर्वोत्तम उपलब्धि हुन सक्ने सम्भावनाप्रति म विश्वास व्यक्त गर्छु । शुभ-सङ्ग हामीलाई प्राप्त भइ नै रहनेछ । आदिमाताको आगमनको सुसमाचार प्रदान गर्ने पुत्रीले व्यक्तिगतरूपले आदिमन्दिरमा रही आदिमाताको भौतिक सेवा गरून् ।"

यस प्रकार आदिमाताको व्यक्तिगत सेवा-शुश्रुषा गर्ने अवसरको चिठ्ठा कुरूप नारीलाई पर्छ । अत्यधिक हर्ष र खुसियालीको कारण उसको संयम भङ्ग भइरहेको हुन्छ । कुरूप नारीलाई सुसमाचार सुनाएबापत पुरस्कार प्रदान गरिदा कसैले पनि ईर्ष्या र खिन्नता महसुस गर्दैनन् । ती सबै

आदिगुरू र आदिमातालाई प्रणाम गरी संयमित र अनुशासित ढङ्गले मैदानबाट छरिन्छन् ।

आदिमन्दिरको प्राङ्गणबाट पछि फर्केर हेर्दा विशाल मैदान पूर्णरूपले खाली भइसकेको हुन्छ । मार्था टाढा एक लाइनमा उभिएका बस्तीका सानासाना घरहरूमा आँखा दगुराउँछिन् । एउटा लाम्चो क्यानभासमा पानीरङले चित्रित ससाना घरहरूको शान्त लस्करजस्तो प्रतीत हुने ती घरहरू र वरिपरि सानोसानो समूहमा विभाजित मानिसहरूको कार्यव्यस्त जीवन, तिनलाई प्राकृतरूपले अति नै सुन्दर कलात्मक लाग्न थाल्छ । तिनको कलात्मक मनको उत्प्रेरणा र कल्पनाशीलता स्वयम् तिनलाई सुमधुर एवम् अति नै उत्तेजक लाग्छ । ठीक आदिमन्दिरको सामुन्नेको सुन्दर फूलबारीको सुगन्ध र मधुमासप्रति असम्पृक्त रही तिनी आँखाले भ्याएसम्म टाढाटाढा हेर्दै, आफ्नै कला-भावनामा हराउन थाल्छिन् ।

"प्रशान्त, मलाई यो बस्ती साह्रै सुन्दर लाग्यो, अत्यन्त कलात्मक ! म तिमीलाई एक भावुक कवि सम्झन्थें तर रहेछौ कल्पनाशील चित्रकार पनि !", चुपचाप केहीबेर सोचेपछि मार्था एक विशेष दृष्टिले हेर्दै विशेष अन्दाजमा आफ्नो उद्गार व्यक्त गर्छिन् । प्रशान्त तिनको शब्दले भन्दा विशेष दृष्टिले परास्त भई आँखासहित टाउको झुकाउँछ । आदिगुरू भनी पूजित, सम्मानित संयमित, अनुशासित र प्रतिष्ठित प्रशान्त लज्जित भएको देख्दा तिनलाई अत्यन्त रमाइलो लाग्छ । मीठो गर्वले तिनको अनुहार देदीप्यमान हुन्छ ।

बूढी कुकुर्नी विन्दु धेरै बेरदेखि निरन्तर, संयमित पारामा पुच्छर हल्लाइरहेकी हुन्छे तर ऊमाथि आदिमाताको ध्यान जाँदैन । कुरूप नारी आदिमन्दिरभित्र पसिसकेकी हुन्छे । बूढी कुकुर्नी आदिमन्दिरका ढोकामा टुक्रक्क बसेर सम्भव भएसम्म प्रतीक्षा गर्छे तर अन्तमा संयमको बाँध भत्किन्छ । ऊ उपेक्षा महसुस गरी, जोडजोडले पुच्छर हल्लाउँदै कुइँकुइँ गरी कराउन थाल्छ । उसको स्वर कानमा परेपछि बल्ल आदिमाताको ध्यान आकृष्ट हुन्छ । आदिमाता उसलाई अलिकति झुकेर मुसार्न थाल्छिन् ।

आदिमाताको स्पर्श पाएपछि बूढी कुकुर्नी तरूनीझैं भएर झन् बढी फुर्किन थाल्छे । जोडले कुइँकुइँ कराउँदै आदिमाताको चरण स्पर्श गर्छे अथवा पैताला चाट्न थाल्छे । मार्थालाई अत्यन्त असजिलो अनुभव हुन्छ ।

मन भरून्जेल पैताला चाटिसकेपछि विन्दु आदिमाताको सारीको पारी समातेर आदिमन्दिरभित्र तान्न थाल्छे । मार्था मुसुमुसु हाँस्दै त्यसको पछि लाग्छिन् । आदिगुरू पनि गम्भीरतापूर्वक शिर झुकाएर आदिमन्दिरभित्र प्रवेश गर्छ । आदिमन्दिरको प्रवेशद्वारभित्र पसेपछि बल्ल विन्दु आदिमाताको सारीको पारी छोडिदिन्छे । मार्था सारी मिलाउन थाल्छिन् । आदिमन्दिरभित्र पसेर हेर्दा एउटा अजङ्गको कोठाभन्दा उल्लेखनीय केही देखिंदैन । सय, डेढसय व्यक्ति सजिलैसित अटाउन सक्ने विशाल कोठाको भुइँमा मान्द्रो ओछ्याइएको हुन्छ । त्यसबाहेक आस्थाको नाममा त्यहाँ न कुनै मूर्ति स्थापित हुन्छ, न त सजावटको नाममा कुनै चित्र टाँगिएको हुन्छ । आदिमन्दिर विश्वासअनुसार आदिमाताको पवित्र पूजास्थल हो भने यो किन कुनै हिन्दू मन्दिर, कुनै बौद्ध गुम्बा, कुनै इसाई गिर्जाघर, कुनै इस्लामी मस्जिदजस्तो सजीव छैन ? किन दिउँसै भूत लाग्लाजस्तो सुनसान र निर्जीव कोठालाई आदिमन्दिर भनिएको हो ? मार्थालाई प्रश्न गरिहालूँजस्तो लाग्छ, साथै आदिमाताको प्रतिष्ठा आफ्नै मनभित्र खण्डित भएझैं पनि लाग्छ ।

"मलाई यो मन्दिरजस्तो लागेन, प्रशान्त !", मार्था निरास हुन्छिन् ।

"परम्परागत अर्थमा सायद यो मन्दिर होइन । हामी परम्परावादी होइनौं, भविष्यवादी हौं ।"

मार्थाले आशा गरेअनुरूप प्रशान्तको जबाफ प्राप्त हुन्छ । तिनी आफ्नो पूर्वानुमान-क्षमताप्रति सम्मोहित भई मुस्कुराउँछिन् ।

"प्रशान्त, तिमीलाई परम्परामा विश्वास लाग्दैन भने परम्परागत शब्द प्रयोग किन गर्छौ ? मन्दिर भन्दा परम्पराको गन्ध आउँदैन र ?" एकछिन सोचेपछि तिनी आफ्नो धारणअनुसार सायद सबभन्दा गह्रुङ्गो प्रश्न गर्छिन् र उही विशेष दृष्टिले आदिगुरूलाई पगाल्न खोज्छिन् तर यसपालि तिनको दृष्टिको झटारो निसानामा लाग्दैन । अबोध बालबालिकाका सामान्य तर विशेष शैलीमा प्रस्तुत जिज्ञासामाथि बाउआमा हाँसेझैं, आदिगुरू प्रशान्त हाँस्छ, "जतिसुकै परम्पराको गन्ध आए पनि म मान्छेनामक जन्तुलाई 'मान्छे' नै भन्न विवश छु । युग जति आधुनिक भए पनि, जति शारीरिक, वैचारिक कायाकल्प भए पनि म 'मान्छे' लाई अर्को शब्द चयन गर्न सक्तिनँ । 'मान्छे' एक परम्परा भए मन्दिर पनि एक परम्परा हो !"

"ल मैले मानें, यो परम्परागत मन्दिर होइन, तिनीहरूको पवित्र आदिमाताको मन्दिर हो ।", मार्था उही विशेष दृष्टिले हेर्दै मुस्कुराउँछिन्, "तर प्रशान्त, यस विलक्षण बस्तीको पवित्र आदिमाता म नै हुँ, होइन र ?"

मार्था आफ्नो अर्थपूर्ण भावमा सोधिएको प्रश्न र विशेष दृष्टिको प्रभाव जाँच्न खोज्छिन् । तिनले सोचेअनुसार नै प्रशान्त सङ्कटग्रस्त हुन्छ, टाउको निहुराएर यताउति हेर्न लाल्छ । एक प्रतिभाशाली विद्यार्थीका रूपमा धाराप्रवाह बोल्न सिपालु, आदिगुरूका रूपमा औपदेखिक कुरा गर्न सिपालु प्रशान्त जतिसुकै प्रभावशाली वक्ता, व्याख्याता र बुद्धिजीवी भए पनि, मार्थाको सम्बन्ध, स्वयम् तिनको दृष्टिमा प्रशान्तको सबभन्दा कमजोर पक्षसित थियो, जसलाई कोमल मात्र होइन, साथमा पीडादायक पनि मान्न सकिन्छ । मानिसहरूको संसारमा पीडामाथि आक्रमण गर्नु मान्छेजातिको मौलिक आविष्कार हो कि होइन, विवाद गर्न सकिन्छ तर निर्विवाद सत्य मान्छे कहिलेकाही पीडामाथि आक्रमण गरेर आनन्द अनुभव गर्छ । मार्थालाई पनि यस्तै अनुभव हुन्छ । जिस्किएर भनूँ झैं लाग्छ, "म आदिमाता, तिमीचाहिं आदिगुरू, खूब 'मिथमेकिङ' गऱ्यौ, अब केको बिडम्बना ?" तर तिनको शिक्षित र सुरूचिपूर्ण मनमा सोझै यति बढी पीडादान गर्ने साहस हुँदैन ।

मार्था विशेष अन्दाजमा मुसुमुसु हाँसिरहन्छिन् । प्रशान्त टाउको निहुराइरहन्छ । यसबीच तिनको दृष्टि आदिमन्दिरका भित्ताहरूदेखि विशाल खरको छानासम्म घुमिरहन्छ । तिनी प्रशान्तको बोलीको पर्खाइमा प्रायः सबै खम्बाहरू गन्न थाल्छिन् । प्रशान्त पूर्ववत् स्वयम् आफैंभित्र खुम्चिएर चुपचाप उभिइरहन्छ ।

"प्रशान्त, म तिमीलाई भेट्न चाहन्थें तर यहाँ आइपुग्दा मेरो मनमा कुनै विशेष योजना थिएन । यस बस्तीको भूगोल त मैले फेला पारें तर अब सोच्दै छु 'दर्शन' फेला पार्ने प्रयास गरूँ ।", अन्तमा स्वयम् मार्थालाई कुरा कोट्याउन विवश हुनुपर्छ । "तर मेरा सामानहरू शहरमा छन् ।"

"शहरबाट सामानहरू ल्याउने अभिभारा हाम्रो हो ।"

"प्रशान्त, म यहाँ आत्मप्रायश्चितको क्रममा आएकी हुँ ।", मार्था मनको सीमान्त उचाइसम्म गम्भीर हुन्छिन् "तर यहाँ आउँदा मेरो धारणा बेग्लै

थियो, अहिले आइ एम टोटली कन्फ्युज्ड ।" मार्था आफ्नो मनस्थितिको अस्पष्टतालाई स्पष्ट पार्ने प्रयास गर्छिन् ।

"Let people not confuse with their confusions." प्रशान्त फिस्स हाँसेर जबाफ दिन्छ तर उसको दृष्टिले मार्थाको पारदर्शी आँखाका भावसित मुकाबिला गर्न सक्तैन । मार्था यो कुरा नोट गर्छिन्, साथै प्रशान्तको कुराको मर्म बुझ्ने प्रयास पनि गर्छिन् । तिनलाई प्रशान्तको वाक्य एउटा अबोधगम्य कुराको भूलभुलैयाजस्तो प्रतीत हुन्छ ।

"यो प्रशान्तको पुरानो स्वभाव हो, विश्वविद्यालयकालीन", भूलभुलैयाजस्तो कुराको पहेली सुल्झाउने कष्ट नगरीकन तिनी स्वयम्लाई सान्त्वना प्रदान गर्छिन् । प्रशान्त आवश्यकताभन्दा बढी नै सङ्कोची थियो, साथै ऊ अल्पभाषी पनि थियो । सर्वमान्य वार्तालापमा कम्ती बोल्ने, धेरै सुन्ने प्रवृत्तिको । मार्थालाई सम्झना हुन्छ, प्रशान्तमा असामान्य स्तरको एक विशेष प्रकृति पनि थियो, सामान्य कुराकानीका समयमा असामान्य टिप्पणी गर्ने । विश्वविद्यालयकानीन साथीसँगीहरूका वार्तालापमा प्रशान्तका अर्थपूर्ण र प्रायजसो बिझ्ने खालका टिप्पणीहरूले धेरै महत्त्व राख्थे । कहिलेकाहीं उसको एक टिप्पणी बुझ्न साथीहरूलाई हप्तादिन लाग्दथ्यो । विशेष गरी आक्षेपयुक्त टिप्पणीको चर्चा समकालीन साथीहरूमा बढी हुन्थ्यो । मार्थालाई स्मरण हुन्छ, प्रशान्त विश्वविद्यालयको कक्षामा कुनै पनि प्राध्यापकलाई सामान्यतः प्रश्न सोध्दैनथ्यो तर जब प्रश्न गर्थ्यो, त्यसको जबाफ प्राध्यापकहरूसित हुने थिएन । प्रशान्त प्राध्यापकहरूको अति आदरणीयरूपमा प्रिय वद्यार्थी थियो ।

मार्थालाई एकैछिन पूर्वस्मृति हुन्छ तर प्रशान्तको उपस्थितिको आभास पनि भइरहन्छ । तिनलाई प्रशान्तसित आफ्नो व्यवहारको स्मरण पनि हुन्छ । उफ् ! मैले कस्तो मान्छेलाई कस्तो मान्छेमा परिणत गरिदिएँ ! तिनको अन्तरात्माकाको भित्री पत्रबाट पश्चात्तापको ध्वनि विस्थापित हुन थाल्छ ।

"आदिमाता, केही खानपिन गर्नुहोस् । अवश्य भोकाउनुभएको होला ।", आदिमन्दिरको पश्चिमपट्टिको कुनामा औंल्याउँदै प्रशान्त मुसुक्क हाँस्छ । मार्थाका पारदर्शी आँखा जुन लोलाइरहेका हुन्छन्, यन्त्रवत् निर्देशित स्थानमा घुम्छन् । तिनको दृष्टिमा, एउटा सानो ढोका पर्छ, जुन खोलिएको हुन्छ । ढोकाको भित्री भागमा देब्रेपट्टि कुरूप नारी अदबसाथ

उभिएकी हुन्छे र दाहिनेपट्टि बाहिरी भागमा विन्दु उभिएकी हुन्छे । तिनलाई आदिमन्दिरका चारैवटा भित्ता अवलोकन, निरीक्षण गर्दा पश्चिमपट्टिको सानो ढोकाको स्थिति ज्ञान थिएन, त्यसैले अचिन्तनीयरूपमा नाटकको पर्दा खोलिएसमान्तर स्थिति देख्दा स्वाभाविकरूपमा विस्मयबोध हुन्छ तर धेरै समयसम्म छक्क परिरहने सौभाग्य तिनलाई प्राप्त हुँदैन, कारण विन्दु दगुर्दै आएर तिनको सारीको पारी तान्न थाल्छे ।

अचानक खोलिएको पश्चिमी ढोकाभित्र प्रवेश गरेपछि मार्थालाई आदिमन्दिरको वास्तविक रूपरेखा ज्ञान हुन्छ । आदिमाताको वन्दना, ध्यान र पूजा-अर्चना गर्न निर्मित विशाल कक्षबाहेक त्यहाँ आदिमाताको निवासका लागि आवश्यक सम्पूर्ण भौतिक सुविधाहरू जुटाइएका हुन्छन् । आदिमाताको लागि त्यहाँ एक अन्तःकक्ष निर्माण गरी सजाई राखिएको हुन्छ । मार्था अति उत्सुकता र नारीसुलभ चञ्चलता नलुकाईकन सबै कोठा चाहार्छिन् । अन्तमा बैठककोठाको बीचमा उभिएर सोच्न थाल्छिन्, "आखिर यो सबै कुरा किन ? के प्रशान्तलाई मेरो आगमनको पूर्वानुमान थियो ? के प्रशान्तलाई मेरो प्रतीक्षा नै त थिएन ?..."

मार्था आदिमन्दिरको जनक प्रशान्तको मनोवैज्ञानिक स्थिति, विशेष गरी तिनका लागि तयार पारी राखिएका सामान्य वस्तुहरूको सुसज्जित कोठाहरूका सन्दर्भमा बुझ्ने प्रयास गर्छिन् । यसो गर्दा कुनै ठोस र निश्चितप्राय निष्कर्षबिना पनि तिनलाई आत्मिकरूपले अत्यन्त आनन्द प्राप्त हुन्छ । स्वयम् आफ्नो अस्तित्वप्रति आफैंलाई कताकता सरमलाग्दो गर्व महसुस हुन्छ ।

"आदिमाता, हामी केही आस्था र विश्वासहरूमा बाँच्ने मान्छेहरू मस्तिष्कले कम, अन्तरात्माले बढी, कल्पनाशील छौं, त्यसैले आदिमाताको नाममा यस्ता कोठाहरू निर्माण गर्न विवश छौं ।", प्रशान्त आफ्नो गम्भीरतालाई सकभर कायम राख्ने प्रयास गर्छ । मार्थालाई यी शब्दहरू अपराधमाथि स्वीकारोक्तिभन्दा बढी केही लाग्दैनन्, फलस्वरूप करूणामूर्तिको आँखाले तिनी प्रशान्तलाई हेर्छिन् ।

"प्रशान्त, तिमीलाई मेरो आगमनको आशा नभए मन्दिरको नाममा यस्ता कोठाहरू निर्माण किन गरिराख्यौ ? प्रतीक्षा गरिरहने तिम्रो हृदयको

शैली बदलिए पनि अनन्त प्रतीक्षाको भाव बदलिएको छैन ।" सोझै आक्रमण गरेर प्रशान्तको दुर्दशा हेर्ने नारीसुलभ भावना जाग्छ तिनका हृदयमा, करूणाभाव तिरोहित भएपछि तर निको शिक्षित मस्तिष्कले अति कठोर हुने अनुमति दिंदैन । तिनलाई आफ्नो आगमनको विशेष उद्देश्य स्मरण पनि हुन्छ । मार्था भावविभोर हुन्छिन्, केही हदसम्म दुःखी पनि । प्रकटरूपमा तिनी बोल्छिन्, "प्रशान्त, सबभन्दा पहिले म यहाँ तिमीलाई खोज्दै आउनुको कारण स्पष्ट पार्न चाहन्छु । म तिम्रो घर गएको थिएँ, त्यहाँबाट आत्मप्रायश्चितको क्रममा यहाँ आइपुगें ।"

"आदिमाता, हामीसित समयको अभाव छैन जस्तो लाग्छ, त्यसैले यतिखेर खानपिनतिर लाग्नु नै श्रेयष्कर छ । कुरा पछि गर्दै गरौंला, छोरी अघिदेखि पर्खिरहेकी छे ।", कुरूप नारीलाई औंल्याउँदै प्रशान्त बीचैमा कुरा काट्छ र अपराधीझैं शिर झुकाउँछ । मार्थालाई फेरि एकपल्ट सम्पूर्ण गम्भीर भावहरूलाई एकातिर पन्छाएर जिस्किन मन लाग्छ, एउटा तीखो र मर्मभेदक व्यङ्ग्य कस्न मन लाग्छ तर आफ्नो इच्छालाई दमन गर्दै तिनी अर्को कोठातिर लाग्छिन् ।

'भान्साखण्ड' तीनको सोचाइभन्दा बेग्लै अर्धपरम्परागत ढङ्गको हुन्छ । साधारण खालका तीनवटा कुर्सी, बीचमा सानो डाइनिङ-टेबल र त्यसको विपरीत भित्तानेर स्थानीय ग्रामीण शैलीको सानो चुलो, साथै अगलबगलमा सुव्यवस्थित ढङ्गले राखिएका केही भाँडाकुँडा, बस, यही नै हुन्छ आदिमाताको किचन-कम-डाइनिङ हल !

कुरूप नारी तिनको अघिल्तिर टेबलमा खानेकुरा सजाउन थाल्छे । मगभरि तातो दूध र थालभरि विभिन्न प्रकारका सुस्वादिष्ट फलफूलहरू, स्याउ, सुन्तला, केरा आदिआदि ।

"प्रशान्त, कुर्सीमा बस न !", मार्था सङ्केत गर्छिन् ।

"आदिमाता, म ठीक छु । कृपया फलाहार गर्नुहोस् !"

"म एक्लै ?"

"आदिमाता, हामीले खाइसकेका छौं ।"

"प्रशान्त ! तिमी मलाई आदिमाता नभन !", केही आवेशमा बगेर तुरून्त विरोध गर्छिन् । कुन्नि किन, कुरूप नारी मुखका यावत् दाँतहरू देखाएर

हाँस्न थाल्छे । मार्थालाई विचित्र लाग्छ । स्वयम् आदिगुरू प्रशान्तलाई पनि कुरूप नारीको हाँसो विचित्र लाग्छ । मज्जाले हाँसिसकेपछि कुरूप नारीलाई आफ्नो अपराधबोध हुन्छ । "आदिमाता ! क्षमा चाहन्छु ! आदिगुरू ! क्षमा चाहन्छु !", घनघोर कालो मुख लाएर कुरूप नारी झुक्दै क्षमाप्रार्थना गर्छे । डराएर रून्छे ।

"पुत्री ! तिमी बाहिर जाऊ, आराम गर !", आदिगुरू अभयदान दिन्छ । ऊ आँसु पुछ्दै बाहिर दगुर्छे ।

"प्रशान्त, यो सबै के हो ?", मार्था सोध्छिन् ।

"आदिमाता ! विशेष केही थिएन, प्राकृत भावुकताको तटबन्ध भत्किएको मात्र थियो, कृपया फलाहार गर्नोस् ।"

मार्थालाई भोक लाग्छ तर पटक्कै खान मन लाग्दैन ।

४

महानगरीय सभ्यताका सूर्य बल्ने शहर-बजारमा भन्दा सरल, सानातिना चाँदनीयुक्त गाउँघर र बस्तीहरूमा पिलपिले ढेब्री, टुकी र लालटिनद्वारा निमन्त्रित रात चाँडो पर्छ । बिजुलीबत्तीको जीवनशैलीमा हुर्केकी मार्थालाई सम्भवतः जीवनमा पहिलोपल्ट यो वास्तविकता बोध हुन्छ । यो प्रत्यक्ष वास्तविकता तिनलाई नमीठो, कटुतम र कताकता भयावह लाग्न थाल्छ । घडीमा बेलुकीको आठभन्दा बढी बजेको छैन तर एउटा भयानक सपनाबाट तर्सिएर बिउँझिए पछिको चकमन्न मध्यरातजस्तो अनुभूति हुन्छ । आदिगुरू प्रशान्त औपचारिकतावश केहीबेर कुराकानी गरी प्रस्थान गरिसकेको हुन्छ, तिनलाई आराम गर्ने अनुरोध गर्दै । कुरूप नारी पनि तिनलाई खानपिन गराएर मानौं रातको अन्धकारमा अन्तर्ध्यान भइसकेकी हुन्छ, आदरणीय बूढी कुकुर्नीसहित । शिक्षित र सायद त्यसभन्दा बढी सुसंस्कृत मार्थालाई लाग्छ, सबै आआफ्नो कर्तव्य-कार्य पूरा गरी, आजका लागि अनामन्त्रित पाहुनाबाट मुक्त भइसके । अब समयको मागबमोजिम तिनलाई पनि एक असल अतिथिको कर्तव्य पूरा गर्नु छ, बस ।

मार्था आदिमाताको बिछ्यौनामा पल्टिन्छिन् । लालटिनको मधुरो प्रकाशमा तिनलाई पटक्कै निद्रा लाग्दैन । थकाइ भने मज्जाले लाग्छ,

खुट्टाका जोर्नीहरू दुखाएर, जिउ फतक्क गलाएर । एक नितान्त अपरिचित कालकोठरीमा बन्दी बनाइएकी अबलाको जस्तो अवस्था, तिनी सोच्छिन् तर आफूखुशी स्वीकार गरिएको बन्धनलाई परतन्त्रताको बन्धनसित तुलना गर्न सकिंदैन, तिनी आफैं आफ्नो स्थिति स्पष्ट गर्छिन् । कोल्टेमाथि कोल्टे फेर्दै तिनी सोच्छिन्, "अहिले म प्रशान्तको बस्तीमा छु, प्रशान्तको आतिथ्यमा, प्रशान्तको सुरक्षामा, प्रशान्तको सामीप्यता । मुटुको एकापट्टि म छु, अर्कोपट्टि प्रशान्त छ ।" तिनलाई यो सोचाइ रोमाञ्चक लाग्छ । अन्तर्मनको एक विशेष कुनामा मीठो कुतकुती लाग्छ ।

रात क्रमशः बित्न थाल्छ । मार्था एकपल्ट सम्पूर्ण भाव र विचारहरूलाई बिदाइ गर्दै निदाउने प्रयास गर्छिन्, नआएको हाई काढ्दै । तिनलाई पटक्कै निद्रा लाग्दैन । जबरजस्ती निदाउने प्रयास नगरीकन, लालटिनको मध्यम प्रकाशमा मार्था आफ्नो चित्र-डायरी पल्टाउँछिन् र दिनमा घटित कुराहरूलाई पेन एन्ड इङ्कको माध्यमले क्रमशः चित्रित गर्दै जान्छिन् । डायरीमा चित्रहरू कोर्दा तिनी समय बितेको थाहा पाउँदिनन् ।

अन्धकार रातका चिसा घडीहरूले मध्यरातको अर्धविराम-चिह्न लिनुभन्दा धेरै पहिले सम्पूर्ण बस्ती निदाइसकेको हुन्छ । मार्था अन्तर्मनको रोमाञ्चक र मज्जालाग्दो वेदनाजन्य उत्सुकता सन्तुष्ट पार्न सुत्ने कोठाबाट बैठककोठा पार गर्दै भान्साखण्डमा पुग्छिन् ।

भान्साखण्डको झ्याल खोलेर तिनी आदिगृहमा हेर्छिन् । आदिगृह रातको बाक्लो अन्धकारमा पूर्णरूपले डुबेको हुन्छ तर पनि भौगोलिक समीपताको कारण मार्थालाई त्यस घरको आकृति र अस्तित्व नाङ्गो आँखाले ठम्याउन, त्यसभन्दा बढी अन्तर्मनले अनुभव गर्न गाह्रो पर्दैन । धेरैबेरसम्म तिनी भान्साखण्डको झ्यालमा उभिएर प्रशान्तको सुत्ने कोठाबाट विस्थापित भई बाहिर निस्केका लालटिनका मधुरा धर्साहरू हेरिरहन्छिन् । "यो बस्तीको आदिगुरू अहिलेसम्म निदाएको छैन किन ?", एउटा प्रश्न तिनको मनमा जन्मिन्छ अनि पटकपटक दोहोरिन्छ । "तर, म नै कहाँ निदाएकी छु र ?" मार्था प्रश्नको जबाफ प्रश्नले सोच्छिन् अनि उदास हुन्छिन् ।

मार्था ओछ्यानमा आई पल्टिन्छिन् । रातको एघार बज्छ । बस्तीबाहिर स्याल र कुकुरका प्रतियोगी ध्वनि सुन्छिन् । मार्थालाई निद्राको झट्का लाग्न थाल्छ । तिनी अर्धनिद्रामा आफ्नी धर्मआमालाई सम्झन पुग्छिन् ।

मिस मार्गरेट तिनको नाम हो । पिता परतन्त्र भारतमा एक उच्चपदस्थ अधिकारी, पितामह अवकाशप्राप्त कर्णेल र प्रपितामह एक बहादुर सैनिक जसले सिपाही-विद्रोह अथवा पहिलो भारतीय स्वतन्त्रता आन्दोलन दमन गर्ने काममा महत्त्वपूर्ण भूमिका खेलेका थिए । तिनी पहिलोपल्ट भारत-भ्रमणमा आउँदा गान्धीको नेतृत्वमा अहिंसात्मक सत्याग्रह चलिरहेको थियो । आन्दोलनद्वारा तिनी खूब आन्दोलित भइन् । दोस्रोपल्ट भारत आउँदा तिनी गान्धी आश्रममा बसिन् । गान्धीवादीद्वारा प्रभावित भई तिनी आन्दोलनमा भाग लिन थालिन् । अङ्ग्रेज सरकारको आँखामा तिनी देशद्रोही बन्न पुगिन् । यसले तिनको पिताको प्रतिष्ठामा ठेस लाग्न पुग्यो । अङ्ग्रेजी पत्रपत्रिकाहरूमा सरकारविरोधी क्रियाकलापमा लागेको आरोप लगाइन थालियो । अन्ततः पिताले भायसरायसमक्ष राजीनामा ठोके, छोरीका राष्ट्रघातक कर्मदेखि विवश भएर ।

मार्गरेट दुःखी भइन् । आत्मशान्ति खोज्दै तिनी नेपाल पसिन् । काठमाडौंमा आदित्यनामक एक व्यक्तिको सहयोग लिई दुःखीहरूको सेवाश्रम खोलेर बस्न थालिन् । आदित्य जातले ब्राह्मण थियो, नेवार्नी स्वास्नी ल्याएर जातिबहिष्कृत भएको थियो । मार्गरेटको सहयोगी बनेपछि ऊ इसाई धर्मावलम्बी बन्न पुग्यो । भर्खरै जन्मेकी छोरीको नाम उसले मार्था राख्यो । लोग्नेले धर्म परिवर्तन गरी समाजबहिष्कृत भएपछि नेवार्नी स्वास्नी पीरैपीरले मरिन् । स्वास्नी मरेपछि लोग्ने अल्कोहोलिक भई मऱ्यो । त्यस बेला मार्था तीन वर्षकी थिइन् । टुहुरी मार्थालाई मार्गरेटले धर्मछोरी बनाई पालिन् । सेवाश्रममा मार्था हुर्किन् । तरुनी भइन् । विश्वविद्यालयको शिक्षा समाप्त हुनासाथ धर्मआमाको देहान्त भयो । तिनको इच्छापत्रमा सेवाश्रम ट्रस्टको रूपमा सञ्चालित हुने र व्यक्तिगत सम्पत्ति मार्थाले पाउने व्यवस्था गरिएको हुन्छ ।

मार्थाले आफ्नी अविवाहिता धर्ममाताको रहस्य तिनको जीवनकालमा जान्न सकिनन् तर तिनको देहावसान भएपछि यो रहस्य धेरै दिनसम्म

रहस्यका रूपमा रहन सकेन । आफ्नै धर्ममाताका पुराना डायरीका पानाहरू पल्टाउँदा तिनलाई यो रहस्य ज्ञात भयो । लन्डनमा उच्चशिक्षा हासिल गरिरहँदा मार्गरेट विलियम स्कटनामक सहपाठीको प्रेमजालमा फसेकी रहिछ । स्वयम् विलियम स्कटले सर्वप्रथम प्रेमनिवेदन गरेको रहेछ । अध्ययनभ्रमणका क्रममा पहिलोपल्ट भारत आउँदा तिनीहरूको प्रेम चरमोत्कर्षमा पुगेछ । लन्डन फर्केपछि यथाशीघ्र वैवाहिक बन्धनमा आबद्ध हुने तिनीहरूले प्रण गरेका रहेछन् तर यात्रीवाहक जलयान 'क्विन मेरी'ले लन्डनका लागि बम्बई बन्दरगाह छोड्नासाथ मार्गरेटको स्वप्नमाथि अचिन्तनीय रूपमा कुठाराघात पर्न थाल्यो । बिना कुनै स्पष्ट कारण विलियम स्कटको व्यवहारमा परिवर्तन देखा पर्न थाल्यो । पहिले मार्गरेटले सोचिन्, कुनै सानोतिनो कुरामा विलियम रिसाएको होला, जुन आफैं ठीक हुनेछ तर पछि तिनलाई थाहा भयो, विलियम तिनबाट अघाएर अर्कै युवती जुलियाको पछि लागिसकेछ । मार्गरेटले आफ्नो प्रेम र बाचाबन्धन स्मरण गराइन्, हाक्काहाक्की यति कठोर धोका दिनुका कारण बुझ्न चाहिन् तर तिनका सबै प्रयास एक-एक गरी विफल भए । प्रेममा बाँच्ने र प्रेममा मर्ने कसम खाएको विलियमको जबाफी कुरा जहिले पनि एउटै हुन्थ्यो । "सरी मार्गरेट, आइ कान्ट लभ यु । रियल्ली, आइ एम सरी !"

शुरूशुरूमा तिनलाई रत्तीभर पनि विश्वास लागेन । विलियमजस्तो प्रेमीबाट यसरी बिनाकसुर परित्याग गरिनु तिनका लागि यस्तो दुःखद सत्य थियो, जसलाई बिर्सन वा सत्य मान्न सकिन्नथ्यो । अन्तमा विलियमले धोका दिएको कुरा स्वीकार गर्न तिनलाई करै लाग्यो ।

केही दिन मार्गरेट अनास्थाको भुमरीमा परिन् । तिनका सामु जीवन थियो तर भविष्य थिएन । तिनका सबै सपनाहरू र भविष्यका सुन्दर परिकल्पनाहरूमा विलियम हुन्थ्यो तर अब विलियमले छोडेर गएपछि सबै सपना र कल्पनाहरूले बिदाइ लिइसकेका थिए । वर्तमानमा एउटा चिसो र स्वप्नहीन जिन्दगी थियो, जहाँ अतीत थियो, आगत थिएन । कहिलेकाहीं तिनलाई आत्मघात गरी जीवन समाप्त पार्ने इच्छा हुन्थ्यो तर यति ठूलो पापकर्म गर्ने साहस तिनीसित थिएन । यस्तो सङ्कटापन्न मानसिक स्थितिमा तिनी सधैं लन्डनस्थित घरबाट नजिकको गिर्जाघर

जान्थिन्, फादरको प्रवचन सुन्थिन् र कुमारी आमा मरियमको मूर्तिलाई घण्टौं हेरी चोट खाएर रन्थनिएको मनको अवस्थालाई स्थिन पार्न खोज्थिन् तर तिनी सधैं असफल हुन्थिन् ।

भारतबाट फर्केपछि केही महिना यसरी नै बित्छन् । यसबीच लन्डनमा क्रिसमसको आगमन हुन्छ । सारा लन्डनवासी यस महान् त्यौहारको रमझममा व्यस्त हुन्छन् तर मार्गरेटको उदासीनता समाप्त हुँदैन । तिनी क्रिसमसको महान् उपलक्ष्यमा भारतमा कार्यरत पितालाई एउटा बधाई-कार्ड पठाउँछिन् । त्यसपछि कुनै समारोहमा भाग नलिईकन घरमा थुनिएर बस्छिन् । क्रिसमस इभमा अत्यन्त उदास भएर आफ्नो कोठामा बसिरहँदा अचानक तिनलाई आत्मबोध हुन्छ, एउटा विचार बिजुली चम्केझैं मनमा चम्किन्छ । त्यही महान् क्षणमा तिनी एक दृढनिश्चय गर्छिन्, आजन्म अविवाहित रही एक मात्र प्रभु यिसुको पवित्र नाममा दुःखीहरूको सेवा गर्ने !

यसको केही दिनपछि, लन्डनमा राम्ररी हिउँ नपग्लिँदै मार्गरेट फेरि 'क्विन मेरी' चढी भारतका लागि प्रस्थान गर्छिन् । अन्ततः यो प्रस्थान महाप्रस्थान साबित हुन्छ ।

५

पूर्वस्मृतिमा केही दुःखान्त घोडादगुराइ समाप्त भएपछि आशीर्वादस्वरूप परेको आदिम निद्रा जरूर मीठो हुन्छ, प्यारो हुन्छ, तर मार्थालाई यो सुखानुभूतिको आनन्द उपभोग गर्ने सौभाग्य धेरैबेर प्राप्त हुँदैन । रात र बिहानी समयको काल्पनिक रेखाजस्तो स्थितिमा, जसलाई अरण्यवासीहरू पुरातन बेलामा 'ब्रह्ममुहूर्त' भन्थे, मार्थाको मीठो निद्रा खुल्छ, जुन निश्चय पनि तिनलाई मीठो लाग्दैन । वास्तवमा आदिमन्दिरपट्टि खुल्ने ढोकामा निरन्तर आहट महसुस भएपछि तिनको निद्रा खजमजिएको हुन्छ । तिनी ओछ्यानमा पल्टिएर नै केहीबेर तत्क्षण आहटलाई बुझ्ने चेष्टा गर्छिन् । "कतै आदिमन्दिरभित्र चोर त पसेन ?", अचानक तिनको मस्तिष्कमा एक भयानक चोरको बिम्ब पस्छ तर यस बिम्बले सातोपुत्लो खानुभन्दा पहिले नै ढोकामा आहट वृद्धिमा साथसाथै कुकुरको अति व्यग्र कुइँकुइँ स्वर

सुनिन थाल्छ । मार्थालाई त्यो कुइँकुइँ स्वर बूढी कुकुर्नी विन्दुको हो भन्ने ठम्याउन गाह्रो पर्दैन । तिनी अनावश्यक भयको वैतरणी पार गरी एक दीर्घ निश्वास लिन्छिन् र त्यत्तिकै अल्छी मानेर पल्टिरहन्छिन् ।

ढोकामा बूढी कुकुर्नी विन्दुको व्यग्रतामा निरन्तर वृद्धि हुँदै जान्छ । मार्थालाई उठ्न पटक्कै मन लाग्दैन । आलस्यपूर्वक पल्टिएर बूढी कुकुर्नीलाई दुःख दिइरहँदा तिनलाई आदिमन्दिरमा मानवीय उपस्थितिको पनि नजानिंदो आभास हुन्छ । "सायद त्यहाँ प्रशान्त आएको होला !" अचानक तिनी सोच्छिन् । यस सोचाइका साथसाथै तिनका आलस्य र रहलपहल निद्राभाव तुरुन्त तिरोहित भएर जान्छन्, बदलामा प्रणययुक्त उत्साहभावले मनमा ठाउँ ओगट्न थाल्छ ।

घडीमा मुस्किलले बिहानको चार बजेको हुन्छ । मार्था जन्याकजुरूक उठेर हतारहतार बिग्रिएका केशराशि तह लाउँछिन्, शरीरमा एउटा न्यायो गाउन सिउरेर आदिमन्दिरपट्टिको ढोका खोल्छिन्, बिस्तारै । बूढी कुकुर्नी विन्दु नकराईकन बसिरहेकी हुन्छे, ढोकाको पछाडिपट्टि । ढोका खोलिएको आभास पाउनासाथ ऊ नवस्फूर्ति सञ्चारित भएझैं गरी उठ्छे र आदिमाताको पैताला चाट्दै आत्मिक खुशीको भाव व्यक्त गर्छे । मार्था झुकेर विन्दुको आत्मीयताको उपयुक्त जबाफ दिन्छिन् । विन्दु झन् बढी आत्मीय भई मार्थाका औंलाहरू पनि चाट्न थाल्छे ।

आदिमातासित प्रेमको आदानप्रदान गरिसकेपछि विन्दु आदिमन्दिरको मुख्य भागतर्फ लाग्छे । मार्था प्रसन्नतापूर्वक त्यहीं उभिएर आँखाले विन्दुलाई पछ्याउन थाल्छिन् । त्यति नै खेर तिनी त्यस विशाल कक्षमा बस्तीवालाहरूको ठूलो समूह देख्छिन् । अघि विन्दुलाई मुसार्ने हतारमा तिनले त्यतातिर हेर्ने फुर्सद नै पाएकी थिइनन्, यद्यपि प्रशान्तको सम्झनाले नै तिनलाई त्यहाँसम्म आउन विवश तुल्याएको थियो । मार्था दुई कदम अगाडि बढेर रहस्य-रोमाञ्चपूर्वक मानिसहरूको त्यस आशातीत उपस्थितिमाथि तीक्ष्ण दृष्टिपात गर्छिन् । मिरमिरे उज्यालोमा हेर्दाहेर्दै आँखा अभ्यस्त भएपछि मार्था कक्षको अग्रभागमा पद्मासनमा बसिरहेको प्रशान्तलाई चिन्छिन् । अन्य सबै मानिसहरू आदिगुरूपट्टि मुख पारेर लहरै बसेका हुन्छन्, पलेंटी कसेर । प्रशान्तझैं सबै स्त्री-पुरुष ध्यानमा

निमग्न छन् भन्ने कुरा बुझ्न मार्थालाई गाह्रो पर्दैन । "यिनीहरू कुन समयदेखि यसरी बसिरहेका होलान् ? यत्रो भिड घरभित्र प्रवेश गर्दा पनि मलाई केही थाहा भएन ।", मार्था त्यहीं उभिएर धेरै समयसम्म मनमा कुरा खेलाइरहन्छिन्, प्रशान्तसहित ध्यानमग्न जनसमुदायलाई क्वारक्वारती हेरिरहन्छिन् । मार्थालाई थाहा हुन्छ, कसैको पनि ध्यानलाई भङ्ग गर्नु सरासर पाप नभए पनि नैतिक जिम्मेदारी हुन सक्तैन, त्यसैले ध्यानीहरूलाई स्वाभाविक तवरले संसारमा फर्कन मौका दिइनुपर्छ । यही विचारद्वारा प्रेरित भएर तिनी पुनः एकपल्ट आदिगुरूको आसनमा विराजमान प्रशान्तलाई गहिरो दृष्टिले हेर्दै आफ्नो कक्षतिर लाग्छिन् ।

करिब एक घण्टापछि शौचादि कर्मबाट निवृत्त भएर आदिमन्दिरको विशाल कक्षभित्र प्रवेश गर्दा ध्यानीहरूको ध्यान-कर्म समाप्त भइसकेको हुन्छ । सबै शान्तभावले पलेंटी कसेर बसिरहेका हुन्छन् । मार्था कक्षभित्र प्रवेश गर्दा आदिगुरू प्रशान्त आसनबाट गठेर आदरपूर्वक हात जोडी प्रणाम गर्छ । त्यसपछि सम्पूर्ण उपस्थितिले आदिगुरूको अनुसरण गर्न थाल्छन् । सबै आसनबाट उठेर अत्यन्त आदरपूर्वक झुकीझुकी हात जोडेर प्रणाम गर्न थाल्छन् । आदिगुरूको मौनताको विरूद्ध सबै व्यक्ति उत्साहपूर्वक शब्दोच्चारण पनि गर्छन्, "आदिमाता प्रणाम छ । आदिमाता प्रणाम छ !", भन्दै । सामूहिक नमस्कारका साथसाथै यस उत्कण्ठापूर्ण सामूहिक ध्वनिले मार्थाको मनमस्तिष्क झङ्कृत हुन थाल्छन् । तिनी फेरि असजिलो अनुभव गर्छिन् तर त्यस पवित्र वातावरणमा धेरै समयसम्म सङ्कोच मानिरहने फुर्सद तिनलाई प्राप्त हुँदैन । तिनी यान्त्रिक भावले हात जोडेर प्रतिनमस्कार गर्दै प्रशान्तको छेउमा उभिन पुग्छिन् । अतिशय आदर प्रदान गर्ने एउटा विशाल मानव-समुदाय पार गरेर प्रशान्तसम्म पुग्दा मनका स्तरमा तिनी पूर्णरूपले द्रवीभूत हुन्छिन् । "यतिखेर मैले के गर्नुपर्छ ? वा के बोल्नुपर्छ ?" तिनी छिटोछिटो सोच्छिन् तर मस्तिष्कका स्तरमा तिनी कुनै उपयुक्त निर्णय प्राप्त गर्न सक्तिनन् । फलस्वरूप तिनी प्रशान्तको मुख ताकेर टोलाउन थाल्छिन् । "आदिमाता ! हामी तपाईंको नै प्रतीक्षामा थियौं !", आदिगुरू प्रशान्त तिनलाई असमञ्जसपूर्ण स्थितिबाट तुरून्तै उद्धार गर्न थाल्छ, "हामी आदिमाताको प्रत्यक्ष दर्शन गर्न चाहन्थ्यौं ।

हाम्रो यस उपस्थितिले असुविधा प्रदान त गरेन ? आदिमातालाई नमस्कार गरेपछि हाम्रो दिनचर्या शुरू हुने गर्दछ । असुविधाको लागि क्षमाप्रार्थी छु ।"

"प्रशान्त ! मसित यस्तो कुरा नगर, यो अनावश्यक औपचारिकता म सहन सक्तिनँ !", मार्था छिटोछिटो फुसफुसाउँछिन्, अत्यन्त भावुक भएर ।

"आदिमाता ! यो हाम्रो औपचारिकता होइन, जीवनशैली हो !", आदिगुरू प्रशान्त मुसुमुसु हाँस्छ, "आदिमाताप्रति समर्पण र प्रतिबद्धता हाम्रो जीवनशैली हो !"

"कृपया आफ्नो जीवनशैलीको उपयुक्त व्याख्या गर । म तिम्रा सूत्रवाक्यहरू बुझ्ने गर्दिनँ !", मार्था केही हदसकम्म स्वाभाविक हुन्छिन् ।

"आदिमाता ! हामी यस विश्वमा एक उपयुक्त जीवनशैली परीक्षण गरिरहेका छौं, त्यसैले हामी केही अमूर्त र कृत्रिम लाग्न सक्छौं । प्रथमतः हामीलाई यो कुरा बुझ्ने आकाङ्क्षा छ, हाम्रो यो उपस्थिति आदिमाताको व्यक्तिगत स्वतन्त्रतामा हस्तक्षेप त भएन ?"

"म हस्तक्षेप अनुभव गर्दिनँ प्रशान्त ! म तिम्रो खोजीमा लक्ष्यसम्म आइपुगेको अनामन्त्रित पाहुना हुँ !"

"आदिमाता ! यस बस्तीका बासिन्दाहरू आदिमाताको निराकार बिम्बसित परिचित थिए, अहिले आदिमाताको साकार उपस्थितिले एक सरल, सत्य र इमानदारीपूर्ण स्थिति सृजित गरेको छ । मेरा यी पुत्रपुत्रीहरू आदिमातासित परिचयको नवीनता वा पुनर्परिचयको आकाङ्क्षा अनुभव गरिरहेका छन् । म सबैमा यस्तो भाव देख्छु । आदिमाता ! कृपया आसन ग्रहण गर्नुहोला !", प्रशान्त शान्तभावले आदिमाताको नाममा खाली राखिने अग्रासनलाई हातले सङ्केत गरी देखाउँछ । आदिमाता निर्दिष्ट अग्रासन जुन आदिगुरूको आसनभन्दा केही अग्लाइमा स्थापित गरिएको हुन्छ, अन्य आसनहरूभन्दा खास बढी साज शृङ्गारयुक्त हुँदैन तर पनि मार्थालाई त्यसमा एक विशिष्ट सम्मोहक सुन्दरता र गरिमा अनुभव हुन थाल्छ ! "म यस बस्तीको पूजनीय आदिमाता र यो मेरो अग्रासन !", मार्थाको मन बिस्तारै उड्न थाल्छ । तिनी आफ्नै सोचाइले अतिशय रोमाञ्चित हुन्छिन् तर स्वप्नवत् रहस्य-रोमाञ्चकारी कल्पनालोकबाट वास्तविक धरातलमा फर्केर हेर्दा अधिकारपूर्वक त्यस आसनमा आरूढ

हुने आत्मविश्वास तिनी सङ्गृहीत गर्न सक्तिनन् । तिनी भावविह्वल र निरूपात भएर टोलाउन थाल्छिन् ।

"आदिमाता ! कृपया आसन ग्रहण गर्नुहोला !", प्रशान्त दोस्रोपल्ट आग्रह गर्छ ।

"प्रशान्त ! म यसका लागि उपयुक्त छैन !", मार्था फुसफुसाउँछिन्, अनायासै आँखाका कुनाहरूमा बाढी आउँछ ।

नचाहँदानचाहँदै पनि सृजित महासङ्कटको मानवीय स्थिति ! मार्था आफ्नो शिक्षित मस्तिष्कका कोशहरूमा तीव्र विरोध भोग्छिन् । यस्तो आत्मस्वीकारको स्थितिमा किन आँखाका डिलहरू बग्न थाल्छन्, सबै कृत्रिमतायुक्त विडम्बनाका बाँध भत्काएर ?, मार्था यो कुरा बुझ्न सक्तिन । मनमा घरीघरी एउटा भावना उत्पन्न हुन्छ, चाँडोभन्दा चाँडो यहाँबाट भागेर बस्तीको मूल ढोका पार गरूँ ! छिटोभन्दा छिटो यस कृत्रिम लोकबाट वास्तविक संसारतिर फर्कूं ! तर यसरी लक्ष्यसम्म आइपुगेर पलायन गर्नुको सार्थकता नै के ? प्रशान्तबाट भागेर प्रशान्तको जटिल समस्या समाधान हुँदैन ।

"आदिमाता ! यस बस्तीका पुत्रपुत्रीहरू तिरस्कार होइन, पुरस्कार चाहन्छन्, जीवनका लागि एउटा सार्थक पुरस्कार ! आदिमाताले आसन ग्रहण गर्नुभए हामी पुरस्कृत हुने थियौं !", प्रशान्त तेस्रोपल्ट अनुरोध गर्छ ।

आदिमाताको त्यस विशाल कक्षबाट अन्धकारका सबै प्रतीक-चिह्नहरू विस्थापित भइसकेका छन् । काँचो बिहानीको हलुका उज्यालोमा मार्था समग्रभावले बस्तीवालाको भिडमाथि दृष्टिपात गर्छिन् । सबै अघि झैं शान्त, विनीत र नतमस्तक हुन्छन् । यिनीहरूको शान्तिमा पनि भित्रभित्र एउटा आन्दोलन चलिरहेको छ । मेरै कारण, मार्थालाई यो कुरा हृदयङ्गम गर्न गाह्रो पर्दैन । "मजस्ती सामान्य नारीलाई पूजा गर्ने अभागी मुर्खहरू !", तिनलाई कठोर हुन मन लाग्छ तर दयनीय व्यक्तिहरूलाई दण्ड दिएर प्राप्ति हुन्छ नै के ? मार्थालाई यसभन्दा बढी सोच्न मन लाग्दैन । एक अस्पष्ट भावावेशपूर्ण आक्रोशमा अन्ततः तिनी आदिमाताको अग्रआसन स्वीकार गर्छिन् ।

आदिमाताको आसन ग्रहण गरेपछि शान्त र नियन्त्रित बस्तीवालाहरूको भिड अचिन्तनीयरूपमा अशान्त र अनियन्त्रित हुन थाल्छ । सबै हात जोडेर आदिमाताको जयजयकार गर्न थाल्छन् । मार्था प्रत्युत्तरमा नियन्त्रित

र शान्त हुने चेष्टा गर्छिन् । महान् हुन अभिलाषी प्रत्येक व्यक्तिले जयजयकार पचाउन जान्नुपर्छ !, मार्था सोच्छिन् । नजानिंदो पाराले बिस्तारैबिस्तारै मुस्कुराउन थाल्छिन् ।

बस्तीवालाहरूको हर्षोल्लासपूर्ण अनियन्त्रित अशान्ति एकछिनको आत्मीय जयजयकारपछि स्वयम् शान्त र नियन्त्रित हुन्छ । सबै शान्त भएपछि आदिगुरू प्रशान्त आफ्नो आसनमा विराजमान हुन्छ । तत्पश्चात् सबै आआफ्नो आसनमा बस्छन् ।

आदिमन्दिरको त्यस विशाल कक्षमा शान्तिको सन्नाटा छाउँछ । सबै चुपचाप, नतमस्तक, शान्त अनि प्रतीक्षारत ! यस्तो प्रतीत हुन्छ, मानौं त्यस कक्षमा सास फेर्ने जीवित कुनै अस्तित्व नै छैन !

"परम पूजनीया आदिमाता एवम् मेरा प्यारा पुत्रपुत्रीहरू !", आदिगुरू प्रशान्त ओजस्वी गुरूवाणीमा सबैलाई सम्बोधन गर्छ, "मानवीय अहम्को प्रयोगात्मक विश्लेषण, आनुभाविक परीक्षण र अन्ततः बोधिज्ञानात्मक व्यवस्थापनको अहम्जन्य महत्त्वाकाङ्क्षा लिएर यस विशेष भूमिमा भेला भएका हामी विश्व-नागरिक हौं । हाम्रै लागि भनेर कुनै सूर्य उदाउँदैन, न त कुनै चन्द्रमा अस्ताउँछ । तर मान्छे भएर हामी भन्ने गर्छौं, यो सूर्य हाम्रै लागि उदाएको छ, यो चन्द्रमा हाम्रै लागि अस्ताएको छ, यो जीवजगत् विश्व हाम्रै लागि निर्मित भएको छ । जीवनको परिधिभित्र सम्भवतः सम्पूर्ण मानवजाति अभिशप्त छ प्रश्न गर्न, एक अहम्बोधी प्रश्न : कि मान्छे किन मान्छे भएर, दुःखपूर्ण संसारमा, मोह र विषयवासनापूर्ण संसारमा जन्मन आवश्यक छ ? निश्चय पनि प्रत्येक युगमा, प्रत्येक शताब्दीमा, प्रत्येक दशकमा, प्रत्येक वर्ष, महिना, दिन, घण्टा, मिनेट, सेकेन्ड अथवा प्रत्येक पलप्रतिपल मान्छेजातिले दुःख पाएको छ वा दुःख भोगेको छ । प्रत्येक युगमा मान्छेजातिले हिंसा गरेको छ ।

प्रत्येक युगमा मान्छेले लोभ, मोह र विषयवासनादि कर्मलाई मानवीय अस्तित्वरक्षाको नाममा वरण गरेको छ तर मानवजाति प्रत्येक युगमा आफ्नो प्राकृतिक वरणप्रति असन्तुष्ट पनि छ, त्यसैले यस मानवविश्वमा गौतम बुद्धहरू जन्मने गर्छन्, 'जीवन दुःखपूर्ण छ' भन्दै, जिसस क्राइस्टहरू जन्मने गर्छन्, 'प्रेम गर, प्रेम नै भगवान् हो' भन्दै र महावीरहरू

जन्मिन्छन्, 'हिंसा नगर' भन्दै । हामी मानवीय दुःखबाट छुटकारा प्राप्त गर्न सकिरहेका छैनौं, त्यसैले गौतम बुद्धको पूजा गर्न हामी विवश छौं । हामी मानवीय अप्रेमहरूबाट मुक्त हुन सकिरहेका छैनौं, त्यसैले जिसस क्राइस्टको आराधना गर्न हामी विवश छौं । तर प्रत्येक युगमा पुनरावृत्त भई, नवीनीकृत भई मानवीय यथास्थितिको विकराल रूप लिएको यस विवश सत्यलाई के परमसत्य वा अन्तिम सत्य मान्नु आवश्यक छ ?

म स्वीकार गर्छु, प्रत्येक व्यक्ति बुद्ध हुन सक्तैन, जिसस क्राइस्ट हुन सक्तैन तर के प्रत्येक व्यक्ति गौतम बुद्ध हुनु आवश्यक छ ? के प्रत्येक व्यक्ति जिसस हुन आवश्यक छ ? मलाई यो सत्य स्वीकार गर्न मन लाग्छ र म स्वीकारोक्तिको घोषणा गर्छु, मोहमद मोहमद हुन सक्छ, प्रत्येक मान्छे मोहमद हुन सक्तैन, महावीर महावीर हुन सक्छ, प्रत्येक व्यक्ति महावीर हुन सक्तैन, लाओत्से लाओत्से हुन सक्छ, प्रत्येक व्यक्ति लाओत्से हुन सक्तैन । यो मानवीय इतिहासको एक सामान्य सत्य हो, जसलाई हामी असामान्य सत्य सम्झन थालेका छौं ।, जसको परिणामस्वरूप मानवीय अहम्चेतना कुण्ठित भएको छ । यो इतिहासको महान् दुर्भाग्य हो ।

म यस मानव-समुदायलाई बोध गराउन चाहन्छु, मान्छेले गौतम बुद्धलाई सुन्नुपर्छ तर गौतम बुद्ध बन्नु पर्दैन । जिससलाई सुन्नुपर्छ, जिसस बन्नु पर्दैन । म यो कुरा बोध गराउन चाहन्छु, मोहमदलाई सुन्नु आवश्यक हुन्छ तर मोहमद बन्नु आवश्यक हुँदैन; महावीरलाई निरीक्षण गर्नु आवश्यक हुन्छ तर महावीर बन्नु आवश्यक हुँदैन । लाओत्सेका उपदेशहरूलाई मनन गर्नु आवश्यक छ तर पृथ्वीमा जन्मेको कुनै अर्को मान्छे, आफ्नो अहम्पूर्ण सत्ताहरण गरेर दोस्रो लाओत्से बन्नु आवश्यक छैन । यस मानवविश्वमा दोस्रो बुद्ध, दोस्रो जिसस, दोस्रो मोहमद र दोस्रो महावीर ज्ञानका औपदेशिक सत्ताहरू जन्मे भने ती इतिहासका लागि भार मात्र बन्न जानेछन् । म मान्छेलाई मौलिक देख्न चाहन्छु, स्वतन्त्र देख्न चाहन्छु, सृजनशील देख्न चाहन्छु । प्रत्येक मान्छे मौलिक कृति हो, अनुकृति र प्रतिकृति होइन ।

अहिलेसम्म पृथ्वीमा अस्तिगत सबै धर्मले प्रेम र अहिंसाको पाठ पढाउने धुनमा अहम्मुक्तिको कपोलकल्पना गरेको छ । म अहम्विरोधी सबै धर्म र दर्शनको घोर विरोध गर्दछु, कारण जीवन अहम्युक्त हुन्छ, अहम्मुक्त हुन

सत्तैन । बुद्ध मेरो दृष्टिमा अहम्‌युक्त पुरूष हो, महावीर र यिसु अहम्‌वादी व्यक्तित्व हुन्, सिजर, अलेक्जेन्डर, नेपोलियन र हिटलर अहम्‌युक्त पुरूष हुन् । म मान्छेलाई, प्रेम, अहिंसा र यौनमुक्तिको पाठ पढाउन चाहन्नँ, जसरी धर्म-पुरूषहरले पढाए । विश्व-इतिहासमा प्रत्येक धर्मले, प्रत्येक महापुरूषले अहङ्कारको शून्यतालाई प्रेमपूर्णता मानेको छ, अहिंसात्मकता मानेको छ, यौनविमुखता मानेको छ तर म महापुरूषहरूको गल्तीलाई दोहोऱ्याउने पक्षमा छैन । म भन्छु, प्रेम-अप्रेम, हिंसा-अहिंसा, यौन-अयौन अथवा सम्पूर्ण सुखोत्पादक र दुःखोत्पादक भावना अहम्‌सापेक्षित भावना हुन् । सम्पूर्ण मानवीय भावनाहरू र विचारहरू अहम्‌केन्द्रित हुन्छन् । त्यसैले म अहम्‌वादी हुने शिक्षा दिन्छु, अहङ्कारी हुने शिक्षा दिन्छु, अहम्-परीक्षण र विश्लेषण आमन्त्रित गर्छु ।

मान्छे अहम्‌युक्त प्राणी हो, अहम्‌युक्त प्राणी होइन, यो मानव-जीवनको 'आधारसत्य' हो, तुच्छ र घृणित सत्य होइन- जस्तो कि महापुरूषहरू भन्छन् र झूटा मुक्ति-सिद्धान्तहरू प्रतिपादन गर्छन् । म सम्पूर्ण मुक्ति र निर्वाण-सिद्धान्तहरूको विरोध गर्छु । विश्वका नागरिकहरूले बुझून्, अहिलेसम्म पृथ्वीमा मानवजातिको इतिहास भनेको अहम्‌सङ्घर्षको इतिहास हो, व्यक्तिगत र समूहगत दुवै स्तरमा । अहम्‌भावनालाई उपेक्षा नगर ! स्वीकार गर, घृणा नगर ! अध्ययन गर, दमन नगर ! निरीक्षण गर, परीक्षण गर !

म पुनः निवेदन गर्छु, "सम्पूर्ण जीवनजगत् अहम्‌मय छ, अहम्‌मय छ, अहम्‌मय छ ।"

आदिगुरूको धीर गम्भीर सम्भाषण यहीं समाप्त हुन्छ । मार्थालाई आफ्नो शिक्षित चेतनाको स्तरमा प्रशान्तका केही कुरा बुझेझैं, केही नबुझेझैं प्रतीत हुन्छ । मनको स्तरमा तिनलाई प्रशान्तले साह्रै नै छोटो तर मीठो कुरा बोलेझैं आभास हुन्छ । यो छोटो-मीठो पारा आदिगुरूको दिशानिर्देश गर्ने शैली हो सायद, मार्था सोच्न थाल्छिन्, "यसरी नै सधैं बस्तीको दिनचर्या शुरू हुँदो होला, गुरूवाणी श्रवण गरेर अथवा जीवनको लक्ष्य-निर्देशन प्राप्त गरेर ।"

"पुत्रपुत्रीहरू आदिमाताको सम्भाषण सुन्न उत्सुक छन् ।", एकछिनको मौन विश्रान्तिपछि आदिगुरूको मिष्टभाषी अनुरोध तिनको कानमा

पर्छ । तिनको मानसिक दौड समाप्त हुन्छ । आदिमाताको हैसियतले सम्बोधन-भाषण गर्नुपर्ने सम्भावनाप्रति तिनी पहिले नै सचेत थिइन् । प्रशान्तले सम्बोधन गर्दादेखि नै तिनको अन्तर्मनमा विशेष प्रकारको भयोत्पादक रोमाञ्चको लहर उठिरहेको हुन्छ । विश्वविद्यालको अध्ययन समाप्त हुन्जेलसम्म र त्यसपछि पनि तिनले मञ्चमा बोल्ने अभ्यास गरेकी थिइनन् । अपवादका रूपमा कहिलेकाहीं कलेज र विश्वविद्यालयका स्वागत र बिदाइ-समारोहहरूमा बोलिएका दुई-चार शब्दलाई बिर्सन सकिन्छ । आमनेपाली नारीहरूझैं, जो सङ्कोची र लज्जाशील प्रकृतिका हुन्छन्, मानिसहरूका उपस्थितिमा बोल्नुपर्ला कि भनेर पहिलेदेखि नै मनमनमा तर्सिरहने तिनको स्वभाव हुन्छ । "आदिमाताका गरिमाअनुकूल म के बोलूँ ?" धेरै पहिलेदेखि नै तिनी सोचिरहेकी हुन्छिन् । संक्षेपमा, आमसम्बोधन शैलीमा धन्यवादका केही शब्द बोल्नुभन्दा बढी विवेकपूर्ण निर्णय तिनी लिन सक्तिनन् ।

"यस बस्तीका सबै श्रद्धावान् व्यक्तिहरू र विशेष गरी मेरा आदरणीय मित्र, बस्तीका आदिगुरू प्रशान्तलाई मेरो हार्दिक धन्यवाद छ । म यहाँ सामान्य अतिथि भएर आएकी थिएँ, आदिमातास्वरूपमा आफूलाई पाएँ । म यस अनुभूतिलाई व्याख्या गर्न सक्तिनँ । निश्चय पनि मलाई यहाँ मेरो व्यक्तिगत योग्यता र उपयुक्तताभन्दा बढी मान-सम्मान प्रदान गरिएको छ । इमानदारीपूर्वक भन्दा आदिमाता हुनुको अर्थ के हो ? हृदयङ्गम गर्न सकिरहेकी छैनँ । तपाईंहरूको निष्कपट, निश्चल, श्रद्धाभाव र अनुशासित जीवनप्रणाली अवलोकन गर्दा म मनले अनुभव गर्छु, मलाई सामूहिकरूपले प्रदान गरिएका श्रद्धाका फूलहरू निश्चय पनि नक्कली कागजका फूलहरू होइनन् ! मलाई लाग्छ, यतिखेर म आफ्नो अनुभव र स्थितिको उपयुक्त व्याख्या गर्न सक्तिनँ, कारण म यहाँ नयाँनयाँ छु । वास्तवमा म मेरा विश्वविद्यालयकालीन भावुक बुद्धिवान् मित्र प्रशान्तको खोजीमा निस्केकी थिएँ, लक्ष्यको अन्त्यमा, मेरो विवेकभन्दा धेरै टाढा, आदिगुरू प्रशान्तसित साक्षात्कार भएको छ । मलाई लाग्छ, मैले यस बस्तीलाई बुझ्न विवेकको आदिविन्दुबाट यात्रा थाल्नु आवश्यक छ र म तत्पर पनि छु । अन्तमा म सबैलाई हार्दिक शुभेच्छा र धन्यवाद दिन्छु ।..."

आदिमाताको सम्बोधनपछि सभा विसर्जित हुन्छ । सबै शान्त, प्रसन्न अनुहार लिएर आदिमन्दिरबाट बाहिर निस्कन्छन् । मार्थालाई लाग्छ, तिनको सम्भाषणको प्रभाव राम्रै परेको छ । तिनी पनि मनको स्तरमा प्रफुल्ल र केही चञ्चल हुन्छिन् । आदिमन्दिरको झ्यालबाट प्रफुल्ल भावले बाहिर हेर्दा तिनलाई मानिसहरूका छरिँदै गएका आकृतिहरूले आकर्षित पार्छन् । तिनको चित्रकार मनमा लाग्छ, प्रकृतिको हरियो, शान्त र मनोरम क्यानभासमा मानव-आकृतिका धर्साहरू कोरिएका छन्, एक विशेष अनुपातमा । एउटा यस्तै क्यानभासमा एउटा यस्तै चित्र कोर्न पाए बेस हुन्थ्यो, तिनी मनमनमा सोच्छिन् र रोमाञ्चित हुन्छिन् ।

बस्तीको आदिगुरू कुनै प्रतिक्रिया जनाउँदैन ।

६

दुवै आदिमन्दिरको अन्तःकक्षभित्र प्रवेश गर्छन् । मार्थालाई अनुभव हुन्छ, तिनी एउटा ठूलो जिम्मेवारीबाट सफलतापूर्वक मुक्त भएकी छिन् । तिनको सुकोमल, तारूण्यले लालिमायुक्त अनुहार अतिशय प्रसन्नताले धप्पधप्प बलिरहन्छ ।

"प्रशान्त, मलाई अबदेखि बोल्न नलाऊ । म भिडदेखि डराउँछु, मलाई बोल्न पनि आउँदैन ।", बैठककोठाको कुर्सीमा बस्दै तिनी मानौं बोल्नका लागि बोल्छिन् । अनुहारमा सुखद र प्रसन्नताको ज्योति लुकाउने प्रयास गर्छिन् ।

"आदिमाता, बस्तीको मानोविज्ञानअनुसार नबोल्ने सल्लाह दिन सक्तिनँ । सबै आदिमातालाई सुन्न चाहन्छन् ।"

"प्रशान्त, तिमी सबैका गुरू हौ, पथपदर्शक हौ, तिमी बोलेपछि मेरो बोलीको के आवश्यकता रहन्छ ?", तिनी प्रतिवाद गर्दै आफ्नो अन्तर्भावना प्रकट गर्छिन् ।

प्रशान्त प्रतिवादको तुरुन्त प्रतिवाद गर्दैन । ऊ अतिशय शान्त मनले भान्साखण्डतिर दृष्टि पुऱ्याउँछ, जहाँ कुरूप नारीले आफ्नो उपस्थिति जनाइरहेकी हुन्छे । मार्थालाई पनि तेस्रो व्यक्तिको उपस्थिति ज्ञान हुन्छ । तिनी चञ्चल मनले स्थितिमाथि प्रशान्तको प्रतिक्रिया पर्खिरहन्छिन् ।

"मानिसहरूलाई जीवनका कतिपय मोडमा गुरू वा पथप्रदर्शकको आवश्यकता रहन्छ तर 'माता' मानिसहरूको सर्वप्रमुख आवश्यकता हो । आमाहरू दिशानिर्देश गर्दैनन्, ममत्वले परिपूर्ण हुन्छन्, प्रेम र आशीर्वादले संयुक्त हुन्छन् ।"

"प्रेम, के तिमीलाई प्रेममा विश्वास लाग्छ प्रशान्त ?", तिनी लज्जाभावलाई सकभर नियन्त्रित गर्दै, आँखाहरू ओरालेर, सानो स्वरमा प्रश्न गर्छिन्, "तिम्रो सम्भाषणअनुसार यस्तो लाग्छ, तिमी प्रेममा विश्वास गर्दैनौ, विश्वास गरे पनि खास महत्त्व दिंदैनौ ।"

"तपाईंलाई कस्तो लाग्छ, म प्रेममा विश्वास गर्छु वा गर्दिनँ ?"

प्रशान्त अचानक आफ्नो स्वभावविपरीत सोझो प्रश्न गर्छ । मार्था लाजले रातोपिरो हुन्छिन् । टेबिलमा दुवै हात अड्याएर आवश्यकताभन्दा बढी झुक्न थाल्छिन् । तरूनी मार्थाको यस अप्रत्याशित व्यवहारको असर तुरून्त दृष्टिगोचर हुन्छ ।

प्रशान्त स्वयम् फिर्ता लिन नमिल्ने प्रश्नको प्रभाव अनुभव गरी लज्जित हुन्छ ।

"आदिमाता, म सिद्धान्तहरूमा सोच्न, सिद्धान्तहरूमा बोल्न र सिद्धान्तहरूमा बाँच्न मन पराउँछु । सिद्धान्ततः मैले तपाईंको प्रश्नको उत्तर दिइसकें, बढी कुरा बोल्नु आवश्यक लाग्दैन ।", प्रशान्त सैद्धान्तिक दुहाई दिएर अन्ततः परिस्थिति नियन्त्रित पार्छ । मार्था सन्तुष्ट हुन सक्तिनन् । कुरालाई प्रश्नहरूका आडमा लम्ब्याउने साहस पनि गर्दिनन् ।

"आदिमाता, म कसैलाई दोष दिन्नँ, कृपया यो दृष्टिदोष वा भ्रमदोषलाई मनबाट निकाल्नोस् । यो अवाञ्छित सोचाइ हो ।"

"मलाई 'आदिमाता' नभन प्रशान्त प्लिज !", मार्था आँसु पुछ्दै, दुई-तीनपल्ट भुइँमा खुट्टा बजारेर जिद्दी गर्छिन् ।

"आदिमातालाई अर्को के नामले सम्बोधन गरूँ ?", पहिलोपल्ट प्रशान्तका आँखाका कुनाहरू र ओठका कुनाहरू हाँस्छन् ।

"मलाई मार्था भन, म मार्था हुँ ! अन्य व्यक्तिका लागि म आदिमाता नै सही तर तिम्रो म माता होइन ।", रूँदारूँदै तिनलाई हाँस्न मन लाग्छ । तिनका ओठहरू हाँस्छन् ।

प्रशान्त एक अव्यक्त भावुकताको कैदी बन्छ ।

मार्थालाई एकपल्ट सोधूँसोधूँ झैं लाग्छ, "प्रशान्त किन यस्तो मिथमेकिङ गऱ्यौ ?" तर प्रश्न नसोधीकन जबाफमा तिनी प्रशान्तको सम्भावित उत्तर सोच्छिन्, "आदिमाता, बिम्ब र प्रतीकहरूमा बोल्ने प्रयास गर्नु मान्छेको आदिम स्वभाव हो !"

कुरूप नारी स्वाभाविकरूपले उपस्थितिमूलक खोकी खोक्दै बैठककोठामा प्रवेश गर्छे । कुरूप भए पनि तिनको अनुहार हार्दिक खुशीले प्रज्वलित हुन्छ । ऊ टेबिलमा दूधले परिपूर्ण दुईवटा ठूला मग र फलफूलहरू राख्छे । मगबाट हलुका, तातो बाफ उडिरहन्छ ।

"पुत्री, मैले अहिलेसम्म तिम्रो नाम सोध्न पाएकी छैनँ !, मार्था स्वाभाविक र औपचारिक हुँदै कुरा गर्छिन् ।

"आदिमाता, मेरो नाम मैचाङ हो, घर पूर्व पहाडमा पर्छ ।"

"ए, कसरी आइपुग्यौ त यहाँ ?", तिनलाई साँच्चै नै उत्सुकता जाग्छ ।

"आदिमाता, म आदिगुरूको कृपा र करूणाले गर्दा यहाँ आइपुगें ।", कुरूप नारी शान्त संयमित स्वरमा बोल्न थाल्छे, "पूर्वजन्ममा मलाई बिहा गर्छु भनी एक जना मान्छेले कलकत्ता भगायो । तरूनी उमेरमा कत्ति होस भएन । कलकत्ता पुगी बिहा गर्ने, केही वर्ष उतै काम गरी पैसा कमाउने अनि देश फर्केर घरबारी जोड्ने, यस्तै एउटा सपना थियो आदिमाता । तर उसले कलकत्ता पुगेपछि मलाई बेचिदियो । म रन्डीकोठीमा पुगें । पाँच वर्षसम्म रन्डीबजारमा मैले जिउ बेच्ने तुच्छ काम गर्नुपऱ्यो तर एक दिन म कोठीबाट भागें, मुस्किलले नेपाल पसें । त्यसपछि आदिमाता ।"

"प्रशान्त, म के कुरा सुन्दै छु ?", मार्था कुरूप नारीको सट्टा प्रशान्तलाई सम्बोधन गर्छिन्, एक आघात र एक घृणाभाव अनुभव गर्दै ।

"आदिमाता, यो एक वास्तविकता हो । पुत्री, आदिमातासम्मुख सबै कुरा वर्णन गर !", प्रशान्त कथाको सूत्र जोड्ने प्रयास गर्छ ।

"आदिमाता, म नेपाल पसें तर आफ्नो गाउँ बाबुआमाको घर पस्न सकिनँ । बिनारूपियाँ-पैसा, बिना कुनै व्यक्तिको सहारा, एक तरूनी शरीर लिएर कहाँ जाने ? म समस्यामा परें । कति दिनसम्म माग्दै-खाँदै गरें, सकभर लोग्नेमानिसहरूबाट बच्दै हिडें तर सधैं यस्तो सम्भव थिएन ।

आदिमाता, यस्तो परिस्थितिमा आत्मघात गर्नु सबभन्दा सम्मानजनक कार्य हुन्थ्यो तर म मर्न पनि सकिनँ । यस्तै समयमा जब म असुरक्षित, निरास, भोकी र रोगग्रस्त थिएँ, भाग्यले आदिगुरू भेट हुनुभयो । उहाँले मलाई सुरक्षा र सम्मान प्रदान गर्नुभयो । आफ्नी चेली भनी मलाई स्वीकार गर्नुभयो । गुरूकृपाबाट मैले नयाँ जीवन पाएँ । आदिमाता, पूर्वजन्ममा म सुन्दरी थिएँ, परिस्थितिले मलाई वेश्या बनायो । यस जन्ममा म कुरूप भएकी छु तर वेश्या होइन आदिमाता, मलाई घृणा नगर्नुहोला !", ऊ भावनाको भेललाई सहन सक्तिनँ, रूँदै भान्साखण्डतिर दगुर्छे । प्रशान्त आफ्नो स्वाभाविक शान्ति र गतिअनुसार उसको पछि लाग्छ तर मार्था सालिकझैं भएर कुर्सीमा बसिरहन्छिन् ।

केही समयपश्चात् प्रशान्त फर्की आउँछ । उसको अनुहार निश्चय पनि गम्भीर हुन्छ तर शान्त हुँदैन ।

"मैले पुत्रीको मन दुखाइदिएँ । मलाई थाहा थिएन, उसको जीवन यति बीभत्स... !", मार्था बोल्दाबोल्दै बोली रोकेर सोच्न थाल्छिन् । तिनलाई 'वेश्या' भन्ने कुराको स्मृति हुन्छ । तिनले जीवनमा पहिलोपल्ट वेश्या देखेकी थिइन् ।

एक भूतपूर्व वेश्या, यति नजिकबाट ! यसभन्दा अगाडि तिनले साहित्य र चलचित्रमा वेश्या देखेकी थिइन् तर ती सबै सुकुमारी नायिकाका रूपमा हुन्थे । डन्डीफोरका घाउहरूले पूरै अनुहार बिग्रेकी, अत्यन्त कुरूप, तिनलाई सोच्दासोच्दै वास्तविक कथाको कारूणिकता जतिसुकै प्रभावशाली भए पनि, मनमा वितृष्णा र घृणाभाव उत्पन्न हुन्छ । प्रशान्त तिनको अनुहारमा परिलक्षित नमीठो भाव पढ्न गल्ती गर्दैन ।

"आदिमाता, यो पुँजीवादको आधारशिलामा स्थापित आभिजात्यवर्गको स्वर्गधाम होइन । यहाँ सुख, समृद्धि र अहोभाग्यको खानी भेट्न सकिंदैन । यहाँ गरिबी छ, दुःख र पीडा छन् । यो शोषित, पीडित, प्रताडित, अपमानित र अपेक्षितहरूको बस्ती हो । अज्ञानी बाजहरू हुन्छन् त्यसैले परेवाहरू जीवनको माने खोज्छन् । हामी माने नभएको जिन्दगीलाई माने दिन इच्छुक छौं ।"

प्रशान्त मार्थामाथि तीक्ष्ण दृष्टिपात गर्छ ।

"सायद तिमी दुःखी मानवताको सेवा गर्न चाहन्छौ प्रशान्त, तर बुद्ध वा जिससजस्तो हुन प्रेम, करूणा, दया, सहानुभूतिजस्ता मानवीय गुण चाहिन्छन् ।"

"आदिमाता, म बुद्ध वा जिजस हुन चाहन्नँ त्यसैले दुनियाँलाई प्रेम र करूणाको आँखाले हेर्ने गर्दिनँ !", प्रशान्त स्पष्टीकरण दिन्छ तर मार्थालाई लाग्छ ऊ आफ्नो अन्तःकरणबाट बोलिरहेको छैन ।

"प्रशान्त, तिमी सायद दुनियाँलाई नयाँ कुरा दिन चाहन्छौ, यो एक प्रशंसनीय कुरा हो तर एक मित्रको नाताले म अनुरोध गर्छु, आफ्नो जीवनदर्शन आफैंलाई स्पष्ट हुनुपर्छ, बौदिक स्तरमा मात्र होइन, मनको स्तरमा पनि । दुनियाँमा आफ्नै दर्शन नबुझ्ने दार्शनिकहरू थुप्रै छन् ।"

"आदिमाता, म यस अमृत-वचनलाई शिरोधार्य गर्छु !"

प्रशान्त औपचारिकरूपले शिर झुकाउँछ । शान्त, संयमित भई कोठाबाट बाहिर निस्कन्छ । मार्थालाई अनुभव हुन्छ, प्रशान्तको साथसाथै तिनको मुटु पनि बाहिर निस्कँदै छ ।

७

उपस्थिति-अनुपस्थितिको आभास नदिईकन दिनहरू बित्न थाल्छन् । शुरूशुरूमा तिनी बस्तीका प्रत्येक व्यक्ति, प्रत्येक वस्तु र प्रत्येक परम्परालाई बुझ्ने प्रयास गर्छिन् । तिनलाई थाहा हुन्छ, प्रशान्तले पनि प्रत्यक्षतः तिनलाई सचेत पारेको हुन्छ, यो बस्ती मानवीय आह, दुःख, पीडा, रोग र आँसुको फेवाताल हो । यस अभिशापको फेवातालमा कतैबाट पनि ताजा र मीठो पानीको खोला मिसिन आएको छैन । कुरूप नारीबाहेक बस्तीमा आआफ्ना कथा र व्यथा बोकेका सात जना भूतपूर्व वेश्या हुन्छन्, जसमध्ये चार जनाको उमेर ढल्किसकेको हुन्छ । अन्य तीन जना तरूनी नै हुन्छन्, कुरूप नारीको रूपाकृतिसित पूर्णरूपले असमान्तर ।

मार्थालाई वेश्याहरूको सामूहिक कथा र व्यथा उस्तै लाग्छ । एक तरूनी वेश्या, जसलाई उसको भाइले नै परदेशीको हातमा बेचिदिएको हुन्छ, को करूण कथा सुन्दा मार्थालाई रिङटा लाग्छ । के यस्तो पनि हुन सक्छ ? मार्थालाई विश्वास गर्न मन लाग्दैन । अब नामले मात्र

होइन कामले पनि आदिमाता हुने इच्छा जागरण हुन्छ । तिनलाई लाग्छ, यो अन्तरात्माको आवाज हो । तिनी बस्तीका केही पुरूष र नारीसित व्यक्तिगतरूपले परिचित हुने प्रयास गर्छिन् । तिनलाई ज्ञान हुन्छ, यस बस्तीका प्रत्येक व्यक्ति कुनै न कुनै रूपमा परिवार वा समाजबाट परित्यक्त, लाञ्छित र अपमानित छन् । तिनलाई यो कुरा बुझ्न पनि गाह्रो पर्दैन, यहाँ आफ्नो साकार उपस्थितिलाई अमूल्य तुल्याउने हो भने, बस्तीमा अनावश्यक बोझ नबन्ने हो भने, करूणामूर्ति आमाको भूमिका अभिनीत गर्न सक्नुपर्छ ! ओह ! बस्ती सक्कली मानवहरूको बस्ती नभएर सायद एक नाट्यशाला हो, जहाँ मैले युवती छँदै, बूढी आमाको अभिनय गर्नुपर्छ, मार्था सोच्छिन् । जीवन जतिसुकै कृत्रिम, अतिशयोक्तिपूर्ण र विडम्बनायुक्त लागे पनि, तिनको नारीहृदयमा एक आत्मअभिमान वा गर्वभाव विद्यमान नै रहन्छ । तिनी विचार गर्छिन्, मानवीय सम्बन्ध बौद्धिक नभएर हार्दिक हुन्छ । एउटा सिङ्गो बस्ती मेरो अस्तित्वलाई स्वीकार गरी नतमस्तक हुन्छ भने म अस्वीकार गर्न सक्तिनँ, म उनीहरूको मन दुखाउन सक्तिनँ, विशेष गरी प्रशान्तको ! मार्था मन नपरेको बेला आफूलाई सम्झाउँछिन् ।

"मान्छेका आदिम वृत्तिहरूमध्ये एक पूजावृत्ति पनि हो", यो तर्क तिनको अन्तरात्मामा सत्य प्रतीत हुन्छ । गौतम बुद्ध मूर्तिपूजाका घोर विरोधी थिए तर बुद्धका मूर्तिहरू नै किन बढी ? तिनलाई यो उदाहरण प्रिय लाग्छ । तिनलाई बाइबलका कैयौं कथाहरू स्मरण हुन्छन्, जसको सम्बन्ध मान्छेको पूजावृत्तिसित गाँसिएका छन् । के मानवजातिको यस वृत्तिलाई आदिम, अवैज्ञानिक र रूढिग्रस्त भनी दोषारोपण गर्न सकिन्छ ? तिनी आफ्नो सन्दर्भमा यस्ता कुरा सोच्न विवश हुन्छिन् । आदिमाताको पक्षमा तर्क र प्रमाणहरू शिर निहुर्‍याएर लाम लागिरहन्छन् । तिनी पूर्णरूपले सन्तुष्ट हुन्छिन् ।

बस्तीको आदिगुरू तिनीप्रति औपचारिकरूपले नतमस्तक र एक मर्यादित सीमासम्म मैत्रीपूर्ण हुन्छ । उसको यो औपचारिक व्यवहारबारे तिनी सार्वजनिक टिप्पणी वा विरोध गर्दिनन् । एकान्तका क्षणहरूमा मात्र प्रेमपूर्वक कृत्रिम रोष प्रकट गरिरहन्छिन् । "कुनै दिन प्रशान्तले मलाई मार्था भनी सम्बोधन गर्ला ।", तिनी निकट भविष्यबारे आशाका किरणहरूले

आलोकित सपना पनि देख्छिन् । यही स्वर्णिम परिकल्पनामा तिनलाई बस्तीमा वर्तमान समय प्रीतिकर लाग्छ ।

तिनको दिनचर्या सीमित र सन्तुलित हुन्छ । बिहान आदिमन्दिरमा सबैलाई सुआशीर्वाद प्रदान गर्नु तिनको सर्वप्रमुख कार्य हुन्छ । तिनलाई यो कार्य उत्तरदायित्वजस्तो लाग्छ । अभयमुद्रामा हात उठाई आशीर्वाद दिंदा, मधुरतापूर्वक मुस्कुराउँदै अभिवादनहरू स्वीकार गर्दा, तिनलाई आत्मिक प्रसन्नता प्राप्त हुन्छ ।

बिहान नियमितरूपले आदिगुरूको प्रवचन हुन्छ । मार्थालाई तिनको अनुरोधबमोजिम प्रतिदिन सम्बोधन गर्न कर गरिंदैन । आदिगुरू प्रशान्तका प्रवचनहरू आदिमाताप्रति समर्पित हुन्छन् । मार्था सन्तृप्त हुन्छिन् । तिनी हाडमासुकी जिउँदी देवीमा परिणत हुन्छिन् ।

कुरूप नारी मैचाङतिर तिनको आत्मीयतामा वृद्धि हुन्छ । आफ्नो सेवा र समर्पणको परिणामस्वरूप कुरूप नारी तिनको मन जित्न सफल हुन्छे । पछि विश्वास पनि जित्न थाल्छे ।

आदिगृह र आदिमन्दिरको पछाडिपट्टि नास्पाती, आरू, आँप, सुन्तला र आरूबखडाको सानो बगैंचा हुन्छ । बस्तीवालाहरू त्यसलाई 'आदिवन' भन्छन् । त्यहाँ धेरै थरीका जङ्गली रूख र फूलका बिरूवा पनि रोपिएका हुन्छन् । फलफूलका बिरूवाहरू कोपिलाइरहेका हुन्छन्, फुलिरहेका हुन्छन् । कुनै पनि बोटबिरूवा मलजलको अभाव वा रोगले मुर्झाएको हुँदैन । यो सानो वन आदिगुरूको प्रियस्थल हुन्छ । एकान्तस्थल हुन्छ ।

दार्शनिक चिन्तन-मनन गर्न, शारीरिक-मानसिक स्फूर्ति प्राप्त गर्न आदिगुरू यहाँ विचरण गर्ने गर्छ । अक्सर घण्टौंसम्म बगैंचाको बीचमा, अग्लो झ्याम्म परेको नागेश्वरको रूखमुनि ध्यान बस्छ । आदिगुरूको प्रिय एकान्तस्थल भएको हुनाले बस्तीको प्रत्येक व्यक्तिका लागि यो वन पावनभूमि हुन्छ । सबै आदिवनको हेरविचार गर्न प्रतिद्वन्द्विता राख्छन् । बस्तीवालाहरूले यस प्रतिद्वन्द्वी भावनाबाट परित्राण पाउन एक समझदारीको भावना विकास गर्छन् जसअनुरूप पालोपालो आदिवनको हेरविचार गर्ने प्रथा वा अलिखित कानुन बन्छ ।

आदिगुरू शुरूदेखि अन्त्यसम्म यस मामलामा अनभिज्ञ हुन्छ ।

बस्ती-प्रवेश गरेपछि मार्थालाई पनि यो ठाउँ सबभन्दा प्रिय लाग्छ । अन्तःकक्षपछाडिको फूलबारीलाई बेवास्ता गर्दै तिनी आदिवनमा घुम्न थाल्छिन् । यहाँ प्रशान्तसित भेटघाट हुने सम्भावना सबैभन्दा बढी हुन्छ ।

सन्ध्या-बेला हुन्छ । कुरूप नारीसित 'आदिवन' मा घुमिरहँदा अचानक एउटा प्रश्न मार्थाको मनमा उदित हुन्छ । पहिले प्रश्नको अन्तर्ध्वनिले तिनी लज्जित हुन्छिन् तर कुन्नि किन, कुरूप नारीलाई प्रश्न गर्नु अनिवार्य लाग्छ ।

"पुत्री, तिमी मेरी सहेलीसमान छ्यौ...म एउटा कुरा सोधूँ ?", मार्था अनिवार्य प्रतीत भएको कुरा सोध्ने प्रयास गर्छिन्, सानो भूमिका बाँध्दै ।

"आदिमाता, आज्ञा होस् !", कुरूप नारी उत्सुक हुन्छे ।

"तिमी मलाई कुन दृष्टिले हेर्छ्यौ ?", तिनी मनको कुरा सोध्न थाल्छिन्, "मेरो मतलब, बस्तीमा मेरो कुरा हुन्छ होला ?"

कुरूप नारी सुरूपतापूर्वक हाँस्छे । सङ्कोचपूर्वक टाउको झुकाएर जिब्रो टोक्छे । मार्था उसको मनोविज्ञान पढ्न थाल्छिन् । "औपचारिकरूपमा सबै मलाई 'आदिमाता' भनी आदर गर्छन् तर बस्तीमा नराम्रा हल्ला फैलिएका त छैनन् ?" मैचाङ झन् बढी सङ्कोचग्रस्त हुन्छे । छिटोछिटो जिब्रो टोक्दै हाँस्न थाल्छे । "तिम्रो अनुहार हेर्दा पक्कै पनि नराम्रा हल्ला, टीकाटिप्पणी र आलोचना भएको हुनुपर्छ बस्तीमा ।", मार्थाको अनुहार अँध्यारो हुन्छ । तिनी साँच्चै नै व्यथित हुन्छिन् । मैचाङको सङ्कोचले जुन मनोवैज्ञानिक सङ्केत बोकेको हुन्छ, त्यसले तिनको सम्पूर्ण अस्तित्व र मूल्यलाई छोट पार्छ । तिनको क्षमाप्रार्थी मन, जुन धेरै दिनदेखि सुतिरहेको हुन्छ, जाग्रत हुन्छ तर कुरूप नारी मैचाङ तिनलाई धेरै समयसम्म मिथ्या मनोविज्ञानको सिकार हुन दिन्न ।

"आदिमाता, बस्तीमा नराम्रो हल्ला छैन तर !"

"तर के ?", मार्था व्यग्र भई कुरा काट्छिन् ।

"तर एउटा कुरा सबै गर्छन्, आदरपूर्वक, श्रद्धापूर्वक ।"

"के कुरा गर्छन् पुत्री, के कुरा ?", मार्थाको मुटुको धड्कन अनावश्यक उत्तेजनाले बढ्छ । तिनी मैचाङको हात समातेर आफूतिर तान्छिन्, भावावेशले असंयमित भएर ।

"आदिमाता, सबै आदिगुरूको अमर प्रेम र आदिमातासित पुनर्मिलनको चर्चा गर्छन् । अन्तमा, आदिगुरूको प्रेम सफल भयो !", मैचाङ एक सासमा कुरा सिद्ध्याएर लजाउँछे । मार्था उसको हात छोडेर तीखो आँखाले घुर्न थाल्छिन् । यतिखेर कुरूप नारीको कुरूप अनुहार तिनलाई कुरूप लाग्दैन ।

"आदिगुरूको अमर प्रेम... पुनर्मिलन ।", मार्थाको मानसपटलमा मानौं शब्दहरूको एकनास सङ्गीतपूर्ण घण्टी बजिरहन्छ । धेरै समयसम्म एउटा आरूबखडाको रूखमुनि बसेर तिनी घोरिन्छिन् । खुशीको उत्तेजनाले रातोपिरो हुन्छिन् ।

"आदिमाता, कुरा सत्य होइन ?", कुरूप नारी मैचाङ सङ्कोच त्याग गरी ठीक मौका छोपेर प्रश्न गर्छे । उसको अनुहारमा प्रतीक्षित र प्रस्तावित अनुमोदनको भाव हुन्छ ।

"सायद तिमीहरूको अनुमान सत्य हो ।", मार्था लज्जित भावले जम्मा यति नै कुरा फुसफुसाउँछिन्, जुन कुरूप नारीको लागि पर्याप्त हुन्छ । उसको प्रस्तावित अनुमोदन स्वीकृत हुन्छ । ऊ खुशीले प्रफुल्लित हुन्छे ।

"आदिमाता, हामी धन्य भएका छौं । हजुरको आगमनले साँच्चै नै यो बस्ती धन्य भएको छ !", मैचाङ मनको यथार्थ अभिव्यक्ति पोख्छे, "हजुरको आगमनले गर्दा आदिगुरूको जीवनमा एक नयाँ जीवन थपिएको छ ।"

"कस्तो नयाँ जीवन ?", मार्था मैचाङको काखमा टाउको राखेर पल्टिन्छिन् ।

"पहिलेपहिले आदिगुरू शान्त र गम्भीर हुनुहुन्थ्यो तर हामीलाई अत्यन्त कठोर लाग्नुहुन्थ्यो चट्टानझैं । अहिले पनि उहाँ शान्त र गम्भीर हुनुहुन्छ तर हामीलाई कठोर लाग्नुहुन्न । उहाँको जीवनमा नयाँ जीवन आएको छ !", मार्था एउटा कथा सुनेझैं गरी प्रशान्तमा आएको परिवर्तनबारे व्याख्या वा विश्लेषण सुन्छिन् । तिनलाई अनुभव हुन्छ, यो एक मात्र कुरूप नारी मैचाङको सोचाइ होइन, सम्पूर्ण बस्तीको सोचाइ हो र यो सोचाइले तिनी रोमाञ्चित हुन्छिन् ।

भन्न सकिन्न, कति समयसम्म मार्था कुरूप नारीको काखमा टाउको राखेर पल्टिरहन्छिन् । साँझपखको चिसो हावा चलिरहन्छ । रूखका पात

र लहराहरू साङ्गीतिक ध्वनि उत्पन्न गरिरहन्छन् । टाढा एउटा रूखमा काग, डाङ्ग्रे र गौंथलीहरू कुरा नमिलेर चड्काचड्की गरिरहन्छन् । मार्था आँखा चिम्लेर बाह्य प्रकृतिबाट आफूलाई अलग्याउँछिन् । तिनको अन्तर्प्रकृतिमा एक पश्चात्तापको ध्वनि उत्पन्न हुन थाल्छ, रोमाञ्चक क्षणिक लहरहरू विस्थापन गर्दै !

मार्थाका परेली बन्दआँखाका कुनाकुनाबाट आँसुका थोपा रसाएर, आँखामुनि समतल मैदानमा छिटो बग्दै, गालाका डिलबाट झन् छिटो गतिमा हामफाल्दै बग्न थाल्छन् । कुरूप नारी मैचाङ त्यसको कुनै अर्थ लाउन सक्तिन ।

८

बिहान आदिगुरूको नियमित प्रवचनबाट शुरू हुने बस्तीको दिनचर्या आदिमाताको शुभाशीर्वादबाट शुरू हुन्छ, यसबाहेक बस्तीको दिनचर्यामा कुनै परिवर्तन र संशोधन हुँदैन । बस्ती पहिले जुन नियमले चलिरहेको थियो, त्यही नियमले चलिरहन्छ । आदिमाताको शुभागमनद्वारा सृजित थप नियमहरू, जुन नियमितभन्दा बढी अनियमित प्रकृतिका हुन्छन्, कसैलाई पनि अतिरिक्त वा अवाञ्छनीय लाग्दैनन् ।

आदिगुरू प्रशान्तले स्थापनाकालदेखि नै बस्तीमा तीन विभाग खडा गरेको हुन्छ, आदिश्रमशाला, आदिआरोग्यशाला र आदिशिक्षणशाला । उसको दृष्टिमा शारीरिक श्रमले भूमि-पूजनको रूप लिएको हुन्छ, जसको भावनात्मक महत्त्व हुन्छ, भूमि अथवा पृथ्वीसित मानिसको प्रत्यक्ष सम्बन्ध । आदिश्रमशालाअन्तर्गत कृषिजन्य कार्यका अतिरिक्त केही औद्योगिक कार्य पनि सञ्चालित हुन्छन्, ग्रामीण स्तरीयताअनुरूप । बस्तीलाई आर्थिक दृष्टिले आत्मनिर्भर तुल्याउन आदिश्रमशालाले अहम् भूमिका खेलेको हुन्छ । सबैलाई श्रमदान अनिवार्य हुन्छ ।

आदिआरोग्यशालामा रोगीहरूलाई राख्ने व्यवस्था हुन्छ । यहाँ महारोग लागेका कोढीहरू मात्र हुन्छन् । आदिगुरूले बस्ती बसाउँदा कोढीहरूलाई विशेष स्थान दिनुको कारण हुन्छ, रूपाकृतिमा आधारित

मानवीय सम्बन्धलाई अस्वीकार गर्नु । अङ्गभङ्ग कोढीहरूको समीप बस्दा, उनीहरूको जीवन अवलोकन गर्दा र उनीहरूको सेवा गर्न खोज्दा जीवनका धेरै रहस्यहरू उद्घाटित हुन्छन्, यो गुरूको विचार हुन्छ । तर बस्तीमा 'कोढीहरूको सेवा' स्वैच्छिक कार्य हुन्छ, न कि अनिवार्य । बस्तीवालाहरू सामान्य मानवस्वभावअनुसार कोढीहरूदेखि भयभीत हुन्छन् । सकभर आफूलाई आदिआरोग्यशालाबाट पन्छाउने चेष्टा गर्छन् । बस्तीको बहुमत त्यस गृहलाई सधैं अपरिचय, सन्दिग्धता र शुत्रतापूर्ण दृष्टिले हेर्छन् । आदिगुरूको दृष्टिमा यो एक अज्ञानताभन्दा बढी केही हुँदैन । सही अर्थमा, आदिआरोग्यशाला जीवनप्रति मानिसहरूको भावना नाप्ने एक तराजु हुन्छ ।

बस्तीमा सबभन्दा लोकप्रिय हुन्छ, आदिशिक्षणशाला ! आदिगुरू प्रशान्तले बस्तीमा शिक्षाको ज्योति प्रज्वलित पार्न आफ्नै पाराले मौलिक विद्यापीठ स्थापना गरेको हुन्छ । बस्तीमा निरक्षर, सामान्यरूपले साक्षर, शिक्षित, उच्च शिक्षित सबै प्रकाका व्यक्ति हुन्छन् । शिक्षाको यस असमान वितरण र आफ्नो महत्त्वाकाङ्क्षालाई ध्यानमा राखी आदिशिक्षणशालालाई उसले दुई शैक्षिक तहमा विभाजित गरेको हुन्छ । शिक्षाको प्राथमिक तह, जहाँ पूर्णरूपले निरक्षरलाई अक्षरारम्भ गराउने कार्यदेखि लिएर शिक्षाप्राप्त व्यक्तिहरूलाई तिनीहरूको बौद्धिकताको स्थितिअनुरूप जीवन र जगत्सम्बन्धी भौतिक शिक्षा दिइन्छ, त्यसलाई 'विज्ञानशिक्षण' नामकरण गरिएको हुन्छ । यस पाठ्यक्रममा प्रतिभा प्रदर्शन गरी समुत्तीर्ण भएका शिक्षार्थीहरूलाई 'दर्शन-शिक्षण' नामकरण गरिएको उच्चशिक्षा दिइने व्यवस्था हुन्छ । दर्शन-शिक्षणमा विशिष्टता प्राप्त गरेपछि आदिगुरूबाट शिक्षार्थीको जन्मान्तरण घोषणा हुन्छ । जन्मान्तरणप्राप्त शिक्षार्थीलाई आदिज्ञानको दीक्षा प्रदान गरिन्छ । यसलाई मानवीय ज्ञानको उच्चतम शिखर मानिन्छ । आदिज्ञानप्राप्त व्यक्तिलाई त्यसपछि बस्तीमा बस्ने अनुमति दिइँदैन । यो उपाधि प्राप्त गरेपछि जन्मान्तरण समारोहको मध्य ज्ञानीले बस्ती त्याग गर्छ । यो विश्वास गरिन्छ, ऊ आजीवन ज्ञानको बत्ती बाल्दै विश्व परिभ्रमण गरिरहनेछ ।

९

आदिगुरू प्रशान्तको अतिव्यस्तता र औपचारिकताले मार्थालाई नराम्रो असर पार्न थाल्छ। बिहान नियमितरूपले प्रशान्तसित भेट हुन्छ। 'शुभाशीर्वाद-प्रवचन' समयमा, तर यो भेट पूर्ण औपचारिकताहरूले पूर्ण हुन्छ । शुरूशुरूमा प्रवचनकार्य समाप्त भएपछि ऊ एकछिन यताउतिका कुरा गर्दै रोकिन्थ्यो, सम्भवतः औपचारिकतावश नै तर केही दिनपछि उसको नियमिततामा परिवर्तन देखा पर्छ । प्रवचन दिइसकेपछि बस्तीका अन्य प्राणीसरह ऊ आदिमातालाई प्रणाम गरी हिंड्न थालेको हुन्छ । मार्थाले रोक्ने प्रयास गरिन् भने उसको जबाफ हुन्छ, "आदिमाता, काम छ ।"

प्रशान्त दिनमा साह्रै नै व्यस्त हुन्छ । मार्थालाई थाहा हुन्छ, प्रवचन-कार्यपछि ऊ आदिश्रमशालामा जान्छ, श्रमकार्यहरूको निरीक्षण गर्छ, स्वयम् केही शारीरिक श्रम पनि गर्छ । करिब दुई घण्टा ऊ आदिश्रमशालामा व्यतीत गर्छ । त्यसपछि दिनको सम्पूर्ण भाग ऊ आदिशिक्षणशालालाई दिन्छ । उसको विश्वदृष्टि वा दर्शनको केन्द्र हुन्छ आदिशिक्षणशाला, त्यसैले ऊ सञ्चित समयको बढी भाग यहीं निवेश गर्छ ।

दिन ढल्केपछि ऊ आदिआरोग्यशाला जाने गर्छ, महारोगीहरूप्रति आफ्नो दायित्व पूरा गर्न । कुन्नि किन, मार्थालाई प्रशान्तको यो कार्य रूचिकर लाग्दैन तर अहिले मार्थाको व्यथा अर्कै हुन्छ । केही दिनयता प्रशान्त आदिमातालाई बस्तीको हालखबर सुनाउन आउँदैन, न त सामान्य कुराकानी नै गर्न आउँछ बेलुकीपख । प्रशान्तले बेलुकीको समय पनि दिन छोडेपछि जुन मार्थाका लागि सबभन्दा प्रिय र प्रतीक्षापूर्ण हुन्थ्यो, तिनलाई आघात अनुभव हुन्छ । तिनको मनको व्यथाले सीमा नाघ्छ ।

"पुत्री, मैले आदिगुरूलाई बोलाएको छ भन, जाऊ !", समयको बाँध भत्किन्छ । आत्माभिमानमा नराम्रो धक्का लाग्छ । मार्थालाई सबै कुरा, सबै सम्बन्ध व्यर्थ र क्षणिक लाग्न थाल्छन् ।

मैचाङ आदिगुरूलाई बोलाउन जान्छे । केही दिनदेखि मार्थाले राम्ररी खान, प्रसन्नचित्त भई कुरा गर्न र बस्तीका कुराहरूमा रूचि लिन छोडेकी हुन्छिन् । मार्थाको मनको छटपटलाई उसले प्रणयआकाङ्क्षा

सम्झेकी हुन्छे तर मार्था अपमानको आगोले जलिरहेकी छिन् भन्ने कुरा उसलाई थाहा हुँदैन ।

मार्था आफ्नो शयनकक्षमा नअटाईकन पनि बसिरहन्छिन् । यसबीच धेरैपल्ट तिनले आत्मआलोचना गरिसकेकी हुन्छिन् । आफूलाई जिउँदी देवी (Living Goddess) सम्झने मूर्खतापूर्ण अभिलिप्साको सातो लिइसकेकी हुन्छिन् ।

प्रशान्त अनुमान गरेभन्दा चाँडो आइपुग्छ । उसको अनुहारमा एउटा मुस्कान झुन्डिरहेको हुन्छ । मार्थालाई प्रशान्तको यो कुबेलाको मुस्कान कुठाउँमा आएको डन्डीफोरजस्तो नराम्रो लाग्छ, त्यसैले तिनको पारो झन् माथिमाथि चढ्न थाल्छ ।

"आदिमाता, कति कामले याद गर्नुभयो म उपस्थित छु !", प्रशान्तको मुस्कान, भन्न सकिन्न कुन आशङ्काले, कुन भयावहताले, मरन्च्याँसे हुन्छ । मार्थालाई यो संयम र औपचारिक समादरले युक्त सोधाइ नीमको पातभन्दा तीतो लाग्छ ।

"प्रशान्त, म फर्कन चाहन्छु । सकभर चाँडो यस ठाउँलाई छोडेर जान चाहन्छु ।", स्त्रीयोचित अभिमानको वशवर्ती भई तिनी स्वरमा केही तीक्ष्णता र विरहको भाव सम्मिश्रित गरी बोल्छिन् । "आदिमाता, हामीबाट कुनै भूल हुन गयो ?", प्रशान्तको अनुहार दयनीय पाराले अन्धकारमय हुन्छ ।

"कुनै भूल भएको छैन प्रशान्त... तिमीले कुनै भूल गरेका छैनौ, सिर्फ मलाई देवी बनाएर थुनिराखेका छौ ।"

"यो कुरा ठीक होइन...कृपया यस्तो नसोच्नुहोला !", प्रशान्त एक मधुर हास्य मुखमण्डलमा विकसित गरी मरन्च्याँसे मुस्कानमा सुधार गर्छ ।

"म के सोचूँ त प्रशान्त ?", मार्थाको पारो घट्दै जान्छ, बदलामा एक भावुक अनुभूतिले शिर उठाउन थाल्छ, "मलाई तिमी एक निर्जीव प्रतिमालाई झैं व्यवहार गरिरहेका छौ । तिमी यो कुरा किन बिर्सन्छौ कि म एक नारी हुँ, हाडमासुले बनेकी जिउँदी नारी । मसित पनि भावनाहरू छन्, कामनाहरू छन् । तिमीसित मलाई दिने समय नै छैन भने, मान्छेहरूले जतिसुकै पूजा गरे पनि त्यसको के मूल्य ? आखिर तिमी छौ यहाँ भनेर म आएकी थिएँ ।"

मार्थालाई लाग्छ, रूनका लागि यो सबभन्दा उपयुक्त समय हो, त्यसैले दुःखात्मक भावकुतामा तिनी केन्द्रित हुन्छिन् तर कुन्नि किन, रूवाइ मुखबाट फुट्दैन। रूवाइका लहरहरू मनदेखि मनसम्म नै सीमित हुन्छन्। तिनको अनुहारबाट हठधर्मी कठोरता मेटिंदैन।

"म क्षमाप्रार्थी छु तर लोकोपवादबाट बच्न खोज्नु पनि समयको उपयुक्त माग हुन जान्छ।" "कस्तो लोकोपवाद प्रशान्त ?", मार्था कुरा समात्छिन्, जसको उपयुक्त जबाफ दिन प्रशान्त हिचकिचाउँछ, "मलाई थाहा छ, तिमी कुन लोकोपवाद-लोकलज्जाको कुरा गरिरहेका छौ। तिमीलाई आफ्नो इज्जत खूब प्यारो छ।"

"मेरा लागि आदिमाताको इज्जत सर्वाधिक महत्त्वपूर्ण छ।", प्रशान्त मधुर मुस्कानसहित जबाफ दिन्छ तर उसको सामान्य सोचाइको विपरीत मार्थाको हठधर्मिता सङ्क्रामक ढङ्गले पूर्ण विकसित हुन्छ। तिनी अत्यन्त कठोर हुन्छिन् र द्रुततर गतिमा, जति सम्भव हुन्छ, मनका लाभाहरू पोख्न थाल्छिन्, "प्रशान्त, यो सबै हीनभावनाले ग्रस्त अन्तर्मुखी व्यक्तिको ढोङ मात्र हो, यसभन्दा बढी केही होइन। वास्तविकतालाई तिमी सामना गर्न सक्तैनौ, त्यसैले सिद्धान्तहरूका जाल रच्छौ, बोझिला कृत्रिम परम्पराहरू निर्माण गर्छौ। तिमी आफ्नो सम्पूर्ण क्षमता र बुद्धिमत्ता आफ्नो हीनभावनालाई छोप्ने कार्यमा लगाइरहेका छौ, तर प्रशान्त, असत्य आडम्बरका आवरणहरूले सत्यलाई लुकाउन सकिंदैन, यो आफैंलाई ठग्ने निष्फल प्रयास मात्र हो !"

"आदिमाता, मैले आफूलाई गुण-पुरूष सम्झेको छैन तर असत्यका आवरणहरू निर्माण पनि गरेको छैन।", प्रशान्त आरोपको वर्षाले नरूझीकन जबाफ दिने चेष्टा गर्छ।

"प्रशान्त, तिमी असत्यका जालहरू बुन्दै छौ, सत्यबाट, वास्तविकताबाट आफूलाई बचाउन !" "कुन सत्य कुन वास्तविकता ?", साँच्चै नै प्रशान्त आश्चर्यचकित हुन्छ। उसलाई आरोपहरूका मध्य कुरा कुन दिशातिर घुम्दै छन्, अनुमान हुँदैन।

"प्रशान्त, तिमीलाई थाहा छ, तिमी कुन सत्यबाट भाग्न चाहन्छौ ?", मार्था अचानक सङ्कोचग्रस्त भई भित्तातिर फर्कन्छिन् तर तिनको हठधर्मिताको गति घट्दैन।

"आदिमाता, मलाई ज्ञान छैन, त्यो सत्य के हो, जसदेखि म भाग्न चाहन्छु ?"

"प्रशान्त, तिमी मलाई प्रेम गर्छौ र मदेखि भाग्न चाहन्छौ, सिद्धान्त र परम्पराहरूको जाल बुनेर, मिथमेकिङ गरेर । सत्य कुरा यही हो तर तिमी इन्कार गर्न चाहन्छौ, पिटरले जिजसलाई चिन्न इन्कार गरेझैं !"

मार्थालाई लाग्छ, मुख फोरेपछि निश्चय पनि लज्जित हुनुपर्नेछ तर तिनको अनुमानको विपरीत लाज-सरम पटक्कै लाग्दैन । सम्भवतः स्त्रीयोचित भनिने जगत्प्रसिद्ध लाजका लालिमाहरू हठधर्मिताका सिकार बन्छन् । कुरा सकेपछि मार्था प्रशान्तलाई पुलुक्क हेर्छिन् । प्रशान्त शिर निहुराइरहेको हुन्छ । मार्थालाई परमसन्तोष अनुभव हुन्छ । तिनको साहस जमिन छोडेर आकाशतिर लाग्छ, "प्रशान्त, तिमी मलाई प्रेम गर्छौ भन्ने कुरा मलाई थाहा थिएन । स्कुलदेखि विश्वविद्यालयसम्म तिमीले मसित प्रेम गरेका थियौ, यो कुरा तिमीले स्वीकार गरेका छौ पत्रमा, प्रेम-निवेदन गर्दा । तर तिम्रो प्रेम मौन थियो, अभिव्यक्तिहीन थियो । तिमी कहिले पनि मेरो त्यति नजिक आएनौ, जहाँ म तिम्रो आँखाको भाषा पढ्न सकूँ, मनको भाषा बुझ्न सकूँ । तिमीले हीनग्रन्थिको वशीभूत भई प्रेम प्रदर्शित गर्न सकेनौ, प्रेमलाई लुकाइराख्यौ, छोपिराख्यौ, दुनियाँको आँखाबाट मात्र होइन, मबाट पनि । तिम्रो यस्तो गोप्य प्रेम, 'साइलेन्ट लभ' म कसरी बुझ्न सक्थें ? एक साधारण युवतीसित असाधारण समझदारी र निर्णयक्षमता हुँदैन प्रशान्त ! तिमीले सोच्यौ होला, प्रेम गरेर असफल भएँ, धोका खाएँ, प्रशान्त, तिमीलाई तिमीले नै धोका दियौ, मैले दिइनँ !"

"आदिमाता, म पूर्वजन्मबाट मुक्ति चाहन्छु ।"

"तिमी मुक्ति चाहन्छौ मलाई दलदलमा घचेटेर ? एक्लै मुक्त हुने स्वार्थी कुरा नगर प्रशान्त, सुहाउँदैन । म पनि मुक्ति चाहन्छु, एउटा ठूलो पापको भारीबाट, जुन तिमीले मलाई बोकाएका छौ । प्रशान्त, मलाई पनि मुक्ति देऊ, मुक्ति देऊ !"

मार्थाको एकोहोरो आवेशले एक नाटकीय स्थिति सृजित गर्छ । प्रशान्तलाई हाँस्न मन लाग्छ, जसरी नाटक हेर्ने दर्शकहरू नाट्यशालामा कृत्रिम स्थिति सृजित भएपछि हाँस्छन् । तर प्रशान्त एक सभ्य, सुसंस्कृत दर्शकसमान चुप लागिरहन्छ ।

"आदिमाता मुक्त नै हुनुहुन्छ ।"

"प्रशान्त, म मुक्त छैनँ, मलाई मुक्तिको जरूरत छ । सबै भन्छन्, मैले तिम्रो प्रेम स्वीकार नगरेर तिमीलाई दुःख दिएँ !"

"त्यो स्वैच्छिक दुःख थियो, मैले आफैं रोजेको !"

"तर प्रशान्त, दुनियाँले त्यसो भन्दैन । दुनियाँ मलाई दोष दिन्छ । सबै भन्छन्, मैले तिमीलाई दुःख दिएँ, पीडा दिएँ । तिमीले प्रेम-निवेदन गरेका थियौ, मैले उपेक्षा गरें । अस्वीकार गरें । यो कुरा सत्य हो, मैले तिम्रो प्रेम-निवेदनलाई तुरून्त स्वीकार गर्न सकिनँ । मेरो सामु आत्मनिर्णयको प्रश्न निवेदनलाई तुरून्त स्वीकार गर्न सकिनँ । मेरो सामु आत्मनिर्णयको प्रश्न थियो । अकस्मात् तिमीले प्रेम प्रकट गर्‍यौ, अकस्मात् तिमीले प्रेम अपमानित भएको विचार गर्‍यौ र अकस्मात् अध्ययनदेखि लिएर घरबार सब छोडेर गयौ, आखिर किन ? दुनियाँको आँखामा मलाई क्रूर प्रेमिका साबित गर्न ?"

"आदिमाता, त्यो कुरा होइन !"

प्रशान्त प्रतिवाद गर्छ तर शक्तिहीन । उसलाई मार्थाका कुराहरूले बिझाउन थाल्छन् । के म साँच्चै नै लाछी, कापुरूष-प्रेमी थिएँ ?, ऊ सोचमग्न हुन्छ ।

अनायस एउटा पीडाको लहर अन्तःकरणमा उत्पन्न हुन्छ । उसलाई लाग्छ, मार्थाका कुराहरू ठीक हुन्, अक्षरशः ठीक हुन् तर...उसलाई यसभन्दा बढी सोच्न मन लाग्दैन । ऊ स्थिरप्रज्ञ हुन खोज्छ तर पीडाका लहरहरूले अन्तःकरणका किनाराहरू भिजाउन छोड्दैनन् । "प्रशान्त, मलाई जे भन्नु थियो भनें, तिमी त्यसलाई ठीक सम्झ वा बेठीक । मैले तिमीलाई पीडा दिएँ हुँला तर कम पीडा मैले पनि सहिनँ । तिमीलाई खोज्दै म यहाँ आएँ, दुःख र पीडामुक्तिको आशाले । म क्षमा चाहन्छु प्रशान्त, अनाहक म तिम्रो दुःखको कारण बन्न पुगें ! मलाई थाहा थिएन, थाहा थिएन ।"

हठ-अभिमानले कक्रिएको मार्थाको आकृति बिस्तारै खुकुलो हुँदै जान्छ । यस्तो लाग्छ, रिसको वेग साम्य हुनासाथ शरीरका सबै अवयवहरू शिथिल हुन्छन् । दिमाग पनि पूर्णरूपले शून्य हुन्छ । तिनलाई थाहा नै हुँदैन, यस सानो समयावधिमा तिनको ह्रदयको आकाशमा कति सघन भावुकताका बादलहरू मडारिएका छन् ।

मनमा बादलहरू ठोक्किन्छन्, आँखाका बाँधहरू भत्किन्छन् । मार्था मुख लुकाएर दमित आवाजमा रून थाल्छिन् । प्रशान्त नचाहँदानचाहँदै पनि द्रवीभूत हुन थाल्छ । सायद यस भावनात्मक स्थितिबाट बच्न ऊ केही सान्त्वनाका शब्दहरू खोज्न थाल्छ, तिनका लागि भनी । सान्त्वनाका शब्दहरू बहुसङ्ख्यामा फेला पर्छन् तर ती शब्दहरू प्रयोग गर्न सबभन्दा उपयुक्त समय ऊ चयन गर्न सक्तैन ।

मार्था एकोहोरो ढङ्गले रोइरहन्छिन् । बस्तीको बाहिरी प्रदेशमा, जुनेली रातको फाइदा उठाएर एक बथान स्यालहरू कङ्कलाशब्दमा रूँदै दगुर्छन् तर तिनीहरूको हृदयविदारक रूवाइको सम्बन्ध कुनै प्रेमको कथासित हुँदैन ।

१०

मार्थाको एकतर्फी हमलापछि एक अघोषित पाराको युद्धविराम-सम्झौता लागू हुन्छ । प्रशान्त नियमितरूपले सन्ध्याकालीन समय मार्थासित व्यतीत गर्न थाल्छ । मार्था पनि बस्ती छोडेर जाने घुर्की देखाउँदिनन् । यसबीच धेरै सङ्कोचका पर्खालहरू भत्किन्छन्, औपचारिकताका बादलहरू पनि फाट्छन् । मार्था जति आत्मिक प्रेम र सन्तोषको आशा राख्थी त्यसको अनुपातमा प्राप्त-सफलता तिनलाई कम नै लाग्छ तर त्यसलाई नगण्य मान्न सक्तिनन् । तिनलाई अनुभव हुन्छ, प्रशान्त मानसिकरूपले अझै सङ्कटग्रस्त छ । ऊ आफ्नो प्रेमलाई ठीक प्रकार स्वीकार गर्न सकिरहेको छैन । तिनलाई विश्वास हुन्छ, प्रशान्त यस कायरता र हीनताबाट, जुन उसको पहिलेदेखिका कमजोरी हुन्, क्रमिकरूपले मुक्त हुँदै जानेछ ।

प्रशान्तले आफ्नो प्रेम स्वीकार गरोस्, मार्थाको सम्पूर्ण ध्यान यही कुरामा केन्द्रित हुन थाल्छ ।

मार्थाको दिनचर्यामा एउटा ठूलो परिवर्तन देखा पर्दछ । दिउँसोको समयमा बस्तीसित सम्बद्ध चित्रहरू कोर्दै तिनी आफ्नो अल्छीलाग्दो समयलाई उपयोगमा ल्याउन थाल्छिन् । दिउँसो आदिश्रमशाला, आदिशिक्षणशाला र आदिआरोग्यशालाहरूमा व्यस्त कार्यक्रम भइरहँदा तिनलाई आदिमन्दिरमा बसिरहन नियाँस्रो लाग्छ, र यो समय चित्रकलालाई समर्पित गर्नु तिनलाई अत्युत्तम लाग्छ । प्रशान्त पनि तिनलाई यस कुरामा प्रोत्साहन दिन पछि

हट्दैन । मार्थालाई दिउँसोको समय बिताउन साह्रै सजिलो र त्यसभन्दा बढी रहरलाग्दो हुन थाल्छ । प्रशान्त तिनको चित्रकलाको, तिनको रचनात्मक परिपक्वताको तारिफ गर्छ । प्रशान्तको प्रशंसा पाउन तिनी झन्झन् बढी परिश्रम गर्न थाल्छिन् ।

शुरूशुरूमा तिनको कलात्मक रूचि सम्पूर्ण बस्ती र प्रकृतिजस्ता मोटामोटी कुरामा सीमित हुन्छ । तिनी बस्तीको समष्टिगत चित्र बस्तुवादी, मूर्त शैलीमा कोर्छिन् । पछिपछि तिनी बस्तीका महत्त्वपूर्ण परम्पराहरू, मन परेका चरित्रहरू चित्रण गर्ने कार्यमा आफ्नो क्यानभास उपभोग गर्न थाल्छिन् ।

आदिवनमा घुमफिर गर्ने नियमितता यथावत् रहन्छ । तिनी मैचाङको सट्टा प्रशान्तसित नै घुम्न थाल्छिन् । कुराका विषयवस्तु हुन्छन्, बस्तीका कुरा, चित्रकलाका कुरा । मार्था साँझपखको यस सुवर्ण समयमा, सुवर्ण अवसर खोजिरहन्छिन्, प्रशान्तले प्रेम स्वीकार गरोस् भन्ने भावनाको वशवर्ती भई ।

"प्रशान्त, अस्ति तिमी लोकापवादको कुरा गर्दै थियौ !", मार्था एक सुमधुर साँझ, प्रशान्तको मन कोट्याउने प्रयास गर्छिन् ।

"आदिमाता, खास कुनै कुरा थिएन !"

"तर म त्यसलाई विशेष कुरा मान्छु, जसले तिमीलाई तर्साउँछ ।"

"कुनै विशेष कुरा थिएन, सायद मनको भ्रम थियो !", प्रशान्त टाढाटाढा क्षितिजमा आँखा गाडेर कुरा घुमाउने प्रयास गर्छ ।

"कस्तो भ्रम ?", स्पष्टरूपले कुरा घुमाउन इन्कार गर्छ ।

"आदिमाता, बस्तीको प्रमुखको हैसियतले सजग रहनु मेरो कर्तव्य हुन्छ !", प्रशान्त झन् टाढाटाढा कुरा घुमाउने बाटो खोज्छ ।

"सजग हुनु कर्तव्य होला तर भ्रमित हुनु सायद कर्तव्य होइन ।", मार्था चुलबुल हाँसो हाँस्दै प्रशान्तलाई जिस्काउन खोज्छिन् । प्रशान्त गम्भीर हुन्छ, केहीकेही नतमस्तक पनि ।

वासन्ती साँझ आफ्नो पूर्ण यौवनमा हुन्छ । बूढी कुकुर्नी विन्दुको यौवन पनि मानौं पूर्णरूपले फक्रेको हुन्छ, त्यसैले होला आदिवन, आदिगृह र आदिमन्दिरको त्रिकोण पारेर खूब दगुरिरहेकी हुन्छे । चराचुरूङ्गीको सिकार नखेलीकन तिनीहरूलाई समात्ला झैं गरी उफ्रेर जिस्किरहेकी हुन्छे ।

"प्रशान्त, बस्तीमा एउटा हल्ला चलेको छ भन्छन् !", अस्वाभाविक सन्नाटाबाट बच्न मार्था सन्दर्भको कडीलाई जोड्ने प्रयास गर्छिन् ।

"केको हल्ला ?", प्रशान्त सशङ्कित हुन्छ ।

"यही कि... !", मार्थाको स्वर सङ्कोचवश अड्किन्छ घाँटीमा, जसको प्रभावस्वरूप लाजका अनगिन्ती धर्साहरू कोरिन थाल्छन् अनुहारभरि ।

"आदिमाता, हाम्रो सम्बन्ध स्पष्ट हुनुपर्छ ताकि बस्तीमा नराम्रानराम्रा हल्ला नहोऊन् ।"

"तर प्रशान्त, बस्तीमा नराम्रा हल्ला फैलिएका छैनन् । सबै सोचिरहेका छन्, पुत्रीले भनेकी थिई, हाम्रो पुनर्मिलन भएको छ ।", मार्था अन्ततः मुख फोर्ने साहस देखाउँछिन् तर तिनलाई मुटुको ढुकढुकी छातीभित्र समालेर राख्न मुस्किल पर्छ । तिनी नराम्ररी अत्तालिन्छिन् र एउटा रूखमुनि थुचुक्क बस्छिन् ।

प्रशान्त केही बोल्दैन, टाढाटाढा नेपथ्यमा हेरिरहन्छ । बस्तीमा आजकाल पुनर्मिलनको कथा चलिरहेको छ भन्ने कुरा उसलाई थाहा हुन्छ, त्यसैले मार्थाको मुखबाट यो लबज निस्कँदा उसलाई विस्मय हुँदैन । विस्मयको बदलामा कस्तो अनुभूति भएको छ, उसलाई राम्ररी बोध हुँदैन ।

"आदिमाता, अतीत भनेको अतीत हो, वर्तमान भनेको वर्तमान हो ।", प्रशान्त केही गह्रुङ्गा समयहरूको गमनपछि, निधारका धर्साहरू हातले रगड्दै बोल्न थाल्छ सानो स्वरले, मानौं ऊ मार्थासित होइन आफैंसित बोलिरहेको छ, आफ्नो भावुकतालाई बुझ्ने प्रयास गर्दै, "अतीत र वर्तमान समयका समानान्तर रेखा हुन्, ती कहिले पनि, कुनै पनि विन्दुमा आई जोडिँदैनन् । सबभन्दा उपयुक्त व्याख्या सायद यही हुन सक्छ, समयका समानान्तर रेखाहरू कहिले पनि भेटिँदैनन्, बीचमा कसैले पुनर्मिलनको विन्दु सृजना गरे पनि नगरे पनि ।"

मार्था आफ्नो संयमको परिधिभित्र फर्किसकेकी हुन्छिन्, त्यसैले प्रशान्तका कुरा मुटुमा बिझाए पनि प्रतिवाद गर्दिनन् । तिनलाई लाग्छ यो एक प्रकारको पलायनवाद हो, बौद्धिक पलायनवाद, जसको आड लिई ऊ समस्यादेखि बच्न चाहन्छ । पहिलेपहिले ऊ मसित प्रेम गर्थ्यो र मसित नै डराउँथ्यो, अहिले पनि ऊ मलाई प्रेम गर्छ तर समाजसित डराउँछ ।

तिनको मनमा प्रशान्तको रूपरेखा प्रतिध्वनित हुन थाल्छ । कुन्नि किन, प्रशान्तलाई समस्याको भुमरीभित्र फसेको देख्दा तिनलाई गर्व लाग्छ मनभित्र कतै, तर प्रत्यक्षमा तिनको अनुहार अँध्यारो हुन्छ ।

"प्रशान्त सायद तिम्रो कुरा ठीक हो...समानान्तर रेखाहरू जोडिंदैनन् । कुनै मिलनको चिरप्रतीक्षित विन्दु भेटिए पनि अहङ्कारका रेखाहरू मिल्न इन्कार गर्छन् । तर प्रेमको स्वभाव बेग्लै हुन्छ, समयहीन, अहङ्कारले रहित । म त प्रेममा विश्वास गर्छु तर म तिमीलाई आदर्शबाट विचलित पार्न आएकी होइन । मेरो मनमा सिर्फ एउटा इच्छा थियो ।", मार्थाको स्वर भावुकतामा डुब्छ ।

"आदिमाता, के म त्यस इच्छालाई जान्न सक्छु ?"

"तिमीले मलाई क्षमा दियौ प्रशान्त ?", मार्थाको स्वर अस्वाभाविकरूपले चर्को हुन्छ तर भावुकता र व्यथाले मुक्त हुँदैन ।

"किन क्षमा ?", प्रशान्त मार्थाको मनोविज्ञान नबुझेझैं गरी प्रश्न गर्छ, यद्यपि ऊ मार्थालाई सम्झन सक्थ्यो र धेरैपल्ट मार्थाले सङ्केत पनि गरिसकेकी थिइन् ।

"क्षमा... मलाई आवश्यक छ, कारण म अपराध-भावनादेखि मुक्ति चाहन्छु । यहाँ म त्यही क्षमाप्रार्थी हृदय बोकेर आएकी थिएँ ।", मार्थालाई आफ्नो आगमनको उद्देश्य स्मरण हुन्छ, जसबाट तिनी कोसौं टाढा पुगेकी थिइन् ।

"म आदिमाताको कुनै अपराध देख्दिनँ ।", प्रशान्त अलिकति मुस्कुराउँदै स्थितिको गम्भीरतालाई तिरोहित पार्ने प्रयत्न गर्छ, मार्था उसलाई यो मौका दिन्नन् ।

"म आदिमाताको होइन, मार्थाको कुरा गरिरहेकी छु, के मार्थाले अपराध गरिन ?"

"गरिन ।", प्रशान्त हलुका ढङ्गले टाउको हल्लाउँछ ।

"के मार्थाले, तिम्रो पवित्र प्रेमको विरूद्ध निठुरी कर्म गरिन ?"

"गरिन ।", प्रशान्त पहिलेझैं नकरात्मक टाउको हल्लाउँछ, जाज्वल्यमान किरणहरूले परिवेष्टित निरपेक्ष हाँसो हाँस्ने प्रयास गर्दै । कुन्नि किन मार्थालाई प्रशान्तको यस व्यवहारदेखि क्रोध उत्पन्न हुन्छ । तिनी अचिन्तनीय पारामा विस्फोटित हुन्छिन् ।

"प्रशान्त, मलाई अपराध स्वीकार गर्न नदिएर तिमी चाहन्छौ के ? आफ्नो महानताको ढ्वाङ फुक्न चाहन्छौ ?"

"आदिमाता, कृपया क्रोधलाई वशमा लिनुहोस् यो आवश्यक छैन ।", प्रशान्त मनभित्र निकै नै हडबडाउँछ, साथै मार्थाको क्षणक्षणमा परिवर्तित आवेशात्मक भावहरूदेखि तर्सिन्छ पनि । मार्था क्रोधावेशको सगरमाथामा पाइला टेकिरहेकी हुन्छिन् ।

"प्रशान्त, तिमीलाई महापुरूष हुने रोग लागेको छैन भने मसित प्रतिशोध लिन चाहन्छौ, मैले यो कुरा बुझेकी छु । मैले तिम्रो प्रेमलाई उपेक्षा गरेकी थिएँ, सपनाहरू चकनाचूर पारिदिएकी थिएँ । तिम्रो जीवन र जीवन-दर्शन मेरो उपेक्षाबाट प्रभावित छ, निर्देशित छ । त्यस बेला मैले तिमीलाई अपनाएको भए, तिम्रो दर्शन अर्कै हुन्थ्यो, अहिले अर्कै छ । तिम्रो 'दोस्रो जन्म' मेरो उपेक्षाबाट भएको हो । तिम्रो बोधिज्ञान वा आत्मज्ञानको उद्‌गमस्रोत मेरो उपेक्षा हो, सिर्फ उपेक्षा । तिमी मेरो त्यस उपेक्षात्मक व्यवहारको बदला लिन चाहन्छौ । ठीक छ, तिमी जसरी चाहन्छौ प्रतिशोध लेऊ । म त्यसैलाई आफ्नो पापको प्रायश्चित मान्नेछु ।"

मार्था क्रोधावेशको सगरमाथाबाट ओर्लिन्छिन्, अक्सिजनको कमी महसुस गर्छिन् । प्रशान्त तिनलाई राम्रैसित आधारशिविरसम्म ओर्लन मौका दिन्छ । मार्थाको हृदयको मौसम नराम्ररी बिग्रिरहेको हुन्छ । क्रोधावेगको तुफानसहित बाक्लो हिमवर्षा र भू-स्खलन भइरहेको हुन्छ ।

सन्ध्या राम्रैसित ओर्लेपछि क्षितिजहरूले लालिमा हराउँछन् तर कास्की-कोटवरपरको यस भेकमा मन्द पवनका झोक्काहरूले गति हराउँदैनन् । चरा-चुरूङ्गीहरू चिरबिराउन पनि छोड्दैनन् यद्यपि ती आआफ्ना बासस्थानतिर फर्किरहेका हुन्छन् । केही थकित भएर आदिवनमा नै बास बस्ने पक्षीहरूलाई खास कुनै हतार हुँदैन, माछापुच्छ्रे-अन्नपूर्ण पर्वततिरबाट, उच्चाकाश हुँदै दक्षिणतिर लाग्ने कन्याङकुरूङहरूलाई झैं । रात नपरेसम्म अथवा आँखाले साथ दिएसम्म अथवा हावापानीले बेइमानी नगरेसम्म पक्षीहरू अधिकारपूर्वक चिरबिराइरहन्छन्, बस्तीको विधिविधानसित कुनै सरोकार नराखी ।

बगैंचामा सुपरिचित समय मौन हुँदैन तर मार्था र प्रशान्तका बीचमा मौनताको अदृश्य रेखा कोरिन्छ । मार्था अदृश्य रेखाको पल्लो छेउ धेरैबेर

आफ्नो अस्तित्वको कम्प अनुभव गरिरहन्छिन् । यसबीच प्रशान्त अनुहारमा एक दृढनिश्चयको भाव बोकेर विन्दुको खेल हेरिरहन्छ । विन्दु सबै कुरा बिर्सेर, चराचुरूङ्गीलाई उफ्रेर, दगुरेर जिस्काइरहेकी हुन्छे निरन्तर । एक जोडी धोबी चरा अम्बाको बोटमा आत्तिएर हल्ला मच्चाइरहेका गौंथली, जुरेली, भँगेरा र फिस्टेहरूलाई छक्कै परेर विन्दुमाथि 'डाइभ' हानिरहन्छन् । विन्दु खेलखेलमा धोबीचराहरूको प्रत्याक्रमणदेखि तर्सिएर यताउति दगुर्दै आवश्यक महत्त्व दिइरहेकी हुन्छे आक्रमण र प्रत्याक्रमणको यो खेल लम्बिंदै जान्छ । प्रशान्त रमाइलो मानेर हेरिरहन्छ ।

मार्थाको तुफान बिस्तारै शान्त हुन्छ । हिमवर्षा थामिन्छ । भू-स्खलन बन्द हुन्छ । प्रशान्तलाई सुनाउने अभिप्रायले तिनी पीडाको एक दीर्घ निश्वास लिन्छिन् । त्यति नै बेला एउटा लालडाङ्ग्रेले भयानक पराक्रम देखाउँछ । आरूबखडाको रूखबाट हामफाल्दै लालडङ्ग्रेले आफ्नै पाराको उडान लिन्छ, सीधै विन्दुको टाउकोमा बसेर एउटा नमिलेको नाच देखाउँछ । विन्दु टाउको माथिमाथि उचालेर लालडङ्ग्रेको टोकाइबाट मुक्त हुन खोज्छे तर डाङ्ग्रे साहसी मात्र साबित हुँदैन, खेलमा पारङ्गत पनि साबित हुन्छ । ऊ सन्तुलन नहराईकन चिरबिराएर नाच्छ । धोबीचराहरूसमेत दङदास पर्छन् र एउटा अग्लो आँपको रूखमाथि बसेर लालडङ्ग्रेको चर्तिकला हेर्न थाल्छन् । विन्दुलाई अपमानबोध त हुँदैन तर टाउकोमा काउकुती भने मज्जाले लाग्छ । ऊ टाउको उचाल्नतिर नलागीकन टाउको सकभर तल ओरालेर हल्लाउन थाल्छे । लालडङ्ग्रे होसियारीपूर्वक भुर्र उडेर फेरि आरूबखडाको रूखमा बस्न पुग्छ, पक्षी-समाजलाई साहसको जादुले लट्ठ्याएर । प्रशान्तको ओठमा एक अर्थपूर्ण मुस्कान खेल्छ । मार्था दोस्रोपल्ट दीर्घ निश्वास लिन्छिन् ।

"प्रशान्त, म साँच्चै नै पापको प्रायश्चित्त चाहन्छु...म...साह्रै दुःखी छु !", मार्था प्रेमपूर्वक प्रशान्तको हात समात्छिन् । तिनलाई प्रशान्तको काँधमा टाउको जोतेर, बाहुपाशमा आबद्ध भएर कमसेकम सुँकसुँकाउन मन लाग्छ । प्रशान्त तिनलाई बाहुपाशमा लिँदैन, न तिनको रङ उडेको अनुहार सुमसुम्याएर आफ्नो छातीमा टाँस्छ ।

"आदिमाता, जाऔं !", उसको मुखबाट जम्मा यति शब्द निस्कन्छन् । मार्थालाई लाग्छ, ती दुई शब्द चिसा नभएर अत्यन्त न्याना छन्, प्रेमयुक्त छन्, अफसोसले पूर्ण छन् । प्रशान्तका यी शब्द मार्थाको मनको अटल गहिराइसम्म प्रेमको, जुन तिनी चाहन्थिन्, ज्वारभाटा उत्पन्न गराउन पर्याप्त हुन्छन् । अत्यधिक भावनापूर्ण खुशीको परिणामस्वरूप तिनी प्रशान्तको हात जोडले समात्छिन् । प्रशान्त हात फुत्काउने प्रयास गर्दैन । उसको अनुहारमा देदीप्यमान आभा प्रकट हुन्छ, र ऊ मार्थाबाट बच्ने, लुक्ने वा भाग्ने प्रयत्न नगरीकन उज्यालो, शान्त र गम्भीर मुखमण्डलमा कस्तोकस्तो भाव बोकेर, जसलाई प्रेम भन्न सकिन्छ, न करूणा र सहानुभूति, ठिङ्ग उभिरहन्छ ।

आदिमन्दिरसहित बस्तीका सबै घरमा दियो बलिसकेको हुन्छ तर मार्थालाई ज्ञान हुँदैन । विन्दु र चराहरूबीचको खेल कहिले समाप्त भयो, तिनलाई थाहा हुँदैन । मैचाङ दुईपल्ट बगैंचामा आई फर्केकी हुन्छे तर मार्थालाई पत्तो हुँदैन । आकाशमा दिनको उज्यालो होइन, रातको उज्यालो हुन्छ । नौलाखे भनिने ताराहरू देखा परिसकेका हुन्छन् । मार्था प्रशान्तको मौन प्रेमलाई अनुभव गर्दै आँखा चिम्लिरहन्छिन्, गहिरोगहिरो परितृप्तिको श्वास फेरिरहन्छिन् । तिनी प्रशान्तको देदीप्यमान भाव बुझ्ने कुनै प्रयास गर्दिनन् । विचार बुझ्ने प्रयास गर्दिनन् । तिनलाई आदिदेखि अन्त्यसम्म यति नै अनुभव हुन्छ, प्रशान्तको मनमा वर्षौंसम्म सुतेको प्रेम जागृत भएको छ ।

मार्था आदिमन्दिरभित्र प्रवेश गर्दा मैचाङ र विन्दु झोक्राइरहेका हुन्छन् । तिनको पैतालाको चाल सुनेपछि जुन मदहोसीले केही गङ्खङ्ग भएका हुन्छन्, पहिले विन्दुका कान ठाडा हुन्छन्, त्यसपछि मैचाङका दृष्टि । मार्थालाई आफ्नी सेविका तथा सहेली 'पुत्री' सित केहीकेही लज्जा अनुभव हुन्छ तर लाज पचाउने विद्या तिनले यहाँ आएर सिकिसकेकी हुन्छिन् । त्यसैले तिनी लाज देखाउँदिनन् । मैचाङले पनि अतिसंवेदनशील कुराहरूमा थाहा नभएको तथा चासो नभएको अभिनय गर्न जानिसकेकी हुन्छे । ऊ चुपचाप भान्साखण्डतिर लाग्छे ।

मार्था सरासर शयनकक्षभित्र प्रवेश गर्छिन् र थच्च कुर्सीमा बस्छिन् । परमखुशी र परमसन्तोषको मुस्कान तिनको ओठमा नाच्छ । तिनी आफ्नै

हृदयको धड्कन सुन्दै, आँखा चिम्लेर प्रशान्तको प्रेममा डुब्छिन् । तिनलाई ज्ञान नै हुँदैन, विन्दु तिनको उपेक्षाको सिकार भएर बाहिर छटपटिइरहेकी छे !

११

रात्रि-भोजन समाप्त हुन्छ । मार्था कैयौं दिनदेखिको अधुरो निद्रा पूरा गर्न नियमित समयभन्दा केही अगाडि नै ओछ्यानमा पल्टिन्छिन् । मैचाङ तिनको मनोविज्ञानलाई आदर गरी कुराको कुनै नयाँ वा पुरानो सिलसिला शुरू गर्दिन । आदिमातालाई भोजन गराएपछि ऊ प्रायजसो घण्टौं कुरा गरिरहन्थी । आदिमाता पनि उसका कुरा सुन्दै निदाउन अभ्यस्त भएकी थिइन् । पछिल्ला केही दिनमा कुराको बाढी नै आएको हुन्छ । स्वयम् मार्था मैचाङको तुलनामा बढी कुरा गर्ने भएकी हुन्छिन् । मैचाङ बुझ्छे, यस बाढीको सम्बन्ध पूरापूरा प्रेमरोगसित छ । त्यस रात उसले आशा गरेअनुरूप कुराको बाढी आउँदैन, बदलामा कुराको मूल नै सुक्छ ।

मार्था सुत्ने प्रयास गर्छिन् । मैचाङलाई निदाउन कुनै प्रयत्न गर्नु पर्दैन । अन्तःकक्षको एउटा अँध्यारो कुनामा पल्टिनासाथ ऊ घुर्न थाल्छे । मार्था घण्टौंसम्म प्रशान्तको मौन-प्रेमको ताप अनुभव गर्दै आँखा चिम्लिरहन्छिन्, तर तिनलाई कत्ति पनि निद्रा लाग्दैन । तिनको हृदयमा छटपटी एक प्रभावशाली लहर सृजना भइरहन्छ, जसको सम्बन्ध असफल प्रेमको पीडासित होइन, निश्चयात्मकरूपले सफल प्रेमको उन्मादसित हुन्छ ।

आँखाहरू पिरा हुन्छन् । घरीघरी आँखाका ढकनीहरू बिनाप्रयत्न खस्छन् तर मन सुत्न मान्दैन । तिनी रात्रैसित प्रेमको उन्मादले ग्रसित हुन्छिन् । तिनलाई यतिखेर, मध्यरातमा प्रशान्तको अभाव महसुस हुन्छ । तिनी जुरुक्क उठ्छिन् । भान्सा-खण्डको झ्याल उघारेर हेर्दा आदिगृहको दियो बलिरहेको हुन्छ । मार्थाको मनमा एक यस्तो कम्पन उत्पन्न हुन्छ, जसलाई तिनी अनुभव गर्छिन् तर परिभाषित गर्न सक्तिनन् ।

अन्ततः प्रेमोन्मादले पराकाष्ठा नाघ्छ । मार्था रातको बाह्र बजे आदि-मन्दिरबाट बाहिर निस्कन्छिन् । आकाशका चन्द्रमा हुँदैन । बादलका अँध्यारा टुक्राहरू पनि हुँदैनन् । नौलाखे भनिने ताराहरूमध्ये केही ताराहरू आकाशमा चम्किरहेका हुन्छन् । निस्तब्ध प्रकृतिमा न धेरै उज्यालो न

धेरै अँध्यारो । मार्था निद्रामा हिँड्ने मान्छेझैं निश्चित पाइला चाल्दै आदिगृहतिर लाग्छिन् । आदि-मन्दिरदेखि आदिगृहसम्मको सानो दूरी छिचोल्दा तिनको हृदयमा कुनै खबरदारीको आवाज उत्पन्न हुँदैन । कताकतातिरबाट एउटा उल्लू कराएको स्वर सुनिन्छ, त्यसभन्दा बढी न बाह्य प्रकृतिमा न अन्तरप्रकृतिमा कुनै आवाज प्रतिध्वनित हुन्छ ।

आदिगृहको ढोका, तिनको अनुमानविपरीत खुला हुन्छ । भित्र दियोको मधुरो उज्यालो हुन्छ । मार्था चुपचाप प्रेम-मिलनको उग्र तिर्खा मनमा बोकेर घरभित्र पस्छिन् । आदिगृह भनिने त्यस पुरानो घरको निवासी प्रशान्त भुइँमा पद्मासन कसेर बसिरहेको हुन्छ । दियोको मधुरो प्रकाशमा ध्यानी बुद्धझैं शान्त र स्थिर भई बसिरहेको प्रशान्तलाई देख्दा तिनको मनमा प्रेम-मिलनको उत्कट अभिलाषा झन् तीव्र हुन्छ । तिनलाई लाग्छ, प्रशान्त ननिदाई बस्नुको कारण त्यही हो, जुन तिनलाई अनुभव भइरहेको छ ।

"आदिमाता, निद्रा परेन ?", तिनी समीप भएपछि प्रशान्त जो आँखा चिम्लिरहेको हुन्छ, आँखा नखोलीकन नै प्रश्न गर्छ ।

"अहँ, के गरी बसेको ?", मार्था समीप बस्छिन्, उसको काँधमा हात राखेर । प्रशान्त आँखा खोल्छ । आँखा खोलिँदा उसको मुखको देब्रे कुना पनि खुल्छ, जहाँ अर्थपूर्ण ढङ्गले अर्धमुस्कानको एक लहर नाच्छ ।

"प्रशान्त, आधारातमा किन यसरी बसेको...निद्रा लागेन, हो ?", मार्था मदहोस आवाजमा मनमा उत्पन्न एक विचारलाई पुष्टि गर्न खोज्छिन्, प्रशान्तको देब्रे काँधलाई आफ्नो आधा भार बोकाएर । प्रशान्तको अर्धमुस्कान पूर्ण मुस्कानमा बदलिन्छ ।

"आदिमाता, कृपया यहाँ अगाडि बस्नुहोस्, केही जरूरी कुरा गर्नु छ । म आत्मनिरीक्षण गरिरहेको थिएँ ।", प्रशान्त शरीरले मार्थाको भारबाट मुक्त हुने प्रयत्न नगरीकन बोल्छ । बोलीमा दृढता हुन्छ, शान्ति हुन्छ, विनयशीलता हुन्छ । मार्थालाई तुरून्त अनुभव हुन्छ, यो प्रेम-मिलनको आकाङ्क्षा राख्ने प्रेमीको आवाज होइन ! तिनको मदहोसीपना अचानक बेपत्ता हुन्छ । तिनी आफ्नो शरीरलाई आफैंसम्म सीमित पार्छिन्, फलस्वरूप प्रशान्तको देब्रे काँध सबै भारहरूले मुक्त हुन्छ ।

"प्रशान्त के कुरा ?", तिनी प्रशान्तको निर्विकार अनुहारमा सीधा हेर्ने प्रयास गर्छिन्, आत्मिक प्रेम र निकटताको खोजी गर्दै तर असफल हुन्छिन् । प्रशान्तको अनुहार एक अज्ञात प्रेरणा वा आन्तरिक शक्तिले देदीप्यमान हुन्छ । मार्था चाहेर पनि प्रशान्तसित आँखा जुधाइरहन सक्तिनन् । तिनलाई आफ्नो गल्ती अनुभव हुन थाल्छ ।

"आदिमाता, अगाडि बस्नुहोस् !", प्रशान्त फेरि एकपल्ट उही दृढ, शान्त र विनयशील बोलीमा अनुरोध गर्छ । तिनी साङ्केतिक स्थानमा घस्रिंदै बस्न पुग्छिन् । तिनलाई स्वप्नभङ्गको पीडाभन्दा बढी अपमान अनुभव हुन्छ ।

"प्रशान्त, मैले, आफ्नो भूल महसुस गरें, ...क्षमा चाहन्छु । अब फेरि यस्तो भूल हुने छैन । म जान्छु !", अपराध र विरोधका हार्दिक भन्ज्याङहरूमा ठक्कर खाँदै तिनको मुखबाट विचित्र ध्वनि निस्कन्छ । स्वयम् तिनलाई पनि आत्मस्वीकारको असामान्यता बोध हुन्छ । तिनी मनले राम्रैसित उठ्ने प्रयास गर्छिन् तर शरीर उठ्न मान्दैन । अन्ततोगत्वा, तिनी अनिर्दिष्ट, निरीह र मायालाग्दो पारामा टोलाउन थाल्छिन् ।

प्रशान्त यस समयवधिमा, जब तिनी मनका भन्ज्याङहरूमा ठक्कर खाँदै चकनाचूर भइरहेकी हुन्छिन्, निर्विकार भावले आँखा चिम्लिरहेको हुन्छ । स्थिरप्रज्ञ भावले आँखा खोल्दा उसको अनुहारमा एक पवित्र आत्मीयताको भाव परिलक्षित हुन्छ, मुस्कानमा पनि गाढा परिचयको भाव हुन्छ, तर मार्था आश्वस्त हुन सक्तिनन् । तिनी शून्यमा एकोहोरिइरहन्छिन् ।

"आदिमाता, केही कुरा स्पष्ट हुन आवश्यक छ ।", प्रशान्त शान्त, संयमित बोली, अर्धमुदित आँखा र पूर्णरूपले ध्यानी मुद्रामा, बिस्तारै बोल्न थाल्छ, "म यस बस्तीको आदिगुरू हुँ, आदिपिता होइन, यस सत्यलाई म समादर गर्छु । यो कुरा सत्य हो, पूर्वजन्ममा म कसैलाई प्रेम गर्थें, उपेक्षित भएको थिएँ, पूर्णरूपले असफल भएको थिएँ । उपेक्षित प्रेमीको रूपमा जुन सत्य मैले साक्षात्कार गरें, त्यसैमा मेरो जीवन र दर्शन समाहित भएको छ । त्यस बेला म सोच्थें, जिजस क्राइस्टको विश्वासमा, प्रेम भगवान् हो । प्रेम भगवान् हो भन्ने कुरामा विश्वास गर्न मलाई मन लाग्थ्यो । कारण म प्रेम गर्थें । मेरो प्रेम कुनै पनि प्रेमीको प्रेमभन्दा न गहिराइमा कम थियो, न उचाइमा । विश्वविश्रुत प्रेमीहरू, महान्तम प्रेमीहरूका नामावलीमा मेरो

नाम नपरे पनि मेरा लागि प्रेम नै भगवान् थियो । तर जब मैले प्रेम प्रकट गरें, तब मेरो प्रेम, जुन मेरो एक मात्र पुँजी थियो, भगवान् साबित हुन सकेन । त्यसपछि म गौतम बुद्धले झैं सोच्न थालें, जीवन दुःखपूर्ण छ र यसको कारक हो तृष्णा । तर मलाई यो पनि सत्य हो जस्तो लागेन, त्यसपछि एक दिन जीवन-सत्यको खोजी गर्न म घरबाट निस्कें ।..."

"प्रशान्त, मलाई थाहा छ, थाहा छ !", मार्था शून्यबाट फर्केर प्रतिक्रिया व्यक्त गर्छिन् । प्रशान्त आत्मीय ढङ्गले मुस्कुराउँछ ।

"संसार प्रेममय छैन, न त दुःखमय छ, यो सत्यज्ञान मैले त्यस समयमा गरें जब म प्रेम गर्थें, जब म दुःख पाइरहेको थिएँ । मेरो प्रेम सत्य थियो, दुःख सत्य थियो तर परमसत्य यी दुवै थिएनन् । त्यसैले म परमसत्यको खोज गर्न थालें ।"

"प्रशान्त, के प्रेम नै होइन र तिम्रो सत्य ?"

"एक समय प्रेम सत्य थियो, त्यसपछि दुःख सत्य र अहिले अहम् सत्य... !"

"किन यस्तो परिवर्तन ?"

"आदिमाता, जीवन-सत्य एक अनुभूत सत्य हो । प्रयोग यसको स्वभाव हो । प्रयोगात्मक समयावधिमा सत्यतुल्य अनुभूतिहरू परिवर्तन भइरहन्छन् !"

"तिम्रो कुरा ठीक होला तर म प्रेममा विश्वास गर्छु, अहम्मा विश्वास गर्दिनँ !"

"यस्तो किन ?"

"किनभने म तिमीलाई प्रेम गर्छु !"

"तर किन ?"

"यसको जबाफ मसित छैन तर प्रेम गर्छु, यो कुरा सत्य हो । पहिले म सायद अहम्युक्त नारी थिएँ, बिस्तारै प्रेमयुक्त हुन पुगें, प्रेम गर्न सिकें, यो मेरो जीवनको विकासक्रम हो ! तिम्रो जीवन-दर्शन मानवीय दृष्टिले ठीक उल्टो छ । तिमीले प्रेमबाट यात्रा थालेका थियौ, कुनै अहङ्कारको दलदलमा यात्रा टुङ्गिन सक्तैन । प्रेमको समाप्ति अहङ्कारमा हुन सक्तैन तर अहङ्कारको समाप्ति प्रेममा हुन सक्छ । म आफूलाई क्रमशः विकास गर्दै छु, अँध्यारोबाट अज्यालोतिर, अहङ्कार र वृथाभिमानबाट प्रेम-मार्गमा ।"

मार्था समर्थन खोज्छिन् तर सफल हुन सक्तिनन् । प्रशान्त एउटा रहस्यमय आलोक बोकेर आफ्नो अस्तित्वमा मुसुमुसु हाँसिरहन्छ । त्यहाँ कुनै समर्थन र अनुमोदनका चिह्न हुँदैनन् । "आदिमाता, जीव-विज्ञानमा क्रमिक विकासको एक प्रसिद्ध सिद्धान्त छ, मलाई थाहा थिएन, प्रेम-विकासको पनि एक क्रमिक सिद्धान्त हुन्छ !"

"ओह प्रशान्त ! तिमी मलाई जानीजानी अपमान गरिरहेका छौ । ...तिमीलाई थाहा हुनुपर्छ, दुनियाँमा सबै तिमीजस्तो एक नजरमा प्रेमी हुँदैनन् । कोही एक नजरका प्रेमी हुन्छन्, कोही धेरै नजरका प्रेमी हुन्छन् । कोही अन्धो भई प्रेम गर्छन्, कोही विचारशील भई प्रेम गर्छन् । प्रेमका विकास-कथा थरी-थरीका हुन्छन् । कुनै एक प्रेमको कथा मात्र सत्य हुनु आवश्यक छैन ।", मार्था सकभर जोड दिएर कुरा गर्छिन् । यसो गर्दा तिनको स्वरमा घुर्कीको चिरपरिचित मात्रा थपिन्छन् । प्रशान्तको अनुहारमा समर्थनको झलक, जुन तिनी देख्न चाहन्छिन्, देखा पर्दैन । एक निराशाको बादलले तिनको अनुहारमा छाया पार्न थाल्छ ।

"आदिमाता, मान्छे आफ्नो अहम्-सापेक्ष प्रेम वा घृणा गर्ने गर्दछ, यस दृष्टिले सृष्टिमा थरीथरीका प्रेमहरू हुन सक्छन्, उपेक्षाहरू हुन सक्छन् । मान्छे आफ्नो रूचि, शिक्षा संस्कारअनुरूप कसैलाई मन पराउन, मन नपराउन स्वतन्त्र छ ।", प्रशान्त लामो कुरा गर्ने हिसाबले एकछिन अडिन्छ, उज्यालो हाँसोलाई एक मधुर मुस्कानमा बदल्छ र शान्तिपूर्वक बोल्छ, "आदिमाता, प्रेम-विकासको एक क्रमिक सिद्धान्त हुन सक्छ सायद म पूर्णरूपले अस्वीकार गर्ने क्षमता राख्दिनँ । म यति नै क्षमता राख्छु, म त्यस प्रकारको प्रेमी हुने कुरा न पहिले सोच्थें, न अहिले सोच्न सक्छु । सबै मानवीय क्रियाप्रतिक्रियाहरू अहम्युक्त हुन्छन्, मेरो क्रिया क्रमिक थिएन, त्यसैले प्रतिक्रिया पनि अक्रमिक रहन चाहन्छ । ...संसारमा थरीथरीका प्रेम र घृणाका कथा छन् तर सबैलाई आफ्नै कथा पर्याप्त छ, कि सर्वाधिक प्रिय छ, कि सर्वाधिक अप्रिय !

आदिमाता, मेरो कथा मैजस्तो छ । म त्यस्तो प्रेममा विश्वास गर्थें, जसको अस्तित्व नै थिएन, सम्भावना नै थिएन तर मलाई प्रिय थियो । रूप र गुणभन्दा टाढाको प्रेम, आकर्षणको युवाखेलभन्दा बेग्लै प्रेम,

माग र पूर्तिको भौतिक नियमबाट माथि उठेको प्रेम, म यस्तो प्रेममा विश्वास गर्थें । आइमाई फकाउने वा प्रभावित पार्ने क्रियालाई म प्रेम मान्दिनथें, त्यसैले मलाई उपेक्षा गर्न जोकोही पनि स्वतन्त्र थिए । तर आदिमाता, यो कुरा स्मरण रहोस्, मैले उपेक्षालाई उपेक्षा गरिनँ, उपेक्षाबाट पलायन गरिनँ, उपेक्षालाई घृणा गरिनँ । मैले उपेक्षालाई सम्भव भएसम्म शीर्षस्थानमा राखेर समादर गरेको छु । यो प्रतिशोध होइन हार्दिक कृतज्ञता-ज्ञापन हो ।"

प्रशान्त कुरा समाप्त गरी फिस्स हाँस्छ । आँखा चिम्लिन्छ । शिर अलिकति झुकाउँछ । मार्थाको अनुहारको बादल झन् घनीभूत हुन्छ ।...

"प्रशान्त तिमीले सुनाएको कुरा सत्य भए प्रेमभन्दा अहङ्कार कसरी महान् हुन सक्छ ?"

"आदिमाता, सबै प्रेम अहम्युक्त हुन्छन्, सबै अहम् प्रेमयुक्त हुँदैनन् ।"

"कुरा स्पष्ट गर, म बुझ्न सक्तिनँ ।", मार्थाको स्वरमा फेरि घुर्कीको रङ चढ्छ । प्रशान्त ओठका कुनाकुनामा मुस्कुराउँदै आँखा खोल्छ ।

"मानवजाति र सभ्यताको इतिहास साक्षी छ, सबै मानवीय क्रियाकलाप अहम्युक्त थिए, छन् र हुनेछन् तर प्रेमयुक्त थिएनन्, छैनन् । एक मात्र हिटलरको उदारहण पर्याप्त छ : उसमा एक प्रेमीको अहम्भावना थियो तर त्यसभन्दा प्रभावशाली जातीय श्रेष्ठता र प्रभुत्वको अहम्भावना थियो । नेपोलियन पनि प्रेमी थियो तर इतिहासका लागि उसको प्रेमभन्दा बढी शक्तिशाली, निर्णायक कुरा, राजनीतिक महत्त्वाकाङ्क्षा र विश्वविजयको अहम्भावना थियो ।..."

"...प्रशान्त, पृथ्वीमा प्रेमको अभाव छ त्यसैले महान् पनि छ, आवश्यक पनि छ । तिम्रै भनाइअनुसार पनि विश्व-इतिहास, अतीतदेखि वर्तमानसम्म, अहङ्कारले पीडित छ, प्रभावित छ तर अहङ्कारले पीडित विश्वलाई प्रेमको आवश्यकता छ, त्यसैले प्रेम अहङ्कारभन्दा महान् छ । बुद्ध पुरूषहरूका महान्ताका गीत यसकारण गाइन्छन् कि ती प्रेमका अग्रदूत हुन् !", मार्था वीचैमा कुरा काट्छिन् र जे भन्छिन्, तिनी आफैंलाई सन्तोषप्रद लाग्छ ।

"आदिमाताको कुरा सत्य मान्न सकिन्छ, कारण त्यो एक आम सत्य हो, लाखौं-करौडौं मानिसहरूले मानिआएको 'सत्य' हो तर मेरो प्रेम त्यति 'महान्'

थिएन ! एक युवतीलाई पनि प्रेम नगर्ने जिजसझैं म महान् विश्वप्रेमी थिइनँ, म त एक युवतीको अयोग्य प्रेमी मात्र थिएँ, महानताको गुण थिएन मसित । असफल प्रेमीहरू विश्वप्रेमका गफ हाँक्दैनन्, विश्वविजयका सपना देख्दैनन् ।", प्रशान्त नचाहँदानचाहँदै पनि केही अशान्त हुन्छ, एउटा विद्रूप हाँसो संयमको परिधिबाट बाहिर निस्कन्छ ।

"प्रशान्त, म क्षमाप्रार्थी हृदय बोकेर यति नजिक आएकी छु, किन अस्वीकारमाथि अस्वीकार गरिरहन्छौ यसरी ? के तिमीलाई प्रेममा विश्वास नै छैन त ?", मार्था साह्रै नै निरास हुन्छिन् ।

"आदिमाता, प्रेममा विश्वास गर्दिन भन्दिनँ, कारण मैले प्रेम गरेको थिएँ । म प्रेममा विश्वास गर्छु तर क्षतिपूर्तिमा विश्वास गर्दिनँ ! कृपया मलाई क्षतिपूर्ति दिने प्रयास नगर्नुहोला ।"

मार्था अवाक् बन्छिन् । तिनले यस कोणबाट कहिल्यै पनि विचार गरेकी थिइनन् । मनको एक विशिष्ट खण्ड, जसको अस्तित्व तिनलाई थाहा थिएन, अचानक उज्यालिन्छ । तिनी चुपचाप आदिगृहबाट निस्कन्छिन् ।

बाहिर टहटह जून लागेको हुन्छ । तिनी छिटोछिटो आदिमन्दिरको बाटो लाग्छिन् । बाटोमा कुनै उल्लू कराउँदैन ।

१२

झगडालु गौंथलीहरूले झ्यालमा आई उत्पात मच्चाउन थालेपछि मार्थाको निद्रा भाँचिन्छ । घडीमा बिहानको आठ बजेर पन्ध्र मिनेट समय चिप्लिसकेको हुन्छ । आदिमन्दिरको विशाल कक्षमा आदिगुरूको प्रवचन समाप्त भइसकेको हुन्छ । आदिगुरू, विन्दु र मैचाङबाहेक सबै त्यहाँबाट हिंडिसकेका हुन्छन् ।

मार्था मन नपरेको ढङ्गले उठ्छिन् । शरीरमा थकाइ र आलस्यमिश्रित एक मीठो पीडा हुन्छ । बस्ती-प्रवेशपछि आज पहिलोपल्ट तिनी पुत्रपुत्रीहरूलाई नियमित शुभाशीर्वाद प्रदान गर्न सक्तिनन् । तिनलाई कस्तोकस्तो असजिलो लाग्छ तर प्रशान्तको निर्दयी व्यवहार स्मरण भएपछि तिनलाई कुनै असजिलो लाग्दैन । जेसुकै होस्, तिनी सोच्छिन् र शौचादि कर्ममा लाग्छिन् ।

बैठककोठामा प्रशान्तसित भेट हुन्छ । ऊ अनुहारमा कुनै विकार वा तनावको स्थिति धारण नगरीकन, मानौं हिजो राति उसले प्रेमानुरागको उपेक्षा गर्दै गरेन, तिनलाई पर्खिरहेको हुन्छ ।

"आदिमाता, म प्रणाम गर्छु !", साबिकबमोजिम ऊ प्रणाम गर्छ ।

"प्रशान्त, आज म अबेरसम्म सुतें !", मार्था स्पष्टीकरण दिने अन्दाजले होइन, कुरासम्म गर्ने अभिप्रायले कुरा गर्छिन् । प्रशान्त कुरा सुन्छ तर त्यसको कारण सोध्दैन ।

"आदिमाता, एउटा हार्दिक प्रार्थना छ ।"

"कस्तो हार्दिक प्रार्थना ?"

"मेरो हार्दिक प्रार्थना छ !"

"प्रशान्त, तिमीसित हृदय छ र ?", मार्था तीखो आँखाले, तीखो स्वरले र तीखो प्रश्नको बाणले आक्रमण गर्छिन् तर स्वयम् तिनलाई थाहा हुन्छ, यो एक कमजोर आक्रमणको प्रयास मात्रै हो, जहाँ कामनाहरू लुकेका छन्, सहानुभूति खोज्दै । प्रशान्त प्रश्नको जबाफ शब्दले होइन, मुखमा अङ्कित एक मुस्कानले दिन्छ । मार्थालाई प्रशान्तको मुस्कान साह्रै नै फिक्का र अफसोसले भरिपूर्ण लाग्छ ।

"भन, के प्रार्थना गर्नु छ ?", मार्थाको कोमल मुस्कान देखा पर्छ ।

"मेरो एक पुत्र बस्तीबाट बिदा हुन चाहन्छ । उसको एउटा पोर्ट्रेट (व्यक्तिचित्र) यहाँ रहोस् भन्ने मलाई लाग्छ !", प्रशान्त अनुरोधपूर्वक आफ्नो कुरा स्पष्ट गर्छ ।

"किन ऊ बस्ती छोड्न चाहन्छ ?", मार्थालाई कुरा रूचिकर लाग्छ ।

"हराएकी श्रीमती खोज्न !", प्रशान्त रहस्यपूर्ण ढङ्गले मुस्कुराउँछ । मार्था कुरा बुझ्दिनन् । तिनी प्रशान्तको आँखामा आँखा गाडेर भाषा पढ्न खोज्छिन् तर उसका आँखाहरू स्थिर हुन इन्कार गरिरहन्छन् ।

"यहाँ जीवनको दर्शन नखोजीकन किन ऊ हराएकी श्रीमती खोज्न चाहन्छ ? यस्तो लाग्छ, तिम्रो दर्शनले काम नगरेजस्तो छ !", मार्था व्यङ्ग्य कस्ने सुवर्ण मौका गुमाउँदिनन् ।

"पृथ्वीमा जन्मने धेरै व्यक्ति बिनादर्शन जन्मन्छन्, बिनादर्शन मर्छन् । मेरो त्यस पुत्रलाई दर्शनभन्दा महत्त्वपूर्ण हराएकी श्रीमती भएकी छ ।

ऊ दर्शनबिना बाँच्न सक्छ, श्रीमतीलाई नखोजीकन सायद नसक्ला ।", प्रशान्तको मुखबाट एउटा अनौठो हाँसो निस्कन्छ । मार्थाको व्यङ्ग्यात्मकता गायब हुन्छ ।

"तर बस्तीका लागि यो कुनै शुभलक्षण होइन । मान्छेहरू बस्ती छोडी हिंड्न थाले भने तिमी पराजित हुनेछौ, मलाई त यस्तै लाग्छ ।", मार्था सोचमग्न रही शुभेच्छुकले झैं चिन्ता व्यक्त गर्छिन् ।

"आदिमाता, म जय-पराजयको भाषामा सोच्ने गर्दिनँ र कसैलाई पनि आफ्नो विचार आरोपण गर्दिनँ । म स्वयम् पनि आफैंलाई र आफ्नो विचारलाई त्याग गर्न स्वतन्त्र छु । ...यहाँ हामी एउटा नयाँ जीवनदर्शन, एउटा नयाँ जीवनशैली विकास गर्न चाहन्छौं तर पूर्ण स्वतन्त्रतासहित ।"

"मैले यहाँ कुनै नयाँ कुरा खोज्न सकेकी छैनँ अहिलेसम्म ।"

"आदिमाताले नवीनताको चाहना पनि गर्नुभएको छैन !", प्रशान्त तुरून्त टिप्पणी गर्छ, "मलाई जति ज्ञान छ, त्यो सत्य हो भने आदिमाताले यहाँको शिक्षा, श्रम र आरोग्यशालाहरूमा खास रूचि लिनुभएको छैन । आदि-शिक्षणशाला, आदिश्रमशाला र आदिआरोग्यशालाहरूमा हामी जीवन खोज्दछौं ।"

"मलाई ती कुराहरूमा रूचि छैन । ती शालाहरूमा नयाँ कुरा फेला पर्लान् भन्ने विश्वास पनि छैन । मैले बस्ती-प्रवेश गरेपछि ती तीनवटै सङ्घायहरू अवलोकन भ्रमण गरेकी नै थिएँ ।"

"तर अध्ययन गर्नुभएन !", प्रशान्त मीठो भाषा-शैलीमा, सकभर नबिझाउने किसिमले कुरा काट्छ तर सफल हुन सक्तैन ।

"मैले आफ्नै पाराले अध्ययन गरिसकेकी छु । आदिश्रमशालामा अविकसित किसिमका श्रमकार्य हुन्छन्, आदिआरोग्यशालामा असाध्य रोगीहरू छन्, कुनै नवीनता छैन । मैले मेरो धर्मआमाको सेवाश्रममा रोगी र दुःखीहरू देखेकी नै थिएँ । जहाँसम्म आदिशिक्षणशालाको प्रश्न छ, तिमीलाई थाहा छँदै छ, मेरो त्यसमा विरोध छ । मलाई प्रेममयतामा विश्वास छ, अहम्मयतामा छैन !", मार्था कस्तोकस्तो भावले प्रशान्तलाई हेर्छिन् । तिनलाई राम्ररी थाहा हुँदैन, तिनी प्रेममा विश्वास प्रकट गरिरहेकी छन् वा प्रेमको भिक्षा मागिरहेकी छन् ।

"आदिमाता, मानिसहरू विश्वासमा बाँच्न चाहन्छन्, विश्वासमा मर्न चाहन्छन् । आस्था र विश्वास मानिसका जन्मसिद्ध अधिकार हुन् तर फरक सिर्फ यति छ, कसैकसैको विश्वास स्वानुभवले अर्जित हुन्छ, कसैको हुँदैन । अक्सर मान्छेको विश्वास अन्धानुकरणमा आधारित हुन्छ ।", प्रशान्त शान्तभावले बोल्छ, "तर म एउटा कुरा गर्दै थिएँ, आदिमाताले प्रार्थना स्वीकार गर्नुभयो ?"

"तिमी भन्छौ भने स्वीकार छ, पठाइदेऊ, म पोर्ट्रेट बनाइदिन्छु ।"

"धन्यवाद !", प्रशान्त मुस्कुराउँछ । मार्थालाई लाग्छ, उसको मुस्कान निक्कै नै रहस्यपूर्ण छ । तिनलाई भन्ने उत्प्रेरणा हुन्छ, म अन्धानुकरण गर्दिनँ तर कुन्नि किन, तिनी यो कुरा गर्दिनन् ।

"उसले कसरी, कहाँ हरायो श्रीमती ?", मार्था सान्दर्भिक कुरामा रूचि देखाउँछिन् ।

"आदिमाता, पुत्रको कथा पनि सायद एउटा प्रेमको कथा हो । उसैको मुखबाट कुरा सुन्नुहोला, मेरो अनुरोध छ !", प्रशान्तको अनुहारमा एउटा अनौठो मुस्कान नाच्छ । त्यही मुस्कान बोकेर त्यहाँबाट बाहिर निस्कन्छ । मार्थालाई आश्चर्य लाग्छ तर आश्चर्य मानिरहन तिनलाई जाँगर चल्दैन । तिनी आलस्यको वशवर्ती भई ओछ्यानमा पल्टिन्छिन् तर पल्टिरहन तिनलाई झर्को लाग्छ । यस पीडाप्रद एकान्त र असन्तुलित मनस्थितिको बोझबाट बच्न तिनी भान्साखण्डमा जान्छिन् । एक मग तातो दूध पिउँछिन् । तिनको मानसिक स्वास्थ्यमा बल्लतल्ल आशाजनक सुधारका चिह्नहरू देखा पर्दछन् । तिनलाई सन्चो अनुभव हुन्छ ।

"पुत्री, आज यथासमय उठ्न सकिनँ, राति राम्ररी निद्रा परेन, त्यसैले शुभाशीर्वाद प्रदान गर्ने कार्यबाट म आज बञ्चित भएँ ।", विशुद्ध पौष्टिक दूध पिएपछि तिनलाई मानौं कुरा गर्ने शक्ति प्राप्त हुन्छ । मैचाङ कुराको जबाफमा मुसुमुसु हाँसि मात्र दिन्छे, कारण यसभन्दा उपयुक्त जबाफ उसलाई अर्को सुझ्दैन ।

"पुत्री, चित्र कोर्ने सामानहरू लिएर आऊ, अहिले मलाई एउटा चित्र कोर्नु छ ।", मार्था काम अराएर भान्साखण्डबाट बैठककोठातिर जान्छिन् ।

"आदिमाता, सामानहरू कहाँ लगी राखूँ ?", मैचाङ मुसुमुसु हाँसोलाई यथावत् कायम राखी तिनको पछि लाग्छे ।

"मन्दिरअगाडि बगैंचामा !", आदिमन्दिरको विशाल कक्षभित्र प्रवेश गर्दै तिनी जबाफ दिन्छिन् ।

कक्ष शून्य हुन्छ । तिनी कक्षभरि सरसरती आँखा घुमाउँछिन् र मन्दिरबाहिर बगैंचामा निस्किन्छिन् । घाम लागेको हुन्छ । घामको पोलाइलाई निष्प्रभावी पार्ने खालको सिरसिर हावा चलिरहेको हुन्छ । बगैंचामा फूलहरू तँछाडमछाड गरी फुलिरहेका हुन्छन् । खुला आकाशमुन्तिरको यस सुखद सौन्दर्यले तिनी आत्म-विभोर हुन्छिन् । रहलपहल आलस्यबाट पूर्णरूपले मुक्त हुन्छिन् ।

मैचाङ रङ, कुची, क्यानभास अड्याउने इजेल र सानो बेतको कुर्सी लिएर आउँछे र एक-एक गरी बगैंचाको बीचमा राख्छे । यसबीच आदिगृहको बाटो हुँदै विन्दु पनि आइपुग्छे, केही सङ्कोच महसुस गर्दै । "विन्दु, यहाँ आऊ !", मार्था उसलाई सामान्य भावले बोलाउँछिन् तर विन्दुका लागि यो बोलाहट वरदानबराबर भइदिन्छ । केही दिनदेखि उसले आदिमाताको प्रेम वा ममता, जुन ऊ प्रत्येक दिन पाउन अभ्यस्त थिई, पाउन सकेकी हुन्न । यस उपेक्षाले ऊ मर्माहत भइरहेकी हुन्छे । ऊ उपेक्षाको अर्थ बुझ्थी तर आफ्नै समस्याले पीडित आदिमाताबाट अनजानमा उपेक्षा भइरहेको छ भन्ने कुरा बुझ्न सक्तिनथी । अहिले वरदान पाएपछि सङ्कोचका सबै बाँधहरू भत्किन्छन् । ऊ भाववेशमा हामफाल्दै आएर आदिमाताको हातखुट्टा चाट्दै काखमा लुटपुटिन थाल्छे । मार्थालाई उसको भावावेशपूर्ण व्यवहार वा प्रेमपोखाइ सहन अलि गाह्रो लाग्छ तर पनि तिनी प्रफुल्ल भई हाँसिरहन्छिन् । बूढी कुकुर्नीको स्वरूप मन नपर्दानपर्दै पनि तिनले विन्दुसित एक आत्मीय सम्बन्ध अनुभव गर्न थालेकी हुन्छिन् ।

मार्था बेतको कुर्सीमा बस्छिन् विन्दुको प्रेमपोखाई सहन गर्दै । अनायासै तिनी आदिगृहपट्टि दृष्टिपात गर्छिन् । प्रशान्त आदिगृहको प्राङ्गणमा उभिएर यतै हेरिरहेको हुन्छ । दुवैका आँखा जुध्छन् तर कुनै भयानक दुर्घटना हुनुभन्दा पहिले प्रशान्त फिस्स हाँस्दै आफ्नै आँखालाई एक उचित मोड दिन सफल हुन्छ ।

कुन्नि किन, मार्था लाजले भुतुक्कै हुन्छिन्, परिणामस्वरूप विन्दुमाथि हातको दबाब घनीभूत हुँदै जान्छ ।

"यो विन्दु हामी सबैभन्दा भाग्यमानी छ !", अचानक भनेझैं गरी मैचाङको चर्को स्वर सुनिन्छ, छेवैमा मार्था सचेत भनेझैं हुन्छिन् र पुलुक्क आदिगृहतिर हेर्छिन् । प्रशान्त त्यहाँबाट हराइसकेको हुन्छ ।

"विन्दु किन भाग्यमानी छ, सबैभन्दा ?", मार्था मुस्कुराउँदै, अनुमान लाउँदै सोध्छिन् । "यसले आदिगुरू र आदिमाता दुवैको माया पाउँछ !", मैचाङ ईर्ष्यालु हाउभाउ देखाउँदै बोल्छे र घुर्की लाउँदै थ्याच्च जमिनमा बस्छे । उसको भावभङ्गिमा र अप्रत्याशित ईर्ष्याभावले मार्थालाई सुखद अनुभूति प्रदान गर्दछ । फलस्वरूप खितखितखितखित हाँस्दै मानौं प्रज्वलित अग्निकुण्डमा घिउ थप्दै जान्छिन् । तिनलाई भन्न मन लाग्छ, तिमीहरूको आदिगुरू कसैलाई माया गर्दैन तर त्यतिखेर तर्क गर्नुभन्दा जिस्कनुमा मज्जा हुन्छ ।

"पुत्री, हामी तिमीलाई माया गर्दैनौ र ?", मार्था फेरि खितखित हाँस्दै उत्तरको प्रतीक्षा गर्छिन् तर मैचाङ शत्रुतापूर्वक विन्दुलाई घुर्दै जुरूक्क उठ्छे । विन्दुलाई पनि स्थितिबोध हुन्छ । ऊ आदिमाताको काखबाट टाउको उचालेर हेर्छे, "किन रिसाएकी मोरी ?" भन्ने भाव बोकेर ।

मैचाङ आरिसे चाल बोकेर मन्दिरभित्र पस्छे । विन्दु छक्क पर्छे र आदिमातालाई प्रश्नात्मक दृष्टिले हेर्छे । आदिमाता खितखितखितखित हाँसि मात्र रहन्छिन् । विन्दु एकछिन सोचमग्न हुन्छे, त्यसपछि आदिमातालाई त्यहीं छोडेर मन्दिरभित्र दगुर्छे ।

मार्था आदिमन्दिरको ढोकामा आँखा गाढेर खितखिताइरहन्छिन् । मनभित्र एक अज्ञात तर सुखद किसिमको कुतकुती जन्मिरहन्छ, तिनी मुख थुनेर हाँसिरहन्छिन् । आदिमाताको माया पाउनका लागि विन्दु र मैचाङ जहिले पनि प्रतिद्वन्द्वी हुन्छन् भन्ने मार्थालाई थाहा हुन्छ । अक्सर मैचाङ नै ईर्ष्याको आगोले जल्थी र विन्दु उसलाई मनाउन पछि लाग्थी । विन्दु आफ्नो हावभावअनुसार हरतरहका प्रयासहरू गरी मैचाङलाई मनाएर नै छोड्थी । मार्था उनीहरूको ईर्ष्यालु बानी, झगडा र मेलमिलापलाई एक रमाइलो खेल हेरेझैं हेर्थिन्, सम्भव भएसम्म कसैको पक्ष नलिईकन ।

घामका ग्रामीण पाइलाहरू प्राकृतिक तबरले परेपछि मार्थालाई जिउ तातिएको अनुभव हुन्छ । धेरै बेरसम्म तिनी ढोकामा हेरिरहन्छिन् तर त्यहाँबाट कुनै सम्झौताको आगमन देखा पर्दैन । हावामा निरूद्देश्य हल्लिरहेका छिटफुट केशराशिलाई तह लाउँदै तिनी उठ्छिन् । त्यति नै खेर तिनको दृष्टि आदि-गृहपट्टि लम्बिन्छ । आदिगृह शून्य हुन्छ तर तिनी एक पटक प्रेमका सम्पूर्ण उत्कण्ठाहरूलाई आँखामै टाँसेर हेरिरहन्छिन् । हाँस्दाहाँस्दै सृजित यस स्थितिमा तिनी सब कुरा बिर्सन्छिन्, सिवायप्रशान्त । जिन्दगीमा पहिलो मौका पाएझैं प्रतीत हुने गरी प्यासी आँखाले तिनी आदिगृहलाई क्वारक्वारती हेरिरहन्छिन्, मानौं त्यो प्रशान्त नै हो । हेर्दाहेर्दै मनभित्र एक ठूलो लहर उत्पन्न हुन्छ तर तिनी यो भन्न सक्ने मनस्थितिमा हुन्नन् कि मनको यस हलचलमा सुख अनुभव भइरहेछ वा दुःख ।

आदिगृहको शून्यता सजीव हुन्छ । तिनले हेर्दाहेर्दै दुई व्यक्ति बाहिर निस्कन्छन्, एक जना स्वयम् प्रशान्त र अर्को व्यक्ति जो राम्ररी चिनिंदैन । आक्कलझुक्कल देखेको मान्छेजस्तो तिनलाई लाग्छ, बस् ।

उनीहरू सोझै बगैंचामा आइपुग्छन् । मार्था औपचारिक सौजन्य देखाउँदै मुस्काउँछिन् । अपरिचित-परिचितजस्तो मान्छे सङ्कोच मान्दै प्रणाम गर्छ । मार्था प्रणाम स्वीकार गर्छिन् तर उक्त व्यक्तिको आवाज जुन आफैंभित्र हराएको हुन्छ सुन्न सकिंदैन ।

"प्रशान्त, के मैले यही पुत्रको पोर्ट्रेट ?"

"हो आदिमाता यही पुत्रको पोर्ट्रेट म चाहन्छु !"

मार्था चित्रकारी आँखाले त्यस व्यक्तिलाई हेर्छिन् । करिबकरिब पैंतीस वर्षको उमेर, केही दुब्लो, विशेष गरी गाला धस्सिएको, आवश्यकताभन्दा बढी फुलेको नाक, सङ्कोच र अपराधले जकडिएको मनस्थिति, मार्थालाई यस्तो लाग्छ, त्यस व्यक्तिको समग्र व्यक्तित्व । महारोगले बेकम्मा भएको देब्रे हातमाथि मार्थाको ध्यान जाँदैन कारण उसले कुशलतापूर्वक हात लुकाइरहेको हुन्छ ।

"पुत्र, कहिले जाँदै छौ बस्तीबाट ?", मार्था आफ्नो औपचारिक मुस्कानमा अभयदानको उज्यालो छर्दै प्रश्न गर्छिन् ।

"भोलिसम्ममा माता ।"

मरन्च्याँसे बोलीमा जबाफ फर्किन्छ । मार्था इजेजमा क्यानभास चढाएर रङ संयोजन गर्न थाल्छिन् । यसबीच मैचाङ दुईवटा कुर्सी बोकेर आइपुग्छे । मार्था उसलाई होइन उसको पछि आइरहेकी विन्दुलाई जिस्किने आँखाले हेर्छिन् र काममा व्यस्त हुन्छिन् ।

"पुत्र, कुर्सीमा बस ।"

व्यक्ति अति सङ्कोच मान्छ र ठिङ्ग उभिइरहन्छ । आदिगुरू उसलाई काँधमा समातेर बिस्तारै कुर्सीमा बसाउँछ ।

"प्रशान्त, तिमी पनि बस, यतापट्टि ।", मार्था सिसाकलमले क्यानभासमा पोर्ट्रेटको प्रारूप तयार पार्दै बोल्छिन् ।

"म ठीक छु, यत्तिकै !", प्रशान्त तिनको देब्रेपट्टि उभिँदै बोल्छ । मार्था उसलाई फेरि कुर्सीमा बस्न अनुरोध गर्दिनन् ।

मैचाङ र विन्दु मनोमालिन्य बिर्सेर, कुतूहलवश रमिता हेर्न थाल्छन् । उनीहरूले धेरैपल्ट आदिमातालाई क्यानभासमा व्यस्त देखेका थिए । तिनीहरूले दृश्यचित्र देखेका थिए, व्यक्तिचित्र देखेका थिएनन् । एकपल्ट कुरैकुरामा मार्थाले प्रशान्तलाई 'म तिम्रो पोर्ट्रेट बनाउन चाहन्छु' भनेको मैचाङले सुनेकी थिई तर देखेकी थिइन । उसलाई वास्तवमा निक्कै आश्चर्य लाग्छ, केहीबेर चञ्चल भई आश्चर्य मानिरहन्छे, तर आफ्नो दायित्व स्मरण भए पनि रमिता हेरिरहन सक्तिन । ऊ भित्र जान्छे । विन्दु रमिता हेरिबसूँ कि उसको पछि लागूँ भन्ने द्विविधामा पर्छे । अन्ततः रमितै हेरिबस्ने टुङ्गोमा पुग्छे ।

बगैंचामा थरीथरीका चराहरू खेल्दै र हल्ला गर्दै आइपुग्छन् । मार्था तिनीहरूपट्टि ध्यान नदिएर तनमनले क्यानभासमा व्यस्त हुन्छिन् । तिनको सिद्धहस्त हात अनुशासित ढङ्गले छिटोछिटो चल्न थाल्छ । सम्भवतः तिनले प्रशान्तको उपस्थितिलाई पनि बिर्सिसकेकी हुन्छिन् । तिनको तारूण्यले लालिमायुक्त अनुहारमा एक गम्भीर र आनन्दी स्रष्टाको भाव देखिन्छ । प्रशान्तलाई मन थाम्न गाह्रो लाग्छ । उसको प्रेमी मन जुन कतिपय आत्म-नियन्त्रणका साङ्लाहरूले बाँधिएको थियो, अशान्त हुन थाल्छ, फलस्वरूप ऊ मार्थालाई मुग्ध दृष्टिले हेरिरहन विवश हुन्छ ।

पोर्ट्रेटको पहिलो प्रारूप तयार हुन धेरै समय लाग्दैन । मार्था अतीव सुन्दर मृगनयनी आँखाहरूमा बल पार्दै र आँखीभौंका दूरी झन्डैझन्डै

समाप्त पार्दै क्यानभासमाथि तीक्ष्ण दृष्टिपात गर्छिन् । तिनको ओठमा सन्तोषको मधुर मुस्कान उदाउँछ ।

"प्रशान्त, इज इट अलराइट, ठीक छ ?", क्यानभासबाट आँखा नहटाईकन मार्था प्रश्न गर्छिन् र मनले यस पहिलो प्रारूपलाई नै अन्तिम प्रारूप मानी रङ पोत्ने निश्चय गर्छिन् । तिनलाई अर्को प्रारूप तयार पार्नु वा संशोधन, परिमार्जन गर्नु आवश्यक लाग्दैन ।

"प्रशान्त कस्तो लाग्यो, बोल न !", मार्था दोस्रो पटक अनुरोध गर्छिन् । "आदिमाता आदिगुरू गइसक्नुभएको छ ।", जबाफ पुत्रको तर्फबाट आउँछ, मार्था अविश्वासपूर्वक प्रशान्त उभिएको ठाउँमा हेर्छिन्, आदिगृहतिर हेर्छिन् । कतै पनि प्रशान्त देखा पर्दैन । कतिखेर गएछ भनी एकपल्ट सोधूँ जस्तो लाग्छ, तर मार्था प्रश्न नगरीकन एक दीर्घ निश्वास लिन्छिन् र रङ तयार पार्न थाल्छिन् । तिनको मन राम्रैसित दुख्छ तर त्यस दुखाइलाई मीठो मानी अनुभव गर्न धेरैबेरसम्म चुप लागिरहन्छिन् । कुन हृदयको कस्तो आँधी-बेहरीले हुत्त्याएर प्रशान्त चुपचाप त्यहाँबाट भाग्यो भन्ने क्षीण कल्पना पनि तिनी गर्न सक्तिनन् ।

कुर्सीमा अप्ठेरो मानी बसिरहेको पुत्रको सङ्कोच-भावना हराउँदै गएको हुन्छ तर आदिमाताको रहस्यमय मौनताबाट सृजित एक नयाँ वातावरणमा ऊ आफूलाई पूरापूरा कार्टुन सम्झिरहेको हुन्छ । बस्तीका अन्य नरनारीलाई सरह उसलाई पनि आदिगुरू र आदिमाताबीचको प्रेमप्रसङ्ग थाहा हुन्छ, यही कुराले गर्दा ऊ बढी कार्टुन भएको हुन्छ । उसले आफूलाई जे सोचे पनि, मनभित्र व्यक्तिगत दुःख मात्र होइन, आदिमाताप्रति एक सहानुभूतिको लहर अनुभव गरिरहन्छ । आदिमाताको मनको पीडा राम्रैसित थाहा भएजस्तो लाग्छ उसलाई, तर त्यति नै खेर उसलाई आफ्नो पीडा स्मरण हुन्छ । सहानुभूतिका लहरहरू फर्किन्छन् आफैंमाथि । निरूपाय भई ऊ आँखाले भुइँमा खाल्टो पार्दै जान थाल्छ ।

रङ तयार भएपछि मार्था क्यानभासमा पोत्दै जान्छिन् । तिनको विशेषज्ञ हात छिटोछिटो चल्न थाल्छ मानौं क्यानभासमा रङ्गीन कुची नाचिरहेछ । तिनी त्यो मीठो पीडा बिर्सिन्छिन् जुन अनायासै प्रशान्तबाट प्राप्त भएको थियो । चित्रहरूमा डायरी लेख्न सक्षम तिनको कलात्मक

हात कुशलतापुर्वक चलिरहन्छ, विन्दुलाई तीनछक पार्दै, जो सृष्टिको एक मात्र प्रत्यक्ष दर्शक हुन्छ, त्यहाँ ।

मार्थाको आफ्नै प्रकारको एक खुबी हुन्छ, चित्रहरूमा डायरी लेख्नु । तिनले आफ्नी धर्ममाताको प्रेरणाबाट डायरी लेख्न सिकेकी थिइन् तर शब्दहरूको माध्यमले डायरी लेख्न मन लाग्दैनथ्यो तिनलाई । तिनले शुरूको वर्ष अङ्ग्रेजी भाषामा डायरी लेखेकी थिइन् । तिनी धर्म-आमा मार्गरेटलाई लेखेका कुराहरू देखाउँथिन् र डायरी कसरी लेख्ने भन्ने कुरामा थुप्रै निर्देशनहरू प्राप्त गर्थिन् तर अर्को वर्षदेखि नै तिनलाई अङ्ग्रेजी भाषामा डायरी लेख्न मन लागेन । सानै उमेरदेखि चित्रकला तिनको रूचिको विषय थियो । यस कलामा तिनी पारङ्गत पनि थिइन् । यही कारण दिनदिनका महत्त्वपूर्ण घटना र विचारलाई तिनी डायरीका पन्नाहरूमा पेन एन्ड इङ्कको माध्यमले वा पानीरङको माध्यमले चित्रण गर्न थालिन् । शुरूशुरूमा यो कार्य साह्रै गाह्रो र चुनौतीपूर्ण थियो, कारण सबै घटनालाई वा कुनैकुनै घटनालाई भाषामा लेखेझैं चित्रकलामा लेख्न सकिंदैनथ्यो । चित्रकलाको माध्यमले डायरी लेख्ने यो नयाँ तरिका मार्थालाई असाध्य मन पर्न थाल्यो । दिनपरदिन चित्रात्मक प्रस्तुतिको कलामा तिनी दक्ष हुँदै गइन् । यही दक्षताको कारण व्यक्तिचित्र वा दृश्यचित्र बनाउने काम तिनका लागि सरल हुन गएको थियो ।

क्यानभासको पृष्ठप्रदेशमा राम्ररी रङ पोतेपछि मार्था कुची बदलेर पोर्ट्रेटको मुख्य भागमा रङ पोत्न थाल्छिन् । त्यति नै खेर तिनलाई पुत्रको कथा जान्ने जिज्ञासा मनमा उत्पन्न हुन्छ । तिनी क्यानभासबाट आँखा नहटाईकन शान्त स्वरले प्रश्न गर्छिन्, "पुत्र, तिमी किन जाँदै छौ यहाँबाट ?"

"आदिमाता म, म !", पुत्र कुनै उपयुक्त जबाफ दिन सक्तैन । लज्जा र अपराधभावनाले उसको अनुहारको रङ बदलिँदै जान्छ ।

"मैले सुनें, तिम्री श्रीमती... ?", कुची समातेको हातलाई विश्राम दिंदै मार्था पुत्रलाई सीधा आँखाले हेर्छिन् । पुत्र तिनीसित आँखा मिलाउने साहस गर्दैन ।

"कसरी हरायौ श्रीमती ?", मार्था कुची चलाउँदै सोध्छिन् ।

"आदिमाता, मलाई छोराको माया लाग्छ ।", पुत्र ओठ चपाउँदै प्रश्नको बेग्लै जबाफ दिन्छ ।

"छोरा पनि छ तिम्रो ?"

"हो आदिमाता पाँचेक वर्षको छोरो छ । राक्षसनीले छोरोलाई पनि लिएर गई । कहाँ गई कहाँ गई, अत्तोपत्तो छैन ।"

मार्था कुची चलाइरहन्छिन् तर हातको गति ढिलो हुँदै गएको कुरा पनि अनुभव गर्छिन् ।

"कहाँ खोज्न जान्छौ त !", एकछिनपछि मार्थालाई प्रश्न गर्नु आवश्यक लाग्छ ।

"जहाँजहाँ सकिन्छ अब !", पुत्र सुकेको ओठ भिजाउँदै भन्छ, "सब कुरा भताभुङ्ग भयो आदिमाता ! यस्तो होला भन्ने के थाहा, दुष्टले मर्न पनि दिएन, बाँच्न पनि दिएन । आफ्नो भाग्य नै यस्तो रहेछ ।"

"भाग्यलाई किन दोष दिन्छौ पुत्र, मान्छेले आफ्नो भाग्य आफैं बनाउनुपर्छ ।"

"आदिमाता, मैले आफ्नो भाग्य आफैं बनाएको थिएँ । आफ्ना कोही थिएनन्, केही थिएन । इच्छै गरेर घर बसाएँ । स्वास्नी ल्याएँ, छोरो पाएँ । घर, स्वास्नी, छोरा, मेरो सुख-खुशी सब यी थिए । स्वास्नी पनि मलाई खूब माया गर्थी । भन्थी, 'मर्नुपरे तिमीभन्दा पहिले नै मरूँली...' तर के गर्नु, दशा लाग्यो आदिमाता ।", पुत्र रोलारोला झैं गरी चुप लाग्छ ।

"सुनाऊ पुत्र...अरू कुरा !", मार्थाको हात झन् ढिलो चल्न थाल्छ ।

"के भनूँ आदिमाता, अचानक मेरो भाग्य बिग्रियो । मलाई महारोग लाग्यो । स्वास्नी डरले माइत हिंडी । अन्नजल दिने मान्छेसमेत गुमाएँ मैले । पछि थाहा भयो, माइततिरकै एक जना बदमास मान्छेसित कहाँ हो कहाँ भागेर गई । छोरालाई पनि लिएर गई ।"

"त्यस्ती स्वास्नीलाई किन खोज्नुपऱ्यो त ?", मार्थालाई कुरा सुनेपछि कताकता क्रोध उत्पन्न हुन्छ ।

"आफ्नो धर्म आदिमाता, आदिगुरूको कृपाले कोढ निको भयो, अब स्वास्नी र छोरालाई नखोजे के गर्नु । आदिमाता, जस्ती भए पनि माया गरेर ल्याएकी स्वास्नी, छोराको माया लाग्छ आदिमाता, माया लाग्छ ।"

-पुत्र मुख छोपेर रून थाल्छ, आँखाबाट आँसुको भेल बगाउँदै । मार्थालाई पोर्ट्रेटमा आँसु झार्न मन लाग्दैन ।

१३

पोइल गएकी स्वास्नी र छोराको खोज गर्न भनी एक पुत्रले बस्ती त्याग गरेपछि अघोषित शोकको स्थिति सृजित हुन्छ । बस्तीवालाहरू आ-आफ्नै ढङ्गले प्रभावित हुन्छन् । मार्था पनि प्रभावित हुन्छिन् तर साह्रै नै अप्ठेरो किसिमले । तिनलाई स्वाभाविकरूपले शङ्का लाग्छ कि बस्तीको भविष्यका लागि यो एक अशुभ थालनी हो । यही रीतले पुत्रपुत्रीहरू जान थाले भने बस्तीको आबादी शून्यमा झर्न सक्छ । प्रशान्तको जीवन र दर्शन दुवै निरर्थक हुनेछन् । यद्यपि प्रशान्तले मानवीय स्वतन्त्रताको पक्षबाट बोल्दै बस्ती-त्यागको घटनालाई दुर्भाग्यपूर्ण मान्न रूचाएन तर मार्थालाई कताकता मनमा लाग्छ प्रशान्त पनि घटनाले प्रभावित भएको छ ।

मार्थाको मनमा एक अर्को प्रभाव पनि अङ्कित हुन्छ, जुन अघिल्लो प्रभावभन्दा आनन्ददायक, गहिरो र अर्थपूर्ण हुन्छ । तिनलाई लाग्छ, पुत्रको बस्ती-त्यागले प्रेमको महानता वर्णन गरिरहेको छ । त्यो प्रेमको शक्ति नै हो, जसले पुत्रलाई डोऱ्याइरहेको छ । विश्वमा प्रेमको शक्तिभन्दा ठूलो केही छैन, तिनको हृदयमा यही कुरा प्रतिध्वनित भइरहन्छ । प्रकटरूपमा तिनी मनको खुशी व्यक्त नगरीकन अघोषित शोकमा सामेल हुन खोज्छिन्, तर यो स्थिति धेरै दिनसम्म रहँदैन । अघोषित शोकका बादलहरू एक सनसनीपूर्ण घटनाका लहरमा परी छ्यान्नब्यान्न हुन्छन् ।

पुत्रले बस्ती छोडेको पर्सिपल्ट, बस्तीको मूल ढोकाभन्दा तीस-चालीस मिटर पर एक जना सेतै फुलेकी, अनुहार चाउरी परेकी आइमाई देखा पर्छिन् । तिनले लट्ठी टेकिरहेकी हुन्छिन् । एकटक लाएर तिनी बस्तीलाई रहस्यमय ढङ्गले हेरिरहेकी हुन्छिन् । सबभन्दा पहिले बूढी कुकुर्नी विन्दुको आँखा पर्छ तिनीमाथि । विन्दु मूल ढोकाबाट केही कदम बाहिर निस्केर त्यस आइमाईको मनोविज्ञान बुझ्ने प्रयास गर्छे तर सफलता प्राप्त गर्न सक्तिन । सहज भावले ऊ यति कुरा बुझ्छे कि त्यस अपरिचित आइमाईको आचरण र दृष्टिमा शत्रुता-भाव छैन, बस ।

दिन ढल्किनुभन्दा पहिले विन्दु खूब क्रियाशील हुन्छे । बस्तीका धेरै व्यक्तिलाई ऊ त्यस बुढी र अपरिचित स्वास्नीमान्छेप्रति ध्यानाकर्षित पार्छे । बस्तीका बासिन्दाहरू जिज्ञासावश मूल ढोकावरिपरिका पर्खालबाट बुढीलाई हेर्दै, फर्कंदै गर्न थाल्छन् । कोही पनि बुढीलाई चिन्न सक्तैनन्, बुझ्न सक्तैनन् तर सरोकार नराखी बस्न पनि सक्तैनन् ।

सबभन्दा बढी सरोकार विन्दुलाई नै हुन्छ । उसको प्रयत्नले मैचाङमार्फत आदिमातासम्म कुरा पुग्छ ।

"आदिमाता ! एक जना बूढी आइमाई बस्तीबाहिर उभिरहेकी छिन्, बिहानदेखि ।", मैचाङ जानकारी दिन्छे ।

"किन त्यहाँ उभिइरहेकी ?", मार्था सामान्य उत्सुकतापूर्वक प्रश्न गर्छिन् ।

"केही थाहा छैन आदिमाता.. एकाबिहानै आदिगुरू बाहिर जानुभएपछि त्यहाँ देखा परेकी अरे ! दिनभर उभिएकोउभिएकै छिन् । त्यस्ती बूढी आइमाई... कस्तो थकाइ पनि नलागेको, भोकप्यास पनि नलागेको ।"

मार्थाको उत्सुकता राम्रैसित जाग्छ । कोही व्यक्ति लट्ठी टेकेर, दिनभरको भोक-प्यास र थकाइ बिर्सेर बस्तीलाई निर्निमेष दृष्टिले हेरिरहन्छ भने, यसको कारण अवश्य ठूलो हुनुपर्छ, तिनी सोच्छिन् र केही चिन्तित हुन्छिन् । कार्यवश प्रशान्त पोखरा गएको हुन्छ । तिनले कहिले पनि बस्तीका कुरामा सोझै हात हालेको हुँदैन । तिनी त सर्वमान्य आराध्यदेवी थिइन्, बस्तीका समस्याहरू, व्यवस्थाहरू र क्रियाकलापहरूभन्दा माथि अग्रासनमा विराजमान । मार्था आफ्नो प्रतिष्ठाको सीमा बुझ्थिन्, कर्तव्यको सीमा पनि बुझ्थिन् तर यस्तो स्थिति तिनले साक्षात्कार गरेकी थिइनन् । अपरिचित बुढीलाई उपेक्षा गर्नु ठीक होला कि प्रशान्तको तर्फबाट केही गर्नु बेस होला ? तिनी सोचविचारमा पर्छिन् । धेरै समयसम्म तिनी दोधारदोधारमा परिरहन्छिन् । अन्ततः मार्था एक विशेष निर्णयमा पुग्छिन् ।

"पुत्री, त्यस वृद्ध महिलालाई सम्मानपूर्वक यहाँ लिएर आऊ ।", मार्था आफ्नो निर्णय सुनाउँछिन् । मैचाङका लागि यो निर्णय चिरप्रतीक्षित परमादेश साबित हुन्छ । आदिमन्दिरबाट बाहिर निस्केर ऊ बस्तीको मूल ढोकातिर खुशीले उत्तेजित हुँदै दगुर्छे । विन्दु पनि उसको पछि लाग्छे तर मूल ढोका आइपुग्दानपुग्दै मैचाङ दौडमा पछि पर्छे ।

कुरूप नारी मैचाङ र विन्दु गएपछि मार्था आफ्नो निर्णयमाथि पुनर्विचार गर्छिन् । "प्रशान्तलाई मेरो यो निर्णय मन पर्ला ?", तिनी सोच्छिन् तर कुनै उत्तर पाउन सक्तिनन् । "प्रशान्त रिसाउने त होइन ?", तिनलाई डर पनि लाग्छ तर कुन्नि किन तिनलाई मनभित्र एक अज्ञात खुशी पनि लाग्छ । तिनको ओठका कुनाकुनामा एउटा उत्तर नाच्न थाल्छ, "रिसाए रिसाओस् । के मलाई यति अधिकार पनि छैन ?"

विन्दु फर्केर आएपछि मार्थाको खुशी भाँचिन्छ । तिनी विन्दुको पथ-प्रदर्शनमा आदिमन्दिरबाट बाहिर निस्कन्छिन् । तिनको उत्सुक दृष्टिमा एउटा भिड प्रत्यक्ष हुन्छ जुन बिस्तारैबिस्तारै तिनीतर्फ नै बढिरहेको हुन्छ । पहिलोपल्ट बस्तीप्रवेश गर्दा तिनले यस्तौ भिडको सामना गर्नुपरेको थियो । त्यस संयमित भिडको केन्द्रमा आदिगुरू प्रशान्त थियो भने अहिले एक बूढी स्वास्नीमान्छे छ । बुढी दाहिने हातले लट्ठी टेक्दै अशक्त कछुवाझैं आवश्यकताभन्दा ढिलो हिंडिरहेकी हुन्छिन् । मैचाङ तिनको देब्रे पाखुरा समातेर भर दिइरहेकी हुन्छे । बस्तीवालाहरूको सुपरिचित भिड बुढीसित सुस्तरी हिंड्दाहिंड्दै नसकेर ठाउँठाउँमा टुटेको हुन्छ । आदिमन्दिरको निकट पुगेपछि विशेष गरी आदिमातालाई देखेर, भिड फेरि संयमित हुँदै जान्छ र ठाउँठाउँका टुटफुटहरू जोडिंदै जान्छन् ।

भिड लक्ष्यमा पुग्छ । आदिमन्दिरको प्राङ्गणका फूलहरूसित जिस्किरहेका दुई जोडी भँगेरा र बिनाजोडीका गौंथली, जुरेली र डाङ्ग्रे चराहरू भिडको दबाबमा परी मैदानतिर भाग्छन् । एउटा पर्यटकजस्तो चरा जो मैदानमा आनन्दपूर्वक कावा खाइरहेको हुन्छ ती भगुवा चराहरूको दबाबमा परी नराम्ररी आत्तिन्छ र आफ्ना लामालामा पखेटा छिटछिटो चलाएर बस्तीबाटै बेपत्ता हुन्छ । फूलका रजकण चुसिरहेका रङ्गीन पुतलीहरू आत्तिंदैनन्, उल्टो केही साना पुतलीहरू जो केही घण्टाअघिसम्म काया-परिवर्तनको प्रतीक्षा गर्दै रूखका हाँगाबिंगामा डल्लिरहेका थिए, भिडमाथिमाथि उडेर बहादुरी देखाउन थाल्छन् । मार्था भिडलाई एकपल्ट समष्टिगत दृष्टिले हेर्छिन्, त्यसपछि वृद्धामाथि दृष्टि केन्द्रित गर्दै सोच्छिन्, "यसलाई पुत्री भनेर सम्बोधन गरूँ कि बूढी आमै भनेर ?"

निर्णय कुरूप नारीले लिन्छे । वृद्धाको कानमा मुख जोड्ला झैं गरी ऊ परिचयको क्रम शुरू गर्छे, "बज्यै ! उहाँ हामी सबैकी आदिमाता हुनुहुन्छ ।" कुरा कानमा पर्नासाथ वृद्धाको नेत्रज्योति तेजिलो हुन्छ, शरीरमा एक अनौठो कम्पन हुन्छ । तिनी थर्रथर्र कामेका हातहरू मुस्किलले जोड्दै, कामेको दयनीय स्वरमा बिन्ती बिसाउँछिन्, "शरण पाऊँ हजुर, म मर्न नसकेकी बूढी शरण पाऊँ !" बिन्ती बिसाइसकेपछि वृद्धाको कम्पायमान शरीर शिथिल हुन्छ, तिनी लट्ठीको सहारा लिई थुचुक्क बस्छिन् ।

मार्थालाई के गरूँ के गरूँ हुन्छ । कुरूप नारी मैचाङ सहयोग दिन आइपुग्छे । "बज्यै उठ्नोस्, उठ्नोस् बज्यै !", ऊ वृद्धालाई पछिल्तिरबाट समातेर उठ्न प्रेरित गर्छे । वृद्धा लामो समयसम्म ओछ्यान परेको रोगी पहिलोपल्ट तङ्ग्रिएर उठेझैं गरी उठ्छिन् । मार्था तिनको भावशून्य वृद्ध अनुहारमा तनाव र चाउरिएका धर्साहरू देख्छिन् र ती चाउरिएका धर्साहरू भाग्यका धर्सा होइनन् भन्ने कुरा अनुभव गर्छिन् ।

"यहाँको घर कहाँ पर्‍यो ?", मार्था प्रश्न गर्छिन् तर बृद्धा अस्पष्ट आवाजमा, "शरण पाऊँ हजुर, शरण पाऊँ" भन्ने शब्दावली मात्रै दोहोर्‍याइरहन्छिन् ।

"बस्तीमा यहाँलाई स्वागत छ ।", मार्था सबैले सुनोस् भन्ने अभिप्रायले स्वरलाई आवश्यक तीव्रता प्रदान गर्दै बोल्छिन्, "म आफ्नो तर्फबाट, आदिगुरूको तर्फबाट र पुत्रपुत्रीहरूका तर्फबाट यहाँलाई हार्दिक स्वागत गर्छु ।"

भिडमा सनसनी फैलिन्छ । कुन्नि के कुरा बुझेर विन्दु रमाउन थाल्छे तर कुरूप नारीलाई खुशी प्रकट गर्ने अवसर मिल्दैन । वृद्धा उसको भरले मात्रै उभिइरहेकी हुन्छिन् ।

"आदिमाता ! उहाँ बिहानदेखि उभिएर थाक्नुभएको छ... केही खानुपिउनु भएको छैन होला ।", मैचाङ आफूलाई लागेको सबभन्दा महत्त्वपूर्ण कुरा भन्छे, जसमा एक औपचारिक अनुमति अपेक्षा गरिएको हुन्छ ।

"पुत्री ! तिमीले ठीक कुरा सम्झायौ । उहाँलाई भित्र लिएर जाऊ ।", मार्था पुत्रीलाई आज्ञा दिंदै भिडलाई प्रसन्नतापूर्वक बिदा गर्छिन्, "पुत्रपुत्रीहरू ! तिमीहरू सबैलाई हृदयदेखि नै धन्यवाद छ ।"

भिड बिस्तारै हल्ला गर्दै, खासखुस गर्दै, दङदास पर्दै फर्किन्छ ।

गोधूलिको सन्ध्यापछि सधैंझैं रात पर्छ । यसबीच मार्था वृद्धाको करूणा-जनित रामकहानी सुन्छिन् । मैचाङको व्यवहार, सेवा-सत्कारको परिणामस्वरूप वृद्धा थकाइ र भोक-प्यासबाट पूर्णरूपले मुक्त हुन्छिन् । एक घण्टाको विश्रान्तिपछि नै आफ्नो कथा भन्न सक्ने स्थितिमा पुग्छिन् । वृद्धा विस्तारपूर्वक कथा भन्छिन्, ठाउँठाउँमा रून्छिन्, पुर्पुरो ठोक्छिन्, आक्रोशित पनि हुन्छिन् । कथा सुन्दा मार्थाभन्दा मैचाङ बढी विचलित हुन्छे । एक ठाउँमा त ऊ राम्रैसित सुँकसुँकाउँछे । रातको आठ बजेतिर शरणागत वृद्धाको बस्तीमा खाने-बस्ने प्रबन्ध मिलाएपछि मार्था तिनलाई आदिमन्दिरबाट बिदा गर्छिन् ।

मैचाङ तिनलाई लिएर जान्छे । वृद्धालाई बिदा गरेपछि मार्थाको मन साह्रै अस्थिर हुन्छ । प्रशान्त कतिखेर आइपुग्ला र कुरा सुनाऊँ भन्ने भावनाले तिनी अधीर हुन्छिन् । तिनी पढ्न सक्तिनन्, चुपचाप बस्न सक्तिनन् । करिब आधा घण्टासम्म तिनी संयमित हुन आफैंसित सङ्घर्ष गर्छिन् तर सक्तिनन् । केही नलागेपछि तिनी अँध्यारो भान्साखण्डको झ्याल उघारेर रातको अन्धकारमा चुर्लम्म डुबेको आदिगृहलाई टुलुटुलु हेरिरहन्छिन् ।

मार्थालाई समयको होस हुँदैन । करिब साढे नौ बजे तिनी आफ्नो पछाडि टाढा कसैले "आदिमाता" भनी बोलाएजस्तो आभास पाउँछिन् । तिनलाई यो प्रशान्तको बोलीजस्तो लाग्छ । अँध्यारो भान्साखण्डबाट निस्केर मार्था आवाज सुन्ने प्रयास गर्छिन् । "आदिमाता !" प्रशान्तको बोली स्पष्ट सुनिन्छ । मार्था मनको उत्तेजना थाम्न नसकी दगुर्दै गएर आदिमन्दिर र अन्तःकक्षबीचको ढोका खोल्छिन्, जुन ढप्काइएको मात्र हुन्छ । "ओह प्रशान्त, म तिमीलाई नै पर्खिरहेकी थिएँ ।", मार्था प्रशान्तका दुवै हात समातेर आफूतिर तान्छिन्, "तिमी कहाँ गएको बिहानैदेखि ? तिमीलाई थाहा नै छैन, म कति अप्ठेरोमा परें !"

"मैले जानकारी पाइसकेको छु... म आदिमाताप्रति कृतज्ञ छु, हार्दिक कृतज्ञता-ज्ञापन गर्छु ।", प्रशान्त पूर्ण औपचारिकता निर्वाह गर्छ तर तिनको सामीप्यबाट आफूलाई स्वतन्त्र पार्न सक्तैन । कुन्नि किन, उसलाई कठोर हुन मन लाग्दैन । मार्थाको खुशी भङ्ग गर्न मन लाग्दैन । "के तिमी खुशी छौ प्रशान्त ?", मार्था झन् बढी नजिकिन्छिन् ।

"हो, म साह्रै कृतज्ञ छु आदिमाताप्रति ।"

"प्रशान्त, मैले तिम्रो अनुपस्थितिमा कठिन निर्णय लिनुपर्‍यो । मैले त्यस वृद्धालाई शरणमा लिनु आफ्नो कर्तव्य सम्झेँ । मैले तिम्रो कार्यमा हस्तक्षेप गरेको होइन तर, तर", मार्था बोल्दाबोल्दै भावुक हुन्छिन् र टाउको निहुराएर प्रशान्तको छातीमा अड्याउँछिन् । "आदिमाता, मेरा लागि यो प्रसन्नताको विषय हो कि ।", प्रशान्त पनि प्रत्युत्तरको क्रमलाई पूरा गर्न सक्तैन, बीचैमा अड्किन्छ । केही सोच्न थाल्छ । उसको त्यो सोचाइ स्वयम् उसलाई स्पष्ट हुँदैन ।

"प्रशान्त, मैले त्यस वृद्धाको कथा सुनें, साह्रै करूण छ कथा !"

मार्था उसको छातीबाट टाउको उठाएर आँखा जुधाउँछिन्, "बिचरी बुढी घरमा छोरा, बुहारी र दश वर्षको नाति रहेछ । पहिलेपहिले त छोराले खूब माया गर्थ्यो अरे, बुहारीले पनि खूब मान राख्थी अरे, पछिपछि केके, केके भएछ, बुहारीसित ठाकठुक परेछ। त्यही बेला नाति पनि मरेछ, बेसरी ठूलो ज्वरो आएको थियो अरे ! अनि त, बुहारीले यही बोक्सी बुढीले मेरो छोराको कलेजो खाई भनेर ढ्याङ्ग्रो पिट्न थाली अरे ! त्यसपछि घरमा त के गाउँमै टिक्न मुस्किल परेछ, बिचरी ! प्रशान्त, मैले तिनलाई शरण दिएर गल्ती त गरिनँ ?" घरीघरी प्रशंसा पाउने अभिलाषा जाग्छ तिनको मनमा ।

"मैले कृतज्ञता-ज्ञापन गरिसकें, आदिमाताले अत्युत्तम कार्य गर्नुभयो !"

"साँच्चै ?"

जबाफमा प्रशान्त हार्दिकतापूर्वक मुस्कुराउँछ । मार्थाको खुशीले धप्प बलेको अनुहारमा खुशीको नशा चढ्छ ।

"प्रशान्त, मलाई बस्तीको काममा अभिरूचि छ । काम देऊ है मलाई ?", मार्था लाडिएर बोल्छिन् ।

"आदिमाताले इच्छाबमोजिम बस्तीका विभिन्न सङ्कायहरूको अध्ययन-निरीक्षण गर्नुभए म आफ्नो अहोभाग्य सम्झनेछु ।"

"साँच्चै ?"

"म सत्य बोल्दै छु ।", प्रशान्त मार्थाको प्रेम-प्रदर्शनबाट विचलित नभएको आश्वासन स्वयम्लाई दिंदै संयत वाणीमा बोल्न थाल्छ, "आदिमाताको

आवश्यकता बस्तीका प्रत्येक सङ्कायलाई र प्रत्येक व्यक्तिलाई छ । आदिमन्दिरभित्र मात्र होइन, बाहिर पनि बस्तीका प्रत्येक क्रियाकलापमा पुत्रपुत्रीहरू आदिमाताको शुभाशीर्वाद चाहन्छन् ।"

"म भोलिदेखि बाहिर निस्कनेछु !", मार्था लाडिएर प्रशान्तको छातीमा टाँसिएर आँखा चिम्लन्छिन्, सम्भवतः आफ्नो अस्तित्वलाई नै बिर्सन्छिन् । प्रशान्त कुनै विरोध गर्दैन, केही समयसम्म, जबसम्म उसलाई आवश्यक लाग्छ ।

"आदिमाता, अब म बिदा हुन्छु ।"

'बिदा' शब्दले मार्थाको नशा टुट्छ । नशा टुटेपछि तिनलाई केही सङ्कोच लाग्छ । प्रशान्तलाई छोडेर तिनी एकातिर फर्किन्छिन् । कोही अँध्यारोमा चाल मारेर भागेको आभास तिनी पाउँछिन् र लज्जित हुन्छिन् । भाग्ने व्यक्ति तिनकी सेविका, पुत्री वा सँगिनी, कुरूपा नारी हो भन्ने तिनलाई थाहा हुन्छ ।

१४

राति सुत्ने बेलामा भोलि बिहान सबेरै उठ्ने, शुभाशीर्वादशहित पुत्र-पुत्रीहरूलाई सम्बोधन गर्ने र क्रमशः बस्तीका सबै सङ्कायहरू निरीक्षण गर्नेजस्ता महत्त्वपूर्ण योजनाहरू मनभित्र तर्जुमा गरी तिनी आँखा चिम्लन्छिन् । निद्रा नलागेसम्म परमआनन्द र आत्मसन्तोषको नन्दन वनमा हार्दिक परिभ्रमण गरिरहन्छिन् । कतिखेर निद्रा पर्छ, थाहा हुँदैन । जब तिनी बिहान आँखा खुल्नासाथ हडबडाएर उठ्छिन्, घडीमा बिहानको साढे सात बजिसकेको हुन्छ ।

"आदिमाता, प्रणाम !", दूधको तातोतातो प्याला टेबिलमा राख्दै कुरूप नारी मैचाङ झुक्छे । मार्था पुत्रीको आँखामा सोझै हेर्ने साहस गर्दिनन् ।

"आदिगुरूको प्रवचन समाप्त भयो ?", नमिलेका केशराशिमा अलमलिंदै मार्था सोध्छिन् । जबाफमा पुत्री टाउको हल्लाइदिन्छे ।

"आज, चाँडै उठ्ने भनेको त झन् कस्तो निद्रा परेको !", मार्था लामो, अल्छीलाग्दो र अल्छी मान्न मन पराउनेहरूका लागि रहरलाग्दो हाई काढ्छिन् । तिनलाई फेरि सुतूँसुतूँ जस्तो लाग्छ ।

"आदिगुरूले सोध्नुभएको थियो ।", मैचाङ रहस्यमय भावमा बोल्छे ।

"के कुरा ?", मार्था पुलुक्क हेर्छिन् तर पुत्रीसित आँखा जुधाउने प्रयास सफल हुँदैन ।

"आदिमाता उठिसक्नुभयो कि भनेर ।"

"कतिखेर ?"

"अघि भर्खर प्रवचन सकिएपछि ।"

"अहिले मन्दिरमै हुनुहुन्छ ?"

"बाहिर निस्किसक्नुभयो, सायद श्रमशालामा जानुभएको छ ।", मैचाङको अनुहारमा रहस्यको भाव झन् बढी घनीभूत हुन्छ, "बोलाएर ल्याऊँ ?" "भइहाल्यो ।", मार्था कुरालाई खास महत्त्व नदिएझैं गरी दूधको प्याला समात्छिन् । झ्यालतिर फर्कन्छिन् । पुत्री मनभित्र उम्लँदै गरेको कुतूहललाई नपोखाईकन भान्साखण्डतिर लाग्छे ।

आधा घण्टापछि बिहानको ठीक आठ बजे मार्था आदिमन्दिरबाट बाहिर निस्कन्छिन् । आकाशको छेउछाउमा महत्त्वहीन सेता बादलका टुक्राहरू देखिए पनि मज्जाले घाम लागिसकेको हुन्छ । चौरमा शीतका थोपाहरू कलिलो घाममा ढल्किरहेका हुन्छन् । बस्तीलाई आफ्नो अधिकारक्षेत्र सम्झने चराहरू खूब हल्ला मच्चाइरहेका हुन्छन् । वातावरण चिसो हुँदैन तर रूखका पातहरू हल्लाएर आउने अनियमित हावाका छालहरू चिसै हुन्छन् । मार्था दाहिनेपट्टिको आदिगृह र देब्रेपट्टिको आदिआरोग्यशालातिर पल्याकपुलुक हेर्दै एकछिन ठिङ्ग उभिरहन्छिन्, मीठो मानेर घाम तापिरहन्छिन् ।

आदिमन्दिरको समानान्तर अर्कोपट्टि बस्तीका आवासीय घरहरू हुन्छन् । यी आवासगृहहरू र आदिशिक्षणशालाको छेउ जोडिने कोणमा आदिश्रमशाला हुन्छ । वस्तीको मूल ढोकाको दिशाबाट हेर्दा दाहिनेपट्टि आदिआरोग्यशाला, आदिमन्दिर र आदिगृह एक लाइनमा देखिन्छन् भने देब्रेपट्टि आवासगृहहरू र आदिश्रमशालाको गोलघर देखिन्छ । गोलघरको पछिल्तिरको भाग जहाँ अन्नादि उपार्जन गरिन्छ, मूल ढोकाबाट देखिंदैन । मूल ढोकाको विपरीत छेउ, आदिमन्दिर र गोलघरको बीचमा आदिशिक्षणशाला हुन्छ ।

मार्था घमाइलो बिहानीमा रमाइलो मान्दै नवागन्तुकले झैं टाढैबाट घरहरूको स्थिति-बोध गर्छिन्, र आदिश्रमशालातिर लाग्छिन् । बस्तीको

ठूलो चौर छिचोल्दै गर्दा कुन्नि किन, तिनको मनमा कुतकुती लाग्छ । कुरूप नारीको आँखाले पछिल्तिरबाट पछ्याइरहेको तिनी चाल पाउँछिन् ।

आदिश्रमशालाको आकृति पूर्णरूपले गोलो हुन्छ । पक्की, अग्लो र चाक्लो पनि हुन्छ । मार्था बिना पूर्व-सूचना गोलघरभित्र प्रवेश गर्छिन् । कताकताबाट विन्दु दगुर्दै आइपुग्छे । तिनको पैतालामा लुटपुटिनुभन्दा पहिले तीनचोटि भुक्छे । त्यहाँ कार्यरत सबै श्रमिकहरू आदिमातालाई देख्छन्, केही क्षण अप्ठेरो मान्दै परस्पर हेराहेर गर्छन्, त्यसपछि सबै जन्याकजुरूक उठेर प्रणाम गर्छन् ।

मार्था प्रणाम स्वीकार गर्छिन् । श्रमिकहरूलाई आआफ्नो स्थानमा बस्न हातले सङ्केत गर्छिन् । श्रमिकहरू सङ्केतबमोजिम बस्दै काम गर्न थाल्छन् । केही श्रमिक महिलाहरू कुरा नबुझेर उभिइरहन्छन् ।

गोलघरमा करिब पचास व्यक्ति हुन्छन् । महिलाहरूको सङ्ख्या झन्डै पचास प्रतिशत नै हुन्छ । मार्था अभययुक्त मुस्कान छर्दै सरसरती श्रमकार्यहरू निरीक्षण गर्न थाल्छिन् । ग्रामीण घरेलु उद्योगधन्दाका कुरामा तिनको खास अभिरूचि हुँदैन तर तिनी पुत्रपुत्रीहरूको खुशीका लागि अभिरूचि जागृत गर्न पूर्णरूपले प्रयत्नशील हुन्छिन् ।

"प्रणाम आदिमाता !", गोलघरको नाइके तिनको पछिल्तिर हात जोड्छ । उसको स्वर निक्कै कामेको हुन्छ । अनुहार कालोनीलो भएको हुन्छ । मार्था अभयमुद्रामा पछि फर्कन्छिन् । "माता, म यहाँको, यहाँको ।"

"म तिमीलाई चिन्छु पुत्र...यस गोलघरको इन्चार्ज होइनौ तिमी ?", मार्था पूर्ववत् अभयमुद्रामा, सुमधुर मुस्कान छर्छिन् । अधबैंसे उमेरको मोटोघाटो, अग्लो, भूतपूर्व सैनिक रूपाकृतिको पुत्रको हात मल्ने क्रियाशीलतामा एक किसिमको अभ्यस्त, कलात्मक लोच देखिन्छ तर मार्थालाई त्यो कला मन पर्दैन । तिनी सकभर ध्यान विकेन्द्रित गर्न खोज्छिन् अथवा अभिरूचि जागृत गर्ने कार्यमा केन्द्रित हुन खोज्छिन् । नाइके पुत्रले यसबीच हात मल्दामल्दै स्वस्थ सामान्य भाव अर्जित गर्छ । उसको कालोनीलो अनुहारमा सेता, राता रङहरू देखा पर्छन् । "पुत्र, यहाँ केके उत्पादन हुन्छन् ?", मार्था श्रमिकहरूको नजिक जाँदै प्रश्न गर्छिन् ।

"आदिमाता, हामी यहाँ आवश्यकताअनुसार वस्तुहरू उत्पादन गर्छौं । घरेलु उद्योगधन्दा र गाउँले इलमका काम यहाँ हुन्छन् । बस्तीलाई आवश्यक पर्ने सामानहरू यहीं बन्छन् । बाहिर हाटबजारहरूमा बेच्नका लागि पनि सामानहरूको उत्पादन हुन्छ यहाँ । अहिले हामी पोखराको दशैं-बजारमा बिक्री गर्न सामानहरू उत्पादन गर्दै छौं ।"

नाइके पुत्र वस्तुहरूको नाम नलिईकन फरफरती जानकारी दिन्छ । मार्थालाई राम्रैसित कुरामा अभिरूचि जाग्छ । श्रमिकहरू डोको, नाम्लो, राडी-पाखी, गुन्द्री, चित्रा, भकारी आदि बनाइरहेका हुन्छन् ।

"दशैं-बजार कहाँ लाग्छ, पोखरामा ?"

"पुरानो टुँडिखेलमा फूलपातीको दिन लाग्छ ।"

"मैले यहाँका हाटबजारहरू देखेकी छैन, साह्रै रमाइलो हुन्छ होला होइन ?", मार्था चञ्चल किशोरीले झैं उत्साहित भई सोध्छिन् ।

"रमाइलो नै हुन्छ त्यहाँ । बजारियाहरू पसल थाप्छन्, गाउँलेहरू सरसामान किनबेच गर्न झर्छन् । थाकखोलाको भोटे र थकालीहरू च्याङ्ग्रा-भेडा बेच्न आउँछन् ।"

"त्यसो भए म पनि जान्छु तिमीहरूसित ।", मार्था झन् बढी उत्साहित हुन्छिन् । भूतपूर्व सैनिक जस्तो नाइके पुत्र अवाक् हुन्छ ।

यसबीच मार्थाको दृष्टि राडीपाखी बुनिरहेका महिलाहरूको समूहमा पर्छ । त्यस महिलासमूहमा तिनी त्यस वृद्धालाई चिन्न भूल गर्दिनन्, जसलाई तिनले आश्रय दिएकी थिइन् । एक तरूनी श्रमिक वृद्धालाई राडी बुन्ने तरिका सिकाइरहेकी हुन्छे । वृद्धा तन्मयतापूर्वक तरूनी श्रमिकको कुरा र काममा ध्यान दिइरहेकी हुन्छिन् ।

मार्था बिस्तारै तिनीहरूको समीप जान्छिन् । तरूनी र वृद्धा दुवै असजिलो मान्छन् ।

"के गर्दै हुनुहुन्छ ?", मार्था वृद्धालाई मुस्कुराउँदै सोध्छिन् ।

"हजुर सिकेकी, राडी बनाउने काम ।", वृद्धा अड्किंदै जबाफ दिन्छिन् ।

"ए राम्रो ! इलम सिक्नु राम्रो कुरा हो, कसैको भर परी बाँच्नु पर्दैन ।", मार्था मन्दमन्द मुस्कुराउँदै जान्छिन्, "उहाँलाई राम्ररी सिकाइदेऊ है !"

तरूनी श्रमिक लाज मान्दै घोप्टो पर्छे । मुखमा पछ्यौरीको बुझो कोच्छे ।

"ल, किन लाज मानेकी त्यसरी ?"

मार्था हाँस्छिन् । वरिपरिका तरूनीहरू हाँस्छन् । अधबैंसेहरू मुस्काउँछन् । वृद्धाको अनुहार पनि हँसिलो हुन्छ ।

"तिम्रो नाम के हो नि ?", मार्था सोध्छिन् । प्रत्युत्तरमा तरूनी श्रमिक झन् बढी घोप्टो पर्छे । सबै उसको त्यो अवस्था देखी हाँस्न थाल्छन् । गोलघरमा काम ठप्प रोकिन्छ ।

मार्थालाई हाँसो लाग्छ तर त्यसभन्दा बढी तिनलाई आश्चर्य लाग्छ । मान्छेलाई यतिसारो लाज लाग्छ भन्ने कुरा तिनलाई थाहा हुँदैन, त्यसैले एक प्रकारको आनन्द पनि लाग्छ ।

मार्था अघिल्तिर बस्दै उसको चिउँडो समातेर उचाल्छिन्, "ल राम्ररी माथि हेर स्याबास ! अब भन नाम के हो ?"

"ज...जमुना !", ऊ छिटोछिटो सासैसास नाम भन्छे र फेरि घोप्टिने प्रयास गर्छे, मार्था उसको अनुहार उचालिराख्छिन् ।

"ल राम्रो...त्यति नाम भन्न पनि कति गाह्रो मानेकी ? यसरी धेरै लाज मान्नु हुन्न बुझ्यौ", मार्था उसको सुकोमल, सुन्दर अनुहारलाई हत्केलाभित्र च्यापेर सम्झाउने प्रयास गर्छिन् । ऊ एकछिनसम्म आँखाका परेली चलाउँछे, नचाएझैं गर्छे, र बरर्र आँखाबाट आँसु झार्छे ।

मार्था उसको आँसु पुछिदिन्छिन् । उसलाई काखमा घोप्टो पर्ने स्वतन्त्रता दिन्छिन् । अब हाँसोको स्थिति हुँदैन, ममत्वको स्थिति हुन्छ । गोलघरका श्रमिकहरू, जो काम रोकेर हाँसिरहेका हुन्छन्, आआफ्नो काममा फर्किन्छन् । वृद्धा असजिलो मान्दै यताउति हेरिरहन्छिन् ।

"यहाँ कुनै अभाव महसुस त गर्नुभएको छैन ?", मार्था वृद्धालाई सोध्छिन् ।

"छैन बा नानी, सबै कुरा पुगेको छ, नानी माताको कृपाले ।"

"त्यस्तो नभन्नोस्, हामी यहाँ अभावहरू बाँडीचुँडी सहन नै त जम्मा भएका छौं ।"

मार्था भावुकतापूर्वक एक दीर्घ निश्वास लिन्छिन् । त्यति नै खेर गोलघरको पछिल्लो ढोकामा आएर विन्दु भुक्छे । मार्थालाई थाहा हुन्छ, यो विन्दुको बोलाउने तरिका हो ।

"पुत्र, गोलघरपछाडि के हुँदै छ ?", मार्था पछिल्तिर उभिएर टोलाइरहेको नाइकेलाई सोध्छिन् ।

"आदिगुरू हुनुहुन्छ !", नाइके आफ्नो शैलीमा हात मल्दै आफ्नो शैलीमा जबाफ दिन्छ । मार्था जबाफ सुनेर फिस्स हाँस्छिन् । विन्दु आफ्नो साधारण भुकाइलाई ध्यान नदिइएको सम्झेर जोडले भुक्छे ।

"ल छोरी उठ ।", मार्था जमुनालाई बिस्तारै उठाउँछिन् मानौं ऊ कुनै फुट्ने वस्तु हो, "जाऔं आदिगुरू भएको ठाउँमा ।"

जमुना आज्ञापालन गर्छे । आदिमाताको हात समाई गोलघरबाट बाहिरिन्छे । गोलघरको नाइके पछि लाग्छ ।

"पुत्र, तिमी आफ्नो काममा फर्क । जमुनालाई पछि पठाइदिउँला ।", मार्था केही सम्झेर नाइकेलाई सम्बोधन गर्छिन्, "तिम्रो धेरै काम होला त्यहाँ । बरू ती बूढी आमैको ख्याल राख, राम्ररी । नयाँ ठाउँ र वातावरणमा भिज्न सबैलाई गाह्रो पर्छ ।"

भूतपूर्व सैनिकजस्तो पुत्र आज्ञापालन गर्छ । आदिमातालाई झुकेर प्रणाम गर्दै गोलघरमा फर्किन्छ । गोलघरको पछाडि विस्तृत फाँट होला भन्ने मार्थालाई अन्दाज हुँदैन । सयौं मिटर चौडा समथर, उब्जाउ फाँट देख्दा तिनलाई रोमाञ्च हुन्छ । फाँटको आधाजति भागमा सायद हिउँदे बाली र तरकारीहरू रोपिएका हुन्छन् । अर्को आधा भागमा केही पनि रोपिएको हुँदैन ।

"छोरी, यो भाग किन त्यसै छोडेको ?"

"यहाँ, बाली लाउने बेला भएको छैन । जमिन सारो छ । आदिगुरू भन्नुहुन्छ यो भूमिमा मलजल पुगेको छैन ।..."

"ए, यति राम्ररी बोल्दी रहिछौ, मलाई त थाहै थिएन ।" जमुना फेरि लाज मान्छे, जिब्रो काढ्छे तर सङ्कोच गर्दिन ।

"खै त आदिगुरू ?"

मार्था यताउति आँखा घुमाउँछे तर केही पनि देखिंदैन । विन्दु पनि हराउँछे, तिनलाई अनुमान हुँदैन ।

"आदिगुरू उः त्यहाँ खोचमा हुनुहुन्छ, पहाडको फेदीमा ।"

मार्था औंल्याएको ठाउँमा हेर्छिन् । करिब दुई सय मिटर पर पहाडको फेदी हुन्छ । सम्भवतः खहरे खोलाको कटाइले गर्दा त्यहाँको जमिन होचो

हुन्छ । जुन गोलघरतिरबाट राम्ररी देखिंदैन । मार्था जमुनाको हातसित हात मिलाएर अघि बढ्छिन् । गोलघरबाट सय मिटरजति अगाडि बढेपछि विन्दुको सामान्य भुकाइ तिनको कानमा पर्छ ।

"आदिमाता ?", बाटोमा जमुना केही सोध्ने प्रयास गर्छे ।

"हँ ?", मार्था सखी-भावमा बोल्छिन् ।

"हजुर हामीलाई छोडेर जानुहुन्छ ?"

"जानु त पर्ला नि ।", मार्था एक दमित निश्वास लिन्छिन् ।

"नजानु भए हुँदैन र ?"

"म यहाँबाट गएर के फरक पर्छ ?"

"हजुर जानुभएपछि त सबै शून्य लाग्छ होला, हजुर नजानुहोस् है फर्केर ?", जमुना तिनको दुवै हात समातेर जिद्दी गर्छे, एक बालिकासमान । मार्थालाई उसको भावभङ्गी खूब मन पर्छ ।

"तिमीलाई त्यस्तो लाग्छ भने आदिगुरूलाई भन न आदिमातालाई यहाँबाट ननिकाल्नोस् भनेर ।", मार्था विनोद गर्न खोज्छिन् ।

"आदिगुरूलाई भन्नै पर्दैन, त्यसै मान्नुहुन्छ । बरू हजुर जानुभयो भने आदिगुरूलाई पनि", बोल्दाबोल्दै जमुना जिब्रो टोक्छे । खित्त हाँस्छे ।

"मोरी !", मार्था उसलाई हत्केलाले धक्क्याउँछिन् र एक परमआनन्दको अनुभूतिमा प्रवाहित हुन्छिन् । जमुना तिनलाई छोडेर खितखित हाँस्दै अघि दगुर्छे ।

"पख न मोरी ।", मार्था उसलाई भेट्न छिटो कदम चाल्छिन् तर जमुना झन् छिटो दगुर्छे ।

कतिखेर पहाडको फेदी आइपुग्छ, थाहा हुँदैन । एक प्रफुल्ल नवयुवती भई समवयस्क युवतीसित खेल्दा, जिस्कँदा मार्था सबै गरिमामय उत्तरदायित्वका भारहरूबाट विमुक्त हुन्छिन् । प्रसन्नताको खुला आकाशमा स्फूर्तिको स्निग्ध उडान हुन्छ । तिनी आदिमाताको अस्तित्व नै बिर्सिन्छिन् ।

खोचमा आदिगुरू प्रशान्तसहित बाह्र-पन्ध्र व्यक्ति उभिइरहेका हुन्छन् । विन्दु एउटा ठूलो ढुङ्गामाथि उभिएकी हुन्छे । सबै आदिमाताले पुत्रीलाई लखेटेको दृश्य मुग्ध भई हेर्छन् ।

दुवै खोचमा पुग्छन् । जमुना सजिलैसित खोचको ढुङ्गेनी ओरालो झर्छे र आदिगुरूको पछिल्तिर एउटा बडेमानको ढुङ्गामा लुक्छे । मार्थालाई केही समय लाग्छ र सावधानीको जरूरत पनि पर्छ । खोचमा पुग्दा तिनी पसिनाले निथ्रुक्क भिज्छिन् । तिनको श्वास-प्रश्वासमा पनि अनियमित तीव्रता आउँछ ।

"आदिमाता ! प्रणाम स्वीकार होस् ।", आदिगुरू प्रशान्त मुस्कुराउँदै शिर झुकाउँछ । पुत्रहरू पनि अनुशासित ढङ्गले मुस्कुराउँदै शिर झुकाउँछन् ।

"प्रशान्त ! मलाई यो सैनिक शासनबाट मुक्ति देऊ । म यो औपचारिकता आवश्यक मान्दिनँ । बिहानदेखि बेलुकीसम्म प्रणाम... खालि प्रणाम के जरूरत मातालाई प्रणामको ?", शीघ्रातिशीघ्र तिनी पूजनीय अस्तित्वमा प्राप्त हुन्छिन्, "खै मेरी छोरी ?"

तिनी उत्तरको प्रतीक्षा नगरीकन यताउति जमुनालाई खोज्छिन् । बडेमानको ढुङ्गापछाडि सङ्कोचले ओठ टोकिरहेकी छोरीलाई हात समातेर बाहिर निकाल्छिन् । एकछिनसम्म आमाछोरीमा तानातान चल्छ ।

आदिगुरू र पुत्रहरू प्रसन्नतापूर्वक हाँस्छन् ।

"आदिमाता ! हामी धन्य भयौं ।", तानातानको समाप्तिपछि जसमा आमाको जित हुन्छ, कपिलनामक पुत्र विनयपूर्वक तिनलाई सम्बोधन गर्छ, "यो हाम्रो अहोभाग्य हो कि हामीलाई आदिमाताको वात्सल्यप्रेम प्रत्यक्षरूपमा प्राप्त भएको छ । हामी परमज्ञानी बुद्धपुरूषका शिष्यहरू धन्य भएका छौं ।"

"म पनि धन्य भएकी छु पुत्र ।", मार्था मुसुमुसु हाँसिरहको प्रशान्तलाई कर्के आँखाले हेर्दै बोल्छिन्, "तिमीहरूजस्ता पुत्रपुत्रीहरू पाउनु मेरो सौभाग्य नै हो । बरू यहाँ अहिले के हुँदै छ ?"

"आदिमाता, हामी नियमित श्रमकार्य गर्दै छौं ।", पुत्रको स्थानमा स्वयम् आदिगुरू बोल्छ, "यी मेरा बाह्र जना शिष्यहरू उच्चशिक्षा प्राप्त गरिरहेका छन् । यिनीहरूको जन्मान्तरण घोषणा हुने समय धेरै टाढा छैन । आत्म-साक्षात्कारको मार्गमा अघि बढिरहेका यी मेरा बाह्र शिष्यहरू अहिले ढुङ्गा फोर्दै छन् ।"

आदिगुरूको कुरा सुनेर सबै ज्ञानमार्गी पुत्रहरू मर्यादाको सीमाभित्र निश्छलतापूर्वक हाँस्छन् ।

"के यी जिसस क्राइस्टका बाह्र शिष्य हुन् ?", मार्था आफ्नो सोचाइबमोजिम निक्कै अर्थपूर्ण प्रश्न गर्छिन् ।

"आदिमाता, यी जिसस क्राइस्टका होइनन् मेरा बाह्र शिष्य हुन् ।", प्रशान्त एक सरल प्रत्युत्तर दिन्छ ।

"त्यस्तो भए म आशा गर्छु, तिम्रा शिष्यहरूमध्ये कसैले तिमीलाई निहित स्वार्थवश कुनै सत्ताको हातमा बेच्ने छैनन् अथवा आवश्यक समयमा तिम्रो कुनै प्रियशिष्यले तिमीलाई चिन्न इन्कार गर्ने छैनन् ।"

"आदिमाता, यो गुरूहरूको समस्या होइन, शिष्यहरूको समस्या हो । कति शिष्य जीवनको अग्निपरीक्षामा उत्तीर्ण हुन्छन्, कति अनुत्तीर्ण ।", प्रशान्त सरलतापूर्वक, विनोदपूर्वक नै बोल्छ, सतेज गरिमापूर्वक नै हाँस्छ । शिष्यहरू हाँस्न सक्तैनन् । ती गम्भीरतापूर्वक नतमस्तक भइरहन्छन् । मार्थालाई पनि कुरा बढाउन मन लाग्दैन ।

ज्ञानमार्गी शिष्यहरूसहित प्रशान्त ढुङ्गा फोर्ने काममा व्यस्त हुन्छ । मार्था एउटा ठूलो ढुङ्गामा अडेस लागेर मानौं कामको निरीक्षण गर्छिन् । खोचमा घनको ट्वाङट्वाङ र गलको ठ्वाङठ्वाङ आवाज प्रतिध्वनित हुन थाल्छ ।

"आदिमाता", जमुना कानमा खासखुस गर्न थाल्छे ।

"के ?"

"आदिगुरू !", जमुना खासखुसे पाराले खितखित हाँस्छे ।

"मोरी !", मार्था पनि खासखुस गर्छिन् र प्रशान्तलाई अनौठो आँखाले हेरिरहन्छिन् । तिनीहरूलाई विन्दुको ध्यान हुँदैन, जो एउटा ढुङ्गामाथि टाउको जोतेर, मात्र दाहिने आँखा खोलेर, सबै चर्तिकला हेरिरहेकी हुन्छे ।

१५

त्यही दिन मध्याह्नमा कुरूप नारीलाई छक्क पारेर मार्था आदिमन्दिरबाट सोझै शिक्षणशालातिर लाग्छिन् । खरको दुईपाखे छाना चित्राभकारीका भित्ताहरू, बाँसका खम्बाहरू, निगालोका बारहरू र चुइयाँका गाँठाहरू भएको सुप्रसिद्ध आदिशिक्षणशालाको मुख मैदानतिर फर्केको हुन्छ । यसको स्वरूप, जुन अङ्ग्रेजी अक्षर 'ई'जस्तो हुन्छ, ले गर्दा टाढाबाट यो घर अजङ्को मात्र होइन, सुन्दर पनि देखिन्छ । यस शिक्षणशालाका मैदानतिर

फर्केका भित्ताहरू तीन, साढे तीन फिटजति अग्ल्याइएका हुन्छन् त्यसैले कक्षाकोठाहरू सब खुला र उज्याला देखिन्छन् । प्रत्येक कक्षाकोठामा अघिल्तिर ड्याङ पारेर थरीथरीका फूलका बिरूवा रोपिएका हुन्छन् ।

मार्था आत्मिक रोमाञ्च अनुभव गर्दै जान्छिन् । पहिलोपल्ट कापी-कलम च्यापेर विद्यालय जाँदा जस्तो अनुभूति तिनलाई हुन्छ । विशालकाय घरभन्दा करिब पच्चीस कदमअगाडि मैदानमा 'आदिशिक्षणशाला' लेखिएको बोर्ड हुन्छ । तिनलाई बोर्डमा कोरिएका अक्षरहरू त्यति आकर्षक लाग्दैनन् । मनमनै बोर्डको आलोचना गरेपछि तिनी एउटा नयाँ र आकर्षक साइनबोर्ड लेखिदिने सङ्कल्प गर्छिन् सोही मनमा र प्रसन्नचित्त हुन्छिन् ।

अधिकांश कोठाहरूमा कक्षा सञ्चालन भइरहेको हुन्छ । तिनलाई लाग्छ, सबै मानिसहरू चोरीचोरी तिनलाई नै हेरिरहेका छन् । तिनलाई केही सङ्कोच लाग्छ, केही लाज लाग्छ तर प्रत्यक्षरूपमा तिनी आफ्नो गरिमामण्डित व्यक्तित्वलाई स्मरण गरेर असजिला भावहरूबाट, अभ्यस्त पाराले, परित्राण खोज्छिन्, सफल पनि हुन्छिन् ।

केही शिक्षक आदिमाताको अप्रत्याशित उपस्थितिले हडबडाउँदै शिक्षणकक्षाबाट बाहिर निस्कन्छन् । सामूहिक प्रणाम गर्छन् ।

"तपाईं यहाँको प्राचार्य हुनुहुन्छ, होइन ?", एक दुब्लोपातलो, अग्लो, गोरो र तिलचामले व्यक्तिलाई तिनी सम्बोधन गर्छिन् ।

"हजुर म आदिशिक्षणशालाअन्तर्गन विज्ञान-शिक्षणतर्फको प्राचार्य हुँ !", अत्यन्त विनयपूर्वक प्रत्युत्तर दिइन्छ ।

"अनि दर्शन-शिक्षणतर्फ ?", मार्था जिज्ञासा प्रकट गर्छिन् ।

"स्वयम् आदिगुरूद्वारा रेखदेख हुन्छ । दर्शन-शिक्षणतर्फ हामीजस्ता अध्यापकहरू आवश्यक छैनन्, आदिमाता ।"

"किन आवश्यक छैनन् ?", मार्था तर्क गर्न खोज्छिन्, "के आदिगुरू एक्लैले भ्याउनुहुन्छ सबै काम ?"

"आदिमाता, यो कुरा स्पष्ट हुन केही विस्तार आवश्यक हुन्छ ।", प्राचार्य आफ्नो लोकप्रिय विनयशीलता प्रदर्शित गर्दै बोल्छ, "आदिगुरू सबुद्ध हुनुभएपछि, उहाँबाट अर्जित सत्यज्ञान प्रचारार्थ यस विद्यापीठको स्थापना भएको हो । उहाँले 'अहम्-बुद्धत्व' प्राप्त गर्नुभयो तर त्यस अनुभवजन्य

ज्ञानलाई विश्व-समुदायमा प्रस्तुत गर्दा व्यावहारिक समस्याहरू उपस्थित भए । आदिगुरूद्वारा आविष्कृत अहम्वादी बुद्धत्वका शून्य अवस्थाहरू र जीवनका दार्शनिक सत्यहरू तब मात्र उद्घाटित हुन सक्थे जब मानव-विवेकमा केही न केही शिक्षाको संस्कार आलोकित होस् । तर आदिमाता, आदिगुरूलाई प्राप्त समाज अशिक्षित थियो, शोषित थियो, रोगी थियो, भोको थियो, दुःखी थियो । अशिक्षितहरूलाई सामान्य शिक्षाको टुकी बालेर बाटो नदेखाएसम्म, शोषितहरू र दुःखीहरूलाई सामाजिक, पारिवारिक शोषण र दुःखको भुमरीबाट निकालेर प्रकृतिको सुन्दर काखमा नखेलाएसम्म, शारीरिक रोगीहरूलाई औषधोपचारको व्यवस्था नगरेसम्म र भोकाहरूलाई बाँच्नका लागि खानेकुरा नजुराएसम्म 'परमसत्य' को कुरा भन्नु निरर्थक हुन्थ्यो । त्यसैले बस्तीको स्थापना हुनासाथ आधारभूत ज्ञान प्रदान गर्न विज्ञान-शिक्षण आरम्भ भयो । स्वयम् आदिगुरूबाट हामीलाई प्रशिक्षण प्राप्त भएको हो, शुरूशुरूमा ।"

"अहिले यहाँ कति शिक्षक छन् ?"

"पच्चीस जना छौं, पन्ध्र जना शिक्षक, दश जना शिक्षिका ।"

"राम्रो धेरै राम्रो !", शिक्षिकाहरूको सङ्ख्या सुनेर मार्था साह्रै प्रसन्न हुन्छिन्, "शिक्षण-प्रशिक्षणकार्यमा महिलाहरूको सहभागिता, विशेष गरी 'प्राइमरी स्टेज' मा आवश्यक मात्र होइन, अतिआवश्यक हुन्छ ।"

आदिशिक्षणशालाका बीचको लाइनमा प्राचार्यको कोठा, शिक्षणसमितका कोठाहरू र सामूहिक सभाकक्ष हुन्छ । मार्था प्राचार्य र केही शिक्षक-शिक्षिकासहित सबैजसो कोठाहरू चहार्छिन् । सबै कोठामा एकै तरिकाको हस्तलिखित क्यालेन्डर भुन्ड्याइएको तिनी देख्छिन् । क्यालेन्डरको अग्रभागमा 'आदिसंवत्' लेखिएको हुन्छ । तिनको अनुमानबमोजिम प्राचार्य स्पष्टीकरण दिन्छ, आदिसंवत् त्यस पवित्र दिनदेखि आरम्भ हुन्छ जुन दिन आदिगुरूले अहम्-ज्ञान प्राप्त गर्नुभएको थियो । मार्था प्रभावित हुन्छिन् । सभाकक्षमा पुगेपछि मार्था सोध्छिन्, "विज्ञान-शिक्षणमा कुन स्तरसम्मको पढाइ हुन्छ ? के किन्डरगार्टेन, नर्सरी वा प्राइमरी लेभल मात्र ?"

"आदिमाता, विज्ञान-शिक्षण, यस विद्यापीठको प्राथमिक तह नै हो, किन्डरगार्टेन, नर्सरी लेभल समकक्षबाट हामी पढाइ शुरू गर्छौं । बस्तीका

तीन-चार वर्षका बालबालिकाहरू र निरक्षर बुढाबुढीहरूलाई एउटै कक्षामा देख्न सक्नुहुन्छ । आदिगुरूद्वारा प्रतिपादित नवीन पाठ्य-योजनाबामोजिम यस विज्ञानशिक्षणमा समुत्तीर्ण भएका विद्यार्थीहरूको बौद्धिकता बाहिरी विश्व-विद्यालयहरूमा स्नातक उपाधिप्राप्त विद्यार्थीहरूको जति नै हुन्छ । तर हामी यहाँ बौद्धिक शिक्षा मात्र दिंदैनौ, मानव-मनोविज्ञानबमोजिम आत्मिक-भावनात्मक उत्प्रेरणा र अन्तर्मुखी अनुशासनको शिक्षा पनि दिन्छौं । कोरा बौद्धिक मानवताको विरोधमा आदिगुरूद्वारा सृजित पाठ्यशैली हो यो ।"

"यहाँको प्राथमिक तह बाहिरतिरको स्नातक तह समानान्तर छ, यो कुरा मैले बुझें तर किन यसलाई विज्ञान-शिक्षण भनिएको हो, यो कुरा मैले बुझेकी छैनँ ।"

"विज्ञान शब्द प्रयोग गरिनुको पछाडि एक विशेष उद्देश्य छ आदिमाता ।"

"के विशेष उद्देश्य ?"

"आदिगुरू विश्व-व्रह्माण्डलाई भौतिक, विज्ञानमय नै देख्नुहुन्छ । जहाँ जगत्लाई मिथ्या मान्नुहुन्न, पूर्ण सत्य मान्नुहुन्छ । धेरैजसो धर्म-पुरूषहरू, दर्शन-पुरूषहरू धर्म र दर्शनका हवाई-किल्लाहरू निर्माण गर्छन् र विज्ञानलाई असत्य, अनावश्यक र तुच्छ सम्झेर किल्लाबाट निकालिदिन्छ । आदिगुरू यसको विरोध गर्नुहुन्छ । उहाँ भन्नुहुन्छ, विज्ञान प्रकृतिको आधारभूत सत्य हो, त्यसैले जबसम्म आधारभूत ज्ञान प्राप्त हुँदैन तबसम्म विज्ञानको गुरूत्वाकर्षणबाट कोही पनि बाहिर जान सक्तैन ।"

"आदिगुरूको विचारबमोजिम दर्शनको शून्य-गुरूत्वहीन आकाशमा विचरण गर्नुभन्दा पहिलो विज्ञानमय गुरूत्वाकर्षणको ज्ञान पूर्ण हुनुपर्छ, होइन ?", मार्था निचोडमा आफूले बुझेको कुरा भन्छिन् । सुमधुर हाँसो हाँस्छिन् । प्राचार्य विस्मित हुन्छ । उसको लोकप्रिय विनयशीलताले चरमचुली छुन्छ ।

"सत्य हो आदिमाता, सत्य !", भावाभिव्यक्तिमा अलमलिन पुग्छ ऊ ।

"तपाईहरूजस्ता सुयोग्य शिक्षकहरूको सहयोग लिई आदिगुरू आधार भूत ज्ञान अथवा विज्ञान-शिक्षा प्रचार गर्नुहुन्छ । अत्युत्तम कार्य हो यो ।"

"आदिमाताको शुभाशीर्वादले...कृपाले !", प्राचार्यको भावाभिव्यक्ति झन् बढी घनीभूत हुन थाल्छ ।

"मैले अघि सोधेकी थिएँ, दर्शन शिक्षणतर्फका कामहरू आदिगुरूले मात्र कसरी हेर्न सक्नुहुन्छ ?" "आदिमाता, यहाँ योग्यताको प्रश्न उपस्थित हुन्छ । दर्शन-शिक्षणतर्फ आदिगुरूलाई सहयोग प्रदान गर्न सक्षम सुयोग्य बोधिसत्त्वहरू जन्मिसकेका छैनन् ।"

"ए, मैले कुरा बुझें !", मार्था राम्ररी नै टाउको हल्लाउँछिन्, तलमाथि गर्दै, "सायद विद्यार्थीहरू बाह्र जना छन् ।"

"हो आदिमाता, शोधार्थी र ध्यानी गरी जम्मा बाह्र जना विद्यार्थी छन् ।", प्राचार्य फेरि एकपल्ट आश्चर्यचकित हुन्छ, "आदिमाता, दर्शनखण्डमा जान रूचाउनुहुन्छ ?"

"अवश्य म त्यता जानेछु तर पहिले म विज्ञानखण्ड अवलोकन गर्न चाहन्छु ।"

"हुन्छ... आदिमाता, पाल्नुहोस् !", प्राचार्य किशोर उत्साहपूर्वक पथप्रदर्शनको थालनी गर्छ ।

मार्था मुसुमुसु हाँस्दै प्राचार्यको पछि लाग्छिन् । अचानक तिनलाई प्राचार्यको बारेमा सुनेको कुरा स्मरण हुन्छ । कुरूप नारीले भनेअनुसार, उसले सात समुन्द्रपारि पढेर भारतमा धेरै वर्ष पढाएको हुन्छ । विवाह गर्दैन । एक दिन विद्यार्थीलाई पढाउँदापढाउँदै ऊ बेसरी चिच्च्याउँछ अनि बाटोमा दगुर्न थाल्छ । सबै उसलाई पागल भयो भनी सोच्छन् । ऊ कसैसित पनि बोल्दैन, खालि एक्लै बरबराउन थाल्छ । यस्तैमा एक दिन आदिगुरूसित उसको जम्काभेट हुन्छ । आदिगुरूलाई देख्नासाथ ऊ बाटोमा अडिन्छ अनि 'मलाई उद्धार गर्नुहोस्' भन्दै गुरूचरण समात्छ । त्यहाँ मानिसहरूको ठूलो भिड जम्मा हुन्छ । आदिगुरूले प्रेमपूर्वक अङ्कमाल गर्दै "हिंड, म तिमीलाई बाटो देखाउँछु" भन्नुहुन्छ । ऊ मानिसहरूले हेर्दाहेर्दै आदिगुरूको पछि लाग्छ ।

कुरा सम्झेपछि मार्थालाई केही कुरा सोधूँसोधूँ जस्तो लाग्छ तर सङ्कोच मान्छिन् । विज्ञान-शिक्षणखण्डको लामो बाटोमा तिनी चुपचाप हिंड्छिन् । जहाँ प्राचार्य रोकिन्छ, त्यहीं रोकिएर कक्षा अवलोकन गर्न थाल्छिन् । धेरैजसो कक्षालाई तिनी बाहिरबाटै अवलोकन गर्छिन् । अतिरिक्त उत्साहपूर्वक तिनी एक-दुईवटा कक्षामा पस्छिन्, प्रश्नोत्तर पनि गर्छिन् । त्यतिखेर तिनलाई आफ्नो निरीक्षण भ्रमणको सुखद प्रभाव पनि अनुभव हुन्छ ।

यस निरीक्षण भ्रमणको अन्त्यमा मार्था सबभन्दा तल्लो श्रेणीको कक्षामा पस्छिन् । त्यहाँ तीन-चार वर्षका पन्ध्र जना बालबालिका र बाह्र जना बुढाबुढी हुन्छन् । एक तरूनी शिक्षिकाले कक्षा लिइरहेकी हुन्छे ।

"तिम्रो नाम के हो पुत्री ?", मार्था आफ्नो उमेरकी शिक्षिकालाई ममतापूर्वक सोध्छिन् ।

"सुलक्षणा !", शिक्षिकाको कण्ठध्वनि सुमधुर हुन्छ ।

"भेरी स्विट नेम... अहिले के कुरा पढाउँदै छ्यौ त ?", मार्था पुनः सोध्छिन् सकभर मीठो स्वरले । तिनलाई आफ्नो स्वर शिक्षिकाको जस्तो मीठो लाग्दैन ।

"गाईको चित्र बनाउन लाएकी छु !", सुलक्षणा ब्लेकबोर्डमा हातले सङ्केत गर्छे । काठको त्रिखुट्टे बोर्डमा गाईको सुन्दर चित्र कोरिएको हुन्छ ।

"एक्सिलेन्ट !", मार्था मनैदेखि स्वतःस्फूर्त प्रसन्नता व्यक्त गर्छिन् र कक्षाकोठाका भित्ताहरूमा आँखा डुलाउँछिन्, "के यी सबै चित्रहरू यी बालबालिकाहरूले नै बनाएका हुन् ?"

"बालबालिकाहरूले मात्र होइन उहाँहरूले पनि", सुलक्षणा अनुहारको भावले बुढाबुढीहरूतर्फ सङ्केत गर्छे ।

"ए, सरी मैले त कस्तो बिर्सेकी !", मार्था बुढाबुढीहरूतर्फ हेर्दै हाँस्छिन् । बुढाबुढीहरू अप्ठेरो मान्न थाल्छन् ।

मार्था बिस्तारै, मन्दमन्द मुस्कुराउँदै कक्षाकोठामा घुम्न थाल्छिन् । बालबालिकाहरू प्रफुल्ल भएर आआफ्नो कापीमा व्यस्तता देखाउन होड गर्छन्, बुढाबुढीहरू आदिमाताको आँखाबाट सकभर बच्ने प्रयास गर्छन् । मार्थालाई उनीहरूको मनोविज्ञान बुझ्न गाह्रो पर्दैन ।

एक बालक गाई को चित्र कोरिसकेपछि होडबाजीमा आफू पहिलो भएको घोषणा गर्छ, "गुरूमा मेरा सिद्धियो !"

"हतार गर्ने होइन, राम्ररी बनायौ ?", सुलक्षणा उसको निकट आउँछे ।

"बनाएँ गुरूमा !", बालक सुलक्षणालाई कापी देखाउँदै मार्थालाई पुलुकपुलुक हेर्न थाल्छ ।

"खैखै हेरूँ कस्तो बनायौ ?", मार्था सुलक्षणको हातबाट कापी लिन्छिन्, "ओहो कति राम्रो चित्र बनाएछौ !"

"गुरूमा, मेरो पनि सिद्धियो !", अर्को एक बालक दगुर्दै आउँछ र कापी सुलक्षणालाई नदेखाईकन मार्थालाई देखाउँछ ।

"ल, तिमीले पनि राम्रो बनाएछौ !"

"मेरो पनि सिद्धियो !", एक बालिका दगुर्दै आउँछे ।

"आहा ! कति राम्रो !", मार्था तिनको चित्र मात्र हेर्दिनन्, टाउको पनि मुसारिदिन्छिन् ।

"गुरूमा, मेरो पनि सिद्धियो !"

"मेरो पनि सिद्धियो !"

"मेरो पनि सिद्धियो !"

"मेरो पनि सिद्धियो !"

"मेरो पनि !"

"मेरो पनि !"

"मेरो पनि !" बालबालिकाहरू कापी देखाउन होडबाजी गर्छन् । तँछाडमछाड गर्दै मार्थालाई घेर्न पुग्छन् । कक्षा अनियन्त्रित हुन्छ ।

"पर्ख, पर्ख म सबैको हेर्छु...पालोपालो !", मार्था नियम बसाल्न खोज्छिन् तर बालबालिकाहरू नियम मान्न चाहँदैनन् ।

"सबै आफ्नो-आफ्नो ठाउँमा बस ल, ज्ञानी भएर... आदिमाता पालोपालो हेर्नुहुन्छ सबैको !", सुलक्षणा कक्षा नियन्त्रणमा ल्याउन खोज्छे । बालबालिकाहरू कुरा सुन्दैनन् ।

विनयशील प्राचार्य हस्तक्षेप नगरीकन तमासा हेरिरहन्छ । मार्था सकभर सबैको कापी हेर्दै जान्छिन् तर निस्फिक्री प्रशंसा गर्ने फुर्सद भने पाउँदिनन् ।

"यो कापी कसको ?", अचानक मार्था सोध्छिन् ।

"मेरो ! मेरो !", एक चञ्चल बालिका सबैलाई ठेलेर अगाडि उभिन आइपुग्छे ।

"किन यहाँ चित्र नबनाएको ?", मार्था कापी देखाउँछिन् । सबै बालबालिका हलल्ल गर्दै हाँस्छन् । चञ्चल बालिका मार्थाको हातबाट कापी खोसेर भाग्छे । "तिमीलाई गाई बनाउन आएन हो ?", मार्था बालिकाको पछि लाग्छिन्, तिनी बसेको ठाउँमा टाँसिएर बस्छिन्, "ल म सिकाइदिन्छु कलम देऊ त !"

बालिका कलम दिन्छे । मार्था कापीमा गाई बनाउन थाल्छिन् । अरू बालबालिकाहरू पनि त्यहाँ जम्मा हुन्छन् ।

"आदिमाता, मैले पनि बनाइसकें !", एक जना केश फुलेको बुढो त्यहाँ आइपुग्छ ।

"खैखै हेरूँ !", मार्था उत्सुक भई बूढो मान्छेको कापी हातमा लिन्छिन् अनि खित्का छोडेर हाँस्न थाल्छिन् ।

"के...के भयो आदिमाता ?", बूढो रल्ल पर्छ ।

"तपाईंले गाईको होइन, गोरूको चित्र बनाउनुभएछ !", मार्था फेरि खित्का छोड्छिन् । विनयशील प्राचार्यलाई साह्रै घत पर्छ ।...

१६

आदिशिक्षणशालाको केन्द्रीय भाग दुईतले हुन्छ । मार्था मध्याह्न समयको अवसानपछि प्राचार्य र शिक्षक-शिक्षिकाहरूसित बिदा भई एक्लै सामान्य काठको भऱ्याङ चढ्छिन् । सानासाना बाह्रवटा खुड्किला भएको भऱ्याङ चढेपछि तिनी एक मझौला आकारको कोठामा पुग्छिन् । कोठामा जम्मा चारवटा झ्याल, पन्ध्रवटा कुर्सी र ठीक बीचमा एउटा गोलो टेबिल हुन्छ । एकापट्टि भित्तामा आदिसंवत् लेखिएको हस्तलिखित क्यालेन्डर झुन्ड्याइएको हुन्छ । मार्थालाई यो कोठा प्रतीक्षाकक्ष होला भन्ने अनुमान हुन्छ ।

कोठाको पृष्ठभागमा एउटा होचो ढोका हुन्छ, जसमा सानो बोर्ड टाँगिएको हुन्छ । बोर्डमा 'दर्शन-शिक्षण' लेखिएको हुन्छ । ढोका ढप्काइएको हुन्छ ।

मार्था अलिअलि सङ्कोच मान्दै, अलिकति रोमाञ्च महसुस गर्दै ढोकामा हात लाउँछिन् । बिस्तारै ढोका भित्रपट्टि धकेल्छिन् । कर्र...कर्र...कररर...ढोका नमीठो पाराले कराउँछ । तिनको निधारमा समस्यैसमस्याको गाँठो पर्छ ।

"आदिमाता, कृपया भित्र प्रवेश गर्नुहोस् ।"

प्रशान्तको मृदु, शान्त वाणी सुनिन्छ । तिनी भित्र पस्छिन् । "मैले डिस्टर्ब त गरिनँ ?", मार्थाको निधारमा गाँठो हराउँदैन ।

"हामी हाम्रो सौभाग्यलाई दुर्भाग्य मान्ने गर्दैनौं ।", प्रशान्त मुस्कुराउँछ, "म आदिमाताको प्रतीक्षामा नै थिएँ !"

"प्रतीक्षा साँच्चै ?", मार्थाको निधार सफा हुन्छ, "कसरी थाहा पायौ कि म ?"

"म माथिबाट बालबालिकाहरूको हल्ला सुन्दै थिएँ !"

"ओह... मलाई साह्रै खुशी लाग्यो, रियल्ली आइ एम भेरीभेरी हेप्पी । धेरै कुरा जान्ने-सुन्ने मौका पनि पाएँ ।", मार्था निर्विकार खुशीको प्रतिमूर्ति बन्दै कोठाभरि आँखा घुमाउँछिन् र छक्क पर्छिन् ।

कोठा ठूलो आकारको हुन्छ । कोठाका भित्ताहरू र बीचको भागमा अत्यन्त सुव्यवस्थित ढङ्गले र्‍याकहरू मिलाएर राखिएका हुन्छन् । र्‍याकहरू किताबहरूले टम्म भरिएका हुन्छन् । ढोकाको दाहिनेपट्टि एउटा लाम्चो टेबिल हुन्छ, त्यसमा क्याटलग-बक्स राखिएको हुन्छ । "यति ठूलो पुस्तकालय !" मार्थालाई विश्वास लाग्दैन, "हैं प्रशान्त, कहाँबाट ल्यायौ यति धेरै पुस्तकहरू ?"

"आवश्यक सन्दर्भग्रन्थहरूबिना शोधकार्य हुन सक्तैन ।", प्रशान्त सोधाइको जबाफ दिंदैन, "मेरा शिष्यहरूलाई पुस्तकहरू अपर्याप्त नै छन् ।"

"खै त तिम्रा शिष्यहरू यहाँ त कोही पनि देखिंदैन ।"

"उता अध्ययनकक्षमा छन् ।"

"तिमीचाहिं यहाँ लाइब्रेरियन भएर बसेको ?", मार्था जिस्कन खोज्छिन् ।

"हो आदिमाता, विश्वविद्यालयीय भाषामा भन्दा म यहाँको लाइब्रेरियन, गाइड र एक्जामिनर हुँ !", प्रशान्त पनि हाँसो-ठट्टाको शैलीमा बोल्छ ।

"तिमी चाहन्छौ भने पुस्तकालयको काममा म सहयोग गर्न सक्छु ।"

"यति सानो काममा म आदिमातालाई दुःख दिन चाहन्नँ ।", प्रशान्त सहृदयी भावले मुस्कुराउँछ ।

"तिमी !", मार्था तुरून्त प्रतिकार गर्न खोज्छिन्, केही कडा शब्दहरू प्रयोग गरेर तर अचानक रोकिन्छिन् । प्रशान्तको सहृदयी भावले तिनलाई परास्त गर्छ । खिस्स हाँसेर तिनी प्रतिकारको भावनालाई दमन गर्छिन् ।

पुस्तकहरू राखिएको यो विशाल कक्ष र अध्ययनकक्षबीच एउटा चाक्लो ढोका हुन्छ तर खापा हुँदैन । मार्था पुस्तकहरू हेर्दै, पल्टाउँदै ढोकामा पुग्छिन् । तिनको अनुमानबमोजिम अध्ययनकक्षमा नौ जना विद्यार्थी हुन्छन् । टेबिलकुर्सीमा बसेर कोही गहन अध्ययन गरिहेका हुन्छन्, कोही पुस्तकबाट आवश्यक कुरा सारिरहेका हुन्छन् ।

मार्था ढोकामा उभिएर सरसरती हेर्छिन् तर अध्ययनकक्षमा प्रवेश गर्दिनन् ।

"यिनीहरू घन चलाउन पनि कलम चलाउन पनि कसरी सिपालु भए हँ प्रशान्त ?", तिनी प्रशान्त उभिएको ठाउँमा फर्किन्छिन् ।

"श्रमप्रतिको पूजाभावले ।", प्रशान्त स्वाभाविक ढङ्गले उत्तर दिन्छ, "हामी श्रमिक हौं, श्रमलाई शारीरिक र बौद्धिक भनी भेदभाव राख्दैनौं । मानव-समाज श्रमकार्यमा हुने भेदभावले नै सबभन्दा बढी प्रदूषित हुने गर्दछ ।"

मार्था असहमति जनाउँदिनन् ।

"आदिशिक्षणशालाको प्राथमिक तहबारे धेरै कुरा थाहा भयो, अरू थाहा पाउँदै पनि जानेछु । विज्ञानसम्बन्धी तिम्रो अवधारणा विज्ञानसम्मत नै लाग्यो तर दर्शन-शिक्षणबारे पनि केही जानकारी देऊ, केके हुन्छ यहाँ ? यो उच्च तह होइन ?"

"हो आदिमाता, तपाईंको अनुमान सत्य हो । प्रत्यक्ष भौतिक ज्ञान वा विज्ञान यस विद्यापीठको पूर्वार्ध हो, दर्शन-शिक्षण यस पीठको उत्तरार्ध अध्ययनको विषय हो ।"

"कसरी हुन्छ अध्ययन ?"

"विज्ञान-शिक्षणमा विशिष्टता हासिल गरेका विद्यार्थीहरूलाई यहाँ प्रवेश दिइन्छ । विद्यार्थीहरूले पूर्वार्ध-अध्ययनको अन्तिम सत्रसम्ममा मानवीय ज्ञान र विज्ञानका सम्पूर्ण विकास-प्रक्रियाहरू बुझिसकेका हुन्छन् । विज्ञानमा विशेष योग्यता हासिल गरेपछि विद्यार्थीहरू यहाँ भर्ना हुन आउँछन् । पहिलो सत्रमा पुनर्विचार हुन्छ । "

"पुनर्विचार ?"

"हो, विद्यार्थीले विशिष्टता प्राप्त गरेको कुरामाथि पुनर्विचार । पूर्वार्धमा यिनीहरू इच्छित विषयहरूमा विशिष्टता हासिल गर्छन् । कसैको विषय इतिहास हुन्छ, कसैको राजनीति, कसैको समाजशास्त्र हुन्छ, कसैको धर्म वा साहित्य, अर्थशास्त्र, भूगोल, गणित, भौतिकशास्त्र, जीवविज्ञान, दर्शनशास्त्र, कुनै पनि विषयमा विशिष्टता हासिल गर्न सकिन्छ । म प्रत्येक विद्यार्थीको विशिष्टतामाथि पुनर्विचार गर्ने गर्छु । यो अतिरिक्त सजगता मलाई अत्यावश्यक लाग्छ, किनभने कति, विद्यार्थी बिनाआत्मिक

रूचिको विषय अध्ययन गर्ने गर्छन्, परीक्षामा उत्तीर्ण हुने अभिप्रायले मेहनत गरी पढ्छन् तर विषयसित एकाकार हुन सक्तैनन् । फलस्वरूप विषयको पूर्ण उपादेयता र व्यक्तिको पूर्ण क्षमता दुवै सिद्ध हुन सक्तैन । पहिलो सत्रमा म पुनर्विचारको माध्यमले विषय र विषयीबीचको सम्बन्ध निर्धारण गर्छु र पूर्ण समर्पण खोज्छु ।"

"पुनर्विचार-सत्रमा असफल भयो भने ?"

"दोस्रो सत्रमा प्रवेश गर्न सकिंदैन । मेरो दृष्टिमा पुनर्विचार सत्र सर्वाधिक महत्त्वपूर्ण छ । वास्तवमा यो सत्रमा मेरा शिष्यहरूको मात्र परीक्षा हुँदैन, स्वयम् मेरो पनि परीक्षा हुन्छ ।"

"कसरी नि ?", मार्थालाई हाँसो लाग्छ तर हाँस्दिनन् ।

"आदिमाता, म चाहन्छु मेरो शिष्यहरू मभन्दा सुयोग्य र ज्ञानवान् बनून् ।", प्रशान्तको मुखमण्डलमा गम्भीर तेज देखा पर्छ, "यो तब नै सम्भव छ, जब म आदिगुरूको परीक्षामा उत्तीर्ण हुन सकूँ ।"

"जिजसभन्दा चेलाहरू जान्ने हुन सम्भव छ ?"

"आदिमाता, म एक स्वप्नको कुरा गर्दै थिएँ, जसको कुनै अर्को माने छैन, अर्थ छैन । विश्वका पूर्ववर्ती गुरूहरूले यस्तो चाहे वा चाहेनन्, म भन्न सक्तिनँ तर म चाहन्छु कि मेरा शिष्यहरू मभन्दा अगाडि बढून् ।", प्रशान्तको मुखमण्डल साह्रै नै प्रदीप्त र स्वप्निल गहिराइले परिपूर्ण देखिन्छ । मार्था उसको अनुहारमा सीधै हेर्ने, तर्क गर्ने वा प्रतिवाद गर्ने आँट गर्दिनन् । तिनलाई प्रशान्त अर्कै मान्छेजस्तो लाग्छ थाल्छ ।

"पहिलो सत्रपछि प्रशान्त ?", एकछिन चुप लागेपछि पहिले मार्था कुराको क्रम खोज्छिन् । स्वर केही पातलो र कम्पित हुन्छ ।

"दर्शन-शिक्षणअन्तर्गत अध्ययनका तीनवटा तह वा सोपान छन्, पहिलो पुनर्विचार-सत्र, दोस्रो पूर्णाहुति-सत्र र तेस्रो शून्य-सत्र । पुनर्विचार-सत्रमा जस्तो कि मैले निवेदन गरें, विषय र विषयीबीचको सम्बन्ध हेर्छु । आवश्यक परे म विज्ञान-शिक्षणतर्फका प्राचार्य र सम्बन्धित प्राध्यापक-प्राध्यापिकाको सल्लाह लिन्छु । पुनर्विचारका प्रक्रियाहरू धेरै छन् । जब विषयप्रति विषयीको आत्मिक समर्पण, पूर्ण समर्पण सुस्पष्ट हुन्छ, तब दोस्रो पूर्णाहुति-सत्र आरम्भ हुन्छ । विषयले समर्पणपछि आहुति माग गर्दछ ।"

"आहुति ?"

"हो, पूर्ण आहुति ! प्रत्येक धार्मिक, सामाजिक, राजनीतिक आन्दोलनले पूर्णाहुति खोज्छ भनिन्छ, म पनि यस्तैयस्तै पूर्ण आहुति खोज्छु । सोद्देश्य जीवनलाई आस्था-कुण्डमा होम्नु पूर्णाहुति हो । यो शोधकार्य-सत्र हो । यस सत्रको प्रारम्भिक चरणका एक अत्यावश्यक व्याख्यानमाला हुन्छ । 'मानवीय अहम् : ज्ञान र विज्ञान' यस व्याख्यानमालाको विषय हो । यसपछि विद्यार्थीहरू समर्पणका विषयहरूमा लीन हुन्छन्, मानवीय अहम्‌लाई उत्खनन गरी इतिहासबाट झिक्छन् । यो अत्यन्त गहन शोधकार्य हो । बिना पूर्णआहुति उत्खनन कार्य हुन असम्भव छ ।"

"उत्खनन अहङ्कारको ?", मार्था मुस्कुराउँछिन् ।

"आदिमाता, मानव-सभ्यता, इतिहास र ज्ञान-विज्ञानका पानाहरूमा मान्छेजातिको अहम् दबेको छ, त्यसलाई उत्खनन गर्नु आजको आवश्यकता हो । हजारौं वर्षदेखि मानिसहरूले पाप वा लाज छोपेझैं गरी छोपिराखेका छन् यसलाई । आजको सम्पूर्ण विश्वव्यवस्था-अवस्था यसैको प्रतिबिम्ब हो । शोधार्थीहरूका लागि अहम्‌वाद नै एक मात्र सत्यवाद हुन्छ, यो अवधारणा सुस्पष्ट भएपछि अध्ययन-अनुसन्धानमा पूर्णाहुति हुन्छ ।"

"यसको अर्थ, तिमी यस सत्रमा शिष्यहरूलाई अहङ्कारमाथि पीएच्. डी. गराउँछौ ?"

"सुविधाको दृष्टिले यसो भन्न सकिन्छ ।", प्रशान्त मन्दमन्द मुस्कुराउँछ, "विश्वविद्यालयीय शब्दावलीमा, यो डक्टरेडको उपाधिजस्तै कुरा हो तर विश्वविद्यालयहरूका कोरा बौद्धिक अनुसन्धान मात्रै हुन्छन् । हामी यहाँ समर्पित व्यक्तित्वको पूर्णाहुति गर्छौं ।"

मार्था हाँस्छिन् । प्रशान्तलाई निकट अनुभव गर्न थाल्छिन् ।

"पूर्णाहुतिपछि ?", मार्था सोध्छिन् ।

"शून्यताको खोज हुन्छ, शून्य-सत्र आरम्भ हुन्छ । विद्यार्थीलाई आदि-दार्शनिक प्रयोगशालामा पठाइन्छ ।"

"दार्शनिक प्रयोगशाला ?", मार्थालाई कुरा रहस्यमय लाग्छ ।

"यो प्रयोगात्मक सत्र हो ।", प्रशान्त अध्ययनकक्षको अर्कोपट्टि, मोटामोटा पुस्तकहरूले भरिएको र्‍याकले छेलिएको सानो ढोका खोल्छ,

जसको अवस्थिति मार्थालाई थाहा हुँदैन, "यहाँ प्रयोग हुन्छ तर भौतिक होइन दार्शनिक प्रयोग ।"

मार्था ढोकाबाट बिस्तारै चिहाउँछिन् । भित्र कोठामा तीन व्यक्ति त्रिकोण परेर, टाउको केही झुकाएर बसेका हुन्छन् । तिनी यताउति आँखा घुमाउँछिन् । त्यहाँ कुनै प्रयोगात्मक साधन देख्दिनन् । कोठा पूर्णरूपले खाली हुन्छ ।

"के गरेको यो ?", मार्था आवाज ननिकालीकन सासैसासले सोध्छिन् ।

"मेरा ज्ञानी शिष्यहरू अन्तर्मुखी ध्यान गरिरहेछन् ।", प्रशान्त बिस्तारै ढोका ढप्काउँछ, "यो मानवीय अहम्को आत्म-प्रक्षेपण, आत्म-अन्वेषण वा अन्तर्यात्रा हो, जहाँ यात्रीलाई कुनै पनि प्रकारको बौद्धिक र भावनात्मक निर्देशन दिइँदैन । शिष्यहरू, जो मानवीय अहम्का ज्ञाता हुन्छन्, अन्तर्मुखी ध्यानको माध्यमले स्वअहम्को अध्ययन गर्छन्, निरीक्षण, परीक्षण गर्छन् । यो सर्वाधिक कठिन कार्य हो, किनभने मान्छेका लागि सबभन्दा महत्त्वपूर्ण आफ्नै अहम् हुन्छ र आफैंलाई बुझ्नु सबभन्दा गाह्रो हुन्छ । आफूलाई जान्नु शून्य हुनु हो, आफूलाई चिन्नु शून्य हुन हो र शून्यताको उपलब्धि ज्ञानको समाप्ति हो !"

"आफूलाई चिन्ने, जान्ने कुरा सबै गुरूहरूले भन्छन् हैन र ?", मार्था अनुरागपूर्वक कृत्रिम व्यङ्ग्य गर्छिन् ।

"अवश्य आदिमाता, पूर्ववर्ती गुरूहरूले पनि यस्तो शिक्षा दिएका थिए ।", प्रशान्त तिनको व्यङ्ग्यात्मकलाई अलिकति मुस्कुराएर महत्त्व प्रदान गर्छ, "फरक यति नै छ किन आदरणीय गुरूहरू विश्वकल्याणका लागि मानवीय अहम्को विसर्जन चाहन्थे, म त्यसको प्राणप्रतिष्ठा चाहन्छु । ती विश्वलाई अहङ्कारको अग्निकुण्डमा होमिइरहेका देख्थे, अज्ञानी, मूढ समाजलाई तृष्णाको नदीमा बगिरहेको देख्थे, पृथ्वीमा सद्धर्मको नाश भइरहेको देख्थे, म यस्ता कुराहरू देख्ने गर्दिनँ, त्यसैले म यिसुझैं मसिहा, बुद्धझैं करूणामूर्ति र कृष्णझैं अवतारी हुन सक्तिनँ । म मात्र अहम्बोध गर्न र त्यसैको आलोकमा आफूलाई समाजलाई र सम्पूर्ण विश्वलाई चिन्ने शिक्षा दिन्छु ।"

"यस्तो अहम् शून्य कसरी हुन सक्छ त ?", मार्था तर्क गर्न खोज्छिन् ।

"आदिमाता, म मेरा शिष्यहरूलाई गणितको शून्य हुनू भन्दिनँ ।", प्रशान्तको मुस्कुराहटमा गहिराइ थपिन्छ, "नागार्जुनले झैं तार्किक शून्य हुनू पनि भन्दिनँ, निहिलिस्टहरूले झैं ध्वंसात्मक शून्य हुनू पनि भन्दिनँ, अतिस्तववादीहरूले झैं विसङ्गत शून्य हुनू पनि भन्दिनँ । म अहम्ले शून्य हुनू भन्छु । यो शून्यावस्था तब उपलब्ध हुन्छ जब मानिस अहम्ले सम्पूर्ण हुन्छ, परिपूर्ण हुन्छ ।"

"यसरी ध्यान गर्दैमा ?", मार्था केही भन्न खोज्छिन् तर बीचैमा अड्किन्छिन् । "आदिमाता, विश्वमा ध्यानका सयौं प्रक्रिया छन् । गुरूहरूले ज्ञान र ध्यानको सहसम्बन्ध परापूर्वकालदेखि बुझिआएका हुन्छन् । ज्ञानमा झैं ध्यानमा पनि विकृतिहरू थुप्रै छन् । मैले अन्तर्मुखी ध्यानपद्धति विकास गर्दा यी कुराहरू बिर्सेको छैन । ध्यानको उद्देश्य फरक भएको हुनाले ध्यान-प्रक्रियामा पनि भिन्नताहरू छन् । अन्तर्मुखी ध्यानक्रिया भनेको आफूदेखि बाहिरका अहम्-उर्जा र आफूभित्रको अहम्-ऊर्जाबीच एक सम्मेलन हो, महासम्मेलन !"

मार्थालाई लाग्छ, प्रशान्तको दृष्टिमा एक गहिराइ छ, एक विस्तार छ जसको सिमाना नाङ्गो आँखाले कोर्न सकिन्न । तिनलाई केही कुरा बोधगम्य जस्तो लाग्छ, केही कुरा अबोधगम्यजस्तो ।

"आदिमाता, अहम्को शून्य अवस्थालाई म ठीक प्रकारले शब्दहरूमा व्यक्त गर्न सक्तिनँ, अव्याख्येय र शब्दातीतजस्तो प्रतीत हुन्छ । तर यो ऐतिहासिक सत्य हो, पारिमार्थिक सत्य होइन, भौतिक सत्य नै हो, आध्यात्मिक सत्य होइन, प्रायोगिक सत्य नै हो, आनुभविक सत्य होइन ।"

"सायद यो कुरा मैले बुझेकी छु", मार्था कुरा काट्छिन्, "तिम्रो शून्यता अहङ्कारको परफेक्सन हो रिजेक्सन होइन तर...तर...तिम्रो अहम् खै म बुझ्नै सक्तिनँ ।"

"आदिमाता, म एक खुला किताब हुँ, सबै मलाई पढ्न सक्छन् ।", प्रशान्त हाँस्छ ।

"असम्भव ! मैले त पढ्न सकिनँ भने कसले सक्छ, तिमीलाई पढ्न ? तिमी यस्तो खुला किताब हौ, जसको लिपि बुझिँदैन !"

"लिपि बुझिंदैन, सायद ठोस कुरा !", प्रशान्तको निश्छल, निर्मल हास्य कायमै रहन्छ, "तर आजको विश्वमा यो ठूलो समस्या होइन जस्तो लाग्छ, किनभने लिपि-विशेषज्ञहरू, पुरातत्त्वविद्‌हरू छन् थुप्रै ।"

"तिम्रो पुरातात्त्विक उत्खनन गर्ने ?"

दुवै मन खोलेर हाँस्छन् । हाँस्दै पुस्तकालय-कक्षबाट बाहिर प्रतीक्षाकक्षमा जान्छन् । मार्था थकाइ अनुभव गर्दै बेतको कुर्सीमा बस्छिन् । तिनको दृष्टि आदिसंवत्‌मा अड्किन्छ । "प्रशान्त, एउटा कुरा मैले बुझेकी छैनँ", मार्था हस्तलिखित संवत्सरबाट आँखा झार्छिन्, "जहाँसम्म मलाई लाग्छ, तिमी प्रेम गर्छौ, अशिक्षित-अज्ञानीहरूलाई बाटो देखाउने चेष्टा पनि गर्छौ । तिम्रो जीवन उत्सर्ग, प्रेम र करूणामय नै देखिन्छ, तर कुरा गर्छौ अहम्‌को, अहङ्कारको, खै मैले कहिले बुझ्ने होला !"

प्रशान्त जबाफ दिंदैन, हाँस्छ मात्र । मार्था आँखा नचाउँदै अनुरक्तिको एउटा जालो बुन्छिन् । प्रशान्त झ्यालमा उभिएर मैदानतिर हेर्छ, जहाँ बालबालिकाहरू खेलिरहेका हुन्छन् । तिनी पनि झ्यालमा उभिन पुग्छिन् ।

"अब म जान्छु प्रशान्त, कस्तो दिन बितेको थाहै भएन ।", एकछिन झ्यालबाट बालक्रीडा हेरेपछि मार्था नाडीघडी हेर्छिन् ।

"म पुऱ्याइदिन्छु ।"

"भइहाल्यो, म आफैं जान्छु । तिम्रो काम होला ।"

"आदिमातालाई पुऱ्याउनु पनि काम हो !", प्रशान्तको अनुहारमा मैत्रीभाव झल्किन्छ । 'घुसघुसे मान्छे !' मार्था आँखा तर्छिन् ।

दुवै कोठाबाट बाहिरिएर पालैपालो भऱ्याङ ओर्लन्छन् ।

१७

गोधूलिको सन्ध्या-समय, मार्था आदिवनमा झुमिरहेकी हुन्छिन् । थरीथरीका फलफूलहरू, थरीथरीका चराचुरुङ्गीहरू, रूखका शीतल छाया र हावाको मन्द, सुखद स्पर्श, सबै कुरा आनन्ददायक र स्वास्थ्यवर्धक हुन्छन् तर मार्थाको युवती आँखामा यी सबै कुरा प्रणय-प्रतीक्षायुक्त हुन्छन् । तिनी जतातत‍ै अनुराग र प्रीतिका प्रतीकहरू र बिम्बहरू देख्छिन्, आफैं भित्रभित्र हाँस्छिन्, हाँसिसकेपछि किन हाँसेकी होला भनेर सोच्छिन्

र त्यसै मूर्ख वा पागलले झैं हाँसेको कुरा सम्झेर फेरि हाँस्छिन् । केही दिनयता तिनलाई जिन्दगी निरर्थक लाग्न छोडेको हुन्छ, व्यस्ततामा उल्लेखनीय वृद्धि भएको हुन्छ र जीवनको अर्थ वा उद्देश्य पूरापूरा नखुले पनि जतातत‍ै देख्न छोडिसकेकी हुन्छिन् ।

घुम्दैफिर्दै तिनी आँपको रूखमुनि सुस्ताउँछिन् । फिस्सफिस्स आफैंभित्र हाँस्ने क्रिया जारी रहन्छ । त्यति नै खेर आँपको रूखको माथिल्लो हाँगामा चराहरू झगडा गर्न शुरू गर्छन् । शुरूमा झगडा सामान्य हुन्छ तर हेर्दाहेर्दै त्यसले गृहयुद्धको रूप लिन्छ ।

विन्दु भुक्दै त्यहाँ आइपुग्छे ।

"के विन्दु ?", मार्था सोध्छिन् । जबाफमा विन्दु तिनलाई आदिमन्दिरतिर तान्ने बल गर्छे । मार्था बुझ्छिन्, कोही तिनलाई भेट्न आएको छ ।

"ल, ल, म जान्छु ।", मार्था मन नलाईनलाई उठ्छिन् । विन्दु सारीको पारी तान्न छोडेर आदिमन्दिरतिर दगुर्छे । मार्था तिनको पछि लाग्छिन् ।

आँपका रूखमा चराहरूको गृहयुद्ध चलिरहन्छ ।

आदिमन्दिरमा केही पुत्रपुत्रीहरू जम्मा भएका हुन्छन् । सबभन्दा पछाडिपट्टि भूतपूर्व सैनिकजस्तो आदिश्रमशालाको नाइके उभिएको हुन्छ, जो यस शिक्षित व्यक्तिहरूको समूहमा एक टाउको अग्लो भई अप्ठेरो मानिरहेको हुन्छ ।

मार्था आदिमाताको गरिमा बोकेर आउँछिन् र आफ्नो उच्चासनमा बस्छिन् । पुत्रपुत्रीहरू झुक्दै, अनुशासनबद्ध भई आफ्नो-आफ्नो स्थान लिन्छन् ।

"आदिमाता ! हामी एक सामूहिक निवेदन गर्न चाहन्छौं, र आदिमाताको आज्ञा... सहयोग चाहन्छौं ।", विज्ञान-शिक्षणतर्फको प्राचार्य निवेदन प्रस्तुत गर्न थाल्छ, लडखडाउँदै शब्दहरूमा ।

"म के सहयोग गर्न सक्छु ?", मार्था मुसुक्क हाँस्छिन् ।

"आदिमाता ! अहिले हामी पुत्रपुत्री-सङ्घको तर्फबाट सविनय निवेदन गर्न उपस्थित भएका छौं ।"

"पुत्रपुत्री-सङ्घ ?", मार्था विस्मित हुन्छिन् । तिनलाई यस सङ्घको अस्तित्वबारे कुनै जानकारी हुँदैन ।

"यो हामी पुत्रपुत्रीहरूको स्वतन्त्र सङ्घ हो । यसको स्थापना स्वयम् आदिगुरूद्वारा भएको हो तर उहाँ यसका कुनै पनि क्रियाकलापलाई नियन्त्रण गर्नुहुन्न । उहाँ भन्नुहुन्छ, यो सङ्घ पुत्रपुत्रीहरूको हितरक्षार्थ स्थापना गरिएको हो, त्यसैले आदिगुरूका प्रत्येक शिक्षालाई आज्ञापालनको दृष्टिले होइन, सन्देहको दृष्टिले हेर, आँखा चिम्लेर आदिगुरूको अधिनायकत्व स्वीकार नगर । अहिले हामी पुत्रपुत्री-सङ्घको प्रतिनिधित्व गर्छौं ।", विज्ञान-शिक्षणतर्फको प्राचार्य, जो सङ्घ-प्रमुख हुन्छ, थोरैमा धेरै भन्न खोज्छ ।

"पुत्रपुत्रीहरू ! मलाई अत्यन्त सुखद आश्चर्य लाग्यो ।", मार्था एक अज्ञात भावुकताको धक्का खान्छिन्, "पुत्रपुत्री-सङ्घलाई मेरो हार्दिक शुभेच्छा छ । यो सङ्घको स्थापनामा, पूर्ण स्वतन्त्रतामा, आदिगुरूको महानता अन्तर्निहित छ । महान् गुरुहरू महानतामाथि सन्देश गर्न सिकाउँछन् । के म यस सङ्घको गठनविधि जान्न सक्छु ?"

"आदिमाता ! प्रत्येक वर्ष विज्ञान-शिक्षणतर्फबाट दुई जना, दर्शन-शिक्षणबाट दुई जना, आदिआरोग्यशालाबाट दुई जना र आदिश्रमशालाबाट दुई जना व्यक्तिहरू निर्वाचन गरी सङ्घमा पठाइन्छन्, यसरी आठ सदस्यीय पुत्रपुत्री-सङ्घको गठन हुन्छ । सङ्घभित्र आन्तरिक निर्वाचन प्रक्रियाद्वारा सङ्घ-प्रमुखको छनोट हुन्छ ।"

"ए, राम्रो लाग्यो । मलाई थाहा थिएन, यहाँ यस्तो प्रजातन्त्र छ ।", मार्था हाँस्छे । अरू मुस्कुराउँछन् ।

"आदिमाता ! अहिले आदिगुरू र पुत्रपुत्री-सङ्घबीच पहिलो मतभिन्नता देखापरेको छ ।" ध्यानी पुत्र कपिल सान्दर्भिक उद्देश्यपूर्ण कुरा प्रस्तुत गर्छ । उसको अनुहार शान्त र मृदु मुस्कानयुक्त हुन्छ ।

"कस्तो मतभिन्नता पुत्र ?", मार्थालाई कताकता पीडा हुन्छ ।

"आदिगुरूले सर्वप्रथम आदिज्ञान उपलब्ध गर्नुभएको दिवसलाई हामी आदिगुरूपर्वका रूपमा मनाउन चाहन्छौं । यो हामी पुत्रपुत्रीहरूको सर्वसम्मत अभिलाषा हो तर आदिगुरूको हार्दिक सहमति प्राप्त हुन सकेको छैन ।", ध्यानी पुत्र कपिल कुरा खुलस्त गर्छ । मार्थाको पीडा हराउँछ ।

"के पुत्रपुत्री-सङ्घलाई यससम्बन्धी स्वतन्त्रता प्राप्त छैन ?", मार्थाको ओठमा एक सहज मुस्कानले नृत्य गर्छ ।

"हामीलाई स्वतन्त्रता प्राप्त छ तर आदिगुरूको शुभेच्छाबिना आदिगुरूपर्व मनाउने कल्पनापर्यन्त हामी गर्न सक्तैनौं, गुरूको अपमान हुनेछ ।" ध्यानी पुत्र स्पष्टीकरण दिन्छ । "हामी आदिमाताको हार्दिक सहयोग र शुभेच्छा चाहन्छौं !" प्राचार्य प्रतिनिधिमण्डलको आगमन-उद्देश्य स्पष्ट पार्छ, "हामीलाई विश्वास छ, आदिमाताले भन्नुभए आदिगुरूको सहमति मिल्नेछ ।" "हुन्छ, म आदिगुरूसित कुरा गर्नेछु !" मार्था प्रसननतापूर्वक आश्वासन दिन्छिन् । प्रतिनिधिमण्डल सन्तुष्ट भई फर्किन्छ । तिनी पनि सन्तुष्ट भई अन्तःकक्षमा लाग्छिन् । कताकता तिनलाई जीवनको अर्थ बढी खुल्न गएजस्तो लाग्छ । यति महत्त्वपूर्ण कुरामा पुत्रपुत्रीहरू मेरो प्रत्यक्ष सहयोग चाहन्छन्, मेरो आदिमातृत्वको सर्वोपरि उच्चतालाई विश्वास गर्छन् भन्ने कुरामा तिनलाई विशेष प्रसन्नता हुन्छ । प्रशान्तलाई मैले मनाउनुपर्छ, जसरी भए पनि तिनी विचारमग्न हुन्छिन् ।

रात परेपछि तिनी स्वयम् प्रशान्तको निवासस्थान आदिगृह पुग्छिन् ।

"आदिमाता, कति कामले कष्ट गर्नुभयो ?", प्रशान्त केही अनुमान लाउने प्रयास गर्छ । "म एक विशेष कामले विशेष अनुरोध गर्न आएकी हुँ प्रशान्त, मेरो कुरा मान्छौ ?", तिनी पूर्ण सहृदयी र आत्मीय हुन्छिन् ।

"के कुरा होला ?", प्रशान्त मुसुक्क हाँस्छ ।

"पुत्रपुत्रीहरूलाई आदिगुरूपर्व मनाउने अनुमति देऊ, तिनीहरू मकहाँ आएका थिए ।" "आदिमाता, कोही पनि मेरो मूर्ति स्थापना गर्न प्रेरित नहोऊन् भन्ने म चाहन्छु । त्यस पर्वले एक गलत परम्पराको शिलान्यास गर्न सक्छ । पुत्रपुत्रीहरूले संवत्सर बनाइसके, अब त्यसभन्दा अगाडि बढेर पूजा गर्न नथालून्, आद्यपिताको प्रतिमालाई झैं ।"

"पूजा गर्ने अधिकार शिष्यहरूलाई छ, यो तिनीहरूको कर्तव्य पनि हो !"

"हामी, आदिगुरूसहित सबै पुत्रपुत्रीहरू आदिमाताको पूजा गर्छौं !", प्रशान्त सुस्तरी आफ्नै गहिराइमा हराएझैं गरी बोल्छ, "गुरूपूजा आवश्यक छैन । गुरू केही कदम अघिअघि हिंड्ने पथिकमात्र हो । ऊ अवलोकनीय, अनुकरणीय, दर्शनीय हुन सक्छ, पूजनीय हुन सक्तैन ।"

"यी कुराहरू म जान्दिनँ प्रशान्त... पुत्रपुत्री-सङ्घलाई तिमीले अनुमति दिनु नै पर्छ, होइन भने तिनीहरूका अगाडि म टाउको उठाउन सक्ने

छैन !", मार्था साह्रै भावुक हुन्छिन् । आदिगृहबाट बाहिर निस्किन्छिन् । तिनलाई आफ्नो अस्तित्व दाउमा परेजस्तो लाग्छ ।

अनिदो रात लम्बिएर बित्छ । बिहानभर तिनी अपमानबोध गर्दै ओछ्यानमा पल्टिरहन्छिन् । तिनलाई तुरून्त बस्ती छोडी जाने इच्छा हुन्छ । जब प्रवचन समयमा, आदिगुरूद्वारा "आदिमाताको इच्छाअनुसार आदिगुरूपर्व मनाउने अनुमति दिन्छु !", भन्ने घोषणा भएको जानकारी पाउँछिन्, तिनलाई कत्ति पनि विश्वास लाग्दैन । पुत्रपुत्री-सङ्घका पदाधिकारीहरू आभार प्रकट गर्न उपस्थित भएपछि बल्ल तिनलाई विश्वास लाग्छ ।

"अघि नै भन्नु पर्दैन !", तिनी मैचाङसित रिसाउन खोज्छिन् तर मन रिसाउन मान्दैन, प्रशान्तप्रति कृतज्ञ मन खुशीले बुद्रुकबुद्रुक उफ्रिरहन्छ । पूरा दिन मन उफ्रिएर नै बित्छ । साँझपख तिनी प्रशान्तलाई आदिवनमा देख्छिन्, नारेश्वरको रूखमुनि स्थिर-शान्त भई बसिरहेको, तर तिनलाई त्यहाँ जाने हिम्मत हुँदैन । तिनको मस्तिष्कले बारम्बार आदेश जारी गर्छ, "कृतज्ञता ज्ञापन गर.. ज्ञापन गर..." तर प्रशान्तलाई प्रेम गर्ने मनले लज्जावश आदेश मान्न इन्कार गरिदिन्छ । तिनको मनमा प्रशान्तका मायालु शब्दहरू "आदिमाताको इच्छाअनुसार, अनुमति दिन्छु" प्रतिध्वनित भइरहन्छ र जतिपल्ट यी शब्दहरूको आशय विश्लेषण गरे पनि तिनी त्यसमा प्रशान्तको प्रेम अभिव्यक्त भएको नै पाउँछिन् । तिनलाई खूब लाज लाग्छ, परिणामस्वरूप त्यस दिन प्रशान्तसित भेट हुँदैन । टाढाबाट देखादेख पनि हुँदैन ।

वर्षाऋतु गइसकेको हुन्छ तर त्यस रातभर झमझम पानी पर्छ । यो मनसुनी वर्षा हो कि हिउँदे वर्षा, कसैलाई पनि थाहा हुँदैन । गाउँलेहरू दशैंताका पानी परेको जाती मान्दैनन् । मार्थालाई भने खूब जाती लाग्छ । तिनको प्रेमपीडित मनका बादलहरू आकाशमा ठोक्किएर निष्कासन पाएजस्तो तिनलाई लाग्छ । आँखाका ढकनी ओरालेर प्रेमको सपना बुन्दाबुन्दै कतिखेर निद्रा पर्छ, थाहा हुँदैन ।

बिहान करिब सात बजे तिनी बिउँझन्छिन् । त्यस बेलासम्ममा आदिमन्दिरको नियमित कार्यक्रम समाप्त भइसकेको हुन्छ ।

"उफ् ! के भएको यस्तो !", तिनी आफैंदेखि अप्रसन्न हुन्छिन् र सिरकले मुख छोपेर घोप्टो पर्छिन् ।

"फेरि निदाउन लाग्नुभयो ?", मैचाङ कोठामा पस्छे ।

"हुँ !", सिरकमा चेप्टिएर जबाफ निस्कन्छ ।

"कस्तो, बाण लागेजस्तो !", सहेली पुत्रीको हाँसो सुनिन्छ ।

"हुँ !", मार्थाको जबाफ झन् बढी चेप्टो हुन्छ ।

"उठ्नोस् भन्या, आदिगुरू पर्खिराख्नुभा'छ !", मैचाङ स्वर चर्काएर बोल्छे । मार्था हडबडाएर जुरूक्क उठ्छिन् ।

"खै कहाँ, मन्दिरमा ?", तिनको अनुहार रातो हुन्छ ।

"आदिगुरू होइन...जमुना भन्या ।", मैचाङ चर्को स्वरले हाँस्छे र त्यहाँबाट कुलेलम ठोक्छे । "तँलाई पख्लिस् !", मार्था छातीमा हात राखेर अचानक बढेको मनको ढुकढुकी नाप्छिन् । तिनलाई आफैंदेखि हाँसो लाग्छ ।

"के भएको होला ?", तिनी आफैंसित बोल्छिन् । ढोकाबाहिर कोही खितखिताएको सुनिन्छ ।

"ए जमुना मोरी, यहाँ आइज !", मार्था सकभर सामान्य हुन्छिन् । जमुना भित्र नपसीकन ढोकाबाहिर, दमित आवाजमा खितखिताउँछे ।

"आइज भनेको मोरी, भित्तामा मुख जोतेर नहाँस्, भित्तै भत्केला फेरि ।" जबाफमा जमुनाको खितखित हाँसो मात्र सुनिन्छ ।

"ए जमुना !", मार्था फेरि बोलाउँछिन् तर जमुना कोठाभित्र पस्दिन, एकछिनसम्म ढोकाबाहिर खासखुस सुनिन्छ । मार्था कान लाएर कुरा बुझ्न खोज्छिन् तर कुरा बुझिँदैन ।

"जा न, बोलाउनुभएपछि !", मैचाङ जमुनालाई समातेर धेकेलिदिन्छ । जमुना ढुनमुनाउँदै कोठामा पस्छे, मुखमा बुझो कोच्दै रातोपिरो हुँदै । ऊ मार्थालाई सीधा आँखामा हेर्न सक्तिन त्यसैले अस्थिर भई आँखा यताउति नचाउन थाल्छे ।

"आइज यहाँ, बस् ।", मार्था शब्दहरूमा केही आदेशात्मकता र केही गम्भीरताको भाव वहन गर्छिन् । जमुना सङ्कोच मान्दै गएर ओछ्यानको छेउमा टुसुक्क बस्छे । मार्था पछिल्तिरबाट ग्वामलाङ्ङ अँगालो हाल्दै जिस्क्याउन थाल्छिन्, "तँलाई मोरी, तँलाई मोरी, लाज मान्नुपर्ने मोरी ।"

जमुना कसमसाउँदै खितखिताउँछे । मैचाङ ढोकामा उभिएर रमिता हेर्दै हाँस्न थाल्छे ।

"आदिमाता, जमुनाको बिहा गरिदिनोस् एउटा केटा पछि लागेको छ ।"

"को केटा ?"

"छ एक जना तन्नेरी ठिटो, जमुना भनेपछि मरिमेट्छ ।", मैचाङ जोडले हाँस्छे ।

"हो जमुना ?", मार्था सोध्छिन्, गाम्भीर्यपूर्वक ।

"अँ हो, बरू आफ्नै होला नि, थाहा नपाएजस्तो ।", जमुना घुर्की लाउँछे ।

"त्यसलाई आदिमाताको अगाडि उभ्याइदिऊँ, ल्याएर !"

"त्यस्तो अनुहार नपरेको मोरो !"

"त्यस्तो मरिमेट्ने, माया गर्नेलाई अनुहार नपरेको अरे... कस्तो अनुहार चाहिने हो कुन्नि !", मैचाङ घुर्कीको जबाफ घुर्की लाएरै दिन्छे । जमुना आँखा तर्छे । मनभित्रभित्र गाली पनि गर्छे । मार्था तमासा हेर्दै आफैंभित्र हराउन थाल्छिन् । कताकता तिनलाई मनभित्र घोचिएजस्तो लाग्छ ।

१८

पूरापूरा दुई दिनसम्म प्रशान्तसित तिनको भेट हुँदैन । तेस्रो दिन बिहान प्रवचन-समयमा देखादेख हुन्छ तर कुराकानी हुँदैन । जति समय लम्बिंदै चिप्लेकीराझैं घस्रिंदै जान्छ, मार्थाको मनमा पनि कृतज्ञताज्ञापन गर्ने तिर्सना बढ्दै जान्छ । दिनभर तिनी आकुलव्याकुल हुन्छिन् । रात्रिभोजनपछि मैचाङको आँखा छलाएर तिनी आदिगृह पुग्छिन् ।

"प्रशान्त ?", ढोकामा उभिएर तिनी सुस्तरी बोलाउँछिन् । भित्रबाट कुनै आवाज सुनिंदैन । मार्था भित्र पस्छिन् । कताकताबाट आएर विन्दु तिनको खुट्टामा लुटपुटिन थाल्छे ।

"ए विन्दु, खै तेरो आदिगुरू ?", मार्था सोध्छिन् । विन्दु तिनको सारीको पारी मुखले समातेर तान्दै आदिआरोग्यशालातिर लान्छे । एक अज्ञात भय र घृणाभावले तिनको मन सिरिङ्ग्याउन थाल्छ तर विन्दुको उत्साहको प्रतिकार गर्न पनि तिनलाई निको लाग्दैन ।

आदिआरोग्यशालाको ढोकामा पुगेपछि विन्दु तिनको सारीको पारी छोड्छे र भित्रपट्टि दगुर्छे । मार्थालाई कस्तोकस्तो अनुभूति हुन्छ । बस्ती-प्रवेश गरेपछि मार्था पहिलोपल्ट यता मोडिएकी हुन्छिन् ।

"आदिमाता ! हार्दिक स्वागतम् !", आदिआरोग्यशालाको प्रमुख सेवी डाक्टर आनन्द ढोकामा आई प्रणाम गर्छ, साथमा दुई जना परिचारिकाहरू (नर्स) सहित, "हामी सबै आदिमाताको प्रतीक्षामा थियौं, हामी धन्य भयौं ।" मार्था मुसुमुसु हाँस्दै भित्र पस्छिन् । तिनलाई यहाँ पनि आफ्नो महत्त्व उद्घाटित भएकोमा हर्ष लाग्छ तर मनमा तिनी दलदलमा फसें भनी ठान्छिन् ।

ढोकासँग जोडिएको कोठा मझौला श्रेणीको, इवाट्ट हेर्दा केही अस्तव्यस्तजस्तो देखिन्छ । कोठा औषधोपचारका सामग्रीले भरिएको हुन्छ । मार्था तीक्ष्ण गन्ध महसुस गर्छिन् ।

"तपाईं कहिलेदेखि यहाँ हुनुहुन्छ ?", मार्था युवा डाक्टरलाई सोध्छिन् ।

"स्थापना-समयदेखि नै म सेवामा छु ।"

"डाक्टरीको अध्ययन कहाँ गर्नुभयो ?"

"एम्.बी.बी.एस्. मैले यु.के.मा गरें, त्यसपछि केही वर्ष काठमाडौंमा प्रेक्टिस गरें । पछि लेप्रोसीसम्बन्धी विशिष्ट अध्ययन मैले यु.एस्.ए.मा गरें ।"

"काठमाडौंमा प्रेक्टिस नचलाईकन यस अनकन्टार ठाउँमा आउनुभयो कसरी ?", मार्था मुसुक्क हाँस्दै अर्को प्रश्न गर्छिन् ।

"म आदिगुरूको सद्प्रेरणाले यहाँ आइपुगें ।", डाक्टर आनन्द बालसुलभ हाँसो हाँस्छ, "प्रेक्टिस मेरो राम्ररी चलिरहेको थियो अथवा म शहरमा रोगोपचार गरेर खूब रूपियाँपैसा कमाइरहेको थिएँ । अचानक आदिगुरूसित भेट भयो । उहाँले भन्नुभयो, तपाईं मेरो दृष्टिमा एक सफल डाक्टर होइन, मिस्त्री हुनुहुन्छ । जसरी मिस्त्रीले गाडीको उपचार गर्छ त्यसरी नै तपाईं मान्छेको उपचार गर्नुहुन्छ । के डाक्टर भनेको एक मिस्त्री हो ? मेरो विचारमा सफल डाक्टर उही हो, जसले शरीरको होइन, अस्तित्वको उपचार गर्छ । आदिमाता ! मेरो अहङ्कारलाई नराम्ररी ठेस लाग्यो । केही दिनपछि मैले अनुभव गरें कि मभित्र एक नयाँ अहङ्कारले जन्म लिएको छ । यो बेलादेखि मैले आफूलाई गुरूचरणमा अर्पित गरें ।"

मार्था आदिमाताका गरिमापूर्वक कुरा सुन्छिन्, करूणाको सजीव मूर्तिझैं मुस्काउँदै । परिचारिकाहरू काममा फर्किसकेका हुन्छन् ।

"अहिले यहाँ कति जना डाक्टर र नर्सहरू छन् ?", मार्था फेरि जिज्ञासा प्रकट गर्छिन् ।

"जम्मा आठ जना डाक्टर र बीस जना नर्सहरू ।", डाक्टर आनन्द जानकारी दिन्छ, "बस्तीमा केही व्यक्ति यस्ता पनि छन् जो गुरूप्रेरणाले स्वैच्छिक सेवा गर्न आउँछन् । सङ्ख्या थोरै छ तर गुणात्मक छ ।"

"लेप्रोसीबाहेक अन्य रोगापचार गर्नुहुन्न तपाईंहरू ?"

"अवश्य गर्छौं । नियमित र सामान्य स्वास्थ्योपचारका लागि हामी आवासगृहहरूमा नै जान्छौं ।"

"ए ।", मार्था कुरा बुझेर टाउको हल्लाउँछिन् ।

विन्दु भित्रपट्टिको कोठाबाट दगुर्दै आएर फेरि सारीको पारी तान्छे । मार्थालाई अभिप्राय थाहा हुन्छ तर पनि सोध्छे, "के विन्दु ?"

"आदिगुरू आरोग्य-कक्षमा हुनुहुन्छ त्यसैले होला... ।" डाक्टर आनन्द सहज अनुमान लाउँछ ।

ल, ल म जादै छु, गइराख ।

मार्था विन्दुलाई कुरा सुनाउछिन् । विन्दु फेरि दगुर्दै कोठामा पस्छे । मार्था समय लिंदै अन्य एक दुई कोठा चहार्छिन् । बीचबीचमा उत्सुकतावश वा औपचारिकतावश प्रश्नहरू पनि गर्छिन् । कताकता तिनलाई प्रशान्त स्वयम् स्वागतार्थ सामुन्ने उपस्थित हुनेछ भन्ने आशा लाग्छ तर आशा ओइलाएर झर्नुभन्दा पहिले डाक्टर आनन्द तिनलाई आदिआरोग्यकक्ष पुऱ्याइदिन्छ ।

रोगीहरूलाई राखिने यो कक्ष सामान्यतः अस्पतालको जनरल वार्डजस्तै फराकिलो हुन्छ । मार्था आरोग्यकक्षको ढोकामा अभिएर सरसरती कोठाको निरीक्षण गर्छिन् । तिनलाई भित्र जाने आँट आउँदैन ।

"खै त... म प्रशान्तलाई देख्दिनँ ।", मार्था निरास हुन्छिन् ।

"आदिगुरू अर्को खण्डमा हुनुहुन्छ होला । आरोग्यकक्षमा दुई खण्ड छन् । यस खण्डमा सामान्य रोगीहरूलाई राखिने गरिन्छ । यिनीहरू श्रमकार्य पनि गर्छन् । अर्को खण्डमा असाध्य रोगीहरू छन्, अत्यन्त गम्भीर प्रकृतिका ।"

मार्था केही कदम भित्र पस्छिन् । यसबीच कोढीहरू ध्यानाकर्षित हुन्छन् । उनीहरूलाई सहजानुभूति हुन्छ, कक्षमा उभिरहेकी सुन्दरी युवती

नै आदिमाता हुन् । छेउको एक रोगी आफ्नो कोढग्रस्त हात जोडेर प्रणाम गर्छ, "आदिमाता ! जयजय होस् !" मार्था कोढीको अभिवादन स्वीकार गर्छिन् । त्यसपछि त्यहाँ जयजयकारको आँधी-तुफान चल्छ । "आदिमाता ! जय होस्, उद्धार गर्नुहोस् !" कोढीहरू भावोत्तेजनाले पागलझैं बन्छन् । मार्था हतप्रभ हुन्छिन् । आतङ्कित हुन्छिन् । पहिलोपल्ट तिनलाई आफ्नो करिस्मायुक्त व्यक्तित्वको जादुदेखि साह्रै नै चर्को वितृष्णा हुन्छ । "बन्धुहरू ! शान्त हुनुहोला ! आदिमाता हामीलाई आशीर्वाद दिन पाल्नुभएको हो, त्यसैले शान्त भइदिनुहोला... !", डाक्टर आनन्द परिस्थिति र मनस्थितिको बीचमा उभिन आउँछ । कोढीहरूको पागलपन शान्त हुँदै जान्छ । "आदिमाता ! पाल्नुहोस् !", अर्को खण्डमा लैजाने अभिप्रायले डाक्टर आनन्द तिनलाई बाटो देखाउँछ । मार्था निर्जीव भई हिंड्छिन् । केही कोढीहरू दमित र अस्पष्ट आवाज निकालेर रून थाल्छन् । मार्था तिनीहरूलाई करूणामय, ममतामय दृष्टिले हेर्दै अभय प्रदान गर्न सक्तिनन् । उल्टो तिनी नदेखेझैं गरी अघि बढ्छिन् । आरोग्यखण्डको यो खण्ड र अर्को खण्डबीच एउटा सानो कोठा हुन्छ । कोठाको सामान्य स्थिति हेर्दा मार्थालाई लाग्छ, यो ड्युटी-नर्सहरू बस्ने कोठा हो । त्यहाँ पुगेपछि तिनी केही स्वस्थ्य हुन्छिन् । तिनलाई एकछिन त्यहीं सुस्ताउन मन लाग्छ तर डाक्टर आनन्द अर्को खण्डमा प्रवेश गर्ने ढोका उघार्छ, "आदिमाता पाल्नुहोस् !"

मार्था निरूपाय भई आफूलाई सकभर समालेर ढोकामा उभिन पुग्छिन् । तिनका आँखाअगाडि प्रशान्त मुस्कुराइरहेको हुन्छ । अनायासै तिनी पनि मुस्कुराउँछिन् । ठीक यही बेला ढोकाछेउको असाध्य रोगी तिनलाई देखेर आर्तनाद गर्दै घस्रिन थाल्छ, "आदिमाता म मर्न चाहन्नँ ! मलाई बचाउनुहोस् !" कोढले फतक्क गलेका हातखुट्टा, विकृत शरीर र अनुहार भएको महाकोढी घस्रिंदै आएको देख्दा मार्थालाई साह्रै घृणा लाग्छ तर त्यसभन्दा बढी तिनी आतङ्कित हुन्छिन् र ढोकाबाट बाहिर निस्कन्छिन् । डाक्टर आनन्द कोढीलाई सम्झाउन थाल्छ तर ऊ, "आदिमाता ! आदिमाता !" भन्दै चिच्च्याइरहन्छ । प्रशान्त सानो कोठामा निस्कन्छ । मार्था डरले काम्दै ठिङ्ग उभिरहेकी हुन्छिन् । "आदिमाता, त्यस पुत्रको उद्देश्य कसैलाई पनि भयभीत पार्नु थिएन !", प्रशान्त

फिस्स हाँस्छ । मार्था केही बोल्दिनन्, मात्र त्यस कोढीले आर्तपुकार गरेको सुनिरहन्छिन्, असह्य भएपछि प्रशान्तको छातीमा मुख लुकाएर सुँकसुँकाउन थाल्छिन् । प्रशान्त बिस्तारै तिनको केशराशि सुमसुम्याइदिन्छ, परिणामस्वरूप जीवनका सवै पीडाहरू आँसु बनेर पोखिन थाल्छन् ।

१९

रातभर तिनलाई निद्रा लाग्दैन । एक अन्तर्वेदनाले शोकाकुल भई ओछ्यानमा ओल्टेकोल्टे फेरिरहन्छिन् । घरीघरी तिनको आँखाअगाडि त्यस कोढीको अनुहार नाच्न थाल्छ । तिनको अन्तःकरणमा कोढीको आर्तपुकार प्रतिध्वनित भइरहन्छ, "आदिमाता ! म मर्न चाहन्नँ, बचाउनुहोस् !" प्रेम वा सहानुभूतिको बदलामा तिनलाई अहिले पनि घृणा अनुभव हुन्छ । खाटमुनि थुकेर तिनी कोढीलाई बिर्सने चेष्टा गर्छिन् । "मानवताको शिलान्यास कोढीखानामा हुनुपर्छ !", तिनी प्रशान्तलाई उसको वाणीसहित सम्झन पुग्छिन् । "प्रशान्त, म एक साधारण, कमजोर नारी हुँ, म सिर्फ तिमीलाई प्रेम गर्न आएकी हुँ । एउटा सानो घर, सुखी घर बसाउन चाहन्छु, म विश्वव्यथा बोक्न सक्तिनँ... !", अनायास तिनको अन्तर्मनमा आत्म-निवेदनको छाल उठ्छ । तिनी अनियन्त्रित हुन्छिन् । सुँकसुँकाउन थाल्छिन् । "आदिमाता !", मैचाडको क्षीण आवाज सुनिन्छ । मार्था कोल्टे फर्केर हेर्छिन् । ढोकानिर मैचाड झोक्राइरहेकी हुन्छे । "किन नसुतेकी अहिलेसम्म... ?", मार्था नियन्त्रित हुन्छिन् । "...राम्ररी भोजन पनि गर्नुभएन आज !", मैचाड प्रश्नको जबाफ नदिईकन कुरा गर्छे । मार्था एकछिन सोच्छिन् तर सोचेको कुरा नभनीकन बोल्छिन्, "जाऊ, सुत । रात धेरै गइसक्यो ।"

मार्थाले भित्तातिर कोल्टे फेरेपछि पुनः वार्तालापको सम्भावना समाप्त हुन्छ । तिनी तनमनले निदाउने प्रयास गर्छिन् । तिनको यो भगीरथ प्रयास कतिखेर सफल हुन्छ, थाहा हुँदैन । आधारातमा हातखुट्टा तनक्क तन्काएर थकित कोल्टे फेर्दा तिनलाई कसैले सुस्तरी बोलाइरहेजस्तो लाग्छ, "आदिमाता ! आदिमाता ! आदिमाता !" तिनलाई कोढीको स्मरण हुन्छ । कोढी घस्रिंदै आफूतिर आइरहेजस्तो लाग्छ । तिनी कहालिन्छिन् तर मुखबाट आवाज निस्कँदैन । भाग्ने चेष्टा गर्छिन् तर खुट्टा पटक्कै

सर्दैन । तिनी नराम्ररी निसासिन्छिन् । "आदिमाता ! आदिमाता !" आवाज फेरि सुनिन्छ । तिनी झस्किएर आँखा उघार्छिन् । कुरूप नारी मैचाङ ओछ्यानमा बसिरहेकी देखिन्छे । "पुत्री ! के भयो ?", तिनी सोध्छिन्, सशङ्कित भएर । "आदिमाता, आदिश्रमशालाबाट मानिसहरू आएका छन्... ।" "किन ? कति बज्यो अहिले ?" "दुई बज्यो ।" "यति राति, नसुतीकन, ?"

"पोखराको दशैं-बजारमा पुग्न आधारातमै हिंड्नुपर्छ । बिक्री गर्ने सामानहरू थुप्रै होलान् ।"

"ए, म पनि जान्छु भनेकी थिएँ ।, मार्था जुरूक्क उठ्छिन्, केशराशि तह लाउँछिन्, "तर आदिगुरूलाई सोध्नुपर्ने हो कि ?"

"हजुरले के सोध्नुपर्छ र ?"

"तैपनि... ।"

"म बोलाइदिऊँ ?"

"भइहाल्यो, म आफैं जान्छु... ।"

मार्था ओछ्यानको न्यानोपना परित्याग गर्छिन् । जाँगर चलाएर हातमुख धुने आदि अत्यावश्यकीय कार्यमा मन लाउँछिन् । बिना कुनै निर्देशन, कुरूप पुत्री प्रतीक्षारत व्यक्तिहरूलाई आदिमाता तयार हुँदै हुनुहुन्छ भन्ने उत्साहवर्धक सूचना दिन पुग्छे । करिब पन्ध्र मिनेटको समयावधिमा मार्था तयार हुन्छिन् । आदिमन्दिरको विशाल कक्षमा प्रवेश गर्दा प्रशान्तसहित सबै शिरनत गरी तिनको स्वागत गर्छन् ।

"आदिमाता ! श्रमकार्य हाम्रो अनिवार्य क्रियाकलाप हो । पुत्रपुत्रीहरूको श्रम र हस्तकौशलद्वारा उत्पादन गरीएका सामानहरूमा बस्तीको अर्थव्यवस्था आधारित छ । खेतबारीको उब्जनीमा हामी आत्मनिर्भर छौं । निश्चय पनि हाम्रो अर्थव्यवस्था अविकसित छ तर अपर्याप्त छैन । आदिमाताले अभिरूचि लिनुभएकोमा हामी श्रमिकहरू अत्यन्त आभारी छौ ।", प्रशान्त मन्दमन्द मुस्कुराउँदै सबैका लागि कर्णप्रिय अभिव्यक्ति पोख्छ । मार्था आदिमाताको गरिमासहित मुस्कुराउँछिन् । अघिल्लो रात आदिआरोग्यशालामा घटित दुर्घटना बिर्सन्छिन् ।

करिब साढे दुई बजेसम्ममा मार्थासहित पचास जनाको दल, जसमा विन्दु पनि सामेल हुन्छे, बस्तीबाट निस्केर पोखरा लाग्छन् । आदिगुरू

प्रशान्त मूल ढोकासम्म आई सबैलाइ बिदा गर्छ । मार्थाको मनमा प्रशान्तलाई पनि जाऊँ भन्ने हार्दिक अभिलाषा लाग्छ तर पुत्रपुत्रीहरूको समुस्पस्थितिमा अभिलाषा प्रकट गर्ने आँट आउँदैन । अलिकति खिन्न हुँदै तिनी विन्दुसँगसँगै अघि लाग्छिन् ।

आधारात, वातावरण जाडो हुन्छ । सिरेटोको सामान्य झोक्का चलिरहन्छ । आकाशमा चन्द्रमा देखिंदैन तर बाटोमा हिंड्नेहरूका लागि उज्यालो अपर्याप्त हुँदैन । टाढाटाढासम्म शारदीय उज्ज्वलतामा पहाडहरू, खेतहरू, घरहरू र नागबेली बाटाहरू सुस्पष्ट देखिन्छन् । मार्था चाँडोचाँडो हिंड्छिन्, मनको खिन्नता हराउँदै जान्छ । सुनसान रातमा हिंड्दा तिनलाई एक नयाँ किसिमको आनन्दानुभूति हुन्छ । पुत्रपुत्रीहरू आदिमाताको गतिबमोजिम नियन्त्रित हुँदै हिंड्छन् । त्यस दलमा आदिश्रमशालाको नाइकेसहित सबैले एक-एकवटा भारी बोकेका हुन्छन् । मार्था तिनीहरूलाई छक्क पार्न झन्झन् चाँडो हिंड्न थाल्छिन् ।

"आदिमाता ! थाक्नुहोला... त्यसरी नहिंड्नोस् ।", धेरै समयसम्म सोचविचार गरेपछि श्रमशालाको नाइकेले चेतावनी दिनु आफ्नो कर्तव्य सम्झन्छ । आदिमाताको तर्फबाट जमुना खितितिति हाँसिदिन्छे ।साथ कुरूप नारीले दिन्छे ।

"पुत्र, म ६ महिनापछि हिंड्दै छु, कति पनि थकाइ लागेको छैन । उडुँउडुँ जस्तो लागेको छ ।", मार्था स्पष्टिकरण दिन्छिन् । नाइकेको तर्फबाट जमुना फेरि खितितिति हाँसिदिन्छे । साथ कुरूप नारीलेनै दिन्छे ।

"आदिमातालाई लडाइँमा मान्छे काटेको कुरा सुनाउनोस् न काका ।"

- जमुना फेरि खितितिति गर्छे ।

"लडाइँमा ?", मार्थालाई कुरा रूचिकर लाग्छ ।

"हजुर, दोस्रो महायुद्वको समयमा म ब्रिटिस आर्मीमा कप्तान थिएँ..."

- नाइके लाज मान्छ ।

"मतलब-तिमी भूतपूर्व सैनिक नै हौ... ।", मार्थालाई ऊ भूतपूर्व सैनिकजस्तो मात्र नभएकोमा मज्जा लाग्छ, "सुनाऊ पुत्र... !"

"चाँडो सुनाउनोस् न काका !", चुलबुले जमुनालाई ढिलाइ मन पर्दैन, आदिमाताको कुरा काटेर फेरि खितखितखितखित गर्न थाल्छे ।

"मान्छे काटेको कुरा के सुनाउनु ?", नाइके मस्किँदै कुरा गर्न थाल्छ, "त्यस बेला म रङ्गुनमा तैनाथ थिएँ । हाम्रो रेजिमेन्टमा मानिसहरू र सामानहरूको कमी थियो । रेजिमेन्ट जर्नेलले आर्मी चिफ जर्नेलसित केही इन्फेन्ट्री आर्टिलरी माग गरिरहेको थियो । हामी सहायता पर्खिरहेका थियौं । सुरक्षात्मक स्थिति धारण गरिरहेका थियौं । एक दिन राति अचानक जापानीहरूले हमला गरे । म फ्रन्ट लाइनमा थिएँ । रातभरि गोली हानाहान भयो । सयौं सैनिक मरे, घाइते भए । बिहानसम्ममा दुवैतर्फका गोलीगट्ठा सिद्धिए । जापानीहरू सङ्गीन तेर्स्याएर आइलागे । हामी खुकुरी समातेर जाइलाग्यौं । छप्पछप्प गरी दश-बाह्र जना जापानीलाई काटें मैले 'आयो गोर्खाली' भन्दै । नशै लाग्दो रहेछ मान्छे छप्काउन थालेपछि !"

चुलबुले जमुना खितितिति हाँस्छे, बीचैमा । "डेढसय जवान जापानीहरू मूलाझैं काटिए । मैले बहादुरीको तक्मा पाएँ, तर मेरो मन जापानीहरूको रगतको खोला देखेपछि विरक्तिन थाल्यो । लडाइँ सिद्धिएपछि म नाम काटेर भागें । मलाई पछुतो पर्‍यो । बर्षौंसम्म म पछुतोको आगोले जलिरहें । सौभाग्यवश एक दिन मैले आदिगुरूको दर्शन पाएँ । उहाँले भन्नुभयो 'पुत्र ! तिमीले मान्छे नकाटेको भए तिमी आफैं काटिन्थ्यौ- यो इतिहासको परिणति हो । इतिहास बदल्ने महाकार्यमा मलाई साथ देऊ, दुःखमा पनि सार्थकता प्राप्त हुनेछ ।' म गुरूचरणमा समर्पित भएँ ।"

नौडाँडाबाट झरेर सुइखेतको विस्तृत फाँट छिचोल्दै, हेमजा गाउँ हुँदै याम्दी खोला तर्दा, काउँडाँडापछाडिपट्टिबाट सूर्य उदाउन थालिसकेको हुन्छ । पहिले रातोरातो उज्यालोउज्यालो देखिन्छ । त्यो रक्तिम आभा बिस्तारै माथि सर्दै पूर्वाकाशमा विस्तारित हुन्छ । त्यसपछि घामको पहिलो किरण अन्नपूर्णका टाकुरामा पर्छ । याम्दी खोला तरेर जौबारीमा आइपुगेपछि बल्ल माछापुच्छ्रेको टाकुरामा घाम परेको देखिन्छ ।

पोखरा आइपुग्छ । नाइकेको हिसाबकिताबबमोजिम सोचेभन्दा धेरै छिटो पोखरा आइपुगिएको हुन्छ । ऊ आदिमाताको तारिफमा पुल बाँधिदिन्छ, मार्था हृदयदेखि प्रसन्न हुन्छिन् ।

बतासे चौतारो आइपुग्छ । त्यहाँ अडिएर मार्था केहीबेर सुस्ताउँछिन् । तिनलाई आनन्ददायक थकाइको अनुभूति हुन्छ । चौतारोको अर्कोपट्टि

सयौं भेडाच्याङ्ग्रा चरिरहेका हुन्छन् । मार्थाको मन आल्हादित हुन्छ । यसबीच नाइके केही व्यक्तिसित कहाँ पसल थाप्नु वेस होला भन्ने सम्बन्धमा विचारविमर्श गर्छ । अन्य सबै व्यक्ति भारी बोकीबोकी निर्देशको प्रतीक्षा गर्छन् ।

"आदिमाता ! टुँडिखेलको पूर्वी छेउ, बजार पस्ने मुखैमा बस्नु उपयुक्त होला भन्ने सल्लाह भएको छ !", विचारविमर्शको समाप्तिपछि नाइके जानकारी दिन्छ ।

"हुन्छ, सल्लाहबमोजिम काम गर ।", मार्था मुस्कुराउँदै बतासे चौतारोबाट उठ्छिन् । सबै टुँडिखेलको मुख्य भूभागतर्फ बढ्छन् ।

पुरानो टुँडिखेलको नामले सुप्रसिद्ध हरियो चउर, जसको एकापट्टि हाईस्कुल र अर्कोपट्टि सेतीखोलाको पाखो र गाईघाट जाने बाटो हुन्छ, बिहानीका प्रथम किरणहरू ओसिलो पारामा चमचमाइरहेका हुन्छन् । मानिसहरूको आवतजावत शुरू भइसकेको हुन्छ तर दशैंबजार राम्ररी लागिसकेको हुँदैन । थाकखोलातिरबाट बेच्न ल्याइएका भेडाच्याङ्ग्राहरू चउरको उत्तरपट्टि आआफ्नो बथानमा चरिरहेका हुन्छन् । बेलाबेला थकाली वा भोटे मालिक चर्को स्वरमा कराएर वा सिटी बजाएर भेडाच्याङ्ग्रा नियन्त्रण गरिरहेका हुन्छन् । छेउछाउका गाँउहरूबाट आएका गाउँलेहरू टुँडिखेलको बीचमा हल्ला मच्चाउँदै पसल थाप्ने काममा जुटिरहेका हुन्छन् । स्कुलतिरको लाइनमा पोखराका स्थानीय पसलेहरूले मान्द्रो-भकारीको अस्थायी घर बनाएर चियापसल खोलेका हुन्छन् । प्रत्येक चियापसलमा सेलरोटी र मिठाईहरू सजाएर राखिएका हुन्छन् । मिठाईहरूको स्वाद मानिसहरूले भन्दा बढी झिंगा-माहुरी र कमिलाहरूले चाखिरहेका हुन्छन् । बरपीपलको चौतारीमा चुरेटाहरू सामान सजाएर, आसन जमाएर बसेका हुन्छन् । मार्था त्यहाँको वातावरणदेखि आनन्दविभोर हुन्छिन् ।

बरपीपलको चौतारीपछिल्तिर शमीको सानो चौतारी हुन्छ । नाइके आफ्नो दललाई त्यस चौतारीपट्टि लैजान्छ ।

"आए, आए बहुलाबहुलीहरू आए !", छेउछाउमा गाइँगुइँ हल्ला हुन्छ । नाइकेसहित दलका केही सदस्यहरू हल्ला सुन्छन् तर उपेक्षा गर्छन् । पसल थाप्ने व्यूहरचनामा तिनीहरू व्यस्त हुन्छन् ।

मार्था चौतारीमा बस्छिन् । शमीका हाँगा र पातहरूमा कलिलो घामका किरणहरू अलमलिइरहेका हुन्छन् । त्यसैले मार्थालाई जाडो लाग्छ ।

"आदिमाता, जमुनाको पछि लाग्ने ठिटो उः त्यही हो ।", मैचाङ खुसुक्क जानकारी दिन्छे । मार्था ठिटोलाई गहिरिएर हेर्छिन् । ठिटो जमुनालाई हेरिरहेको हुन्छ । ठिटोको अनुहार सामान्य हुन्छ, अनाकर्षक हुँदैन । मार्थालाई कताकता चिनेको अनुहारजस्तो पनि लाग्छ ।

"जाऊ त बोलाएर ल्याऊ... ।", मार्था अराउँछिन् । मैचाङ जमुनाको ध्यान आकर्षित गर्दै ठिटोसित खुसखुस कुरा गर्छे । ठिटो सरमाउँछ । जमुना रिसले फुल्छे ।

"पुत्र, तिम्रो नाम के हो ?", साह्रै अप्ठेरो मान्दै ठिटो आफूसामु उभिन आएपछि मार्था प्रश्न गर्छिन् ।

"प्रेममूर्ति ।", ठिटो जबाफमा नाम भन्छ ।

"नामै प्रेम, कामै प्रेम !, मैचाङ बीचमा टिप्पणी गर्छे । ठिटो सरमले रातोपिरो हुन्छ ।

"मैले तिमीलाई दर्शन-शिक्षणतर्फ देखेजस्तो लाग्छ... ।"

"आदिमाता म पुनर्विचारसत्रमा छु... ।"

"विषय के हो ?"

"इतिहास ।"

"कहाँको ?"

"विश्वको इतिहास ।"

"ए, धेरै राम्रो ! मलाई पनि यो विषय प्रिय लाग्छ ।"

"आदिमाता, विज्ञान शिक्षणबाट माथि जाने नयाँ विद्यार्थीहरूमा विशिष्टता प्राप्त गर्ने उहाँ एक जना मात्र हुनुहुन्छ ।" मैचाङ जानकारी दिन्छे ।

"पुत्र तिमीजस्ता विद्यार्थीले नै आदिगुरूको महान् कार्य पूर्ण गर्न सक्छन् । शिष्यहरू महान् भए भने मात्र गुरू महान् हुन्छ । मेरो हार्दिक आशीर्वाद छ ।"

मार्था ठिटोलाई आफू सँगै बसाल्छिन् । आदिमाताको प्रेमयुक्त वचन र व्यवहारले ठिटो अभिभूत हुन्छ । उसका आँखाहरू थाहै नदिईकन रसाउँछन् । ती रसाएका आँखाहरू थाहै नपाईकन जमुना भएतिर घुम्छन् ।

रिसले फुलिरहेकी जमुना आँखा जुध्नासाथ माथिल्लो पङ्क्तिले जिब्रोमा लटपटिएका सबै कुरा सोहोरेर जमिनमा थुकिदिन्छे ।

नाइकेको व्यूहरचना तयार हुन्छ । ऊ शमी चौतारीबाट दश कदमको फरकमा दुई समानान्तर काल्पनिक रेखा खिच्छ र दललाई दुई भागमा बाँडेर, मुखामुख गरेर बसी, पसल थाप्ने निर्देश दिन्छ । डोको, नाम्लो, गुन्द्री, मान्द्रो, भकारीजस्ता सामानहरू एक लाइनमा र अर्को लाइनमा राडी पाखी आदि वस्तुहरू फिंजाएर व्यवस्थित ढङ्गले पसल थापिन्छ । तिनीहरूको यो पसल थाप्ने क्रियाले वरिपरिका सबैको ध्यान आकर्षित पार्छ । चियापसलेहरू, चुरेटाहरू र फाट्टफुट्ट आइपुगेका गाउँले बिक्रेताहरू ठूलो चोतारीबाट रमिता हेर्न थाल्छन् ।

"हेरहेर बहुलाबहुलीले पसल थाप्न कस्तो जानेका !"

"उनीहरूको दुनियै अर्को छ... !"

"हावा फुस्केकाहरू भनेर के गर्नु, चाहिन्जो हाताँ सीप हाम्रो भन्दा अगतिला छैनन् ।"

"पोहोर पनि आएका थिए । अरू जे भए पनि पागलहरूको कामचाहिं बलियै हुन्छ, राम्रै हुन्छ, मोल पनि अरूका भन्दा सस्तै हुन्छन् ।"

"उः त्यो तरूणी को रैछ, शमी बोटमुनि ?"

"सबैकी आमा हुन् आमा... !"

तमासेहरू गललल हाँस्छन् । मार्थालाई स्थितिबोध हुन्छ । तिनी चौतारीबाट केही कदम पर हट्छिन् । त्यहाँ मैचाङ र अरू दुई जना पुत्रहरू खाना पकाउने काममा हुन्छन् । विन्दु पनि चुलोछेउ आगो ताप्दै बसिरहेकी हुन्छे । "भोकाउनुभयो आदिमाता, म दूध तताउँदै छु... !", मैचाङ सोध्छे ।

"होइन, भोक लागेको छैन ।", मार्था मैचाङसित टाँसिएर बस्छिन् ।

"त्यहाँ हेर न, मानिसहरू तमासा देखाउन आएजस्तो पो भयो ।"

"आदिमाता, काम नपाएका मानिसहरू तमासा हेर्छन्, हामीलाई केको सरोकार !"

"सरोकार त भइहाल्छ नि, मान्छेको समाजमा बसेपछि ।"

मार्था कुरा नबढाईकन उठ्छिन् । पसल थापेको ठाउँमा जान्छिन् ।

नाइकेको व्यस्तता समाप्त भइसकेको हुँदैन । समानान्तर पसलका बीचबाट सामानहरू अवलोकन गर्दै, मधुर मुस्कान छर्दै, तिनी हिंड्छिन् । तमासेहरूको ध्यान आफूमाथि केन्द्रित भएको कुरामा तिनलाई कुनै सन्देह हुँदैन । यस कुराले तिनको व्यवहार प्रभावित हुन्छ । एक नयाँ आत्मविश्वास पनि जन्मिन्छ । तिनी नाइकेसित सानोसानो कुरा सोध्न र आवश्यकताभन्दा बढी मुस्कुराउन थाल्छिन् । सामानहरू सजाएर बसेका पुत्रपुत्रीहरूसित कुरा गर्न पनि तिनी बिर्सदिनन् । तिनलाई आफ्नो व्यवहार अस्वाभाविक अनुभव हुन्छ तर आवश्यक परेको समयमा आदिमातृत्व देखाउनु आफ्नो कर्तव्य हो भन्ने सम्झी आश्वस्त हुन्छिन् ।

"मलाई प्रेम मन पऱ्यो, असल केटो रहेछ ।", पसलहरू अवलोकन गर्दागर्दै तिनी मौका छोपी जमुनाको कानमा सुस्तरी खुसखुसाउँछिन् ।

"अनुहारै हेर्न मन लाग्दैन ।" जमुना सुस्तरी बरबराउँछे र प्रेमलाई पुलुक्क हेर्दै जमिनमा थुक्छे । प्रेमको अनुहारमा पीडाको भाव, ओठमा क्षणिक मुस्कान नाच्छ ।

"बिचरा, कस्तो माया लाग्ने गरी हेरिरहेछ... ।", मार्था प्रेमको पक्षबाट वकालत गर्न खोज्छिन् ।

"खालि पछि लागिरहन्छ, कुकुरजस्तो ।", जमुनाको अनुहार रिसले झन् बढी फुल्न थाल्छ । ऊ प्रेमको पक्षबाट कुनै पनि कुरा सुन्न इन्कार गर्छे र घरीघरी जमिनमा थुकिरहन्छे । मार्थालाई कताकता आफ्नै प्रतिच्छाया, प्रतिबिम्ब देखेजस्तो लाग्छ । आदिमाताको निरपेक्ष दृष्टिले हेर्दा नारीसुलभ अज्ञानताको पर्दाफास भएजस्तो अनुभव हुन्छ । सम्झाउने वृथा प्रयास नगरकिन मार्था करूण दृष्टिले जमुनालाई हेर्छिन् अनि चौतारीतिर लाग्छिन् । मैचाङ चुलोमा राम्ररी आगो फुकिराखेर चौतारीतिर आउँछे ।

"के भयो ?" मार्था सोध्छिन् ।

"आदिमाता कार्तिके कुकुर्नीहरू प्रेमका लागि जन्मिंदैनन्, किन वचन खेर फाल्ने काम गर्नुहुन्छ ?"

"के कुरा गरेको यस्तो ?", मार्था हपार्छिन् । मैचाङ गनगनाउँदै चुलोतिर लाग्छे ।

बिहानभर रमिता हुन्छ । यसपालि पनि पागलहरू मालसामान बेच्न आएका छन् भन्ने हल्ला दावानलझैं बजारभरि फैलिन्छ । पोखराबजारका छेउछाउका गाउँहरूमा पनि यो खबर एक कान दुई कान गर्दै पुग्छ । बजारियाहरू र गाउँलेहरू उल्टेर रमिता हेर्न आइपुग्छन् । चियापसलेहरू र चुरेटाहरू चौतारीबाट हटेपछि अरू मानिसहरू त्यहाँ चढ्छन् । चौतारीमा भिड र हाँसो अनियन्त्रित हुन्छ ।

"पागलहरूका गुरु कता छन्, देखिन्न नि ! पोहोर साल त आ'का थिए ।", एक जना रमिते घोक्रे स्वरमा जिज्ञासा प्रकट गर्छ ।

"गुरुका ठाममा गुरूआमा देखेनौ ?"

"खै कहाँ, खै ?"

"हेर उः त्यहाँ... !", बुज्रुक पल्टिरहेको अर्को रमिते चोर औंलाले मार्थालाई औंल्याउदै लेघ्रो तान्छ ।

"कति राम्री नि गाँठे !"

रमितेहरू गललल हाँस्छन् । मार्था देब्रे आँखाको कुनाबाट भिडलाई शत्रुतापूर्वक हेर्छिन् र मनमनै भुतभुतिन्छिन् । सम्भवतः नाइके तिनको मनोव्यथा बुझ्छ । ऊ भिडमाथि निरपेक्ष दृष्टि फ्याँक्दै तिनीसामु फौजी शैलीमा उभिन आइपुग्छ ।

"आदिमाता, असुविधानजनक स्थितिहरू सहन हामी अभ्यस्त छौं तर हजुरलाई... !"

"पुत्र म पनि अभ्यस्त हुँदै छु तर के हामी अन्याय सहिरहेका त छैनौं, मानिसहरू पागल भनेर उपहास गरिरहेका छन् ।"

"आदिमाता, ती उपहास गर्नेहरूसित झैझगडा गरेर हामी आफूलाई पागल होइनौं भनी साबित गर्न सक्तैनौ ।"

"ठीक भन्यौ पुत्र... !", मार्था मुसुस्क हाँस्छिन् र धेरै हदसम्म तनावमुक्त हुन्छिन् । नाइके काममा फर्किन्छ ।

बिहान सकिएपछि तमासेहरूको भिड छाँटिन्छ । मानिसहरू जतातत‌ैबाट ओइरिएर आउँछन् र उत्सुकतावश पागलहरूलाई हेर्छन्, फर्किन्छन् । सामान बेच्न आउनेहरू आइसकेका हुन्छन्, सामान खरिद गर्न आउनेहरू पनि आइरहेका हुन्छन् । मुख्य हाटबजार टुँडिखेलको

मध्यभागमा बस्छ । दशैंको आवश्यकता बमोजिम बसेको यस हाटबजारमा ग्रामीण र अर्धग्रामीण हल्लाबाजी, मोलमोलाइ र अनुशासन हुन्छ । बतासे चौतारीबाट टुँडिखेलको डिलैडिल विस्तारित भेडाच्याङ्ग्राको बजारका एक बेग्लै प्रकारको आकर्षण र जीवन्तता देखिन्छ । ग्रामीण, अर्धग्रामीण शहरियाहरू धेरै बेरसम्म आँखा डुलाएपछि मन परेको भेडा वा च्याङ्ग्रालाई प्रत्येक कोणबाट हेरेर त्यसको लक्षण विचार गरेपछि, हातले गर्धनदेखि पुच्छरसम्म छामेर, उचालेर मासुको गुण र तौलको अनुमान लाएपछि बिक्रेता 'इष्ट' सित त्यसको मोल सोध्छन् । मोलमोलाइमा निकै ठूलो हल्ला र घटबढ हुन्छ । भेडाच्याङ्ग्रा किन्न नसक्ने मानिसहरूका लागि यो क्रयविक्रयको कसरत रोमाञ्चकारी र दर्शनिय हुन्छ । ती छेउछेउमा उभिएर, हेरेर, सुनेर आनन्द लिन्छन् । भेडाच्याङ्ग्राका मालिक थकाली वा भोटेहरू, जो धवलागिरि, नीलगिरि हिमालय पर्वतछेउछाउका बासिन्दा हुन्छन् र तदनुरूप तिनीहरूको भेषभूषा, बोलीचाली हुन्छ, सित मोलतोल गर्दा मानिसहरू 'इष्ट' भनी मान गर्छन् । इष्टले उदारतापूर्वक मोल घटाएन भने कस्तो 'गु' रहेछ भनी आक्षेप पनि लाउँछन् । आफ्नो समूहबाट जबरजस्ती छुटाएर लगिने च्याङ्ग्रा र भेडाहरू घाँटीमा डोरी लाएर तानिदा भ्याँभ्याँ गर्दै खुट्टा चलाएर हिंड्न इन्कार गर्दै वा बाटैमा थुचुक्क बस्दै तमासा देखाउँछन् । त्यसले दशैंबजारमा कुनै करूणा उत्पन्न गर्दैन । "भेडाच्याङ्ग्राको जातै यस्तो ।", मानिसहरू टिप्पणी गर्छन् र मूढे बल लाएर भेडाच्याङ्ग्रा घिच्याउँछन् ।

मध्याह्नमा घाम चर्किन्छ । टुँडिखेल, तिल राख्ने ठाउँ पनि बाँकी छैन भनेझैं गरी मानिसहरूले भरिन्छ । त्यहाँ धूलोछारोको कुहिरो लाग्छ । "हट हट ! बाटो छोड्छोड्" भन्दै भेडाच्याङ्ग्रा घिच्याउने मानिसहरूको चर्को स्वरले सबभन्दा बढी रोमाञ्च उत्पन्न गर्छ ।

मार्था शमीबोटमुनि बसेर वा उभिएर दिन काट्छिन् । ख्वाउने पकाउने काम सकिएपछि मैचाङ तिनको साथ दिन आउँछे । नाइके पनि साथ दिन आउँछ, जान्छ ।

"पुत्र, व्यापार कस्तो भइरहेछ ?"

"आदिमाता गतवर्षभन्दा यसपालि सामानहरू राम्ररी बिकिरहेका छन् ।"

"यो सब मेरा पुत्रपुत्रीको कार्यकुशलताको परिणाम हो । म साह्रै हर्षित छु ।"

मार्था साँच्चै नै हर्षित हुन्छिन् । धूलोछारो, घाम र कोलाहलका बीच समय बितेको तिनलाई पत्तो हुँदैन । एकैचोटी घडी हेर्दा चार बज्दै गरेको हुन्छ ।

"अब एक घण्टाजतिमा फर्किनुपर्छ, नत्र अबेर हुन्छ ।", मैचाङ स्वानुभवका आधारमा जानकारी दिन्छे ।

"मलाई त भोक पो लाग्न थाल्यो ।"

"म खाजा ल्याउँछु ।" मैचाङ उठ्छे । ठीक यही बेला विन्दु भुकेको स्वर मार्थाको कानमा पर्छ । विन्दुको यो भुकाइ सामान्य हुँदैन त्यसैले मार्थासहित मैचाङको ध्यान पनि केन्द्रित हुन्छ ।

"के भएछ त्यहाँ ?"

"कुन्नि के भएछ, विन्दुले झम्टिराखेकी छ एक जना मान्छेलाई ।" जानकारी दिएर मैचाङ त्यतै दगुर्छे । बस्तीवालाहरूको समानान्तर पसलको मुखैमा मानिसहरू दगुरादगुर गरिरहेका छन् । चार-पाँच जना गाउँले किसिमका मानिसहरू मिलेर नाइकेलाई हातपात गरिरहेका हुन्छन् । विन्दु आलोपालो सबैलाई झम्टिरहेकी हुन्छे । हृष्टपुष्ट, बलियो नाइके हात हाल्ने ती गाउँलेहरूलाई हात जोडीजोडी सम्झाउने असफल प्रयास गरिरहेको हुन्छ ।

"विन्दु ! विन्दु ! नझम्टी !" नाइके विन्दुलाई पनि सम्झाउने प्रयास गर्छ । विन्दु कुरा सुन्छे, रोकिन्छे । गाउँलेहरू पाखुरा सुर्कंदै फेरि नाइकेमाथि खनिन्छन् । विन्दु फेरि झम्टिन थाल्छे । बस्तीका अन्य पुत्रहरू जो विनयपूर्वक छेउमा उभिइरहेका हुन्छन्, अघि सरेर ती गाउँलेहरूलाई समात्छन् । हेर्दाहेर्दै तमासेहरूको ठूलो भिड त्यहाँ जम्मा हुन्छ ।

"हर्नोस्, तपाईंहरू संयमित हुनुहोस्, तपाईंहरूसित हाम्रो कुनै वैरभावना छैन ।" नाइके विनयपूर्वक हात जोडिरहन्छ ।

"जान्दैनम् हामी त्यस्ता कुरा, बहुलाहरू पागलहरू !"

"के भो हँ ? पागलहरूले के गरे हँ ?"

"मनपरी भाउ गरे, मनपरी !"

"कस्तो मनपरी भाउ ?"

"ए गाउँले, कको मनपरी भाउ हँ ?"

"मान्द्रोको !"

"हामी चाहिने मान्द्रो बेच्न आका... यी पागलहरू मनपरी भाउ घटाएर बेच्दा रछन् । यसरी भाउ बिगार्न पाइन्छ ?"

"खरिदअनुसारको बिक्री होला, बिचराहरू... !"

"अहँ त्यसो भनेर काँ हुन्छ ! चलनचल्तीको भाउ घटाएर चाहिन्जो मनपरी गर्न पाइन्न !"

"बाजेका मान्द्रा बिकेनन् कि कसो ?"

भिडमा हाँसोको फोहोरा छुट्छ । अत्यन्त चिन्तित, व्यथित र भयभीत भएकी मार्था भिडको पछिल्तिर ठिङ्ग उभिरहन्छिन् । भिड पन्छाएर अघि बढ्ने आँट तिनीसित हुँदैन । जमुना रून्चे मुख पारेर तिनीसामु आउँछे ।

"जमुना, के भइराखेको छ... मैले त कुरै बुझ्न सकिनँ !"

"आदिमाता, हाम्रो बिक्री भएको खप्न नसकेर ती मान्छेहरू डाहले... !"

जमुना बोल्दाबोल्दै अड्किएर रून थाल्छे । मार्था उसलाई समातेर छातीमा टाँस्छिन् । मानिसहरूको ध्यान आकर्षित हुन्छ । अलगबगलमा उभिइरहेका पुत्रहरूको सहयोग लिई मार्था भिडमा बाटो बनाउँछिन् र झगडा भएको ठाँउमा पुग्छिन् ।

"हेर्नोस् बन्धुहरू ! तपाईंहरूको मालसामानको मोल वा बजारभाउ हामीलाई थाहा छैन । बजारभाउमा एकरूपता छ जस्तो हामीलाई लाग्दैन । सुपथ मोलमा सामान बेचेर हामीले कसैको शोषण गरेका छैनौ ।" नाइके कत्ति पनि विचलित नभईकन सम्झाउने प्रयास गरिरहेको हुन्छ ।

"त्यसै भाउ बिगार्न पाइन्छ, तँलाई असत्ती, हावा खुस्केको बहुला !", मान्द्रोबिक्रेता बाजे उफ्रिन्छ, पाखुरा सुर्कंदै । अरू गाउँलेहरू होमा हो मिलाउँदै थपडी बजाउँछन् ।

"यी भाउबेसाहा त्यसै भाउ बिगार्ने, पागलहरूलाई खेद्नुपर्छ यहाँबाट !"

"हो हो, खेद्नुपर्छ, खेद्नुपर्छ... !" गाउँलेहरू एकमत हुन्छन् । अरू गाउँलेहरू र शहरियाहरू, जो यस कुरासित सहमत हुँदैनन्, चुप लागेर तमासा हेरिरहन्छन् ।

"तपाईंहरूले हामीलाई खेद्नु पर्दैन ।" अघिदेखि डराइरहेकी मार्था जमुनालाई छोडेर अन्तःप्रेरणावश, एकजुट भएका गाउँलेहरूतिर लम्किन्छिन्, "हामी आफैं फर्केर जानेछौं । हामी गएपछि नबिकेका सामानहरू बेच्ने काममा ध्यान दिनुहोला । हाम्रा अधिकाशं सामान बिक्री भइसकेका छन् ।"

मार्थाको यस वचनले जादुको काम गर्छ । झगडालु गाउँलेहरूसहित सब पुत्रपुत्रीहरू अकमक्क पर्छन् । भिड तिनको रूपराशि र गर्वोक्तिले दङ्दास परिरहन्छ ।

"पुत्र फर्किने तयारी गर ।" मार्था नाइकेलाई अराउँछिन् ।

"हस् आदिमाता !", नाइके तिनको अगाडि अत्यन्त श्रद्धापूर्वक शिर झुकाउँछ । अन्य पुत्रपुत्रीहरू पनि सविनय आज्ञापालन गर्दै फर्कने तयारीमा लाग्छन् । मानिसहरू छक्क परिरहन्छन् ।

"तपाईंहरूमध्ये धेरै जनाले हामीले बनाएका सामानहरू खरिद गरेर सहयोग गर्नुभयो, यसका लागि म सबैलाई धन्यबाद दिन्छु । कृपया हामीलाई बाटो दिनुहोला ।" मार्था भिडलाई सम्बोधन गर्छिन् र थाहै नपाईकन मुसुक्क हाँस्छिन् । भिड मन्त्रमुग्ध हुन्छ । बिस्तारै यताउति लाग्छ । बाटो खुला हुन्छ ।

"अर्को वर्ष पागलहरू याँ आए भने गाईखाने... !", मान्द्रोबिक्रेता बाजे अझै जङ्गिरहन्छ । अन्य गाउँलेहरू उसलाई तानेर एकातिर लान्छन् । भिड गललल हाँस्छ ।

करिब पाँच मिनटभित्र फर्किने तयारी पूर्ण हुन्छ । नाइकेको नेतृन्वमा सबै पुत्रपुत्री रहलपहल सामानहरू बोकेर अनुशासित ढङ्गले 'आज्ञा'को प्रतीक्षा गर्छन् ।

"कुनै सामान छुटेको त छैन ?"

"छैन आदिमाता !", सबै एकस्वरमा बोल्छन् ।

"त्यसो भए जाऔं त !", मार्था अघि लाग्छिन् । विन्दु, नाइके र पुत्रपुत्रीहरू भिड नगरीकन पछि लाग्छन् । त्यतिखेर टुँडिखेलको सबै कार्यव्यापार ठप्प हुन्छ ।

२०

भोलिपल्ट बिहान नौ बजे मार्थाको आँखा खुल्छ । केही थकाइ मेटिए पनि केही थकाइ मेटिएको हुँदैन । सर्वाङ्ग विशेष गरी हातखुट्टाका जोर्नीहरू दुखिरहेका हुन्छन् तर त्यसभन्दा बढी पेटमा हुरहुरती भोकको आगो बलिरहेको हुन्छ ।

"उफ् !", भयङ्कर भोक र थकाइको सम्मिश्रित अभिव्यक्ति मुखबाट निस्कन्छ । तिनी बेमनले उठेर बस्छिन् । ओछ्यान छोड्न तिनलाई पटक्कै मन लाग्दैन ।

"पुत्री, आदिमाता जागा हुनुभयो होला । जाऊ हेर ।", बैठककोठामा प्रशान्त बोलेको सुनिन्छ । मार्था हतारहतार लुगा लगाई केशराशिको व्यवस्थामा ध्यान दिन्छिन् । मैचाङ तिनलाई हेर्न कोठामा पस्छे ।

"प्रशान्त हो ?", मार्था सोध्छिन् ।

"बिहानदेखि आदिगुरू पर्खिराख्नुभएको छ ।", मैचाङ टाउको हल्लाउँदै जबाफ दिन्छे ।

"बिहानदेखि याने.. ?", मार्था निश्चयात्मक कुरा जान्न खोज्छे ।

"प्रवचनसमयदेखि उहाँ यहीं हुनुहुन्छ ।", मैचाङ तिनको अभिप्राय बुझेर जानकारी दिन्छे ।

"मोरी उठाउनु पर्दैन !", मार्थाको मनको खुशी अभिव्यक्त हुन्छ, "जा यहीं बोलाएको छ भन्, उठ्न मनै लागेको छैन अनि बेसरी भोक लागेको छ ।"

कुन्नि के बुझेर, मैचाङ खितिति हाँस्छे, मुख थुन्छे र बाहिरिन्छे । मार्था मुठी कसेर दुवै हात तन्काउँछिन् । तिनलाई थकाइ मीठो लाग्छ । प्रशान्त कोठामा आउँछ, टाढैबाट हात जोडेर प्रणाम गर्छ । मार्था एकछिनसम्म ट्वाल्ल पर्छिन् ।

"यहाँ आऊ न... बस !", मार्था अनुरागपूर्वक बोलाउँछिन् । प्रशान्त आज्ञापालन गर्दै ओछ्यानमा बस्छ ।

"आदिमाता !", प्रशान्त बोल्न खोज्छ ।

"मलाई तिम्रो दुइटा बानी मन पर्दैन प्रशान्त ।", मार्था बीचैमा कुरा काट्छिन् ।

"कुन दुइटा बानी आदिमाता ?"

"मैले तिमीलाई पहिले पनि भनिसकेकी छु, म तिम्रो औपचारिकता सहन सक्तिनँ । म पुत्रपुत्रीहरूकी आदिमाता हुँ मलाई यो कुरा प्रिय र स्वीकार्य लाग्न थालेको छ तर म तिम्रो 'माता' होइन, त्यसैले घरीघरी 'आदिमाता' नभन । मलाई तिम्रो यो बानी मन पर्दैन । अर्को कुरा, जब तिमी प्रणाम गर्छौ, टाउको झुकाएर, म स्वीकारै गर्न सक्तिनँ । म तिम्रो साथी हुँ, दुःख दिने साथी । त्यसैले मलाई सजाय देऊ, म सहन्छु तर ढुङ्गाकी देवी सम्झेर पूजा गरेको म सहन सक्तिनँ ।"

प्रशान्त मुसुक्क हाँस्छ । मार्थाले कुराको भूमिका बाँध्दानबाँध्दै वास्तविक कुरा बुझ्ने बानी उसलाई परिसकेको हुन्छ ।

"आदिमातालाई प्रणाम गर्ने अधिकारबाट वञ्चित गरिएँ भने मैले आफ्नो अस्तित्वमाथि र अस्तित्वहरूका अस्तित्वमाथि पुनरावलोकन गर्नुपर्नेछ ।"

प्रशान्त खुला दिलले मुसुमुसु हाँस्दै कुरा गर्छ, "र मलाई सन्देह छैन, सत्य त्यही हुनेछ, जुन अहिले छ ।"

"तिमी मलाई आदर-सम्मानको अस्त्रले प्रहार गरिरहेका छौ, मलाई सधैं पीडा भइरहन्छ ।"

"आदिमाता, मेरो हार्दिक शुभेच्छा छ, बिनाघाउको पीडा कसैलाई पनि नहोस् ।" प्रशान्त हाँस्छ । मार्था घुर्की देखाएर भित्तातिर ढल्कन्छिन् ।

"पुत्री !", प्रशान्त ढोकामा हेर्दै स्वर केही चढाउँछ । मैचाङ ढोकामा देखा पर्छे ।

"खै, आदिमातालाई ख्वाउनु, पिलाउनु पर्दैन पुत्री ?"

"हजुर, म लिएर आउँछु !", मैचाङ हडबडाउँदै दगुर्छे ।

"म केही खान्नँ, जाऊ तिमी पनि ।" मार्था आफ्नै इच्छाविरूद्ध आँखा चिम्लिन्छिन् । मनमा एक अज्ञात उल्लासको भावना हुन्छ, जसले गर्दा घुर्की ठाउँमा परेजस्तो पटक्कै लाग्दैन । एकैछिनमा मैचाङ एक मग तातो दूध लिई आउँछे ।

"आदिमाता, उठ्नोस् !"

"म केही खान्नँ, लैजा !"

"उठ्नोस् न, कहाँको रिस कहाँ पोख्नुहुन्छ !"

मैचाङ प्याच्चै बोल्छे अनि आफैं आत्तिन्छे । मार्था उत्तानो परेर खाउँला झैं आँखाले उसलाई घुर्छिन् । आफ्नो गल्ती अनुभव गरी खुम्चिरहेकी पुत्रीलाई हेर्दाहेर्दै तिनलाई दया लाग्छ ।

"मुखसुख च्यातिदिन्छु अनि खान्छे... खै ले !", तिनको बोली नरम र प्रेमयुक्त हुन्छ यद्यपि अनुहारको भावभङ्गीमा घुर्कीका अवशेषहरू बाँकी रहन्छन् ।

मैचाङ दूधको मग तिनको हातमा दिन्छे अनि आदिगुरूसित लाज मानेर भाग्छे ।

"पुत्रीसित हेलमेल खूब बढेजस्तो छ... ।" प्रशान्त कुराको सिलसिला जोड्न खोज्छ । मार्था अवशिष्ट घुर्कीलाई सकभर समाल्दै चुपचाप दूध पिइरहन्छिन् ।

"आदिमाता म हार्दिक प्रसन्नता र आभार प्रकट गर्न यहाँ उपस्थित भएको हुँ, कृपया स्वीकार गर्नुहोला ।" केही समयको मौनतापछि प्रशान्त खास कुरा गर्छ र साँच्चै नै प्रसन्न देखा पर्छ ।

"केका लागि आभार र प्रसन्नता ?" मार्था बाफिलो दूध पिउँदै आँखा उचाल्छिन् ।

"हिजो पोखरामा जुन दुर्घटना भयो र आदिमाताले जुन महान् भूमिका खेल्नुभयो त्यो अभिनन्दनीय र स्तुत्य छ । म सम्पूर्ण बस्तीका तर्फबाट साकार आदिमातालाई नमस्कार गर्छु ।"

"के यही कुरामात्र भन्न बिहानदेखि पर्खेर बसेको, कामधाम सबै छोडेर ?"

मार्था रिसाउन प्रयत्नशील हुन्छिन् ।

"हो आदिमाता !" प्रशान्त तिनको सक्कली वा नक्कली रिसलाई प्रेमपूर्वक दमन गर्छ, "म सबै काम छोडेर यहाँ उपस्थित छु आभार प्रकट गर्न... ।"

"किन नि ?", मार्था चर्किन्छिन् ।

"किनभने यो नै सबैभन्दा महत्त्वपूर्ण कार्य हो ।", प्रशान्त आफूलाई स्पष्ट गर्छ । मार्था अरू केही नबोलीकन दूधको प्याला रित्याउँछिन् । भावुक भई ओछ्यानमा ढल्किन्छिन् ।

"अब म बिदा चाहन्छु ।"

प्रशान्त उठ्छ । मार्था अर्ध भावुक मनस्थिति बोकेर एकछिनसम्म टोलाइरहन्छिन् । प्रशान्त ढोकातिर पाइला बढाउँछ ।

"प्रशान्त साँझपख म भेट्न चाहन्छु. ।"

"कुनै विशेष कुरा छ कि आदिमाता ?", ऊ रोकिन्छ ।

"तिमीसित भेट्न विशेष कुरा हुनैपर्छ र ?", तिनलाई फेरि रिस उठ्न थाल्छ तर ऊ मौका दिंदैन ।

"हुन्छ, म आउनेछु ।", ऊ जान्छ ।

त्यस दिनभर मार्थाको दिनचर्या खुबै व्यस्त हुन्छ । आलोपालो गरी बस्तीका तमाम बासिन्दाहरू आभार प्रकट गर्न आइरहन्छन् । मार्था स्वाभाविक अभ्यस्ततापूर्वक पुत्रपुत्रीहरूको हार्दिक आभार स्वीकार गर्दै जान्छिन् । संस्थागतरूपमा आदिशिक्षणशाला, आदिआरोग्यशाला, आदिश्रमशाला र पुत्रपुत्री सङ्घका तर्फबाट प्रतिनिधिहरू आउँछन् । यो चौतर्फी अभिनन्दनले मार्था भावुक हुन्छिन् । आदिशिक्षणशालाका प्रतिनिधिहरूलाई सम्बोधन गर्दै तिनी भन्छिन्, "पुत्रपुत्रीहरू, म निश्चय पनि तिमीहरूकी आदिमाता हुँ तर आदिगुरूद्वारा प्रतिपादित शिक्षाको आलोकबाट म वञ्चित नै छु । आदिमातालाई पनि शिक्षालाभ होस् भनी कामना गर ।" आदिश्रमशालाका प्रतिनिधिहरूलाई तिनी भन्छिन् "यो सबै तिमीहरूको सहनशीलता र आत्मानुशासनको परिणाम हो । दुनियाँ मेरो अभिनन्दन गर्छन् तर मेरा प्रिय पुत्रपुत्रीहरू, म तिमीहरूको हृदयदेखि नै अभिनन्दन गर्छु ।"

आदिमाताको कुरा सुनेर सबैका आँखा भरिन्छन् । आदिआरोग्यशालाका प्रतिनिधिहरूका सामु तिनी केही लज्जित हुन्छिन् र भन्छिन् "पुत्रपुत्रीहरू, म माता हुँ तर एक कमजोर नारी पनि हुँ भन्ने कुरा तिमीहरू सबैलाई थाहा छ । म यस बस्तीमा आएदेखि नै महारोगसँग सङ्घर्ष गरिरहेका पुत्रपुत्रीहरूलाई भेट्न चाहन्थें, शुभशीर्वाद प्रदान गर्न चाहन्थें तर महारोगको नाम सुन्नासाथ भयभीत हुने नारीले के नै गर्न सक्छे... म ती सबै पुत्रपुत्रीसित अत्यन्त क्षमाप्रार्थी छु, जसको आदिमाता हुन म, स्वयम् आफ्नो दृष्टिमा पनि, अयोग्य साबित भएकी छु ।" तिनको यस स्वीकारोक्तिले डाक्टर आनन्दसहित सबैलाई हार्दिक सन्तोष प्रदान गर्छ ।

पुत्रपुत्री सङ्गसित धेरै समयसम्म, बढी अन्तरङ्ग किसिमले कुराकानी हुन्छ । शुरूमा औपचारिक आभार प्रकटगराइ नै हुन्छ, जसको प्रत्युत्तरमा तिनी भन्छिन्, "पुत्रपुत्रीहरूको कल्याण कामना नै माताहरूको धर्म हो, त्यसैले कृतज्ञताज्ञापन गरेर मलाई लज्जित नतुल्याऊ ।"

"आदिमाता... !", एक पुत्र केही सोध्न खोज्छ तर हिचकिचाउँछ । "भन पुत्र, के कुरा सोध्न चाहन्छौ ?"

"आदिमाता हामी पुत्रपुत्रीहरू आदिगुरू र हजुरको पूर्वजन्मकथा जान्न इच्छुक छौं ताकि त्यस महान् सङ्धटनालाई इतिहासबद्ध गर्न सकौं ।"

"आदिगुरू स्वयम्ले यो कुरा भनिसक्नुभएको होला... ।"

"आदिमाता, उहाँले सविस्तार कहिल्यै पनि भन्नुभएन । छोटकरीमा केही सङ्केतहरू दिनुभयो उहाँले, जसअनुसार आदिमाताको निराकार बिम्बलाई आत्मासात गर्ने प्रयासमा लाग्यौं हामी । जब साकार आदिमाताको आगमन भयो, तब हामी सबै परिवर्तित भयौं । निराकारसित हाम्रो नाता टुट्यो । त्यसै बेलादेखि नै हामी आादिमाताको मुखारविन्दुबाट पूर्वजन्मकथा श्रवण गर्न अभिलाषी थियौं ।"

"पुत्रपुत्रीहरू, तिमीहरूले पूर्वजन्मकथा सुन्यौ भने मलाई घृणा गर्न थाल्नेछौ, छिछि र दूरदूर गर्न थाल्नेछौ ।"

"आदिमाता जसलाई हाम्रा आदिगुरू प्रणाम गर्नुहुन्छ ती महानतम मातालाई हामी अनादर गरौं यो हाम्रो जीवनमा कुनै पनि सम्भावनाहरूको गणितअनुसार सम्भव छैन ।"

मार्था एकछिनसम्म विचारमग्न हुन्छिन् । तिनलाई लाग्छ, पुत्रपुत्रीहरूलाई जीवनका सत्य कुरा सुनाएर मन हलुका पार्ने अवसर यही हो । यदि पुत्रपुत्रीहरूलाई पूर्वजन्मकथा सुनाउन पनि सकिंदैन भने जीवनमा अरू के गर्न सकिन्छ... ? मैले आफ्नो कमजोरी, आस्था र विश्वासको वकालत माया गर्ने पुत्रपुत्रीहरूसामु नगरे कसको अगाडि गर्ने ? सायद यिनीहरू मलाई हार्दिक सहयोग गर्लान् ।

"पुत्रपुत्रीहरू, आदिगुरूद्वारा यो बस्ती सत्य सन्धानका लागि स्थापना भएको हो भन्ने कुरा सबैलाई थाहा छ । पूर्वजन्मका एक दिन, मानवीय

सत्यको खोज गर्दै तिमीहरूको आदिगुरू घरबाट निस्केको थियो, आफ्ना बाआमा, दाइभाइ, दिदीबहिनी सबैलाई रूवाएर । त्यस बेला तिमीहरूको आदिगुरू अत्यन्त दुःखी थियो, अत्यन्त पीडित थियो र यसको एक मात्र कारण म थिएँ ।

हामीले स्कुलदेखि विश्वविद्यालयसम्म सँगसँगै अध्ययन गऱ्यौं । तिमीहरूको आदिगुरू स्कुले जीवनदेखि नै प्रतिभाशाली र अत्यन्त कुशाग्रबुद्धि थियो, तडकभडक मन नपराउने भावुक व्यक्ति थियो र युवतीहरूभन्दा बढी लज्जाशील थियो । स्कुलको अध्ययन समाप्त भएपछि हामी कलेज पुग्यौं र त्यसपछि उच्चशिक्षा हासिल गर्न विश्वविद्यालय । म पहिलादेखि नै एक सामान्य कोटीकी विद्यार्थी थिएँ तर तिमीहरूको आदिगुरूको श्रेणी जहिले पनि 'विशिष्ट' थियो । ऊ कति कुरामा शिक्षकहरूभन्दा बढी जान्नेसुन्ने थियो । त्यसैले प्राध्यापकहरू उसलाई अत्यन्त आदर दृष्टिले हेर्थे । पुत्रपुत्रीहरू तिमीहरूको आदिगुरूले स्कुलमा पढ्दादेखि नै मलाई प्रेम गर्थ्यो भन्ने मलाई थाहा थिएन ।

त्यस किशोररावस्थामा तिमीहरूको आदिगुरूले कट्टु लाएर हिंडेको सम्झन्छु, दौडका विभिन्न प्रतियोगिताहरूमा भाग लिएको सम्झन्छु । त्यस बेला ऊ मोटोघाटो, हृष्टपुष्ट ठिटो थियो । म फ्रक लाएर हिंड्थें र सारी कसरी लाउनुपर्छ भन्ने कुरा जान्दिनथें ।

स्कुलमा पढ्दादेखि नै ऊ मलाई प्रेम गर्थ्यो तर केही भन्दैनथ्यो, केही कुरा गर्दैनथ्यो । ऊ अन्तर्मुखी थियो । पछि उसले मलाई भन्यो कि स्कुलको अन्तिम परीक्षाफल प्रकाशित भएको दिन एक मित्रको मुखबाट पहिलोपल्ट उसले मेरो नाम थाहा पाएको थियो । यसभन्दा अगाडि वर्षदिनसम्म सँगसँगै पढ्दा पनि उसले मेरो नाम थाहा पाउने प्रयास गरेन, जब कि ऊ मलाई पहिलो नजरदेखि नै प्रेम गर्थ्यो । तिमीहरूको आदिगुरूको प्रेम किशोरावस्थादेखि शुरू भएको थियो, जब हामी दुवै अवयस्क थियौं । पुत्रपुत्रीहरू किशोरावस्थाको प्रेम अत्यन्त कोमल हुन्छ, भावुक हुन्छ, समर्पणयुक्त हुन्छ । त्यहाँ निश्छलता र पवित्रता मात्र हुन्छ । तिमीहरूको आदिगुरूको प्रेम यस्तै थियो ।

कलेजमा अध्ययन गर्दा पनि तिमीहरूको आदिगुरूले आफ्नो प्रेमलाई अभिव्यक्त गरेन । सत्य कुरा त यो हो कि ऊ मलाई प्रेम गर्थ्यो र मबाट पलायन गर्थ्यो । उसको अन्तर्मुखी स्वभावले गर्दा स्कुलदेखि विश्वविद्यालयसम्म हामी शारीरिकरूपले नजिकिएनौं, कहिले पनि । सायद ऊ यसलाई आवश्यक मान्दैनथ्यो । जब विश्वविद्यालयमा पहिलोपल्ट उसले मलाई लिखित प्रेमनिवेदन गऱ्यो, मैले स्वीकार गर्न सकिनँ ।

ऊ असल थियो तर मेरो इच्छानुरूपको व्यक्ति थिएन । मजस्तो सुन्दर जीवनसाथीको परिकल्पना गर्थें, त्यस व्यक्तित्वसित तिमीहरूको आदिगुरूको व्यक्तित्व मिल्न सकेन । ऊ मेरो सपनाको राजकुमार हुन सकेन, त्यसैले मैले पूर्णरूपले उपेक्षा गरें । मेरो यो घोर उपेक्षा उसलाई सह्य भएन । उसको दृष्टिमा प्रेम नै सबथोक थियो । सबै कुरालाई तृणसमान सम्झेर ऊ प्रेमलाई नै धन सम्झन्थ्यो । प्रेम गर्नु नै आफ्नो चारित्रिक विशेषता मान्थ्यो । जब मैले उसको प्रेमको उपहासजनक ढङ्गले उपेक्षा गरें, ऊ धनवान्बाट कङ्गालमा परिणत भयो । उसले आफ्नो जीवनको आराध्य, लक्ष्य, मूल्य सबै कुरा गुमायो । ऊ दुःख र पीडाको प्रतिमूर्ति भई विश्वविद्यालय आउँथ्यो, जान्थ्यो । पढाइमा उसको रूचि हराइसकेको थियो ।

एक दिन ऊ विश्वविद्यालय आएन, अर्को दिन पनि आएन, अर्को दिन पनि आएन । चौथो दिन विश्वविद्यालयमा एउटा सनसनीयुक्त समाचार आयो, उसले सधैंका लागि गृहत्याग गऱ्यो । बाआमाहरूले रोक्ने प्रयास गरे, भाइबहिनीहरूले रूँदै बाटो छेके तर ऊ विचलित भएन । उसले भन्यो, म सत्यको खोज गर्न गृहत्याग गर्छु । म मानवताको कल्याणका लागि गृहत्याग गर्छु । बीसौं शताब्दीमा गौतम बुद्धको जस्तो महाभिनिष्क्रमण देखी धेरै मान्छेले विश्वास मानेनन् । विश्वविद्यालयका सहपाठी मित्रहरू अकमक्क परे तर वास्तविकता घटित भइसकेको थियो । म पनि दुःखी भएँ । मलाई अत्यन्त पश्चाताप हुन थाल्यो । मलाई थाहा थियो, उसको त्यस गृहत्यागको सम्बन्ध सिर्फ मसित छ । र एक दिन पश्चात्तापको अग्निमा जल्दै, क्षमायाचना गर्ने एकमात्र अभिप्राय लिएर म यहाँ आइपुगें । तर यस बेलासम्म म स्वयम् तिमीहरूको आदिगुरूलाई प्रेम गर्न थालिसकेकी थिएँ । पहिलेका भ्रम र मोहहरू सब टुटिसकेका थिए ।

अहिले म उसलाई प्रेम गर्छु, जसरी ऊ 'पूर्वजन्म'मा मलाई प्रेम गर्थ्यो। तिमीहरूको आदिगुरूलाई थाहा छ, म उसलाई प्रेम गर्छु तर ऊ स्वीकार गर्न चाहँदैन। ऊ भन्छ, गुरू र माताबीच प्रेममिलन हुनु सम्भव छैन। म मान्दिनँ। म उसको अहम्वादी विचार मान्दिनँ किनभने म प्रेममा विश्वास गर्छु। प्रेमभन्दा महान्, प्रेमभन्दा पवित्र, प्रेमभन्दा सुन्दर र प्रेमभन्दा जीवनदायी केही पनि छैन। मान्छे अहम्बाट प्रेमतर्फ लाग्नुपर्छ, न कि प्रेमबाट अहम्तर्फ। यो कुरा तिमीहरूको गुरूलाई भनिरहन्छु। मलाई पक्का विश्वास छ, एक दिन ऊ मेरो कुरा अवश्य स्वीकार गर्नेछ।"

मार्थाको आत्मकथन समाप्त हुन्छ। तिनी आफ्नो कुराको प्रभाव विचाार गर्न पुत्रपुत्रीहरूमाथि दृष्टिपात गर्छिन्। पुत्रपुत्रीहरूमा अनुकूल प्रभाव परिरहेको हुन्छ। तिनीहरूको श्रवण तन्मयता अझै भङ्ग भइसकेको हुँदैन। अन्ततः बस्तीमा सबभन्दा ज्ञानी भनी कहलिएको पुत्र कपिल सबभन्दा पहिले आफ्नो चेष्टा बदलेर आदिमातालाई सम्बोधन गर्छ, "आदिमाता ! हजुरको मुखारविन्दबाट पूर्वजन्मको सत्यकथा श्रवण गर्ने अभिलाषा परिपूर्ण भयो, हामी कृतकृत्य भयौं। आदिमाता प्रेममा विश्वास गर्नुहुन्छ र आदिगुरूलाई प्रेम गर्नुहुन्छ, यो कुरा सुन्दा हामी अत्यन्त हर्षित भएका छौं। हाम्रा आदिगुरू प्रेमको प्रतिमूर्ति हुनुहुन्छ, प्रेमको साकार प्रतिमा। सम्भवतः सत्य प्राप्तिका लागि प्रेमपीडित हुनु उहाँको नियति थियो। उहाँ यस स्तरबाट माथि उक्लिसक्नुभएको छ। त्यसैले आदिमाताको प्रेमले सत्यको नयाँ ढोका पनि खुल्न सक्छ। खुल्यो भने हामी सबै लाभान्वित नै हुनेछौं। आदिमाता, आदिगुरूको अहम्वादले जुन मानवजातिको एकमात्र सत्यजीवनवाद हो, प्रेमको विरोध गर्दैन। म निवेदन गर्छु।"

"पुत्र मैले अहम्को अर्थ बुझ्न सकेकी छैनँ। मलाई यति नै थाहा छ, अहङ्कारले विश्व जलेको छ, तहसनहस भएको छ धेरैपल्ट। त्यसैले विश्वमा मलहमजस्तो प्रेमको आवश्यकता छ।"

"आदिमाताको कुरा सत्य हो तर मानवप्रेम, क्षमा, करूणा र दयाजस्ता भावनाहरूलाई केन्द्रमा प्रतिष्ठित गर्ने धर्महरूद्वारा पनि विश्व जलेको छ, धेरैपल्ट। प्रेमको उन्माद अहङ्कारले पनि पृथ्वीलाई तहसनहस पारेको छ।"

"पुत्र, तिमी आदिगुरूको साँच्चै नै सुयोग्य पुत्र रहेछौ !"

मार्था प्रशंसा गर्छिन् । ज्ञानी पुत्र मुसुमुसु हाँस्छ । पुत्रपुत्री सङ्घका पदाधिकारीहरू गएपछि मार्था मैचाङमार्फत जमुनालाई डाक्छिन् । जमुना आशङ्काग्रस्त अनुहार लिएर मुख फुलाउँदै आउँछे । मार्था उसलाई आफूसँगै बसालेर प्रेमको तर्फबाट सम्झाउन थाल्छिन्, "जमुना, प्रेम सज्जन प्रकृतिको, असल स्वभावको केटो हो । आदिगुरूको महत्त्वपूर्ण चेलो पनि हो । उसको मन नबिगारिदेऊ । ऊ तिम्रा लागि उपयुक्त वर हो ।"

"मलाई त्यो मान्छे मनै पर्दैन आदिमाता !"

"ऊ तिमीलाई असाध्य प्रेम गर्छ, यो कुरा तिमीलाई थाहा छैन ?"

"थाहा छ तर एक हातले मात्र ताली बज्दैन भन्ने कुरा उसलाई पनि थाहा हुनुपर्छ ।"

"जमुना, जहिले पनि प्रेम एकतर्फी हुन्छ । एक जनाले नै सबभन्दा पहिले प्रेम गर्छ । अर्कोतर्फबाट त सिर्फ स्वीकार वा अस्वीकार हुन्छ ।"

"म स्वीकार गर्न सक्तिनँ अरे !"

"किन ?"

"अनुहारै मन पर्दैन ।"

"हृदय हेर न, मान्छेको प्रेम हृदयमा हुन्छ । अनुहार र शरीर त क्षणिक परिवर्तनशील कुरा हुन् । अनुहार मन परेर गरिने प्रेम, अनुहार बिग्रेपछि समाप्त हुन्छ । प्रेम हृदयले एक अस्तित्वलाई गरिन्छ । आदिगुरूका चेलाचेलीहरू प्रेमका क्षणिक उन्मादबाट मुक्त हुनुपर्छ । सामान्य आकर्षण र विकर्षणका खेल पशुहरूले खेल्छन् । मान्छेको प्रेम भोगविलास गर्नका लागि होइन, इतिहास रच्नका लागि हो । जमुना, कुरा सुन्दै छौ ?"

"मलाई यस्तो कुरा थाहा छैन ।"

"त्यसैले त सम्झाउँदै छु । प्रेमलाई उच्च दृष्टिले हेर्ने प्रयास गर, आदिम पशुदृष्टिभन्दा माथिबाट । मलाई थाहा छ, प्रेम एक व्यक्तिगत कुरा हो । कोही त्यसै मन पर्छ, कोही त्यसै मन पर्दैन । जमुना, म तिमीलाई कुनै प्रकारको करबल गर्दिनँ तर पूजा गर्ने मान्छेलाई ढुङ्गा नहान, यतिचाहिँ भन्छु ।"

"मैले ढुङ्गा हानेकी छैनँ, के चासो मलाई ।"

जमुना मुख फुलाउँदै जुरूक्क उठ्छे र एकापट्टि फर्केर बरबराउन थाल्छे । मार्था छक्क पर्छिन् । तिनलाई सम्झाउन अन्य कुनै उपाय सुझ्दैन । "त्यस बेला म पनि यस्तै निर्मोही थिएँ !" तिनको मनमा प्रतिध्वनि हुन्छ । जमुना गएपछि मैचाङ बरबराउँदै आइपुगछे "आदिमाता मैले भनेकै थिएँ ।"

मार्थालाई वाक्कदिक्क लाग्छ । एकछिनसम्म मैचाङको मुखबाट जमुना र जमुनाजस्ता तरूनी आइमाईहरूको कटु आलोचना सुनिरहन्छिन् । कुरैकुरामा मैचाङको मुखबाट एउटा विशेष कुरा निस्कन्छ, "सबै आईमाईले प्रेमको अर्थ बुझ्ने भए संसारमा रन्डाहरू हुने नै थिएनन् ।"

मैचाङ आफ्नै सुरले बरबराउँदै भान्साखण्डमा लागेपछि मार्था बाहिर निस्किन्छिन् । घाम अस्ताइसकेको हुन्छ तर हावा नचलेको हुनाले साँझको आगमनमा जाडो लाग्दैन । मार्था यताउति नअलमलिईकन सीधै आदिवनमा पुग्छिन् । टाढैबाट तिनी प्रशान्तलाई देख्छिन् जो नारेश्वरको रूखमुनि ध्यानमग्न मुद्रामा बसिरहेको हुन्छ । मार्था छिटोछिटो कदम बढाउँदै त्यहाँ पुग्छिन् ।

"प्रशान्त, मैले सबै कुरा भनिदिएँ ।"

"के सबै कुरा आदिमाता ?"

"ती सबै कुरा, जुन हामीबीच घटेका थिए, पुत्रपुत्री सङ्घले साह्रै आग्रह गऱ्यो, हाम्रो पूर्वजन्मका सत्य कुराहरू जान्न । मैले इन्कार गर्न सकिनँ । झुटो बोल्न पनि सकिनँ । प्रशान्त, तिमी रिसाउन त रिसाउनौ ?" मार्था सशङ्कित हुँदै उसको अनुहार जाँच्छिन् तर ऊ बिना कुनै भाव, शान्तिपूर्वक आँखा चिम्लिदिन्छ । एकछिन मार्था प्रतीक्षा गर्छिन् तर उसको मौन प्रशान्ति असह्य भएपछि तिनी उसको काँध समातेर घचघच्याउँछिन्, "प्रशान्त बोल न, तिमी रिसाउन त रिसाएनौ ?" प्रशान्त आँखा खोल्छ, भावदृष्टिले तिनलाई हेर्छ र बोल्छ, "आदिमाता, पुत्रपुत्रीहरूले सत्य तथ्य कुरा बोध गर्दा म रिसाउनुको के प्रयोजन हुन्छ ? म सत्यलाई छोपेर सत्य सन्धान गर्न सक्तिनँ ।"

मार्था एक नितान्त औपचारिक जबाफ पाउँछिन् । तिनको अन्तर्मनले प्रशान्त रिसाएको छ भन्ने सूचना दिन्छ तर प्रशान्तको अनुहार र शब्दमा तिनी रिसको कुनै निसाना फेला पार्न सक्तिनन् ।

२१

नेपालीहरूको बडादशैं समाप्त भएर यमपञ्चक अर्थात् तिहार आउँछ गाउँघरमा र जान्छ । बस्तीका बासिन्दाहरू टाढाटाढा गाउँघरमा भैलो, देउसुरे खेलेको, मादल बजाएर रातभरि गीत गाएको आवाज सुन्छन् । बस्तीमा कुनै प्रकारको धार्मिक बन्धन हुँदैन तर त्यहाँ धार्मिक स्वतन्त्रताको उपभोग कसैले पनि गर्दैन । बस्तीको दिनचर्या यथावत् चलिरहन्छ र यो नै तिनीहरूको धर्म अथवा कर्म हुन्छ ।

तिहार सकिएपछि जाडो पलाउँछ । नौडाँडाको त्यस पाखोमा सिरेटोको सोझो आक्रमणले गर्दा जाडोमा वृद्धि हुन्छ तर दिनभर घाम लाग्न छाड्दैन । दिउँसोतिर घाम प्रचण्ड हुँदा अझै जाडो महिनाको आगमन भएको छैन भन्ने भ्रम मानिसहरूलाई पर्छ । कहिलेकाहिं बिहानैदेखि बदली भयो भने र मध्याह्न समयदेखि नै सिरेटोको झोक्काले हिर्काउन थाल्यो भने मानिसहरू जाडो महिना चाँडै आएछ भन्ने राय व्यक्त गर्न थाल्दछन् । मौसमसम्बन्धी मानिसहरूको विचार मौसमअनुसार बदलिरहन्छ । बस्तीका सबै सङ्कायहरू पुत्रपुत्री सङ्घको नेतृत्वमा 'आदिगुरूपर्व' मनाउने तयारीमा लाग्छन् । आदिगुरूपर्व, जुन बस्तीका बासिन्दाहरूका लागि सर्वाधिक प्रसन्नता र आनन्दको चाड हुन्छ, कसरी मनाउने भन्ने सम्बन्धमा पुत्रपुत्री सङ्घसहित सबै सङ्कायको संयुक्त बैठकहरू पटकपटक बस्छन् । आदिमातासित पनि राय सल्लाह र शुभाशीर्वाद मागिन्छ ।

मार्था आफ्नो राय व्यक्त गर्दै भन्छिन्, "पुत्रपुत्रीहरू तिमीहरूको आदिगुरूले आदि ज्ञान प्राप्त गरेको समय निश्चय पनि मानवकल्याणकारी दृष्टिको सर्वाधिक महत्त्वपूर्ण छ । आदिगुरूले ज्ञान प्राप्त नगरेको भए हामीमध्ये कसैको अस्तित्व यहाँ सम्भव थिएन, न कुनै नयाँ विश्वकल्याणकारी अस्तित्वहरू जन्मने सम्भावना नै हुन्थ्यो । गुरूकृपाले यो कर्मको प्रयोगभूमिमा हामी नवीन दृष्टि, नवीन मार्ग र जीवन सत्यताको खोजमा अग्रसर छौं । त्यसैले असल शिष्यशिष्याहरू गुरूकृपा बिर्सदैनन् ती आभार प्रकट गर्ने सुवर्ण अवसर खोजिरहन्छन् । मलाई प्रसन्नता छ, आदिगुरूका शिष्यहरूमा यो गुण अत्यन्त प्रबल छ । धुमधामले आदिगुरूपर्व मनाऊ

तर पुत्रपुत्रीहरू, तिमीहरूको आदिगुरूको व्यक्तिगत प्रकृति नबिर्स । ऊ अनावश्यक तडकभडक र औपचारिकता मन पराउँदैन । हृदयले गुरूको महाभिनन्दन गरेर गुरूको हृदय जित । मेरो शुभाशीर्वाद ।"

मार्थाको यस कुराले साह्रै राम्रो प्रभाव पार्छ । पुत्रपुत्री सङ्घसहित सबै सङ्घायका मानिसहरू आदिमाताको त्यो सम्भाषणलाई आधारभूत निर्देशन मानेर रचनात्मक कार्यक्रमहरू सोच्न थाल्छन् । अन्तमा तीन दिवसीय कार्यक्रमसहित भव्यतापूर्वक आदिगुरूपर्व मनाउने कुरामा सहमत हुन्छन् ।

मङ्सिर महिना आरम्भ हुन्छ तर आदिगुरूपर्व आउन अझ दश बाह्र दिन समय बाँकी नै हुन्छ । यो समय कार्यक्रम तयारीका लागि पर्याप्त हुन्छ, त्यसैले बस्तीका कुनै पनि सङ्घायमा हतारो चटारो देखा पर्दैन, चुपचाप तयारी कार्य चलिरहन्छ । यसबीच मार्था एक अविश्वसनीय कुरा सुन्छिन् ।

"प्रेमले जमुनालाई प्रेम गर्न छोड्यो । आजकाल ऊ जमुनाको पछि लाग्दैन ।" मैचाङ जानकारी गराउँछे । "यो कुरा कसरी सम्भव छ । ऊ जमुनाको पछि लाग्न छोड्यो होला तर जमुनालाई प्रेम गर्न अवश्य छोडेको छैन होला ।"

"होइन आदिमाता, उसले साँच्चै नै जमुनालाई प्रेम गर्न छोडिसकेको छ ।"

"प्रेम पनि छोडेर छोडिन्छ ?", मार्था थाहै नपाईकन च्याँट्टिन्छिन्, तिनलाई कताकता चोट लाग्छ ।

"आदिमाता सबै मान्छे प्रेममा शहीद बन्दैनन् । कसैका लागि जिन्दगीमा प्रेमानुरागभन्दा महत्त्वपूर्ण कुरा अरू हुन सक्छन् । प्रेम अन्धो प्रेमी थियो, सायद अहिले उसको आँखा खुलेको छ ।"

"जिन्दगीमा प्रेमभन्दा महत्त्वपूर्ण कुरा अरू हुन सक्तैन । म मान्दिनँ ।"

"सत्यलाई नमानेर के हुन्छ सत्य असत्यमा परिणत हुँदैन ।"

"पुत्री" मार्थालाई रिस उठ्छ, "मलाई तिम्रो उपदेशको आवश्यकता छैन ।"

"क्षमा आदिमाता" मैचाङको कुरूप अनुहार साह्रै अँध्यारो हुन्छ । ऊ अर्को कोठामा जान्छे ।

दिनभर मार्था मानसिकरूपले बेचैन हुन्छिन् । तिनलाई विश्वासै लाग्दैन कि प्रेममूर्तिजस्तो असल ठिटोले आफ्नो प्रेमलाई भुसुक्क बिर्सन सक्छ । त्यस ठिटाप्रति मार्थाको मनमा एक विशिष्ट ममत्वको भावना

थियो त्यसैले जमुनालाई मनाउन तिनी जहिले पनि प्रयत्नशील हुन्थिन् । वस्तुतः जमुनामा तिनी जसरी आफ्नो छायाँ देख्थिन्, त्यसै गरी प्रेममूर्तिमा प्रशान्तको छायाँ देख्थिन् । यही कारण यिनीहरूको आत्म मिलन होस् भन्ने तिनी हृदयदेखि नै चाहन्थिन् ।

"यदि प्रेमले जमुनालाई बिर्सेको हो भने निश्चय पनि उसको प्रेम पवित्र थिएन होला ।" दिनभरको गतिरोध समाप्त गर्दै मार्था मैचाङलाई सुनाउँछिन् ।

"प्रेमजस्तो सज्जन ठिटाको मनमा अपवित्र विचार उत्पन्न हुनै सक्तैन ।" मैचाङ पनि दृढ हुन्छे ।

"त्यसो भए प्रेमले कसरी आफ्नो पवित्र प्रेमलाई बिर्स्यो त ? म किन यस्तो अशुभ कुरा सुन्दै छु ? यो बस्तीमा किन यस्ता अप्रिय घटनाहरू हुन्छन् ?..."

"आदिमाता मलाई लाग्छ, उसले प्रेमको पूर्ण असफलता वा निस्सारता बोध गर्‍यो होला ।"

"म मान्दिनँ । प्रेमीहरू कहिले पनि प्रेमको असफलता वा निस्सारता बोध गर्दैनन् । ती मात्र प्रेम गर्छन् ।", मार्थाको स्वर फेरि पनि चर्किन्छ । मैचाङ तिनको मनोविज्ञान बुझेर चुप लाग्छे । बहस गर्ने कुनै प्रयास गर्दिन । साँझपख जमुना आउँछे । मार्थालाई अनुभव हुन्छ, तिनले जमुनालाई जीवनमा पहिलोपल्ट देखिरहेकी छिन् ।

"जमुना, त्यो केटो पछि लाग्न छोड्यो अरे, होइन ?", मार्था सोध्छिन् । जमुना नबोलीकन टाउको निहुराइरहन्छे ।

"आदिमाता, प्रेममूर्ति धेरै समयसम्म पुनर्विचार सत्रमा अल्झिरहेको थियो, अन्धो प्रेमको कारणले गर्दा । उसले जमुनालाई बिर्सेपछि यति चाँडो प्रगति गर्‍यो कि हप्तादिनभित्र ऊ पुनर्विचार सत्रबाट पूर्णहुति सत्रमा प्रवेश गर्‍यो । उसका साथीहरू कुरा गर्छन्, चाँडै नै ऊ ज्ञानी हुनेछ ।"

मैचाङ आफूले थाहा पाएको कुरा सुनाइदिन्छे ।

"ठीकै छ । प्रकृतिको खेल बुझिनसक्नुको छ ।", मार्थाको मुखबाट विरोधभासपूर्ण अभिव्यक्ति निस्कन्छ "अदिगुरूको प्रमुख लक्ष्य ज्ञानी शिष्य शिष्याहरूको उन्पादन नै हो ।"

जमुना केही बोल्दिन । आदिमातासित ख्यालठट्टा पनि गर्दिन, मैचाङसित भनाभन पनि गर्दिन । मार्था र मैचाङ दुवै छक्क पर्छन् । मनमनै उसको उदासीको अर्थ लाउने प्रयास गरिरहन्छिन् । ऊ धेरै समयसम्म टाउको निहुराएर कुराहरू सुनिरहन्छे अनि जान्छे ।

"पुत्री, जाऊ प्रेममूर्तिलाई बोलाएर ल्याऊ । म कुरा गर्न चाहन्छु ।"

जमुना गएपछि मार्था मैचाङलाई अराउँछिन् । मैचाङ जान्छे र प्रेममूर्तिलाई लिइआउँछे ।

"आदिमाता हार्दिक प्रणाम !", ऊ सविनय झुक्छ ।

"बस पुत्र !", मार्था ऊ बसुन्जेल चुप लाग्छिन् "मैले सुनें, तिमीले पूर्णाहुति सत्रमा प्रवेश पायौ ।"

"आदिगुरूको अनुग्रहले आदिमाता... ।"

"मेरो हार्दिक बधाई छ पुत्र, यसरी नै प्रगति गर्दै जाऊ ।"

'म आदिगुरूको सुयोग्य शिष्य हुने प्रयास गर्नेछु आदिमाता ! म विश्वमा गुरूप्रदत्त अहम् ज्ञान फिंजाउन चाहन्छु ।"

"तिमी कसैलाई प्रेम गर्थ्यौ, यस्तो मैले सुनेकी थिएँ ।..."

"हो आदिमाता । म एक युवतीलाई प्रेम गर्थे, जसमा पत्थरमा जति पनि प्रेमयुक्त संवेदना थिएन । मेरो तुच्छ अहङ्कारले पत्थरको मूर्तिलाई प्रेम गरेको थियो । मेरो त्यस अहङ्कारको मृत्यु र नयाँ अहङ्कारको जन्म एकसाथ भएको छ । म अवैयक्तिक भएको छु, गुरूचरणमा पूर्णरूपले समर्पित । अब विश्वकल्याणका लागि अहम् ज्ञान प्रचार गर्नु मेरो एक मात्र लक्ष्य हुनेछ ।"

"तिमी जमुनालाई बिर्सन सक्छौ त ?"

"आदिमाता मेरो अहङ्कारको लक्ष्य कसैलाई प्रेम वा घृणा गर्नु होइन भने कसैलाई सम्झनु वा बिर्सनु आवश्यक हुनेछैन ।"

प्रेममूर्ति मुसुक्क हाँस्छ, आदिगुरूको अन्दाजमा । त्यसपछि आदिमातालाई प्रणाम गरेर आफ्नो बाटो लाग्छ । मार्था सोच्ने प्रयास गर्छिन् यति सरल प्रेमी अचानक कसरी जटिल बन्यो ? सत्य के हो ? तथ्य के हो ?...

२२

चित्रात्मक डायरीका केही पाना रङ्गाएर मार्था सुत्छिन् । चाँडै निदाउँछिन् । जमुना र प्रेममूर्ति प्रकरणले जति व्यथित पारेको भए पनि तिनको गाढा निद्रा बीचबीचमा भाँच्चिदैन । बिहान ब्रह्ममुहूर्तकालीन समयमा जब मैचाङ तिनलाई उठाउन जोडले घचघच्याउँछे, मुस्किलले तिनको आँखा खुल्छ ।

"आदिमाता उठ्नोस् न भन्या... ।" मैचाङ घचघचाइरहन्छे ।

"सुत्न देऊ न, कस्तो निद्रा लागिरहेको छ ।"

"आदिगुरूले उठाउनू भन्नुभएको हो के... ।"

"ई, हो !" मार्था उसलाई लोप्पा ख्वाएर एकातिर फर्किदिन्छन् कारण यसभन्दा पहिले धेरैपल्ट आदिगुरूको नामले झुक्याएर तिनलाई मैचाङले उठाएकी हुन्छे ।

"हो भनेको आदिमाता... !", मैचाङ गम्भीर हुन्छे, "मैले झूटो कुरो गरेकी भए मै मरिजाऊँ । आदिगुरू हिजो राति हजुर सुतिसक्नुभएपछि आउनुभएको थियो । उहाँले भन्नुभयो 'आदिमातालाई भोलि सबेरै उठाउनू, मेरो तर्फबाट आदिमन्दिरमा उपस्थित हुन अनुरोध गर्नू ।", उहाँले भन्नुभयो, "भोलिको सभामा आदिमाताको उपस्थिति आवश्यक छ ।"

"साँच्चै हो ?", मार्थालाई अझैं विश्वास लाग्दैन ।

"झुटो भए मै मरिजाऊँ !", मैचाङको अनुहारमा दिल्लगीको बदलामा गहन उत्तरदायित्वको भाव हुन्छ "आदिगुरू आइसक्नुभयो होला चाँडो उठ्नोस् न ।"

मार्था उठ्छिन् । बिहानको चार बजे, रात पूर्णरूपले समाप्त भइसकेको हुँदैन । पश्चिमाकाशमा चन्द्रमा चम्किरहेको हुन्छ । असमाप्त चाँदनी छटामा माछापुच्छ्रे र अन्नपूर्ण हिमालय शृङ्खला मनमोहक ढङ्गले टल्किरहेका हुन्छन् । बाहिर रूखपात र सम्पूर्ण पर्यावरणमा शीत परेको हुन्छ । मार्थालाई हातमुख धुँदा खूब जाडो लाग्छ ।

"मैचाङको सहयोग लिएर तिनी पूर्णरूपले तयार हुन्छिन् । हलुका शृङ्गार पनि गर्छिन् । धेरै दिनदेखि तिनी ब्रह्ममुहूर्तकालीन सभामा गएकी हुन्नन्, त्यसैले तिनलाई एक नयाँ रोमाञ्चक अनुभूति हुन थाल्छ ।

ठीक समयमा मैचाङ आदिमन्दिरपट्टिको ढोका खोलिदिन्छे । मार्था आदिमातापूर्ण गरिमामय व्यक्तित्व धारण गर्दै, मन्दमन्द मुस्कुराउँदै आदिमन्दिरको त्यस विशाल कक्षमा प्रवेश गर्छिन् । तिनलाई देख्नासाथ त्यस विशाल कक्षमा उपस्थित आदिगुरू र पुत्रपुत्रीहरू आआफ्ना नियत स्थानबाट उठ्छन् र सामूहिकरूपले झुक्दै हार्दिक प्रणाम गर्छन् ।

मार्था आलोपालो हातहरू अभयमुद्रामा उठाउँदै, सबैको प्रणाम स्वीकार गर्दै आफ्नो अग्रासनमा पुग्छिन् । विन्दु तिनको खुट्टा चाटेर आफ्नो स्वागत अभिव्यक्ति पोख्छे ।

"प्रशान्त आज मलाई यहाँ प्रवचन सभामा उपस्थित हुन अनुरोध गरिएको रहेछ । पुत्री मैचाङबाट यो खबर प्राप्त गरें । म तनमनले उपस्थित छु ।" मार्था मुस्कुराउँदै, सबैले सुन्ने गरी आदिगुरू प्रशान्तलाई सम्बोधन गर्छिन् र कसैले अनुरोध गर्नुभन्दा पहिले नै आफ्नो अग्रासनमा विराजमान हुन्छिन् । आदिगुरू र पुत्रपुत्रीहरू तिनले आसनग्रहण गरिसकेपछि आआफ्नो स्थानमा शान्तिपूर्ण ढङ्गले बस्दै जान्छन् ।

एकछिन वातावरण स्थिर र शान्त हुन्छ । आदिगुरू प्रशान्तको सम्बोधन प्रतीक्षा गर्दा जहिले पनि यस्तो स्थिति सृजित हुन्थ्यो । पुत्रपुत्रीहरू प्रतीक्षामा मानौं सास रोकिरहन्थे । आदिगुरू सम्बोधनपूर्व केही क्षणका लागि ध्यानस्थ नै हुन्थ्यो । "आदिमाता" एकछिनको ध्यानावस्थापश्चात् आदिगुरू बोल्न थाल्छ, "म यहाँको उपस्थितिको लागि अत्यन्तै आभारी छु किनभने सम्पूर्ण बस्तीको तर्फबाट आजको यस सभामा आदिमाताको समुपस्थिति मलाई परमावश्यक लागेको थियो । मैले नै पुत्री मैचाङलाई अनुरोध गर्ने दायित्व सुम्पेको थिएँ । आदिमाताको उपस्थितिले हामीलाई र व्यक्तिगतरूपले मलाई हार्दिक प्रसन्नता प्राप्त भइरहेको छु । म साकार आदिमातालाई आफ्नो सम्पूर्ण समर्पणभावले नमस्कार गर्छु र एक अत्यन्त महत्त्वपूर्ण, आनन्ददायी सफलताको कल्याणकारी घोषणा गर्दछु ।..."

आदिगुरू एकछिन ध्यानस्थ हुन्छ । आदिमातासहित सबै पुत्रपुत्रीहरू महत्त्वपूर्ण घोषणा सुन्न अत्यन्त उत्सुक हुन्छन् । एक सनसनीपूर्ण रोमाञ्चको वातावरण सृजित हुन्छ ।

"आदिमाता एवम् मेरा परमआत्मीय पुत्रपुत्रीहरू" क्षणिक ध्यानावस्थाबाट फर्केपछि आदिगुरू प्रशान्त धीर, गम्भीर, ओजस्वी वाणीमा सम्बोधन गर्न थाल्छ, "यस भूखण्डमा बस्ती स्थापना गरेर हामी आत्मीय बन्धुहरूले, सामूहिकरूपले प्रायोगिक जीवनयापन गर्न थालेको दुई वर्षको समयावधिमा स्थापित एवम् सञ्चालित आदिशिक्षणशाला, आदिआरोग्यशाला र आदिश्रमशालाहरूले सन्तोषप्रद ढङ्गले कार्य गरिरहेका छन्, दिनानुदिन कार्यक्षमतामा वृद्धि भइरहेको छ । अन्ततोगत्वा, जीवनको खोज हाम्रो परमलक्ष्य हो, जहाँ पुग्न हामीले अहम्वादी मार्ग अपनाएका छौं । बारम्बार मैले भनेको छु । विश्वका प्रत्येक व्यक्ति, प्रत्येक जाति, प्रत्येक धर्म, प्रत्येक राष्ट्र र राष्ट्रसमूहले मानव इतिहासको रचना गर्दा, भविष्यको परिकल्पना गर्दा आफ्नोआफ्नो वर्तमान, आफ्नोआफ्नो सापेक्ष परिस्थितिमा अहम्जन्य व्यवहार गर्छ । मानवजातिका प्रत्येक सृजनात्मक सम्पूर्ण चेतना, चाहे त्यसको सम्बन्ध ज्ञानसित होस् वा विज्ञानसित, अहम्पूर्ण नै हुन्छ । मान्छेको संचेतना पनि अहम्युक्त हुन्छ ।"

"त्यसैले एक साहित्यकार रचना गरेर, एक दार्शनिक विचार गरेर, एक वैज्ञानिक आविष्कार गरेर, एक राजनेता उच्च पदमा पुगेर, एक प्रेमी प्रेम गरेर, एक दयावान् व्यक्ति केही दानदक्षिणा गरेर, एक व्यापारी नाफा कमाएर, एक चोर आधारातमा कुशलतापूर्वक पराइ घरमा घुसेर, एक ठग सोझा व्यक्तिहरूलाई ठगेर, एक क्रुर हत्यारा निर्ममतापूर्वक मान्छे मारेर, आफ्नोआफ्नो अहङ्कार स्तरबमोजिम परम्सन्तुष्टि खोज्छन् । मान्छेले जीवनमा सिर्फ अहम्सन्तुष्टिको खोज गर्छ, चाहे त्यसलाई मूल्यको खोज भनियोस्, चाहे स्वतन्त्रता र अस्तित्वको खोज भनियोस् । मान्छेइतरका पशुपक्षीका क्रियाकलाप पनि अहम्युक्त हुन्छन् तर ती प्राकृतिक तवरले सीमाबद्ध छन् । हामी मान्छेजातिको अहम् सीमाहीन र अनन्त सम्भावनाहरूले युक्त छ । यही अनन्त सम्भावनामा मानवजातिको भविष्य अन्तर्निहित छ । मानवीय अहम्मा अन्तर्निहित अनन्त सम्भावनाका सृजनात्मक भावहरूलाई उद्घाटित गर्न सक्षम व्यक्तिहरूको आवश्यकता सम्पूर्ण पृथ्वीलाई छ ।"

"यो प्रयोगमूमिमा म यस्तै चरित्र पुरुषनारीहरू जन्माउन चाहन्छु, जसले दुई भयानक विश्वयुद्ध लडिसकेको विश्वलाई पूर्ण अहङ्कारका निम्न टुक्राहरूबाट उठाएर अहङ्कारका महान्, उच्च शिखरहरू देखाउन

सकून् । भगवत्प्राप्तिका लागि मानिस अहम्बाट माथि उठ्नुपर्छ भन्ने महापुरूषहरूको गल्तीलाई म सच्याउने प्रयास गरिरहेको छु र बारम्बार भनिरहेको छु, मानवजातिलाई अहङ्कारी भनी अवहेलना नगर, घृणाको साम्राज्य जम्छ, अहङ्कारको महानतालाई स्वीकार गर, घृणाको घनीभूत बादल स्वयम् छिन्नभिन्न हुनेछ । आत्म परमात्म विकासको कुरा नगर, अहम्विकासको कुरा गर । म मानवीय अहम्को सृजनशील क्षमताप्रति नतमस्तक छु । यो सत्य आत्मसात् गरी अहम् सङ्घर्षयुक्त यस कठोर विश्वमा अहम् ज्ञान दिग्दिगन्तमा प्रचारप्रसार गर्न सक्षम महाज्ञानी पुत्रपुत्रीहरूको खोज, मेरो जीवनसाधना हो । आज मेरो जीवनसाधनाको पहिलो अध्याय पूर्ण भएको छ । यसको कारण हो, मेरा शिष्यहरूमध्ये एक जना शिष्यले अहम्ज्ञान प्राप्त गर्न सफल भएका छन् । म मेरा महाज्ञानी पुत्र कपिलको बारेमा कुरा गरिरहेको छु, जसले सम्पूर्ण अहम्-ज्ञान प्राप्त गरिसकेका छन् । म प्रसन्नतापूर्वक घोषणा गर्छु मङ्सिर पन्ध्र गते, अपराह्न समयमा ज्ञानी पुत्र कपिलको जन्मान्तरण समारोह हुनेछ ।"

आदिगुरू प्रशान्तको यस घोषणाले हर्षको लहर चल्छ । एक जोडदार ताली बजाएर सबैले आदिगुरूको घोषणालाई स्वागत गर्छन् । यसबीच महाज्ञानी पुत्र कपिल आफ्नो स्थानबाट उठेर आदिमाता र आदिगुरूलाई विनयपूर्वक प्रणाम गर्छ, त्यसपछि आदिमन्दिरमा उपस्थित सबै व्यक्तिहरूलाई लक्ष्य गरी शिरनत् गर्छ । सबै प्रभावित हुन्छन् । ऊ केही नबोलीकन निर्विकार शान्तिपूर्ण भाव ग्रहण गरी आफ्नो स्थानमा बस्छ ।

"पुत्र कपिल, पहिलोपल्ट जन्मान्तरित हुने सौभाग्य तिमीलाई प्राप्त भएको छ । म हार्दिक बधाई दिन्छु र तिम्रो आगत जीवनलक्ष्य पूर्णरूपले सिद्ध होस् भन्ने कामना पनि गर्छु । आदिगुरूको क्रान्तिकारी दर्शनमा अन्य अग्रदूतहरू छिटोछिटो जन्मँदै जालान् भन्ने मलाई आशा छ । तिमी पहिलो अग्रदूत हौ मेरो शुभेच्छा र शुभआशीर्वाद छ ।"

आदिमाता यति उद्गार व्यक्त गरी उठ्छिन् र मन्दमन्द मुस्कुराउँदै आफ्नो अन्त कक्षतिर लाग्छिन् । आदिगुरू र महाज्ञानी पुत्र कपिलसहित सबै पुत्रपुत्रीहरू उठेर आदिमातालाई फेरि अभिवादन गर्छन् । तिनी अभिवादनहरू स्वीकार गर्दै प्रस्थान गर्छिन् । यसपछि करिब एक घण्टासम्म

आदिगुरूको धारा प्रवाह प्रवचन चलिरहन्छ । मार्था आफ्नो ओछ्यानमा गई पल्टिन्छिन् । तिनलाई एउटा ठूलो, कष्टप्रद कार्यबाट मुक्ति प्राप्त भएझैं अनुभव हुन्छ । तिनका आँखाहरू बोझिला हुँदै जान्छन् । लोलाउँदै जान्छन् । निद्रा परेको तिनलाई थाहा हुँदैन ।

दोस्रोपल्ट उठाइँदा बिहानको साढे आठ बजिसकेको हुन्छ । बाहिर साह्रै मीठो घाम लागिरहेको हुन्छ । रूखपातहरूमा जमेका शीतका थोपाहरू सुक्न थालेका हुन्छन् । मार्थाको सुत्ने कोठाको झ्यालपछाडि दुई जोडी भँगेराहरू कुनै अज्ञात विषयमा असहमत भई बाझिरहेका हुन्छन् । मार्था झ्याल खोलेर भँगेराहरूलाई भगाउँछिन्, एक मग तातो दूध पिउँछिन् र घाम ताप्न बाहिर निस्कन्छिन् । घमाइलो बिहानीमा तिनको हृदय प्रफुल्ल हुन्छ । अचानक तिनको मनमा एक विचार उत्पन्न हुन्छ, परिणामस्वरूम तिनको प्रफुल्लताले झन्डैझन्डै सीमा नाघ्छ । "म प्रशान्तलाई यस्तो सरप्राइज दिन्छु ।" मनमा उत्पन्न यस भावले तिनी जोडले रोमाञ्चित हुन्छिन् । उत्ताउली हुन्छिन् । मैचाङ बाहिर निस्कन्छे । छक्क परेर विन्दु पनि दगुर्दै त्यहाँ आइपुग्छे । "पुत्र कपिललाई बोलाएर ल्याऊ, चाँडो !" मार्था अराउँछिन् "अँ बरू आदिगुरूलाई थाहा नहोस् है ।"

विन्दु मार्थालाई टुलुटुलु हेरिरहन्छे । तिनको अनुहारमा गाँठी कुरा नबुझिएको भाव हुन्छ । "ए विन्दु, के ट्वाँ परेर मेरो मुख हेरिरहेकी ?" मार्था विन्दुले कुरा बुझ्न नसकेको कुरा बुझ्छिन् र खितित्त हाँस्दै घरभित्र पस्छिन् । एकछिनपछि चित्रकारीका सामानहरू बोकेर निस्कन्छिन् । इलेजमा क्यानभास अड्याएर मार्थाले रङहरू चलाउन थालेपछि विन्दु कुरा बुझेर भुक्न थाल्छे ।

"नकरा विन्दु तँलाई जान्ने हुनुपर्ने" मार्था हपार्छिन् । विन्दु थुचुक्क बस्दै अघिल्ला खुट्टामा मुख जोतेर आँखा चिम्लिदिन्छे । "अल्छी बुढी !", मार्था जिस्किएर घोचपेच गर्छिन्, जसको जबाफमा विन्दु आधाभन्दा कम आँखा उघारेर हेर्छे अनि आँखा बन्द गरेर मज्जाले घाम ताप्न थाल्छे । मार्था आँखा तर्नबाहेक केही गर्न सक्तिनँ । अन्ततः तिनी विन्दुबाट मन हटाएर ब्रसको सहायताले रङहरू मिसाउँदै नयाँ रङहरू तयार पार्न थाल्छिन् ।

मैचाङ महाज्ञानी कपिललाई लिइआउँछे । "पुत्र कपिल म तिम्रो एउटा व्यक्तिचित्र याने पोट्रेट बनाउन चाहन्छु, मलाई केही घण्टा समय दिन सक्छौ ?" मार्था सोध्छिन् ।

"आदिमाता, आदिगुरूको घोषणापश्चात् म काम नभएको मान्छेमा परिणत भएको छु । सबै मलाई पाहुनालाई झैं व्यवहार गर्छन् ।"

"पुत्र कपिल, अरूले जेसुकै सम्झून् तर तिमीले आफूलाई आजदेखि नै पाहुना सम्झने गर, अन्यथा तिमीलाई यो बस्ती छोडी जान गाह्रो पर्नेछ ।" मार्था हाँस्छिन् । उसलाई अगाडिको स्टुलमा बस्न सङ्केत गर्छिन् । कपिल आज्ञापालन गर्दै स्टुलमा बस्छ । ऊ शान्त, गम्भीर, स्थिर र प्रज्ञाप्रज्वलित देखिन्छ । मार्था उसको यस भव्य व्यक्तित्वलाई क्यानभासमा उतार्दै जान्छिन्, घण्टौंसम्म मौन एवम् व्यस्त हुन्छिन् । महाज्ञानी पुत्रको चित्र कोर्दै जाँदा उसको आत्मिक व्यक्तित्वमा अन्तर्निहित पवित्रता, दिव्यता र महानताले तिनको मन छुँदै जान्छ । यति नै खेर तिनलाई प्रशान्तको महानता बोध हुन्छ र आफूएक तुच्छ नारी मात्र रहेछु भन्ने लघुताभास हुन्छ । तिनको क्षमाप्रार्थी मन भरिँदै जान्छ । कुची चलाइरहेको हात आवश्यकताभन्दा बढी काम्न थाल्छ । महाज्ञानी पुत्र कपिल कुनै प्रतिक्रिया जनाउँदैन ।

२३

त्रिदिवसीय कार्यक्रमको रूपमा आदिगुरूपर्व मनाउने निश्चय भएपछि सबै यही कार्यमा व्यस्त हुन्छन् । पुत्रपुत्री सङ्घको सक्रियतामा गठित आदिगुरूपर्व तयारी समितिद्वारा कार्यक्रमको अन्तिम रूपरेखा तयार पारिएको हस्तलिखित निम्तापत्र वितरित गरिन्छ, जसमा कार्यक्रमको सम्पूर्ण रूपरेखा उल्लेख गरिएको हुन्छ । कार्यक्रमको रूपरेखा यस प्रकार हुन्छ । पहिलो दिन मङ्सीर चौध गते आदि आरोग्यशालामा गई स्वयम्सेवा गर्ने, दोस्रो दिन मङ्सीर पन्ध्र गते बिहान आदिमन्दिरमा आदिगुरूको अभिनन्दन गर्ने, मङ्सीर सोह्र गते आदिगुरूपर्वको अन्तिम दिन आदिशिक्षणशालाको विज्ञान खण्डमा आदिगुरूसम्बन्धी चित्रकला प्रदर्शनी र कविगोष्ठी आयोजित गर्ने, दर्शनशिक्षणखण्डमा आदिगुरूको व्यक्तित्वविषयक विचारगोष्ठी गर्ने । त्यसै दिन बिहान आदिश्रमशालामा भूमि पूजन र श्रम प्रदर्शनीको आयोजना गर्ने ।

उक्त निम्तापत्रमा आदिसंवत्को प्रयोग गरिएको हुन्छ । मार्था कार्यक्रमको रूपरेखा देखी सन्तुष्ट हुन्छिन् । तिनको दृष्टिमा कार्यक्रमहरू निकै रचनात्मक हुन्छन् । स्वयम् आदिगुरू प्रशान्त भने महाज्ञानी पुत्र कपिलको जन्मान्तरण कार्यतयारीमा व्यस्त हुन्छ ।

त्यसै दिन राति मार्था आदिगृह जान्छिन् । आदिगुरूपर्वसम्बन्धी कार्यक्रमहरूबारे प्रशान्तको प्रतिक्रिया जान्ने इच्छाले तिनी उत्प्रेरित हुन्छिन् ।

"प्रशान्त, कस्तो लाग्यो कार्यक्रमको रूपरेखा ? मैले आफ्नो प्रत्यक्ष निर्देशनमा तयार पार्न लाएकी हुँ ।" तिनलाई प्रशंसित हुन मन लाग्छ ।

"आदिमाता म यो पर्व मनाउने पक्षमा थिइनँ... ।"

"मलाई थाहा छ । तिमीले मेरो मान राख्नका लागि स्वीकृति दिएका थियौ । त्यस बेला म साह्रै अनुगृहीत भएकी थिएँ । तिमीलाई थाहा छैन, पुत्रपुत्रीहरू कति खुशी भए । मैले रचनात्मक कार्यक्रमहरू गर्ने निर्देश गरेकी थिएँ । म कार्यक्रमहरूदेखि सन्तुष्ट छु ।" मार्था एक सासमा बोल्छिन् ।

"म यो पीडादायक पर्व सहनेछु । यहाँ आदिमाताको महत्त्व सर्वोपरि छ ।" प्रशान्त कस्तोकस्तो भावले मुस्कुराउँछ ।"

"हो मेरो महत्त्व सर्वोपरि छ, किनभने प जहिले पनि तिमीलाई पीडा दिन्छु होइन ?" मार्था आवेशमा आउँछिन् । तिनको अनुहार अँध्यारो हुन्छ ।

"आदिमाता शान्त हुनुहोला । मेरो आशय त्यो थिएन ।"

"त्यो नभए के हो त ? जुन समयमा मैले तिमीलाई प्रेम गर्न सकिनँ, त्यस समयमा तिमीलाई पीडा भयो, बदलामा मलाई सर्वोपरि महत्त्व दियौ । जब मैले तिमीलाई प्रेम गर्न थालें, मनमा विकसित हुँदै गरेको प्रेमलाई अभिव्यक्त गरें, त्यस बेला पनि तिमीलाई पीडा भयो । मैले जे गरे पनि तिमीलाई पीडा हुन्छ किन ?"

"आदिमाता, यस सम्बन्धमा म क्षमाप्रार्थी छु ।"

"प्रशान्त तिमी साह्रै कठोर र निर्दयी छौ, त्यसैले मैले प्रेमवश गरेका कामहरूमा तिमी पीडा खोज्छौ । म प्रेम चाहन्छु, सर्वोपरि महत्त्व चाहन्नँ । यदि तिमीले अहङ्कारवश मलाई आदिमाता बनाएका हौ भने म पनि प्रेमवश आदिमाताको अभिनय गरिरहेको छु, यो कुरा नबिर्स ।"

मार्था उही आवेशमा बोल्छिन् र आदिगृहबाट बाहिर निस्कन्छिन् । प्रशान्त तिनलाई रोक्न कुनै प्रयास गर्दैन । ऊ एकपल्ट मुसुक्क हाँस्छ अनि ध्यानस्थ हुन्छ ।

मार्था आफ्नो अन्तःकक्षमा आइपुग्छिन् । तिनलाई जोडले रून मन लाग्छ तर मैचाङले थाहा पाउली भनेर सुँकसुँकाउँछिन् मात्र । एकछिन सुँकसुँकाएपछि तिनको मन हलुका हुन्छ ।

भोलिपल्ट दिनभर तिनी उदास भई बस्छिन् । मनमनै प्रशान्तलाई 'आत्मपीडक' भनी आरोप लाइरहन्छिन् । दिनभरिमा धेरैपल्ट आँखा रसाउँछन् ।

पर्सिपल्टदेखि जब आदिगुरूपर्व आरम्भ हुन्छ, तिनी कार्यक्रमहरूमा भाग लिन थाल्छिन् । चौध गते बिहानदेखि नै तिनी आदिआरोग्यशालामा व्यस्त हुन्छिन् । कुनै अप्रिय घटना नघटोस् भनी डाक्टर आनन्द आदिमाताको पछि लागिरहन्छन् । पन्ध्र गते बिहान आदिमन्दिरमा विशेष अभिनन्दन समारोह हुन्छ । आदिशिक्षणशालाको प्राचार्यले अभिनन्दनपत्र पढेर सुनाउँछ । पुत्रपुत्रीहरू आदिगुरूलाई फूलमाला चढाएर सम्मान व्यक्त गर्छन् । प्रशान्तले पीडादायक भनेको भए पनि ऊ पीडा अभिव्यक्त गर्दैन । ऊ सबै पुत्रपुत्रीहरूको फूलमाला र अभिवादन स्वीकार गर्दै मुस्कुराइरहन्छ । मार्थालाई ऊ एक दिव्यात्मा हो भन्ने अनुभूति हुन्छ । ऊप्रतिका सबै गुनासा आफैं हराउँछन् । यस हार्दिक अभिनन्दन समारोहको अन्तमा मार्था आदिमाताको हैसियतले आदिगुरूलाई शुभकामना भन्छिन् अनि आफ्नो तर्फबाट एउटा सानो उपहार चढाउँछिन् ।

"यो के हो आदिमाता ?", प्रसन्न भई आदिगुरूले प्रश्न गर्छ ।

"खोलेर हेर... !", मार्था मुस्कुराउँछिन् ।

उपहार रङ्गीन कागजले बेरिएको हुन्छ । आदिगुरू प्रशान्त उपहार बेरिएको कागज खोल्न थाल्छ । ऊ निकै प्रफुल्ल र उत्सुक देखिन्छ । पुत्रपुत्रीहरू पनि उपहारबाट साह्रै उत्सुक देखा पर्छन् ।

अन्ततः उपहार अनावृत हुन्छ । उपहार अरू केही नभएर ज्ञानी पुत्र कपिलको व्यक्तिचित्र हुन्छ । आदिगुरू हृदयदेखि नै प्रसन्न हुन्छ । ऊ त्यो सुन्दर व्यक्तिचित्र सबैलाई देखाउन थाल्छ ।

"पुत्रपुत्रीहरू मैले मेरो परमज्ञानी पुत्र कपिलको चित्र उपहारमा पाएँ । आदिमातालाई म हार्दिक धन्यवाद ज्ञापन गर्छु ।"

आदिगुरू प्रशान्त खुशी व्यक्त गर्छ । पुत्रपुत्रीहरू पनि खुशी हुन्छन् । सबैको ध्यान महाज्ञानी कपिलमाथि केन्द्रित हुन्छ, जो अब यस बस्तीमा केही घण्टाको पाहुना मात्र हुन्छ । ऊ निरपेक्ष द्रष्टा भावले स्थिति अवलोकन गरिरहेको हुन्छ । उसको मुखमण्डल एक आत्मिक शान्तिपूर्ण मुस्कुराहटले धप्प बलिरहेको हुन्छ ।

नौडाँडाको सुदूरबर्ती पहाडहरूको काखमा अवस्थित बस्तीमा ठूलासाना विभिन्न आकारप्रकारका धेरै घरहरू हुन्छन् । र नौडाँडाबजारको शीर्षस्थानबाट नाङ्गो आाखाले हेर्दा घरहरू सबै गुजुमुजुक्क परेका देखिन्छन् तर बस्ती आफ्नो वास्तविक स्वरूपमा वैज्ञानिक तवरले खुला र फराकिलो हुन्छ । आदिमन्दिर, आदिशिक्षणशाला, आदिआरोग्यशाला, गोलघर र अन्य धेरै आवासगृहहरूको बीचमा एक विशाल, विस्तारयुक्त मैदान हुन्छ । आदिगुरूले यही खुला परिवेशमा 'जन्मान्तरण समारोह' गर्ने निर्णय गर्छ । तयारी कार्य शुरू हुन्छ ।

जन्मान्तरण समारोहको समय अपराह्न दुई बजे तोकिन्छ । चौतारीलाई विशेष किसिमले सिंगारिन्छ । विशाल, हरियो मैदान जुन पहिलेदेखि नै सफा सुग्घर हुन्छ, त्यसलाई अझ सफा र सुन्दर बनाउने प्रयास गरिन्छ । नमिलेका घाँसका तह मिलाइन्छन् । आदिगुरूको प्रत्यक्ष निर्देशन र तीनवटै सङ्घायका प्रमुखहरूको सक्रियतामा समारोहस्थलको पूर्ण तयारी बाह्र बजेसम्ममा समाप्त हुन्छ ।

अपराह्न एक बजेदेखि पुत्रपुत्रीहरूको आगमन शुरू हुन्छ । मैदानमा कुर्सीहरूको बदलामा गोलघरमा बनाइएका लामालामा गुन्द्रीहरू ओछ्याइएका हुन्छन् । गुन्द्रीहरू ओछ्याइँदा बीचमा दुई मिटर चौडा बाटो छोडिन्छ ।

बस्तीका बासिन्दाहरू आआफ्नो सुविधा र रूचिअनुसार बाटाको दायाँ वा बायाँपट्टि बस्दै जान्छन् । ठीक साढे एक बजे कपिलको आगमन हुन्छ । सबैको ध्यान ऊप्रति आकृष्ट हुन्छ । ऊ मुसुमुसु हाँस्दै अन्तिम पङ्क्तिमा बस्छ । तीनै सङ्घायमा प्रमुखहरू उसलाई अगाडि लाने चेष्टा गर्छन् तर ऊ एकैछिन भए पनि पछाडि बस्न इच्छुक भएको राय व्यक्त गर्छ । बस्तीका

सर्वसामानय बासिन्दाहरू ऊसित कुराकानी गर्ने आँट गर्दैनन् । आपसमा तिनीहरू खासखुस कुरा गरिरहन्छन् । दर्शनशिक्षणतर्फका शिक्षार्थीहरू मात्र ऊसित वार्तालाप गर्छन् ।

दुई बज्न दश मिनट बाँकि रहँदा आदिगुरू र आदिमाताको आगमन एकसाथ हुन्छ । उनीहरूको पछिपछि विन्दु र मैचाङ हुन्छन् । सङ्घाय प्रमुखहरू परसम्म गई आदिगुरू र आदिमाताको स्वागत गर्छन् । चौतारीसम्म औपचारिक पथप्रदर्शन गर्छन् । सबै उठ्छन् । आदिगुरू र आदिमाताले चौतारीमा आसनग्रहण गरेपछि सबै आआफ्नो स्थानमा बस्छन् ।

"पुत्र कपिल, यहाँ मेरो समीप आऊ । म तिमीलाई मेरो समकक्ष आसन ग्रहण गर्न हार्दिक आमन्त्रण गर्छु ।" एकछिनको मौनतापछि आदिगुरूको लोकप्रिय वाणी शान्त वातावरणमा गुन्जिन्छ । पुत्र कपिल गुरूआज्ञा पालन गर्छ । ऊ चुपचाप अन्तिम पङ्क्तिबाट उठेर बीचको बाटो भई चौतारीमा पुग्छ अनि आदिगुरूको दायाँपट्टि बस्छ । उपस्थित जनसमुदाय चर्को घाममा सास रोकेर बसिरहन्छन् ।

एकछिन वातावरण मौन, शान्त र स्थिर हुन्छ । आदिगुरू ध्यानस्थ हुन्छ । पुत्रपुत्रीहरूको जनसमुदाय अभ्यस्त ढङ्गले प्रतीक्षारत हुन्छ ।

"सम्माननीय आदिमाता एवम् मेरा प्रिय पुत्रपुत्रीहरू" ध्यानबाट फर्केपछि आदिगुरू प्रशान्त ओजस्वी वाणीमा सम्बोधन गर्न थाल्छ "आजको दिन मेरा लागि अत्यन्त सुखद, सन्तोषप्रद र सफलताले परिपूर्ण साबित भएको छ किनभने मेरा एक पुत्र अहम् बुद्धत्वमा प्राप्त भएका छन् । महाज्ञानी पुत्र कपिलको यस जन्मान्तरण समारोहमा म सबैलाई हार्दिक स्वागत गर्छु र पुत्र कपिलको उदाहरणबाट प्रेरित भई जीवनको सार्थकता प्राप्त गर्न सबैलाई आह्वान गर्छु । आदिमाताको प्रेरणादायी समुपस्थितिमा पुत्र कपिललाई आदिज्ञानको दीक्षा दिन्छु ।"

आदिगुरू एकछिन मौन हुन्छ । वातावरणमा सिरसिर बतास चलेको आवाज हुन्छ । घाम चर्किरहेकै हुन्छ तर हिउँदे बतास चल्न थालेपछि घामले पोल्न छोड्छ । "पुत्र कपिल" आदिगुरूको मौनता भङ्ग हुन्छ "तिमी मेरो सर्वप्रथम शिष्य हौ, जसलाई अहम्केन्द्रित विश्वका सबै रहस्य ज्ञात भइसकेका छन् । तिमीलाई अहम्को शून्यता उपलब्ध भइसकेको

छ । तिमीलाई थाहा छ, विश्व अहम्सङ्घर्षको महाअग्निले जलिरहेको छ । मानवाधिकार भनेको मानवीय अहम्को सृजनात्मक स्वतन्त्रता हो जुन सबै व्यक्तिलाई प्राप्त हुन सकेको छैन । विश्व राजनीतिक अहम्ले जलेको छ, धार्मिक, साम्प्रदायिक अहम्ले जलेको छ, जातीय अहम्ले जलेको छ । बिनासृजनात्मकता जताततै अहम्हरू विस्फोटित छन् र यो अग्निले विश्वलाई भस्मीभूत पार्न सक्छ । मान्छेको अहङ्कारको महाअग्नि निभाउन अहङ्कारको पानी चाहिन्छ । आज तिम्रो अहङ्कार पानी भएको छ । पुत्र, अहङ्कारको आगोले जलिरहेको विश्वमा पानी छ्याप्न जाऊ । तिमी समुन्द्रझैं शान्त, विशाल, गहिरो, शीतल, पूर्ण र शून्य भइसकेका छौ । आऊ, म तिमीलाई आदिज्ञानको दीक्षा दिन्छु ।"

आदिगुरू आसनबाट उठ्छ । आदिमाता, कपिल र सबै पुत्रपुत्रीहरू आफ्नो आफ्नो स्थानबाट उठ्छन् ।

"पुत्र कपिल, म दीक्षाको नाममा कुनै जटिल वा देखावटी कर्मकाण्ड निर्माण गर्न चाहन्नँ । कुनै कागजको प्रमाणपत्र पनि दिन चाहन्नँ । म प्रतीकरूपमा यो श्वेतवस्त्र (पछ्यौरा) प्रदान गर्छु । तिमी यही क्षणदेखि आफूलाई जन्मान्तरिक एवम् दीक्षित भएको सम्झ । जन्मान्तरण भनेको आदिगुरूको सम्पूर्ण विश्वासयुक्त सहमतिको हस्तान्तरण हो ।"

आदिगुरू प्रशान्त पुत्र कपिललाई स्नेहपूर्वक श्वेतवस्त्र ओढाइदिन्छ । आदिमातासहित सबै व्यक्ति ताली बजाएर हर्ष प्रकट गर्छन् । यसबीच आदिगुरू दीक्षित पुत्र कपिललाई प्रेमपूर्वक अङ्कमाल गर्छ । गुरू र चेला दुवैका आँखा भिज्छन् । "ज्ञानी पुत्र कपिल तिमी मेरो शिष्यत्वबाट पूर्णरूपले मुक्त भयौ । जाऊ विश्वमानवताका लागि आफ्नो अहम्को कल्याणकारी उपयोग गर । यहाँ तिम्रा मित्रहरू, बन्धुहरू सबै उपस्थित छन् । बिदा माग पुत्र र यो बस्तीलाई फर्केर नहेरीकन प्रस्थान गर ।", आदिगुरू भिजेका आँखा नपुछीकन मुस्कुराउँछ । दीक्षित पुत्र कपिलका आँखाबाट बलिन्द्रधारा आँसु बग्छन् । सबै उदास एवम् दुःखी हुन्छन् । एकछिनपछि महाज्ञानी कपिल आफूलाई नियन्त्रित गर्छ । उसको ओठमा एक मधुर मुस्कान जन्मिन्छ यद्यपि आँखाहरू बगिरहेकै हुन्छन् ।

"मलाई महान्, क्रान्तिपूर्ण प्रेरणास्रोत प्रदान गर्नुहुने हे आदिगुरू ! मेरा शतशत प्रणाम छ ! मेरो आदिगुरूको प्रेरणास्रोत हे आदिमाता ! म हजुरलाई शतशत प्रणाम गर्छु ! मेरा मित्रहरू र बन्धुहरू म सबैलाई बिदाइको नमस्कार गर्छु" ज्ञानी कपिल सबैका अगाडि विनयपूर्वक झुक्दै जान्छ "आज मेरा गुरूले मलाई आफ्नो शिष्यत्वबाट मुक्त गर्नुभएको छ । यस्तो महान कार्य पूर्ववर्ती गुरूहरूले गरेनन्, गर्न सकेनन् । सम्प्रदायवादको विरोधमा यो एक क्रान्तिकारी कदम हो । अहम्केन्द्रित मानवधर्मका प्रतिस्थापक मेरा गुरूले मलाई पूर्वपर्ती गुरूहरूले झैं प्रेम, दया र करूणाको उपदेश दिनुभएन, किनभने विश्वप्रेम एक कपोलकल्पित सिद्धान्त हो । मान्छेले एक प्रेमी वा प्रेमीकालाई झैं विश्वलाई प्रेम गर भनी प्रेम गर्न सक्दैनन् । किन प्रेमको अति सरलीकरण ? मान्छेजातिको अहम्जन्य चेतना र अस्तित्वले दया र करूणाको भिख माग्दैन, क्षमायाचनाको भिख माग्दैन सृजनात्मक मूल्यबोध, समता, स्वतन्त्रता र सम्मानको सन्तुष्टि माग गर्छ । विश्वविजेताहरूको आक्रमणले जसरी मानवजातिका पराजित अहम्हरू दमित भए, त्यसै गरी गुरूहरूको प्रेम, दया र करूणाजनित आक्रमणले मानवीय अहम्को दमन भएको छ, शोषण भएको छ र सिर्जनात्मकता अपहरित भएको छ । पूर्ववर्ती गुरूहरूले भनेझैं मानवजातिलाई मुक्तिको आवश्यकता छैन । मरेपछि स्वर्गको सुख र अन्तिम न्याय चाहिएको छैन मात्र समतायुक्त सम्मानको आवश्यकता छ । जबसम्म मानवीय अहम्हरू दमित, अपहरित वा बलात्कृत भइरहन्छन् तबसम्म हिंसा, शोषण र विषमताको महाअग्नि निभ्न सक्तैन । मेरा महान् गुरूले मलाई मान्छेका अहम्को सृजनात्मक स्वरूपलाई समुद्घाटित गर्ने शिक्षा दिनुभएको छ किनभने हजारौं वर्षको मानवसभ्यता र इतिहासले प्रमाणित गरिसकेको छ मान्छेको अहम् नै भगवान् हो, मान्छेको अहम् नै सैतान हो । अब भविष्यको इतिहास निर्माण मानवजातिको सृजनात्मक अहम् चेतनाबाट हुनुपर्छ भन्ने आदिगुरूको सदिच्छा र सुसमाचार ग्रहण गरी म यहाँहरू सबैबाट बिदा हुँदै छु ।"

महाज्ञानी कपिल दुवै हात जोडेर विनयपूर्वक चौतारीबाट ओर्लिन्छन् । श्वेतवस्त्र समालेर अन्तिमपल्ट आदिगुरू र आदिमातालाई श्रद्धापूर्वक झुकेर प्रणाम गर्छ । उपस्थितिको बीचबाट पाइला चाल्दै ऊ सरासर आदि

आरोग्यशालातर्फ लाग्छ । आदिआरोग्यशालामा प्रवेश गर्छ । केही समयपछि ऊ त्यहाँबाट बाहिर निस्कन्छ, चारै दिशातिर फर्कंदै श्रद्धापूर्वक हात जोडेर नमस्कार गर्छ । त्यसपछि ऊ बस्तीको मूल ढोकातिर लम्किन्छ । बस्तीका बासिन्दाहरू अवाक् र स्तब्ध हुन्छन् । सबैलाई सपना देखिरहेजस्तो लाग्छ तर महाज्ञानी कपिल, जो टाढिंदै गइरहेको हुन्छ अब फर्केर यहाँ आउने छैन भन्ने चेतना पनि सबैलाई हुन्छ । आदिगुरू, आदिमाता र पुत्रपुत्रीहरू चुपचाप त्यस प्रज्ञापुरूषलाई हेरिरहन्छन्, जो केही समयअघिसम्म बस्तीको एक अभिन्न सदस्य थियो । सबैले हेर्दाहेर्दै महाज्ञानी कपिल बस्तीको मूल ढोकामा पुग्छ र फर्केर नेहेरीकन सधैंका लागि ओझेल पर्छ ।

२४

आदिगुरूपर्वको समाप्ति र कपिलको महागमनपछि बस्तीको दिनचर्या यथावत् चल्न थाल्छ । हप्तादिनसम्म सर्वत्र कपिलको चर्चा हुन्छ । गोलघरमा कपिललाई प्रदान गरिएको श्वेतवस्त्रको खूब चर्चा हुन्छ, जुन त्यहाँको एक विशिष्ट उत्पादन हुन्छ । आदिगुरूले यति महत्त्वपूर्ण कार्यभार सुम्पेको कुरा स्मरण गरी गोलघरको नाइकेसहित श्रमिकहरू हर्षले गद्गद भइरहन्छन् । आदिशिक्षणशाला विज्ञानखण्डका शिक्षकशिक्षिकाहरू र दर्शनखण्डका शिक्षार्थीहरू महाज्ञानी कपिलले कहाँ गई कसरी आदिज्ञानको प्रचार गर्ला भनी अनुमान लाउन व्यस्त हुन्छन् । आदिआरोग्यशालाका रोगीहरू कपिलले अन्तिम बिदाइ माग्न आएको कुरा सम्झिरहन्छन् । अन्तिम बिदाइको क्षणमा ज्ञानी कपिलले भनेको कुराले सबैको मुटु छुन्छ "बन्धुहरू, म आदिगुरूको सुसमाचार प्रचारार्थ त्यस विश्वमा जाँदै छु, जहाँ मेरो आवश्यकता हुनेछ । म सधैं यहाँहरूको सुस्वास्थ्य, दीघार्यु र ज्ञानप्राप्तिको कामना गरिरहनेछु ।"

कपिलमय हप्ता यसरी नै बित्छ । अर्को हप्ता आरम्भ भएपछि बस्तीमा चर्चाको सन्दर्भ अचानक बदलिन्छ । सबै प्रेममूर्तिको कुरा गर्न थाल्छन् । आदिमन्दिरमा प्रेममूर्तिकी अघोषित प्रवक्ता मैचाङले यस विशेष कुराको जानकारी आदिमातालाई दिने सुनौलो अवसर गुमाउँदिन । ऊ जमुना आएको मौका छोपी कुरा सुनाउँछे ।

"आदिमाता बस्तीमा जताततै प्रेममूर्तिको चर्चा छ ।"

"किन, उसले के गऱ्यो ?"

"जमुनाको अन्धो प्रेमबाट मन हटाएको एक हप्ताभित्रै उसले पुनर्विचार सत्रबाट पूर्णहुति सत्रमा प्रवेश पाएको थियो, अहिले महिना दिन पनि बित्दा नबित्दै उसले यो सत्र पनि उत्तीर्ण गऱ्यो ।"

"कसले भनेको यो कुरा ?"

मार्थालाई विश्वास लाग्दैन । तिनलाई थाहा, थियो, पूर्णहुति सत्र भनेको दर्शन शिक्षणतर्फको सबभन्दा माथिल्लो शोधकार्य सत्र हो र कुनै पनि विषयको शोधकार्य महिनादिनको छोटो अवधिमा हुनु नितान्त असम्भव छ । सायद यो जमुनालाई चिढाउने उपक्रम हुन सक्छ, मार्था सोच्छिन् ।

"बस्तीमा सबैलाई थाहा भएको यति ठूलो चर्चाको विषयमा पनि आदिमाता विश्वास गनुहुन्न । मेरो कुरामा विश्वास नलागे जमुनालाई नै सोध्नोस् न ।"

मैचाङको यो खुला चुनौतीले मार्थाको अविश्वासिलो मन डगमगाउँछ । तिनी जमुनालाई प्रश्नवाचक दृष्टिले हेर्छिन् । जमुना पहिलेदेखि नै अप्ठेरो पाराले घोप्टिएर बसेकी हुन्छे । उसका भावहीन आँखा भुइँमा छरपस्टिएका हुन्छन् । बोली पूर्णरूपले बन्द हुन्छ । ऊ जन्मजात लाटीजस्ती देखिन्छे । "आदिमाता, म त जमुनालाई धन्यवाद दिन्छु उसले प्रेम गरेर घर गृहस्थीको झन्झटमा फस्न चाहने एक युवकलाई थुकीथुकी ज्ञानमार्गमा धकेलिदिई । जमुनाको दुर्व्यवहार र हेलाले उस्को कमलो हृदय कति छियाछिया भयो होला, नारीजातिप्रति उसको मनमा कस्तो भाव उत्पन्न भयो होला, म भन्न सक्तिनँ तर अज्ञानी जमुनालाई धन्यवाद छ, जसको हृदयमा प्रेमको कदर होइन हृष्टपुष्ट, सुन्दर वा शक्तिशाली पोइ पाउने लालसा मात्रै छ ।"

"चुप लाग् नचाहिने कुरा गरिरहन्छे ।" मार्था साँच्चै नै रिसाउँछिन् । जमुनामा कुनै परिवर्तन देखा पर्दैन ।

"आदिमाता मलाई बोल्न दिनोस्, जमुनाजस्ती आइमाईहरूलाई प्रेममूर्तिले सोधेका प्रश्न सुनाउन दिनोस् ।" बोल्दाबोल्दै मैचाङको कण्ठ अवरूद्ध हुन्छ, उसको कुरूप अनुहार भावतेजले विकृत हुन्छ "आदिमाता, महाज्ञानी कपिललाई वर्षदिनभन्दा धेरै समय लागेको काम प्रेममूर्तिको

महिना दिनभन्दा छोटो अवधिमा पूरा गरेर अभूतपूर्व काम गरेको छ । अब केही हप्ताभित्रै उसले आदिज्ञान प्राप्त गर्नेछ, जन्मान्तरित हुनेछ र सधैंका लागि यो बस्ती छोडेर जानेछ । ऊ कपिलझैं यहाँबाट जानेछ तर छियाछिया भएको हृदय बोकेर । ऊ जीवनभर दुःख र पीडाले तड्पिरहनेछ आदिमाता ।"

"जमुनालाई उसले बिर्सिसक्यो भनेकी होइन ? तब किन तड्पिने ?"

"मुटुमा छुरा रोपिएको मान्छेले छुरा झिकिदियो भने छुरा बिर्सिदिन्छ तर छुराको चोट बिर्सन सक्तैन । घाउ बिर्सेर दुख्न छोड्दैन ।"

"निको होला नि त, उसले मलाई भनिसकेको छ, प्रेम र घृणा गर्नु उसको जीवनको लक्ष्य होइन ।"

"आदिमातालाई उसले आफ्नो घाउ देखाउन चाहेन होला तर उसले मलाई भनेको छ, मान्छेले सजाय भोग्न कुनै अपराध गर्नु पर्दैन, प्रेम गरे पुग्छ । यो संसारमा मजस्तो सर्वसाधारण मान्छेको प्रेम पाप कहलाइँदो रहेछ किनभने प्रेम एक सामन्ती मानवाधिकार हो ।"

के भनेको त्यो ?", मार्थाको मनमा खलबली मच्चिन्छ ।

"आदिमाता, प्रेममूर्तिले एक दिन मलाई एउटा प्राणीशास्त्रसम्बन्धी पुस्तक खोलेर एउटा तस्वीर देखायो । त्यो ध्रुव-प्रदेशहरूमा पाइने सिलनामक जनावरहरूको सामूहिक तस्वीर थियो । तस्वीरमा एउटा हृष्टपुष्ट, शक्तिशाली नर-सिल आफ्नो वरिपरि दश, पन्ध्रवटी नारी-सिलहरूसित एक्लै बिहारगरिरहेको थियो । सबै नारी-सिलहरू पनि उसको भोगविलासका लागि समर्पित देखिन्थे । तस्वीरको एक छेउमा तीन-चार जना दुर्बल र पराजित नर-सिलहरू बसेर इखालु दृष्टिले त्यस हृष्टपुष्ट, शक्तिशाली सिलको विलासलीला हेरिरहेका थिए । प्रेममूर्तिले मलाई सोध्यो, यस पशु-संसार र मानवजातिको सभ्य संसारबीच, स्त्री-पुरूषको सम्बन्धको रूपरेखामा केही मौलिक र सृजनात्मक भिन्नता हुनुपर्ने तर देखिंदैन-यसको पछाडि लोग्नेमान्छेहरूको हात बढी होला कि स्वास्नी-मान्छेहरूको... ? मैले त्यस प्रेमीलाई कुनै जबाफ दिन सकिनँ ।"

"यस्तो कुरा गर्ने मान्छेले कसरी ज्ञानमार्गमा प्रगति गर्दै छ ? मेरो विचारमा प्रेमको पीडा बोकेर कोही पनि ज्ञानमार्गमा उन्मुख हुन सक्तैन ।

पीडाले बाटो छेक्छ । हृदयरोगको झट्का लागेको बेलामा मान्छेले पहाड चढ्न सक्तैन ।", मार्था खलबली मच्चिरहेको मनलाई एउटा विश्वास प्रदान गर्न खोज्छिन् ।

"आदिमाताको कथन सत्य होला जस्तो लाग्छ ।", मैचाङको स्वर अतिशय नरम र शान्त हुन्छ, अनुहारको तनावपूर्ण विकृतिमा पनि आशातीत सुधार परिलक्षित हुन्छ- "तर कुनैकुनै हृदयरोगीले पहाड मात्र होइन, हिमालय पर्वत नै पनि चढ्न सक्ने रहेछ । प्रेममूर्ति यसको उदाहरण हो ।"

"असम्भव-म विश्वास गर्दिनँ !", मार्था जोडदार विरोध गर्छिन् ।

"आदिमाता" मैचाङको स्वर आर्द्र हुन्छ, "शुरूशुरूमा जब प्रेममूर्ति यो जमुनाको पछि लागिरहन्थ्यो छायाझैं भएर, त्यस बेला म उसलाई भन्ने गर्थे, जमुनाजस्ती चञ्चल युवतीको हृदय यस्तो मौन आत्मसमर्पणद्वारा जित्न सकिंदैन, अरू नै किसिमले कोसिस गर्नुपर्छ । मेरो कुरा सुनेर ऊ आगो हुन्थ्यो र भन्थ्यो- म प्रेम गर्छु, रन्डीबाजी गर्दिनँ त्यसपछि ऊ असहाय भई आँखाबाट बरबरती आँसु झार्थ्यो । ऊ सोध्थ्यो, यदि प्रेम हुन्छ र त्यो महान, पवित्र र ईश्वरीय सत्य हो भने त्यो उपेक्षित, अपहेलित र असफल किन हुन्छ ? के लैलामजनुँ, रोमियोजुलियटजस्ता युवायुवतीहरू परस्पर यौनाकर्षित हुनुको नाम नै प्रेम हो ? मैले आफ्नो प्रेमका खातिर हजारौं दिनहरू, रातहरू रूँदै देवदेवीहरूलाई पुकारें, मसिहा र पैगम्बरहरूसित प्रार्थना गरें । मैले सबैलाई भनें कि मलाई जति दुःख दिए पनि देऊ तर मेरो प्रेमलाई झूटो साबित नगरिदेऊ । कसैले पनि मेरो अन्त करणको प्रार्थना सुनेन । सायद ती देवताहरूको अस्तित्व नै थिएन र मेरो प्रेमको पनि अस्तित्व छैन । दुवै झूट अहम्का मीठा कल्पना हुन् । आदिगुरूको यो अनाकर्षक शिष्यलाई पहिलेदेखि नै थाहा थियो प्रेम देहाकर्षण, यौनाकर्षण र शक्तिपूजा हो, प्रेममूर्ति असत्य हो, उन्मुक्त भैरवको कामुकता सत्य हो ।"

कुरा सकेर मैचाङ जमुनालाई हेर्छे, जो लाटीले झैं उसको कुरा सुनिरहेकी हुन्छे । जमुनाले आँखा नतरेको देख्दा, नबरबराएको देख्दा र झैझगडा गर्न नतम्सिएको देख्दा उसलाई विस्मय हुन्छ । ऊ खितिति हाँस्छे तर जमुना पहिलेपहिलेझैं उसको हाँसोको प्रतिकार गर्दिन ।

"किन हाँसेकी ?", मार्था वैचारिकताबाट फर्केर सोध्छिन् । "त्यसै हाँसेकी, आदिमाता ।" मैचाङ फेरि खितिति हाँस्छे, "यो जमुनाको महान् क्षमता देखेर हाँसेकी ।"

"यसमा जमुनाको दोष छैन ।"

"मैले दोष दिएकी हैन श्रेय दिएकी" मैचाङ त्यसरी नै हाँस्दै जबाफ दिन्छे "सबै स्वास्नीमान्छेको भाग्यमा प्रेममूर्तिजस्तो मान्छेहरूको सुख, चैन, शान्ति खोस्न सक्ने महान् सौभाग्य कहाँ हुन्छ र ? संसारमा लाखौं जमुनाजस्ती सुन्दरीहरूलाई लोग्नेमान्छेहरूले रूपियाँ पैसामा खरिदबिक्री गरिरहन्छन् ।" कुरा सुनेर मार्थालाई रिस उठ्छ तर मैचाङको अनुहारको गहन उदासीले तिनलाई रिसाउने स्वतन्त्रता दिंदैन । मैचाङ कुरा गर्दागर्दै आफ्नो पूर्वजन्मको कुरा सम्झन पुगी भन्ने कुरा बुझ्न तिनलाई गाह्रो पर्दैन । तिनको मनमा त्यस पुत्री, सखी वा सेविकाप्रति करूणाको भाव उत्पन्न हुन्छ तर त्यस भावनालाई कसरी अभिव्यक्त गर्ने भन्ने सोचाइमा तिनी अलमलिन्छिन् । यति नै खेर मैचाङ फेरि खितिति हाँस्छे र अनुहारभरि सङ्केन्द्रित उदासीको बादलहरूलाई एकै झट्कामा छिन्नभिन्न पारिदिन्छे । मार्थालाई उदेक लाग्छ । तिनी आवाज नगरीकन एक लामो सास तान्छिन् ।

"आदिमाता मैले जानीजानी तीतो कुरा गर्न खोजेकी होइन, उचनीचमा क्षमा रहोस्" मैचाङ टाउको झुकाएर सामान्य किसिमले, महत्त्व नभएका कुरा गरिरहेझैं गरी बोल्न थाल्छे, "प्रेममूर्ति मेरो कोही होइन, उसको पक्ष लिई यो जमुनासित सधैं भनाभन गरिरहनुपर्ने कुनै आवश्यकता थिएन । आदिगुरूको त्यस महान् शिष्यले ज्ञानी भएर यहाँबाट गएपछि जीवनभर दुःख पाउने भयो भनेर अफसोस मनाउने अधिकार मजस्ती तुच्छ नारीलाई छ नै के ? आफ्नो मनको घाउ र चोट बिर्सेर रोगी संसारको घाउ र चोट निको पार्नु नै उसको महान् उद्देश्य र जीवनलक्ष्य होला, अफसोस मनाउनुपर्ने आवश्यकता नै के छ ? आदिमाता, म पुरूषजातिको क्रूरता, अत्याचार, शक्ति र वासनाको सिकार भइसकेकी नारी आदिगुरूपछि एक मात्र प्रेममूर्तिको अगाडि यसकारण भक्तिले टाउको निहुराउँछु कि ऊ मेरो जातिलाई हृदयदेखि नै सम्मान गर्छ । प्रेम गर्छ । ऊ मेरो जातिबाट अपमानित भएर पनि प्रतिशोधको आगोले

जल्दैन, खालि आफ्नो असह्य पीडा बिर्सन नसकेर मेरो जातिलाई प्रश्न गर्न खोज्छ र उत्तर नपाएर आफैंलाई असत्य मान्छ । आदिमाता, ऊ आफूलाई हेला गर्ने मेरो जातिलाई अलिकति रिससमेत पोख्न सक्तैन किनभने ऊ सोच्छ यो मेरी आमाहरूको जात, मेरा दिदीबहिनीहरूको जात, मेरा छोरीहरूको जात । ऊ मेरोजातिद्वारा पीडित मान्छे, म उसको जातिद्वारा पीडित स्वास्नीमान्छे । एउटा पीडाको सम्बन्ध अनुभव हुन्छ... । ऊसित मेरो अर्को कुनै साइनो छैन ।" लामो कुरा गरेर मैचाङ चुप लाग्छे तर उसलाई भन्नुपर्ने कुरा अझै बाँकी छ जस्तो अनुभूति हुन्छ । जमुनामाथि आँखा गाडेर ऊ बाँकी कुरा सोच्न थाल्छे ।

पीडाको सम्बन्ध-मार्थालाई, मैचाङको यो अभिव्यक्ति साह्रै मन पर्छ । साथै उसका विचारहरूले पनि खूब प्रभावित हुन्छिन् । कुरूप नारी तिनलाई साह्रै राम्री लाग्छ ।

"पुत्री, तिम्रो भावना र विचार दुवै उत्तम छन्, पवित्र छन् ।" मार्था धेरै बेरको मौनता तोडेर सोच्दै, मुस्कुराउँदै बोल्छिन्, "म तिम्रो मनोभावनालाई आदर गर्छु, प्रशंसा गर्छु । तिमीलाई झैं मलाई पनि प्रेममा विश्वास छ । प्रेमभन्दा ठूलो कुरा केही छैन भन्ने कुरामा मलाई शङ्का छैन । नारी पुरुष सम्बन्धको जटिल गणित नमिलेर कति सफल हुनुपर्ने प्रेमका कथाहरू असफल हुन्छन् । यो हाम्रो समयको सबभन्दा ठूलो दुर्भाग्य हो तर पुत्री, मेरो अनुभवले मलाई सिकाएको छ, दोष कसैलाई छैन । प्रेममूर्तिलाई प्रेमलाई प्रेम गर्ने अधिकार छ भने जमुनालाई पनि प्रेम नगर्ने अधिकार छ ।"

"घृणा गर्ने अधिकार पनि छ ?", मैचाङ अप्रत्याशित ढङ्गले ठाडो प्रश्न गर्छे । मार्था तिलमिलाउँछिन्, "घृणा गर्ने अधिकार निश्चय पनि थिएन, यस कुरामा जमुनालाई निर्दोष भन्न नमिल्ला । तर जमुना नै सृष्टिकी प्रथम नारी होइन, जसले मन नपरेको भाव अभिव्यक्त गर्न घृणा प्रदर्शन गरी । तिमी नै भन, म जमुनालाई कति दोषी मानूँ ? दुनियाँमा धेरै जान्नेसुन्ने मानिसहरूले प्रेम र घृणालाई एउटै सिक्काका दुई पाटा भनेका छन् । ...अर्को कुरा उन्मुक्त भैरवको कुरा गर्ने प्रेममूर्ति महान् प्रेमी हुन सक्छ, निर्दोष प्रेमी हुन सक्तैन ।"

"किन प्रेमी भन्ने ? ज्ञानमार्गमा लागेको मान्छेलाई ज्ञानी भनौं आदिमाता ।"

"म त्यस ज्ञानमार्गलाई मान्दिनँ । तिमीहरूको आदिगुरूलाई यो कुरा थाहा छ ।", मार्था कडाइका साथ जबाफ दिएर जुरुक्क उठ्छिन्, जमुनालाई पनि हात समातेर उठाउँछिन्, "घुम्न जाऔं छोरी !"

मैचाङ खितिति हाँस्छे ।

२५

जमुनालाई लिएर मार्था आदिमन्दिरको क्षेत्रफलबाट बाहिर खुला चौरमा निस्कन्छिन् । चौरमा अन्य दिनका अनन्तर अतिरिक्त किसिमले घाम लागिरहेको हुन्छ तर यो डुब्दै गरेको हिउँदे घाम, त्यति न्यानो हुँदैन । सौभाग्यवश हावा नचलेको हुनाले जाडो मानिहाल्नुपर्ने आवश्यकता पनि हुँदैन । मार्था जमुनाको देब्रे हात आफ्नो हातमा लिएर प्रेमपूर्वक मुसार्दै, केही सोच्दै पैताला चाल्छिन् । हात समातिएको हुनाले जमुना मार्थासित टाँसिएर अप्ठेरो किसिमले हिंड्छे । टाढाको आदिशिक्षणशालामा मानिसहरूको चहलपहल खूब देखिन्छ । नजिकैको आदिआरोग्यशाला बाहिरबाट हेर्दा शून्य र निर्जन देखिन्छ तर बस्तीका आवासगृहहरू र चौरका छेउछाउमा मानिसहरू फाट्टफुट्ट हिंडिरहेका देखिन्छन् । धेरैको ध्यान उनीहरूतिर आकृष्ट हुन्छ । जमुनासित आदिमाताको निकट सम्बन्धको कथा बस्तीमा सबैलाई थाहा हुन्छ । कत्तिका लागि यो प्रीतिकर कुरा हुन्छ भने कति युवतीहरूका लागि यो साह्रै ईर्ष्याको विषय पनि हुन्छ । सबै व्यक्ति जमुनालाई आदिमाताको अन्तःकक्षमा जतिखेर मन लाग्यो त्यतिखेर गएको देख्थे, आदिमातासित यताउति घुमफिर गरेको देख्थे । कत्ति पनि धक नमानीकन बोलेको देख्थे, बेलामौकामा जिस्किएको पनि देख्थे । स्वयम् आदिमाता भएकी मार्था पनि तिनीमाथिको आफ्नो प्रेम र कृपादृष्टिलाई लुकाउने प्रयास गर्दिनथिन् । जमुनासित परिचय भएको पहिलो दिनदेखि नै यो सरल एवम् सहज आत्मीय सम्बन्धले पल्लवित हुने मौका पाएको हुन्छ । आफ्नो चञ्चल स्वभावअनुसार आदिमाताको अगाडि हाँस्दानाच्दा पनि साथीसङ्गीहरू ईर्ष्याले भुतुक्क हुन्छन् भन्ने कुरा जमुनालाई थाहा हुँदैन, अन्यथा ऊ झन् बढी हाँस्थी होली, नाच्थी होली । बस्तीका

अधिकांश व्यक्तिलाई प्रेममूर्तिसित उसको प्रेम एवम् घृणाको सम्बन्ध थाहा हुन्छ । आदिमातासितको सम्बन्धको कारण मात्र होइन, प्रेममूर्तिसितको सम्बन्धका कारण पनि जमुना त्यस बस्तीमा सुप्रसिद्ध र बहुचर्चित युवती बन्न पुगेकी हुन्छे । यो हप्ता प्रेममूर्तिमय भएको हुनाले सम्भवतः उसको प्रसिद्धि र चर्चा उच्चतम शिखरमा पुगेको हुन्छ ।

मार्थाको सोचाइ जमुनामाथि केन्द्रित हुन्छ । सानोसानो कुरामा खितखिताउने उत्ताउली, अति चञ्चल स्वभावकी जमुना किन यसरी भावशून्य भई ? किन संवेदनाशून्य भई ? यसरी मौन, प्रतिक्रियाहीन र लाटीजस्ती हुनुको पछाडि कारण के छ ? सोचाइको तीव्रताले गर्दा मार्थाका पैतालाहरू ढिलो गतिले चलिरहेका हुन्छन् । तिनको दृष्टि पनि पैतालाअगाडिको सानो अर्धचन्द्राकार भू-भागमा केन्द्रित भइरहन्छ । विशाल चौरको बीच चौतारीमा बसेर आदिगुरू प्रशान्त आफ्ना एघार जना विशेष शिष्यहरूसित वार्तालाप गरिरहेको हुन्छ । मार्था त्यस दृश्यप्रति अनभिज्ञ रही त्यतै गइरहेकी हुन्छिन् । करिब पचास मिटर बाँकी रहँदा तिनको दृष्टि चौतारीमा पुग्छ । सङ्कोचले तिनी टक्क अडिन्छिन् र जमुनासित मुखामुख गर्छिन् । जमुना कुनै पनि भावबिना एकछिन आँखा जुधाएर झुकाइदिन्छे । मार्था थाहै नपाईकन, सायद आफ्नो बेहोसीपना महसुस गरी लाजले जिब्रो टोक्छिन् र खिसिक्क हाँस्छिन् । यही बेला आफ्नो पछाडिपट्टि तिनी मैचाङको स्वर सुन्छिन् ।

"जा, जा विन्दु आदिमातालाई रोक् ।"

मैचाङको बोली सकिँदानसकिंदै विन्दुको भुकाइ पनि सुनिन्छ । मार्था पछाडि फर्किन्छिन् । विन्दु दगुर्दै आएर तिनको पैताला चाट्न थाल्छे । मैचाङ पनि हस्याङफस्याङ गर्दै आइपुग्छे । "के भयो ? किन दगुर्दै आएकी ?", मार्था सोध्छिन् ।

"घुम्न जाने अरे स्विटर पछ्यौरा केही नलगीकन । जाडो हुँदैन भनेको ?"

"एकैछिनमा फर्किहाल्थें नि !"

"अँ, फर्किनुहुन्छ ।"

मैचाङ आँखा तरेर स्विटर र पछ्यौरा दिन्छे । जबाफमा मार्था पनि मुसुक्क हाँस्छिन् । आदिमाताको प्रेमयुक्त दृष्टि र कृतज्ञ मुस्कानको बोझ सहन नसकेर मैचाङ फरक्क फर्किन्छे अनि बाटो लाग्छे । विन्दु पनि दगुर्छे ।

मार्था र जमुना दुवैले बाहुला काटिएको ब्लाउज र सारी लाएका हुन्छन् । हातमा स्विटर परेपछि मार्थालाई कताकता, तनमा हो कि मनमा, जाडो लाग्छ । ऊनीको बाक्लो स्विटर तिनी जमुनालाई लगाइदिन्छिन्, सानी छोरीलाई झैं माया पोख्दै । स्विटर लगाइदिंदा मुसुमुसु हाँस्दै चौतारीमा एक अनायास दृष्टि दिन्छिन्, जुन तिनलाई आवश्यक लाग्छ । चौतारीमा त्यस बेला वार्तालाप रोकिएको हुन्छ । आदिगुरू प्रशान्त र उसका शिष्यहरू मन्त्रमुग्ध भई तिनलाई नै हेरिरहका हुन्छन् । लाज पचाउन मार्था पछ्यौरा ओढ्दै जमुनासित बोल्छिन्, "ए मोरी, सबै हामीलाई हेरिरहेका छन्, अब के गर्ने होला ?"

जमुना चौतारीमा हेर्छे र ट्वाल्ल पर्छे ।

"ए मोरी त्यसरी नहेर् ।"

मार्था उसको हात समातेर तान्छिन् र गालामा प्याट्ट हिर्काउँछिन् । कुन्नि किन, जमुनाको दृष्टि भङ्ग हुँदैन । ऊ सीधै चौतारीमा हेरेको हेर्‍यै गरिरहन्छे । मार्थालाई राम्रै फसाद पर्छ । एक लज्जायुक्त छटपटी र अकर्मण्यताले तिनी भुतुक्कै हुन्छिन् । न चौतारीमा जानु न त्यहाँबाट मोडिएर कतै लाग्नु तिनी कुनै निर्णय गर्न सक्तिनन् । धेरैबेर त्यहाँ उभिइरहन तिनलाई गाह्रो लाग्छ, प्रशान्तसहित उसका शिष्यहरूको दृष्टिलाई अवहेलना गरिरहन पनि तिनलाई गाह्रो लाग्छ । अन्ततः केही नलागेर तिनी सीधै चौतारीमा हेरेर मुसुक्क हाँस्छिन् । आदिगुरू प्रशान्त दाहिने हात उठाएर तिनलाई त्यहाँ आउन सङ्केत गर्छ । मार्था त्यो निःशब्द सङ्केतलाई ग्रहण गरी हलुका तवरले टाउको हल्लाउँछिन् । "छोरी, आदिगुरूले बोलाउनुभयो, जाऔं ।"

मार्था जमुनालाई समातेर बिस्तारै पाइला चाल्छिन् । केही कदम अघि बढेपछि तिनी आफैं संयमित हुन्छिन् । अनुहारमा लज्जायुक्त तरूनी भाव होइन, आदिमाताको गरिमायुक्त भाव उदित हुँदै जान्छ । चौतारीमा पुग्दासम्ममा तिनी पूर्णरूपले सामान्य हुन्छिन् । सबै तिनको अभिवादनमा

उठ्छन् तर तिनले "उठ्नु पर्दैन, बस" भनेपछि सबै बस्दै जान्छन् । "आदिमाता, आँखासामुन्ने प्रत्यक्षरूपमा स्नेह र ममताको खोला बगेको देख्दा त्यस पावन दृश्यलाई नहेरी बस्न सकेनौं । हामी बिरलै सौभाग्यका अधिकारी भयौं ।" आदिगुरू प्रशान्त शिष्यहरूसहित आफ्नो तर्फबाट मानौं स्पष्टीकरण दिन्छ ।

"प्रशान्त, यो मेरी छोरी हो... ।", कुन्नि कुन संवेदनाको कारण मार्था यति मात्र भन्छिन्, निथ्रुक्क भिजेको बोलीमा । तिनलाई त्यति कुरा गर्दा जीवनको सबभन्दा ठूलो कुरा गरेजस्तो लाग्छ ।

"सौभाग्यवती पुत्री ! तिम्रो अनुहारमा असामान्य रूखाइको प्रतिच्छाया देखिरहेको छु म, बिसन्चो भएकी त छैनौ ?"

प्रशान्त सायद मार्थाको संवेदनशीलताको मनोविज्ञान बुझेर जमुनालाई सम्बोधन गर्छ । आदिगुरूको सोधाइले जमुना मार्थाको बाहुबन्धनभित्र कक्रिन्छे र ओठ चलाउँछे । उसको मुखबाट 'उँउँ' आवाज निस्कन्छ, बोली निस्कँदैन ।

"बोल छोरी, बोल । आदिगुरूलाई जबाफ देऊ ।", मार्था उसलाई उत्साहित पार्छिन् । जमुना फेरि उँउँ गर्छे, यसभन्दा बढी केही बोल्न सक्तिन । उसको दयनीय अवस्था देख्दा सबै प्रभावित हुन्छन् ।

"यो मेरी छोरीलाई के भयो, के भयो, बोल्दै बोल्दिन । कति दिन भयो मसित पनि बोल्दिन । जे भने पनि सुनिरहन्छे मात्र ।", मार्था उसको टाउको आफ्नो छातीमा राखेर विश्रान्ति दिंदै प्रशान्तलाई जानकारी दिन्छिन् ।

"यो चोट वा मानसिक आघातको लक्षण हुन सक्छ । पुत्रीलाई उपचारको आवश्यकता छ ।"

"ठिक भन्यौ प्रशान्त, छोरीलाई उपचारको आवश्यकता छ । मैले त जानीजानी नबोलेकी होला भन्ठानेको, मेरो अनुमान गलत रहेछ । बोल्ने प्रयास गर्दा पनि बोल्न सक्तिन भन्ने कुरा मैले थाहै पाइनँ, यति नजिक भएर पनि ।", मार्थाका आँखा रसाउँछन् ।

"आदिमाता, धैर्य ! म डाक्टर आनन्दसित सल्लाह गरेर उपचारको उचित व्यवस्था गर्छु ।"

"प्रशान्त पहिले उपचार होइन, यो कुरा पत्ता लाइदेऊ, मेरी छोरीलाई कसले यस्तो अवस्थामा पुऱ्याइदियो । चाहे ऊ जतिसुकै ज्ञानी, महाज्ञानी होस् म उसलाई क्षमा गर्नेछैन । आदिमाता त्यस व्यक्तिलाई अक्षम्य अपराधी मान्नेछ जसले मेरी छोरीको बोली खोसिदियो ।", मार्था आवेगमा बोल्छिन् र आँखा पुछ्दै तीक्ष्ण दृष्टिले प्रेममूर्तिलाई घुर्छिन् । ऊ प्रशान्तभन्दा दुई व्यक्तिपर बसिरहेको हुन्छ ।

प्रेममूर्ति आदिमातासित आँखा जुधाउँछ । उसको आँखामा कुनै भाव हुँदैन ।

"आदिमाता, अनुमानको आधारमा वा कल्पनाको आधारमा कसैलाई अपराधी नमानौं । पुत्रीलाई तुरून्त उपचारको आवश्यकता छ । पुत्रीको यो अवस्थाको सत्य कारण अरू नै पनि हुन सक्छ ।"

प्रशान्तको कुराको जबाफमा मार्था आँसु खसाल्दै जमुनालाई मुसार्छिन् । ज्ञानमार्गी शिष्यहरू उदास भई झोक्राउँछन् । आदिमाताको आँसुले सबैलाई पिरोल्न थाल्छ ।

"आदिमाता, पुत्रीलाई विश्रामको आवश्यकता देख्छु म... ।" केही समयको निस्तब्धता भङ्ग गर्दै आदिगुरू सल्लाह र ढाडस प्रदान गर्ने अभिप्रायले फिस्स हाँस्छ, "म आदिमातालाई दुःख, चिन्ता परित्याग गरी धैर्यधारण गर्ने अनुरोध गर्छु ।"

"प्रशान्त, म एक कमजोर हृदय भएकी माता हुँ, यस्तो दुःख म सहन सक्तिनँ । म यो छोरीलाई अत्यन्त माया गर्छु सायद आफैंलाई भन्दा बढी माया गर्छु । तिमी पनि माया गर मेरी छोरीलाई, म प्रार्थना गर्छु ।", मार्था केही संयमित भई बोल्छिन् ।

"यो प्रार्थना गर्नु किन आवश्यक छ आदिमाता ? बिनाहार्दिक स्नेह, म कसैलाई पुत्र वा पुत्री भनी सम्बोधन गर्न सक्तिनँ ।"

"मैले त्यस अर्थमा कुरा गरेकी होइन, भइहाल्यो ।", मार्था झन्डैझन्डै पूर्णरूपले संयमित हुन्छिन्, "यहाँ के हुँदै थियो कुन्नि, सायद दार्शनिक तात्विक ।"

"हामी फुर्सदको समयलाई किञ्चित् मात्रामा सदुपयोग गर्दै थियौं ।" प्रशान्त मुसुक्क हाँस्छ "म पुत्रहरूको जिज्ञासा र सन्देह निवारण गर्दै थिएँ ।"

"मैले महत्त्वपूर्ण समय नष्ट गरिदिएँ, क्षमाप्रार्थी छु । अब फर्किन्छु पनि एकछिन घुमफिर गरूँ भनी निस्केकी थिएँ, कहाँबाट यहाँ आइपुगें तर एउटा फाइदा भनूँ कि के भनूँ भएको छ । मलाई यहाँ आएर छोरीको स्वास्थ्यको गम्भीर अवस्थाबारे जानकारी भयो । म साह्रै आभारी छु । मैले त कुनै कुरामा मन दुखाएर त्यस्तै नबोलेकी, नचलेकी, नहाँसेकी भन्ने सोचिरहेकी थिएँ । यो त यहीं निदाई, छोरी ?"

मार्था जमुनालाई, जो तिनको छातीमा मुख लुकाएर आँखा चिम्लिरहेकी हुन्छे, सुस्तरी बोलाउँछिन् । जमुना बिस्तारै टाउको उचाल्छे, आँखा खोल्छे र ट्वाल्ल पर्छे ।

"निन्द्रा लाग्यो हो, जाऔं । आजदेखि म छोरीलाई आफूसितै राख्छु ।" मार्था जमुनालाई राम्ररी समातेर फर्काउन खोज्छिन् । ऊ लडखडाएर लल्याकलुलुक पर्छे ।

"पुत्रहरू, आदिमातालाई सहयोगको आवश्यकता छ ।", आदिगुरू प्रशान्त गम्भीर वाणीमा सामूहिक अपिल गर्छ । अपिल सुन्नासाथ एघारै जना ज्ञानमार्गी पुत्रहरू उठ्छन् तर तिनीहरूमध्ये प्रेममूर्ति आदिमातालाई सहयोग दिन पुग्छ । ऊ आदिमाताको नियन्त्रणबाट बाहिरिएर लल्याकलुलुक परेकी जमुनाको शरीरलाई दुवै हात प्रयोग गरी राम्ररी समाल्छ । विश्वास नलागेर मार्थाका दुवै आँखा चरम सीमासम्म फैलिंदै जान्छन् ।

२६

विश्वास त मैचाङलाई पनि लाग्दैन तर अविश्वासजनक मनस्थिति बोकेर अकर्मण्य उभिइरहने फुर्सद उसलाई प्राप्त हुँदैन । प्रेममूर्तिको सहयोग लिई जमुनालाई आफ्नो ओछ्यानमा सुताएपछि मार्था उसलाई सक्दो चाँडो एक मग तातो दूध ल्याउने आदेश दिन्छिन् । मैचाङ गइहाल्छे ।

जमुनालाई प्रेममूर्तिको कुनै चेतना हुँदैन । बाटोभरी ऊ एक अज्ञात थकाइले लट्ठिएर आँखा खोल्न सक्दिन । ओछ्यानमा सुताएपछि पनि ऊ आँखा चिम्लिरहन्छे । प्रेममूर्ति उसलाई राम्ररी सिरक ओढाइदिन्छ, सिरानीमा अप्ठेरो पाराले ढल्किएको टाउको समातेर मिलाइदिन्छ । उसको खुम्चिएको खुट्टालाई समातेर ऊ सीधा आरामदायक स्थितिमा

ल्याइदिन्छ । बिना कुनै सङ्कोच र हिचकिचाहट जमुनालाई ठीक र सन्तोषप्रद ढङ्गले सुताएपछि ऊ निश्छल, निर्मल आँखाले उसलाई गहिरिएर हेर्छ । मार्था निःशब्द सबै कुरा अवलोकन गरिरहन्छिन् । अझै पनि विश्वास गर्न नसकिरहेका आँखाहरूका मद्दतले । तिनलाई प्रेममूर्ति कल्पनातीत व्यक्तिजस्तो लाग्छ तर जमुनालाई हेरिरहेको उसको दृष्टि कल्पनातीत लाग्दैन । तत्काल तिनलाई अनुभूति हुन्छ त्यो एक अभागी प्रेमीको अतृप्त दृष्टि हो । मार्था सम्झन्छिन्, यसरी नै त ऊ सधैं जमुनालाई हेरिरहन्थ्यो, जहाँसुकै, जहिलेसुकै । जमुना थुःथु गरेर जमिनमा थुक्दै ऊप्रति आफ्नो घृणाभाव व्यक्त गरिरहन्थी ।

"यो केटाको प्रेम मरेको रहेनछ ।", मार्था मनमनै सोच्छिन् । खुशीले रून मन लाग्छ । मुस्किलले तिनी आफूलाई समाल्छिन् । सायद घाम अस्ताएको हुन्छ त्यसैले झ्यालबाट चिसो हावा पस्छ । प्रेममूर्ति झ्याल बन्द गर्छ ।

"आदिमाता, जान्छु... ।", ऊ अभिवादनमा झुक्छ ।

"छोरा, एकछिन बस न !", मार्था पहिलोपल्ट औपचारिक 'पुत्र'को ठाँउमा अनौपचारिक 'छोरा' भनी सम्बोधन गर्छिन् । प्रेममूर्तिको अनुहारमा कृतज्ञताको लहर देखा पर्छ । ऊ भावुक हुन्छ ।

"आदिमाता, म जानुपर्छ । आदिगुरू प्रतीक्षामा हुनुहुन्छ ।"

"ए, हुन्छ त जाऊ, बरू... !", मार्था दोधारमा पर्छिन्, "एउटा कुरा सोध्न मन थियो ।"

"सोध्नोस् न... !"

"पहिले नै एकैचोटि सोधेको कुरा फेरि एकपल्ट सोध्छु छोरा... अन्तःकरणलाई साक्षी जबाफ देऊ । यस कुराको सम्बन्ध मेरो आस्था र विश्वाससित छ ।" मार्था एकछिन चुप लाग्छिन्, अनुहारमा एक यस्तो भाव बोकेर मानौं प्रेममूर्तिको जबाफमा सबै कुरा अडेको छ "तिमी कसैलाई प्रेम गर्छौ, अथवा जमुनालाई बिर्सन सक्छौ ?"

प्रेममूर्ति निश्छल, निर्मल आँखा चिम्लेर टाउको झुकाउँछ । उसको चाक्लो निधारमा केही धर्साहरू जन्मिन्छन् र गहिरिंदै जान्छन् । केही क्षणपछि ऊ आँखा खोल्छ । आँसुको तीव्र धारा उसका आँखाबाट बग्न थाल्छन् । मार्था हतप्रभ हुन्छिन् ।

"भइहाल्यो छोरा... मैले जबाफ पाइसकें, भइहाल्यो ।", मार्था ममता पूर्वक उसको आँसु पुस्छिन् तर आँसुको प्रवाह यति तीव्र र अविराम हुन्छ कि तिनको त्यो सत्प्रयास पूरापूरा विफल हुन्छ । उसको आँखाबाट आँसुको अटुट धारा बगिरहन्छ तर उसको अनुहार रूवाइले बिग्रँदैन, बन्द मुखमा त्यस अरण्यरोदनको सूक्ष्म कम्पन पनि देखा पर्दैन । ऊ आँखाबाहेक सबै शारीरिक अवयवहरूमा जुन देख्न सकिन्छ, शान्त र संयमित हुन्छ ।

"मलाई माफ गर छोरा, माफ गर... तर म माफी मात्र माग्दिनँ । तिमीले मेरो जीवनको आस्था र विश्वासलाई बचाइदियौ । मेरो भत्कन लागेको आस्था र ढल्न लागेको विश्वासलाई तिम्रो यो आँसुको पवित्र धाराले उद्धार गरेको छ । छोरा, म जीवनभरका लागि तिम्रो ऋणी भएँ... ऋणमा डुबें... ।"

मार्था ओछ्यानमा बस्छिन् अनि आफैं मुख छोपेर जोडले रून थाल्छिन् । रोएको आवाज सुनेर मैचाङ दगुर्दै आउँछे र प्रेममूर्तिलाई प्रश्नात्मक आँखाले हेर्छे । ऊ केही नबोलीकन कोठाबाठ बाहिर जान्छ ।

"आदिमाता के भयो ? किन यसरी रूनुभएको ?", मैचाङ आत्तिएर मार्थालाई समात्छे । मार्था झन्साह्रो रून थाल्छिन् । "लौन, के भएको होला यस्तो..." मैचाङ कुराको सन्दर्भ नबुझीकनै रून तयार पर्छे । त्यही बेला जमुना चलमलाउँछे । मार्थाको रूवाइ भाँचिन्छ । तिनी आफूतिर कोल्टे फर्केर आँखा उघार्ने बल गरिरहेकी जमुनाको हात समातेर मैचाङलाई दूध ल्याउन अराउँछिन् । मैचाङ रूने फुर्सद नपाएर भान्साखण्डतिर दगुर्छे ।

जमुना आँखा उघार्छे । मार्था केही अगाडि सरेर उसको अनुहार मुसार्न थाल्छिन् । सम्भवतः स्नेहयुक्त मातृस्पर्श पाएर उसका आँखाका परेलीहरू बन्द हुँदै जान्छन् ।

"छोरी ! मार्था मनका सबै स्नेह सोहोरेर बोलाउँछिन् । जमुना जबाफमा बन्द भएका परेलीहरू खोलिदिन्छे ।

"अलिकति दूध पिएर सुत है ?", टाउको नै जोडिएलाझैं गरी मार्था अनुनयपूर्व सोध्छिन् । जमुना क्षीण स्वरमा 'उँउँ' गर्छे, बोल्न सक्तिन ।

मैचाङ दूध लिएर आउँछे । जमुना दूध पिउन पूर्णरूपले इन्कार गर्छे, मुखै नखोलिदिएर । "आदिमाता, यसलाई के भयो अहिले भर्खरैको भर्खरै ?"

मैचाङलाई जमुनाको परिवर्तित अवस्था, जुन उसको आँखासामुन्ने हुन्छ, विश्वसनीयजस्तो लाग्दैन । उसलाई खास कुरा जान्ने कौतुहल हुन्छ तर आदिमाता कुनै खास कुरा गर्दिन सकेसम्म चाँडो डाक्टर आनन्दलाई बोलाई ल्याउन अराउँछिन् मात्र ।

मैचाङ हडबडाउँदै त्यहाँबाट प्रस्थान गर्छे । आदिमन्दिरको प्राङ्गणमा डाक्टर आनन्द र डाक्टर कमलासित उसको जम्काभेट हुन्छ ।

"डाक्टर म तपाईंलाई नै... ।"

"आदिगुरूबाट सूचना पाइसकेको थिएँ... जमुनालाई कहाँ... ?"

"भित्र आउनुहोस् ।"

मैचाङ हतारिन्छे, छिटोछिटो हिंड्दै आदिमन्दिरभित्र पस्छे । डाक्टरहरू उसको पछि लाग्छन् । मार्था मानिसहरूको पदचाप सुनेर उठ्छिन्, आफूलाई सम्हाल्छिन् । डाक्टरहरू आई अभिवादन गर्छन् ।

"डाक्टर कृपया मेरी छोरीलाई चाँडो निको पारिदेऊ... ।" मार्था डाक्टरहरूलाई देखेर फेरि भावुक हुन्छिन्, परिणामस्वरूप तिनलाई अभिवादन स्वीकार गर्ने होसै हुँदैन ।

"आदिमाता चिन्ता नलिनुहोला, हामी जमुनालाई चाँडोभन्दा चाँडो स्वस्थ्य पार्ने प्रयास गर्नेछौ । उहाँ डा. कमला स्त्रीरोगविशेषज्ञ हुनुहुन्छ ।" डा. आनन्द आदिमाताको भावुकताको अनुमान लाएर तदनुरूप कुरा गर्छ ।

आदिमाताले आदरार्थी प्रयोग नगरेको ऊ अनुभव गर्छ ।

तुरुन्त स्वास्थ्यपरीक्षण कार्य थालिन्छ । अधबैंसे उमेरकी डाक्टर कमला जमुनाको शरीर जाँच्दै आदिमातालाई उसको स्वास्थ्य र व्यवहारसम्बन्धि आवश्यक प्रश्नहरू गर्दै जान्छे । मार्था आफूलाई थाहा भएका यावत् जानकारी दिन्छिन् । केही कुरा मैचाङलाई पनि सोधिन्छ ।

डाक्टर आनन्दको सहयोग लिई डा. कमला घण्टाभरमा स्वास्थ्य परिक्षण कार्य सिद्ध्याउँछे । यस अवधिभर जमुना आँखा चिम्लिरहन्छे । बेला बेलामा कुराहरू सोधिंदा बलजफ्ती आँखा खोल्छे तर पटक्कै बोल्दिन ।

"डाक्टर... ?", मार्था अधीर भई परीक्षणको नतिजा जान्न खोज्छिन् ।

"आदिमाता, शरीरमा कुनै पनि रोगको सिम्टम देखिंदैन । सिवाय सामान्य कमजोरी ।" डाक्टर कमला नतिजा सुनाइदिन्छे ।

"त्यति मात्र ?" मार्थालाई शङ्का लाग्छ, "त्यसो भए किन बोल्न सक्तिन ?"

"बोल्ने असमर्थताका दुई कारण हुन्छन्, स्वरयन्त्रमा खराबी वा मानसिक आघात । स्वरयन्त्रमा कुनै खराबी देखिंदैन । कुनै कुराले मेन्टल सक् परेजस्तो छ । म एउटा इन्जेक्सन दिन्छु । केही दिनमा आफैं ठीक हुन सक्छ । सी निड्स अफेक्सन एन्ड कियर ।"

"आफै ठिक भएन भने ?", मार्थाको शङ्का हट्दैन ।

"आशा गरौं आदिमाता, निराशा समस्याको समाधान होइन । आदिमाताको आशीवार्दले सब कुरा ठीक हुन सक्छ । यस्तो मेन्टल सक्को अवस्थामा खानाप्रति अनिच्छाको भाव जागृत हुन्छ Anorexia को स्थिति धेरै दिनसम्म रहे चिन्ताजनका हुन्छ । प्रेमपूर्वक ख्वाउने प्रयास भइरहोस् आदिमाता, Anorexia Nervosa नहुनुपर्छ ।"

आदिगुरू प्रशान्त आइपुग्छ । ऊ डाक्टरहरूसित पुत्रीको अवस्था बुझ्न खोज्छ । डाक्टर कमला आदिमातालाई भनिएका कुराहरू नै दोहोऱ्याउँछे, कुनै नयाँ रहस्योद्‌घाटन गर्दिन । एकछिनपछि सबै बैठककोठामा लाग्छन् सायद गम्भीरतापूर्वक विचार विमर्श गर्न । यही मौकामा मैचाङ जमुनाकहाँ पुग्छे, ओछ्यानमा बसेर उसको हात समात्छे ।

"ए जमुना जमुना !", मैचाङ सानो स्वरमा बोलाउँछे । जमुना कुनै हलचल गर्दिन, प्रतिक्रिया देखाउँदिन ।

"ए जमुना के भयो भनेको तँलाई यस्तो ?"

धेरै पहिलेदेखि रूवाइको बाडुली लागे पनि फुर्सद नपाएकी मैचाङ मुख छोपेर रून थाल्छे । जमुनाप्रतिका सबैसबै गुनासाहरू कता हराउँछन् कता !

२७

एक दिन बित्छ । दुइ दिन बित्छ, तीन दिन बित्छ । जमुनाको स्वास्थ्यमा खास सुधार देखा पर्दैन । डाक्टर कमलाको सल्लाहबमोजिम मार्था उसलाई ममतापूर्वक ख्वाउने प्रयासमा लागिरहन्छिन् । दोस्रो दिनदेखि जमुना अलिअलि दूध पिइदिन्छे, सायद आदिमाताको मन राख्न । ऊ सिरानीबाट टाउको उठाउन सक्तिन, त्यसैले मार्था चम्चाले

दूध पिलाउन थाल्छिन् । छोरीले दूध पिउन थालेपछि आमाको ज्यानमा स्फूर्ति आउँछ । मार्था निकै आश्वस्त हुन्छिन् ।

मार्थाको ममता पूर्णरूपले व्यस्त र समर्पित हुन्छ । दिनभर तिनी जमुनालाई मुसारिरहन्छिन् । दूधबाहेक अन्य फलफूलहरू ख्वाउने प्रयास गरिरहन्छिन् । बोलाउने प्रयास पनि गरिरहन्छिन् । जमुना बोल्दिन, पहिलेझैं उँउँ गर्छे तर मार्था अनुभव गर्छिन्, उसको स्वरबाट शिथिलता हट्दै गएको छ । यस कुरामा मैचाङ सही थापिदिन्छे । रात परेपछि पनि धेरै अबेरसम्म छोरीको सेवाशुश्रुषामा मार्थाको समय खर्च हुन्छ । आधाराततिर बल्लतल्ल सुत्छिन्, छोरीको बगलमा प्रेमपूर्वक छोरीलाई अङ्कमाल गर्दै । यो सबै क्रियाकलापदेखि मैचाङ छक्क पर्छे । कताकता उसलाई आफ्नी आदिमाताको महानता देखी गर्व लाग्न थाल्छ ।

बस्तीमा जमुना बिरामी भएको, आदिमाताले उसलाई आफ्नो अन्तःकक्षमा लगेको कुरा सबैलाई थाहा हुन्छ । बस्तीका इखालु तरूणीहरू जमुना ठूलो भाग्य लिएर जन्मेकी रहिछ भन्न बाध्य हुन्छन् । यही बेला मैचाङको गर्व मनमा नअटाएर बस्तीमा पोखिन्छ । बस्ती गर्वमग्न हुन्छ । स्वयम् आदिगुरू प्रशान्त पनि आदिमाताको पुत्रीप्रेम र भगीरथ सेवा देखी विष्मय अनुभव गर्छ र यस सम्बन्धमा केही सोच्न विवश हुन्छ ।

चौथो दिन, बिहान करिब आठ बजे, मार्था पूर्वपट्टिको झ्याल खोल्छिन् । न्यायो घाम कोठामा पस्छ । एकछिनसम्म झ्यालमा अडेसिएर तिनी बाहिर हेर्छिन् । रूखपात, शीत, चराचुरूङ्गी सबै आँखामा आउँछन् तर तिनको ध्यान आँखामा नपर्ने चिसो हावामा हुन्छ, जुन त्यस बेला चलिरहेको हुँदैन । हावा लाग्दैन लागेको छैन भन्ने कुरामा ढुक्क भएपछि तिनी झ्यालबाट फर्कन्छिन् । ठीक यही बेला जमुनाको शरीरमा केही स्फूर्ति देखा पर्छ । ऊ बिस्तारै सिरकभित्र चलमलाउँछे । मार्था आँखा च्यातेर, सास रोकेर हेर्छिन् । एक प्याला तातो दूध बोकेर ढोकामा देखा परेकी मैचाङलाई तिनी मुखमा चोर औंला राखेर नबोल्ने सङ्केत गर्छिन् ।

मैचाङ वाल्ल पर्छे, आदिमाताको आँखालाई पछ्याउँछे र कुरा बुझ्छे । यसपछि दुवै सास रोकेर ओछ्यानमा आँखा लाउन थाल्छन् ।

जमुना सिरकभित्र हलुका कम्पनसहित नजानिंदो किसिमले चलमलाउँछे, एकछिन रोकिन्छे र पुन चलमलाउन थाल्छे । मार्था र मैचाङ आँखा च्यात्नसम्म च्यात्छन् किनभने पूरा तीन दिनपछि तिनको शरीरमा गति देखा परेको हुन्छ । केही समय हलुका तवरले चलायमान भएपछि गतिमा क्रमिक सुधार हुँदै जान्छ । ऊ बिस्तारै खुट्टा खुम्च्याउन थाल्छे । मार्थाको सास मानौं घाँटीमा अड्किन्छ ।

अलिकति खुट्टा खुम्च्याएपछि जमुना टाउको चलाउँदै आँखा खोल्छे र कसैले नबोलाईकन नै उँउँ गर्न थाल्छे । स्वरमा पहिलेभन्दा बढी तीक्ष्णता र छटपटीको मिश्रण हुन्छ । मार्था उसको आँखासामुन्ने बस्छिन् । असाध्य भावुक भई उसको अनुहार मुसार्छिन् ।

"छोरी मेरी रानी छोरी !"

जमुना उँउँ गर्छे । मार्था उसको निधारमा म्वाइँ खान्छिन् । "के छोरी, के कुरा भन्न खोजेकी... ? मलाई भन, आमालाई भन ।"

जमुना शून्यमा टोलाउँछे ।

"बोल न छोरी, आमासित बोल । कति दिन भयो नबोलेकी, आदिमातासित दुई चार शब्द भए पनि बोल, म... म सहन सक्तिनँ..." मार्थाको गला अवरूद्ध हुन्छ । जमुना सम्भवतः आवश्यकताभन्दा बढी माया गर्ने आदिमाताको अनुहारमा आँखा लाउँछे र टोलाउँछे । अनुहार पूर्ववत् भावनाशून्य र यथावत् संवेदनाशून्य हुन्छ ।

"आदिमाता दूध ख्वाउनोस् न, मैचाङ उत्साहित भएर खासखुसे स्वरमा बोल्छे ।

"ए, हो त नि, म... त... खै लेऊ त !"

मैचाङ छेउको टेबिलबाट दूधको मग र चम्चा उठाएर हातमा राखिदिन्छे । मार्था चम्चा चलाएर दूधको तर हटाउँछिन् । मनतातो दूधको बास्ना चल्छ ।

"मेरी रानी छोरीलाई कति भोक लाग्यो होला, म त ...के ...भएको, के भएको... !" चम्चा चलाउँदै मार्था कसैसित होइन, आफैंसित बोलेझैं गरी सुस्तरी बरबराउँछिन् । त्यसपछि साह्रै नै माया पोखेर छोरीलाई दूध पिलाउन थाल्छिन् । जमुना आदिमाताको पहिलो अनुरोधमा नै मुख खोलिदिन्छे ।

मैचाङ ठिङ्ग उभिएर कुनै महत्त्वपूर्ण चित्र तयार पारिँदै गर्दाको क्यानभासलाई झैं हेरिरहन्छे। यतिखेर ऊ यो कुरा भुसुक्कै बिर्सिदिन्छे कि दूध उसले आदिमाताको लागि ल्याएकी थिई।

जमुना हिजोअस्तिभन्दा बढी दूध पिउँछे। आँखा पनि बिहानीभर खोलिरहन्छे। एकपल्ट कोल्टे फेरूँला जस्तो पनि गर्छे तर सक्तिनँ। एक पटक ऊ अनायास वा जानीजानी आदिमाताको हात स्पर्श गर्न पुग्छे। आदिमाताका मनका सबै तारहरू खुशीले झङ्कृत हुन्छन्।

त्यो बिहानी मार्थाका लागि परमआनन्द र सन्तोषको बिहानी हुन्छ। तिनलाई जमुनासित खूब कुरा गर्न मन लाग्छ, त्यसैले बिहानभर नाना थरीका कुराहरू सुनाइरहन्छिन्। त्यस एकल कुराकानीको कुनै अनुक्रमणिका हुँदैन। बेलाबेलामा मैचाङ छक्क पर्नका लागि कोठामा पस्छे र मन भरिएपछि कोठाबाट बाहिरिन्छे। ऊ प्रेम र ममताकी त्यस जिउँदी देवीलाई महान् भनेर आदर मात्र गर्दिनथी, बुझ्थी पनि। त्यसैले पागल प्रलापजस्तो एकल कुराकानीमा ऊ बाधा उत्पन्न गर्दिन।

बिहान समाप्त हुन्छ। जमुना धेरै पहिले आँखा चिम्लिसक्छे तर मार्था छोरीलाई मुसार्दै सानो मधुरो स्नेहयुक्त आवाजमा कुरा गरिरहन्छिन्।

"ए पुत्री !", एघार बजेतिर मार्था मैचाङलाई बोलाउँछिन्।

"हजुर" मैचाङ दगुर्दै आउँछे। धेरैबेरदेखि ऊ यही बोलाहटको प्रतीक्षामा हुन्छे।

"हेर न छोरी त निदाई, कुरा सुन्दासुन्दै निदाई।" मार्थाको अनुहार आत्मिक प्रसन्नताले धप्प बलिरहेको हुन्छ। मैचाङ छेउमा उभिएर जमुनालाई हेर्छे।

"निदाएकी नै हो र... ?"

"हो भनेको, कस्तो नपत्याएकी मैले लोरी सुनाएँ नि, त्यसैले निदाई। कस्तो मीठो निद्रा परेको छ, हेर...।"

"यही बेला भोजन गर्नोस् आदिमाता, जाऔं।", मैचाङलाई आफ्नो सरोकारको कुरा गर्ने मौका पर्छ। जमुना बिरामी भएदेखि नै मार्थाको खाने समय र रूचि तलमाथि परेको हुन्छ।

"खै खाने मन नै छैन। त्यसै पेट भरिएको छ" मार्था मुस्कुराउँदै हात तन्काउँछिन्। हाई काढ्छिन्।

"छोरीको सेवा गर्दागर्दै आफैं बिरामी हुनुहोला... ।"

"के भयो र म बिरामी भएर कसलाई के हुन्छ ?"

पूरा तीन दिनपछि पहिलोपल्ट मार्थाको कुरामा ठटेउलोपना र ओठमा मुस्कान देखा पर्छ । मैचाङ आँखीभौं खुम्च्याएर तिनलाई घुर्छे ।

"किन त्यसरी हेरेकी ?", मार्था मुस्काउँछिन् मात्र होइन, राम्रैसित हाँस्छिन् पनि, "म ठीक कुरा त गर्दै छु । म नबोलाईकन आएकी पाहुना, चाहे बिरामी परूँ, चाहे मरूँ, कसलाई के हुन्छ ?"

"कसैलाई केही हुँदैन, आदिगुरू मात्र ठहरै पर्नुहुन्छ ।", मैचाङ जस्तालाई तेस्तै जबाफ दिन्छे अनि मुख छोपेर खितिति हाँस्छे ।

"के अरे... ?", मार्था रिसाएझैं गरी उठ्छिन् तर तिनको अनुहारको प्रसन्नता छोपिंदैन ।

"आदिगुरू ठहरै पर्नुहोला । त्यसैले भोजन गर्न जाऔं भनेकी ।", मैचाङ खितिति हाँस्छे, भाग्छे ।

"तँलाई पख्लिस् मैले जानेकी छु ।", मार्था स्वर चढाएर धम्क्याउँछिन् अनि आफैंदेखि लाजले भुतुक्क हुन्छिन् । तिनको अनुहार मात्र होइन, कानहरू पनि रनन्न गरी रन्किन्छन् ।

अपराह्न समयमा मार्था अन्तः कक्षबाट बाहिरिएर आदिमन्दिरको प्राङ्गणमा निस्किन्छिन् । तिनलाई एक जुगपछि त्यहाँ आइपुगेजस्तो लाग्छ । यो सोचाइले गर्दा प्राङ्गणका छेउछाउका फुलेका गुलाबी फूलहरूजस्तो मनमोहक मुस्कान तिनको ओठमा फुल्छ । यो फूल फुलाएर तिनी आदिगृहपट्टि फर्कन्छिन् । सुनसान आदिगृहलाई धेरैबेरसम्म हेरेपछि तिनी आफ्नो दृष्टि घुमाउँदै गोलघर र आवासगृहहरूतिर लान्छिन् । गोलघर र आवासगृहहरूबाट निस्कँदै पुत्रपुत्रीहरू बस्तीको मूल ढोकातिर दगुरिरहेका हुन्छन् । पुत्रपुत्रीहरूको यो दौड सामान्य किसिमको हुँदैन । त्यसैले मार्था सन्देहपूर्वक मूल ढोकातिर हेर्छिन् । टाढाबाट मूल ढोकाको परिदृश्य देख्दा तिनको ओठमा फुलेको फूल मुर्झाएर झर्छ ।

मार्था दगुर्दै आदिमन्दिरभित्र पस्छिन् ।

"ए पुत्री पुत्री !", मार्था आत्तिएको स्वरले बोलाउँछिन् । मैचाङ दगुर्दै आइपुग्छे ।

"जाऊ त, त्यहाँ मूल ढोकामा केके खैलाबैला हो बुझेर आऊ कुनै दुर्घटना त भएन... ?"

"हस् आदिमाता जमुनालाई हेरिराख्नोस् ।"

"हुन्छ जाऊ, हेरेर चाँडो आउनू बरू ।"

मैचाङ जान्छे । मार्था एकछिन जमुनाको स्थिति सिंहावलोकन गर्न सुत्ने कोठामा पस्छिन् । जमुना लामोलामो सास फेर्दै निदाइरहेकी हुन्छे । मार्था केही समय धैर्यधारण गरी कोठामा बस्छिन् तर तिनको धैर्य धेरै समयसम्म टिक्दैन । तिनी फेरि आदिमन्दिरको प्राङ्गणमा निस्कन्छिन् ।

मूल ढोकामा अनियन्त्रित भिड । खैलाबैलाको अस्पष्ट ध्वनि पनि सुनिन्छ । मार्था अत्यन्त अधीर हुन्छिन् । मैचाङ हस्याङफस्याङ गर्दै आइपुग्छे, "के भएको रहेछ... ?"

"आदिमाता, लौन बरबाद भयो !", मैचाङ कुरा नसुनाईकन रून थाल्छे ।

"के भयो भनेको ए पुत्री ?..."

"आदिमाता, आदिगुरूलाई बाहिरबाट आएका तीस-चालीस जना लाठेहरूले घेरेर ख्याप्ख्याप् पारिराखेका छन्... !"

"किन ?", मार्था कालीनीली हुन्छिन् ।

"हजुरले शरण दिनुभएको बूढी बज्यैका छोरा र उसका मान्छेहरू अरे ! मेरी आमालाई छोड्ने भए छोड्, नत्र जबरजस्ती गरेर भए पनि लैजान्छौ भनेर धम्की दिइराखेका छन् । आदिगुरूले "उहाँ स्वेच्छाले यहाँबाट बिदा हुन चाहनुहुन्छ भने हाम्रो हार्दिक स्वागत छ" भनेर बूढी बज्यैलाई सोध्नुभयो । बुढी छोरासित घर जान मानेकी छैनन्, जाँदै जान्नँ भन्छिन् । बुढीको छोरा र उसका साथीहरू मारकाट गर्नुपरे पनि गर्छौ भनेर धम्क्याइरहेका छन् । आदिगुरूलाई "तँ पागल-बहुला अरे ! पागलहरूको यस्तो बस्ती, उस्तो बस्ती अरे !" मैचाङ एकसासमा सबै कुरा भनेर फेरि रून थाल्छे ।

मार्था केही नबोलीकन सम्भव भएसम्म छिटोछिटो पाइला चाल्दै घटनास्थलतर्फ लाग्छिन् । बस्तीको लम्बेचौडे मैदान छिचोल्न समय लाग्छ । मार्थालाई यो समय ढिलो चलेजस्तो लाग्छ, यद्यपि तिनका खुट्टाहरू सबभन्दा छिटो चलिरहेका हुन्छन् । तीन चौथाई मैदान पार गर्दानगर्दै मूल ढोकामा मानिसहरू लडामारी गरेको, भागाभाग गरेको,

जोडजोडले कराएको देखिन्छन् । बुढीका छोरा र उसका साथीहरू ढुङ्गामुढा, लाठी प्रहार गरिरहेका हुन्छन् । ती "ठोक पागलहरूलाई ! मार बहुलाहरूलाई !" भनेर सिंहनाद गर्दै बर्बरतापूर्वक आक्रमण गर्दै बस्तीमा घुस्न खोज्छन् । स्वास्नीमान्छेहरू डरले रून र भाग्न थाल्छन् । आदिगुरू प्रशान्त दुवै हात ठड्याएर शान्तिको अपिल गर्दै अघि बढ्छ । तीन जना भूसतिघ्रे लाठेहरू "तैं होइन सबैलाई बहुला बनाउने !" भनेर घेर्न आउँछन् । प्रेममूर्ति आदिगुरूलाई घेराबाट बाहिर निकाल्न अघि बढ्छ तर साफसित चुटाइ खान्छ । यो देखि गोलघरको नाइके, विन्दु र चार जना ज्ञानमार्गी पुत्रहरू गुरूलाई बचाउन अघि सर्छन् । आक्रमण झन्झन् उग्र र भयानक हुँदै जान्छ । बस्तीवालाहरू हातले प्रतिकार गर्छन्, प्रत्याक्रमण गर्दैनन् । आइमाई केटाकेटी र केही डरछेरूवाहरूबाहेक अन्य सबै आक्रमणकारीहरूलाई रोक्दै, छेक्दै ढुङ्गा र लाठीको प्रहार सहन थाल्छन् । मार्थाको सातो जान्छ । त्यस भिडन्तमा तिनी प्रशान्तलाई खोज्छिन् । ऊ देखिंदैन । कताकता कोलाहलको मध्यतिर विन्दुको भुकाइ सुन्छिन् । त्यसले तिनमा मानौं एक नयाँ जीवनशक्ति, निर्भयता र कर्तव्यको भावना उत्पन्न गर्छ । तिनको सातोपुत्लोको मनभित्र अन्त्येष्टि हुन्छ ।

त्यस आपत्काल-आपत्स्थलमा तिनी छिटोछिटो पाइला चाल्छिन् । ढुङ्गामुढा र लाठी प्रहार गरेर बस्तीभित्र घुस्न खोज्नेहरू निहत्था र अनाक्रमक प्रतिरोध शक्तिदेखि बिस्मित हुन्छन् । अक्रमण फितलो हुँदै जान्छ ।

मार्था घटनास्थलमा पुग्छिन् । तिनी कसैलाई आदिगुरू प्रशान्त कहाँ छ भनेर सोध्न खोज्छिन् तर यही बेला प्रशान्तको आवाज तिनको कानमा पर्छ ।

"बन्धुहरू ! बन्धुहरू ! यहाँहरूले ढुङ्गामुढा र लाठी प्रहार गरेर मेरा पुत्रपुत्रीहरूको पवित्र रगत बगाउन सफल हुनुभयो तर यो सफलता यहाँहरूको अज्ञानता हो, कृपया हृदयङ्गम गर्नुहोला । ढुङ्गामुढा र लाठी प्रहार गर्न हामीसित पनि हातहरू छन् तर हामीले यस आदिम अहङ्कारलाई बिदाई गरिसकेका छौं । मेरा पुत्रपुत्रीहरूलाई थाहा छ राष्ट्र, धर्म, जाति वा मानवसम्बन्धको नाममा रगत बगाएर, रगत पिएर, रगतको होली खेलेर मानवसभ्यता र इतिहासमा अमेट दाग मात्र लाग्यो, हामी यस्तो कलङ्कको टीका लाउन जन्मेका होइनौं ।"

"हामीलाई यस्ता कुरा थाहा छैनन्, यी बहुलाहरूका बकम्फुसे कुरा, म आमालाई नलिईकन एक जान्नँ, दुई जान्नँ, तीन जान्नँ ! सबैलाई मारेर भए पनि लान्छु, लान्छु !", बुढीको छोरो गर्जिन्छ ।

"बन्धु ! तपाईं आफ्नी आमालाई सम्मानपूर्वक मनाएर लानुहोस्, हामी स्वागत गर्छौं । यो स्वतन्त्र बस्तीमा सबै आमाहरू, सबै छोरीहरू पूर्णरूपले स्वतन्त्र छन् । यस भूमिबाट आमाहरू र छोरीहरू अपहरण हुन सक्तैनन् ।" मार्था प्रशान्तको प्रभावशाली बोली र वचन सुन्छिन् । बस्तीबालाहरूको भिडले बाटो दिएपछि तिनी प्रशान्तसम्मुख पुग्छिन् । प्रशान्तको निधारमा चोट लागेको हुन्छ, रगत बगिरहेको हुन्छ । ऊ तिनलाई देखी मुसुक्क हाँस्छ ।

"प्रशान्त तिमीलाई चोट लागेको छ, के भयो यस्तो ?" मार्थालाई असाध्य पीडा हुन्छ । आँखा सजल हुन्छन् ।

"आदिमाता धेरै पुत्रहरूलाई चोट लागेको छ, मलाई मात्र होइन । हाम्रो शरीर चोटग्रस्त भएको छ तर अहङ्कार क्षतिग्रस्त भएको छैन । असल पुत्रहरूको गर्व गर्नुहोस् आदिमाता ।"

आदिगुरूको शान्त, प्रभावशाली गर्वोक्तिले मार्थाको आँसु सुकाइदिन्छ । तिनी सरसरती हेर्छिन् । धेरैलाई घायल र चोटग्रस्त पाउँछिन् ।

घायल पुत्रहरू, जसजसमाथि तिनको दृष्टि पर्छ, आत्मसन्तोषपूर्वक मुस्कुराइरहेका हुन्छन् । कसैको अनुहारमा पनि चोटग्रस्त पीडा हुँदैन ।

"म यहाँ डाक्टरहरूको उपस्थिति चाहन्छु, ती कहाँ छन् ?", मार्था बस्तीवालाहरूको त्यो भिडलाई हेर्दै, जुन अघि भागाभाग गरेको थियो, सोध्छिन् ।

"आदिमाता हामी यहीं छौं... ।", आदिगुरूको अगलबगलबाट डाक्टर प्रकाशसहित अन्य डाक्टरहरू निस्कन्छन् । ती सबै चोटग्रस्त हुन्छन् ।

"ओहो !" मार्थाको मुखबाट तेज उच्छ्वास निस्कन्छ । "आदिमाता चिन्ता नलिनुहोस्, यो सामान्य शारीरिक चोटपटक मात्र हो, आदिगुरूले भन्नुभएझैं हाम्रो अहङ्कारलाई कुनै चोटपटक लागेको छैन ।"

डाक्टर आनन्द सन्तृप्त मुस्कान बोकेर तिनलाई आश्वस्त पार्ने प्रयास गर्छ । मार्था अवाक् हुन्छिन् । ठीक यही बेला बूढी बज्यै तिनको खुट्टामा छाँद हाल्न आइपुग्छिन् ।

"आदिमाता माफ पाऊँ ! आदिगुरूलाई भनिदिनोस् म छोरासित जान्छु, घर फर्किन्छु । म अभागिनीले गर्दा दुःख भयो, माफ पाऊँ !"

बुढी धुरूधुरू रून्छिन् । भिड स्तब्ध हुन्छ । आदिगुरू प्रशान्त तिनीसम्मुख जान्छ । तिनलाई उठाउँछ ।

"पुत्री, तिमीलाई यहाँ कुनै असुविधा भएको छ ?"

"छैन गुरू, छैन ।"

"तिम्रो स्वतन्त्र इच्छाविरूद्ध कसैले केही गरेको, गराएको छ ?"

"छैन गुरू, छैन ।"

"पुत्री अघि तिमीले छोरासित जान अस्वीकार गरेकी थियौ... ।"

"हो गुरू, जान्नँ भनेकी थिएँ ।"

"तब किन अकस्मात् विचार परिवर्तन गर्‍यौ ? के हामीबाट कुनै अपराध हुन गयो ?"

"होइन गुरू, क्षमा पाऊँ ।"

"पुत्री ! पुत्रप्रेमले अथवा शेष कर्तव्यको आवाजले घचघच्याएको हो भने अवश्य जाऊ तर कसैसित भयभीत भएर नजाऊ । आदिगुरूको हृदयमा चोट लाग्नेछ ।"

"गुरू, म कसैसित डराएकी छैन तर यहाँ कुनै आपत्‌विपत् आइलागेको म हेर्न सक्तिनँ । म जान्छु, छोरैसित जान्छु ।"

बुढी लाठेहरूको भिडमा दगुर्छिन् र भिड चिरेर गाउँतिर लाग्छिन् । छोरो र लोठेहरू तिनका पछि लाग्छिन् ।

"प्रशान्त, यो के भयो ?"

बुढी धेरै पर पुगेपछि त्यहाँको स्तब्ध वातावरणमा मार्थाको प्रश्न गुन्जिन्छ ।

"आदिमाता" प्रशान्तको ओठमा एक पीडाको मुस्कान नाच्छ "त्यस पुत्रीले बस्तीका लागि भनेर छोराको हातमा आफूलाई बलि चढाई । मानव जातिको इतिहासमा आफ्नो किसिमको यो पहिलो बलिदान हो । म बलिदानी पुत्रीलाई हार्दिक प्रणाम गर्छु !" आदिगुरू प्रशान्त बुढी गएको दिशाभिमुख हुँदै शिर झुकाउँछ । सबै पुत्रपुत्रीहरू गुरूको अनुकरण, अनुसरण गर्छन् । मार्था ठिङ्ग उभिएर टाढा ढुङ्गेनी पहाडी बाटोमा आँखा लाउँछिन् । बुढी सकिनसकी उकालो चढिरहेकी हुन्छिन् ।

यसैबीच, खास बिलम्ब नगरीकन आदिआरोग्यशालाबाट प्राथमिक उपचारका सामानहरू बोकेर डाक्टर कमला र नर्सहरू आइपुग्छन् । घाइतेहरूलाई त्यहीं लहरै बसाएर मलहमपट्टीको काम शुरू हुन्छ । डाक्टर प्रकाश र अन्य डाक्टरहरू, जसलाई सामान्य चोट लागेको हुन्छ, सहयोग गर्न अघि सर्छन् । डाक्टर कमला घाइते डाक्टरहरूको सहयोग लिन अस्वीकार गर्दै सबैलाई बस्न बाध्य तुल्याउँछे ।

"पुत्र प्रकाश, आज तिमीहरूले पुत्री डाक्टर कमलाको कुरा मान्नुपर्छ । आक्रमणकारीहरूले तिमीहरूलाई केही दिन आराम गर्ने सौभाग्य प्रदान गरेका छन् ।"

आदिगुरूको मनोविनोद सुनेर डाक्टरहरू प्रसन्न हुन्छन् । "प्रशान्त, तिमी यो के जोक गर्दै छौ ?" मार्था यस्तो दुःखद परिस्थितिमा प्रशान्तको कुरा मन पराउन सक्तिनन् । तिनको स्वर र अनुहारमा हलुका विरोधको भाव देखिन्छ ।

"आदिमाता, जीवनको पीडालाई मानिसहरू कि बढाएर बाँच्छन् कि घटाएर । पीडालाई जति छ त्यति नै अनुभूति गर्न सक्नु एक महान् कला हो । म पुत्रहरूसित यही कलाको आराधना गर्दछु ।" प्रशान्त मुसुक्क हाँस्छ । मार्था मन नपराईकन आँखा तर्छिन् र घाइतेहरूको निरीक्षण गर्न थाल्छिन् । गन्ती गर्दा आदिगुरू र विन्दुसहित पैंतीस जना घाइते भएका हुन्छन् । आदिगुरू र अन्य चौबीस जना पुत्रहरूलाई टाउको, हात वा काँधमा सामान्य चोटपटक लागेको हुन्छ । विन्दु र नौ जनालाई बढी नै चोट लाग्छ । विन्दुको अगाडिको देब्रे खुट्टामा चोट लाग्छ । गोलघरको नाइके, शिक्षणशालाको प्राचार्य, दुई जना शिक्षक र अर्को एक जना अधबैंसेको हात लाठीले नराम्ररी चोटग्रस्त हुन्छ । ती सबै चोट लागेका हात पटक्कै चलाउन सक्तैनन् । तीन जना ज्ञानमार्गी पुत्रहरूको टाउकोमा चोट लाग्छ । तिनीहरूको अनुहार रगताम्य हुन्छ । प्रेममूर्तिको टाउको र दाहिने हातमा चोट लाग्छ । अनुहार रगताम्य हुन्छ ।

बढी घाइते भएकाहरूलाई डाक्टर कमला पहिलो प्राथमिकता दिन्छे । मार्था गह्रुङ्गो मन बोकेर प्राथमिकोपचार क्रिया अवलोकन गर्छिन् । अवलोकन गर्दै तिनी प्रेममूर्तिसामु उभिन पुग्छिन् ।

"प्रणाम आदिमाता !", प्रेममूर्ति रगताम्य टाउको झुकाउँछ । मार्था गहिरिएर हेर्छिन् । अनुहारले भन्दा बोलीले ऊ चिनिन्छ, "प्रेम, तिमी पनि ?" मार्था थुचुक्क बस्छिन् । प्रेममूर्ति टाउको झुकाएर मुस्कुराउँछ, केही बोल्दैन । उसको तर्फबाट बोल्न आदिगुरू त्यहाँ आइपुग्छ, "पुत्र प्रेम मलाई प्रहार गर्न आउने लाठेहरूलाई रोक्न खोज्दा घाइते भएको हो । मेरो शरीरमा लाग्नुपर्ने चोटपटकलाई यस पुत्रले जानीजानी आफ्नो शरीरमा धारण गरेको छ ।"

"हो प्रेम ?", मार्था उसको रगताम्य अनुहार दुवै हातले समात्छिन् । ऊ फेरि पनि टाउको झुकाएर मुसुक्क हाँस्छ मात्र । मार्थाका हातहरू रगतले भिज्छन्, आँखाहरू आँसुले भिज्छन् । तिनी कताकता टोलाउन थाल्छिन् ।

"के भयो आदिमाता ?", आदिगुरू तिनको भाव परिवर्तन भएको देखी केही सशङ्कित हुन्छ । प्रेममूर्ति पनि आँखा उठाउँछ । "प्रशान्त, म किन यति अशुभ छु, यस बस्तीका लागि ?", तिनी अत्यन्त भावुक हुन्छिन् । साह्रै उदास हुन्छिन् ।

"आदिमाता, किन यस्तो अशुभ प्रश्न ?", शङ्का विश्वासमा बदलिन्छ ।

"के मेरै कारण यी सबै कुरा भएका हैनन् ?"

"कस्तो सबै कुरा... ?", प्रशान्त फिस्स हाँस्छ ।

"आजको यो बाह्य आक्रमण... यति धेरै पुत्रहरू घाइते भए... मैले नै त त्यस बूढी बज्यैलाई शरण दिएकी थिएँ । मैले त्यो काम नगरेकी भए यस्तो आक्रमण हुने थिएन, यसरी रगत बग्ने थिएन । के म नैतिकरूपले दोषी छैन ? भन त, मेरो अपराधको प्रायश्चित के हुन सक्छ ?"

"आदिमातालाई अपराधबोध गर्ने बानी परेजस्तो छ ।", आदिगुरू प्रेममूर्तिलाई कुरा सुनाउँदै मधुरतापूर्वक हाँस्छ ।

"तिमी हाँस्दै छौ तर म गम्भीर छु प्रशान्त । तिमी मेरो हृदयको आवाजलाई किन सधैं अअवहेलना गर्दछौ ?" मार्थाको निधारमा पीडाका धर्काहरू देखा पर्छन् ।

"आदिमाता, वृद्धा पुत्रीलाई हजुरले बस्तीमा स्थान दिनुभएर उत्तम कार्य गर्नुभयो । आदिगुरूको हार्दिक प्रणामबाट यो कुरा स्वतः प्रमाणित हुन्छ । उत्तम कार्यहरू दोषपूर्ण हुँदैनन्, त्यसैले अपराधबोध नगर्न हार्दिक अनुरोध छ ।" आदिगुरूको तर्फबाट प्रेममूर्ति जबाफ दिन्छ ।

"पुत्र, तिमी भन्छौ भने यस कुरामा अपराधबोध नगरूँला । तिम्रा आदिगुरूले झैं म पनि त्यस पुत्रीलाई प्रणाम गरूँला तर अपमानबोध म किन गरूँ ? हाम्रो घरबस्तीमा आई तिनले जथाभावी बोले, बर्बरतापूर्वक हमला गरे, यो हाम्रो अपमान होइन ? आदिमाता ! बस्तीमा नरभक्षी बाघहरू पसी हमला गरे भने के हामी अपमानित हुन्छौं ?", प्रेममूर्ति मुस्कुराउँदै उल्टो प्रश्न गर्छ । आदिगुरू मन्दमन्द मुस्कुराइरहन्छ ।

"जेसुकै भन, मैले अपमानबोध गरें । तिमीहरूको इगोलाई ठेस नलागे पनि मेरो इगोलाई ठेस लागेको छ ।"

"आदिमाता, मानिसहरू अहङ्कारका ससाना किल्ला निर्माण गरेर त्यसभित्र बन्दी जीवन बिताउँछन्, आदिमाताले यस्तै एउटा किल्लाभित्रको मान, प्रतिष्ठा इज्जत वा अस्तित्वहरण भएको अनुभव गरिराख्नुभएको छ । किल्लाबाहिर पदार्पण गर्नुहोस् आदिगुरूद्वारा प्रवर्तित अहम्को सर्वव्यापक सत्ताबोध हुनेछ । जीवनमा कति अपमानहरू सम्मानजनक हुन्छन् कति सम्मानहरू अपमानजनक हुन्छन् ।" प्रेममूर्ति निर्बलियो आवाजमा सहजतापूर्वक बोल्छ । मार्था सम्मोहितझैं हुन्छिन् । यही बेला डाक्टर कमला र दुई जना नर्सहरू प्रेममूर्तिको प्राथमिक उपचार गर्न त्यहाँ आइपुग्छन् । मार्था आँसु लुकाउने असफल प्रयास गर्छिन् । डाक्टर कमला तिनको मनोभावना बुझेर चुपचाप काममा व्यस्त हुन्छे ।

अपराह्न बित्दासम्ममा प्राथमिकोपचार कार्य समाप्त हुन्छ । घाइतेहरूलाई आआफ्नो आवासगृहमा आराम गर्न पठाइन्छ । बस्तीका अन्य बासिन्दाहरू घाइतेहरूलाई आवासगृहरूमा पुऱ्याउने र आवश्यक हेरचार गर्ने काममा लाग्छन् ।

त्यस दिन बस्तीमा अरू कुनै काम हुँदैन ।

२८

घाइतेहरू पूर्णरूपले स्वस्थ नभएसम्म मार्था अन्तर्मनमा केही पश्चाताप र केही अपमानबोध गरिरहन्छिन् । एकातिर जमुनाको पीडा, अर्कोतिर प्रेममूर्तिसहित अन्य पुत्रहरूको पीडा, तिनी कताकता विभाजित हुन्छिन् । समय पनि विभाजित हुन्छ । प्रत्येक दिन बिहान र साँझपख तिनी

घाइतेहरूको निरीक्षण गर्न आवास-गृहहरूमा जान थाल्छिन् । ममताको वृक्ष झ्याङ्गिंदै जान्छ । विन्दुलाई तिनी आदिमन्दिरमा नै राख्छिन् । मैचाङ विन्दुको हेरविचारमा लाग्छे ।

आदिगुरूसहित साधारण चोटपटक लागेका व्यक्तिहरू भोलिपल्ट वा पर्सिपल्टदेखि नै नियमित दिनचर्यामा लाग्छन् । अरू नौ जनालाई नियमित दिनचर्या शुरू गर्न केही समय लाग्छ । विन्दुले पनि पाँचौ दिनदेखि घाइते खुट्टा टेक्न थाल्छे ।

"आदिमाता, जमुनाको अवस्था कस्तो छ ?", घाइते भएको तेस्रो दिन प्रेममूर्ति सोध्छ, अचानक । मार्था यस्तै कुनै सोधाइको प्रतीक्षामा नै हुन्छिन् ।

"बेस छ छोरा, पहिलेभन्दा धेरै बेस ।"

"बोल्न सक्छे... ?", ऊ शिर झुकाउँछ ।

"बोलेकी छैन तर चिन्ता मान्नु पर्दैन । एक दुई दिनभित्र बोल्न सक्छे होली, डाक्टरहरूको राय पनि यही छ ।"

"आदिमाता यहाँ नआउनुभए हुने थियो... ।", एकछिन चुप लागेपछि ऊ कस्तोकस्तो पारामा फुसफुसाउँछ ।

"किन छोरा ?", मार्था सहृदयतापूर्वक उसको हात समातेर मुसार्छिन् । "हजुरको आवश्यकता हामीलाई भन्दा बढी जमुनालाई छ ।" ऊ सजल आँखा उठाउँछ । तुरून्त झुकाउँछ । मार्थाको हृदयमा स्नेहको बाढी चल्छ । तिनी केही नबोलीकन एकतर्फी प्रेमीलाई हेरिरहन्छिन् ।

यसपछि ऊ फेरि जमुनाबारे कुनै कुरा गर्दैन । यद्यपि उसको हात र निधारमा पट्टी बाँधिएका हुन्छन् र डाक्टरले पूर्ण विश्राम गर्ने सल्लाह दिएकी हुन्छ, ऊ आफूलाई ध्यानकार्यमा व्यस्त पार्छ । प्रतिदिन मार्था अन्य घायलहरूलाई हेरेपछि प्रेममूर्तिकहाँ पुग्छिन् । तिनी सधैं उसलाई ध्यानमग्न देख्छिन् । शुरूमा तिनलाई सन्देह हुन्छ कतै तिनीबाट बच्न उसले ध्यानमुद्रा अपनाएको त होइन ? ६ दिनसम्म तिनी उसको ध्यानमग्न अवस्थाको जाँच गर्छिन् । ऊ शान्त, स्थिर र गहन देखिन्छ । कतै अभिनयको प्रतिच्छाया देखिंदैन । उसको शरीरका अवयवहरूमा एक दिव्य प्रज्ञा र ऊर्जाको आलोक नाचिरहे जस्तो देखिन्छ । मार्था सन्देह साबित गर्न सक्तिनन् ।

दशौं दिन बिहान तिनी उसलाई ध्यानरहित अवस्थामा पाउँछिन् ।

"छोरा, यो के अचम्म !", मार्था मानौं छक्क पर्छिन् ।

"किन आदिमाता ?", ऊ केही हाँस्छ ।

"तिमीलाई त डाक्टरले बेड रेस्टको सट्टा दिनरात ध्यान गरी बस्नु भनेकी थिई !", मार्थाको ममता नचाहँदानचाहँदै पनि झोक्किन्छ । प्रेममूर्ति बढी नै हाँसिदिन्छ ।

"किन हाँसेको बत्तीसैवटा दाँत देखाएर, नाथे !", मार्था हपार्छिन् ।

"तिमीहरू गुरूचेलाले खूब दुःख दिन जानेको छ मलाई । आदिमातालाई दुःख दिएर तड्पाएपछि तिमीहरूको अहङ्कार सन्तुष्ट हुन्छ । खूब रूवाउनू मलाई ...गुरूले पनि चेलाले पनि, आँसु नसिद्धिएसम्म रोइदिन्छु ।" मार्था उदास हुन खोज्छिन् तर हाँसिरहेको नाचिरहेको मन उदास हुन मान्दैन ।

"गुरूलाई आरोपमुक्त पार्नुहोस् आदिमाता ...म आरोपहरू सबै नबुझीकन नै शिरोधार्य गर्छु ।"

"अँ, खूब गुरूलाई बचाउन जानेको छ ...अस्ति कसो टाउको फुटेन ।"

मार्था उसको टाउको समातेर हल्लाउँछिन् ।

"आदिमाता, मेरो टाउको फुटेर दुनियाँमा कुनै अपूरणीय क्षति हुँदैन..." स्नेहले मन छोएपछि उसको हाँसो समाप्त हुन्छ, "त्यस बेला लाठेहरूले टाउको फुटाएका भए, मैले गुरूलाई बचाउँदा मर्ने सौभाग्य पाएको भए, जीवन नै सार्थक हुन्थ्यो । म मूल्यवान् हुन्थें तर ।"

"छोरा, यो बस्तीको सबभन्दा मूल्यबान् छोरा तिमी त हौ !", मार्था बीचैमा कुरा काट्छिन्, "आफ्नो मूल्य आफैं बुझ !"

"त्यो मेरो अनुभूतिभन्दा बाहिरको मूल्य हो आदिमाता ! म त्यसलाई हृदयमा स्पर्श गर्न सक्तिनँ । आदिगुरू मेरो आदर्श हुनुहुन्छ, मेरो प्रेरणा हुनुहुन्छ, मेरो मार्गदर्शक हुनुहुन्छ, मेरो प्रज्ञाको ऊर्जा हुनुहुन्छ । त्यसैले त्यो मूल्य मेरो व्यक्तिगत मूल्य नभएर आदिगुरूको मूल्य हो । गुरू आफ्नो मूल्यलाई साना-साना टुक्राहरूमा बाँडेर संसारभर फिंजाउन चाहनुहुन्छ । म वहाँको एक सानो टुक्रा हुँ जुन मेरो आफ्नो मूल्य होइन । आदिमाता, मेरो वास्तविक मूल्य कसैले तोकिसकेको छ... म यही एउटा मूल्य अनुभव गर्छु... !"

ऊ पीडाग्रस्त हुन्छ । मार्था द्रवित हुन्छिन् ।

"छोरा, त्यो एक दुर्घटित मूल्य हो । जीवन दुर्घटना मात्र होइन ।" मार्था सम्झाउने प्रयास गर्छिन्, "र सत्य प्रेम कहिले पनि निष्फल हुँदैन । घृणा कुनै पनि क्षण प्रेममा बदलिन सक्छ ।"

"आदिमाता, मेरो जीवनकालमा यो सम्भव छैन तर मेरो मूल्यहीन मृत्युपछि तिनको घृणा प्रेममा नबदलिए पनि घृणा घृणाको रूपमा नरहोस्, मेरो जीवनको एक मात्र इच्छा यही छ । कुनै दिन सुनाउन मिल्ने कुरा भए सुनाइदिनुहोला ।"

"ओह छोरा... !", मार्था केही भन्न खोज्छिन् तर शब्दहरू गलामा अड्किन्छन् । आँखा रसाइदिन्छन् । यस भावनात्क समयावधिमा तिनी कल्पना गर्छिन् 'एक दिन म यी दुई जनाको मेल गराउनेछु, दुवैलाई अङ्कमाल गरेर बस्ती चहार्नेछु । म प्रशान्तलाई सुनाउनेछु प्रेम जहिले पनि सबभन्दा महान् हुन्छ त्यसैले त्यो कहिले पनि असफल हुँदैन । प्रेमका सामु सबै किसिमका अहङ्कारहरू तृच्छ छन् । जहाँ प्रेम हुन्छ त्यहाँ अहङ्कारहरू झुक्छन्, नतमस्तक हुन्छन् । प्रेमभन्दा अहङ्कार महान् हुन सक्तैन, सक्तैन, सक्तैन... ।'

कल्पनामा तिनी जमुना र प्रेमलाई सँगसँगै बसेको देख्छिन् । चञ्चल जमुनाको खितखिताहट पनि सुन्छिन् । अतीतका बुद्ध पुरूषहरूका महान् उपदेशहरू विपरीत, अहङ्कारलाई महिमामण्डित गर्ने प्रशान्तले अहङ्कार परित्याग गरेको स्पष्ट छविचित्र पनि आँखामा नचाउँछिन् । रोमाञ्चले तिनी उत्तेजित हुन्छिन् ।

"छोरा, जमुना स्वस्थ भएपछि अर्की जमुना हुनेछ... विश्वास गर ।"

विश्वासै गरेर मार्था भविष्यावाणी गर्छिन् । जबाफमा प्रेममूर्ति फिस्स हाँस्छ आशाजनक कि पीडाजनक तिनी छुट्याउन सक्तिनन् ।

"अहिले उसलाई कस्तो छ ?" केही समयपछि ऊ सोध्छ, आफ्नै अन्तरात्मालाई सोधेझैं गरी सानो, अस्फुट, गहिरो, भिजेको आवानमा ।

"धेरै नै सुध्रिसकेको छ छोरा... ।" मार्था स्नेहपूर्वक भन्छिन् ।

"अझ बोलेकी छैन... ?" ऊ त्यसरी नै सोध्छ । "अहँ बोलेकी छैन... ।"

"किन होला, के भएको होला ?" ऊ मानौं आफ्नै दुर्भाग्यलाई नै सोध्छ ।

"डाक्टरहरू मानसिक आघात परेको कुरा गर्छन् तर त्यसलाई राम्ररी बुझ्न, व्याख्या गर्न सक्तैनन् । मलाई विश्वास छ, केही दिनमा... ।"

"चौध दिन भइसक्यो आदिमाता... ।" ऊ भावावेशपूर्वक बीचैमा कुरा काट्छ ।

"उसलाई बोल्न लाउनोस् जसरी भए पनि हँसाउनोस् वा रूवाउनोस्, केही गर्नोस् ।"

उसको अनुहार खुम्चिन्छ, बिग्रिन्छ, व्यथा प्रस्ट झल्किन्छ । उसको यो अधीरतादेखि मार्था मनभित्रभित्र साह्रै प्रसन्न हुन्छिन् । "हरेस नखाऊ छोरा, आदिमाताको ममतालाई विश्वास गर । आफ्नो प्रेमलाई विश्वास गर । तिमीहरू दुवै मेरा आँखाका नानी हौ... ।"

मौखिकरूपले तिनी यति नै भन्छिन् ।

साँझपख डाक्टर कमला उसको हात र टाउकाको पट्टी (ब्यान्डेज) खोलिदिन्छे । टाउको को घाउ हेरेर नयाँ सानो पट्टी लाइदिन्छे । हातको चोट ठीक भएसकेको हुन्छ तर ऊ हात चलाउँदा कताकता दुखेको अनुभव गर्छ । डाक्टर उसलाई बिस्तारै हात चलाइरहने सल्लाह दिन्छे ।

घाइतेहरूको अन्तिम टोलीमा प्रेममूर्ति, गोलघरको नाइके, अधबैंसे र प्राचार्य चार जना मात्र हुन्छन् । डाक्टर कमला, सबैलाई भोलिपल्टदेखि नियमित दिनचर्यामा लाग्ने अनुमित दिन्छे । मार्थाको मनबाट एउटा ठूलो उत्तरदायित्वको बोझ हट्छ । तिनी फेरि अन्तः कक्षभित्रै हराउँछिन् ।

२९

मार्था सम्पूर्ण मातृत्वशक्तिसहित जमुनाको सेवाशुश्रुषामा लाग्छिन् । बस्तीमा भएको बाह्य आक्रमण जतिसुकै अपमानजनक लागे पनि, जति पश्चात्तापपूर्ण लागे पनि त्यस आकस्मिक, अप्रत्याशित घटनाले तिनलाई एउटा महत्त्वपूर्ण पाठ पढाइदिएको हुन्छ । घाइतेहरूको निरीक्षण गर्दागर्दै तिनी प्रेम, दया, करूणा र सहानुभूतिले परिपूर्ण हुँदै जान्छिन् । तिनको ममत्वबाट देखावटीपना र अभिनय हराउँदै जान्छन् । दश दिनभित्र तिनी आफूलाई प्रौढ र परिपक्व भएको पाउँछिन् । अनुभवको विशालताले तिनको आदिमातृत्व मानौं कञ्चन बन्छ । आफूभन्दा गह्रुङ्गो आदिमाताको

पदवी तिनलाई गह्रुङ्गो लाग्न छोड्छ । एक नयाँ आशा, विश्वास र सपना बोकेर तिनी छोरीको हेरविचार र सुस्वास्थ्य कामना गर्न थाल्छिन् ।

घाइतेहरूबाट फुर्सद पाएपछि तिनको सम्पूर्ण ध्यान जमुनामाथि केन्द्रित हुन्छ । पूरा तीन दिनसम्म तिनी अन्तःकक्षबाट बाहिर निस्किँदिनन्, खालि जमुनालाई स्नेहपूर्वक मुसार्ने, बोलाउने र बढीभन्दा बढी खुवाउने प्रयासमा लाग्छिन् । निश्चय पनि जमुना तिनको स्नेह अनुभव गर्छे, बेलाबेलामा दूध र फलफूलका रस पिइदिन्छे तर बोल्न भने पटक्कै सक्तिना । पहिलेझैं उसको मुखबाट उँउँ शब्द मात्र निस्कन्छ । शब्दोच्चारण हुन सक्तैन । चौथो दिन बिहानदेखि जमुना दूध पिउन इन्कार गरिदिन्छे । मार्था र मैचाङ दुवै आत्तिन्छन् ।

"छोरी ! छोरी !", बिहानभर मार्था बोलाइरहन्छे ।

"जमुना ! जमुना !", मैचाङ पनि बोलाइरहन्छे ।

जमुना न आँखा खोल्छे, न मुख खोल्छे, न हातखुट्टा चलाउँछे । बिहानभर बोलाउँदा पनि उसको मुखबाट कुनै ध्वनि निस्कँदैन । "के भएको होला ?" केही सीप नलागेपछि मार्थाको मुखबाट प्रेममूर्तिका शब्दहरू निस्कन्छन् ।

मैचाङ्ग पिलपिलाउन थाल्छे ।

"आदिमाता मलाई शङ्का लाग्छ... ।", अचानक मैचाङ पिलपिलाउन छोडी मुख फोर्छे ।

"के कुरामा शङ्का ?"

"जमुनालाई पछुतो परेको हो त्यसैले यस्तो दशा... ।"

"पछुतो ...के कुरामा पछुतो पर्न सक्छ ?"

"हजुरलाई थाहै छ, जमुना प्रेमलाई थुकिरहन्थी... यही कुराको पछुतो परेको हो, त्यही कुरा सम्झेर पीरैपीरले यसको यो दशा भएको हो, नत्र कसैले केही गरेको, भनेको छैन ...यसरी किन ओछ्यान पर्थी ?"

"तिम्रो भनाइ ...मतलब... ?", मार्थालाई उत्तेजना हुन्छ ।

"हो आदिमाता यही भएको हो, अर्थोक केही होइन । पहिले प्रेमलाई प्रेम गरिन, हेला गरी ...त्यसले माया गरेको थाहा पाएर घिन मानी, अहिले

पछुतो पऱ्यो, कसैलाई केही भन्न सकिन, त्यसैले ओछ्यान परी, यसको बानीबेहोरा मलाई थाहा छ ।"

"तँलाई यस कुरामा पक्का विश्वास लाग्छ ?"

"शङ्का लाग्छ आदिमाता । मेरो शङ्का नै मेरो विश्वास हो ।"

मार्थाको उत्तेजना आत्मसन्तोषमा बदलिन्छ । तिनलाई यस कुराको शङ्का पहिलेदेखि नै थियो तर पूरा विश्वास मात्र थिएन । तिनका सामु आफ्नै दृष्टान्त थियो । पश्चात्ताप तिनले पनि गरेकी थिइन् तर यस्तो भयङ्कर मानसिक आघात परेन । यसको बदलामा हृदय क्षमाप्रार्थी बन्यो । त्यसपछि प्रेमप्रार्थनायुक्त । पछुतो परेको भए जमुनाले क्षमा माग्न सक्थी, प्रेम गर्न सक्थी । यसरी आघातित हुनुपर्ने आवश्यकता नै कहाँ छ ?..

डाक्टर कमला आइपुग्छे । मार्था उसलाई जमुनाको सम्पूर्ण व्यवहार वर्णन गर्छिन् । डाक्टर केही नबोलीकन गम्भीरतापूर्वक बिरामी जाँच्छे । अन्तमा एउटा इन्जेक्सन दिन्छे । डाक्टरको गाम्भीर्य देखी मार्थाको मन साह्रै नै चिसो हुन्छ ।

"पुत्री, कमला ?" तिनी सोध्न खोज्छिन् तर अप्रिय कुराको आशङ्काले डराउँछिन् ।

"आदिमाता, यो एक क्लाइमेक्स स्टेट हो आघातको... ।"

"क्लाइमेक्स स्टेट ?"

"यस् आदिमाता, यो स्टेटबाट नोर्मालिटीमा आउन तीन-चार दिन लाग्न सक्छ । इट् डिपेन्स् अन् हर बेरिङ क्यापासिटी, आइ मिन् सि मस्ट उइन हरसेल्फ ।"

"यु मिन नो होप् ?", मार्थाको सास अडिन्छ ।

"आइ डोन्ट मिन द्याट... वी क्यान होप् वी मस्ट होप् एन्ड वेट् आन्टिल सी कम्स आउट अफ् दिश स्टेट, आदिमाताको अफेक्सन, कियर र ब्लेसिङले ।"

"ओह पुत्री मेरो अफेक्सन र कियरले ठीक हुने भए अहिलेसम्ममा भइसक्थ्यो, मेरी छोरीको स्वास्थ्य झन्झन् खराब हुँदै जाने थिएन, सन्चो भइसक्थी, मेरो ममता पराजित हुँदै जाने थिएन यसरी । माइ ब्लेसिङ इज विइङ युजलेस्, पावरलेस एन्ड अन्विलियवल, आइ डोन्ट ट्रस्ट इट !"

"यु आर रङ आदिमाता" डाक्टर कमला बीचमा कुरा काट्छे अनि तिनको हात पूर्ण श्रद्धा एवम् विश्वासपूर्ण समातेर झुक्छे, "यु आर आयब्सोल्युटली ग्रेट आदिमाता । हजुरको ममता पराजित भएको छैन तर त्यसले डेथ्लाई, मृत्युलाई पराजित पारेको छ ...आजसम्म मृत्युलाई, अवश्यम्भावी मृत्युलाई ...बिलिभ् मी, आइ एम ए डाक्टर ।"

"ह्वाट् डु यु मिन् ?"

"आदिमाता हजुरको स्नेह र ममताले गर्दा नै जमुना जीवित छे अदरवाइज सी उड् बी स्लिपिङ आयट् ए ग्रेभयार्ड बिफोर लास्ट विकेन्ड ।"

"ह्वाट... ?"

"यस्, आदिमाता बिलिभ मी !"

डाक्टर कमला जान्छे । मार्था अवाक् भई जमुनालाई क्वारक्वारती हेर्छिन् । तिनलाई केही कुरा सुझ्दैन । मैचाङ कोठामा पस्छे ।

"के कुरा हो आदिमाता, मलाई पनि भन्नोस्... ।", ऊ माग गर्छे । ऊ डाक्टर र आदिमाताबीचको अङ्ग्रेजीमिश्रित कुराकानी सुनिरहेकी हुन्छे तर कुराकानीको भावार्थ बुझ्न सकेकी हुन्न । यसभन्दा पहिले यसरी कुराकानी भएको पनि हुन्न । उसको सीधासाधा, अल्पशिक्षित दिमागले लख काट्छ, अवश्य पनि कुरा ठूलो हुनुपर्छ ।

"मलाई भन्न नहुने कुरा हो कि, भइहाल्यो ।", आदिमाता नबोलेपछि मैचाङ अर्को लख काट्छे । मलाई भन्न नहुने कुरा भएर नबुझिने भाषामा कुरा गरेको होलान् । यो सोचाइपछि, जुन सत्य प्रतीत हुन्छ, उसको अनुहार साह्रै मलिन हुन्छ । आदिमाताको आँखामा आफ्नो विश्वसतीयता गुमाएपछि उसलाई विस्मययुक्त पीडा हुन्छ । ऊ कोठाबाट बाहिरिन्छे । भान्साखण्डमा पस्छे र आदिगृहपट्टिको झ्यालमा ठिङ्ग उभिइरहन्छे, सुझबुझ सबै हराएर ।

"ए पुत्री, पुत्री !"

धेरै समयपछि मार्थाको बोलावट सुनिन्छ । ऊ हडबडाउँदै झ्यालबाट फर्किन्छे । आदिमातालाई ठीक आफूसामुन्ने उभिएकी पाउँछे । ऊ झन् हडबडाउँछे ।

"के भयो पुत्री ?", मार्थाको निधारमा हलुका गाँठो पर्छ ।

"हँ... केही भएको छैन... ।"

"किन रोइरहेकी त... ?"

हँ... हँ होइन आदिमाता... ।", ऊ आफ्नो कुरूप अनुहारमा हात पुऱ्याउँछे त्यसपछि बल्ल रोइरहेकी छु भन्ने कुरा थाहा पाउँछे । मार्था स्नेहपूर्वक आँसु पुछिदिन्छिन् ।

"नरोऊ, पुत्री, यो रूने समय होइन... ।", मार्था अनुमानबमोजिम तिनलाई सम्झाउँछिन्, "डाक्टरले भनेको सुनिनौ... ? तीन-चार दिनमा ठिक हुन्छ अरे ! तिमीले अनमोल सेवा गरिरहेकी छ्यौ पुत्री । तिम्रो यो सेवाको कथा म छोरीलाई सुनाउनेछु एक दिन... त्यस बेला उसको अनुहार कस्तो होला... ।"

कुरा सुनेर मैचाङ जोडले रून्छे । मार्था आफ्नो सेविका, सखी एवम् पुत्रीलाई मुस्किलले सम्झाईबुझाई शान्त पार्छिन् ।

"आदिमाता मलाई क्षमा दिनोस्, म, पापिनी... !", मैचाङ शान्त भएपछि विचारपूर्वक तिनको खुट्टा समात्छे ।

"पुत्री के गरेकी... ?", मार्था कुरूप तर निर्मल हृदयी नारीलाई उठाउँछिन् "के भयो... किन क्षमा मागेकी ?"

"मन बिग्रेर नचाहिने कुराहरू सोचें त्यसैले... ।", मैचाङ टाउको झुकाएर सङ्कोच मान्दै स्पष्टीकरण दिन्छे ।

"कस्तो नचाहिने कुराहरू ...भन त... ?"

"अघि हजुरसित डाक्टरले भनेको कुरा मैले राम्ररी बुझिनँ ...हजुरले पनि भन्नुभएन अनि मनमा नराम्रो कुराहरू... ।" मार्था उसको कुरा सुनेर, बुझेर बीचैमा हाँस्छिन् । उसको एउटा चुल्ठो बेसरी तान्छिन् । "ऐय्या ऐय्या, छोड्नुहोस् न !", मैचाङलाई ख्यालख्यालको होइन, साँच्चै नै दुख्छ ।

"छोरी बिरामी नभएकी भए मैले जानेकी थिएँ मन दुखाउने नानीको ओखती गर्न ...भइहाल्यो ।", मार्था उसको चुल्ठो छोडिदिन्छिन् । मैचाङको मन खुशीले नाच्छ । उसलाई आदिमातासित जिस्किन मन लाग्छ तर परि स्थितिको गम्भीरताले अनुमति दिंदैन । ऊ लाजले जिब्रो टोक्छे, त्यसपछि ओठ टोक्छे, बस ।

"अलिकत दूध तताएर लेऊ, पिइहाल्छे कि... ।"

मार्था अराईवरी जान्छिन् । बैठककोठामा आदिगुरू प्रशान्त तिनलाई पर्खेर बसिरहेको हुन्छ । "आज धेरै दिनपछि मैले आदिमाताको सुमधुर हास्य श्रवण गरें, लुकीचोरी भने पनि हुन्छ ।" प्रशान्त उठ्छ ।

"किन तिमीलाई मैले हाँसेको मन पर्छ ?", मार्थाको दृष्टिमा कटाक्ष हुन्छ । प्रशान्त मुसुक्क हाँस्छ, "म सबैले हाँसेको, नाचेको, गाएको मन पराउँछु तर जसरी म मुक्ति, निर्वाण, अन्तिम न्यायजस्ता कुराहरू मन पराउँदिनँ त्यसै गरी मृत्युको उत्सवजस्ता कुराहरू पनि मन पराउँदिन । मृत्युउत्सव एक शिक्षित बर्बरता हो । म सुखमा हाँसेको मन पराउँछु, दुःखमा रोएको मन पराउँछु । पीडाको असाध्य क्षणमा 'आह' गर्ने मानवधिकार खोस्न मन पराउँदिनँ ।"

"त्यसो भए गुरूहरूको के प्रायोजन मान्छेहरूलाई हाँस्न, नाच्न, रून, आह गर्न दिन हो भने ? मेरो दृष्टिमा गुरू त्यही हो, जसले दुःख, पीडाले रोइरहेकाहरूको आँसु पुछिदिन्छ ।", मार्था विरोधमा उभिन्छिन् ।

"आँसु पुछेर आँसु रित्तिँदैन, दुःख जानेर दुःख सिद्धिँदैन ।", प्रशान्त केही गम्भीर हुन्छ, "आदिमाता मेरो विचारमा असल गुरूले मान्छेजातिको सुख, दुःख नखोसीकन बाटो देखाउनुपर्छ । मान्छेहरू सुखमा पनि दुःखमा पनि बाटो बिर्सन्छन् । गुरूहरू सुख दुखले जमेकाहरूलाई बग्न प्रेरित गर्छन् । सुखलाई दुःखमा वा दुःखलाई सुखमा बदल्दैनन् । शिशुहरू जन्मँदा रून्छन् यो रोदनलाई हाँसोमा बदल्ने अधिकार कुनै मसिहालाई छैन । हामी खेलौनाको लागि बालकहरूझैं झगडा नगरौं आदिमाता ।"

"झगडा प्रणयका खातिर पनि हुन्छ ।" मार्था फेरि कटाक्षयुक्त दृष्टिले हेर्छिन् ।

"हुन्छ होला ...तर म सोध्न खोज्दै थिएँ आदिमाताको सुमधुर हाँसोले पुत्री जमुनाको स्वास्थ्य इङ्गित गर्छ वा गर्दैन ?" प्रशान्त कुरा मोड्छ ।

"निर्दयी मान्छे !" मार्थाको मुखबाट एक उच्छ्वास निस्कन्छ, "छोरीको स्वास्थ्य कस्तो छ, आफैं हेर ...आऊ ।"

मार्था रन्थनिएर सुत्ने कोठामा पस्छिन् । प्रशान्त मन्दमन्द मुस्कुराउँदै तिनको पछि लाग्छ । कोठामा अचेतजस्ती पुत्रीलाई देखेपछि उसको मुस्कान हराउँछ । निधारमा चिन्ताका धर्साहरू देखिन्छन् ।

ऊ साह्रै गहिरो दृष्टिले मार्थालाई हेर्छ । मार्था मनमनै हडबडाउँछिन् । तिनको अनुहार रून्चे हुन्छ ।

"आज बिहानदेखि आँखा, मुख केही खोलेकी छैन... म के गरूँ... ? डाक्टरको कुरा सुन्दा, अवस्था क्रिटिकल छ ।"

प्रशान्त खाटमा बस्छ र जमुनाको अनुहार ध्यानपूर्वक हेर्छ, "पुत्री ! पुत्री ! आँखा खोल ।"

ऊ स्नेहपूर्वक बोलाउँछ तर जमुना कुनै हलचल गर्दिन । ऊ फेरि बोलाउँछ, प्रत्युत्तरस्वरूप जमुना केही लामो सास तान्छे अनि छोड्छे । प्रशान्त फेरि बोलाउँदैन । विचारमग्न हुन्छ ।

"यो के भएको हो प्रशान्त, झन्झन् झन्झन्... ! डाक्टरले पनि केही बुझ्न नसकेजस्तो लाग्छ नत्र इफेक्टिभ ट्रिटमेन्ट हुन्थ्यो होला... !"

"हो आदिमाता पुत्रीको बिग्रँदो अवस्थाले यही कथा भन्छ ...तर डाक्टर कमलाको योग्यता निःसन्देह छ । म पुत्री कमलासित परामर्श गर्छु ।"

आदिगुरू प्रशान्त स्नेहपूर्वक पुत्रीको हात सुमसुम्याउँछ, टाउको मुसार्छ र निधारमा पितृवत् म्वाइँ खान्छ । मार्था यो सबै कुरा हेर्छिन् । उसको प्रशान्त अनुहारमा जुन दुःखको छाया देखिन्छ, त्यसमा तिनी नक्कली पिता वा गुरूको अभिनय फेला पार्न सक्तिनन् । प्रशान्तको व्यक्तित्वको यो आयामदेखि मार्था मुग्ध हुन्छिन् र आँखाबाट उच्छृङ्खल आँसुका थोपाहरू झारिहाल्छिन् ।

मैचाङ दूध तताएर ल्याउँछे, छेउको टेबुलमा राख्छे अनि ठिङ्ग उभिन्छे । "पुत्री, आदिगुरूका लागि अलिकति दूध पिइदेऊ, आँखा खोल छोरी !" आदिगुरू प्रशान्त जमुनाको गाला मुसार्दै स्नेहयुक्त बोलीमा अनुरोध गर्छ । मार्था झन् विमुग्ध हुन्छिन् "पुत्री मेरी ज्ञानी छोरी... ।" प्रशान्त धेरै समयसम्म जमुनालाई बोलाइरहन्छ पूर्ण वात्सल्यप्रेमपूर्वक । मार्था मानौं पाचौं आयाम देख्छिन् ।

साता दिन बित्छ । जमुना क्लाइमेक्स स्टेटबाट ओर्लदिन । जोसुकैले जतिसुकै प्रयास गरे पनि ऊ पहिलेझैं न उँउँ गर्छे, न आँखा खोल्छे, न मुख खोल्छे । शरीरमा कुनै पनि सामान्य लक्षण देखा पर्दैन । अकस्मात् देखा परेको गति गतिहीन हुन्छ । ऊ एक लामो र पूर्ण

बेहोसीको अवस्थामा पुग्छे । मार्था दिनरात बोलाइरहन्छिन्, "छोरी, आँखा खोल बा ...हेर बा... !" भनेर फुसफुसाइरहन्छिन् । तिनलाई आफ्नो आदिमातृत्वशक्तिप्रति पूर्णविश्वास लाग्छ । प्रशान्तको व्यक्तित्वमा उद्घाटित भएका नयाँ आयामहरूले तिनलाई पुनः प्रेरित उत्साहित पार्छन् । मातृत्वको खोलामा मानौं ताजा, निर्मल जलराशि थपिंदै भरिंदै जान्छन् । सुक्न लागेको खोला अविराम नदीमा परिणत हुन्छ । डाक्टर कमला यो सबै देख्छे । जमुनालाई बोलाउनु निरर्थक छ भन्न चाहे पनि डाक्टर यो कुरा भन्दिन । आदिमाताका निरर्थक प्रयासहरूलाई ऊ लाटी बनेर हेर्छे ।

मार्थाको बोलाउनु, मुसार्नु, म्वाइँ खानु र कुराहरू सुनाउनुको कुनै सीमा रहँदैन । "बुझ्यौ पुत्री, मैले हिम्मत हारेकी छैन । मेरो विश्वास अक्षुण्ण छ र आस्था अविचलित ।" मार्था आफ्नी सेविकालाई बिना कुनै पूर्वप्रसङ्ग सुनाउँछिन्, "मलाई थाहा छ, डाक्टरी उपचार निष्प्रभावी भइसकेको छ । म यी कुरा पनि बुझ्छु, मेरी छोरीले आफ्नो इच्छाले होइन, मेरो इच्छाले दूध पिएकी थिई ...जबसम्म सक्थी, तबसम्म । यसले आदिमाताको मान सकेसम्म राखी । म यो कुरा पनि बुझ्छु काल मुख बाएर पर्खिरहेको छ, तर मेरी छोरी कालको मुखबाट फर्किनेछ, प्रेममूर्तिले फर्काउनेछ यदि ऊ प्रेमी हो भने । यस्तो हुनुपर्छ, हुनु नै पर्छ... ।"

"आदिमाता, यति साह्रै विश्वास नगर्नुहोला । प्रेममूर्ति कुनै अलौकिक पुरूष होइन । ऊबाट त्यस्तो चमत्कारको आशा किन राख्नुहुन्छ ?"

"किनभने ऊ प्रेमी हो । ऊसित यस्तो सामर्थ्य हुनु नै पर्छ... ।"

"आदिमाता, खै म बुझ्न सक्तिनँ, मैले त कतै पनि यस्तो कुरा सुनेकी छैन ।"

मैचाङ राम्रैसित विरोधमा उभिन खोज्छे ।

"तिमीले एउटा हिन्दूकथा सुनेकी छ्यौ ?"

"कुन कथा ?"

"सत्यवान् सावित्रीको कथा ।"

"सुनेकी छु ।" मैचाङलाई अनौठो लाग्छ ।

"त्यस कथामा सावित्रीले सत्यवान्लाई कालको मुखबाट फर्काएकी थिई, के यो प्रेमको शक्तिले गर्दा भएको होइन ? बाइबलमा पनि यस्ता कथाहरू

छन्, इसामसिहले कैयौ मरेकाहरूलाई जीवन प्रदान गर्नुभएको थियो, कैयौं रोगीहरूलाई स्वस्थ निरोग पार्नुभएको थियो । के यो सबै प्रेम र विश्वासले गर्दा भएको होइन... ? प्रेममा यस्तो महान् क्षमता हुनुपर्छ अन्यथा... अन्यथा... !"

बोल्दाबोल्दै मार्थाको गला भरिएर अवरुद्ध हुन्छ । तिनी एकनास शून्यमा टोलाउँछिन् । मैचाङ केही बोल्दिन चुपचाप आदिमाताको भावनात्मक ज्वारभाटा अन्तः करणमा अनुभव गरिरहन्छे, "पुत्री, प्रेम गर्नु र चटक देखाउनु एउटै कुरा होइन यो कुरा म बुझ्छु" मार्था लामो सास तानेर गलाको अवरुद्धता हटाउँछिन् "म पनि चटक चमत्कारजस्ता कुराहरू मान्दिँन तर प्रेम शक्तिरूपमा प्रकट हुनुपर्छ भन्ने मलाई लाग्छ, नत्र संसार प्रेममय कसरी हुन सक्छ ?"

"शक्तिरूप प्रेमलाई हामी मान्छौं आदिमाता !" मैचाङ सहजतापूर्वक बोल्छे "नत्र, आदिगुरू आदिगुरू हुनुहुन्थेन, आदिमाता आदिमाता हुनुहुन्थेन, यो बस्ती हुने थिएन । प्रेम शक्तिरूपमा प्रकट भएर नै यी सबै भएका हुन् ।"

"के यो सत्य हो पुत्री ?" मार्था उत्साहित, उत्कण्ठित हुन्छिन् ।

"आदिमाता, यो मेरो सहज विश्वास हो । सत्य के हो आफ्नै अन्तः करणसित सोध्नुहोस् । अन्तः करणले झुटो कुरा बोल्दैन भन्छन् ।"

मार्था आफ्नो अन्तःकरणसित सोध्छिन् । अन्तः करणले पुष्टि गरिदिन्छ पुत्री मैचाङले भनेका कुराहरू सत्य हुन्, प्रेम महानतम सद्‌गुण हो, जुन शक्तिरूपमा प्रकट हुन्छ । प्रशान्तको शक्तिरूप प्रेममा यो बस्ती अडेको छ, एक दिन उसको प्रेमद्वारा अर्जित ज्ञानमा सम्पूर्ण विश्व अड्न सक्छ । हजारौंहजार लडाइँझगडा र दुई-दुईवटा विश्वयुद्ध लडेर पनि नचेतेको तुच्छ अहङ्कारी मानवता एक दिन प्रशान्तको महान् ज्ञानमा आश्रित नहोला कसरी भन्न सकिन्छ ? कतै प्रशान्त संसारकै उद्धार गर्न जन्मेको महान् क्रान्तिकारी मसिहा त होइन ...अन्यथा ऊ किन गुरूहरूभन्दा पूर्णरूपले फरक छ ? ...हो, मसिहा जन्मिसकेको छ, जन्मिसकेको छ... ।

मार्था चमत्कृत हुन्छिन् । यस महान् सङ्कटनामा तिनलाई आफ्नो भूमिका साह्रै नै सन्तोषप्रद लाग्छ । अन्तः करणमा फेरि आवाज हुन्छ । प्रशान्त आजको विचारक र भोलिको मसिहा हो । हजारौं वर्षदेखि स्थापित परम्परा, सिद्धान्त र जीवन शैलीका विरोधमा ऊ उभिएको छ यो असाधारण कुरा

हो । म उसको प्रेरणा हुँ तर परम्परागत सोचाइ बोकेर विरोध मात्र गरिरहेकी छु ...के यो प्रेमपीडित नारीको प्रलाप होइन ? के म पीडाबाट माथि उठ्न सक्तिनँ... ? के म महान् कार्यमा सहयोग गर्न सक्तिनँ ? यो वस्तीमा प्रवेश गरेको पहिलो दिनदेखि नै मैले ऊमाथि दुर्व्यवहार गरिरहेकी छु, आँखा चिम्लेर आक्षेप लाइरहेकी छु, सन्देहको आँखाले हेरिरहेकी छु, उसका प्रत्येक कुरामा असहमति जनाइरहेकी छु । उसैले प्रदान गरेको शीर्षसनमा बसेर ऊमाथि आक्रमण गरिरहेकी छु, के यो प्रेमीह्रदयको धर्म हो ? अतिथि बनेर आतिथेयको मानमर्दन गर्नु कुन सभ्यतालाई सुहाउँदो कर्म हो ?

म एक समय प्रेरणाकी देवी थिएँ, अहिले आफ्नै व्यवहारले राक्षसनी भएकी छु, मार्था आन्दोलित हुन्छिन् । तिनी मनमनै शपथ लिन्छिन् अबउप्रान्त अनधिकार चेष्टाहरू, मागहरू, विचारहरू गर्नेछैन, ऊसित झैझगडा गर्नेछैन, दुःख र पीडाको कारण बन्नेछैन, मात्र प्रेरणा बन्नेछु, सत्प्रेरणा, आद्यप्रेरणा ।

अन्तरआत्मालाई जबाफ दिएपछि मार्था शान्त हुन्छिन् । सबै धिक्कारहरूबाट मुक्त हुन्छिन्, अलिकति थाक्छिन् पनि । जमुनालाई अन्तर्लययुक्त पारामा सुमसुम्याउँदै तिनी झोक्राउँछिन् । मनमा कुनै भावना हुँदैन, दिमागमा कुनै विचार हुँदैन । झोक्राउँदाझोक्राउँदै तिनी जमुनाको बगलमा ढल्किन्छिन् । मध्यदिनमा निद्रा लाग्छ ।

***

ऊ डेभिडको सन्तति, जोसेफको छोरा र ईश्वरको दूतले भनेबमोजिम कुमारी आमाको कोखबाट जन्मेको इमान्युयल थिएन । ऊ जन्मँदा आकाशमा कुनै विशेष तारा चम्केन, राजा हेरोडले बैतलियममा बालकहरूको कत्लेआम पनि परेन । ऊ टाढाबाट हेर्दा रूप, आकृति र पहिरनले यिसुझैं देखिन्थ्यो तर ऊ यिसु थिएन । उसका पनि बाह्रै जना ज्ञानी शिष्यहरू थिए । शिष्यहरूमा कोही पनि जुडास इस्कारोट थिएन ।

ऊ आफूलाई ईश्वरको पुत्र वा प्रतिनिधि मान्दैनथ्यो तर पनि मानिसहरू उसलाई मसिहा सम्झन्थे र पछि लाग्थे । सायद उसले पनि अन्धाहरूलाई आँखा दिएको थियो, रोगीहरूलाई निको पारेको थियो, भूतहरू भगाएको

थियो । सायद ऊ पनि पानीमा हिंड्न सक्थ्यो, आँधी तुफान रोक्न सक्थ्यो, हजारौं मानिसहरूलाई ख्वाउन सक्थ्यो, मृत लजारसहरूलाई जीवित पार्न सक्थ्यो... । उसका लागि पृथ्वी नै जेरूसेलम थियो, प्रेमको जेरूसेलम, घृणाको जेरूसेलम... । ऊ नजारथको यिसु मसिहा नभए पनि ग्यालिलीजस्ता स्थानहरू, बेथानीजस्ता ठाँउहरू र ओलिभजस्ता पाखा पहाडहरूमा परिभ्रमण गरिरहन्थ्यो । हजारौंहजार मानिसहरू उसका पछि लाग्थे र जीवनका नयाँ क्रान्तिकारी सन्देशहरू सुन्दै जान्थे । जहाँ पनि धर्मका व्यापारीहरू ऊदेखि क्रुद्ध हुन्थे, मानिसहरूलाई भड्काएको आरोप लाउँथे, चमत्कारहरू देखा भनेर हैरान पार्थे तर ऊ आस्थावानहरूको राजा भई कल्वरीका डाँडाहरू छिचोल्दै जान्थ्यो । नवमसिहा एक दिन दिग्विजयी यात्राको क्रममा गेट्सेमेनको उच्च भूभागजस्तो ठाउँमा बसेर प्रवचन दिइरहेको हुन्छ । त्यहाँ पिटर, एन्ड्रयु, जेविडिसका छोराहरू, मेरी माग्डालिन, जाइरसजस्ता ठूलो सङ्ख्यामा मानिसहरू जम्मा भएका हुन्छन् । उसलाई स्याटन वा वाल्जिवभको प्रतिनिधि मान्नेहरू पनि रमिता हेर्न वा जाँच्ने हेर्न वा जाँच्ने अभिप्रायले त्यहाँ पुगेका हुन्छन् । मार्था पनि पुगेकी हुन्छिन् ।

अचानक भिडलाई चिरेर एक व्यक्ति अचेल युवतीलाई बोकेर त्यहाँ आउँछ । युवतीलाई जमिनमा राखेर ऊ मसिहाको खुट्टा समात्छ । "मसिहा यो मेरी प्रेमिकालाई बचाउनोस् ...बचाउनोस् !", ऊ बालकझैं रून्छ ।

"पुत्र म तिम्रो प्रतीक्षामा थिएँ, आफ्नी प्रेमिकाको हात समाऊ अनि उठाऊ !", मसिहा करूणापूर्वक अराउँछ । व्यक्ति मसिहाले अराएबमोजिम अचेत प्रेमिकाको हात समातेर बोलाउँछ, "जमुना उठ, उठ !" जमुना आँखा खोल्छे, उठेर बस्छे, भिडमा सनसनको लहर चल्छ । सर्वत्र जयजयकार हुन्छ ।

"आदिमाता, उठनुहोस् भन्या ।" मैचाङ घचघच्याएर मार्थालाई बिउँझाउँछे ।

"कस्तो निद्रामा कराउनुभएको ...सपना त देख्नुभएन ?"

जबाफमा मार्था कोल्टे फेर्छिन् । जमुनाको निधारमा च्वाप्प म्वाइँ खान्छिन् । "के देख्नुभयो सपनामा ?" मैचाङको मनमा कुतकुती लाग्छ ।

"तिमीहरूको आदिगुरू !", मार्था फुसफुसाउँछिन् अनि बेसरी लाज मान्छिन् ।

३०

मसिहाइ स्वप्नसहित मार्था निदाउँछिन् । निद्रा साह्रै मीठो, साह्रै गाढा हुन्छ । जीवनमा सायदै यति सुखकर निद्रा परेको हुन्छ तिनलाई । यस्तो धनीभूत निद्राबेलामा सपना हुँदैन भनिन्छ तर भनाइविपरीत तिनी क्षणक्षणमा सपनाहरू देख्छिन् । तिनको प्रत्येक सपनामा मसिहा नै देखिन्छ जो आफ्नो चमत्कारयुक्त बोलीवचनले वा हातका भाउहरूले मानिसहरूको उद्धार गरिरहेको हुन्छ । उसको पछाडि तँछाडमछाड गरी हिँडिरहेको भिडमा मार्था आफूलाई पनि देख्छिन् । अचानक तिनी मसिहालाई जमिन छोडेर आकाशमा उडेको देख्छिन् । तिनीहरूसँगै हिँडिरहेको भिड आश्चर्यको बटुकामा नअटाएका पानीका थोपाहरूझैं छचल्किएर पोखिन्छन् । सबै ट्वाँ परेर आकाशमा आँखा गाडिरहन्छन् । हेर्दाहेर्दै चौतर्फी आकाशमार्गमा देवदूतहरू प्रकट हुन्छन् । ती सबै मसिहाको वन्दना गर्छन् । यसपछि एक हूल बालबालिकाहरू ससाना पखेटा चालेर त्यहाँ आउँछन् । सुनौला पखेटा भएका बालबालिकाहरूले मसिहालाई घेर्छन् । मसिहा प्रसन्न भई ती देवबालबालिकाहरूलाई माया गर्छ । अन्ततः मसिहा तल जमिनमा हेर्दै, सुमधुर मुस्कान छर्दै प्रेमपूर्वक दुवै हात उठाउँछ । अनि बिस्तारै लहराउँछ । मार्थालाई लाग्छ, मसिहा तिनलाई नै बोलाइरहेको छ । तिनी प्रेमले आकुलव्याकुल भई दुवै हात उठाउँछिन् । हात उठाउनासाथ तिनको सम्पूर्ण अस्तित्व जमिनबाट माथि उठ्छ, आकाशमार्गमा सरररर बग्छ र मसिहाको अस्तित्वमा समाहित हुन्छ ।

मार्था भिडको जयजयकारले झस्किएर बिउँझन्छिन् । यस बेला बिहानको ठीक तीन बजेको हुन्छ ।

"छोरी... !" उत्तरको अपेक्षा नगरीकन नै तिनी सुस्तरी जमुनाको कानमा फुसफुसाउँछिन, म्वाइँ खान्छिन्, सुमसुम्याउँछिन् । दियोको मधुरो प्रकाशमा तिनी धेरैबेरसम्म सपनाको मसिहालाई सम्झिरहन्छिन्, परमानन्दित भइरहन्छिन् । तिनको अनुहारमा जीवनको चरम सुख र सन्तुष्टि नाच्छ । करिब आधा घण्टासम्म यो सुखानुभवको नृत्य भइरहन्छ ।

"ए छोरी..." मार्था सन्तृप्त अवस्थाबाट जमुनालाई निहार्छिन् । अचानक महसुस हुन्छ, जमुनाको रूपाकृति केही भिन्न छ हिजोअस्तिको भन्दा... । तिनको मनमा चिसो पस्छ । "पुत्री, पुत्री !", मार्था हडबडाएर मैचाङलाई बोलाउँछिन् । सिरक फालेर जन्याकजुरूक उठ्छिन् । डराईडराई जमुनालाई फेरि निहार्छिन् ।

"आदिमाता के भयो ?", मैचाङ दगुर्दै आउँछे । मार्थालाई आतङ्कित भएको देखी स्वयम् आकङ्कित हुन्छे ।

"हेर न, के भयो, मेरी छोरीलाई ! अनुहारै कस्तोकस्तो, के भएको होला ?" मार्था यसभन्दा बढी केही भन्न सक्तिनन् । तिनी दुःखीभन्दा बढी भयभीत हुन्छिन् । "के भएको छ र... ?" मैचाङ ओछ्यानमा बसी जमुनाको अनुहार निहार्छे । ऊ जमुनाको अनुहारमा कुनै परिवर्तन देख्दिन । "खै म त केही भएको देख्दिनँ, आदिमाता त्यसै तर्सिनुहुन्छ । मनमा कुरा खेलाइराख्नुहुन्छ अनि... ।" मैचाङ हलुका तवरले आँखा तर्दै आश्वस्त हुन्छे ।

"केही भएको छैन त ...छोरीलाई... ?", मार्था सिरानीमा बसेर मैचाङसित मानौं अभयदान माग्छिन्, काँतर हेराइले ।

"केही पनि भएको छैन ...सुर्ता मान्नु पर्दैन । हजुर मन्दिरमा जानुभए हुन्छ, दर्शन दिन, नजानुभएको धेरै भयो... ।"

"म जान्नँ... !", मार्था छोटो कुरा गर्छिन् । आँखा नझिम्क्याईकन जमुनालाई हेरिरहन्छिन् ।

"जानोस् न भन्या ...दर्शन दिन पनि छोड्नुहुन्छ र ? ...अलिकति मन त चङ्गा हुन्छ ...म यहाँ बसिहाल्छु नि !"

"होइन, म जान्नँ ।" मार्था दृढ हुन्छिन्, "बरू राम्ररी हेर त छोरीलाई, मेरो मनले भन्छ, केही भएको छ, अवश्य केही भएको छ ।"

"हजुरलाई भ्रम परेको मात्र हो ।"

"म त छोरीको अनुहार नै फरक देख्छु... ।"

"कोठामा थुनिएर बस्दाबस्दै हजुरको मनै बिग्रिसक्यो, यसैले उता मन्दिरमा जानोस् भनेकी, एकछिन मन त बहलिन्छ, बिरामीसित दिन रात बस्ने सुत्ने गरेर हजुर आफैं बिरामी भइसक्नुभयो ।"

मार्था केही आश्वस्त हुन्छिन् र सिरानीपट्टिको झ्याल आधा खोलेर सास फाल्छिन् । बाहिरको नीरवताबाट चिसो सास लिन्छिन् । मन केही सन्चो हुन्छ ।

माघे सङ्क्रान्तिपछिको जाडो शेष हुन्छ । तर मार्थालाई पटक्कै जाडो लाग्दैन । तिनी झ्यालबाट ठाउको निकालेर बिहानीपखको वातावरणमा घुमिरहन्छिन् । त्यस वातावरणमा पूर्णिमापछि घट्दै गएको चन्द्रमाको उज्यालो हुन्छ, ताराहरू टिमटिमाइरहेका हुन्छन् । न नजिक न टाढाको माछापुच्छ्रे चाँदीझैं टल्किरहेको हुन्छ । अजङ्गको अन्नपूर्ण हिमाल शृङ्खला मानौं खुट्टा पसारेर सानो बालक माछापुच्छ्रेलाई खेलाइरहेको हुन्छ, काखमा राखेर आमाले छोराछोरी खेलाएझैं ।

मार्थालाई हिमालहरू हेर्दाहेर्दै जाडो लाग्छ । पोहोरझैं हिउँदे झरी परेर माछापुछ्रे, अन्नपूर्णमुनिका पहाडहरूमा टम्म हिउँ परेको भए कति ठिहिऱ्याउने जाडो हुन्थ्यो मार्था यो सत्य अनुभव गर्न सक्तिनन् तर काल्पनिक जाडो अनुभव गरी जिउ सिरिङ्ग्याउछिन् । यही बेला बस्तीबाहिर स्यालहरू कङ्कलाशब्द गर्दै दगुर्छन् । तिनीहरूको रून्चे, बेसुरे भयावह स्वर सुन्न नसकेर मार्था ढयाम्म झ्याल बन्द गर्छिन् ।

"आदिमाता लौन... !"

"के भयो ?", मार्था तर्सिन्छिन्, हिउँले खाएझैं गरी झ्यालैमा कक्रिन्छिन् ।

"लौन, यहाँ आउनोस् चाँडो !" मैचाङ चर्किन्छे । मार्था सन्न हुन्छिन् कालोनीलो भई मैचाङको छेउमा पुग्छिन् ।

"के भयो भनेकी... ?", मार्था सोध्छिन् । तिनको स्वर हराएहराएजस्तो हुन्छ ।

"नाडी खै नाडीको चाल नै छैन, हेर्नोस् त.. !" मैचाङ जुरूक्क उठ्छे ।

"के अरे !"

"नाडी छाम्नोस् भनेको जमुनाको... !" मैचाङ तुरूक्क रून्छे । मार्था यन्त्रवत् ओछ्यानमा बस्छिन् । बिस्तारै जमुनाको देब्रे हात आफ्नो हातमा लिन्छिन् र यन्त्रवत् नाडी छाम्छिन् ।

"फेला पार्नुभयो ...चाल... ?"

मार्था कुनै जबाफ नदिईकन जमुनाको छातीमा झुक्छिन् । मुटुको ढुकढुकी सुनिंदैन ।

"आदिमाता... मैले सबै हेरिसकें... न नाडीमा चाल, न ढुकढुकी... ।" मैचाङलाई रूवाइको बाडुली लाग्छ तर ऊ आफूलाई रोइकराइ गर्ने फुर्सद दिन्न "बरू ...डाक्टरलाई बोलाऊँ ?"

"जाऊ बोलाऊ ।"

मैचाङ दुगुर्दै कोठाबाट निस्कन्छे । मन्दिरपछिको ढोकामा पुग्दानपुग्दै आदिमाताले बोलाएको सुन्छे ।

"किन आदिमाता ?" ऊ कोठामा फर्किन्छे ।

"डाक्टरलाई बोलाउनु पर्दैन, भइहाल्यो... ।"

"किन र ?"

"आवश्यकता छैन । डाक्टरको आँखामा मेरी छोरी धेरै पहिले मरिसकेकी छ । डाक्टरहरू शरीरभन्दा माथि आत्माको उपचार गर्न सक्तैनन् । बरू आदिगुरूलाई बोलाऊ ।" मार्थाको स्वर शान्त, संयमित र भावनारहित हुन्छ । मैचाङ कोठाबाट बाहिरिन थाल्छे, अर्को प्रश्न नगरीकन ।

"पर्ख पर्ख म आफैं जान्छु । तिमी यहाँ बसिराख ।" मार्था उठ्छिन् र सकभर छिटो कदम चाली कोठाबाट बाहिर निस्कन्छिन् । तिनीसित लुगा फेर्ने वा शृङ्गारपटार गर्ने होस हुँदैन न समय नै हुन्छ । अस्तव्यस्त केशराशि, राति सुत्ने बेलामा लाउने लुगा, चप्पल आदिमाताको गरिमारहित भेषभूषा र मनोदशा बोकेर तिनी मन्दिर खुल्ने ढोकामा पुग्छिन् र ह्वात्त ढोका खोल्छिन् ।

ढोका खुल्दा असामान्य आवाज हुन्छ । आदिगुरू प्रशान्त बोल्दाबोल्दै प्रवचनको मध्यमा रोकिन्छ । सबैको ध्यान ढोकामा तानिन्छ । वातावरण निःशब्द हुन्छ ।

प्रवचन सभामा उपस्थित व्यक्तिहरूसरह विन्दुले पनि पहिलो प्रतिक्रिया जनाउँछे अर्थात् आफ्नै आसनमा बसेर अन्तःकक्षपट्टिको ढोकामा टाउको घुमाउँछे । यो निःशब्द र सामूहिक प्रतिक्रियापछि पहिलो क्रिया विन्दुले नै गर्छे । टाउको घुमाएर आदिमातालाई ठम्याएपछि विन्दु अचम्म मान्दै छोटकरीमा भुक्छे, आसनबाट जुरूक्क उठ्छे र ढोकामा दगुर्छे ।

मार्था ढोकाको मध्यमा उभिइरहेकी हुन्छिन् । विन्दु त्यहाँ पुगेपछि सधैंझैं उत्साहपूर्वक तिनको पैतला चाट्छे, यसपछि लुगाको एक छेउ मुखमा

च्यापेर तान्छे । मार्था आदिमन्दिरको विशाल सभाकक्षमा प्रवेश गर्छिन् । सबै उठ्छन् आआफ्नो स्थानबाट आदिमातालाई सविनय प्रणाम गर्छन् ।

"आदिमाता यस प्रातःकालीन सभामा हजुरको उपस्थितिलाई परमावश्यक सम्झेको थिएँ तर अस्वस्थ पुत्री जमुनाको कारण मैले विचार परिवर्तन गरी, कृपापूर्ण उपस्थितिका लागि पूर्वप्रार्थना नगरेको हुँ... ।" प्रसन्न विनम्रतापूर्वक आदिगुरू हार्दिक स्वागत गर्छ, "यो मेरो अहोभाग हो, आज मैले अर्को एक पुत्रको जम्मान्तरण घोषणा गरें ?"

"जन्मान्तरण कसको प्रेममूर्तिको ?"

"हो, आदिमाता, पुत्र प्रेममूर्तिको विलक्षण प्रतिभा र गुणहरूले गर्दा सायद सबैलाई यस कुराको सत्य पूर्वानुमान थियो र प्रतीक्षा पनि । भर्खरै मैले पुत्र प्रेममूर्तिको जन्मान्तरण घोषणा गरें । आजको पन्ध्रौं दिन म आदिज्ञानको दीक्षा प्रदान गर्दै छु ।" आदिगुरू अस्तव्यस्तता देख्दैन, मनोदशा बुझ्दैन । होसहवास ठेगानामा नभएकी मार्था स्तब्ध भई उभिरहेकी हुन्छिन् ।

कसैले पछिल्तिरबाट तिनको पाउ स्पर्श गर्छ । मार्था घुम्छिन् ।

"आदिमाता... !"

"प्रेम... तिमी... ?", मार्थाको होस फर्किन्छ ।

"मलाई आशीर्वाद दिनोस्... ।"

"मेरो खट्टा छोड ।", अचानक मार्था क्रोधित हुन्छिन्, दुई कदम पछि हट्छिन्, "म तिमीलाई आशीवार्द दिन सक्तिनँ ।"

यस अविश्वसनीय सङ्घटनादेखि सबै विष्मयमिमूढ हुन्छन् । प्रेममूर्ति टुक्रुक्क बसेर टोलाइरहन्छ । आदिगुरू पनि अवाक् मूर्ति बन्छ ।

"मेरो दुःखमा तिमीहरू किन खुशी मनाउन चाहन्छौ ...किन महोत्सव मनाउन चाहन्छौ ?", मार्था कुनै व्यक्तिलाई होइन समष्टिलाई प्रश्न गर्छिन्, क्रोधावेशमा ।

"आदिमाता यो... यो के कुरा... ?"

"प्रशान्त म सोध्दै छु किन खुशीको महोत्सव र हर्षनाद हुँदै छ यहाँ, मेरो दुःखमा... ?", मार्था च्याँट्ठिन्छिन् ।

"आदिमातालाई के दुःख छ ?" आदिगुरूको ध्यान तिनको पहिरन र अस्तव्यस्ततामा केन्द्रित हुन्छ, "म आदिमाताको दुःख जान्न चाहन्छु ।"

"के तिमीलाई थाहा छैन, मेरी छोरी जमुना बिरामी छे ?"

"अवश्य थाहा छ आदिमाता, यो बस्तीमा कसैले कसैलाई यो प्रश्न गर्नुपर्ने आवश्यकता छैन । पुत्री जमुना बिरामी मात्र होइन सिकिस्त बिरामी छे, आदिगुरू चिन्तित छ ।"

प्रशान्तका निधारमा साँच्चै नै चिन्ताका धर्साहरू देखा पर्छन् ।

"तब किन यो उत्सव ?..."

"आदिमाता, मनुष्यको जन्मान्तरण न समयभन्दा अगाडि हुन्छ न समयभन्दा पछाडि । यो अत्यन्त उपयुक्त समयमा हुन्छ । सुखदुःखका वैयक्तिक अनुभूतिहरूमा यो आबद्ध छैन, प्रतिबद्ध छैन यद्यपि यसले हामीलाई हँसाउँछ पनि, रूवाउँछ पनि । यो समयमा स्वयम् घटित महाकर्म हो ।"

तर अहिले यस्तो हुनु हुन्न, सम्भव छैन । म चाहन्नँ, यो महान् प्रेमको कथा दुःखान्त होस् । यदि तिमीले प्रेममूर्तिलाई दीक्षा दियौ भने प्रेमको अग्निकुण्डमा परी दुवै भस्म हुनेछन् । दुवै अग्निपरीक्षा दिइरहेका छन् ...त्यसैले तिमी हस्तक्षेप नगर ।" मार्थाको क्रोधावेश भावावेशमा परिणत हुँदै जान्छ । तिनी प्रेममूर्तिलाई हात समातेर उठाउँछिन् "उठ छोरा, जमुनालाई तिम्रो आवश्यकता छ, जाऊ !"

"आदिमाता म त्यहाँ जान असमर्थ छु ।" प्रेम विनयपूर्वक हात जोड्छ, "हजुर मलाई होइन, जमुनालाई आशीर्वाद दिइरहनोस्, म हार्दिक प्रार्थना गर्छु ।"

"जमुनालाई प्रेम पनि गर्छौ, सङ्कोच पनि मान्छौ... ?"

"सङ्कोच होइन आदिमाता... ।" "के हो त ?" "मेरो अप्रीतिकर उपस्थितिले उसको स्वास्थ्यमा प्रतिकुल असर पार्न सक्छ, म किन कुरूप छाया पारूँ आदिमाता ?"

"तर जमुना मरिसकी कि बाँचिरहेकी छे, कसले भन्न सक्छ ?" मार्था भावावेशमा जोडले कराउँछिन्, "म यही कुरा बुझ्न आएकी हुँ ! खै कहाँ छन् डाक्टर, प्रेमी र गुरू ? कसले मेरी छोरीलाई पुनर्जीवन प्रदान गर्न सक्छ, डाक्टरले कि प्रेमीले कि आदिगुरूले ?...

मार्था आवेशको शिखर नओर्लीकन केहीबेर पर्खन्छिन् तर कसैबाट जबाफ फर्किंदैन । सबै मौन र नतमस्तक हुन्छन् । विन्दु सायद परिस्थिति बुझ्छे त्यसैले कुइँकुइँ गर्दै तिनलाई अन्तः कक्षतर्फ तान्न थाल्छे ।

३१

क्रोधावेश र भाववेशले रन्थनिएर तिनी बैठककोठामा प्रवेश गर्छिन्, त्यहीं एउटा बेतको कुर्सीमा थुचुक्क बस्छिन् । तिनलाई आफू साह्रै नै निरीह, निस्सहाय, निरूपाय भएको अनुभव हुन्छ । तिनलाई जीवन अत्यन्त कटुतापूर्ण, कठोर, अनावश्यकरूपले भौतिक लाग्छ । आस्था र विश्वासका कुराहरू कमजोरी जस्ता लाग्छन् । साँच्चै नै अप्ठेरो समयमा भगवान्‌ले पनि साथ छोड्ने रहेछ । नत्र किन यिसुले क्रसमा टाँगिएपछि ELOI ELOI SABACHTHANI ? भनेर करूण क्रन्दन गर्नुपर्थ्यो ?

म प्रेममा विश्वास गरिरहेछु, प्रेमको सर्वोच्च महानता सिद्ध गर्न खोजिरहेछु तर किन भगवान् मेरो सहायता गर्दैन ? विषम परिस्थिति र सङ्कटमा आफ्नो उपस्थिति नजनाउने भगवान् भए पनि के, नभए पनि के ? तटस्थ भगवान् सैतानभन्दा नजाती हुन्छ । मानिसहरू अनीश्वरवादी, शून्यवादी, भौतिकवादी, निस्सारतावादी आदिआदि हुन्छन् भने दोष तिनीहरूको होइन, पूर्णरूपले भगवान्‌को हो । आखिर भगवान् प्रेमलाई झूटो साबित गरेर के चाहन्छ ?

मार्था एकैचोटी धेरै भगवान्‌विरोधि कुराहरू सोचिरहन्छिन् । बैठककोठा भई आदिगुरू प्रशान्त, डाक्टर कमला, डाक्टर प्रकाश सुत्ने कोठामा पस्छन् । मार्था केही बोल्दिनन् । तिनीहरू पनि अनुमतिको सामान्य औपचारिकता पूरा गर्दैनन् ।

डाक्टरहरू बिरामी जाँच्छन् । मार्था त्यही कुर्सीमा बसिरहन्छिन् । तिनलाई हलचल गर्न पटक्कै मन लाग्दैन ।

"आदिमाता, जमुनाको नाडी फेला पर्‍यो ...केही भएको छैन अरे !"

मैचाङ आई जानकारी दिन्छे । तिनी अब पनि बोल्दिनन् ।

पूरा एक घण्टापछि डाक्टरहरू बैठककोठामा फर्किन्छन् ।

"आदिमाता, सी इज नट डेड ...स्टिल अलाइभ एन्ड आइ होप... ।"

डाक्टर कमला एक कर्तव्यनिष्ठ एवम् आज्ञाकारी डाक्टरले झैं कुरा थाल्छे । मार्था रोक्छिन् ।

"स्टप इट् । स्ठप इट् ...मलाई केही कुरा नसुनाऊ जाऊ !"

मार्था कुर्सीको पछाडि अडेसिएर आँखा चिम्लिन्छिन् । डाक्टरहरू बाहिर निस्कन्छन् । तिनको मनमा, मथिङ्गल सेलाएपछि, भगवान्पक्षीय विचारहरू ओइरिन्छन् । म अनावश्यकरूपले मूर्खतापूर्ण कुराहरू सोचिरहेकी थिएँ । तिनी क्षमाप्रार्थी हुन्छिन् । फेरि मसिहाको कल्पनामा डुब्छिन् ।

"आदिमाता निदाउनु त भएन... ?", मैचाङ आई पछ्यौरा ओढाइदिन्छे । तिनी सजल आँखा खोली हेर्छिन् ।

"उता कोठामा जानोस् आदिगुरू हुनुहुन्छ ।", मैचाङ दियो निभाएर भान्साखण्डतिर लाग्छे । कुन्नि किन, मार्था सुँकसुँकाउँछिन् अनि कुर्सीबाट उठ्छिन् । निभेको दियोबाट धुवाँ पुतपुताइरहन्छ ।

मार्था राम्ररी पछ्यौरा ओढेर आत्मनियन्त्रित हुँदै सुत्ने कोठामा पस्छिन् । आदिगुरू प्रशान्त बिरामीको सिरानीपट्टि कुर्सीमा बसिरहेको हुन्छ विचारमग्न, भावमग्न हुँदै । तिनको हलुका पदचाप सुनेपछि ऊ टाउको घुमाई हेर्छ उठ्ने चेष्टा गर्दैन ।

"प्रशान्त, एउटा कुरा गर्नु छ ।", छेउमा पुगी मार्था सासले मात्र बोल्छिन् ।

"के कुरा ?", ऊ शान्त एवम् गम्भीर हुन्छ ।

"प्रेममूर्तिको जन्मान्तरण घोषण फिर्ता लेऊ ...म हार्दिक प्रार्थना गर्छु ।"

"मलाई क्षमा गर्नोस् आदिमाता, म यो कुरो सम्भव देख्दिनँ । पुत्र प्रेम मेरा लागि, यस सानो बस्तीका लागि अतिथिदेव भइसकेको छ । यो समयको अपरिहार्य परिणति हो, अत्यावश्यक माग हो, यसलाई छेकथुन गर्न म स्वतन्त्र छैन ।"

"के तिमी प्रेमको निर्मम हत्या गर्न चाहन्छौ ?", मार्था आवेशित हुन्छिन् ।

"यस्तो सोचाई किन ?"

"किनभने तिमी यी दुई जनाको प्रेममा सरासर हस्तक्षेप गर्दै छौ, उही पनि यस्तो विषय परिस्थितिमा । ...यो अपराध हो, अत्यन्त क्रूर जघन्य । म तिमीलाई यो अपराध गर्न दिन्नँ, यिनीहरूको प्रेममा हस्तक्षेप गर्न दिन्नँ ।"

"हस्तक्षेप- दोस्रोपल्ट म यो शब्द सुन्दै छु आरोपको रूपमा ।" आदिगुरूको ओठमा पीडादायक मुस्कान देखिन्छ, "तर किन म आदिमाताको मुखारविन्दबाट यस्तो आरोप सुन्दै छु ?"

"किनभने सत्य यही हो, जुन तिमीलाई पूर्णरूपले थाहा नभएको हुन सक्छ । यिनीहरूलाई म जति नजिकबाट चिन्छु, तिमी चिन्दैनौ ।"

"आदिमाता कति टाढा मानिएका कुराहरू नजिक हुन्छन्, कति नजिक मानिएका कुराहरू टाढा हुन्छन्... ।"

"के तिमी मैले भन्दा नजिकबाट चिन्छु भनी दाबी गर्न सक्छौ ?"

"कदाचित सक्तिनँ तर आदिमाता, किन यस्तो सोच्नुहुन्छ कि म नचिनीकन, नबुझीकन, नसोचीकन आदि जन्मान्तरणको घोषणा गर्छु ?"

"उसको बुद्धिलाई चिन्यौ होला, प्रतिभालाई चिन्यौ होला तर हृदयलाई चिनेका छैनौ, बुझेका छैनौ, त्यसैले यस्तो अपराध गर्न लागिरहेछौ । ऊ असल प्रेमी हो, महान् प्रेमी हो, पवित्र प्रेमी हो... ।"

"उपेक्षित त्यसैले असफल प्रेमी पनि हो ।", प्रशान्त बीचैमा कुरा काटेर हाँसिदिन्छ, व्यङ्ग्यपूर्वक, "होइन आदिमाता ?"

"हो, त्यसैले तिमी त्यस पुत्रका लागि मसिहा बन, पैगम्बर बन... र मेरी छोरीलाई बिउँझने एक मौका देऊ ।" मार्था अतिशय भावुक एवम् पीडित हुन्छिन्, "एक समय तिमीले मलाई यस्तै व्यवहार गरेका थियौ, सैतानले जस्तै ...बिउँझने अवसर नदिएर । ...अब छोरीमाथि यस्तो अत्याचार नगर ।"

"आदिमाता, म छोरीलाई माया गर्छु... ।", प्रशान्त जमुनाको निधारमा हात राख्छ, "म जन्मेका मात्र होइन, नजन्मेका छोरीहरूलाई पनि माया गर्छु । सपनामा म सधैं छोरीलाई माया गरिरहेको हुन्छु । यही एक कारणले गर्दा म Misogynist भइँन । म Women are the long -haired, short-brained sex भन्ने गर्दिनँ । म आफैंलाई दुःख दिएर सुख अनुभव गर्न सक्छु तर छोरीहरूलाई सताएर सुख अनुभव गर्न सक्तिनँ ।"

"त्यसो भए छोरी बिरामी भएको बेला प्रेममूर्तिलाई बस्ती त्याग गर्न नलाऊ... । यिनीहरूलाई अलग्याउनु हुँदैन । मलाई पक्का विश्वास छ, छोरी होसमा आएपछि प्रेम गर्न थाल्नेछ ।"

यो एक अतिकल्पना वा परिकल्पना हो, जब कि स्वयम् पुत्र प्रेमलाई चेतना छ- उसको उपस्थिति अप्रीतिकर छ, अप्रीतिकर रहनेछ । अप्रीतिकर छ, अप्रीतिकर रहनेछ ।

त्यस ज्ञानी पुत्रको अमूल्य समय र शक्ति म किन नष्ट गरूँ ? यस बस्तीमा अब ऊ रहन सक्तैन । म ठीक समयमा उसलाई विश्वसामु प्रस्तुत गर्दै छु, जहाँ उसको परमआवश्यकता छ । कसैले उसलाई पीडादान गऱ्यो, कसैले ज्ञानदान गऱ्यो अब हेर्नु छ, ऊ विश्वलाई के दान गर्छ ?"

"मैले बुझें तिमी के चाहन्छौ... ।", तिनी आफैंसितझैं फुसफुसाउँछिन् ।

"तिमी ठीक समयमा मसित बदला लिन चाहन्छौ, अरू केही होइन । ठीक छ, बदला लेऊ, अहङ्कारको प्यास मेटाऊ, म विरोध गर्दिनँ... ।"

मार्था बैठककोठामा फर्किन्छिन् र उही कुर्सीमा लखतरान परी बस्छिन् । प्रशान्त एकछिन सन्न हुन्छ, कताकता चोट खाएर तर समालिन धेरै समय लाग्दैन ।

"आदिमाताको आँखामा मेरो छवि किन एक बदला लिन चाहने व्यक्तिको जस्तो छ ?", समालिएर ऊ बैठककोठामा पस्छ, कुर्सीमा बस्छ अनि फिस्स हाँस्छ, "कृपया भन्नोस् त... ?"

"जस्तो व्यक्ति होइन, बदला लिन चाहने व्यक्ति नै हौ ।"

"तर किन हुँ ? के कारण हुँ ?", ऊ दङ्दास पर्छ ।

"तिमी एउटा ढुङ्गाले तीनवटा सिकार गर्न खोज्दै छौ किनभने तिमी स्वयम् प्रेमका रोगी हौ, दमित प्रेमका रोगी, त्यसैले प्रेमको घाँटी निमोठ्न चाहन्छौ । प्रेमलाई होच्याएर यसकारण अहङ्कारको भाषण छाँट्छौ कि कुनै बेला उपेक्षित भएको तिम्रो प्रेम जसले विकृत अहङ्कारको रूप लिइसकेको छ, त्यसलाई सन्तुष्टि र आनन्द प्राप्त हुन्छ । कोही पनि स्वस्थ्य व्यक्ति प्रेम विरोधी र अहङ्कारको हिमायती हुँदैन ।"

"आदिमातालाई कसले भन्यो म प्रेमविरोधी मानव हुँ ?"

"तिम्रा आफ्नै कर्महरूले, व्यवहारहरूले यो कुरा भन्छन् ।"

"यदि यी आरोपहरू सत्य हुन् भने मानिसहरू मलाई किन पागल खानामा भर्ती गर्दैनन् ?"

"किनभने तिमी आफैं पागलखाना खोलेर बसेका छौ ।", मार्थाको स्वर यति तीक्ष्ण हुन्छ कि भान्साखण्डमा बसेर कुरा सुनिरहेकी मैचाङ तर्सिन्छे, "कि तिमीलाई थाहा छैन ? यो बस्तीलाई मानिसहरू पागल बस्ती भन्छन्, पागल बस्ती ।"

"यो एक नामहीन बस्ती हो आदिमाता !", प्रशान्त केही विस्मयपूर्वक, केही अर्थपूर्वक पीडित हाँसो हाँस्छ, "एक उपयुक्त नामको खोजी गर्दै थियौं, मानिसहरूले पागल बस्ती भन्न थाले । हामी पलायनवादी होइनौं, भिन्नतावादी मात्र हौं, बाह्य विश्वभन्दा केही भिन्न छौं, त्यसैले पागल भनिन्छौं । तर यो कुनै चिन्तादायक कुरा होइन । चिन्ता मलाई यस कुरामा लागेको छ आदिमाताको धारणा किन यति खराब छ, किन विद्धेषपूर्ण छ मप्रति, मलाई थाहा छैन, यो मेरो कुन कर्मको परिणाम हो... ।"

"तिम्रा, सबै कर्महरू मनोविकारग्रस्त छन् । मनोरोगी हौ तिमी... ।"

"यदि यी कुरा सत्य हुन् भने आदिगुरूको पदभारबाट मुक्त भई मनोचिकित्सककहाँ जानु नितान्त आवश्यक छ... ।"

"सही कुरा सोच्यौ । एक मित्रको नाताले म यही सल्लाह दिन्छु ।"

मार्थाको आवेशमा एक अपराजित आत्मविश्वासको पुट देखा पर्छ "तिमी गुरू हौ त्यसैले पहिलो चिकित्सा तिमीलाई नै आवश्यक छ । गलत बाटोमा हिंड्ने गुरूले कहिले पनि सही बाटो देखाउन सक्तैन यो कुरा जानिराख । म फेरि पनि भन्छु, तिम्रो उपेक्षित, आहत र रूग्ण प्रेम अहङ्कारी गोमन सर्पझैं फणा फिंजाएर बसेको छ तिम्रो हृदयमा... ।"

"आदिमाता, म स्वीकार गर्छु मेरो प्रेम मेरो अहङ्कार हो... ।", प्रशान्तको ओठका कुनाकुनामा मुस्कानका अर्थ बदलिन्छन्, "तर त्यो गोमनझैं विषालु छैन ।"

"नभए म कसरी विषकन्यामा परिणत भएँ त ...त्यही तिम्रो अहङ्कारको गोमनले डसेर होइन ?" मार्थाको बोली सुनेर मैचाङ फेरि तर्सिन्छे अर्को कोठामा "तिमीले डसीडसी मलाई विषकन्या पारिदियौ , जब कि म प्रेमामृत खोज्दै यहाँ आएकी थिएँ । म त प्रेमपुजारिणी हुँ । तिम्रो सबै ज्ञानलाई म 'फिलोसफी अफ रिजेक्सन्स एन्ड रिएक्सन्स' (Philoshophy of Rejections and Reactions) भन्छु, 'इनह्युमन फिलोसोफी' (Inhuman Philosophy) भन्छु मानवताविरोधी ।"

"मानवताविरोधी होइन, परम्पराविरोधी भन्नोस् किनभने यो सत्य हो । म सायद सबै विख्यात परम्पराहरूको जगमा चोट पार्दै छु ।"

"तिमी यस्तो दुस्साहस गरेर आफ्नो कमजोरी लुकाउँदै छौ, यो 'इल मेन्टालिटी' (Ill mentality) हो ।

आदिमाता, म व्यक्तिगतरूपले एक कमजोर पुरुष हुन सक्छु तर मेरो सत्यदर्शन कमजोर हुन सक्तैन । मलाई लगाइएका ती सबै आरोप र आक्षेपहरूले पुष्टि गर्छ । म कुनै व्यक्ति र परम्परासित प्रतिशोध लिन चाहन्नँ, परम्पराहरूले नै मिलेर मसित प्रतिशोध लिन चाहन्छन् । सायद परम्पराका ठेकेदारहरू मेरो विरोधमा हिंस्रक हुन अभिशप्त छन् ।"

"आखिर प्रेमभन्दा अहङ्कार महान् कसरी हुन सक्छ ?"

"अहङ्कारले यस्तो महानताको दाबी गर्दैन किनभने योभन्दा महान् र तुच्छ, विशाल र सूक्ष्म, सरल र जटिल, कोमल र कठोर अरू केही छैन । परम्पराहरू भन्छन् जीवन प्रेम र अहङ्कारको द्वन्द्व हो । यस द्वन्द्वात्मक युद्धमा प्रेमको जित अवश्यम्भावी छ । प्रेम सुकृति हो, अहम् विकृति हो । प्रेमको जय अहम्‌को पराजय हो । संसारमा प्रेमको साम्राज्य स्थापना गर्न नै भगवान्‌हरू अवतार लिन्छन् वा पुत्र प्रतिनिधिहरूलाई पठाउँछन् । म यस्तो सोच्दिनँ ।"

"के सोच्छौ त... ?"

"म सोच्छु प्रेम र अहङ्कारबीच कुनै द्वन्द्व छैन, त्यसैले जय पराजयको अवधारणा कपोलकल्पना मात्र हो । यो सुनिश्चित मिथ्या कल्पनाले धेरै नै अहित गरिसकेको छ । अब यस धारणामा परिवर्तन आवश्यक छ । प्रेम निरहङ्कारी गुण होइन अहङ्कारकै एक रूप हो ।"

"म मान्दिनँ, मान्नै सक्तिनँ । परमेश्वरको राज्यमा अहङ्कारलाई कुनै ठाउँ छैन... ।", मार्था जोडदार विरोध गर्छिन् ।

"यसबाट एउटै कुरा सिद्ध हुन्छ, परमेश्वर एक साधारण अहङ्कारी जीव हो, अन्यथा किन अहङ्कारी जीवनहरूप्रति यस्तो घृणाभाव ?"

"यो घृणा होइन न्याय हो... !"

"मत्स्यन्याय हुन सक्छ, यसभन्दा उपल्लो दर्जाको न्याय हुन सक्तैन । मेरो दृष्टिमा परमेश्वर कतै भए महाअहङ्कारी हुनुपर्छ, तुच्छ अहङ्कारी होइन ।"

प्रशान्त फिस्स हाँस्छ । मार्थाको दन्किरहेको रिसको आगो घिउ परेर झन् दन्किन्छ ।

"तिमी नै होला नि प्रेमविरोधी महाअहङ्कारी !" तिनी पड्किन्छिन् ।

"आदिमाता फेरि पनि म अनुरोध गर्छु कृपया मलाई प्रेमविरोधी नमान्नुहोला । प्रेम एक व्यक्तिगत अहम्भाव हो, जुन आफैंमा मङ्गलमय वा अमङ्गलमय हुँदैन । यो आफैंमा सार्थक वा निरर्थक भाव होइन, सम्मानजनक वा अपमानजनक पनि होइन । यो व्यक्तिसापेक्ष भाव हो । चरित्रसापेक्ष भाव हो । प्रेमको मूल्य त्यति नै हुन्छ, जति प्रेम गर्ने मान्छेको सामर्थ्य हुन्छ । मैले पनि यही प्रेमबाट यात्रा थालेको थिएँ... ।"

"कहाँ आइपुग्यौ त ?"

"एक यस्तो शिखरमा जहाँबाट म सम्पूर्ण विश्वलाई अहम्मय देख्छु । मानिसहरू अहम्ज्ञानरश्मि नपाएर कि देवता बन्छन् कि सैतान बन्छन् । म सबैलाई मानव बनाउन चाहन्छु ।"

"तिमी जेसुकै भन, प्रेम नै सर्वोच्च गुण हो न कि अहङ्कार । यस कुरामा मेरो विश्वास अटल छ । प्रेम भनेको अमृत हो, अहङ्कार भनेको विष नै हो । प्रेमामृतले मात्र अहङ्कारको विष निवारण हुन सक्छ । पृथ्वीमा 'ईश्वरको राज्य' स्थापना हुन सक्छ ।"

"पृथ्वीमा ईश्वरको राज्य किन ? ईश्वरलाई शासनको आवश्यकता किन ? राज्य र शासनको सम्बन्ध अहङ्कारी राजनीतिसित हुन्छ । कतै ईश्वर भए म सत्ताको राजनीति नगर्ने हार्दिक सल्लाह दिन्छु ।"

"तिमी मेरो आस्था र विश्वासमा ठेस पुऱ्याएर अपमान गरिरहेछौ ।"

"आदिमाताको फ्रायडियन इगो हर्ट भएजस्तो छ ।"

"प्रशान्त !" मार्था भएभरको शक्ति लगाएर च्याँठ्ठिन्छिन् । यो विस्फोट यति भयानक हुन्छ कि अर्को कोठामा तर्सेर बसिरहेकी मैचाङको हालत बिग्रिन्छ । उसको दिलदिमाग शून्य हुन्छ ।

"मेरो हार्दिक अभिप्राय आस्था र विश्वासमा ठेस पुऱ्याउनु थिएन । यो त तुच्छ, बर्बर मूर्तिभञ्जकहरूको काम हो । मेरो आँखामा मेरो छवि यस्तो छैन ।" प्रशान्त सुनियोजित, शान्त र अविचलित मुस्कान ओठमा खेलाउँछ "म भन्न चाहन्थें आस्था एक अहम् हो, विश्वास एक अहम् हो । मानिसहरू आस्था र विश्वासको नाममा अहम्को पूजा गर्छन् । पूजनीय अहम्हरू ठेस लागेर ढल्दैनन्, दलेका अहम्हरू प्रार्थनीय हुँदैनन् ।"

"मेरो आस्था कुनै अहम्सहम् होइन ।", मार्था प्रतिकार गर्छिन् ।

"मान्छेका सम्पूर्ण क्रियाहरू, चेतनाहरू अहम्युक्त हुन्छन् भने आदिमाताको आस्था अमवादमा पर्न सक्तैन । अहम् होइन भन्नु पनि एक अहम्भाव हो ।"

"यसो भनेर तिमी आफ्नो प्रेमको बदला मात्र लिन सक्छौ, यसभन्दा बढी केही सिद्ध गर्न सक्तैनौ ।"

"आदिमाता, विश्वमानव समुदाय प्रेमको सपनामा अलमलिइरहेको छ, प्रेमको पीडामा अलमलिइरहेको छ, प्रेमको उपदेशमा अलमलिइरहेको छ । म यस अलमलबाट विश्वलाई छुटकारा दिलाउन चाहन्छु । यो बदला होइन । यहाँ प्रेम गर्छु भन्दैमा सबैले सबैलाई प्रेम गर्दैनन्, प्रेम गर भन्दैमा सबैले सबैलाई प्रेम गर्न सक्तैनन् । विश्वप्रेम असम्भव छ । म यो कुरा सिद्ध गर्न चाहन्नँ किनभने मानव इतिहासले सिद्ध गरिसकेको छ । विश्व अहम्मय छ, सदा अहम्मय रहनेछ । अब मानवजातिले अहम्मुक्तिको बाटो देखाउनेहरूको लहैलहैमा लाग्न छोड्नुपर्छ ।"

"ताकि सबै तिम्रो पछि लागून्, होइन ?", मार्था व्यङ्ग्य कस्छिन् । प्रशान्त सानो बालकझैं खिलखिलाएर हाँस्छ । भान्साखण्डमा मैचाङको अवस्था सुध्रन्छ ।

"आदिमाता, म दुनियाँ मेरो पछि होइन, आदिमाताको पछि लागोस् भन्ने चाहन्छु ।"

"किन चाहन्छौ, भन त ?"

"किनभने यही समयको माग हो । सर्वशक्तिमान् परमपिताहरूबाट मोहभङ्ग भएका प्राणीहरूलाई आदिमाताको आवश्यकता छ । यो मेरो अहम् कामना हो, प्रतिशोध भावना होइन ।"

"यसो भनेर तिमी दुनियाँको आँखामा छारो हाल्न सक्छौ, मलाई छल्न सक्तैनौ । तिमीले आदिमाता बनाएर मेरो इज्जत होइन, बेइज्जत गरेका छौ । म प्राणी मात्रका लागि परमावश्यक परमपूज्य आदिमाता भएकी भए मेरो बोली वचनको पनि केही मूल्य हुन्थ्यो होला, मैले त सिर्फ अनुरोध गरेकी थिएँ, प्रेममूर्तिलाई अहिले नै दीक्षा नदेऊ भनेर... ।"

"विश्व मानवताका लागि यस्तो अकल्याणकारी कर्म कसरी गरूँ ?"

"विश्वको चिन्ता नगर, छोरीको चिन्ता गर, प्रेममूर्तिको चिन्ता गर ।"

"आदिमाता, दीक्षा स्थगन न पुत्री जमुनाका लागि कल्याणकारी छ, न पुत्र प्रेममूर्तिका लागि कल्याणकारी छ । बस्तीमा अरू पनि असाध्य रोगीहरू छन् । कुनै एक रोगी पुत्र वा पुत्रीको चिन्ता गरेर आदिदीक्षा कार्य स्थगित गर्नु सम्भव हुँदैन ।"

"निष्फल प्रेमीले अरूको प्रेमलाई निष्फल नै देख्न चाहन्छ सत्य यही हो, अरू केही होइन ।", मार्था फेरि सन्किन्छिन् ।

"म के चाहन्छु भन्ने कुरा बुझ्न शताब्दियौं समय लाग्न सक्छ । म अनन्त प्रतीक्षा गर्न सक्छु ।" प्रशान्त पूर्ण संयमित पीडाको मुस्कान ओठमा खेलाउँछ "तर जहाँसम्म प्रेममा निष्फलताको कुरा छ, यदि यो सत्य हो भने, प्रेमको सफलताका सबै कथा मैथुनकथा हुन् ।"

प्रशान्त शान्त, संयमित र गम्भीर भई अन्तः कक्षबाट बाहिर निस्कन्छ ।

उसको ओठमा पीडा हुँदैन, न अनुहारमा कुनै विचलन हुन्छ । मार्थाको झगडालु मनमा मानौं वज्रपात पर्छ । तिनी छरपस्टिएका मनका टुक्राहरू सँगाल्ने प्रयास नगरीकन आँखा चिम्लिन्छिन् । आँसुका बाटा छेकिंदैनन् ।

३२

एकातिर प्रेममूर्तिको जन्मान्तरण-समारोहको भव्य तयारी, अर्कोतिर जमुनाको जसलाई उसले प्रेम गरेको थियो, मृत्यु प्रतीक्षा, बस्ती समयको साह्रै अप्ठेरो चपेटामा पर्छ । मानिसहरू न निर्धक्क हर्षित हुन्छन्, न व्यथित र शोकाकुल । सबै मानसिक धर्म सङ्कटमा फस्छन् । बस्तीका बालबालिकाहरू समेत लोकप्रिय प्रेमकथाको दुःखान्त बुझी विचारमग्न हुन बाध्य हुन्छन् । दिन बित्दै जान्छ, मानिसहरू झन्झन् बढी अप्ठेरो अनुभव गर्दै जान्छन् । समयको यो क्रुर परीक्षा कसैलाई पनि स्वीकार्य हुँदैन । जन्मान्तरण समारोहमा लागेको बस्ती उदास, झन्झन् उदास हुँदै जान्छ ।

सबैलाई प्रेममूर्तिको चिन्ता हुन्छ । आदिगुरूद्वारा जन्मान्तरण घोषणा भएपछि पनि सबै उसलाई महाप्रेमी नै मान्छन् । एक निःस्वार्थ, परमपवित्र र पीडित व्यथित प्रेमीको रूपमा स्वतःनिर्माण भएको उसको छवि यति विराट् र लोकप्रिय हुन्छ कि कोही पनि उसलाई महाज्ञानी भन्दैनन्, यद्यपि उसको आदिज्ञानप्राप्तिमा कसैलाई कत्ति पनि सन्देह हुँदैन ।

स्वयम् आदिगुरूद्वारा प्रेरणा प्राप्त गरी कसरी उसको महाप्रेम महाज्ञानको बाटोमा मोडियो र कसरी द्रुततर गतिमा प्रगति गऱ्यो भन्ने कथाको प्रसिद्धि दन्त्यकथाका राजकुमारहरूको शौर्यगाथाबराबर हुन्छ । बस्तीका वृद्धवृद्धाहरू बालबालिकाहरूलाई हर्क्युलिस वा भीमसेनको बहादुरीको कथा सुनाएझैं गरी, पञ्चतन्त्र वा इसपका कथा सुनाएझैं गरी प्रेममूर्तिका कथा सुनाउन थालिसकेका हुन्छन् । कति युवाहरू प्रेममूर्ति बन्ने सपना देख्छन् । युवतीहरू उसलाई सहानुभूतिको दृष्टिले हेर्छन् । जमुनाको ठाउँमा म भएको भए के हुन्थ्यो होला ? भन्ने सोची रोमाञ्चित हुन्छन् ।

बस्तीमा अतिथि सत्कारको चलन हुन्छ । अतिथिलाई पुत्रपुत्री सङ्घसहित सबै सङ्कायहरूले छुट्टाछुट्टै आमन्त्रित गरी स्वागत अभिनन्दन गर्ने, अतिथिको भविष्य योजना र प्रवचन श्रवण गर्ने परम्पराको थालनी महाज्ञानी कपिलको पालादेखिनै गरिएको हुन्छ । प्रेममूर्तिको स्वागतमा पहिलो समारोह आदिश्रम शालामा हुन्छ । अन्तिम स्वागत समारोहको योजना पुत्रपुत्री सङ्घले गर्छ ।

महाज्ञानी कपिलको पालामा भन्दा यसपालि यी स्वागत समारोहहरू, समयको विषमताले गर्दा बढी अर्थपूर्ण हुन्छन् । सबै प्रेममूर्तिलाई नजिकबाट हेर्न र उसको मानसिक अवस्था बुझ्न लालायित हुन्छन् । ऊ आँखामा उदास, चित्तमा स्थिर र ओठमा मृदु मुस्कानयुक्त देखिन्छ । बस्तीका बासिन्दाहरू उसको उदासीको पनि तारिफ गर्छन्, मुस्कानको पनि तारिफ गर्छन् ।

मार्था अन्तःकक्षमा बसीबसी सबै कुरा सुन्छिन् । प्रेमवश प्रशान्तले मेरो कुरा सुन्नेछ भन्ने एक सहज आशा जुन तिनको मनमा थियो, त्यसको कुनै नामनिसान बाँकी रहँदैन । तिनको मन शून्य हुन्छ । यस्तो उसले कहिले पनि गरेन, जति झैझगडा गरेपनि अन्तमा मेरो कुरा सुन्थ्यो, मेरो मान राख्थ्यो । तिनी चुपचाप सोच्न थाल्छिन्, "के यो उसको प्रेमको समाप्ति हो ? यस्तो असजिलो परिस्थितिमा कोही कसैलाई किन दुःख दिन्छ ?"

मार्था साह्रै अशान्त हुन्छिन् । तिनी पक्का विश्वास गर्छिन् यो एक सुनियोजित बदलाको कारबाही हो, यो षड्यन्त्रमा प्रेममूर्ति पनि सामेल छ, त्यसैले यहाँ आउन मान्दैन । तिनी प्रेममूर्तिले भर दिएर जमुनालाई त्यहाँ

ल्याएको घटना सम्झन्छिन्, बलिन्द्रधारा आँसु खसालेको घटना सम्झन्छिन्, अन्तिम इच्छा प्रकट गरेको घटना सम्झन्छिन् र यी सबै घटनाहरूसित उसले अप्रीतिकर उपस्थितिको बहानाबाजी गरेको कुरा गाँसेर असाध्य व्यथित हुन्छिन् । "लोग्नेमान्छेहरू भन्नासाथ प्रेम चाहन्छन्, नभए बदला चाहन्छन्... ।", तिनी एक निर्क्योलमा पुग्छिन् । उद्विग्न हुन्छिन् ।

सात-आठ दिन यसरी नै बित्छन् । मार्था अब सोचविचार गर्न छोड्छिन् । एक पुरानो भग्नावशेष वा खण्डहरूजस्तो भई तिनी झोक्राइरहन्छिन्, छोरीको अनुहार टुलुटुलु हेरिरहन्छिन् । तिनी छोरीलाई स्नेहपूर्वक मुसार्न छोड्छिन् । छोरीलाई घण्टौं कुराहरू सुनाउन पनि छोड्छिन् । तिनको ममतामयी हृदयमा भीषण खडेरी पर्छ । आस्था र विश्वासका जमिनहरू पटपटी फुट्छन् । यस आस्थाहीनताको, विश्वासहीनताको मरूप्रदेशमा झोक्राइरहँदा, टोलाइरहँदा कताकता एक अस्पष्ट आकृति देखिन्छ । आकृति चिनेचिनेजस्तो लाग्छ तर चिनिंदैन । मार्था त्यसलाई चिन्ने उत्सुकता पनि देखाउँदिनन् । तिनी पूर्णरूपले उदासीन भइबस्छिन् ।

समनामा आकृति चिनिन्छ । ऊ त्यही मसिहा हुन्छ, जसलाई तिनले पहिले पनि देखेकी थिइन् ।

मार्थाको हृदय वज्राघात परी भुइँभरि छरपस्टिएको हुन्छ । सुदूर क्षितिजबाट मसिहालाई आइरहेको देखी छरिएका हृदयमा टुक्राहरू पीडाले चुमचुमाउन थाल्छन् ।

"मसिहा हामीलाई अहङ्कारको वज्राघातबाट उद्धार गर्नुहोस्, आस्था हीनताको दलदलबाट मुक्त मार्नुहोस् ।", हृदयका टुक्राहरू आर्तपुकार गर्छन् ।

एउटा ठूलो भिडलाई कुशल नेतृत्व प्रदान गर्दै मसिहा नजिक आउँछ, भुइँमा घुँडा टेक्छ र हृदयका टुक्राहरू सँगालेर समालेर अञ्जुलिमा लिन्छ । अपार भिडमा सनसनीको तुफान चल्छ किनभने सबैलाई राम्ररी अनुमान हुन्छ अब मसिहाले हृदयका टुक्राहरू जोड्नुहुनेछ, सैतानविरूद्ध एक महान् चमत्कार हुनेछ ।

मसिहा आफ्नो अञ्जुलिमा तड्पिरहेका छटपटिरहेका हृदयका टुक्राहरूलाई करूणापूर्वक हेर्छ र हेर्दाहेर्दै ऊ क्रोधावेशले 'जेरूसेलम' तिर फर्केर गर्जिन्छ, "ए मुर्ख, अज्ञानी र पापी जेरूसेलमवासीहरू ! तिमीहरूले किन यति सुन्दर

कोमल हृदयमा अहङ्कारको वज्र प्रहार गर्‍यौ ? के तिमीहरूलाई थाहा छैन, हृदय प्रेमको सिंहासन हो, जहाँ परमपिता परमात्मा बस्नुहुन्छ ? तिमीहरूले सोच्यौ होला, हृदयलाई टुक्राटुक्रा पारेपछि आफसेआफ अहङ्कर युक्त सैतानराज कायम हुनेछ तर तिमीहरूको यो सपना किमार्थ पूरा हुने छैन । जति हृदयहरूमा वज्र हान प्रभुको सिंहासन, प्रभुको राज डगमगाउने छैन किनभने मसिहा जन्मिसकेको छ । मसिहाले प्रेममा विश्वास गर्नेहरूको हृदय जोड्नेछ, प्रेममा बाँच्नेहरूको हृदय जोड्नेछ ।"

मसिहा भिडतिर फर्किन्छ । गर्जना र ललकार शान्त हुन्छ । उसको मुखमण्डलमा महाअभय र महाकरूणाका आभा देखा पर्छन् । ऊ स्नेहपूर्वक सुमधुर, स्पष्ट र ओजस्वी वाणीमा सम्बोधन गर्छ, "हे परमपिता, परमात्माका सुयोग्य सन्ततिहरू नक्कली मसिहाहरूदेखि सावधान होऊ किनभने ती सैतानका दूत हुन सक्छन्, सैतानका दूतहरू फोहोर, अँध्यारो साँधुरा अहङ्कारका दलदलमा जन्मिन्छन्, लामखुट्टेहरूझैं प्रेमको रगत चुस्न, प्रभुका सन्तानहरूलाई रोगी र भोगी पार्न । प्रेमको रगतलाई दूषित हुनुबाट बचाइराख, सधैं पवित्रताको सरोवर बनिराख, स्वच्छता निर्मलताको झरना बनिराख, सैतानका दूतहरूले लामखुट्टेहरूले झैं फुल पार्न सक्नेछैनन् । हे प्रभुका सन्तानहरू ! तिमीहरू देखिरहेका छौ, मेरो अञ्जुलिमा हृदयका टुक्राहरू छन् र यी निश्चय पनि जोडिनेछन् । होसियार ! हृदय टुक्रिए पनि आस्था नटुक्रियोस्, विश्वास नभाँच्चियोस् । एक दिन परमपिताले आफैं वा पुत्र प्रतिनिधि पठाएर तिमीहरूको उद्धार गर्नुहुनेछ । आत्मादेखि नै प्रतीक्षा गर, निरास हुनुपर्नेछैन ।"

मसिहा मुसुक्क हाँस्छ । भिड चमत्कार हेर्न तयार हुन्छ । सबै सास रोकेर हृदय जोडिएको महान् घटना हेर्ने सौभाग्य प्राप्त गर्न उत्सुक हुन्छन् ।

मसिहा कुहिना नखुम्च्याईकन अञ्जुलि बाँधिएका हात सीधा अगाडि तेर्स्याउँछ र ओठमा केही बरबराउँछ । मानिसहरू त्यसलाई परमपिताको प्रार्थना गरिएको होला भनी अनुमान लाउँछन् । उत्सुकता चरमचुलीमा पुग्छ । ठीक यही बेला मसिहाले मानिसहरूको आशाविपरीत एक भयानक, बीभत्स अट्टहास गर्छ र हृदयका टुक्राहरूलाई जोडले आकाशमा हुत्याइदिन्छ । सबै आकाशमा हेर्छन् । हृदयका ती सानासाना टुक्राहरू एक सीमित उचाइसम्म

पुगेर भिडको बीचमा खस्छन् । मानिसहरू भयभीत भई यताउति भाग्छन् । भगुवाहरूले कुल्चेर हृदयका टुक्राहरू किचिमिची हुन्छन् । बिग्रन्छन् ।

मानिसहरू कुरा बुझ्छन् । सबै आक्रोशित हुन्छन् तर मसिहा त्यहाँबाट भागिसकेको हुन्छ ।

"धोकेबाज !", मार्था सपनामा चिच्याउँछिन् । ध्वाँक्क रून्छिन्, बिउँझन्छिन् ।

***

आदिगुरू, आदिमाता, डा. आनन्द, प्राचार्य, गोलघरको नाइके, विन्दु र मैचाङको उपस्थितिमा डा. कमला जमुनाको मृत्यु घोषणा गर्छे । मार्था छोरी मरेको कुरा सुनेर रोइकराइ गर्दिनन्, एक सघन तनाव र शून्यता अनुभव गर्छिन् । मैचाङ सबैको अगाडि डाँको छोडेर रून्छे । विन्दु पनि कुइँकुइँ गरी रूँदै जमुनाको ओछ्यानवरिपरि घुम्न थाल्छे । गोलघरको नाइके एकछिन चर्को, खस्रो पाराले रून्छ अनि शान्त हुन्छ । आदिगुरू प्रशान्त शान्त, उदास र विचारमग्न हुन्छ । आँसुले डबडबाएका चिन्तित आँखा उचालेर मार्थालाई हेर्छ तर बोल्न सक्तैन ।

शोकको पहिलो चरण सकिएपछि आदिगुरू र आदिमाताबाहेक सबै कोठाबाट बाहिर निस्कन्छन् । सबै सङ्घायहरूमा शोक समाचार पुग्छ । बस्ती शोकमा डुब्छ । एक-एक गरी बस्तीवालाहरू आदिमन्दिरमा भेला हुन पुग्छन् ।

"प्रशान्त मेरो एउटा अनुरोध छ... ।", लामो तनावयुक्त मौनतापछि मार्था पहिलोपल्ट शब्दोच्चारण गर्छिन् । तिनको स्वर तनावयुक्त नै हुन्छ ।

"आदिमाता, आज्ञा होस् ।", ऊ सतर्क हुन्छ ।

"मेरो अनुरोध छ, छोरीलाई मन्दिरपछाडिको फूलबारीमा समाधिस्थ गरियोस्, के मेरो इच्छा पूरा हुन सक्छ ?" तिनी अपरिचित आरोपरहित दृष्टिले हेर्छिन् तर स्वरमा तनाववृद्धि हुन्छ ।

"पुत्री जमुनाको अन्त्येष्टि आदिमाताको इच्छाअनुसार हुनेछ ।" ऊ पहिलेझैं सतर्क र विनयशील हुन्छ । "धन्यवाद, धेरैधेरै धन्यवाद !" तिनको दृष्टि तीक्ष्ण र बोली कृत्रिम हुन्छ । प्रशान्त बुझ्छ, यो निहुँखोजाइ हो ।

ऊ कुरा नबढाईकन चुपचाप बाहिर निस्कन्छ । भान्साखण्डमा मैचाङ रोएको आवाज सुनिन्छ ।

घण्टाभरमा जमुनाको पार्थिव शरीरलाई आदिमन्दिरको विशाल कक्षमा ल्याई राखिन्छ । क्रमिकरूपले सबै श्रद्धाञ्जलि चढाउँदै जान्छन् । जमुनाका ईर्ष्यालु साथीहरू डाँको छोडेर रून्छन् र मन हलुङ्गो भएपछि पार्थिव शरीरलाई सकेसम्म राम्ररी श्रद्धा सुमनहरूले सजाउँछन् । यहाँ प्रेममूर्तिको अनुपस्थिति सबैलाई खड्किन्छ ।

यसबीच आदिगुरू सङ्घाय प्रमुखहरू र पुत्रपुत्री सङ्घका पदाधिकारीहरूसित मन्दिरको प्राङ्गणमा उभिएर विचारविमर्श गर्छ । ऊ आदिमाताको इसाई पृष्ठभूमिमा आधारित इच्छाबारे सबैलाई अवगत गराउँछ । सबै पुत्रहरू धर्मबमोजिम मृत्युसंस्कार गर्न नहुने राय व्यक्त गर्छन् । आदिगुरू धार्मिक संस्कारबिना शवलाई आदिमाताले इच्छा गरेको ठाउँमा गाड्ने भनी सबैलाई आश्वस्त पार्छ ।

गोलघरको नाइकेलाई शव पेटिका बनाई ल्याउने जिम्मा दिइन्छ । ऊ सिकर्मी कार्यदक्ष केही व्यक्तिहरू छनोट गरी गोलघरतिर लाग्छ । यसपछि स्वयम् आदिगुरू अन्य पुत्रहरूलाई लिई आदिमन्दिरपछाडिको फूलबारीमा जान्छ । समाधिका लागि उपयुक्त स्थान चयन गर्छ ।

मार्था झ्यालबाट सबै कुरा देख्छिन् । जमिनको नाप लिई चार कुनामा लट्ठी गाडिन्छ, डोरी तानिन्छ र खाल्टो खन्ने काम शुरू गरिन्छ । आदिगुरूले नै पहिलो कोदाली चलाउँछ । डा. आनन्द अर्कोपट्टिबाट खन्न थाल्छ । अरू पालो पर्खेर बस्छन् ।

आदिगुरू तनमनले कोदाली चलाउँदै जान्छ, पसिनाले निथ्रुक्क हुँदै जान्छ तर उसको स्फूर्ति घट्दैन । पुत्रहरू ऊसित पालो माग्छन्, थकाइ मेट्न अनुरोध गर्छन् । आदिगुरू कुरा नसुनीकन काम गरिरहन्छ । मैचाङ पनि रून छोडेर झ्यालबाट हेर्न थाल्छे ।

झन्डै डेढ फिट गहिरो खाल्टो खनेपछि आदिगुरू प्राचार्यलाई पालो दिन्छ । डा. आनन्द पनि अर्को व्यक्तिलाई पालो दिंदै खाल्टोबाट बाहिर निस्कन्छ ।

"जमिन सारो छ, चट्टानजस्तो ।", डाक्टर थकाइले चुर हुन्छ ।

"अझै पाँच फिट गहिरो खन्नु आवश्यक छ ।", आदिगुरू पसिना पुछ्दै थकाइ अनुभव गर्छ, "यो चट्टानी भू-भाग हो, त्यसैले जति गहिरो खन्दै गयो, त्यति नै गाह्रो पर्दै जान्छ ।"

मौसम अफसोसजनक हुँदैन । घाम मध्याह्नतिर लम्किरहेको हुन्छ । हावा सिरसिर चलिरहेको हुन्छ । फूलबारीका फूलपातहरू मज्जाले झुमिरहेका हुन्छन् । चराहरू खेलिरहेका हुन्छन् । वातावण काव्यमय हुन्छ शोक, उदासी र विरहदेखि बेखबर ।

"आदिगुरू, जमुनालाई हामीले बचाउन सकेनौं । यस मामलामा डाक्टरी विज्ञान नराम्ररी पराजित भएको छ । आदिमातासामु हामी लज्जित छौं... ।"

थकाइ मेटिएपछि डा. आनन्द पीडाभिव्यक्त गर्छ । मार्थाका कान ठाडा हुन्छन् ।

"पुत्री जमुनाको समस्या डाक्टरी विज्ञानभन्दा परको समस्या थियो, यसको कुनै उपचारविधि ज्ञात छैन ।" आदिगुरू चिन्तनशील देखिन्छ, "मलाई लाग्छ, म पुत्रीको समस्या जान्दछु । यो एक सङ्कटग्रस्त प्रेम र घृणाको कथा थियो कथान्त यही रूपमा दुःखान्त हुने अनुमान गरिएको थियो... ।"

"आदिगुरू, हजुरको आशय... प्रेममूर्ति र जमुना... ?"

"हो, म यिनीहरूको सुप्रसिद्ध कथा भन्दै छु, प्रेम र घृणाको कथा जुन सबैलाई थाहा छ तर कथामा पुत्री जमुनाको यथार्थता कसैले पनि बुझ्न सकेनन् । उसले घृणा व्यक्त गरेको सबैले थाहा पाए तर घृणामुक्त भएको कुरा कसैले पनि थाहा पाएनन् । प्रेमको महानता, पवित्रता र आवश्यकता बोध भएपछि पुत्री जमुनाको त्यो अहङ्कार, जसले घृणा अभिव्यक्त गर्थ्यो समाप्त भयो । प्रेममूर्तिलाई थुक्दाथुक्दै उसले प्रेमको मूल्य बोध गरी, प्रेममूर्तिलाई देख्दा पुत्रीको अनुहारमा अङ्कित भएका भावुकताहरूलाई मैले निरीक्षण गरेको छु । घृणा समाप्त भयो तर यसको ठाउँमा प्रेम अङ्कुरित हुन सकेन । प्रेममूर्तिलाई प्रेम गर्न सकिन । पुत्रीको अहम्ले प्रेमको महान् अर्थ बोध गऱ्यो तर प्रेमीको अस्तित्वलाई उसको यथार्थ स्वरूपमा ग्रहण गर्न सकेन । आखिर पुत्रीको सङ्कटग्रस्त अहम्ले जीवनलाई विसर्जन गर्न रूचायो । मलाई अफसोस छ, मैले पुत्रीको अहम्लाई सङ्कटमुक्त पार्न सकिनँ । ...यो विशिष्ट अहम्को निर्णयात्मक व्यवहार बुझ्न मलाई समय लाग्यो । पुत्रीले

मलाई महान् पाठ सिकाएर गई... । अबदेखि सङ्कटग्रस्त अहम्का उपचार डाक्टरहरूले होइन, गुरूहरूले गर्नेछन् र अहम्को आघातलाई मनको आघात भनी भ्रमित हुने छैनन् ।" मार्था कुरा सुन्छिन् तर सायदै बुझ्छिन् । रित्तिएको मनस्थिति बोकेर तिनी कुर्सीमा जाम पर्छिन् ।

मध्याह्न हुन्छ । आदिगुरू अन्तःकक्षमा प्रवेश गर्छ ।

"आदिमाता पुत्रीलाई अन्तिम बिदा दिने समय भयो... ।", ऊ आदिमातालाई प्रेमपूर्वक हात समातेर उठाउँछ । मार्था उठ्छिन् र उसको छातीमा मुख जोतेर जोडजोडले रून थाल्छिन् । तिनको हृदयविदारक रूवाइले प्रशान्तलाई पनि रूवाउँछ । मैचाङलाई पनि रूवाउँछ ।

"प्रशान्त ! मेरी छोरी फिर्ता ल्याइदेऊ, म बाँच्न सक्तिनँ ।", मार्था भक्कानो छोडेर रून्छिन् । रूवाइको बाढी केही मत्थर भएपछि प्रशान्त तिनलाई समाधिस्थलमा लैजान्छ, हातले सहारा दिंदै ।

३३

जमुनाको समाधि साधारण, कच्ची, पत्थरहरू जोडी इसाई शैलीमा साढे एक फिटजति अग्ल्याएको हुन्छ तर त्यहाँ क्रसको चिह्न हुँदैन । जमुनाको नाम, जन्म र मृत्यु पनि त्यहाँ उल्लेख गरिंदैन । त्यो एक अज्ञात वा अनाम व्यक्तिको चिहानजस्तो प्रतीत हुन्छ । मैचाङ बस्तीका सबैजसो बगैंचाबाट राम्राराम्रा फूलका बिरूवाहरू ल्याई समाधिवरपर रोप्छे । दिनरात बिरूवाहरूको हेरविचारमा आफूलाई व्यस्त पार्छे । मार्था पनि सम्पूर्ण समय समाधिस्थलमा बसेर बिताउँछिन् । तिनी साह्रै नै रित्तो र एक्लो अनुभव गरी बस्छिन् । मैचाङको काम अरूचिपूर्वक हेरिरहन्छिन् । प्रशान्त आउँछ, बोल्न मन लाग्दैन । अतिथि प्रेमबारे सोच्न मन लाग्दैन । ऊ श्रद्धाञ्जलि चढाउनसमेत आएन भन्ने कुरा सोच्यो कि तिनको मन चुँडिएजस्तो हुन्छ । असह्य भई पीडा पराकाष्ठामा पुग्छ ।

"आदिमाता, प्रेममूर्तिको ध्यान भङ्ग गरिदिनुभएछ आदिगुरूले... ।" जमुना मरेपछिको तेस्रो रात मैचाङ डराईडराई कुरा सुनाउँछे ।

"के ध्यान... ?", नचाहँदानचाहँदै पनि तिनको ध्यान आकृष्ट हुन्छ । तिनी वाल्ल पर्छिन्, "जमुनाले प्राण त्याग गरेको खबर सुनेपछि ऊ आदि

आरोग्यशालाबाट, त्यस बेला ऊ रोगीहरूसित वार्तालाप गरिरहेको थियो अरे, आफ्नो आवासगृहमा गएछ अनि पलेंटी कसेर, आँखा चिम्लेर बसेछ, तीन दिनसम्म । ...अघि भर्खरै आदिगुरूले होसमा फर्काइदिनुभएछ, बिचरा... !"

मार्था कुनै प्रतिक्रिया जनाउँदिनन् । रातभर छटपटिइरहन्छिन् । बिहान उठ्नेबित्तिकै समाधिस्थलमा जान्छिन् ।

घाम भर्खरभर्खरै लागेको हुन्छ । मैचाङ समाधिनेर इजेल, क्यानभास र कुर्सी मिलाइरहेकी हुन्छे । मार्था वाल्ल पर्छिन् ।

"के... ?", मार्था शब्दले भन्दा आँखाले बढी सोध्छिन् । मैचाङ डरले कालोनीलो हुन्छे, समाधिपट्टि फर्किन्छे अनि बलजफ्ती बोल्छे, "प्रेममूर्तिको चित्र बनाउनुहुन्छ कि भनेर आदिमाता, भोलि ऊ बस्ती छोडेर जानेछ, फेरि कहिले पनि फर्केर आउने छैन... ।"

मैचाङ बोलिसकेपछि डरले मरेतुल्य हुन्छे । फर्केर आदिमातासित आँखा जुधाउनु त के, अलिकति चल्ने साहस पनि ऊ गुमाउँछे । उसको काँतर, दयनीय दृष्टि समाधिमा नै टाँसिन्छ ।

"जमुना, लौन... ।" मनमनै ऊ एक असम्भव सहयोगको भिक्षा पनि माग्छे ।

मार्था केही नबोलीकन अन्तः कक्षमा फर्केर जान्छिन् । दिनभर भित्तापट्टि फर्केर सुतिरहन्छिन् ।

भोलिपल्ट बिहान सबेरै तिनी बिउँझन्छिन् । मैचाङ डराईडराई कोठामा पस्छे । "आदिमाता आदिगुरूले प्रवचन समारोहमा आमन्त्रण गर्नुभएको छ, अहिले ...हजुरलाई दर्शन दिन... ।" मैचाङ कठिनतापूर्वक कर्तव्यपालन गर्छे । मार्था मुख छोपेर सुतिदिन्छिन् ।

बिहान ठीक नौ बजे आदिगुरू अन्तःकक्षमा आउँछ ।

"आदिमाता, आज अपराह्न एक बजे पुत्र प्रेममूर्तिको जन्मान्तरण समारोह हुँदै छ । पुत्रलाई शुभाशीर्वाद प्रदान गर्न उपस्थित भइदिनुहोला । म पुनःस्मरण गराउँदै हार्दिक अनुरोध प्रार्थना गर्न उपस्थित भएको हुँ ।"

मार्था कुनै जबाफ दिन्न । प्रशान्त आस मात्र गरेर फर्किन्छ । यसपछि दश बज्छ, एघार बज्छ, बाह्र बज्छ । साढे बाह्र बज्छ । मार्था ओछ्यानबाट बाहिर निस्कने कुनै सुरसार गर्दिन । मैचाङ आत्तिएर फत्र्याकफत्र्याक पर्छे ।

"म जान्नँ, गए हुन्छ ।" मार्था आँखा चिम्लेर निदाएझैं गर्छिन् । मैचाङ साँकसुँक गर्दै बाहिर निस्कन्छे ।

एक बज्छ । दुई बज्छ । तीन बज्छ ।

मार्था नराम्ररी छटपटिन्छिन् । जुरुक्क उठेर ओछ्यानमा बस्छिन् । सिरानीपट्टिको झ्याल आधाजति खोलिएको हुन्छ । तिनी समाधिस्थलमा आँखा पुऱ्याउँछिन् र झसङ्ग झस्किन्छिन् । प्रेममूर्ति समाधिस्थलमा घुँडा टेकेर, आँखा चिम्लेर, टाउको झुकाएर बसिरहेको हुन्छ ।

मार्था ओछ्यानबाट तल हामफालेर झ्यालमा उभिन्छिन् । धेरैबेरपछि तिनी आफ्नो मुटुको ढुकढुकी अनुभव गर्छिन् । तिनको धैर्यले ठाउँ छोड्छ । केही नलागेपछि तिनी झ्यालबाट हटेर दगुर्दै अन्तःकक्षबाट बाहिर निस्कन्छिन् । उत्तेजनाले कामेका खुट्टा मुस्किलले नियन्त्रित गर्दै समाधिस्थलमा पुग्छिन् । प्रेममूर्तिले तिनी आएको चाल पाउँदैन ।

"प्रेम... !" मार्था उसको टाउकोमा हात राख्छिन्, सुस्तरी बस्छिन् । प्रेममूर्ति आँखा खोल्छ, टाउको घुमाएर हेर्छ । उसका ओठहरू फरफराउँछन्, आँखाहरू रसाउँछन् । ऊ अकस्मात् मार्थाको काखमा मुख लुकाएर रून थाल्छ । ऊ चर्को रूँदैन, गहिरो रून्छ ।

"छोरा... आदिमातालाई क्षमा गर, क्षमा गर... म तिम्रो आदिमाता बन्न लायक छैन... !", मार्था भावविह्वल हुन्छिन् ।

"आदिमाता, कृपया यस्तो नभन्नोस् । म अभागी पुत्रलाई आशीर्वाद दिनोस्... ।" उसको रोदनको उचाइ घट्छ तर गहिराइ घट्दैन ।

"छोरा, मलाई थाहा छैन, जीवनको प्रमुख सत्य कुन हो, जमुनालाई गरेको महाप्रेम वा आर्जन गरेको महाज्ञान, परमसत्य जे भए पनि म हृदयदेखि नै आशीर्वाद दिन्छु ।", मार्था उसको टाउको मुसार्छिन्, भावपूर्वक समाधिमा हेर्छिन् । दिग्विजयको आत्म सन्तोष अनुभव गर्छिन् ।

केही समयपछि प्रेममूर्ति रून बन्द गर्छ । ऊ स्थिर, शान्त, संयमित भई उठ्छ । आदिमातालाई झुकेर अन्तिम प्रणाम गर्छ र लमकलमक लम्केर त्यहाँबाट प्रस्थान गर्छ ।

३४

ऋतु परिवर्तन हुन्छ । हिउँदका सबै अवशेषहरू समाप्त हुन्छन् । घाम चर्किंदै जान्छ, बतास न्यायो हुँदै जान्छ । पतझडपछि उराठलाग्दा देखिने वरिपरिका पहाडहरू हरिया हुँदै जान्छन् । माछापुच्छ्रे र अन्नपूर्णका तलतल जमेका हिउँहरू पग्लिँदै जान थाल्छन् । बस्तीका रूखहरूमा नयाँ पालुवा लाग्छन् । रूखहरू पात फेर्ने क्रियामा जुट्छन् । फूलबारीहरूमा नयाँनयाँ चराहरू आउन थाल्छन् । वसन्त निमन्त्रणको यो पूर्वबेला कहिलेकाहीं समयमा बदली हुने, पानी पर्ने र जाडो फर्केको आभास दिने वातावरणीय क्रियाहरू पनि जारी हुन्छन् । मनको ऋतु पनि परिवर्तन हुन्छ । आस्थाको दियो फेरि बलेपछि मार्था दिनदिनभर विचारमग्न हुन्छिन् । के दियो त्यो षड्यन्त्रमा परी निभेको हो ? तर प्रेममूर्तिको षड्यन्त्रमा कुनै हात हुन सक्तैन, ऊ त प्रेमको ध्रुवतारा हो, तब दियो निभ्यो किन ? तिनी प्रशान्तको प्रतिशोध उत्तरदायी भएको टुङ्गोमा पुग्छिन् तर आफ्नो कमजोरीलाई पनि माफ गर्दिनन्, "यदि म कमजोर नभएकी भए दियो निभ्ने थिएन, उल्टै उसको प्रतिशोधी भावनाले हार खान्थ्यो र क्षमाप्रार्थना गर्न थाल्थ्यो । मैले भूल गरे । प्रेमको आस्था यति कमजोर भएपछि अहङ्कारको रजाइँ नभएर केको रजाइँ हुन्छ ?", मार्था आफैंप्रति धिक्कार अनुभव गर्छिन् । शोकमय दिवसहरू यस्तै आत्म स्वीकार र आत्म विचार गर्दागर्दै बित्छन् । उदासी हट्दै जान्छ । पूरा पन्ध्र दिन तिनी यसरी नै बिताउँछिन् । अब जमुनाको समाधि तिनको दृष्टिमा आस्थाको मन्दिर बनिदिन्छ । समाधिस्थलमा मैचाङले रोपेको फूलका बिरूवाहरू तिनलाई साह्रै राम्रा र सजीव लाग्न थाल्छन् । मुखले केही भन्दिनन् तर मनले मैचाङको बेसरी नै तारिफ गर्छिन् ।

बस्तीवालाहरू शोकसन्तप्त आदिमातालाई देख्दैनन् । आआफ्नै पारामा कल्पनाका घोडाहरू दगुराइरहन्छन् । आदिमाताको पीडा र व्यथा अनुभव गरी आँसु झार्नेहरूको सङ्ख्या थुप्रै हुन्छ । पुत्रपुत्री सङ्घमा आदिमाताका सबै व्यवहारहरूको गहन, दूरवीक्षण अध्ययन हुन थाल्छ । स्वयम् आदिमाताको मुखारविन्दबाट सुनिएको अमर प्रेमको कथा अध्ययनको मूल आधार हुन्छ ।

यस मूल कथाको भर्खरै अन्त्य भएको प्रेमको उपकथासित नाता के छ ? यो प्रश्नबाट असमाप्त मोडहरू देखा पर्छन् । अध्ययन जारी हुन्छ ।

मार्था सामान्य दिनचर्या शुरू गर्न तयार हुन्छिन् । धेरै दिनपछि राति चाँडो निदाउँछिन्, बिहान सबेरै बिउँझन्छिन् । इजेल बोकेर लगी समाधिस्थलमा ठड्याउँछिन् । त्यसमाथि खाली क्यानभास राख्छिन् र मुसुक्क हाँस्दै समाधिलाई हेर्छिन् मानौं त्यो चिहान नभएर जिउँदीजाग्दी जमुना नै हो ।

"के गर्न लाग्नुभएको आदिमाता ?", मैचाङ छक्क पर्दै आउँछे ।

"एउटा चित्र बनाउनु छ, जाऊ कुर्सी लिएर आऊ ।", मार्था अनुहार नघुमाईकन जबाफ दिन्छिन्, "रङहरू पनि लिई आउनू ।"

मैचाङ जान्छे । भनेका सामानहरू लिई आउँछे ।

"के चित्र बनाउनुहुन्छ... ?", मैचाङलाई खसखस लाग्छ ।

"प्रेममूर्तिको... ।", मार्था कुर्सीमा बस्छिन्, मुसुक्क हाँस्छिन् "पहिले नै बनाउनुपर्ने... ।"

"कसरी बनाउनुहुन्छ, ऊ त छैन ?"

"केही फरक पर्दैन, बरू एक मग... ।"

"अहिले ल्याइहाल्छु ।" मैचाङ पूरा कुरा नसुनीकनै हतारहतार जान्छे । मार्था घोरिएर प्रेममूर्तिलाई स्मरण गर्छिन् । स्मृतिमा ऊ सजीव एवम् उदास देखा पर्छ ।

सूर्य उदाउँछ । कलिलो घाममा समाधिका पत्थरहरू चम्किन्छन् । एउटा तीखो, पातलो सिसाकलम हातमा लिएर मार्था प्रेममूर्तिको रेखाचित्र कोर्न शुरू गर्छिन् । उसको उदास अनुहारका एक एक रेखाहरू तिनी सम्झँदै जान्छिन्, क्यानभासमा उतार्दै जान्छिन् । प्रारम्भमा तिनको हात काम्छ, सायद चित्र कोर्ने बानी छुटेकाले तर सावधानीपूर्वक केही धर्साहरू तानेपछि यो समस्या आफैं समाधान हुन्छ । हातको स्थिरता, चित्र कोर्ने अभ्यस्तता, ध्यान, कौशल आदि गुणहरू खास समय नलिईकन फर्की आउँछन् । मैचाङले दूध तताएर ल्याउन्जेलसम्म चित्रको पहिलो प्रारूप बनाउने काम धेरै अगाडि बढिसकेको हुन्छ ।

मार्था ताजा दूध पिउँछिन्, मैचाङ क्यानभासमा हेर्छिन् । हेर्दाहेर्दै आँखा सजल हुन्छन् ।

"के भयो... ?", मार्था सोध्छिन् ।

"हँ... होइन... ।", मैचाङ समालिन्छे । मार्था बुझ्छिन् त्यसले पीडाको सम्बन्ध अनुभव गरी ।

"म उसको अनुपस्थितिमा पोर्ट्रेट (व्यक्तिचित्र) बनाउँदै छु, यो कस्तो हुनेछ भन्न सक्तिनँ । यो मेरो जीवनको पहिलो अनुभव हो तर म खुशी छु, रोमाञ्च अनुभव गरिरहेकी छु ।" साँच्चै नै नयाँ स्फूर्ति उत्साह र उमङ्ग प्रदर्शित गर्दै मार्था क्यानभासमा व्यस्त हुन्छिन् ।

"हजुरले महाज्ञानी कपिलको चित्र ऊ यहाँ हुँदै बनाउनुभएको थियो, प्रेमको मात्र बनाउनुभएन, सायद दुःख मान्यो होला ।"

"पुत्री माता मरियमको अज्ञानतामा उसको छोरा यिसुले दुःख मनाउन सक्दैन । एकैपल्ट ऊ मेरो छोरा पनि हो, उद्धारक पनि हो ।"

"ऊ यहाँ हुँदै किन हजुरले... मैले त... ।", मैचाङ सङ्कोच मान्छे ।

"त्यस बेला मेरो मन बिग्रेको थियो, पापिनी आमाले झैं सोचें मैले, छोरीको शोकले गर्दा ...आखिर उसले नै अँध्यारोमा बाटो देखाइदियो ।"

"आदिगुरू कति खुशी हुनुहोला... ।"

"म यो चित्र आदिगुरूको खुशीका लागि होइन, आफ्नै खुशीका लागि बनाउँदै छु ।", मार्था कुरा काटेर बोल्छिन् ।

"के फरक पर्छ र आदिगुरू भने पनि आदिमाता भने पनि ।", मैचाङ खूब समालिने प्रयास गर्छे तर पनि खितिति हाँसो फुस्किहाल्छ । मार्था रिसाएर फरक्क फर्कन्छिन् । मैचाङ खाली प्याला हल्लाउँदै भाग्छे ।

यस कुराले मार्थाको काममा बाधा पार्छ । एकाग्रता भङ्ग हुन्छ । धेरै समयसम्म तिनी मुख फुलाएर बसिरहन्छिन् । महिनादिनभन्दा बढी समयपछि मैचाङले दिल्लगी गर्ने पहिलो अवसर भेटेकी हुन्छे मार्थाको ध्यान यस कुरामा जाँदैन । तिनी असहिष्णु र उन्मादग्रस्त हुन्छिन् ।

प्रशान्त अन्तःकक्षको पछाडीको ढोकाबाट फूलबारीमा निस्कन्छ । उसलाई देखी मार्था मुख फर्काउँछिन् ।

"आदिमाता हार्दिक प्रणाम !" ऊ नजिक आई साबिकबमोजिम अभिवादन गर्छ । स्वरमा प्रसन्नता र ताजगी हुन्छ । मार्था उसलाई नहेरीकन क्यानभासमा सिसाकलम चलाउन थाल्छिन् ।

"आदिमाता पुनः रचनात्मक कार्यमा लाग्न थाल्नुभयो, यो हाम्रो अहोभाग्य हो... ।"

मार्था केही बोल्दिनन् मौन उपेक्षा गरिरहन्छिन् ।

"सायद पुत्र प्रेमको चित्र बनाउँदै हुनुहुन्छ... ।", प्रशान्त कुरा अघि बढाउन प्रयत्नशील हुन्छ ।

"के चासो तिमीलाई जसको चित्र बनाए पनि ।", मार्था उन्माद समालेर राख्न सक्तिनन्, रूखो भई जबाफ दिन्छिन् । प्रशान्त आनन्दपूर्वक हाँस्छ ।

"आदिमाता म अनुरोध गर्छु कृपया मेरा लागि पुत्री जमुनाको चित्र बनाइदिनुहोला ।"

"मर्नुभन्दा पहिले स्मृतिस्वरूप त्यसको फोटो खिचिराखे हुने थिएन... ?"

मार्था चर्किएर बोल्छिन् । भान्साखण्डको झ्यालको कुनाबाट चिहाइरहेकी मैचाङ कालोनीलो हुन्छे । प्रशान्त स्तब्ध हुन्छ ।

"आदिमाता, यस बस्तीमा हर्ष वा विस्मात अभिव्यक्त गर्न बारूद पड्काउने चलन छैन । हामी यस सभ्यता र संस्कृतिको विरोध गर्छौं ।"

"हो हो सबै कुरा थाहा छ मलाई ...तिमी जान सक्छौ, मेरो काम छ ।"

मार्था झन् कठोर र रूखो हुन्छिन् । प्रशान्त मर्माहत हुन्छ, जान्छ ।

मार्था धेरै समयसम्म उसको उपस्थिति अनुभव गर्छिन् । ठीक ठाउँमा चोट पार्न सकेको हुँदा तिनको आत्माभिमान साह्रै सन्तुष्ट हुन्छ । मनमा शान्ति महाशान्तिको नशा चढ्छ । त्यही नशाको सुरमा तिनी हात चलाउँदै जान्छिन् । आधा दिनमा चित्र तयार हुन्छ ।

राति चाँडो निद्रा पर्छ । सपनामा तिनी धोकेबाज मसिहालाई लघारिरहेकी हुन्छिन् ।

३५

रातभर स्याल कराउँछन् । आदिगुरूको प्राङ्गणमा निदाइरहेकी विन्दु घरीघरी बिउँझन्छे । स्यालहरूको हुइयाँ हुइयाँले गर्दा ऊ साह्रै दिक्क

हुन्छे, बेला बेलामा रिसाएर टाउको उठाउँछे तर अधिकांश समय अघिल्ला खुट्टाहरूबीच टाउको घुसारेर निदाउने प्रयास नै गर्छे । टाढा गाउँघरमा जाँगरिला कुकुरहरू भुक्छन्, स्यालहरूलाई चुनौती दिँदै । विन्दुको निद्रा झन्सारो खलबलिन्छ । झर्को मानेर विन्दु जुरूक्क उठ्छे तर भुक्तिन । स्यालहरूको यो असमाप्त हल्ला र कोलाहल सुनी, जुन बस्तीभन्दा केही पर फेवातालको मुहानतिरबाट आइरहेको हुन्छ, विन्दु केही उदेक मान्छे, केही सोच्छे । असाधारणताको कुनै अर्थ खुल्दैन ।

रातको अन्तिम प्रहर समाप्त हुन्छ । स्यालहरू टाढाको खोचमा कराइरहन्छन् । गाउँमा कुकुरहरू भुकिरहन्छन् । आदिगुरू उठेको चाल पाएपछि विन्दु त्यहाँबाट चुपचाप हिंड्छे । विशाल मैदान छिचोलेर आवासगृहहरू र गोलघर हुँदै ऊ बस्तीबाट बाहिर निस्कन्छे, स्यालहरू कराइरहेको खोचतिर दगुर्छे । बस्तीबाट जति पर र जति तल झर्दै जान्छे, उसको उत्सुकता पनि बढ्दै जान्छ । स्यालहरूको रहस्यमय आवाज पनि चर्को, झन्झन् चर्को हुँदै जान्छ ।

फेवातालको सिरानमा ऊ पुग्छे । खूब थाक्छे । खोच अलिकति पर हुन्छ । विन्दु त्यहीं बसेर सतर्कतापूर्वक खोचमा दृष्टि दिन्छे तर त्यहाँ भइरहेका गतिविधिहरू देख्न सक्तिन । सायद बूढी भएकीले होला, उसलाई डर पनि लाग्छ । स्यालहरूको फौजलाई ललकार्ने दुस्साहस ऊ गर्दिन । विचारपूर्वक विन्दु उज्यालो बिहानीको प्रतीक्षा गर्छे ।

झिसमिसझिसमिस मिरमिरमिरमिर बिहान हुन्छ । स्यालहरूको आवाज हराउँदै जान्छ, बदलामा कागहरू कराएको सुनिन्छ । विन्दु अब आँटिली हुन्छे । खेतबाट बिस्तारै खोचतिर बढ्दै जान्छे । यो देखी छेउछाउका डाङ्ग्रेहरू खूब हल्ला मच्चाउन थाल्छन्, जसले गर्दा फेवाकिनारमा झोक्राइरहेका बकुल्लाहरू नराम्ररी तर्सिन्छन् ।

दक्षिणपट्टिको पहाडको फेद अलिकति खोच परेको हुन्छ । पहाड हरिलो भरिलो हुन्छ । कुनै झरना वा खहरेको चिह्न नदेखिएर पनि कताकता माथिबाट पानी बगेर खोचमा कलकलाइरहेको हुन्छ । विन्दु खोचमा पुग्छे र एउटा ठूलो ढुङ्गामाथि चढेर यताउति आँखा डुलाउँछे ।त्यहाँ केही पनि नदेख्दा उसको मनको कौतूहल र उत्तेजना ठन्डा हुन्छ । निरास भई

विन्दु जोडले भुक्छे । छेउको बडेमानको ढुङ्गापछाडिबाट कागहरू कराउँदै उड्छन् । पछिपछि काग-डाङ्ग्रेहरू भाग्छन् ।

विन्दु तुरून्त कुरा बुझ्छे, बेसरी उत्तेजित हुन्छे, फेरि एकचोटि जोडले भुक्छे र भएभरको बल, स्फूर्ति लाएर बडेमानको ढुङ्गामा हामफाल्छे । बडेमानको ढुङ्गामाथिबाट विन्दुले जुन अनपेक्षित कुरा देख्छे त्यसले उसको सास भित्रको भित्रै बाहिरको बाहिरै हुन्छ । ऊ स्तब्ध भई ढुङ्गामा थुचुक्क बस्छे ।

त्यहाँ दृश्य यस्तो हुन्छ, एउटी सानी, दुब्ली, पातली गाई तड्पिएर जीवनको अन्तिम सास गनिरहेकी हुन्छे, बाछो जन्माएपछि । नवजात बाछो दूध पिउने असफल सङ्घर्ष गरिरहेको हुन्छ । प्रसवका चिह्नहरू यताउति छरिएका हुन्छन् ।

विन्दु ढुङ्गामा बसेरै स्थिति सिंहावलोकन गर्छे । स्यालहरूको कोलाहलबाट शुरू भएको रहस्य अब रहस्य नभएर एक गम्भीर समस्या बन्छ । विन्दु ढुङ्गाबाट झरेर गाईको छेउमा पुग्छे । चारैतिर घुम्छे । गाईका आँखा शून्यमा टोलाएका हुन्छन् र त्यसबाट बलिन्द्रधारा आँसु बगिरहेका हुन्छन् । गाईको त्यो निरीह, विवश व्यथादेखि विन्दुको मन रून्छ । यस विजातीय आमाको पीडाले विन्दुको तनमन अर्थात् सम्पूर्णता हल्लाइदिन्छ । बाछाको मायाले गर्दा गाईको प्राण जान सकेको छैन, महाकष्ट भोगिरहेकी छे भन्ने कुरा विन्दु बुझ्छे, त्यसैले आहत भई कुइँकुइँ कुइँकुइँ कराउँछे । यस समवेदनाको ध्वनि सायद गाईको कानमा पर्छ । गाई अस्पष्ट, कमजोर स्वरले 'माँ' भन्छे । विन्दु यो करूण पुकार सुन्छे । उसको बूढो तनमनमा ममताको नदी बग्न थाल्छ । विन्दु अघिभन्दा जोडले कुइँकुइँ गर्छे ।

'माँ !'

'माँ !'

गाई लगातार दुईचोटि कराउँछे, अन्तिमपल्ट जिउ तन्काउँछे र प्राण त्याग गर्छे ।

प्रकृतिको यो क्रूर कर्मदेखि विन्दु साह्रै रिसाउँछे । बडेमानको ढुङ्गामाथि चढेर जोडजोडले भुक्न थाल्छे । उसको यो जोसिलो भुकाइ सुनी रूखहरूमा बसेर शत्रुतापूर्वक हेरिरहेका काग-डाङ्ग्रेहरू बढी सतर्क हुन्छन् । छेरूवा काग-डाङ्ग्रेहरू भाग्छन् ।

चारै दिशा फर्केर जोडजोडले भुकेपछि विन्दुको क्रोधाग्नि शान्त हुन्छ। तत्काल उसको ध्यान बाछोमाथि केन्द्रित हुन्छ, जो मरिसकेकी आमाको थुनमा असन्तोषपूर्वक मुख गाडिरहेको हुन्छ। विन्दुलाई सहज अन्तर्बोध हुन्छ अब बाछो पनि मर्नेछ आमाको दूध नपाएर, माया नपाएर, सुरक्षा नपाएर। विन्दुको मनमा भयावह विचारहरू रङ्मङ्गिन थाल्छन्। अनायास उसका आँखा भरिँदै जान्छन्। आँसु बग्दै हेरिरहन्छे। हेर्दाहेर्दै उसका सुकेका स्तनहरूमा दुग्धसञ्चार हुन थाल्छ। विन्दु बडेमानको ढुङ्गाबाट फूर्तिसाथ हामफाल्छे र ममतापूर्वक बाछोको मुख चाट्न थाल्छे।

बाटो मरेकी आमाको थुन चुस्न छोडेर विन्दुतिर अभिमुख हुँदै जान्छ। विन्दु एकछिनसम्म बाछोलाई चाटिरहन्छे, त्यसपछि उसको भोको मुखमा पर्ने गरेर स्तन जोतिदिन्छे।

नवजात बाछो हक्कानिँदै दूध चुस्न थाल्छ।

***

दुई दिनपछि हर्पन खोलामा माछा मार्न गएको एक जना गाइनेले सबभन्दा पहिले यो विचित्र लीला देख्छ र गाउँघरमा प्रचार गरिदिन्छ। सुकेको बनमा डढेलो लागेझैं गरी यो अभूतपूर्व कुरा फैलिन्छ। वरपर सबै गाउँबाट मानिसहरू कुकुर्नीको विलक्षण लीला हेर्न त्यहाँ ओइरिन्छन्। पोखरा बजारबाट पनि श्रद्धालु जिज्ञासुहरू आउँछन्। गाउँका बूढाखाडाहरू शङ्का गर्छन् "कतै यो कुकुर्नी दुर्गामाईको अवतार त होइन ? यो कलियुगमा फेरि सत्ययुग फर्केको त होइन, नभए कसरी कुकुर्नीले बाछोलाई दूध ख्वाउँछे... ? यो चानचुने कुकुर्नीसुकुर्नी हुँदै होइन... ।"

बूढाखाडाका कुरा सुनेर तन्नेरीहरूले फूर्तिसाथ एउटा छाप्रो निर्माण गरिदिन्छन्। आइमाईहरू दूध, फलफूल र मीठामीठा कुराहरू ल्याई भक्तिभावपूर्वक कुकुर्नीलाई चढाउँछन्। विन्दु भोक मेट्न अलिअलि खान्छे। गाउँलेहरू अति प्रसन्न हुन्छन्।

विन्दु हराएको चौथो दिन यो समाचार बस्तीमा पुग्छ। हर्षोल्लासपूर्वक सबै विन्दुलाई हेर्न जान्छन्। पागलहरू त्यहाँ आएको देखी गाउँलेहरू मुखामुख गर्न थाल्छन्।

विन्दु आदिगुरू, आदिमाता र अन्य आफन्तहरूलाई देखी कुइँकुइँ कुइँकुइँ गरी कराउँछे । आदिगुरू र आदिमाताको खुट्टामा लुटपुटिएर हर्षाश्रु झार्छे ।

"स्याबास मेरो आत्मीय मित्र, स्याबास मेरो ज्ञानमार्गको पहिलो साक्षी, सहयात्री ! हे महान् माता विन्दु, म तिम्रो अनुकरणीय ममताभाव र समताभावदेखि अत्यन्त हर्षित छु । दुनियाँका बाबुआमाहरू यही सृजनात्मक वीथिकामा हिंडून् ।", आदिगुरू उद्‌गार व्यक्त गर्छ ।

"विन्दु ! तैंले आमाको माया कति पवित्र र विशाल हुन्छ भन्ने महान् उदाहरण दिइस् । दुनियाँ तेरो कदम तबसम्म चुमिरहनेछ, जबसम्म पृथ्वीमा ईश्वरको राज्य स्थापना भइरहनेछ ।", आदिमाता पनि उद्‌गार व्यक्त गर्छिन् । बस्तीवालाहरू सबै गर्वोत्फुल्ल हुन्छन् ।

विन्दु फेरि बाछोलाई दूध ख्वाउन व्यस्त हुन्छे । बस्तीवालाहरू फर्किन्छन् । गाउँलेहरू गाइँगुइँ कुरा गर्न थाल्छन् ।

"कुकुर्नी त पागलहरूका पो र'छन् गाँठे !"

"चाहिन्जो सत्य जुग लागे कि भन्ठानेको कली बिग्र्या र'छ !"

"त्यही त, कुकुर्नीले बाछोलाई दूध ख्वाउने भनेसि निको कुरा काँट हुन्थ्यो !"

"हैन ए ठिटा हो ! कुकुर्नी के भन्छ त्यो, बौसीसौसी त हैन... ? यसैले के भन्छ त्यो गाई मार्‍या त हैन... ?"

"हैन, कुकुर्नी जोसुकैकी भए पनि चाहिन्जो भन्नुहोला, लक्षणकी मान्नुपर्छ ...कुरो बुझ्नुभएन ?"

"पागलहरूको कुकुर्नी के बौलाएर सद्दे हुन्थे !"

तीव्र प्रतिक्रिया हुन्छ ।

३६

बस्तीमा युगान्तरोत्सव हुन्छ । विन्दुको महाकर्म हेरेर फर्केपछि आदिगुरू र उसका शिष्यशिष्याहरू महोत्सवको रङमा डुब्छन् । सबै हार्दिक बधाईको आदानप्रदान गर्छन्, खुसियाली साटासाट गर्छन् र यस महानतम सङ्क्रमणकालमा आफूलाई प्रत्यक्ष साक्षी रूपमा पाएर अत्यन्त धन्य हुन्छन् ।

बस्तीका बालबालिकाहरू युगान्तर हुनुको अर्थ बुझ्दैनन् तर विन्दुले बाछोलाई दूध ख्वाएर बचाएको अचम्मलाग्दो कुरा भने बुझ्छन् । युवायुवतीहरू र बुढाबुढीहरूमध्ये धेरै जना वास्तविक अर्थ बुझ्दैनन्, भनाइको आशय बुझ्छन् । आशय बुझेकाहरूद्वारा कुरा बुझाइँदा केहीले त्यसको असर बुझ्न पुग्छन् । केही ज्ञानमार्गीहरू युगान्तर आदिसंवत् कतिमा भएको मान्ने ? अन्वेषणमा लाग्छन् । मार्था यो कुरा सुनी छक्क पर्छिन् के विन्दुको ममता युगान्तकारी छ ? युगान्तकारी भए पनि उत्सव मनाउनुपर्ने आवश्यकता के छ ? यसले त झन् उसको अहम्मा ठेस लाग्नुपर्ने, अहम् चकनाचूर हुनुपर्ने किन उल्टै महोत्सवको घोषणा ? महोत्सव त ती व्यक्तिहरूले मनाउनुपर्छ, जो प्रेम, माया र ममतामा आस्थावान् छन् ।, मार्थालाई अन्तर्द्वन्द्व हुन्छ । रन्थनिएर तिनी समाधिस्थलमा जान्छिन् ।

"ए पुत्री पुत्री !", मार्था तनावग्रस्त भई मैचाङलाई डाक्छिन्, "बस्तीमा खूब युगान्तरोत्सव मनाइँदै छ अरे, के हो यो ?"

"गुरूले घोषणा गर्नुभएको होला ।"

"तिम्रो गुरूलाई खूब घोषणाहरू गर्ने सनक चलेको छ, हरेक कुरामा घोषणा र उद्घोषणाहरू ! तिम्रा गुरूको घोषणा देवताको बोलीभन्दा चर्को छ ।"

"आदिमाता उहाँ मेरा लागि परम आदरणीय... ।"

"लल भइहाल्यो, म कसैको अन्धो भक्तिभावमा ठेस लाउन चाहन्नँ । मलाई युगान्तरोसत्व मनाइनुको अभिप्राय के हो, बुझाइदेऊ । वसन्तोत्सव भनेको सुनेकी थिएँ, यो कुरा सुनेकीसम्म पनि थिइनँ ।"

"यो कुरा मलाई के थाहा... हजुरलाई नै ।"

"मलाई थाहा भएको भए बिनाकाम किन सोध्थें ?" मार्था झनक्क रिसाउँछिन्, "म त निराकार हुँ, कसैले देख्नै सक्तैन, कसले पूर्वसूचना दिने ?"

"आदिमाता म ...म त... ।" मैचाङको अनुहारमा घनघोर बदली हुन्छ ।

"आखिर मप्रति कसको के उत्तरदायित्व छ र ? मलाई यो कुरा सोध्ने अधिकार पनि छैन होला, भइहाल्यो । बस्तीमा यताउति शृङ्गारपटार, हलचल देखेर सोधेकी मात्र । म त... दुई-चार दिन पाहुना लाग्न आएकी, दुई-चार महिनै बसें, सब कुरा बिर्सेर ...अब जाने बेला भयो... ।" मार्थाको

स्वर भावुकताको लहरमा परी डुब्छ । आत्म अपमानले तिनी व्यथित हुन्छिन् । आँखा डबडबाउँछन् ।

"आदिमाता, त्यस्तो नभन्नोस्, बिन्ती छ ।", मैचाङ अनुनयपूर्वक हात जोड्छे ।

"म एक दिन जानु नै त पर्छ, जीवनभर न जिउँदी देवी बन्न सकिन्छ न पाहुना । फेरि आस्था पनि बेग्लै छ तिमीहरूको गुरूको दर्शनविपरीत । बरू मैले एउटा कुरा बुझिनँ किन विन्दुको ममतालाई यसरी महिमामण्डित गर्न खोजिएको हो ? आज छ दिन भयो होइन ?"

"हो, आदिमाता !"

"म साह्रै खुशी छु विन्दुदेखि । विन्दुको मातृत्व मेरो भन्दा महान् रहेछ ।"

मार्था जमुनाको समाधि परिक्रमा गर्न थाल्छिन्, चुपचाप । मैचाङ पनि चुपचाप सोचिरहन्छे । प्रेममूर्तिको चित्र बनाइएको दिनदेखि आदिगुरू र आदिमाताबीच बोलीचाली बन्द भएको कुरा तिनलाई थाहा हुन्छ । आदिगुरू अन्तः कक्षमा आउँदैन, आदिमाता आदिगृह जाँदिनन् । विन्दुलाई हेर्न जाँदा औपचारिकतावश सँगै जान्छन् तर मैचाङले आशा गरेअनुरूप परस्पर बोल्दैनन् । बस्तीमा यो कुरा कसैलाई सुनाउने खालको हुँदैन पनि । अहिले आदिमाताको कुरा सुनेर, मनस्थिति बुझेर ऊ साह्रै डराउँछे । खुसुक्क आदिगृह जान्छे ।

घण्टाभर समयपछि आदिगुरू समाधिस्थलमा पुग्छ ।

"आदिमाता, प्रणाम !", ऊ नतमस्तक हुन्छ ।

"किन आएको तिमी यहाँ ?", मार्था एकैचोटि झोक्कन्छिन् ।

"आदिमातालाई प्रणाम गर्न र आरोपहरू सुन्न के म यसलाइक छैन ?" प्रशान्त मुसुक्क हाँस्छ ।

"उत्सव मनाएर बस्नू नि, किन आउनुपर्छ यहाँ ?", मार्था झन्सारो कराउँछिन्, "महापुरूषले झैं विषय प्रदर्शन गर्नु पर्दैन । म सक्कली र नक्कली मसिहा चिन्न सक्छु ।"

"आदिमाता, म मानवजातिलाई कुनै पनि मसिहाको हातमा सुम्पन्न चाहन्नँ किनभने मलाई थाहा छ, मसिहाहरू जन्मँदा निर्दोष मानिसहरूको

हत्या हुन्छ । म आदिमातालाई हामी कुनै औपचारिक उत्सव मनाइरहेका छैनौं भनी सफाइ दिन उपस्थिति भएको हुँ ।"

"म को हुँ र सफाइ दिन, यसको आवश्यता के छ ? मैले कसैबाट पनि केही कुराको आशा राखेकी छैनँ । म सरोकार नभएका विषयहरूमा स्पष्टीकरण सुन्न चाहन्नँ ।"

"तर म एकतर्फी सफाइ दिन ...चाहन्छु, कृपया अवसर दिनुहोला ।"

"किन सुनूँ त एकतर्फी कुरा ?"

"किनभने मेरो हार्दिक अभिलाषा छ, आदिमाताको आराधना गर्ने पुत्रपुत्रीका आँखाहरू नबर्सिऊन् ।"

मार्था क्षणभर चुप लाग्छिन् । कुराको सन्दर्भ बुझ्छिन् । तिनी रिस उठेका आँखाले भान्साखण्डको झ्यालमा हेर्छिन् । झ्यालको कुनाबाट चिहाइरहेकी मैचाङ भाग्छे ।

"तँलाई पख्लिस् मैले जानेकी छु, खूब पोल लगाउने भएकी !"

मार्था उच्च स्वरले धम्क्याउँछिन् । बैठककोठामा पुगेकी मैचाङ जिब्रो टोकेर थुचुक्क बस्छे ।

"आदिमाता, मप्रतिका पूर्वाग्रह र गुनासाहरू सङ्क्रामक रोगमा नबदलिऊन् । पुत्रपुत्रीहरू सर्वदा निर्दोष छन् । आदिमाताको पोल लाउने दुष्कर्म सोच्नपर्यन्त सक्तैनन् । पुत्री मैचाङले यति नै भनी आदिमाता व्यथित हुनुहुन्छ... ।"

"मलाई केही भएको छैन, भए पनि तिमीलाई के खाँचो ?" क्रोध र भावनाबीचको द्वन्द्वमा तिनको आवाज केही लरखराउँछ । प्रशान्त सानो बालकझैं हाँस्छ ।

मैचाङ फेरि चियाउन शुरू गर्छे ।

"आदिमाता, अज्ञानतावश कुनै भूल भएको भए क्षमा पाऊँ, पूर्वाग्रहहरू शेष छन् भने सुन्न पाऊँ तर जहाँसम्म उत्सवको कुरा छ, त्यो सत्य होइन... ।"

"मैले देखिसकें आँखाले, सुनिसकें कानले, भोगिसकें मनले... ।"

"ती सबै मिथ्या कुरा हुन्... ।"

"मलाई थाहा छ, तिमी मलाई अलग्याएर एक्लो पारेर के चाहन्छौ... ।"

मार्था समाधिको शिरोभागमा घोप्टो परी बस्छिन् । क्रोधलाई भावुकताले पराजित पार्छ ।

"आदिमाता, यो पनि एक पूर्वाग्रह हो... । सत्य कुरा यो हो, यहाँ कुनै उत्सव मनाइएको छैन ।"

"त्यसो भए युगान्तरोत्सव भनेको के हो त ? के मैले गलत कुरा सुनें ?"

मार्था टाउको उठाउँछिन् । क्रोधावेगलें अलिकति प्रगति गर्छ ।

"युगान्तरोत्सव मैले भनेको हुँ तर यसको अभिप्राय आत्मसात् गर्न सकेका छैनन्, मेरा पुत्रपुत्रीहरूले । गलत व्याख्या र प्रचार भइरहेका छन् ।"

प्रशान्त गम्भीर हुँदै जान्छ, "मैले भनेको थिएँ पुत्रपुत्रीहरू, मेरो मित्र विन्दुको महाकर्म अर्थात् ममताको महाजागरण र रचनात्मक अहम् विस्तारले एक प्राकृतिक आदिम युगको अन्त्य र एक नवीन युगको जन्म हुन सक्छ भन्ने महान् कुराको पूर्वसङ्केत दिन्छ । म यसलाई युगान्तरोत्सव भन्छु, अहमोत्सव भन्छु, अन्तःकरणोत्सव भन्छु । अन्तःकरणले अहमोत्सव अनुभव गर, युगान्तरोत्सव अनुभव गर ...अनुभूतिका उत्सवहरू निःशब्द हुन्छन् ।

"यस्तो गोलमाल कुरा कसले बुझ्छ !"

"आदिमाता, दुनियाँमा उत्सवहरू बजागाजासहित ठूलो स्वर गरी मनाइन्छन् । त्यसैले निःशब्द उत्सव बुझ्न कठिन हुन्छ, अवश्य । यो उत्सव मनाइँदैन, अन्तःकरणमा घटित हुन्छ ।"

"तिमीले त शोक मनाउनुपर्ने उत्सवको बदलामा ।"

"यस्तो किन आदिमाता ?", ऊ फेरि मुस्कुराउँछ ।

"विन्दुको ममता महान् छ, उत्सव मनाउन योग्य छ । प्रेम, दया करूणा, क्षमताजस्ता सद्‌गुणहरूमा आस्था र विश्वांस गर्नेहरूका लागि मात्र । विन्दुको ममताले अहङ्कारको शिर झुकाएको छ किनभने प्रेम, दया र करूणाको उत्कृष्ट उदारहण हो विन्दुको ममता । के ममताको सामुन्ने अहङ्कार झुकेको छैन ?" मार्था गर्वपूर्वक सास लिन्छिन्, फुल्छिन् । प्रशान्त मिठासपूर्वक हाँसिदिन्छ ।

"आदिमाता अहम्‌को तेजोवध गर्न, शिरोच्छेदन गर्न सदा लालयित हुनुहुन्छ यो कुरा मैले बुझेको छु । प्रेमलाई भगवान् र अहम्‌लाई सैतान सम्झने पूर्वाग्रहबाट मुक्त हुनुहोला भनी पटकपटक निवेदन गर्दै आएको छु, तर ।"

"के अझै अहङ्कार हारेको मान्दैनौ तिमी ?"

"विन्दुको ममता सीमाङ्कित र भेदभावयुक्त छैन यो मातृअहम्को सृजनात्मक महाजागरण हो । यसले सम्पूर्ण अहम्हरूको एकीकरण र सृजनात्मक विलयन हुन सक्ने मेरो आशावादलाई परिपुष्ट र प्रामाणिक पारेको छ । विश्वमा अहम्हरू सन्देह, दुस्मनी, अपरिचय र निजत्वमा विभाजित भइरहे, सभ्यहरूले असभ्यहरूलाई दास बनाइरहे, बर्बरहरूले सभ्य भनिएकाहरूलाई आक्रमण गरिरहे । विश्वमा महान् धर्म मान्ने राष्ट्रहरू कहिले पनि सैन्यरहित हुन सकेनन् । मानव इतिहासमा जहिले पनि निर्धो व्यक्ति, धर्म जाति र राष्ट्रका लागि सृष्टि एक समस्या बनेको छ त्यसैले म मानवाधिकार होइन, सृजनाधिकार चाहन्छु । विन्दुले मेरो आशालाई उत्साहमा परिणत गरिदिएकी छे । एक पशुयोनिमा जन्मेको अहमात्मा शून्य महाशून्य भएको छ, यसले विश्व इतिहासमा सम्पूर्ण प्राणीहरूको अहम् एकीकरणको सपना साकार पारेको छ ।"

"तिमी मतिभ्रमका सिकार भएका छौ त्यसैले ममताजस्तो पवित्र कुरामा पनि अहङ्कारको गन्ध भेट्छौ । हरेक कुरालाई अहङ्कारको तराजुमा जोख्छौ । तिमी असल गुरू, सत्य पथप्रदर्शक र दुनियाँको भलो चाहने व्यक्ति हौ भने विन्दुको मामिलामा आफूलाई हरूवा सम्झ ।"

"हार मान्ने फुर्सद नै कहाँ छ ?"

"हारलाई हारको रूपमा स्वीकार गर्नुमा पनि महानता हुन्छ । महामानवहरू भूल स्वीकार गर्न हिचकिचाउँदैनन् ।", मार्था भावुक हुन्छिन्, "तिमीले मेरो प्रेमको खूब प्रतिशोध लियौ, मेरो ममतामाथि पनि निर्मम व्यवहार गऱ्यौ । मैले सहें, नगरिएका अपराधहरू कबुल गरें, सजाय भोगें अब तिम्रो अहङ्कारको भोक मेटिनुपर्छ । कृपया विन्दुमाथि प्रतिशोधको दर्शन नलाद ।"

"मलाई अफसोस छ आदिमाता, म शुरूदेखि नै एक पूर्वाग्रह, दुराग्रहको दूरबिनले हेरिएको छु । बस्तीको आस्थाको प्रतीक परमपूजनीय आदिमाताद्वारा विश्वासको सङ्कट मात्र उच्चारण हुनु दुर्भाग्यपूर्ण कुरा हो । यो दुःखदायक छ, पीडादायक छ । के दुःखमोचन सम्भव छैन ? पीडामोचन सम्भव छैन ?"

"सम्भव छ यदि नचाहिंदो जिद्दी छोड्यौ भने, अनावश्यक दर्शनको जाल तोड्यौ भने, प्रतिशोधको भावनाबाट माथि उठ्यौ भने ।", मार्था एकैसासमा भन्छिन् ।

"क्षमा पाऊँ, आदिमाताको पूर्वाग्रहको दूरबिनमा नै प्रतिशोधको रङ देख्छु ।"

"प्रशान्त, तिमी, तिमी !", मार्था अकमकाउँछिन्, बढी रिसको आवेगले ।

"यसैकारण मैले दुःखमोचन पाइनँ, पीडामोचन पाउन सकिनँ ।", प्रशान्त दृढतापूर्वक कुरा पूरा गर्छ । मार्था अवाक् हुन्छिन् । मनमा ठूलो धक्का अनुभव गर्छिन् ।

भान्साखण्डबाट चिहाइरहेकी मैचाङको रगत जम्छ । ऊ सोच्न असमर्थ हुन्छे कुनचाहिं आरोप सत्य हो ...पूर्वाग्रह वा प्रतिशोध ? अनि दुःखमोचन कसलाई आवश्य छ आदिगुरूलाई कि आदिमातालाई ?

साँझ पर्छ । मार्था त्यही समाधि शिलामा घोप्टिएर बसिरहन्छिन् । बिस्तारै रात पर्छ । अलिअलि स्याँठ चल्छ । चराहरू बासस्थानतिर लाग्छन् । सायद निश्चित बासस्थान नभएको एउटा चरा फूलबारीमा कराइरहन्छ । अबेर गरी हँसियाकार चन्द्रमा पनि उदाउँछ । ताराहरू पहिले नै देखा परेका हुन्छन् ।

मार्था घायल भई बरबरती आँसु झारिरहन्छिन् । रातको साढे दश बजेतिर मार्था अन्तःकक्षमा पस्छिन् । बैठककोठामा एकछिन निरूद्देश्य अलमलिए पछि सुत्ने कोठामा जान्छिन् । ओछ्यानमा पल्टिन्छिन् । मैचाङ बोलावट प्रतीक्षा गरिरहन्छे । रात सकिंदैसकिंदै जान्छ । दुवै भोकै निदाउँछन् ।

बिहान ठीक चार बजे बस्तीमा एक भयानक कोलाहल हुन्छ । मार्था झस्किएर बिउँझिन्छिन् । डरले थुरथुर काम्छिन् । मैचाङ हातमा ढेब्री समातेर हस्याङफस्याङ गर्दै त्यहाँ आउँछे ।

"आदिमाता सत्यनाश भयो ! सत्यनाश भयो ! मैचाङ नराम्ररी आत्तिन्छे । मार्था झन् सारो डराउँछिन् ।

"के भयो... ? केको हल्ला... ? ...प्रशान्त ...प्रशान्त खोइ भनेको ?", मार्थाको स्वर थरथराउँछ ।

"त्यहाँ चौरमा ...चौरमा जानुभएको छ... ।"

"को कराएका ...बाहिरका मान्छेहरू हुन्... ?

"होइनन् आदिमाता, होइनन्... ।", मैचाङ अत्तालिन छोडी रू->न थाल्छे, "हाम्रै बस्तीका मान्छेहरू हुन् ।"

"किन हल्ला मच्चाएका त आधारातमा ?", मार्था केही आश्वस्त हुन्छिन् ।

"ककस्ले हो, विन्दुलाई मारेर त्यहाँ बाहिर चौरमा फालिराखेको छ... ।", मैचाङ कुरा स्पष्ट पारी रूवाइ जारी राख्छे ।

मार्थालाई झम्म नशा लाग्छ । यो कस्तो अनुभूतिको नशा हो, तिनी छुट्ट्याउन सक्तिनन् । मनमा एकैपल्ट धेरै कुरा आउँछन्, जान्छन् । तिनी ओछ्यानमा बसी घुँडामा टाउको जोतिरहन्छिन् । बेलाबेलामा आँखा चिम्लने र खोल्ने गरिरहन्छिन् । तिनी रून सक्तिनन् ।

पूर्व उज्यालो हुँदै जान्छ । पश्चिमाकाशमा चन्द्रमा नअस्ताईकन निस्तेज देखा परिरहन्छिन् । बिस्तारै मानिसहरूको कोलाहल घट्दै जान्छ । बस्तीमा बिहानबिहान कराउन आउने चराहरू आज कराउँदैनन् । जतातती चकमन्न शान्ति छाउँछ ।

"भुक्... भुक्... भुक्... ।"

अचानक मार्था आवाज सुन्छिन् । निश्चय पनि विन्दु तिनको अन्तर्मनमा भुक्छे तर मार्थालाई यो आवाज आदिमन्दिर खुल्ने ढोकापछाडिबाट आएजस्तो लाग्छ । मार्था उठेर गई ढोका खोल्छिन्, मन्दिरको विशाल कक्षमा प्रवेश गर्छिन् । त्यहाँ कोही पनि हुँदैन ।

मार्था विशाल कक्षबाट बाहिर प्राङ्गणमा निस्कन्छिन् । बिहानको ताजा, चिसो र स्फूर्तिदायक आलोकमा तिनी चौरको बीचतिर उदास दृष्टि फ्याँक्छिन् । विन्दुको मृतशरीरलाई घेरेर सब चुपचाप शिर झुकाएर बसिरहेका हुन्छन् । मार्था छिटोछिटो पाइला चालेर त्यहाँ पुग्छिन् । आदिगुरू र उसका शिष्य शिष्याहरू उठेर मौन अभिवादन गर्छन् ।

"आदिमाता ! आदिमाता ! कमजोर मनका पुत्रपुत्रीहरू रून शुरू गर्छन् । मार्था विन्दुको क्षतविक्षत रगताम्य लास देखी स्तब्ध हुन्छिन् ।

"प्रशान्त, यो के भयो ? कसले गऱ्यो... ?", मार्था आदिमाताको गरिमा अनुकूल आर्द्र एवम् शोकाकुल हुन्छिन् । प्रशान्त कुनै जबाफ दिंदैन एकछिन चुप लागेर घोरिरहन्छ । त्यसपछि सबैलाई त्यहीं छोडेर आदिगृहतिर लाग्छ ।

३७

बस्तीवालाहरूको आमसहमतिबमोजिम विन्दुलाई जन्मान्तरण वृक्षको अग्रभागमा गाडिन्छ । समवेदना सम्बोधन गर्दै मार्था भन्छिन्, "यो अग्निपरीक्षाको घडी हो । विश्वइतिहासमा जहिले पनि प्रेम, माया, ममताजस्ता सद्‌गुणहरूको अग्निपरीक्षा लिइन्छ । विन्दु महामाता थिई तर क्रूर, अज्ञानी, क्षुद्र अहङ्कारीहरूले मातृशक्तिको अपमान र हत्या गरेको पहिलो उदाहरण यो होइन । जबजब विश्वइतिहासमा मातृशक्तिको अभ्युदय हुन्छ, तबतब आमाहरूलाई जिउँदै जलाइन्छ, ढुङ्गाले हानीहानी मारिन्छ, बोक्सी, किचकन्नी आदि इत्यादि मनगढन्ते आरोपहरू लाइन्छ । शक्तिलाई आमा मान्नेहरू आमालाई शक्ति मान्दैनन् । इतिहास हामीबाट धैर्य, सहनशीलता, सहिष्णुता, अनुशासन र आत्मसंयमको माग गरिरहेको छ । विन्दु मारिए पनि सदासर्वदा बाँचिरहनेछ, अजम्मरी ममताको अद्बितीय छहारी बनेर... ।"

आदिमाताको यो सम्बोधनले धेरैलाई ढाडस प्रदान गर्छ । भोलिपल्ट बिहान आदिगुरू प्रवचन दिन आदिमन्दिर आउँदैन । बस्तीमा पहिलोपल्ट यस्तो हुन्छ । सबै अघोर चिन्तित हुन्छन् । विचारमग्न हुन्छन् । अन्ततः पुत्रपुत्री सङ्घले आदिमातालाई गुहार्ने निर्णय गर्छ । मैचाङमार्फत अन्तःकक्षमा समाचार पुऱ्याउने योजना बन्छ । यही बेला सबैलाई उदेकमा पारी अन्तःकक्षपट्टिको ढोका खुल्छ । आदिमाताको आकस्मिक आगमन हुन्छ । तिनी अभिवादनहरूप्रति ध्यान नदिईकन सरासर आफ्नो उच्चासनमा पुग्छिन् । सबैमाथि सरसरती दृष्टि फ्याँक्छिन् । बस्तीवालाहरू रून्चे र उदास देखिन्छन् ।

मार्था गम्भीर हुन्छिन्, उदास हुन सक्तिनन् । अन्तःकरणमा शोक होइन, सन्तोष देखा पर्छ ।

"धत् !", सौम्यता प्रदर्शन गर्दै मार्था आफैंलाई हपार्छिन् तर यो आवाज अन्त करणको गहिराईसम्म पुग्दैन ।

"प्रिय पुत्रपुत्रीहरू !", मार्था उभिएर नै सम्बोधन गर्छिन्, "आज यस बस्तीले म देख्दै छु, गोठालोबिनाको गोठजस्तो, पिता हराएको घरजस्तो,

नेतृत्व गुमेको देशजस्तो अनुभव गरिहेछ । महामाता विन्दुको जघन्य हत्या र युगान्तरोत्सवको स्वप्नभङ्गपछि आदिगुरूको यो अनुपस्थिति व्यवहारबाट यस्तो प्रतीत हुन्छ । तिमीहरूको आदिगुरू शोकले मात्र होइन, गम्भीर सङ्कटले पनि ग्रस्त छ । यस्तो सङ्कटको समयमा मौन एकान्तवास गर्न मन पराउँछन् । यस्तो मौनता र एकान्तको अभ्यास गौतम बुद्ध र जिजस क्राइस्टले पनि गर्नुभएको थियो ।"

"आदिमाता ! के आदिगुरू मौन एकान्तवासमा प्रस्थित हुनुभएको छ ?", पुत्रपुत्री सङ्घप्रमुख सोध्छ ।

"हो, हिजो रात्रिसमयदेखि आदिगुरू मौनधारण गरी बसेको छ, आदिगृहमा । आदिमाताको सहमति पाएर नै आदिगुरू मौन एकान्तवासमा प्रस्थान गरेको हो । त्यसैले म चाहन्छु, कोही पनि आफूलाई अनाथ टुहुराटुहुरी नसम्झून् । शङ्का उपशङ्कामा नपरून् । बस्तीका सबै कार्य सुचारू ढङ्गले चलून् । आदिगुरूप्रति तिमीहरूको हार्दिक प्रेम र आस्था असन्दिग्ध बनिरहोस् । यो आदिमाताको इच्छा हो, आज्ञा हो, अनुरोध हो ।", आदिमाताको ओठ हाँसेरै छोड्छ ।

"कहिलेसम्म यो मौनधारण हुनेछ आदिमाता ?", धेरैले यस कुरामा चासो देखाउँछन् ।

"सङ्कटमोचन नभएसम्म ।", आदिमाता सुनिश्चित जबाफ दिन सक्ने अवस्थामा आफूलाई पाउँदिन ।

***

ब्राह्ममुहूर्तकालीन प्रचलन अनिश्चित समयका लागि स्थगित हुन्छ । आदिगुरू आदिगृहबाट बाहिर निस्कँदैन । ऊ दिनरात ध्यानमुद्रामा बसिरहन्छ, सोचिरहन्छ । ऊ आदिगृहपछाडिको आदिवनमा पनि निस्कँदैन । आदिमाताको निर्देशबमोजिम कोही पनि आदिगृहछेउछाउ देखा पर्दैनन् । अब बस्तीमा सबैलाई एउटै कुराको सरोकार हुन्छ आदिगुरूको मौनधारण कहिले समाप्त होला ? सबै दिनपरदिन अधीर हुँदै प्रतीक्षा गर्छन् ।

दश दिन त्यसै बित्छ । बस्तीवालाहरू आदिगुरूको यो तपश्चर्याको पछाडि आदिमाताको हात देख्छन् । हल्ला मच्चिन्छ, आदिगुरू महान्

युगान्तरोत्सवको अवस्थामा हुनुहुन्थ्यो । यो मौलिक अहमोत्सव घटित भइरहेको समयमा जब परममित्र विन्दुको हत्या भयो आदिगुरूको अन्तःकरणले यो सत्य स्वीकार गर्न सकेन । ठीक बेला आदिमाताले उहाँलाई मौनधारण गरी एकान्त चिन्तन गर्न प्रेरणा दिनुभयो । यो आदिमाताद्वारा प्रदान गरिएको द्वितीय आदिप्रेरणा हो ।

यो कुरा मार्थाको कानमा पनि पर्छ । तिनी बिनाकाम त्यत्तिकै खुशी हुन्छिन् ।

आदिगुरूको मौन एकान्तवासले महिनादिन नाघ्छ । बस्तीबालाहरूको अधीरता पराकाष्ठातिर लाग्छ । मार्थाको खुशी बेपत्ता हुन्छ । तिनी दिनपरदिन असहनशील हुँदै जान्छिन् । मौनधारणाले दोस्रो महिना पार गरी तेस्रो महिनामा प्रवेश गर्छ । अन्तःकक्ष, सङ्कायहरू र पुत्रपुत्री सङ्घ जतातत्तै त्राहित्राहि मच्चिन्छ । अधैर्य भई बस्तीवालाहरू आदिगृहवरिपरि मडारिन थाल्छन् । ती आदिमातालाई गुहार्न थाल्छन् फेरि, "आदिमाता हामी आदिगुरूको दर्शन गर्न चाहन्छौं, मद्दत पाऔं, आदिगुरूको मौन एकान्तवास हामीलाई असह्य भएको छ, कृपया हामीलाई यो दुःखबाट, सजायबाट उद्धार गर्नुहोस् ।"

मार्थालाई के गरूँ, कसो गरूँजस्तो हुन्छ । तिनी आफैं पनि प्रेमपीडाले पागल हुन्छिन् ।

पूरा तीन महिना बित्छ । वास्तविक प्रेमपीडा कस्तो हुन्छ, मार्था अनुभव गर्छिन् । तिनी त्यसै हाँस्न थाल्छिन्, त्यसै रून थाल्छिन् । उन्माद बढ्दै जान्छ ।

सय दिन पूरा हुन्छ । मार्थाको उन्मादले सबै सीमा नाघ्छ ।

"प्रशान्त !", मार्था प्रेमोन्मादले कराउँदै अन्तःकक्षबाट निस्कन्छिन् । आदिमन्दिरबाट दगुर्दै आदिगृहतिर लाग्छिन् । आदिगृहवरिपरि मडारिइरहेका बस्तीवालाहरू यो देख्छन् र पछि लाग्छन् ।

मार्था आँधीतुफानझैं हुरिएर आदिगृहमा पस्छिन्, बस्तीवालाहरू बाहिरै रोकिन्छन् ।

"प्रशान्त तिमीले यो के गरेको ...किन यसरी दुःख दिएको ...म सहन सक्तिनँ, सक्तिनँ... सक्तिनँ ! यदि म सर्वमान्य आदिमाता हुँ भने म

तिमीलाई आदेश दिन्छु, यो मौनता तुरून्त परित्याग गर ! बाहिर संसारमा निस्क, जहाँ तिमीलाई माया गर्नेहरू असह्य सजाय पाइरहेका छन्, दुःख भोगिररहेका छन् । यो आदिमाताको आज्ञा हो मौनव्रत... त्याग... त्याग... !"

बस्तीवालाहरू आदिमाताको हृदयविदारक रूवाइ सुन्छन् । सङ्घायहरू र आवसगृहतिरबाट पनि सबै त्यहाँ ओइरिन्छन् उदास, उत्तेजित र चुपचाप उभिइरहन्छन् ।

"सुन्यौ, प्रशान्त म के भन्दै छु ? ...म यही सेकेन्डदेखि आज्ञा परिपालन भएको देख्न चाहन्छु किनभने बस्तीको कल्याणका लागि यो आवश्यक छ । तिमी मलाई मार्न सक्छौ ...तर म यस्तो महाकष्ट सहन सक्तिनँ... ।" मार्था मन दुखाएर रोइरहन्छिन् । बाहिर सबै सास रोकेर कुरा सुनिरहन्छन् । आदिमाताको रूवाइ घट्दै गएपछि बस्तीवालाहरू बढी सतर्क र आशावादी हुन्छन् । ती आदिगुरूको आवाज सुन्न साह्रै आतुर देखिन्छन् ।

"प्रशान्त के तिमी मेरो आज्ञा मान्दैनौ त ?", रूवाइको बाढी थामिए पछि मार्थाको सोधाइ लडाकु हुन्छ । बस्तीवालाहरूको आतुरी बढ्छ तर आदिगृहभित्र जबाफमा कुनै आवाज सुनिदैन ।

आदिगुरू चकमन्न सुनसान प्रतीत हुन्छ ।

"म गएँ त... ।", केही समयको पर्खाइपछि आदिमाताको निराशाजनक स्वर, सुस्केरा र पदचाप सुनिन्छ । बस्तीवालाहरू पनि हताश हुन्छन् तर त्यति नै खेर एक महान् आश्चर्य घटित हुन्छ ।

"आदिमाता !" आदिगृहबाट एक क्षीण स्वर बाहिर निस्कन्छ, "म आज्ञापालन गर्दै छु आज्ञा शिरोपर छ... ।"

"साँच्चै ?"

"हो... ।", आदिगुरूको क्षीण बोली सुनिन्छ । एकछिनपछि आदिमाताको रूवाइ सुनिन्छ फेरि । सबै बुझ्छन् यो प्रसन्नताको रूवाइ हो, अन्ततोगत्वा रूवाइ हो ।

आदिगृहवरिपरि आश्चर्य र सन्नाटा छाउँछ, यसपछि अकस्मात् ठूलो स्वर हुन्छ ।

"आदिगुरू ! आदिगुरू ! आदिगुरू !", सबै गुरूपुकार गर्न थाल्छन् । आदिगुरू प्रशान्त आदिमातासँगसँगै बाहिर प्राङ्गणमा निस्कन्छ । ऊ अल्पाहारले

गर्दा साह्रै कमजोर देखिन्छ । दारीजुँगा र केश बढेको, तह नलाइएको हुँदा ऊ केही नचिनिने भएको हुन्छ । ऊ रौं, हड्डी, छालाबाहेक केही देखिंदैन । बस्तीवालाहरू अक्कमक्क पर्छन् ।

आदिगुरू कमजोर मुस्कान छर्दै सबैलाई हात जोडी नमस्कार गर्छ ।

"आदिगुरू ! आदिगुरू !" भिड अनियन्त्रित हुन्छ । केही पुत्रपुत्रीहरू रूँदै गुरूको चरणमा टाउको ठोक्न पुग्छन् ।

"उठ पुत्रपुत्रीहरू, आफूले आफैंलाई अनादर नगर ।", आदिगुरू प्रेमपूर्वक सबैलाई उठाउँछ । क्रमशः भिड नियन्त्रित हुँदै जान्छ ।

"देख्यौ प्रशान्त, यहाँ हामीलाई प्रेमको आवश्यकता कति छ ? सम्पूर्ण प्राणीजातिलाई प्रेमयुक्त मार्गनिर्देशनको आवश्यकता छ... ।" मार्था खुशीखुशी उद्‌गार व्यक्त गर्छिन्, "कृपया यो सत्य स्वीकार गर र भन, मौन एकान्तवासमा के कुरा उपलब्ध गऱ्यौ ?"

"आदिमाता, मैले कमजोर र अनावश्यक अनुभूतिहरूलाई बिदा दिएँ... ।" आदिगुरू जम्मा यति कुरा भन्छ अनि कमजोरीपूर्वक मुस्कुराउँछ । यही बेला डा. प्रकाश अन्य तीन जना डाक्टरसहित त्यहाँ देखा पर्छ ।

"आदिमाता आज्ञा भए हामी आदिगुरूको स्वास्थ्य परीक्षण गर्न चाहन्छौं । गुरू कमजोर देखिनुहुन्छ । उहाँलाई आरामको जरूरत छ ।"

"पुत्र, यो तिमी डाक्टरहरूको अधिकारको कुरा हो, आदिमाताको आज्ञा आवश्यक छैन ।", मार्था स्नेहपूर्वक डाक्टरहरूको मान बढाइदिन्छन् ।

डाक्टर प्रकाश हर्षाश्रु झारिरहेका बस्तीवालाहरूलाई त्यहाँबाट जान र गुरूलाई पूर्णरूपले आराम गर्ने अवसर प्रदान गर्न हार्दिक अनुरोध गर्छ । सबै त्यहाँबाट जान्छन् ।

आदिमाता, आदिगुरू र डाक्टरहरू आदिगृहहभित्र पस्छन् । भित्र जाँदा मार्थाको दाहिने हात प्रशान्तको कम्मरमा बेरिन्छ । हृदयमा प्रेमानुराग र समर्पणको नदी बग्छ ।

डाक्टरहरू आदिगुरूलाई हप्तादिन पूर्ण आराम गर्ने सल्लाह दिन्छन् । आदिगुरू हलुका विरोध गर्छ । आदिमाताले डाक्टरहरूको पक्ष लिएपछि विरोध दमन हुन्छ । मार्था सम्पूर्ण सेवा, हेरविचार आफैं गर्छिन् ।

सबै सङ्गायहरूमा आदिगुरूको स्वास्थ्यलाभको हार्दिक कामना गरिन्छ। पुत्रपुत्री सङ्घमा फेरि अद्धितीय आदिप्रेरणाबारे तात्तातो बहस हुन थाल्छ। बस्तीमा फेरि अमर प्रेमको गाथाले नयाँ गति पक्रिन्छ। कविहरू कविता जन्माउँछन्, गफाडीहरू गफ जन्माउँछन्।

मार्थाको पहरा साह्रै कडा हुन्छ। प्रशान्त मानौं आदिगृहमा नजरबन्द हुन्छ। "आदिमाता, म स्वस्थ भइसकें... !" चार दिनपछि ऊ दाबी गर्ने धृष्टता देखाउँछ। मार्था उसको कुरा नसुनेझैं गर्छिन्, भावपूर्वक केके सोचिरहन्छिन्, पछि भन्छिन् "चुपचाप सुतिराख... !", मार्था फेरि हराउँछिन्, आफैंभित्र।

"आदिमाता, मलाई जबरजस्ती रोगी पार्दै हुनुहुन्छ !", ऊ गुनासो पोख्ने आँट देखाउँछ। "चुप !", मार्था उसको मुख हातले थुनिदिन्छन्। ऊ निसासिन्छ। बिस्तारै हात हटाउँछ।

"आदिमाता... यो प्रतिसजाय त होइन ?", विस्फोट आशङ्काले डर मान्दै ऊ मुस्कुराउँछ। जबाफमा मार्था उसको ओठमा आफ्नो ओठ जोड्छिन् अनि लज्जित भई भाग्छिन्।

३८

सप्ताहान्तपछि आदिगुरूलाई दिनचर्यामा लाग्ने अनुमति दिइन्छ। प्रशान्त आफ्नो नियमित दिनचर्या आदिमन्दिरबाट नै थाल्दछ। ब्राह्ममुहूर्तकालीन प्रवचनको नवारम्भमा ऊ आदिमातालाई हार्दिक कृतज्ञतासुमन अर्पण गर्छ, तत्पश्चात् पुत्रपुत्रीहरूसित त्यस पीडा सम्बन्धमा क्षमा माग गर्छ, जुन तिनीहरूले अनाहक अनुभव गरेका थिए। कुन्नि किन, गुरूको क्षमामिश्रित वाणीले सबैको मुटु छुन्छ। मार्था पनि गद्गद हुन्छिन्।

प्रशान्तको व्यक्तित्व पहिलेझैं शान्त गम्भीर देखिन्छ तर कमजोरीका अवशेषहरूले गर्दा उसको स्वरूप तेजहीन देखिन्छ। वाणी पनि पहिलेझैं प्रभावशाली सुनिंदैन। बोल्दा परिश्रम परेको गवाही पसिनाले दिन्छ। कुरा पनि ठाउँठाउँमा विशृङ्खलित हुन्छन् तर प्रवचनको आत्मकथात्मक शैलीमा त्यो त्यति खड्किंदैन। अन्ततोगत्वा ऊ गुरूका कमजोरीहरूलाई महिमामण्डित नगर्ने प्रार्थना गर्दै भन्छ, "हे पुत्रपुत्री, युगान्तरोत्सव समाप्त भएको छैन किनभने यो अन्त्यहीन छ। केही अहमान्ध मानिसहरूले महामाता

विन्दुको हत्या गरे पनि युगान्तरोत्सव मृत्युञ्जयी छ, अन्तःकरणोत्सव मृत्युञ्जयी छ । जूनकीरीहरू मारेर बत्तीहरू निभ्दैनन्... ।"

आदिगुरूको क्रान्तिकारी कथनले नवजागरणको लहर चल्छ । केही पुत्रहरू रगत उम्लेको अनुभव गर्छन् जोसले ।

सङ्घायहरूमा आदिगुरूको भव्य स्वागत हुन्छ । स्वागतमा होडबाजी पनि हुन्छ । गुरूको नवआगमनलाई हामी चिरस्मरणीय पार्न चाहन्छौ भनी पुत्रपुत्रीहरू एकमत हुन्छन्, गुरूको विरोध दमन हुन्छ ।

पुत्रपुत्री सङ्घले बस्तीको विशाल मैदानमा, जन्मान्तरण-वृक्षको अगाडिपट्टि जहाँ विन्दुलाई गाडिएको हुन्छ, एक शिलास्तम्भ ठहड्याई गुरूको हातबाट अनावरण गराउँछ । त्यस शिलास्तम्भमा आदिगुरूको परममित्र विन्दुलाई युगान्तरोत्सवकी जननी भनी सम्बोधन गर्दै पृथ्वीको इतिहासमा, जन मानव जातिको मात्र इतिहास होइन, सर्वोत्तम सृजनात्मक ढोका खोलिदिएकोमा हार्दिक आभार प्रकट गरिएको हुन्छ । मार्था सबै कार्यक्रममा उत्साहपूर्वक भाग लिन्छिन् । सबैबाट कृपापूर्ण उपस्थितिका लागि हार्दिक धन्यवाद ग्रहण गर्छिन् । सबैतिरबाट तिनी सन्तुष्ट हुन्छिन् । अहङ्कारबाट प्रेमीतर्फ उन्मुख जीवनयात्रा सफल हुन्छ । तिनी मानौं मनोकामनाको उच्चतम शिखरमा पुग्छिन्, जहाँ प्रेमैप्रेम मात्र हुन्छ ।

प्रशान्त नियमितरूपले अन्तःकक्षमा आउन थाल्छ । मार्था उसलाई चार महिनाको समयावधिमा कोरेका असङ्ख्य चित्रहरू देखाउँछिन् । प्रशान्त अभिरूचिपूर्वक एक-एक चित्र हेर्छ । मार्था सबै चित्रका पृष्ठभूमिहरू बताइदिन्छिन् । मार्था खूब बोल्छिन्, प्रशान्त खूब सुन्छ । मार्था आफैं प्रेम, जमुना र विन्दुका चित्रहरू छानेर प्रशान्तलाई प्रेमोपहार दिन्छिन् । ऊ सारै खुशी हुन्छ । प्रेममिलनको यस महालीला देखी मैचाङको आँखाका अनायास डबडबाउन थाल्छन् । ऊ यो सब लीलाको पछाडि विन्दुको हात देख्छे ।

"ऊ भएकी भए आदिमाता र आदिगुरूको पिरतीदेखि कति खुशी हुन्थी होला । तर ऊ नभएर पनि भएभन्दा बढी छ ।"

जेनतेन मैचाङ आफैंलाई सान्त्वना दिन्छे, ढुक्क हुन्छे । यो प्रेममिलनको सुसमाचार बस्तीभरि प्रचारित हुन्छ । केही शङ्कालु बस्तीवालाहरू मैचाङलाई सोझै सोध्छन्, "झगडा वा गडबडीको सम्भावना कति होला ?"

"कत्ति पनि छैन आदिगुरू पग्लिसक्नुभएको, आदिमाताले जे भने पनि मान्नुहुन्छ ।", मैचाङको तर्फबाट जबाफ फर्किन्छ । बस्तीवालाहरू आआफ्नो अन्तःकरणमा राम्रै उत्सव मनाउन थाल्छन् तर त्यो युगान्तरको उत्सव भने हुँदैन ।

महिना मर्छ । आदिगुरू प्रशान्त काममा डुब्दै जान्छ तर आदिमाताप्रति पूर्ववत् व्यवहार गरिरहन्छ । ऊ कुनै त्यस्तो काम गर्दैन, जसले आदिमाताको चित्त दुखोस् । कुरा गर्दा पनि ऊ विवाद गर्दैन । ऊ केही कम बोल्छ तर आज्ञाकारी र कृतज्ञ हुन्छ । यसैबीच मार्था थुप्रै नयाँ चित्रहरू सृजना गरी प्रशान्तलाई देखाउँछिन् । सृजनाको मूल फुट्छ ।

"आदिमाता द्रुतगतिमा चित्रलेखन गर्नुहुन्छ, यो एक उल्लेखनीय खुबी हो ।", ऊ तारिफ गर्छ ।

"साँच्चै ?", तिनी फुरूङ्ग हुन्छिन् ।

"यो अतिशयोक्ति होइन... ।", ऊ स्थिरतापूर्वक बोल्छ, "यी चित्रहरू हतारमा कोरिएर बिग्रिएका छैनन् ।"

"साँच्चै एउटा कुरा थाहा छ तिमीलाई ?"

"के कुरा ?"

"म चित्रमा डायरी गर्छु नि !", मार्था रमाउँदै खुट्टा हल्लाउन थाल्छिन् ।

"मैले यो कुरा सुनेको छु ।"

"हेर्छौ... ?", मार्था झन् बढी फुरूङ्ग हुन्छिन्, सानी बालिकाझैं, "तर देखाउँदिनँ म त, सरम लाग्छ ।"

मार्था साँच्चै नै सरम मान्छिन् । प्रशान्तको मन छुन्छ ।

"आदिमाता म चाहन्छु... ।", एकछिनपछि ऊ कुरा थाल्छ ।

"के ?", मार्था दाहिने हातका चोर औंला टोक्दै आँखीभौं उचाल्छिन् ।

"म चाहन्छु, आदिमाता, चित्रहरूको एक सङ्ग्राहलय बनोस् । आदिमाताका सृजनादेखि पुत्रपुत्रीहरू सबै लाभान्वित होऊन् ।"

मार्था कुरा सुन्छिन्, टोलाउँछिन्, भावुक हुन्छिन् । प्रशान्त तिनको मनस्थिति बुझ्न सक्तैन ।

"आदिमातालाई मेरो कुरा रूचिकार नलागेजस्तो छ ।", प्रशान्त केहीकेही डराउँछ ।

"प्रशान्त मैले यी चित्रहरू तिम्रा लागि मात्र बनाएकी हुँ, अरूका लागि होइन ।", मार्था अँध्यारो मुख पारी बोल्छिन् ।

"आदिमाता, म मेरा पुत्रपुत्रीलाई यो कुरा सुनाउन इच्छुक छु कि मैले यी अनमोल रचनाहरू उपहारमा पाएको छु । के म यो अहोभाग नबाडूँ ?"

प्रशान्त चिन्तामुक्त हुन्छ ।

"हुन्छ त, तिमी यस्तै चाहन्छौ भने म विरोध गर्दिनँ तर एउटा सर्त छ ।", मार्था हँसिली उज्याली हुन्छिन् ।

"के सर्त आदिमाता ?"

"तिमीले आदिमाता भन्न छोड्नुपर्छ ।", मार्था छिटोछिटो भन्छिन् अनि एकापट्टि फर्किन्छिन् । प्रशान्त केही भन्न सक्तैन । ऊ मौन भइदिन्छ ।

***

आदिगृह र आदिशिक्षणशालाबीचको खाली भूभागमा सङ्ग्रहालयका लागि भवननिर्माण कार्य शुरू गरिन्छ । आदिगुरू प्रशान्त स्वयम् कामको रेखदेख गर्छ । गोलघरको नाइके उसको प्रमुख सहयोगी बन्छ । भवन तीस मिटर लामो, अर्धचन्द्राकार स्वरूपको, अत्यन्त आधुनिक बन्न थाल्छ । राम्ररी कुँदिएका ढुङ्गाको गाह्रो, काठका ठूलठूला झ्यालढोकाहरू र ढुङ्गाको छानो हाली पक्की भवन निर्माण हुन थाल्छ । बस्तीवालाहरू यस भवनलाई उपहारको बदलामा प्रेमोपहार मान्न शुरू गर्छन् ।

मार्था केही दिनसम्म, सर्त पूरा नगरिएको हुँदा चासो नपरेझैं गरी बस्छिन् । तिनी उदास हुन प्रयत्नशील हुन्छिन् । मैचाङ आदिमाताको छाँट देखी भित्रभित्रै खुसखुस हाँसिरहन्छे, "आदिमाता, हजुरको अनुमति पाए भोलि दिउँसो... ।" मैचाङ एक दिन सङ्कोच मान्दै मार्थासामु उभिन पुग्छे । रात्रिभोजन गरिसकेपछि मार्था डायरीमा चित्र कोरिरहेकी हुन्छिन् त्यस बेला ।

"के भोलि दिउँसो ?", मार्था टाउको नउठाईकन सोध्छिन् ।

"प्रेमोपहार भवन जान्थें काम गर्न ।"

"के भवन अरे ?", मार्था डायरी एकातिर मिल्काउँछिन् ।

"प्रेमोपहार भवन !", मैचाङ कुरा भनिसकेपछि जिब्रो टोक्छे ।

"के भन्या नि त्यो ?", मार्था रिसाएर झम्टिन तयार हुन्छिन् ।

"बुझिहाल्नुभएको छ नि किन बुझ पचाउनुहुन्छ ?", मैचाङ पनि आक्रामक हुन्छे, "मैले मात्र भनेको कुरा हो र, सबै भन्छन् ।"

"के भन्छन् त म पनि राम्ररी सुनूँ ?"

"आदिगुरूले आदिमातालाई प्रेमको उपहारस्वरूप बनाउनुभएको भवन भन्छन् अरू के भन्थे !", मैचाङ कति नदबीकन कुरा खुलस्त परिदिन्छे, "होइन भने होइन भन्नोस् न त ?"

"हो, हो तेरो गुरूले ताजमहल बनाएको हो मलाई गाड्न ।" मार्था झम्टिन शुरू गर्छिन्, "उपहार प्रेमोपहारको कुरा गर्ने भएकी, बुझ्नुसुझ्नु क्यै छैन, हल्ला मात्र सुनाउँछे, एउटा सानो कुरा भनेको मान्दैन, दिन्छ प्रेमोपहार ।"

"उही आदिमाता नभन भन्ने कुरा त होला ति... ।" मैचाङ कत्ति आत्तिंदिन, "जे कुरा पनि मुखले मान्नुपर्नेजस्तो मनले सर्त माने हुँदैन र !"

मैचाङ जान्छे । रातभर मार्थाको मनमा खलबली मच्चिरहन्छ । भोलिपल्ट बिहान मार्था दूध पिउँदै सोध्छिन्, "काम गर्न जाने भनेकी होइन ?"

मैचाङ सुस्तरी 'हो' सूचक टाउको हल्लाउँछे ।

"मन छ भने ...जा !", मार्था भित्तातिर फर्केर अनुमति दिन्छिन् ।

मैचाङ रोक्न खोज्दाखोज्दै पनि नसकेर खितिति हाँस्छे र भाग्छे ।

"तँलाई पख्लिस् !", मार्था धम्क्याउँछिन् अनि सजिलो हुन्छिन् । मैचाङ श्रमकार्य गर्न जान्छे । मार्था धेरै समयसम्म बैठककोठामा बसिरहन्छिन् । चित्र कोर्ने प्रयास गर्छिन् तर मन ठेगानमा आउँदैन ।

"के भएको... ?", मार्था आफैंसित झोक्किएर फूलबारीमा निस्कन्छिन् ।

समाधिस्थलमा बस्छिन् । जमुनाको अनुहार सम्झिन्छिन् तर त्यो सजीव भइदिंदैन । घामले साह्रै नै पोलेपछि तिनी फेरि भित्र पस्छिन् ।

अन्तःकक्षमा बसीबसी दिक्क भएपछि मार्था आदिमन्दिरको विशाल कक्षभित्र पस्छिन् । त्यहाँको झ्यालबाट तिनी निर्माणाधीन भवनलाई हेर्छिन् । भवनको स्वरूप सुन्दरतादेखि तिनी मुग्ध हुन्छिन्, "के त्यो प्रेमोपहार हो ?"

मार्था आफैंलाई सोध्छिन्, "हो भने मलाई किन बोलाउँदैन त्यहाँ ?"

मार्था तुरुक्क रून्छिन् र केही शान्त हुन्छिन् । साँझपख मैचाङ फर्की आउँछे । ऊ खूब फुर्कीफुर्की भवनको नाटीकुटी वर्णन गर्छे, "स्वर्गको विश्वकर्माले बनाएजस्तै छ ।" ऊ आधारातमा कुरा टुङ्ग्याउँछे ।

धेरै श्रम, सीप र समय लाएपछि अन्ततः सङ्ग्रहालय भवन तयार हुन्छ । मार्थाले रचना गरेका सबै चित्रहरू त्यहाँ लगिन्छन् । चित्रहरूका माउन्ट र फ्रेमहरू बनाइन्छन् । रेखाचित्र, पानीरङका चित्र, तेलचित्र, ग्राफिक चित्र आदिका दीर्घाहरू छुट्याएर चित्रहरू सजाइन्छन् । सङ्ग्रहालयको केन्द्रमा महाज्ञानी कपिल र महाप्रेमी प्रेममूर्तिका चित्रहरू टाँगिन्छन् । आदिमाताको मन परेकी छोरी जमुनाका चित्रहरूले एक विशेष स्थान ओगट्छन् । अधिकांश चित्रहरू बस्तीसित सम्बन्धित हुन्छन् । केही चित्र विशुद्ध कलात्मक मूल्यका र केही अमूर्त शैलीका हुन्छन् ।

एक उपयुत्त दिन पारी आदिमाताको करकमलबाट सङ्ग्रहालयको समुद्घाटन हुन्छ । सबै दङदास पर्छन् । सङ्ग्रहालयदेखि मार्था बढी दङदास पर्छिन् कि चित्रहरूदेखि पुत्रपुत्री दङदास पर्छन्, छुट्याउन गाह्रो पर्छ । आदिगुरू आदिमाताद्वारा स्नेहप्राप्त यी बहुमूल्य कलाकृतिहरूमा बस्तीको अतीत छ, वर्तमान छ त्यसैले भविष्य नहोला भन्न सकिंदैन भनी उद्गार व्यक्त गर्छ । मार्था पनि बस्तीलाई बुझ्ने उत्कट अभिलाषा गर्दा यी चित्रहरू रचना भएका हुन् भन्ने भावाभिव्यक्ति पोख्छिन् । भावनाको अतिरेकले गर्दा मार्था प्रशान्तको हात समात्छिन् । प्रशान्त कुनै अनपेक्षित अस्वाभाविकता अनुभव गर्दैन । ऊ शान्ति र प्रसन्नतापूर्वक आदिमातालाई हातको सहारा दिन्छ । पुत्रपुत्रीहरू प्रेममिलनको नयनाभिराम दृश्य देख्छन् ।

त्यस दिन राति अबेरसम्म मार्था प्रशान्तलाई छोड्दिनन् । उसको पाखुरा समातेर खूब मच्चीमच्ची कुरा सुनाइरहन्छिन् । बेलाबेलामा उसको काँधमा टाउको बिसाएर सुँकसुँकाउँछिन् पनि । सुँकसुँकाउनुका कति कारण ज्ञात हुन्छन्, कति अज्ञात । प्रशान्त तिनका कुराहरू र व्यवहारदेखि न आत्तिन्छ, न झर्को नमीठो मानी त्यहाँबाट पन्छिने प्रयास नै गर्छ । ऊ पूर्णरूपले आदिमाताप्रति समर्पित भइदिन्छ ।

सपनामा मार्था मसिहालाई देख्छिन् धेरै दिनपछि । मसिहालाई देख्नासाथ तिनको जिउमा रिसको आगो सल्किन्छ, "आज म यसको

टाउको फोडिदिछु !" तिनी मनमनै निश्चय गर्छिन् र वरिपरिका ढुङ्गाहरू होसियारपूर्वक बटुल्न थाल्छिन् । मसिहा धीरगम्भीर पाइला चाल्दै, ओठमा एक सुमधुर मुस्कान नचाउँदै, स्नेह र करूणायुक्त महाअभयमुद्रा धारण गरी टाढाको क्षितिजबाट नजिकिंदै आउँछ । उसको पछाडि मानिसहरूको भिड हुँदैन, ऊ एक्लो हुन्छ ।

"तँलाई धोखेबाज, पख्लास् !", मार्था मनमनै भन्छिन् र एउटा बाक्लो झाडीमा लुकेर मसिहाको बाटो ढुक्न थाल्छिन् । मसिहा यताउति कतै खुट्टा नमोडीकन सीधै तिनी लुकिरहेको झाडीतिरै आउँछ । मार्था दुवै हातले ढुङ्गा समात्छिन् । मसिहाको हत्या गर्ने महत्त्वकाङ्क्षा यति शक्तिशाली हुन्छ कि हातका ढुङ्गाहरू दबाब सहन नराकी निचोरिन्छन् ।

मसिहा ठीक झाडीमा आई रोकिन्छ ।

"पुत्री मार्था ! अज्ञानताको झाडीबाट बाहिर निस्केर मसिहालाई सन्देहको आँखाले हेर्न छोड ।"

"को मसिहा... ?", मार्था गर्जिन्छिन्, "उही धोखेबाज मसिहा ?"

"मसिहाले धोका दिंदैन, मान्छेहरू आफूले आफैंलाई धोका दिन्छन् ।"

"मैले धोका खाइसकेकी छु, अब फेरि विश्वास गरी धोका दिन्छन् ।"

"मैले धोका खाइसकेकी छु, अब फेरि विश्वास गरी धोका खान चाहन्नँ ।"

"ठीक छ, प्रेमावस्थामा विश्वास गर्नेहरूले मसिहालाई विश्वास नगरे पनि हुन्छ । जजसलाई आस्थाको भोक लागेको छ, मसिहाको पछि लागून् किनभने भोका मानिसहरूलाई म विश्वासको भोज ख्वाउन आएको हुँ । जजस्को भोक मेटिएको छ, प्रभु राज्यमा परमआनन्दपूर्वक विश्राम गरिरहून् किनभने अहङ्कारी अनास्थाको दलदलबाट ती उद्धार गरिसकिएका हुन्छन्... ।"

मसिहा आफ्नो बाटो लाग्छ । यही बेला झाडी कता हराउँछ कता ।

ढुङ्गाहरू पनि लोप हुन्छन् । मार्था टाढा क्षितिजतिर आँखा उठाउँछिन् । एउटा ठूलो भिड मसिहाको पछि लागिरहेको हुन्छ, तँछाडपछाड गर्दै ।

"क्षमा, मसिहा !", मार्था मनमनै प्रार्थना गर्छिन् र अनुभव गर्छिन्, मसिहाले तिनका सबै पापहरू पहिले नै माफ गरिसक्नुभएको छ ।

३९

प्रेमोपहार भवन समुद्‌घाटनको लगत्तै केही दिनपछि बस्तीवालाहरू अमर प्रेमको एक नयाँ आयाम देख्छन् । आदिगुरू प्रशान्त आदिशिक्षणशालाबाट फर्केपछि सन्ध्या समय आदिमातालाई होइन, कुष्ठरोगीहरूलाई दिन थाल्छ । दुई चार दिन मार्था यो पीडा सहन्छिन् र प्रेम प्रतीक्षामा दिन काट्छिन् । यही समय डाक्टर आनन्द आदिमन्दिर आउँछ । मैचाङमार्फत आदिमातासित भेट्ने समय माग्छ ।

मार्था तुरून्त समय दिन्छिन् । मैचाङ डा. आनन्दलाई समाधिस्थलमा डोऱ्याउँछे, जहाँ आदिमाता बेचैन भई ओहोरदोहोर गरिरहेकी हुन्छिन् ।

"प्रणाम आदिमाता !", ऊ विनयपूर्वक शिर झुकाउँछ । मार्था उसलाई माथिदेखि तलसम्म हेर्छिन् र अज्ञात आशङ्काले त्रसित हुन्छिन् ।

"के भन्न आयौ पुत्र ?", मार्था सोध्छिन् ।

"एक विशेष अनुरोध गरूँ कि भनेर... ।"

"विशेष ?", मार्था झन् बढी ससङ्कित हुन्छिन् ।

"हो आदिमाता एक विशेष अनुरोध छ, प्रार्थना छ !", डा. आनन्दको निधारमा चिन्ताका चार सुस्पष्ट धर्सा देखापर्छन्, "मलाई विश्वास छ, आदिगुरू आदिमाताको आज्ञापालन गर्नुहुनेछ ।"

"तर... के सम्बन्धमा ?", मार्था चकित हुन्छिन् ।

"आदिआरोग्यशालामा आदिगुरूको क्रियाकलाप सम्बन्धमा । हामी डाक्टरहरू चाहन्छौं आदिगुरूलाई कुनै न कुनै रूपमा रोक लगाइयोस् । आदिगुरूलाई कुष्ठरोग लाग्ने सम्भावना छ ।"

"के भन्यौ ?", मार्था आतङ्कित हुन्छिन् ।

"आदिगुरू कुष्ठरोगीसित खेलबाड गरिराख्नुभएको छ । रोगीहरूसित व्यवहार गर्दा अपेक्षित सतर्कताका नियमहरू उहाँ उल्लङ्घन गर्दै हुनुहुन्छ । हामीले सम्झाउने प्रयास गऱ्यौं भने उहाँ हाँसीहाँसी भन्नुहुन्छ, मलाई कुष्ठरोग लाग्यो भने सबभन्दा अन्त्यमा उपचार गर्नू ।" मार्था सन्न हुन्छिन् । डाक्टर आनन्द रूमालले मुख छोपी रून्छ । मैचाङ भान्साखण्डको झ्यालमा उभिएर वाल्ल परिरहन्छे ।

"नरोऊ पुत्र, डाक्टरलाई रोएको सुहाउँदैन, म आदिगुरूको प्रवेश निषेध गरिदिन्छु त्यहाँ ।" मार्थाको आदिमातृत्व जागृत हुन्छ । डाक्टर आनन्द समालिन्छ ।

"आदिमाता आदिगुरूलाई प्रवेश निषेध गर्न सायद नमिल्ला तर सतर्कताका नियमहरू कडाइसाथ परिपालन गराउन सकिन्छ । यो अत्यन्त आवश्यक छ । अन्यथा अनर्थ हुनेछ ।", डा. आनन्द विशेष अनुरोधको परिसीमा स्पष्ट पार्छ ।

"म उसको प्रवेशमाथि नै रोक लगाइदिन्छु किनभने ऊ अतिवादी हो... ।" मार्था कुन्नि किन, उत्तेजित हुन्छिन्, "रोगीलाई दयामाया गर्दागर्दै रोगलाई नै दयामाया गर्न सक्ने अतिवादी मान्छे हो ऊ । म उसलाई उसले भन्दा बढी चिन्छु ।"

डाक्टर नाजबाफ हुन्छ र प्रणाम गरी फर्किन्छ । ऊ गएपछि मैचाङ दगुर्दै समाधिस्थलमा आउँछे, "आदिमाता डाक्टरले के कुरा गरेको ?"

"तेरो आदिगुरू बहुलाउन थाल्यो भनेको, त्यसैले पो यहाँ आउन छोड्या रहेछ ।", मार्था झोक्किन्छिन् ।

"छि, यो आदिमाता त, त्यसै मनपरी बोल्नुहुन्छ । एक दिन आदिगुरू आउनुभएन भने जे मुखमा आयो त्यही भन्नुहुन्छ ।"

"खप्पर फोडिदिन्छु म कुरासुरा केही बुझ्नु छैन, खालि गुरूको पक्ष लिन जानेकी छ ।", मार्था उग्र हुन्छिन् ।

"फोडिदिनोस् न त खप्पर ...काम परेर गुरू नआउनुभएको होला भन्न पनि नहुनेजस्तो ।"

"खूब काम परेको छ तेरो गुरूलाई, बहुलाउन थालेपछि मान्छेको के काम हुन्छ, अरूलाई दुःख दिनुबाहेक ?"

मार्थाको उग्रता झन् भयङ्कर हुन्छ । मैचाङ साँच्चै नै डराउँछे, चित्त दुखाउँदै फर्किन्छे ।

आदिसंवत्मा होइन, विक्रमसंवत्मा नयाँ वर्ष लागिसकेको हुन्छ । हिमालहरू सेता, पहाडहरू हरिया हुन्छन् । फूलहरू र चराहरू रङरङका हुन्छन् । मौसम साह्रै स्वच्छ हुन्छ । बस्तीमाथिको आकाश साह्रै नीलो हुन्छ । यस रङ्गीन प्रकृतिमा मार्थालाई कुनै रङ चेतना हुँदैन । तिनी उग्ररूपले

छटपटिइरहन्छिन् । फूलबारीका फूलहरू चुँडालेर निचोरिरहन्छिन् । घण्टौंपछि एक मनश्चेतनाले प्रश्न गर्छ, "किन बित्थैमा रिसाइरहेकी हँ ?"

मार्थालाई तनाबमुक्तिको हाँसो लाग्छ ।

"ए पुत्री ! पुत्री !", मार्था अन्तः कक्षमा हेर्दै कराउँछिन् । मनमा कुतकुती लाग्छ । मैचाङ अँध्यारो मुख पारी आउँछे ।

"किन बोलाउनुभएको ?", ऊ आँखाले भुइँ खन्दै सोध्छे ।

"भित्र के गरिरहेकी भनेर !", मार्था आँखा जुधाउने प्रयास गर्छिन्, "तीन पाथी आँसु त झारेन हँ ?"

मैचाङ आँखा उठाउँछे । मार्था खितिति हाँस्छिन् ।

"आफैं बहुलाहीजस्ती हुनुहुन्छ अनि गुरूलाई दोष लगाउनुहुन्छ ।"

मैचाङ पूरापूरा घुर्की लाउँछे र फटाफट खुट्टा बजारेर जान्छे । मार्था झन्सारो खितखिताउँछिन् । फूलबारीका शान्तिप्रिय तर डरपोक चराहरू अन्यत्र लाग्छन् । चार बजेपछि मार्था आदिमन्दिरको प्राङ्गणमा निस्कन्छिन् । त्यहाँबाट टाढा आदिशिक्षणशालामा दृष्टि लगाउँछिन् । शिक्षार्थीहरू बिस्तारै आवासगृहतिर लाग्न थालेका हुन्छन् । गोलघर, प्रेमोपहार भवनतिर पनि पुत्रपुत्रीहरू आवतजावत गरिरहेका हुन्छन् । मार्था खम्बाको छेल गरी आदिआरोग्यशालाको बाटोमा हेरिरहन्छिन् । मनमा प्रेममिलन वा प्रेमपीडाका तरङ्गहरू उठ्छन् । करिब साढे चार बजेतिर प्रशान्त आदिआरोग्यशाला बाटोमा देखापर्छ । मार्था सब मर्यादाहरू बिर्सेर वा लत्याएर दगुर्छिन् ।

"प्रशान्त ! प्रशान्त !", मार्था टाढाबाट बोलाउँदै, हात हल्लाउँदै बाटोमा पुग्छिन् । प्रशान्त बाटोमा अडिन्छ । असिजिलो अनुभव गर्दै । प्रेमोपहार भवनबाट बाहिर निस्किरहेका मानिसहरूको ध्यान पूर्णरूपले आकृष्ट हुन्छ ।

"कहाँ जान लागेको ?", मार्था स्वाँस्वाँ गर्दै सोध्छिन् जानीजानी ।

"आदिआरोग्यशाला जाँदै छु ।", प्रशान्तको आँखामा बल पर्छ ।

"किन ?", मार्था अनजान बन्छिन् ।

"आदिमाता, म सधैं यो समय आदिआरोग्यशालामा लगानी गर्नेछु... ।", प्रशान्त मन्दमन्द मुस्कुराउँछ ।

"सन्ध्या समय तिमी मकहाँ पनि आउने गर्थ्यौ... ।", घुर्की लाउने आँखाले हेर्दै मार्था नजिकिन्छिन् ।

"क्षमाप्रार्थी छु, म केही दिनदेखि आदिमाताको सान्निध्यबाट वञ्चित हुन पुगेको छु । कार्यव्यस्तता एवम् जिम्मेदारीको कारण, कृपया अन्यथा नमानियोस् ।"

"यो त भाग्ने निहुँ मात्रै हो मदेखि । सबैलाई तिमी समय पुऱ्याउन सक्छौ, मलाई मात्र... ।"

"मेरो सम्पूर्ण समय, म सत्य भन्छु, आदिमातामा समर्पित छ ।", प्रशान्तको मुस्कान गहिरिन्छ ।

"त्यसो भए जाऔं न त !", मार्था उसको हात समात्छिन् ।

"कहाँ ?", प्रशान्त फेरि असजिलो स्थितिमा पुग्छ ।

"आदिमन्दिरमा ...अन्तःकक्षमा ।", मार्था उसको हात खेलाउन थाल्छिन् । तिनको बोलीवचन र व्यवहार जिद्दी गर्ने बालिकाको जस्तो प्रतीत हुन्छ ।

"आदिमाता, म आदिआरोग्यशालाबाट फर्केर आउनेछु... ।"

"होइन, म तिमीलाई त्यहाँ जान दिन्नँ, म मन पराउँदिनँ ।", मार्था बल गरेर हात समात्छिन् । खुट्टा बजार्न पनि शुरू गर्छिन् ।

के मन पराउनुहुन्न... ?", प्रशान्त सोध्छ ।

"तिमी त्यहाँ ...त्यहाँ कोढीखानामा गएको ..मलाई डर लाग्छ ।", मार्था सानी बालिकाले झैं चोसो मुख पार्छिन् । प्रशान्त मीठो तरिकाले हाँस्छ ।

"म तिमीलाई जान दिन्नँ के ...जति हाँस न ।", मार्था कुरा थप्छिन् र चोसो मुख पारिरहन्छिन् ।

"आदिमाता, म मेरो रोगग्रस्त, अपेक्षाग्रस्त पुत्रपुत्रीका समीप नजाऊँ ? के यो माग न्यायोचित र सम्भव छ ?"

"त्यहाँ डाक्टरहरू छन् । तिनीहरू पनि तिमी त्यहाँ गएको मनपराउँदैनन् ।"

"म डाक्टरहरूको चिन्ता बुझ्न सक्छु, उनीहरू आदिगुरुलाई कोढ लाग्ला भनी अनावश्यक चिन्ता गर्छन् ।"

"अनावश्यक नभन, प्लिज !", मार्था रोलाझैं गर्छिन्, "त्यो महारोग हो, डाक्टरहरूलाई चिन्तित हुने अधिकार छ । मैले उनीहरूलाई वचन दिइसकेकी छु ।"

"वचन ?"

"हो, आदिगुरू अबदेखि त्यहाँ आउनेछैन भन्ने वचन ! तिमीले मेरो वचन मान्नैपर्छ ।"

"म यो आज्ञा शिरोधार्य गर्न असमर्थ छु ।" प्रशान्त शान्त एवम् गम्भीर हुन्छ, "म कोढ लागेका पुत्रपुत्रीहरूको उपेक्षा गरूँ, यो सम्भव छैन । आदिमाताको मनमस्तिष्कमा यस्तो विचार जन्मनु दुर्भाग्यपूर्ण कुरा हो ।"

प्रशान्त हात स्वतन्त्र पार्छ ।

"मैले उपेक्षा गर भनेकी छैन । आदिगुरूको हैसियतले आदिआरोग्यशालाको स्थापना गऱ्यौ । कोढीहरूका लागि योग्य डाक्टरहरू, नर्सहरू व्यवस्था गऱ्यौ, औषधोपचारको राम्रो बन्दोबस्त मिलाइदियौ । जोसुकैले पनि तिम्रो कामको सराहना गर्न सक्छ । म पनि कोढी, महारोगीहरूको अधिकारको पक्षमा छु तर कोढ भनेको कोढ हो, ख्यालठट्टा होइन... होसियार हुनैपर्छ ।"

"म आदिमाताको वचन याद राख्छु ।", प्रशान्त हाँस्छ, फिस्स ।

"तिमी कोढीहरूलाई उपेक्षा गर्नु हुन्न भन्ने धुनमा आफ्नै स्वास्थ्य र शरीरको उपेक्षा गरिरहेछौ यो अति हो । यो अतिवादको सिकार हुन नदिनु मेरो धर्म हो । सोचेका छौ तिमीलाई कोढले छोयो भने कहाँ के हुन्छ ?"

"मलाई माया गर्छु भन्नेहरूको आत्मपरीक्षा हुन्छ ।", प्रशान्त रमाइलो मानेर हाँस्छ । प्रेमवश मार्थाको अनुहार रिसले फुल्छ ।

"गुरू हुँ भन्दैमा घरीघरी परीक्षा लिने अधिकार छैन तिमीलाई बुझ्यौ ?"

"आदिमाता, म सायद परीक्षा लिइरहेको छैन, बरू स्वयम् परीक्षा दिइरहेको छु ।", प्रशान्त केही गम्भीर हुन्छ ।

"तिमी जेसुकै भन, म त्यहाँ जान दिन सक्तिनँ । प्लिज म हात जोड्छु, मलाई फेरि दुःखको भुमरीमा नपारिदेऊ, म सहन सक्तिनँ ।"

"आदिमाता, यो कोरा कल्पनाको भुमरी हो ।"

"होइन प्रशान्त, तिमी मलाई त्यति कमजोर नसम्झ । म आफ्नो मात्र सुखदुःखको कुरा गरिरहेकी छैनँ ।", मार्था आफैँसित झैं कुरा गर्न थाल्छिन्, "म सम्पूर्ण बस्तीको भलाइ, कल्याण कामना सोच्छु किनभने म आदिमाता हुँ । व्यक्तिगतरूपले म कोढीहरूदेखि अतिशय भयभीत हुन्छु, उनीहरूसित आदिमाताको प्रतिष्ठाअनुरूप आचरण गर्न असफल हुन्छु, यो मेरो निजी मामला हो । म एक युवती पनि हुँ । कुरूपता र बीभत्सताहरूदेखि भागेर

युवतीहरूले सुन्दरताको अर्थ बनाउँछन् । तर डाक्टरहरूलाई मैले जुन वचन दिएँ, त्यो मेरो निजी मामला होइन, कमजोरी होइन ।"

"म यस सम्बन्धमा क्षमायाचना गर्छु ।"

"तिमी मेरो वचन उल्लङ्घन गर्छौ त ?", मार्थाको बोली चर्किन्छ । आदिआरोग्यशालाका झ्यालहरूमा डाक्टर र नर्सहरू मडारिन थाल्छन् ।

"आदिमाता, त्यसलाई वचन भनिंदैन ।"

"के भनिन्छ त ?"

"सायद षड्यन्त्र भनिन्छ किनभने यहाँ आदिगुरूलाई उसका ती पुत्रपुत्रीहरूबाट अलग्याउने प्रयास गरिएको छ, जसलाई मुनष्यजाति मनुष्य मान्न चाहँदैन । आदिगुरूको सर्वप्रथम आवश्यकता ती पुत्रपुत्रीहरूलाई नै छ, जो सभ्यता, स्वस्थता र सुन्दरताका दर्शनहरूद्वारा दमन गरिएका छन् । वास्तविक कोढ कोढीहरूको शरीरमा लाग्दैन, सभ्यता र संस्कृतिको आत्मामा लाग्छ । आदिमाता, म प्रेरणा चाहन्छु, बन्धन चाहन्नँ । यो वाचाबन्धनभन्दा मलाई मृत्यु प्रिय हुनेछ ।"

"प्रशान्त यो के भन्दै छौ ?", मार्थालाई विश्वास लाग्दैन ।

"नयाँ मनुष्यताको जन्म यदि कतै हुनेछ भने त्यो कोढीखानामा नै हुनेछ । म यही बीजारोपण कर्ममा व्यस्त छु । केही दिनदेखि म आदिआरोग्यशालामा नवप्रवचनमाला युगान्तरोत्सव कर्मसम्बन्धी व्याख्यान दिइरहेको छु । त्यसैले डाक्टरहरू असजिलो अनुभव गरिरहेछन् । मलाई कोढ लाग्न सक्ने सम्भावनालाई म इन्कार गर्दिनँ तर म जानीजानी बाटो बिराउन सक्तिनँ । जहाँसम्म आदिमाताको प्रतिष्ठाको कुरा छ, म यति नै भन्न सक्छु, हृदयका प्रत्येक धड्कनमा म आदिमातालाई अनुभव गर्छु ।"

मार्था त्यहीं थुचुक्क बस्छिन्, न रिसाउन सक्छिन्, न रून सक्छिन् । झ्यालहरूमा मडारिइरहेका डाक्टर नर्सहरू बुझ्छन्, अब महाभारत छेडिनै आँटेको छ । प्रेमोपहार भवनबाट आवासगृहतिर लाग्नुपर्ने मानिसहरू बाटोभरि अलमलिइरहन्छन् । उनीहरूलाई चासो हुन्छ, अन्दाज हुँदैन ।

"आदिमाता, कृपया उठ्नोस् ।", प्रशान्त प्रेमपूर्वक हात बढाउँछ । मार्था उसको हात नसमातीकन आफैं उठ्छिन् । रूखो र निश्चयात्मक देखिन्छिन् ।

"यदि तिम्रो हृदयको धड्कनमा मेरो नाम लेखिएको छ भने तिमीले मेरो कुरा सुन्नु नै पर्छ... ।", मार्था सीधा आँखा जुधाई बोल्छिन्, "नत्र ...नत्र म पनि आफ्नो बाटो हिंड्नेछु ।"

"कस्तो बाटो ?", प्रशान्त सरलतापूर्वक मन्दमन्द मुस्कुराउँदै सोध्छ । ऊ आशङ्काहरूले पीडित देखिंदैन । यो देखी मार्थाको हृदयमा आगो लाग्छ ।

"म मर्नेछु भोकले नखाईनखाईकन ।", मार्था दृढ भई स्वर दबाएर बोल्छिन्, "तिमीले मेरो कुरा सुन्यौ ? म भोकहडताल गरेर, सत्याग्रह गरेर मर्नेछु ।"

मार्थाको बोलीमा र हेराइमा जीवनभरका पीडा र गुनासा अभिव्यक्त हुन्छन् । यसले प्रशान्तको हृदय छुन्छ । ऊ टाउको झुकाएर विचारमग्न हुन्छ । मार्था एकछिनसम्म जबाफ पर्खिबस्छिन् । प्रशान्त केही बोल्दैन । अन्ततः मार्था प्रतीक्षारत पाइलाहरू आदिमन्दिरतर्फ बढाउन विवश हुन्छिन् ।

भोकहडताल शुरू हुन्छ । मार्था पुत्रपुत्री सङ्घका पदाधिकारीहरूलाई बोलाएर यस कुराको घोषणा गर्छिन् । यस अनपेक्षित घोषणाले सबै आतङ्कित हुन्छन् ।

"आदिमाता घोषणा फिर्ता लिनुहोस्, हामी आदिमाताले कष्ट भोग्नुभएको सहन सक्नेछैनौं ।" सबै प्रार्थना गर्छन् । मार्थाको उत्साह झन् सुदृढ हुन्छ ।

"प्रिय पुत्रपुत्रीहरू, सम्पूर्ण बस्तीको कल्याण कामना गर्नु आदिमाताको एक मात्र धर्म हो । आफ्ना पुत्रपुत्रीहरूको हक र हितरक्षार्थ असल आमाहरू पिताहरूसित लड्न सक्छन् । डाक्टरहरूको रायसल्लाहबमोजिम मैले तिमीहरूको आदिगुरूलाई सम्झाउने प्रयास गरें तर मैले उसलाई कोढीहरूको उचित हेरविचार गर्नु र आफैं कोढग्रस्त हुन चाहनु बेग्लाबेग्लै कुरा हुन् भनेर बुझाउन सकिनँ । यदि आदिगुरू जानीजानी कोढग्रस्त हुन चाहन्छ भने बस्तीको भविष्य के होला... ? म यो देख्नुभन्दा पहिले मर्न चाहन्छु ।"

दृढप्रतिज्ञ आदिमाताको कुराले सबैको मुटु हल्लिन्छ । मैचाङ कुरा बुझ्नासाथ रून थाल्छे ।

"पुत्री, यो रोइकराइ गर्ने समय होइन । म तिमीहरूको आदिगुरूलाई प्रेम गर्छु, तिमीहरू सबैलाई माया गर्छु बस्तीलाई आफ्नो घर सम्झन्छु ।

यदि प्रेमका खातिर सत्याग्रह गर्दा ज्यान जान्छ भने त्यसभन्दा खुशीको कुरा, सौभाग्यको कुरा के हुन सक्छ ? मेरो अन्तिम इच्छा छ म मरेपछि मलाई छोरी जमुनासँगै सुताइयोस् ।"

"आदिमाता, म पनि मर्नेछु ।", मैचाङ आकाशपाताल थर्काएर डाँको छोड्छे । पुत्रपुत्री सङ्घका पदाधिकारीहरू मुखामुख गरिरहन्छन् । मार्थाको ओठमा आत्मसन्तोषको मुस्कान प्रदीप्त हुन्छ ।

"पुत्री शान्त होऊ, चुप लाग न भनेको ।"

"अब म चुप लाग्दिनँ आदिमाता ! मलाई पनि हक छ, चुप लाग्दिनँ । म आदिगुरूलाई सोध्नेछु, यो जीवनधारीहरूको बस्ती हो कि मृत्युधारीहरूको ? किन यो बस्तीमा पीडापीडा र शोकशोक मात्रै छन् ? दुःखै खानु छ, आँसु नै झार्नु छ भने ...बाहिर संसारभन्दा यहाँ के कुरा भिन्न छ ? म आदिगुरूलाई यो कुरा सोध्न जानेछु ...आदिगुरू ! आदिगुरू ! आदिगुरू !"

मैचाङ बहुलाहीझैं हुन्छे । भएभरको बल र चेतनाले चिच्याउँदै, कराउँदै बाहिर दगुर्छे । ऊ सीधै आदिगृह पुग्छे, त्यहाँबाट रन्थनिएर बस्तीको विशाल मैदानतिर दगुर्छे, "आदिगुरू ! आदिगुरू ! आदिगुरू !" मैचाङ जन्मान्तरणवृक्षमुनि उभिएर चिच्याइरहन्छे । उसको हृदयविदारक पुकारले बस्तीमा खलबली मच्चिन्छ । आवासगृहहरू र गोलघरतिरबाट बस्तीवालाहरू दगुर्दै त्यहाँ पुग्छन्, "आदिगुरू ! आदिगुरू ! आदिगुरू !" मैचाङ कतै कसैलाई नहेरीकन चिच्याइरहन्छे ।

"के भयो मैचाङ ?" धेरै व्यक्तिले एकैपल्ट प्रश्न गर्छन् तर मैचाङ आदिगुरूको पुकार मात्र गरिरहन्छे । बस्तीवालाहरूलाई मैचाङ पागल भई भन्ने शङ्का लाग्छ । समझदार व्यक्तिहरू आदिमन्दिरतर्फ दगुर्छन् । अन्तःकक्षमा पुत्रपुत्री सङ्घद्वारा परिवेष्टित आदिमातालाई सकुशल देख्छन् ।

"जाओ पुत्रपुत्रीहरू, मेरी सहेली पुत्रीलाई फकाइफुल्याइ गरी ल्याओ... ।"

मार्थालाई बस्तीमा पहिलोपल्ट प्रवेश गर्दाखेरिको घटना स्मरण हुन्छ, जब मैचाङ आदिगुरूलाई सुसमाचार सुनाउन दगुरेकी थिई । पुत्रपुत्रीसङ्घका पदाधिकारीहरू त्यहाँ पुगेपछि सबैलाई वास्तविकता थाहा हुन जान्छ । हाहाकार मच्चिन्छ ।

आदिआरोग्यशालाको भित्री प्रकोष्ठमा आदिगुरूसमक्ष यो समाचार पुऱ्याइँदा सन्ध्या समाप्तप्राय भइसकेको हुन्छ । आदिगुरू प्रवचन स्थगित गरी आदिआरोग्यशालाबाट बाहिर निस्कन्छ । शान्त, धीर, गम्भीर चालले भिडतर्फ उन्मुख हुन्छ । आदिगुरूको आगमन देखी सबै निःशब्द प्रतीक्षापूर्ण हुन्छन् ।

"के भयो पुत्री तिमीलाई ?" आदिगुरू स्नेहपूर्वक मैचाङको माथ स्पर्श गर्छ ।

"आदिगुरू... !", मैचाङको स्वर बसिसकेको हुन्छ । ऊ शिथिलताले लथ्रक्क परिसकेकी हुन्छे । आदिगुरू उसलाई स्नेहपूर्वक अङ्कमाल गरी छातीमा टाँस्छ । मैचाङ बसेको स्वरले "गुरू... गुरू... !" भन्दै रून्छे । आदिगुरू उसको अनुहार र कपाल सुमसुम्याइदिन्छ, थुमथुम्याइदिन्छ ।

"पुत्री, सायद तिमी आँसुको मसिहा हौ, त्यसैले आफूले नगरेका पापहरू देखेर सधैं रूने गर्छ्यौ... ।"

"गुरू... आदिमाता, आदिमाता... !"

"मलाई थाहा छ, अब आँसु पुछ ।", आदिगुरू आफैं आँसु पुछिदिन्छ ।

मैचाङ आदिगुरूको छातीमा मुख लुकाएर हिकहिकाइरहन्छे ।

"पुत्री, मैले आदिमातालाई आउँछु भनेको थिएँ, जाऔँ ।" आदिगुरू डर र शोकले विह्वल त्यस पुत्रीलाई सहारा दिंदै अदिमन्दिरतर्फ लाग्छ ।

रात पर्छ । सबैका मनमा आशाको नयाँ चन्द्रमा उदाउँछ । भोलिपल्ट बिहान त्यो चन्द्रमा पूरापूरा अस्ताउँछ, जब आदिगुरूले आफ्नो धारणा अभिव्यक्ति गर्छ, "पुत्रपुत्रीहरू म आदिमाताप्रति क्षमाप्रार्थी छु किनभने आदिगुरू आदिमाताको माग पूरा गर्न असमर्थ छ । आदिगुरू आफ्ना पुत्रपुत्रीहरूलाई भेदभावको दृष्टिले हेर्न असमर्थ छ । युगान्तरोत्सवको सुसमाचारद्वारा वञ्चित गरिनका लागि ती पुत्रपुत्रीहरूले कुनै अपराध गरेका छैनन् । हे पुत्रपुत्रीहरू, आदिमातालाई जानकारी देऊ- मानवता माथि लागेको कोढको उपचार प्रविधिलाई युगान्तरोत्सव भनिन्छ । आदिगुरू यही महत्तम कार्यमा उत्सर्गित छ । इतिहास कोढीखाना हो, मेरा ती पुत्रपुत्रीहरू मानवजातिको इतिहासबाट बहिष्कृत गरिएका छन् । ती शारीरिकरूपले मात्र कोढग्रस्त छन् यो साधारण कोढ हो । असाधारण कोढ त विश्वसमाजलाई लागेको छ, जहाँ आदिमाता मानिसहरूलाई निरोगिताको भ्रममा परेको

देख्नुहुन्न । आदिमातालाई भनिदेऊ- भोकहडताललाई आदिगुरू सत्याग्रह मान्न असमर्थ छ किनभने आदिमाता जसलाई कोढीखाना भन्नुहुन्छ, त्यो स्वस्थ्य इतिहास र स्वस्थ्य मनुष्यता जन्माउने प्रसुतिगृह हो ।"

आदिगुरूको ओजपूर्ण वाणी सुनेपछि बस्ती पूर्णरूपले अवाक् हुन्छ । जब बोली फर्किन्छ, बस्तीमा ठूलो खैलाबैला मच्चिन्छ । पुत्रपुत्री सङ्घले मध्यस्थको काम गर्छ । सङ्घका पदाधिकारीहरू दिनभर आदिगुरू र आदिमाताबीच ओहोरदोहोर गरिहन्छन् । आदिगुरू असमर्थता प्रकट गरिरहन्छ, आदिमाता मागमा अडिरहन्छिन् । दिन बित्छ ।

भोलिपल्ट पनि पुत्रपुत्री सङ्घ मध्यस्थताको हरसम्भव प्रयासमा संलग्न हुन्छ । भगीरथ प्रयत्न असफल हुन्छ ।

तेस्रो दिनदेखि मार्थाको स्वास्थ्य बिग्रन थाल्छ । भोक खप्न नसकेर तिनी नराम्ररी छटपटिन्छिन् । पेट दोबारेर घरीघरी घोप्टिन थाल्छिन् । अनुहारको रङ फुङ्ग उड्छ । ओठमा कत्ला पर्छन्, आँखा निस्तेज हुन्छन् र बोली शक्तिहीन हुन्छ । आदिमन्दिरमा रूवाबासी चल्छ । बस्तीका सबै काम आफैं ठप्प हुन्छन् । डाक्टरहरूको एक दल आदिमाताको स्वास्थ्य जाँच गर्ने अवसर खोजिरहन्छ तर मार्था इन्कार गरिदिन्छिन् । चौथो दिनदेखि मार्थालाई बोल्न, चल्न र आँखा उघार्नसमेत मन लाग्दैन ।

"म मरिदिन्छु, मरिदिन्छु !", मैचाङ रून नसकेर कराइरहन्छे ।

पाँचौ दिन बिहान डाक्टरहरूको दल डा. प्रकाशको नेतृत्वमा जबर्जस्ती अन्तःकक्षमा घुस्छ ।

"क्षमा पाऊँ आदिमाता, हामी तमासा हेर्नका लागि डाक्टर बनेका होइनौ ।" डाक्टर प्रकाश आवेशपूर्वक बोल्छ, "मैले हजुरसित सहयोगको भिक्षा मागेको थिएँ, प्राणको भिक्षा मागेको थिइनँ ।"

मार्था सुस्तरी आँखा खोली हेर्छिन् अनि सुकेका ओठमा क्षीण मुस्कान नचाउँछिन् ।

"तिमीहरू आयौं... ?", मार्था सासैसासले मात्र बोल्छिन्, "किन आयौ ?"

"आदिमाता, आदिगुरूलाई रोक्ने, कन्ट्रोल गर्ने काम हामी डाक्टरहरूको हो ।", डा. कमला आदिमाताको हात मुसार्छे, "हजुर खाना खानोस्... । आदिगुरू चिन्तित हुनुभएको छ ।"

"म वचन दिन्छु, आदिगुरूलाई डाक्टरी सतर्कता आवश्यकता उल्लङ्घन गर्ने छुट दिनेछैन । म 'फाइट' गर्नेछु । हजुर यो 'हङ्गर स्ट्राइक' तोड्नोस् ।", डा. प्रकाश उही आवेशमा अनुरोध गर्छ । मार्थाको अनुहारमा एक चहक देखा पर्छ ।

"खाना ल्याऊँ है... ?", मैचाङ बीचमा मौका छोप्छे । मार्था टाउको हल्लाएर इन्कार गर्छिन् ।

"यसरी त हुँदै हुन्न आदिमाता... ।", डाक्टर प्रकाशको भावावेशमा वृद्धि हुन्छ, यो हामीलाई कुन पापको सजाय हो आज्ञा होस् त... !"

मार्थाको भोको ओठमा फेरि क्षीण मुस्कान नाच्छ । तिनी सन्तोषपूर्वक आँखा चिम्लिन्छिन् । डाक्टर प्रकाश घ्वाँक्क रून्छ, जुन आवेशको एक नियन्त्रित विस्फोट मात्र हुन्छ । अन्य डाक्टरहरू आदिमाताको स्वास्थ्य जाँच्न थाल्छन् ।

छैटौं दिन आदिआरोग्यशालामा एक आकस्मिक घटना घटित हुन्छ । डाक्टर नर्सहरूले जति कुरा लुकाइराखेका भए पनि कताकताबाट कुरा फुत्किहाल्छ । कोढीहरूले कुरा थाहा पाउँछन् । आदिगुरू युगान्तरोत्सव प्रवचनमाला अन्तर्गत व्याख्यान दिन आउँदा कोढीहरू हडताल गर्छन् ।

"आदिगुरू, यहाँ नआउनोस्... !"

"हामी प्रवचन सुन्न चाहन्नौं आदिगुरू, हामी पापी हौं !"

"आदिमातालाई बचाउनोस् आदिगुरू !"

कोढीहरू कराउँछन्, च्याँट्टिन्छन् । एउटा बीभत्स कोलाहलको दृश्य उपस्थित हुन्छ । डाक्टरहरूको सातो जान्छ । आदिगुरू प्रशान्त यो प्रतिकारदेखि स्तम्भित हुन्छ ।

"तिमीहरू को हौ, जो आदिगुरूलाई यहाँबाट भगाउन खोज्दै छौ ? आदिगुरूलाई लघार्न चाहने तिमीहरू को हौ ? आदिगुरूलाई यहाँ नआऊ भनी आज्ञा दिने तिमीहरू को हौ ?", कोलाहलको मध्य आदिगुरू गम्भीरतम् प्रश्न गर्छ । जबाफमा सबै रून थाल्छन् ।

"आदिगुरूको बोली रोक्न चाहने तिमीहरू के मेरा पुत्रपुत्री हौ ?"

"आदिमातालाई बचाउनोस् आदिगुरू... ।", केही कोढीहरू रूँदै कुरा थप्छन्, "हामी पापीहरूले गर्दा आदिमाताको ज्यान सङ्कटमा परेको छ... ।"

"कसले तिमीहरूको कान भन्यो ?", आदिगुरू सोधाइ जारी राख्छ, "कसले तिमीहरूलाई पापी भन्यो ?"

"कसैले होइन आदिगुरू, कसैले होइन !", कोढीहरू उत्तर दिन्छन् ।

"हे मेरा पुत्रपुत्रीहरू !", ओजस्वी वाणीमा आदिगुरू सम्बोधन गर्छ, "आदिगुरू मान्छेको भविष्य बचाउन चाहन्छ न कि मूर्खता । कसैको पनि मूर्खता र हठको अगाडि आदिगुरू आत्मसमर्पण गर्न असमर्थ छ ।"

"हामी आदिमाताको ज्यान लिन चाहँदैनौ गुरू... चाहँदैनौं ।" कोढीहरू रोइ नै रहन्छन् । आदिगुरू प्रवचन दिन असमर्थ भई आदिगृह फर्किन्छ ।

भोलिपल्ट कसैले पनि आदिगुरूलाई आदिगृहबाटबाहिर निस्केको देख्दैनन् । आठौं दिनदेखि मार्थालाई क्षणिक बेहोसीले छोप्न थाल्छ । मैचाङ मानसिक पीडाले फेरि उन्मादग्रस्त हुन्छे । आदिगृहतिर कराउँदै दगुर्छे ।

"आदिगुरू, आदिगुरू !", ऊ बस्ती नै थर्काउने गरी चिच्च्याउँछे । आदिवनमा नारेश्वरको रूखमुनि आँखा चिम्लिरहेको आदिगुरूको ध्यान भङ्ग हुन्छ ।

"आदिगुरू, आदिगुरू !", मैचाङ बहुलाहीझैं कराउँदै आदिवनमा पस्छे । थुप्रै बस्तीवालाहरू उसलाई साथ दिन दगुर्छन् ।

"के भयो पुत्री ?", मैचाङ खुट्टामा घोप्टिन आएपछि आदिगुरू उसलाई समातेर शान्तिपूर्वक सोध्छ । जबाफ मैचाङले होइन, अन्य व्यक्तिहरूले दिन्छन् ।

"पुत्रपुत्रीहरू, तिमीहरूको आँसुको मोहले आदिगुरू समयको मागभन्दा आधाशताब्दी पछि पर्न अभिशप्त छ ।", आदिगुरू शान्तभावले उठ्छ । बलिन्द्रधारा आँसु खसालिरहेकी पुत्रीलाई अभयप्रदान गर्छ । त्यसपछि आदिमन्दिरतर्फ लाग्छ । आदिमन्दिरवरिपरि बस्तीको सम्पूर्ण आवादी जम्मा भइसकेको हुन्छ । अन्तःकक्षमा डाक्टरहरू र पुत्रपुत्री सङ्घका पदाधिकारीहरूमात्र हुन्छन् । आदिगुरूको प्रवेश अन्तःकक्षमा भएपछि सबै उठ्छन्, चुपचाप ।

"जाऊ पुत्री, भान्साखण्डबाट एक मग दूध लिएर आऊ ।"

बैठककोठामा अडिएर आदिगुरू सस्नेह मैचाङलाई अराउँछ । ऊ सोचविचार नगरीकन भान्साखण्डमा दगुर्छे । अरू सबै कुरा नबुझेर टोलाइरहन्छन् ।

आदिगुरू शयनकक्षमा प्रवेश गरी आदिमाताको ओछ्यानमा बस्छ शान्ति र गम्भीरतापूर्वक ।

"आदिमाता, कृपया आँखा खोल्नोस् हजुरको माग शिरोधार्य छ । युगान्तरोत्सव प्रवचनमाला म स्थगित गर्दै छु । यो समाचार आदिआरोग्यशालामा पुऱ्याउन म पुत्र डा. प्रकाशलाई अनुरोध गर्छु ।"

"हवस् गुरू, हवस् !", डा. प्रकाश हर्षले भावविह्वल हुन्छ । उत्ताउलो भई त्यहाँबाट दगुरिहाल्छ । बाहिर बस्तीवालाहरूको हर्षनाद सुनिन थाल्छ ।

मार्था आँखा खोल्छिन्, साथसाथै आँसुको बाँध पनि खोल्छिन् । पुत्रपुत्री सङ्घका पदाधिकारी र डाक्टरहरू हर्षले रून्छन् । सिर्फ मैचाङ एक जनालाई रूने फुर्सद हुँदैन ।

आदिगुरूले अलिकति मनतातो दूध ख्वाइदिएपछि आदिमाताको भोक हडताल समाप्त हुन्छ । प्रेमको जित हुन्छ, अहम्को हार हुन्छ । बस्तीवालाहरू यो जितहारलाई निर्णायक सत्यरूपमा अनुभव गर्छन् । सबै आदिमाताको दर्शन गर्न लालयित हुन्छन् । अनुमति दिइन्छ । तीन चार जनाको समूहमा अन्तःकक्षभित्र प्रवेश गर्दै पुत्रपुत्रीहरू आदिमाताको दर्शन गर्दै, हर्षाश्रु झार्दै जान्छन् । अशक्त आदिमाता ओछ्यानमा सुतीसुती अभिवादनहरू स्वीकार गर्छिन् ।

मार्थालाई स्वास्थ्यलाभ गर्न कम्तीमा पनि साता दिन लाग्छ । डाक्टर हरूको सल्लाहबमोजिम शुरूमा तिनलाई दूध र फलफूलको रस मात्र पिउन दिइन्छ । प्रशान्त पूरा समय त्यहाँ बसिरहन्छ । ऊ डाक्टरहरूको निश्चिय गरेको समयमा खाना ख्वाइरहन्छ, पूर्णरूपले सेवामा समर्पित हुन्छ । धेरै दिन भोकै बस्नु परेर होला, मार्थालाई छिटोछिटो भोक लाग्न थाल्छ । मीठो, चिप्लो, गुलियो र गह्रुङ्गो खानाको तलतलले सताउन थाल्छ । तिनी फर्मायस पनि गर्छिन् । प्रशान्त प्रेमपूर्वक सम्झाइबुझाइ गर्छ ।

"खालि खानेकुराको सम्झना आउँछ... ।" उठेर बस्न सक्ने भएपछि मार्था प्रशान्तको काखलाई सिरानी बनाउँछिन्, "कस्तो मुखै रसाएको ।"

प्रशान्त मुस्कुराउँछ, कताकता आफैंभित्र हराउँछ ।

"प्रशान्त... !", मार्थालाई असह्य हुन्छ तलतल ।

"हुँ ?", प्रशान्त तिनको माथ स्पर्श गर्छ ।

"भोक लाग्यो... !"

"एकछिन धैर्य गर्नोस् ।"

"भो, अहिले नै खान्छु ।", मार्था जिद्दी गर्छिन् । प्रशान्त हार मानेर मैचाङलाई केही फलफूल ल्याउन अराउँछ ।

"भो, भो, फलफूल खान्नँ !", मार्था उठेर बस्छिन्, एकापट्टि फर्केर घुर्की लाउँछिन् । "के खानुहुन्छ त ?", प्रशान्त हाँस्छ । मार्था बिस्तारै फर्केर कर्के आँखाले हेर्छिन् ।

"भन्नोस् त ?", प्रशान्त उत्सुकतापूर्वक हाँसिरहन्छ । मार्था हामफालेर उसलाई ग्वाम्लाङ्ग अँगालो मार्छिन् अनि छिटोछिटो खासखुसे पारामा भन्छिन्, "मासुभात खान्छु ।"

"मासु ?", प्रशान्तलाई असजिलो हुन्छ ।

"अँ, कुखुराको मासु खान मन लागेको छ ।", मार्था उसको काँधमा चिउँडो अड्याएर बोल्छिन् । प्रशान्त केही नबोली चुप लाग्छ ।

"खान्छु है... ?", एकछिनपछि मार्था सोध्छिन् आस गरी ।

"डाक्टरहरूको अनुमति छैन ।" प्रशान्त तिनलाई ओछ्यानमा सुताइदिन्छ । मार्था रिसले घोप्टो पर्छिन् ।

प्रशान्तलाई तिनको त्यो घुर्की देखाई खूब मन पर्ने हुन्छ । ऊ धेरै समयसम्म मुस्कुराउँदै, भावुक हुँदै, मन्त्रमुग्ध हुँदै हेरिरहन्छ । ऊ पूर्वजन्ममा फर्किन्छ ।

"रिसाउनुभएको हो ?", आँखाहरू अनायास सजल भएपछि प्रशान्त भाव परिवर्तन गर्छ । मार्था बोल्दिनन् । ऊ तिनको हात समात्छ । मार्था हात झट्कारेर लुकाउँछिन् । प्रशान्त मुस्कुराउँदै तिनको केशराशि स्पर्श गर्न थाल्छ । मार्था कुनै विरोध गर्दिनन् ।

"यता फर्किनोस् न... ।", प्रशान्त तिनको पाखुरा समातेर सुस्तरी अनुरोध गर्छ । यो प्रयणअनुरोध मार्थाको कानबाट हृदयको अटल गहिराइमा

झङ्कृत हुन पुग्छ । मार्था झस्किन्छिन् । बिस्तारै उत्तानो फर्किन्छिन् । प्रशान्त तिनको सुन्दर मुहारलाई दुवै हातमा भरेर हेर्छ । मार्था पनि आँखा उठाएर हेर्छिन् । शब्दहरू हराउँछन् । दुवै हेराहेर गरिरहन्छन् । हेर्दाहेर्दै प्रशान्तको अनुहार एक अज्ञात पीडाले खुम्चँदै जान्छ । मार्था उसको हात समातेर टाउको उठाउँछिन्, घाँटीमा हातको माला लाउँछिन् अनि भाववेशपूर्वक फेरि ग्वाम्लाङ्ग अँगालो हाल्छिन् । प्रशान्त न समर्थन गर्छ न विरोध । ऊ कता हराउँछ कता ।

बैठककोठामा मैचाङको पदचाप सुनिएपछि, जुन जानीजानी चर्को पारिएको हुन्छ, मार्था ओछ्यानमा घोप्टिन पुग्छिन् । मैचाङ हातभरि नास्पाती, सुन्तला र अनार बोकेर आउँछे ।

"त्यहाँ राख पुत्री !", प्रशान्त छेउको टेबिल देखाउँछ । मार्था ओछ्यानमा फरक्क फर्कन्छिन्, "खै यहाँ ल्याऊ, यहाँ राख ।" मैचाङ आदिगुरूको मुख हेर्छिन् अनि ओठ टोक्दै फलफूलहरू ओछ्यानमा राख्छिन् । मार्था फलफूलहरू सोहोरेर हातमा खेलाउँछिन् र अचानक सबै फलफूल ओछ्यानबाट तल भइमा हुत्याइदिन्छिन्, "लौ जा !"

"ए के गर्नुभएको ?", मैचाङ रून्चे स्वरले कराउँछे । जबाफमा मार्था ओछ्यानमा घोप्टो पर्छिन् । मैचाङ के गरूँ, के गरूँ भई आदिगुरूलाई हेर्छे ।

"चिन्ता नगर पुत्री, बिग्रेका केटाकेटीहरूको स्वभाव यस्तै हुन्छ । नपच्ने र दाँत कुहिने कुरा खान पाएनन् भने झगडा गर्छन् ।", प्रशान्त मुसुमुसु हाँस्दै भन्छ ।

मैचाङ कुरा बुझेर खितखितखित गर्छे । मार्था सकेसम्म सहन्छिन्, असह्य भएपछि ओछ्यानमा फरक्क फर्केर उत्तानो पर्छिन्, "साँच्चै हो ?"

मैचाङ झन् जोडले खितखित गर्दै भाग्छे । मार्था रिसले फुल्दै ढोकामा हेरिरहन्छिन् । एकछिनपछि फेरि प्रशान्तको घाँटीमा झुन्डिन पुग्छिन् ।

अन्तः कक्षभित्र समय यसरी नै बित्छ । बस्तीमा भने साताभर दिपावली हुन्छ । बस्तीवालाहरू यसलाई युगान्तरोत्सव होइन, प्रेममिलनोत्सव भनी मान्छन् ।

४०

बस्तीमा नियमित दिनचर्याहरू पुनः स्थापित हुन्छन् । ब्राह्ममुहूर्तकालीन प्रवचन सभा पुनः आरम्भ हुन्छ । सङ्घायहरू पुनः सञ्चालित हुन्छन् । स्वस्थ्य हुनासाथ मार्था सङ्घायहरूको भ्रमण गर्छिन् । प्रत्येका सङ्घायमा आदिमाताको भव्य भावोत्तेजक स्वागत हुन्छ । बस्तीको हितचिन्ता गर्ने र प्रेमको खातिर मर्न तयार हुने आदिमातालाई आफूहरूबीच पाएर सबै अनुगृहीत हुन्छन् । आदिआरोग्यशालामा आदिगुरूको आगमनमाथि रोक लगाउने आदिमातालाई आफूहरूबीच पाएर कोढीहरू अत्यन्त भावविह्वल हुन्छन् । मार्था त्यस कठिन निर्णयका पछाडि तिनीहरूकै कल्याण अन्तर्निहित रहेको कुरा भनी सबैको मन जित्छिन् ।

"प्रिय पुत्रपुत्रीहरू !", तिनी भन्छिन्, "तिमीहरूको दीर्घकालीन हित सुनिश्चित होस् भन्नाका लागि मैले आदिगुरूसित अपेक्षित निरोगिता माग गरेकी हुँ किनभने आदिमाताको उत्तरदायित्वमा विकल्पहरू हुँदैनन्, सङ्कल्पहरू हुन्छन् । आदिमाताको वचन सत्य मान । रोगी गुरूका शिष्यशिष्याहरू कहिले पनि निरोगी हुन सक्तैनन् ।"

सङ्घायहरूको भ्रमणपश्चात् मार्था प्रेमोपहार भवन जान्छिन् । त्यहाँ आफ्नै कलाकृतिहरूले स्वागत गर्छन् । मार्था प्रसन्न हुन्छिन् । अन्ततः जमुनाको समाधिस्थलमा विश्रान्ति लिन्छिन् ।

समाधिस्थल नववासन्ती फूलका सुवासले मगमगाइरहेको हुन्छ । मार्था परमसन्तोष र परमानन्दको प्रतिमूर्ति बन्दै सायङ्कालीन वातावरणमा लामो सास फेर्छिन् । नयाँ स्फूर्ति प्राप्त भएपछि तिनलाई हाँसूँहाँसूँ, नाचूँनाचूँ, उड्डूँउड्डूँ, डुबूँडुबूँजस्तो लाग्छ । तिनी आफ्नो यस मनस्थितिदेखि आफैं लज्जित हुन्छिन्, यसर्थ नआएको लामो हाई काड्छिन् ।

"ए पुत्री ! पुत्री !", मार्था बोलाउँछिन् ।

"किन चिच्च्याउनु पऱ्या होला ?", मैचाङ भान्साखण्डको झ्यालमा देखा पर्छे ।

"आदिगुरू आउनुभएको छैन भन्या ? छ बज्न लागिसक्यो ।", मार्थाको स्वरमा बनावटी रिस देखा पर्छ ।

"कस्तो विरहिणीझैं च्याँट्टिनुपर्ने होला, सँगसँगै अँगालो मार्दै आउनुभए हुन्थेन ?", मैचाङ खितिति हाँस्छे ।

"बढीबढी नबोल् है केटी, खालिस् झापु !", मार्था बनावटी रिसलाई अघि बढाउने असफल प्रयास गर्छिन् ।

"कहाँ पुगेर आउनुभएको नि, दिनभर बेपत्ता भएर ?", एकछिन कृत्रिम रिसको तमासा हेरेर मैचाङ जिस्क्याउन थाल्छे ।

"तेरो टाउकोबाट ।"

"गुरू भा' ठाउँबाट होला... पिरती गाँसेर... ।", मैचाङ मुख छोप्छे तर हाँसो छोपिँदैन ।

"हो भने हो... ।", मार्था अररो हुन्छिन् ।

"त्यसो भए किन प्रेमबाणले घायल मृगिणीझैं अलापविलाप ।" मैचाङ कविता भनेझैं गर्छे अनि बीचैमा मरीमरी हाँस्छे ।

"तँलाई, तँलाई... !", मार्था हान्नलाई उपयुक्त ढुङ्गा खोज्छिन् । मैचाङ खितखित गर्दै झ्याल ढप्काउँछे । मार्थालाई फेरि उडूँउडूँ, डुबूँडुबूँ लाग्न थाल्छ । यही जोसमा तिनी फूलबारीमा आनन्दपूर्वक विचरण गरिरहेका भँगेरा, गौंथली र जुरेलीहरूलाई लखेट्न थाल्छिन् । भँगेराहरू आत्तिएर अन्तै भाग्छन् ।

गौंथलीहरू अन्तः कक्षको छानामा बस्छन् । जुरेलीहरू फूलबारीका अग्ला रूखको हाँगाहरूमा पुग्छन् । बिनाकाम लखेटिएकोमा तिनीहरू छक्क पर्छन् । एउटा फिस्टे हतारहतार फूलबारीको स्थिति बुझेर अज्ञात दिशातर्फ लाग्छ ।

फिस्टेको गति यति वेगिलो हुन्छ कि मार्था त्यसको आवाज मात्र सुन्छिन् ।

दिशाहीन उफ्राइ समाप्त हुन्छ । मार्थालाई मीठो थकाइ लाग्छ । बसाइँ सरेका भँगेराहरूबाहेक गौंथलीहरू र जुरेलीहरू भुइँमा उत्रने सुरसारमा लाग्छन् । मार्था शान्त भई समाधिस्थलमा बसेपछि एउटा जुरेलीले बहादुरीमा सबैलाई पछि पर्छ । त्यो भुइँमा उत्रेर मार्थाको नजिकनजिक पुग्छ । मार्था त्यसलाई नभगाईकन मुस्कुराउँछिन् मात्र ।

ठीक साढे छ बजे प्रशान्त आइपुग्छ । यसबीच मार्था कम्तीमा पनि आधा दर्जन पुऱ्याएर घडीमा आँखा लाइसकेकी हुन्छिन् ।

"कति ढिलो आएको होला... ।", मार्था आँखा तर्छिन् ।

"आज पुनर्विचार सत्रमा परीक्षा थियो । त्यसैले ढिलो भएँ ।", प्रशान्त सामान्य भावले स्पष्टीकरण दिन्छ ।

"कसको परीक्षा ?", मार्था माछापुच्छ्रेको टुप्पोमा आँखा पुऱ्याउँछिन् ।

"यहाँ सधैं आदिगुरूको परीक्षा हुन्छ ।", प्रशान्त मुसुमुसु हाँस्छ । मार्था फेरि आँखा तर्छिन् । मधुमास टप्किन्छ ।

"परीक्षामा के भयो त पास कि फेल ?", मार्था त्यसरी नै सोध्छिन् ।

"पास" बिनाढिलाइ जबाफ फर्किन्छ । दुवै खिलखिलाएर हाँस्छन्, भान्साखण्डको झ्याल अलिकति खुल्छ ।

"आदिमाता हजुर पूर्णरूपले स्वस्थ, तन्दुरूस्त भइसक्नुभएको छ । म एक अत्यावश्यक कुरा गर्न चाहन्छु, एक घनिष्ठ मित्रको नाताले ।" निश्छल हास्यको परिसमाप्तिपछि प्रशान्त गम्भीर हुन्छ । मार्था मधुमास हराउँछिन् ।

"घनिष्ठ मित्र ?", मार्था सशङ्कित हुन्छिन्, "किन यस्तो भूमिका ?"

"यसलाई भूमिका नमानौं... ।"

"तब के मानूँ ? के मैले अझै परीक्षा दिनु बाँकी छ ?", मार्थाका ओठहरू थरथराउँछन्, "छ भने भन, म तयार छु ।"

"आदिमाता, मैले अघि भनेको थिएँ यहाँ आदिगुरूको मात्र परीक्षा हुन्छ । कृपया यस कुरालाई गम्भीरतापूर्वक लिनुहोला । आदिगुरू शिष्यशिष्याहरूको परीक्षा लिंदैन भने आदिमाताको परीक्षा कसरी लिन सक्छ ? म सबै कालमा आदिमाताको सर्वोच्चता सुनिश्चित होस् भन्ने चाहन्छु ।"

"त्यसो भए घनिष्ठ मित्रको नाताले के भन्न चाहन्छौ त ?", मार्था भावुकतापूर्वक फेरि माछापुच्छ्रेको टुप्पामा आँखा पुऱ्याउँछिन् । आँखा स्थिर हुन्छन् ।

"म एक सल्लाह दिन चाहन्छु मित्रवत् तर मलाई डर छ कि म गलत सम्झिइनेछु ।"

"केही छैन, भन ।", मात्र आशङ्काले मार्थाको सास रोकिएला जस्तो हुन्छ ।

"आदिमाता, म भन्न सक्तिनँ, कति कालसम्म म गलत सम्झिइनेछु । आदिमाताप्रति मित्रवत् दायित्व पूर्ण गर्नुलाई मेरो अन्तः करणले सर्वोच्च प्राथमिकता दिएको छ । म यो कर्तव्य पुरा गर्न चाहन्छु चाहे इतिहासले सर्वदा गलत मान्छे किन नभनोस् । इतिहास झुक्किए पनि म इतिहासलाई झुक्याउन चाहन्नँ । प्रिय आदिमाता, म एक घनिष्ठ मित्रको नाताले विवाह गर्ने सल्लाह दिन्छु ।"

"हँ, के भन्यौ ?", मार्थाको मुटु मानौं मुखमा अड्किन्छ । तिनी निसासिन्छिन् । माछापुच्छ्रेमा आँखा दुर्घटित हुन्छ ।

"म हजुरको शुभविवाह कुनै सुयोग्य, सुदर्शन, व्यक्तित्वशाली पुरूषसित होस् भन्ने चाहन्छु ताकि जीवन सुखमय होस् । हजुर आदिमाता हुनुहुन्छ, यसका साथै सुन्दर, जवान र अविवाहित युवती पनि हुनुहुन्छ । म हजुरको जीवन बरबाद भएको देख्न चाहन्नँ ।"

"सल्लाहका लागि धन्यवाद ! भेरी भेरी थेङ्कस् !" मार्था धारिलो आँखाले हेर्दै छिटोछिटो भन्छिन् अनि लामोलामो सास तान्छिन् ।

"आदिमाता, म विश्वास दिलाउन चाहन्छु हाम्रो पूजाभाव यथावत् रहनेछ, समर्पणभावमा कुनै तलमाथि पर्ने छैन । शरीरको धर्म पालन गर्नुहोस् । हामी आदिमातालाई त्यस धर्मदेखि बाहिर... ।"

"स्टप इट् !" मार्था पड्किन्छिन् । पड्किँदा तिनी बेसरी खुट्टा बजार्छिन्, हात पनि झट्कार्छिन् । प्रशान्त मलिनतापूर्वक फिस्स हाँस्छ ।

"आदिमाता, म हजुरलाई दैनिक आवश्यकता र मनोकामनाहरू पूर्ण गर्ने ठोस सल्लाह दिँदै छु । कृपया पुनर्विचार होस् । म हजुरको शत्रु होइन ।"

"हो, हो, थाहा छ मलाई ...सम्झाउनु पर्दैन... ।", पड्किसकेपछि मार्था सामान्यझैं हुन्छिन्, "तिमी मबाट के चाहन्छौ भन्ने कुरा बुझिसकें ...ठीक छ म बस्ती छोडेर गइदिन्छु ।"

"आदिमाता, मेरो अभिप्राय त्यो होइन... ।"

"होइन भनेर के फाइदा ? वास्तवमा म पहिले नै गइसक्नुपर्ने, केके कारणले अड्केंअड्कें । म तिम्रो काममा पनि हस्तक्षेप गर्न थालें । सपनाहरू देख्न थालें । बस्तीमा तिमीबाहेक सबै मूर्ख छन्, जो... जो आदिमाताको विवाह आदिगुरूसित गराउने इच्छा राख्छन् ।"

"त्यो असम्भव यथार्थ हो आदिमाता !", प्रशान्त भावुक हुन्छ ।

"ठीक भन्यौ । हामीबीच कहिल्यै दोहोरो प्रेम भएन, त्यसैले प्रेम मिलन पनि भएन । बित्थैमा तिनीहरूले उत्सव मनाए... ।", मार्था चिसो हुँदै जान्छिन्, "तर जाँदाजाँदै म एउटा कुरा सोध्न चाहन्छु ।"

"आज्ञा होस् ।"

"मैले सम्पूर्ण तनमनले तिनीलाई प्रेम गर्ने प्रयास गरें तर तिमीले विश्वास गरेनौ, किन ?"

"किनभने हजुरले प्रयास गर्नुभयो, प्रेम गर्नुभएन ।"

"शब्द नसमात । म तिमीलाई प्रेम नै गर्छु, त्यसैले सिर्फ तिमीसित विवाह गर्न सक्छु । तिमीले अरूसित विवाह गर्ने सल्लाह दिएर मेरो प्रेमको अपमान कति गर्‍यौ थाहा छ ?"

मार्थाको आवाज अतिशय चिसो हुन्छ ।

"आदिमाता, हजुर मलाई प्रेम गर्नुहुन्न, प्रेमको अवधारणालाई मात्र प्रेम गर्नुहुन्छ । हजुरले प्रत्येक शिक्षित व्यक्तिले झैं प्रेमको महानताबारे सुन्नुभएको छ, प्रेमको पवित्रताबारे सुन्नुभएको छ, दिव्यताबारे सुन्नुभएको छ ...हजुर यही महान्, पवित्र, दिव्य प्रेमको अवधारणालाई प्रेम गर्नुहुन्छ । मलाई प्रेम गर्नुहुन्न । हामी प्रेमको नाटक खेल्न सक्छौं, प्रेम गर्न सक्तैनौं । कृपया हृदयको यथार्थ प्रतिध्वनि सुन्नुहोस् ।"

"त्यो आवाज मैले सुनेकी छु- त्यहाँ प्रेम छ, प्रेममाथि आस्था छ ।"

"हजुर यही आस्थालाई प्रेम गर्नुहुन्छ, व्यक्तिलाई होइन । किन प्रिटेन्सन ?"

"तिमीलाई यस्तै लाग्छ भने म के भनूँ कति झगडा गरूँ । जीवनमा एकपल्ट गरेको उपेक्षाको भूल जीवनभरको प्रेमभन्दा गह्रुङ्गो हुन्छ भन्ने के थाहा मलाई ?"

हजुरले उपेक्षा गर्नुभएको थियो, भूल गर्नुभएको थिएन । 'Love does not keep a record of wrongs' कोरिन्थियनहरूका नाम पाउलको पहिलो पत्रमा उल्लिखित यो वाक्य राम्रो लाग्छ मलाई । म भूलहरूको रिकर्ड राख्दिनँ ।"

"भनाइको मतलब, तिम्रो प्रेम सत्य हो मेरो चाहिं झूटो, होइन ?"

"आदिमाता, कसैले प्रेम गर्ने कोसिस गर्छ भने म त्यसलाई झूटो भनी आरोप लाउन सक्तिनँ । कोसिस सत्य हुन सक्छ किनभने अधिकांश सम्बन्धहरू जसलाई प्रेम भन्ने गरिन्छ, यस्तै कोसिसका प्रतिफल हुन्छन् । दुनियाँको रीत यसरी नै चलिरहेको छ, कोसिस आदरणीय लाग्छ स्वीकारणीय लाग्दैन ।"

"थाहा छैन, कस्तो प्रेम चाहन्छौ तिमी... ।"

"जुन चाहेर पाउन सक्तिनँ ...त्यसैले मेरो प्रेमीका लागि त्यो उपेक्षा नै सत्य हो । प्रेम गर्ने कोसिसमा लाग्नेहरूलाई म विवाह गर्ने सल्लाह दिन्छु । मित्रवत् प्रेमपूर्वक म यही सल्लाह दिन्छु, सुयोग्य व्यक्तिसित विवाह गरी सुखमय दाम्पत्य जीवन बिताउनुहोस् । म असङ्ख्य सपनाहरू र कामनाहरू भएकी एक स्वस्थ्य, सुन्दर युवतीको जीवन बरबाद पार्न चाहन्नँ । चाहे यसलाई प्रेम ठानोस् वा अहङ्कार म आदिमाताको नाममा कुनै बलि चाहन्नँ ।"

"ठीक छ, म भोलि नै गइदिन्छु । अब अरू भूमिका नबाँध । म क्षमा माग्न आएकी थिएँ, प्रेमास्था बोकेर जाँदै छु । यो ज्योति अब निभ्नेछैन । म तिमीलाई अनन्त कालसम्म पर्खिनेछु ।"

"पर्खाइमा दुःख हुन्छ आदिमाता । हजुर सुन्दर तन र शिक्षित मनले आनन्द प्राप्त गर्नुहोस् । जीवनको सार्थकता यही हुनेछ ।"

"उफ् ! कसरी तिमी यस्ता कुरा गर्न सक्छौ ...भइहाल्यो । म चुपचाप आएकी थिएँ चुपचाप गइदिन्छु । तिमीले मलाई अहङ्कारपूर्वक त्याग गर्‍यौ, म तिमीलाई प्रेमपूर्वक त्याग गर्छु ।"

"आदिमाता बस्ती त्याग गर्न सक्नुहुन्छ । यो समयको सर्वश्रेष्ठ निर्णय पनि हुनसक्छ तर एउटा कुरो सुस्पष्ट छ- हजुर बस्ती त्याग गर्न सक्नुहुन्छ, हृदय त्याग गर्न सक्नुहुन्न ।"

"त्यस्तो महान् कुरा नगर, म अर्थ बुझ्न चाहन्नँ । सामान्य ढङ्गले जाऊ भनेको भए भइहाल्थ्यो ...किन यति धेरै कुराहरू ।", मार्था चिसो सास फेर्छिन्, "मलाई एउटै कुराको दुःख छ, मैले प्रेम गरेर तिम्रो अहङ्कार मेट्न सकिनँ । तर मलाई विश्वास छ, एक दिन तिमी पछुताउनेछौ, अवश्य पछुताउनेछौ । मेरो उपस्थितिमा न सही, मेरो अनुपस्थितिमा प्रेमीहरू

प्रेमिकाहरूको घाँटी निमोठून् तर अरूसित विवाह गर्ने सल्लाह नदिऊन् । दुनियाँमा योभन्दा असह्य अपमान अरू केही छैन ।"

"प्रेमको दुनियाँमा यो सर्वोत्तम सम्मान हो वा अपमान प्रेमका इतिहासकारहरूको छानबिन गरून् ।"

प्रशान्त मुसुमुसु हाँस्दै, धीर गम्भीर पाइला चाल्दै त्यहाँबाट प्रस्थान गर्छ । मार्था थरथराउँदै समाधिशिलामा टाउको अड्याउँछिन् । प्रेमास्थाको त्यस शिलालाई तिनी बलपूर्वक समात्छिन् र त्यहीं हिउँझैं जम्छिन् । तिनलाई आफ्ना अङ्ग प्रत्यङ्गहरूको होस रहँदैन । खालि अन्तरात्मामा एउटा आवाज प्रतिध्वनित भइरहन्छ, "अहङ्कारको गजुर ढलेपछि मेरो प्रेमको महत्त्व बुझ्नेछौ, मलाई खोज्दै आउनेछौ ...पछुताउनेछौ... ।"

क्षितिजहरू अँध्यारा हुँदै जान्छन्, हिमालहरू अँध्यारा हुँदै जान्छन्, पहाडहरू अँध्यारा हुँदै जान्छन्, समाधिस्थलसहित सम्पूर्ण बस्ती अन्धकारमा डुब्छ ।

***

ब्राह्ममुहूर्तकालीन प्रवचन श्रवण गर्न बस्तीवालाहरू आवासगृहहरूबाट निस्केर आदिमन्दिरतर्फ लाग्छन् । बस्तीको विशाल मैदानमा, जन्मान्तरण वृक्षको निकट आइपुग्दा सबैको ध्यान मूल ढोका जाने बाटोमा आकृष्ट हुन्छ । त्यहाँ तीनवटा मानवआकृति मूल ढोकातर्फ गइरहेका देखिन्छन् । बस्तीवालाहरू तीनमध्ये दुई आकृतिलाई नारी आकृति भनी ठम्याउँछन् तर तिनीहरू को-को हुन् चिन्न सक्तैनन् । कसैको कल्पनामा यो कुरा हुँदैन- तिनीहरूमध्ये एक जना बस्ती छाडेर जाँदै गरेकी साक्षात् आदिमाता हुन् र अन्य दुई जना तिनलाई शहरसम्म पुर्‍याउन हिंडेका नाइके र मैचाङ हुन् । आकृतिहरू टाढिंदै अँध्यारोमा हराएपछि बस्तीवालाहरू आदिमन्दिरमा पुग्छन् । आदिगुरू आफ्नो आसनमा ध्यानस्थ बसिरहेको हुन्छ । सबै झुक्दै, मौनप्रणाम गर्दै बस्छन् ।

सधैंझैं आदिगुरू ध्यान भङ्ग गरी शान्त, गम्भीर र ओजस्वी वाणीमा प्रवचन आरम्भ गर्छ, "हे मेरा परमप्रिय पुत्रपुत्रीहरू ! अबदेखि हामी निराकार

आदिमाताको पूजा गर्नेछौ, वन्दना गर्नेछौं किनभने साकार आदिमाता आफ्नो गन्तव्यमा प्रस्थान गरिसक्नुभएको छ । हामीलाई ...थुप्रैथुप्रै स्नेहका कोसेलीहरू प्रदान गरी सुन्दर, स्वस्थ्य मनोकामनाहरूले युक्त युवती आदिमाताले बस्ती त्याग गर्नुभयो । यो समयको अत्युत्तम निर्णय, सर्वोत्तम आवश्यकता र सर्वश्रेष्ठ माग हो भन्ने मलाई लाग्छ । हे पुत्रपुत्रीहरू ! मलाई थाहा छ, साकार आदिमातालाई सजिलैसित बिर्सन सकिंदैन । त्यसैले हामी पनि यो बस्ती परित्याग गरेर जानेछौं । म सत्य सत्य भन्छु, जीवनको सार्थकता भनेको अहम्‌को शून्यता हो । हे मानवअहम्‌हरू ! हामी शून्यतामा आदिमाताको पूजा गर्नेछौं, वन्दना गर्नेछौं !

आदिमाता शून्य छ !

महाशून्य... महाशून्य... महाशून्य... !"

नेपाली साहित्यका बहुविधामा कलम चलाउने विराट प्रतिभा सरूभक्त मुक्तक, गीत, कविता, काव्य, महाकाव्य, नाटक, कथा र उपन्यास लेखनमा सक्रिय छन् । *पागल बस्ती*, *चुली*, *समय त्रासदी*, *तरूनी खेती*लगायतका उपन्यास, *मलामी*, *शरणार्थी*, *सिरूमारानी*लगायतका नाटक, *बोक्सीको आह्वान र घोषणापत्र*, *इतर समय*लगायतका कविता सङ्ग्रहबाट कालजयी बनेका उनी विभिन्न राष्ट्रिय तथा अन्तर्राष्ट्रिय पुरस्कार र सम्मानबाट विभूषित छन् । *नेपाल सङ्गीत तथा नाट्य प्रज्ञा प्रतिष्ठान*का कुलपतिसमेत रहिसकेका उनको उपन्यास *पागल बस्ती* *मदन पुरस्कार-२०४८* विजेता कृति हो ।

sarubhakta2000@yahoo.com
facebook.com/Sarubhakta
twitter@saru_bhakta
https://en.wikipedia.org/wiki/Saru_Bhakta

BOOK HILL CLASSIC